세상에서 가장 재미있고 오래된 이야기

그리스 민담

세상에서 가장 재미있고
오래된 이야기

그리스 민담

Τα ελληνικά παραμύθια

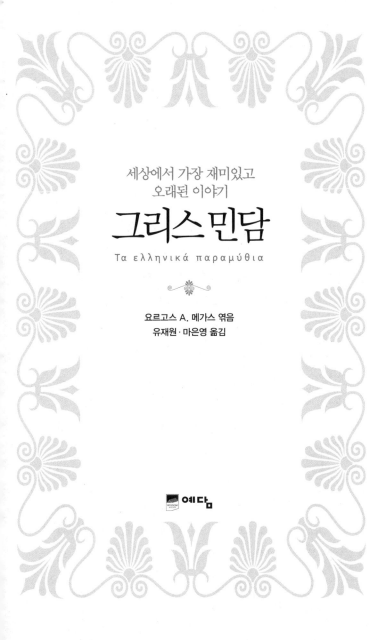

요르고스 A. 메가스 엮음

유재원·마은영 옮김

예담

　처음 그리스 민담이 우리말로 번역된 것은 1985년이었다. 지금은 운명을 달리한 나의 반려자였던 고 마은영이 번역했었다. 그로부터 30년이란 세월이 흘렀다. 그사이에 세상은 많이 바뀌었다. 2004년에 한국외대에 그리스학과가 만들어져 매해 20명에 가까운 그리스학 전공자가 배출되고 있고, 각 대학에서는 그리스 신화 강의가 개설되어 있다. 그리스 민족의 가장 깊은 문화적 뿌리를 보여주는 민담에 대한 정보나 자료가 거의 없는 현실에서 예전의 《그리스 민담》(1985)이 절판되어 있다는 것은 안타깝기도 하고 부당하기까지 한 일이다. 어떻게 해서든 이 귀한 자원을 유용하게 쓰이도록 만드는 것이 필요했다.

　덧붙여 개인적으로는 고인에 대한 그리움과 미안함이 있었다. 그런 까닭에 고인의 노고를 다시 살리고 싶었다. 그런 뜻을 주변 몇 사람에게 이야기해봤다. 마침 예담출판사의 연준혁 대표가 같이 한번 노력해보자고 동조해주었다. 이렇게 의기투합이 이루어져 나의 친구로, 또 인생의 동반자로 40년 이상을 함께해주었던 고 마은영에게 마음의 빚을 조금이나마 갚게 되었다. 이 작품이 내가 그녀와 하는 마지막 공동 작업이다. 그런 만큼 뿌듯하다.

30년 전의 번역이지만 워낙 꼼꼼하고 정확한 사람의 작업이라 지금도 흠잡을 데가 별로 없었다. 그래서 옛 번역을 다시 다듬는 일은 그리 힘들지 않았다. 다만 이제는 잘 쓰지 않는 어휘나 표현을 요새의 감각에 맞게 바꾸고, 당시 고인이 번역하지 않았던 열 편 정도의 이야기를 새로이 번역해서 덧붙인 것이 두 번째 번역을 맡은 내가 한 일의 전부다.

이 책은 요르고스 A. 메가스(1893~1976)가 수집·편찬한 《그리스 민담Τα ελληνικά παραμύθια》1(1927년), 2권(1962년)을 번역한 것이다. 19세기 말부터 유럽에서는 민족주의의 영향으로 각 나라에서 자신들의 문화적 뿌리를 찾기 위한 노력이 이루어졌다. 그 일환으로 구전되어 내려오는 민담을 채취하는 움직임이 활발하게 펼쳐졌는데, 그리스에서도 자신들이 위대한 문명을 세웠던 고대 그리스인들의 후예임을 증명하기 위하여 민담을 조사·정리하는 운동이 전개되었다. 그 결과물이 이 책에 담긴 이야기들이다.

요르고스 A. 메가스는 그리스 민담을 셋으로 나누어 동물우화와 민간설화, 우스운 이야기로 구분했다. 우리도 이 구분에 따라 이 책을 '1 세계에서 가장 오래된 이야기-민담, 2 세계에서 가장 뼈 있는 이야기-우화, 3 세계에서 가장 엉뚱한 이야기-해학'으로 나누었다. 그러나 메가스는 민담의 이야기 순서를 다분히 자의적으로 정했기에 이야기와 이야기 사이에 주제의 일관성이나 관련성이 흐트러지는 일이 많았다. 그래서 이번에는 주제와 소재가 비슷한 이야기들을 한데 모으는 노력을 하여 이야기들의 순서를 재배치해보았다. 이런 시도는 그런대로 상당한 성과가 있어 보인다.

그리스 민담은 어휘가 매우 풍부할뿐더러 여러 지방의 방언이 많이 등장하며 아주 독특한 어휘도 많다. 민담이 보여주는 어휘의 풍부함과 독특함은 왜 그림 형제를 비롯한 역사·비교 언어학자들이 자신들 민족의 구비문학을 그토록 열심히 수집했는가를 잘 이해할 수 있게 해준다.

단순한 민중들의 스스럼없는 이야기인 민담의 또 다른 특성은 군더더기가 없다는 점이다. 이야기를 하는 구어체에 바탕을 둔 문체는 간결하고 단순하다. 복합문은 많지 않고 단문이 주를 이룬다. 특히 종속문을 별로 쓰지 않고 등위접속사로 이어지는 등위 문장이 보통이다.

민담은 어린아이의 순진무구한 영혼을 가지고 있다. 권

력이나 탐욕과 같은 세파에 찌들기 이전의 자유로운 영혼이 노래하는 아름다운 이야기다. 인간성이 메마르고 잔혹해져 가는 황금만능의 시대에 인간이 잃어버린 꿈과 낭만이 넘치는 신나는 판타지를 보여주는 민담은 커다란 위안이요, 구원일 수가 있다.

민담의 세계에서는 이성주의의 까탈스러움이나 합리성이 상상을 방해하지 않는다. 사실성이나 논리는 무시되고 오직 그럴듯하기만 하면 되고 재미가 있으면 그만이다. 그러기에 민담의 세계에서 우리의 영혼은 자유를 만끽한다. 그 세계는 자연과 하나가 되어 자유로이 교감하고 대화를 나누는 마법의 세계다. 이 세계에서는 동식물은 물론 거울이나 샘도 말을 한다. 삼라만상이 자신의 비밀이나 신비를 스스로 드러내는 이 환상의 세계에서 인간 영혼은 자연에 대한 한없는 애정과 친밀감을 느낀다.

민담의 세계는 잔혹하거나 비도덕적이지 않다. 천박하거나 비굴하지도 않다. 다만 좀 엉뚱할 뿐이다. 그 세계에는 무시무시한 괴물은 있어도 영악하고 사악한 악인은 없다. 마녀와 뿔 달린 도깨비들이 득시글대지만, 이들은 주인공의 배짱과 꾀 앞에 맥을 추지 못한다. 때로는 겁도 많고 어리석기까지 하다. 그래서 배시시 웃음이 나오게 만든다. 이야기마다 어린아이의 영혼의 순수함이 배어 있다.

그리스 민담의 이야기들은 그리스 신화보다도 더 오래된 것들이다. 그 어디에도 그리스 신화적 요소는 전혀 나타나지 않는다. 제우스나 아테나 여신과 같은 올림포스의 신들이나 헤라클레스나 테세우스와 같은 영웅들의 이름조차 거론되지 않는다. 오히려 그리스 신화에 민담적 요소가 많은 이야기들이 간혹 눈에 띈다.

또 국민의 98퍼센트가 그리스정교 신도임에도 불구하고 예수 그리스도나 성모 마리아, 또는 성자들이 거의 등장하지 않는다. 등장하더라도 얼마든지 다른 민담적 인물로 바꾸어놓아도 큰 무리가 없다. 때로 교회나 수도원이 언급되어도 이 역시 고대 신전이나 궁전으로 대치해도 문제가 없다.

그런가 하면 그리스 민담에는 세계 최초의 해양 민족답게 뱃사람과 바다, 항해, 어부, 인어를 비롯해 바다 괴물에 대한 이야기가 많다. 또 양치기와 농부, 행상인도 자주 등장한다. 그리스 정교회의 나라인 만큼 신부, 수도사도 심심치 않게 등장하지만 종교적인 색채는 거의 없다.

민담이 보여주는 세계는 마법의 세계다. 다른 민족의 민담과 마찬가지로 그리스 민담에서도 황금 사과와 은이나 금, 또는 쇠로 만든 빗, 마법의 거울과 보자기가 중요한 소도구로 쓰인다. 황금 사과는 흔히 욕망을 암시하고, 마법의 빗은 괴물의 나라에서 안전한 통행증으로 쓰이는가 하면 주인공이 뒤로 던지면 가시덤불로 변해 주인공을 괴물로부터 구해주기도 한다. 마법의 보자기와 소금 역시 바다로 변해 주인공을 위험에서 벗어나게 해준다. 마법의 칼도 평원으로 변해 괴물을 물리쳐준다.

마법의 거울과 맑은 샘물의 표면은 마음씨가 곱지 않은 존재들에게 자기 착각을 일으키게 하여 주인공을 괴롭히거나 곤경에 빠뜨리는 원인을 제공하지만, 끝내는 그런 착각을 한 장본인들이 화를 당하게 마련이다.

나무 위에 숨어서 괴물을 피한다든지 나무 속으로 들어가 새로운 생명을 얻는다든지, 주인공이 위험에 처하면 나무나 꽃이 시들고 색이 누렇게 말라버린다든지 하는 이야기들은 생명이 나무 속에 있다는 원시적 믿음을 잘 나타내준다.

숲 속의 우물이나 동굴, 마법의 성은 흔히 이승과 저승의 경계를 이루고, 성안의 수많은 방들과 문은 저승으로 들어가는 입구가 된다. 특히 인상적인 것은 깊은 숲 속에 숨겨진 성의 탑 꼭대기 방에 있는 저수조나 분수다. 우리나라 설화에서 나무꾼이 선녀의 옷을 감춘 곳이 숲 속에 있는 자연 상태의 샘인데 비해, 돌 건축의 문화를 가지고 있는 그리스 민담의 주인공들이 마법의 존재와 만나는 곳은 이런 성안의 구석진 방에 숨겨져 있는 저수조나 분수다. 재미있는 차이다.

또 글을 아는 사람이 많지 않던 시절을 반영하듯 주인공들은 흔히 수를 놓아 자신의 신세나 기구한 운명의 사연을 전한다. 열두 살이 되면 아이나 처녀를 찾아가라는 이야기가 많이 등장하는 것은 남자아이고 여자아이고 그 나이가 되면 제2차 성징이 나타나는 것과 깊은 관련이 있다. 그때가 되면 누구나 어린 시절을 벗어나 남자로서, 또 여자로서 새로운 세계를 맞아야 함을 상징하는 이야기들이다.

오래된 이야기답게 그리스 민담에는 원시적이고 야만적인 행동도 적잖이 나온다. 노예로 자식을 파는 일이나 찢어 죽이는 이야기가 유난히 많다. 그리고 권선징악勸善懲惡이라는 아주 보편적인 주제가 주종을 이룬다. 특히, 탐욕과 그로 말미암은 거짓말과 음모는 결국 처벌을 피하지 못한다.

동물 우화는 상당히 교훈적인 이야기를 담고 있는 반면 해학적 이야기에서는 논리나 합리성은 '재미'라는 대전제에 희생되고 만다. 재미만 있으면 된다는 이야기의 대원칙이 얼토당토않은 엉뚱하고 생뚱맞은 이야기를 천연덕스럽게 반복하는 행위의 모든 것을 합리화해준다. 민담의 세계는 모든 것이 가능한 판타지의 세계이기 때문이다.

끝으로 이 책을 만드는 동안 나는 행복했었음을 고백한다. 먼저 떠난 사람과의 마지막 합동 작업이라는 의미가 마법이 되어 나를 이끌어갔다. 비록 다른 세상의 사람이 되었지만 오래전에 이 작품을 꼼꼼하고 정확하게 번역해준 나의 아내 마은영에게 감사의 말을 전한다. 보통 때에는 엄마 이야기도 못 꺼내게 하면서도 이 작업만큼은 관심을 가져준 딸 수진이에게도 고맙다는 말을 하고 싶다.

그리고 이 책을 만드는 데에 모든 도움과 충고를 아끼지 않은 연준혁 대표와 일관성 없이 나열되었던 원저의 이야기들을 지금의 일목요연하고 읽기 쉬운 순서로 다시 편집해준 이진영 에디터에게 특별히 감사의 말을 전한다. 원고를 쓰거나 번역하는 일은 책을 만드는 데에 일부분일 뿐이다. 그 원고를 책으로 만드는 일은 많은 사람들의 전문성과 책임감, 의욕이 없이는 이루어질 수 없는 일이다. 끝으로 그분들 모두에게 감사의 마음을 전한다.

2015년 봄에, 애오개 연구실에서

유재원

세상에서 가장 오래된 이야기
∽ 민담 ∽

세상에서 가장 뼈 있는 이야기
～ 우화 ～

세상에서 가장 엉뚱한 이야기
∽ 해학 ∽

세상에서 가장 오래된 이야기

민담

마룰라

옛날 옛적에 어떤 한 여자가 자식을 낳지 못해 매일같이 신에게 자식을 하나 낳게 해주십사 하고 기도를 드렸습니다. 어느 날 아침 그녀는 창가에 서서 하늘에 빛나는 해를 바라보며 이렇게 말했습니다.

"해님, 제발 저에게 아이를 하나 갖게 해주세요. 그리고 그 애가 열두 살이 되면 오셔서 데려가도 좋아요."

그녀의 기도를 들은 해님은 그녀에게 샛별처럼 아름다운 딸을 주었습니다. 그녀는 아이를 얻은 것을 매우 기뻐했습니다. 그리고 딸아이 이름을 '마룰라'라고 지었습니다.

마룰라는 자라면서 점점 더 예뻐졌습니다. 어느덧 세월이 흘러 마룰라가 드디어 열두 살이 되었습니다. 어느 날 마룰라가 물을 길러 샘으로 가고 있는데 그녀를 본 해님은 젊은 남자로 변신한 다음 그녀에게 다가가서 말했습니다.

"아가씨, 어머니께 언제 내게 약속하신 것을 주실 거냐고 물어봐주세요."

"당신이 누구신데요?"

마룰라가 젊은이에게 물었습니다.

젊은이가 대답했습니다.

"어머님께 그렇게만 말씀드리면 내가 누구인지 다 알 거예요."

"알겠어요. 그렇게 말씀드리지요."

이 말을 마치고 마룰라는 동이에 물을 가득 채운 후 집에 돌아가서 어머니에게 말했습니다.

"엄마, 샘에서 물을 긷고 있는데 어떤 멋진 젊은이가 다가와 말을 걸었어요. 얼마나 잘생겼는지 얼굴이 마치 태양처럼 빛났답니다. 그분이 저한테 엄마가 언제 자신에게 약속한 것을 줄 건지 물어보라고 했어요. 제가 누구냐고 묻자, 엄마는 자기가 누구인지 알 거라고 했고요."

마룰라의 어머니는 한숨을 내쉬며 딸에게 말했습니다.

"애야, 나는 그 젊은이가 누구인지 알고 있단다. 그러나 그 젊은이를 또 만나거든 깜빡 잊어버리고 나한테 말하지 않았다고 해라."

다음날도 마룰라는 물을 길러 갔으며 해님은 또다시 하늘에서 내려와 그녀에게 물었습니다.

"어제 제가 한 말을 아가씨 어머님께 말씀드렸나요?"

"어머, 깜빡 잊고 물어보지 않았네요!"

마룰라가 이렇게 대답하자 해는 그녀에게 금사과를 하나 주면서 말했습니다.

"자, 이 사과를 받으시고 가슴에 넣어두세요. 저녁에 잠을 자려고 옷을 벗으면 이 사과가 굴러떨어질 테니까 그때 잊지 말고 어머님께 제가 한 말을 전해주세요."

마룰라는 매우 기뻐하면서 집으로 돌아와서 어머니께 말했습니다.

"어제 그 젊은이가 오늘 또 나타났어요. 제게 이 사과를 주면서 가슴에 넣어두었다가 저녁에 옷을 벗을 때 사과가 굴러떨어지면 그때 꼭 잊지 말고 자기가 한 말을 엄마에게 말하라고 했어요."

"만나게 되면 그때 가져가라지!"

마룰라의 어머니는 이렇게 말하면서 다시는 딸을 샘터에 보내지 않으리라 마음먹었습니다.

그 후로 한동안 마룰라의 어머니는 마룰라를 샘터에 보내지 않았습니다. 그러다가 용기를 내어 어느 날 물을 길러 그녀를 샘터에 보냈습니다. 해님은 마룰라를 보자 하늘에서 내려와 다시 젊은이로 변하여 그녀에게 어머니가 자기에게 약속한 것에 대해 무어라고 말했느냐고 물어보았습니다. 그러자 마룰라가 대답했습니다.

"아, 참, 생각나요. 어머니는 '만나게 되면 그때 가져가라지!'라고 말했어요."

해님은 이 말을 듣자 곧바로 마룰라의 손을 잡고 멀리 떨어진 자신의 궁전으로 그녀를 데려갔습니다. 그 궁전에는 아름다운 정원이 하나 있었습니다.

해님은 하루 종일 밖에 나가 있었고 저녁이 되어 그가 궁전으로 돌아올 때까지 마룰라는 정원에서 혼자 지내야 했습니다. 해님의 궁전에는 온갖 좋은 것이 다 있었지만 마룰라는 어머니가 그리워 하루 종일 정원에 앉아 울면서 이렇게 말했습니다.

"나를 잃은 우리 어머니의 마음, 그 얼마나 아플까! 상추야 시들어라, 나뭇잎아 떨어져라!"

그러고는 자기 손으로 뺨을 쥐어뜯었습니다. 마룰라의 눈물에 상추가 시들고 나뭇잎이 떨어졌습니다.

저녁이 되어 궁전으로 돌아온 해님은 마룰라의 눈이 퉁퉁 부어 있고 뺨에는 상처가 나 있는 것을 보고는 깜짝 놀라 이렇게 물었습니다.

"아니 누가 당신을 이렇게 만들었나요?"

해님이 묻자 마룰라는 이렇게 대답했습니다.

"옆집 수탉이 와서 우리 집 수탉과 싸웠어요. 제가 그 둘을 떼어놓으려다가 뺨에 상처를 입었어요."

다음 날도 마룰라는 정원에 앉아 울면서 뺨을 쥐어뜯으며 이렇게 말했습니다.

"나를 잃은 우리 어머니의 마음, 그 얼마나 아플까! 상추야 시들어라, 나뭇잎아 떨어져라!"

그러자 상추는 시들고 나뭇잎은 떨어졌습니다.

저녁이 되어 궁전으로 돌아온 해님은 마룰라의 뺨에 또 상처가 난 것을 보았습니다.

"아니, 누가 당신을 또 이렇게 만들었나요?"

"옆집 고양이가 와서 우리 집 고양이와 싸웠어요. 제가 그 둘을 떼어놓으려고 하자 고양이들이 제 뺨을 할퀴었어요."

다음 날 아침에도 마룰라는 정원으로 가서 울며 뺨을 쥐어뜯으며 이렇게 말했습니다.

"나를 잃은 우리 어머니의 마음, 그 얼마나 아플까! 상추야 시들어라, 나뭇잎아 떨어져라!"

그러자 상추 잎은 모조리 시들고 나뭇잎은 전부 떨어져 정원에는 앙상한 나뭇가지만 남았습니다.

저녁이 되어 해님이 돌아왔을 때 마룰라의 뺨은 온통 피로 물들어 있었습니다.

"아니, 누가 당신을 또 이렇게 만들었나요?"

"장미나무 옆을 지나가다가 가시에 찔려 찢어졌어요."

마룰라는 대답했습니다.

다음 날 아침에 되었을 때 해님은 밖으로 나가다가, '오늘은 나가지 말고 마룰라가 정원에서 무얼 하는지 봐야겠군!' 하고 생각했습니다. 그래서 정원으로 몰래 되돌아와서 마룰라가 무슨 일을 하는가를 봤더니, 그녀는 정원에서 울면서 뺨을 쥐어뜯는 것이었습니다. 해님은 마룰라에게 다가가 말했습니다.

"마룰라 왜 울어요? 무슨 걱정이라도 있나요?"

"아니에요. 걱정이 있는 것은 아니에요."

"그럼 왜 울어요? 혹시 어머님께 돌아가고 싶은 건가요?"

"그래요. 저는 정말 어머니께 돌아가고 싶어요."

마룰라가 말했습니다.

그러자 해님은 말했습니다.

"정 그렇게 가고 싶다면 보내드리지요."

해님은 그녀의 손을 잡고 정원의 한구석으로 갔습니다. 그러고는 소리치기 시작했습니다.

"사자야, 사자야!"

그러자 사자들이 왔습니다.

"주인님, 부르셨습니까?"

"마룰라 아가씨를 그녀의 어머니에게 데려다주겠니?"

"그럼요, 데려다드리고말고요."

"너희들은 길을 가다가 배가 고프면 무엇을 먹고 또 목이 마르면 무엇을 마실 거냐?"

"마룰라 아가씨 고기를 먹고 피를 마시지요."

그러자 해님이 소리쳤습니다.

"썩 물러들 가거라. 너희들에게는 이 일을 맡길 수 없다."

그리고 나서 해님은 여우를 불렀습니다.

"여우야, 여우야!"

이번에는 여우들이 왔습니다.

"주인님, 부르셨습니까?"

"마룰라 아가씨를 그녀의 어머니에게 데려다주겠니?"

"그럼요. 데려다드리고말고요."

"너희들은 길을 가다가 배가 고프면 무엇을 먹고 또 목이
마르면 무엇을 마실 거냐?"

"마룰라 아가씨 고기를 먹고 피를 마시지요."

"썩 물러들 가거라."

조금 있다가 해님이 다시 소리쳐 불렀습니다.

"사슴아, 사슴아!'

사슴들이 달려왔습니다.

"마룰라 아가씨를 그녀의 어머니에게 데려다주겠니?"

"그럼요. 데려다드리고말고요."

"너희들은 길을 가다가 배가 고프면 무엇을 먹고 또 목이
마르면 무엇을 마실 거냐?"

"시원한 풀잎을 먹고 깨끗한 물을 마시겠어요."

"너희들은 믿을 만하구나."

이렇게 말한 해님은 마룰라를 한 사슴의 뿔 위에 앉히고는 그녀에게 온갖 보물을 준 후 어머니에게 돌려보냈습니다.

한참을 달린 사슴이 배가 고파졌습니다. 사슴은 마침 삼나무 한 그루를 발견하고는 이렇게 말했습니다.

"삼나무야, 고개 좀 숙여서 마룰라 아가씨를 받아라."

삼나무는 고개를 숙이고는 마룰라를 자기 꼭대기에 위에 앉혔습니다. 그러자 사슴은 마룰라에게 이렇게 말했습니다.

"마룰라 아가씨, 배가 고프니까 풀을 뜯어먹고 다시 올게요. 제가 풀을 먹고 있는 동안에는 꼭 필요한 일이 아니면 저를 부르지 말아주세요."

마룰라가 말했습니다.

"그래, 알았다. 어서 가서 먹고 오렴."

삼나무가 서 있는 곳에는 우물이 하나 있었고, 그곳에서 멀지 않은 곳에 여자 식인 괴물이 세 딸을 데리고 살고 있었습니다. 괴물은 자기의 큰딸을 물을 길어오라며 우물로 보냈습니다. 괴물의 큰딸은 두레박을 던지기 위해 몸을 숙이다가 물에 비친 마룰라의 예쁜 얼굴을 보고는 자기 얼굴이라고 생각했습니다. 그래서 두레박을 던져버리고는 춤을 추며 집으로 돌아갔습니다.

"물은 떠왔니?"

괴물이 큰딸에게 물었습니다.

"아니, 나처럼 예쁜 얼굴을 가진 딸을 그래 물이나 떠오라고 보내는 거예요?"

어머니 괴물은 할 수 없이 둘째 딸을 우물로 보냈습니다. 그러나 그녀도 역시 물에 비친 마룰라의 얼굴을 보고는 자기 모습이라고 착각했습니다. 그래서 두레박을 던져버리고 집으로 뛰어갔습니다.

"아니, 나처럼 예쁜 얼굴을 가진 딸을 그래 물이나 떠오라고 보내는 거예요?"

어머니 괴물은 끝으로 셋째 딸을 우물로 보냈으나 그 딸 역시 빈손으로 돌아왔습니다. 그래서 이번에는 엄마 괴물 자신이 스스로 우물에 가기로 했습니다. 우물에서 몸을 굽혀 아래를 보니 물속에 마룰라의 얼굴이 보였습니다. 괴물은 눈을 들어 위를 보다 애써 웃음을 참고 있는 마룰라를 발견했습니다. 여자 괴물이 말했습니다.

"깜찍한 년 같으니라고! 내 딸들이 물에 비친 네년 얼굴을 보고 자기들이 예쁜 줄 착각하고 물도 안 떠오고 미친 듯이 집으로 달려오는 바람에, 내가 밀가루 반죽을 하다 말고 할 수 없이 이렇게 물을 길러 오게 됐다. 내가 억울해서라도 네년을 잡아먹어야겠다. 이리 썩 내려와라!"

"집으로 돌아가서 밀가루 반죽이나 먼저 끝내고 저를 잡아먹으시지요."

마룰라가 대꾸했습니다.

그러자 여자 괴물은 집으로 달려가서 번개같이 밀가루 반죽을 끝내놓고 마룰라에게 뛰어와 이렇게 말했습니다.

"반죽을 다 했으니 이젠 내려와! 내 너를 잡아먹어야겠다."

"빵이나 빚어놓고 다시 오시지요."

마룰라가 대답했습니다.

괴물은 달려가서 빵을 빚어놓고는 뛰어 돌아와서 이렇게 말했습니다.

"빵을 다 빚었으니 이젠 내려와! 내 너를 잡아먹어야겠다."

"가마솥을 깨끗이 닦아놓고 다시 와서 저를 잡아먹으시지요."

마룰라가 대답했습니다.

여자 괴물은 집에 돌아가서 가마솥을 잘 닦은 뒤에 다시 와서 이렇게 말했습니다.

"가마솥은 깨끗이 닦았으니 이젠 내려와! 내 너를 잡아먹어야겠다."

"가마솥이 식기 전에 빵을 먼저 구워놓고 저를 잡아먹으시지요."

마룰라가 대답했습니다.

여자 괴물은 빵을 굽기 위해 집으로 돌아갔습니다. 그러자 마룰라는 큰 소리로 사슴을 불렀습니다.

"사슴아, 사슴아!"

사슴은 이 소리를 듣고 달려왔습니다. 마룰라는 사슴에게 말했습니다.

"빨리 도망가자. 여자 괴물이 나를 잡아먹으려고 한단다."

그러자 사슴은 삼나무에게 이렇게 말했습니다.

"삼나무야, 내가 마룰라 아가씨를 받을 수 있게 몸을 굽혀주겠니?"

삼나무는 몸을 굽혔고 사슴은 마룰라를 등에 태우고 뛰기 시작했습니다. 뛰어가다가 길에서 쥐를 만나자 마룰라는 쥐에게 말했습니다.

"쥐야, 조금 후에 여자 괴물이 뒤쫓아와서 우리를 보았느냐고 묻거든 이런저런 이야기를 하며 시간을 끌어서 우리가 멀리 도망갈 수 있게 해주렴!"

조금 후에 여자 괴물이 그곳에 도착하여 쥐에게 이렇게 물었습니다.

"혹시 한 여자아이가 사슴과 함께 지나가는 것을 보지 못했니?"

그러자 쥐가 말했습니다.

"저는 여기에서 털실 한 뭉치를 주웠어요."

여자 괴물이 쥐에게 말했습니다.

"묻는 말에는 대답 않고 엉뚱한 말만 하는구나. 너 혹시한 여자아이가 사슴과 함께 지나가는 것을 보지 못했니?"

"얽힌 걸 풀기 위해 털실을 더운 김에 쐬어야겠어요."

쥐가 말했습니다.

"묻는 말에는 대답 않고 엉뚱한 말만 하는구나. 너 혹시한 여자아이가 사슴과 함께 지나가는 것을 보지 못했니?"

여자 괴물이 또다시 물었습니다.

"이젠 털실을 감아야겠어요."

"묻는 말에는 대답 않고 엉뚱한 말만 하는구나. 너 혹시한 여자아이가 사슴과 함께 지나가는 것을 보지 못했니?"

"이젠 털실로 옷을 짜야겠어요."

"묻는 말에는 대답 않고 엉뚱한 말만 하는구나. 너 혹시한 여자아이가 사슴과 함께 지나가는 것을 보지 못했니?"

"보았지요. 저쪽 길로 갔으니까 어서 쫓아가세요."

쥐가 말했습니다.

그사이 사슴은 열심히 달려 마룰라 어머니가 살고 있는집 가까이에 도착했습니다. 그러자 개가 마룰라가 오고 있는 것을 알고 짖기 시작했습니다.

"멍멍! 마룰라 아가씨가 오고 있어요, 마룰라 아가씨가 오고 있어요!"

그러자 마룰라 어머니는 개한테 소리쳤습니다.

"못된 개 같으니라고. 좀 조용히 하지 못하겠니? 가뜩이나 속상해 죽겠는데 너까지 소란을 피워 나를 괴롭히니?"

조금 후에 지붕 위에 있던 고양이도 마룰라가 오고 있는 것을 느끼고는 소리쳤습니다.

"야옹, 야옹! 마룰라 아가씨가 오고 있어요, 마룰라 아가씨가 오고 있어요!"

그러자 마룰라 어머니는 화를 내며 말했습니다.

"못된 고양이 같으니라고. 좀 조용히 하지 못하겠니? 가뜩이나 속상해 죽겠는데 너까지 소란을 피워 나를 괴롭히니?"

그때 수탉도 마룰라가 오고 있는 것을 느끼고는 소리쳤습니다.

"꼬꼬댁, 꼬꼬댁! 마룰라 아가씨가 오고 있어요, 마룰라 아가씨가 오고 있어요!"

그러자 마룰라 어머니는 말했습니다.

"못된 닭 같으니라고! 입 좀 다물지 못하겠니? 가뜩이나 속상해 죽겠는데 너까지 소란을 피워 나를 괴롭히니?"

그때 사슴이 집으로 가까이 갈수록 여자 괴물도 그들의 뒤를 더욱더 바짝 쫓아왔습니다. 사슴이 집의 문턱을 막 넘으려 할 때 여자 괴물은 사슴 뒤에 다가와서 사슴의 꼬리를 잡아당겼습니다.

"아이고 내 꼬리야, 아이고 내 꼬리야!"

사슴이 외쳤습니다.

그들이 집 안으로 들어서자 마룰라의 어머니는 깜짝 놀라 일어서며 반갑게 맞아들였습니다.

"고맙다, 사슴아. 정말 고맙다! 우리 딸 마룰라를 데리고 왔으니 네 꼬리는 내가 치료해주마."

그러고는 솜을 가져다가 소독을 한 후 잘린 꼬리를 붙여주었습니다. 그 후로 마룰라의 어머니는 딸과 함께 오랫동안 행복하게 살았습니다. ⫸

풀리아*와 아브게리노스**

옛날 옛적에 한 사냥꾼이 부인과 함께 살고 있었습니다. 어느 날 사냥꾼의 부인이 예쁜 딸을 낳았는데 그들은 딸아이의 이름을 '풀리아'라고 지었습니다. 그러나 얼마 후에 부인이 죽어서 사냥꾼은 다시 결혼을 했습니다.

사냥꾼의 두 번째 부인, 다시 말해 풀리아의 계모가 얼마 후에 아들을 낳았는데 그들은 아들의 이름을 '아브게리노스'라고 했습니다.

풀리아가 커가면서 예뻐짐에 따라 그녀에 대한 계모의 질투심도 점점 더 커졌습니다. 계모는 풀리아를 노예로 팔아버릴 생각을 하고는 이 생각을 자기 남편에게 몰래 이야기했습니다. 아브게리노스는 자기 엄마가 하는 이야기를 엿

<hr />

* 플레이아데스를 의미함. 일곱 개의 밝은 별로 이루어진 별자리
** 금성, 샛별

듣고는 풀리아에게 그대로 전했습니다.

"풀리아 누나, 우리 엄마가 누나를 노예로 팔려고 하는데 어떻게 하면 좋지?"

풀리아는 조언을 구하기 위해 이웃집 할머니에게 갔습니다. 할머니는 풀리아에게 계모에게서 도망가야 한다고 말했습니다.

"노예 시장에 데려가기 위해 계모가 네 머리를 빗겨주면 아브게리노스는 적당한 때에 풀리아 머리에 달린 리본을 잡아채서 달아나라. 그러면 풀리아, 너는 아브게리노스를 잡으러 가는 척하고 뒤따라가거라. 그렇게 하면 너희들은 도망갈 수 있을 게다. 계모가 달려와서 너희들을 잡으려 하면 이 칼을 뒤로 던져라. 그러면 끝이 안 보이는 벌판이 생길 게다. 하지만 네 계모는 곧 벌판을 건너서 너희를 뒤따라올 테니까 그때엔 이 빗을 던져라. 그러면 가시덤불 숲이 생길 게다. 네 계모는 이 가시덤불 숲도 건너서 너희를 뒤따라올 테니까 그때엔 이 소금을 던져라. 그러면 큰 호수가 생길 게다. 네 계모는 이 호수를 건널 수가 없어서 집으로 되돌아갈 게다."

할머니는 이렇게 말하며 아이들에게 칼 한 자루, 빗 한 개, 그리고 소금을 조금 주었습니다.

그들이 집에 돌아오자 계모는 풀리아를 붙잡고는 머리를 빗겨주고 노래를 부르면서 수많은 거짓말을 늘어놓았습니다. 그때 아브게리노스가 폴리아의 머리타래를 묶고 있던 리본을 잡아채어 달아나자 폴리아도 재빨리 그를 뒤따라 달려갔습니다. 그러자 계모도 그 둘을 잡으려고 달려왔습니다. 계모가 가까이 오자 폴리아는 이웃집 할머니가 준 칼을 던졌습니다. 할머니 말대로 끝이 안 보이는 벌판이 생겨났습니다. 하지만 계모는 벌판을 건너서 다시 가까이 쫓아왔습니다. 폴리아는 이번에는 할머니가 준 빗을 던졌고 그러자 가시덤불 숲이 생겼습니다. 그러나 계모는 가시덤불 숲도 지나서 또 가까이 다가왔습니다. 폴리아가 마지막으로 소금을 던지자 큰 호수가 생겼습니다. 계모는 호수를 건너려고 했지만 건널 수가 없었습니다. 그래서 자기를 버리고 이복누나를 따라간 아들 아브게리노스를 저주했습니다.

"배은망덕한 놈 같으니라고! 가다가 목이 말라 물을 마시게 되면 너는 그 물가에 발자국을 남긴 동물로 변할 것이다."

그들이 한참을 걸어갔을 때 아브게리노스는 이렇게 말했습니다.

"폴리아 누나, 목이 말라 견딜 수가 없어."

"조금만 참고 걸어가면 임금님이 소유하고 있는 샘이 나오니까 그때까지만 참아."

폴리아가 말했습니다.

한참을 걸어가다가 아브게리노스가 다시 말했습니다.

"목이 말라 죽을 것 같아!"

그러고는 늑대 발자국이 있는 샘을 발견하고는 풀리아에게 말했습니다.

"이곳에서 물을 마실래."

"이 물을 마시면 안 돼. 이 물을 마시면 너는 늑대가 되어 나를 잡아먹을 거야."

풀리아가 말했습니다.

"그렇다면 안 마실게."

그들은 다시 걸어갔으며 한참을 가다가 양의 발자국이 있는 샘을 발견했습니다.

아브게리노스가 말했습니다.

"더 이상 견딜 수가 없으니까 이 물을 마실래."

"마시면 안 돼! 왜냐하면 너는 양이 되어서 사람들에게 잡아먹히고 말 거야."

그러나 아브게리노스는 "잡아먹혀도 할 수 없어. 나 이 물을 마실래" 하며 물을 마시고 양이 되어서 "매애! 매에!" 하며 울었습니다.

"매에! 풀리아 누나! 매에! 풀리아 누나!"

"그래 이리 가까이 오렴."

풀리아가 말했습니다.

풀리아가 앞장을 서고 양이 된 아브게리노스가 그 뒤를

따라 한참을 걸어서 왕이 소유하고 있는 샘에 도착했습니다. 풀리아는 물을 떠서 양에게도 주고 자기도 마셨습니다.

샘이 있는 곳의 바로 옆에는 키가 큰 삼나무가 한 그루 있었습니다. 풀리아는 하느님께 기도를 드렸습니다.

"하느님, 삼나무 꼭대기에 올라갈 수 있는 힘을 저에게 주세요!"

풀리아가 기도를 마치자마자 그녀는 어느새 삼나무 꼭대기에 앉아 있었습니다. 그리고 그녀가 앉은 자리는 황금 옥좌로 변했습니다. 양은 삼나무 아래에 앉아 풀을 뜯었습니다.

얼마 후에 왕의 노예들이 말한테 물을 먹이기 위해 샘으로 왔습니다. 그러나 말들은 삼나무 위에서 번쩍이고 있는 풀리아를 보자 놀라서 고삐를 끊고 달아나버렸습니다. 그래서 노예들이 풀리아에게 이렇게 말했습니다.

"아가씨, 말들이 놀라서 물을 마시려 들지 않으니 아래로 내려오세요."

"전 내려가지 않겠어요. 제가 무얼 잘못했나요? 말들보고 안심하고 물을 마시라고 하세요."

풀리아가 대답했습니다.

"아래로 내려오시라니까요."

노예들이 다시 말했습니다.

"안 내려갈 거예요."

노예들은 할 수 없이 왕자에게 가서 삼나무 위에 아름다운 소녀 한 명이 앉아 있는데, 그녀가 내뿜는 광채에 말들이 놀라서 물을 마시러 들지 않기 때문에 소녀에게 내려와 달라고 부탁했으나 내려오지 않는다고 말했습니다.

이 말을 들은 왕자가 직접 샘으로 가서 풀리아에게 내려오라고 말했지만 그녀는 내려오려고 하지 않았습니다. 왕자가 두 번 세 번 다시 말했지만 풀리아는 말을 듣지 않았습니다. 그래서 네 번째에는 이렇게 말했습니다.

"아가씨, 정 내려오시지 않겠다면 삼나무를 자르는 수밖에 없습니다."

"자르세요. 그래도 전 내려가지 않겠어요."

풀리아가 대답했습니다.

왕자는 궁으로 돌아가서 사람들을 데리고 와서 삼나무를 자르기 시작했습니다. 그러나 자를 때마다 양이 자른 곳을 혀로 핥자 삼나무는 더욱 두꺼워지기만 했습니다. 사람들이 삼나무를 자르려고 노력하고 또 노력했지만 결국은 헛수고였습니다.

"모두들 다 물러가거라."

왕자는 화가 나서 소리쳤습니다.

모든 사람들이 떠나가자 왕자는 한 할머니에게 가서 사정을 했습니다.

"할머니께서 그 소녀를 삼나무에서 내려오게 해주시면 금화가 들어 있는 돈주머니를 드리겠습니다."

"제가 그 소녀를 내려오게 해드리지요."

할머니가 말했습니다.

할머니는 나무통과 체와 밀가루를 가지고 삼나무 아래로 가서 나무통을 거꾸로 뒤집어놓고 체도 거꾸로 잡고는 밀가루를 체질하기 시작했습니다. 삼나무 위에서 이것을 본 소녀는 소리를 질렀다.

"할머니, 체를 뒤집어서 사용하시고 나무통도 뒤집어놓으세요."

할머니는 귀가 어두워서 듣지 못하는 척하며 이렇게 말했습니다.

"얘야, 나는 귀가 어두워서 잘 듣지를 못한단다. 내려와서 얘기하려무나."

그러고는 계속해서 체도 거꾸로 들고 나무통도 엎어놓은 채 체질을 했습니다. 풀리아는 답답해서 체를 뒤집어 들고 나무통도 뒤집어놓아야 한다고 두 번 세 번 얘기했지만, 할머니는 그때마다 자기는 귀가 어두워서 잘 듣지를 못하니까 내려와서 말하라고 했습니다.

이렇게 해서 풀리아는 나무에서 내려오게 되었고, 할머니에게 다가가서 체치는 법을 가르쳐주려고 했습니다. 그런데 그 순간 나무 뒤에 숨어 있던 왕자가 튀어나와 그녀를 껴안아서는 말에 앉힌 다음 데려가려고 했습니다.

그때 삼나무 아래에서 풀을 뜯고 있던 양이 울기 시작했고 풀리아도 소리를 질렀습니다.

"내 양을 데려가게 해주세요. 내 양도 데려가게 해주세요."

그때 왕자가 그녀에게 말했습니다.

"걱정 마세요. 원하시는 수만큼의 양을 줄게요."

그러나 풀리아는 왕자의 말은 들은 체도 하지 않고 계속 소리를 질렀습니다.

"안 돼요. 저 양은 이 세상 그 무엇과도 바꿀 수 없어요!"

왕자는 하는 수 없이 사람들을 시켜 그 양을 궁전에 데려오게 하고 자기는 풀리아와 결혼을 했습니다.

왕은 며느리인 풀리아를 무척 사랑해주었지만 왕비는 그녀를 몹시 시기했습니다. 어느 날 왕자가 사냥을 가고 없는 새에 왕비는 풀리아에게 정원에 산책을 가자고 했습니다. 산책을 하다가 마른 우물에 도착했을 때 왕비는 풀리아를 우물 속에 밀어넣었습니다.

양은 그것을 알아차리고 울기 시작했습니다. 왕비는 양의 입을 막기 위해 양을 죽이기로 결심했습니다.

사냥에서 돌아온 왕자는 자기 부인이 눈에 띄지 않자 어머니인 왕비에게 물었습니다.

"어머니, 제 아내가 어디 있는지 아세요?"

"산책을 하겠다고 밖에 나가더구나. 그 애가 없는 새에 우리 양을 잡아먹는 게 어떻겠니?"

왕비가 말했습니다.

양은 이 이야기를 듣고 우물로 뛰어가서 풀리아에게 말했습니다.

"풀리아 누나, 나를 죽이려고 해!"

"걱정하지 마, 널 죽이지 못할 거야!"

"하지만 이거 봐! 저들이 칼을 갈고 있어. 그리고 지금 나를 잡았어!"

"어쩌지? 우물 속에 빠진 내가 뭘 할 수 있겠어?"

이렇게 왕비의 노예들이 양을 잡아 칼을 갈던 곳으로 끌고 가서 죽이려 하는 순간 풀리아가 하느님께 빌었습니다.

"하느님, 사람들이 제 동생을 죽이려 하는데 저는 이렇게 우물 속에 갇혀 있습니다."

이 말을 마치자 풀리아는 신기하게도 이미 우물 밖으로 나와 있었습니다. 그녀는 동생을 구하기 위해 달려갔습니다. 사람들은 마침 그 순간 양의 목을 따려 하고 있었습니다. 그녀는 "내 양을 살려주세요!" 하고 소리쳤지만 그들은 양을 죽여버렸습니다. 풀리아는 미친 듯이 "아이고, 내 양아! 아이쿠, 내 양아!" 하고 소리치며 울어댔습니다. 그 무엇도 그녀를 위로할 수 없었습니다. 왕자는 다른 양들을 수천 마리 주겠다고 약속했지만 그녀는 "아이고 내 양아! 아이고 내 양아!" 하며 슬프게 울기만 했습니다.

사람들은 양을 구워 상 위에 놓았습니다.

"이리 와서 양고기를 드시지요."

사람들이 풀리아에게 말했습니다.

"저는 식사를 이미 했어요. 더 이상 먹을 수가 없으니 여러분들이나 드세요."

풀리아는 대답했습니다.

"이리 와서 조금만 잡숴보세요."

사람들이 다시 그녀에게 말했습니다.

"여러분들이나 드세요. 저는 벌써 먹었다니까요."

이렇게 하여 사람들이 양고기를 다 먹었을 때 풀리아는 식탁으로 가서 양의 뼈를 추린 후 모아서는 항아리 속에 넣어 정원에 묻었습니다.

다음 날 아침이 되었을 때 양의 뼈를 묻은 곳에서 오렌지 나무가 높이 자라 있었고, 그 나무 꼭대기에는 금빛 오렌지가 하나 달려 있었습니다. 풀리아의 심술궂은 시어머니는 금빛 오렌지를 보자마자 "저 오렌지를 누가 좀 따 다오!" 하고 소리쳤습니다. 그러나 오렌지가 너무 높은 곳에 매달려 있어서 그 누구도 딸 수 없었습니다. 시어머니가 화가 나서 직접 오렌지를 따기 위해 가까이 다가갔습니다. 그러자 나뭇가지가 저절로 휘어지더니 그녀의 눈을 빼려고 했습니다.

이를 보던 폴리아가 "제가 따드리겠어요"라고 말하면서 오렌지나무에 다가갔을 때 나무가 고개를 숙이고 그녀에게 "폴리아 누나, 나를 꼭 잡아"라고 말했습니다. 폴리아가 나무를 잡자 천둥이 되더니 하늘 높이 올라가서 이렇게 말했습니다.

"시아버님, 그리고 왕자님 안녕히 계세요. 저는 이 세상에서 살 수가 없어요. 나쁜 계모 손에서 겨우 벗어났더니 이번에는 나쁜 시어머니를 만났거든요."

아브게리노스와 폴리아는 이렇게 하늘로 올라가 별이 되었습니다. ❰❰❰❰

미르시나

옛날 옛적에 세 자매가 살고 있었습니다. 그들은 어머니도 아버지도 없는 고아들이었습니다. 어느 날 그들은 셋 중에서 누가 가장 예쁜지를 알고 싶었습니다. 그래서 해님이 서산을 넘어가려고 할 때 찾아가 나란히 서서는 이렇게 물었습니다.

"해님, 우리 셋 중에서 누가 제일 예쁜가요?"

그러자 해님이 대답했습니다.

"첫째 아가씨도 예쁘고 둘째 아가씨도 예쁘지만, 셋째 아가씨가 제일 예쁘지요."

두 언니는 이 말을 듣고 속이 상해서 뾰로통해져 집으로 돌아왔습니다.

다음 날, 두 언니는 자기들이 갖고 있는 옷 중에서 가장 좋은 옷을 입고 가장 아름다운 장식을 하고, 막내 미르시나에게는 가장 낡고 더러운 옷을 입히고는 다시 물어보려고 해님에게 갔습니다.

"해님, 우리 셋 중에서 누가 제일 예쁜가요?"

그러자 해님이 다시 대답했습니다.

"첫째 아가씨도 예쁘고 둘째 아가씨도 예쁘지만, 셋째 아가씨가 제일 예쁘지요."

두 언니는 이 말을 듣자 홍당무처럼 얼굴이 빨개져 화가 나서 어쩔 줄 모르며 집으로 돌아왔습니다.

세 번째 날에도 그들은 같은 질문을 했고 해님은 그들에게 똑같은 대답을 했습니다. 그러자 두 언니는 질투심에 불타 견딜 수 없게 되었고, 마침내 막내 미르시나를 갖다 버릴 궁리를 하게 되었습니다.

"어머니가 돌아가신 지도 벌써 몇 년이 되었으니까 내일은 일찍 일어나 어머니 무덤에 가서 어머니를 다른 곳으로 옮겨 묻어드려야겠다. 그런데 어머니 무덤은 깊은 산골짜기에 있으니까 오늘 저녁 모든 걸 준비해놓고, 내일은 아침 일찍 출발하기로 하자."

순진한 미르시나는 그 말을 믿었습니다. 다음 날 아침이 되자 그들은 음식을 싸 가지고 길을 떠났습니다. 한참을 걸어서 숲에 도착해 너도밤나무가 있는 곳에 이르자 큰언니가 말했습니다.

"자, 여기가 어머니의 무덤이 있는 곳이다. 땅을 파게 삽을 좀 다오."

그러자 둘째가 말했습니다.

"어머, 어떻게 하면 좋아! 삽도 가져오지 않았고 곡괭이도 잊어버리고 안 가져왔으니 무엇으로 땅을 파지? 아이고 내 정신 좀 봐, 어떻게 하면 좋아!"

그때 큰언니가 말했습니다.

"우리들 중에 한 사람이 집에 돌아가서 삽을 가져오기로 하자!"

둘째가 말했습니다.

"난 무서워서 가기 싫어요."

그러자 큰언니가 말했습니다.

"그럼 이렇게 하기로 하자. 다들 혼자 가는 것은 무서워하니까 미르시나 너는 여기서 기다리고, 둘째와 내가 집에 가서 삽을 가져오기로 하자. 우리가 돌아올 때까지 미르시나는 음식이나 잘 간수하고 있어라."

"알겠어요. 그렇지만 저 역시 혼자 있는 게 무서우니까 언니들 빨리 오세요."

"그래, 번개처럼 갔다가 돌아올 테니까 염려 말고 있어."

언니들은 이렇게 말하고는 속으로 쾌재를 부르며 그곳을 떠났습니다.

순진한 미르시나는 기다리고 또 기다렸지만 언니들은 돌

아오지 않았습니다. 드디어 해가 지고 저녁이 되어 숲 속에 혼자 남게 된 미르시아가 너무 슬프게 울자 나무들까지도 그녀를 불쌍히 여기게 되었습니다. 그러자 너도밤나무가 말했습니다.

"얘야, 울지 마. 네가 가지고 있는 그 동그란 빵을 굴려봐. 그 빵이 멈추는 곳까지 쫓아가서 거기에 머물러. 그리고 아무것도 무서워하지 마."

미르시나가 동그란 빵을 굴리자 빵은 그녀의 발밑을 지나 굴러갔습니다. 그녀는 빵 뒤를 쫓아갔습니다. 빵은 여기설 듯 저기 설 듯하며 굴러갔습니다. 한참을 빵을 뒤쫓아간 미르시나는 자기도 모르는 새에 어느덧 한 구멍 안에 도착해 있었습니다. 앞을 보니 거기에는 집 한 채가 서 있었습니다. 마르시나는 집 안으로 들어갔습니다.

그 집에는 열두 달인 열두 형제가 살고 있었습니다. 이 형제들은 하루 종일 집을 비우고 저녁 늦게야 돌아왔습니다. 마침 미르시나가 도착했을 때에는 집에 아무도 없었습니다.

미르시나는 비와 걸레를 가져다가 먼저 집 안을 깨끗이 청소한 다음 부엌으로 가서 맛있는 음식을 만들었습니다. 그러고 나서 식탁 위를 정리하고 앉아서 자기도 음식을 약간 먹고는 집에 있는 광 속에 숨었습니다.

얼마 후에 열두 달인 열두 형제가 도착했습니다. 그들은 집 안이 깨끗이 정돈되어 있고 식탁이 마련되어 있고 모든 준비가 되어 있는 것을 발견했습니다. 그들은 '이게 어떻게 된 거지?' 하고 궁금해 하면서 이렇게 말했습니다.

"누가 우리를 위해 이렇게 좋은 일을 했지? 두려워 말고 이리 나오세요. 남자아이라면 동생을 삼고 여자아이라면 누이로 삼겠어요."

그러나 아무런 대답이 없었으므로 그들은 식탁 위에 차려진 음식을 먹고는 잠을 잤습니다.

아침이 되자 그들은 일어나서 모두 밖으로 나갔습니다. 그러자 미르시나는 숨어 있던 곳에서 나와 온 집 안을 청소한 뒤, 세상에서 둘도 없이 맛있는 피자를 만들어놓았습니다. 저녁이 되자 미르시나는 만들어놓은 음식으로 정성스럽게 상을 차려놓은 후 자신도 피자 한 조각을 잘라서 먹고는 다시 숨었습니다. 잠시 후에 열두 달 형제가 돌아와서는 어제와 마찬가지로 온갖 맛있는 음식이 식탁 위에 차려져 있는 것을 보고는 이렇게 말했습니다.

"도대체 누가 우리를 위해 이렇게 좋은 일을 했소? 두려워 말고 이리 나오시오……."

열두 형제들은 여러 번 이렇게 이야기했지만 미르시나는 몸을 드러내지 않았습니다. 그들은 할 수 없이 식탁에 앉아서 차려진 음식을 먹었습니다. 잠자리에 들면서 열두 형제

중 막내가 이렇게 말했습니다.

"내일 저는 형님들과 같이 나가지 않고, 대신 집에 남아서 누가 우리를 위해 이렇게 일을 해주나 알아보겠어요."

다음 날이 되자 그들은 일어나서 집을 떠났지만 막냇동생만은 남아 문 뒤에 숨었습니다. 그리고 미르시나가 언제나처럼 숨어 있던 곳에서 나오자 막냇동생은 문 뒤에서 튀어나와 그녀의 치맛자락을 잡고는 이렇게 말했습니다.

"우리 형제들을 위해 일을 해주고도 대답도 안 하고 숨어 있기만 하던 사람이 바로 아가씨였군요! 두려워하실 것 하나도 없습니다. 우리는 아가씨를 누이로 삼으려고 하니까요. 누이 하나 갖는 게 우리가 이 지상에서 원하던 거였는데 이제야 그 바람이 이루어졌네요."

그러자 미르시나는 용기를 얻어 어떻게 해서 언니들이 자기를 버리게 되었으며 어떻게 해서 이 집에 오게 되었는가를 그에게 설명했습니다. 그리고 나서는 착실한 가정주부처럼 집을 청소하고 요리를 만들고 빨래를 하는 등 집안일을 시작했습니다.

저녁 늦게 돌아온 다른 열한 형제는 미르시나를 보고는 기뻐서 어쩔 줄을 몰라 했습니다. 그들은 다 같이 앉아 식사를 했으며 친 오누이들처럼 다정하게 잠자리에 들었습니다.

아침이 되어 열두 형제는 일어나서 다시 밖으로 나갔고, 미르시나는 집에 남아 집안일을 했습니다. 저녁이 되자 미르시나는 문밖에서 오빠들이 돌아오기를 기다렸습니다. 얼마 기다리지 않아 열두 형제들은 환한 얼굴로 돌아왔습니다.

"그래, 잘 있었니?"

"어서들 오세요!"

"오늘은 어떻게 지냈니?"

"저는 아주 잘 지냈어요. 오빠들은 어떻게 지내셨나요?"

"우리도 잘 지냈단다. 그러나 무엇보다도 네가 잘 지냈다니 참 다행이구나."

"배고프실 텐데 그렇게들 서 계시지만 마시고 어서 들어오세요. 식사는 다 준비되어 있으니까요."

"그래 어서 가서 먹자. 사실은 우리가 오늘 무척 배가 고프단다."

그들은 집 안으로 들어가 식탁에 앉았습니다. 식사를 마치고 열두 형제는 미르시나에게 각자 선물을 했습니다. 한 사람은 미르시나에게 금귀고리를 선물했고, 또 다른 한 사람은 하늘과 별들을 아름답게 수놓은 금으로 된 옷을 선물했으며, 또 다른 두 사람은 땅과 꽃들이 수놓인 치마와 바다와 물고기가 수놓인 치마를 각각 주었습니다. 다른 형제들의 선물도 모두 너무 좋은 것이어서 마치 하늘나라에서 가져온 듯한 것들 같았습니다. 이렇게 하여 마르시나는 열두 형제와 말할 수 없이 행복한 나날을 보내고 있었습니다.

미르시나의 언니들은 우연히 미르시나가 행복하게 살고 있다는 소식을 듣게 되었습니다. 그러자 그들은 질투심에 불타 마침내 미르시나를 독살할 마음까지 품었습니다. 그래서 독을 집어넣은 케이크를 만들어서는 미르시나를 찾아왔습니다. 그들이 도착했을 때 마침 열두 형제는 이미 집을 나가고 없었고 미르시나 혼자만 있었습니다. 두 언니들은 문을 똑똑 하고 두드렸습니다.

"누구세요?"

미르시나가 안에서 물었습니다.

"어머, 저 애가 우리를 벌써 잊어버렸나봐! 얘, 어서 문 열어라. 우리는 너를 찾아 온 산을 헤매며 죽을 고생을 한 네 언니들이다!"

"언니!"

미르시나는 문을 열고 언니들을 얼싸안고는 울기 시작했습니다. 그러자 언니들이 말했습니다.

"도대체 어떻게 된 거니? 우린 집에 가서 부리나케 삽을 가지고 돌아왔더니 글쎄 네가 없어졌잖아. 여기도 찾아보고 저기도 찾아보았지만 영 네가 보이지 않더구나. 그래서 네가 혼자 남아 있다가 무서워지자 지나가는 사람을 따라 어디론가 갔나보다, 라고 생각하고 말았단다. 그러나 옛날이야기는 해서 무얼 하겠니? 어쨌든 그 후에 우린 네가 이곳에 있다는 소식을 듣고 이렇게 너를 보러 왔단다. 그런데 와서 보니 너 아주 잘 지내고 있는 것 같구나!"

"그래요. 사실 부족한 것 없이 지내고 있어요."

"우린 척 보고 그런 줄 알았어. 이 집 사람들이 너를 무척 사랑해주는 것 같으니까, 넌 이 집을 떠날 생각 말고 꼭 붙어 있어라. 그럼 우린 간다."

"왜 좀 더 있다 가지 그러세요?"

"응, 오늘은 바빠서 그러니까 다음에 다시 올게. 잘 있어!"

"그럼 언니들 잘 가세요!"

"앞으로 너 보러 자주 올게⋯⋯. 아, 하마터면 잊을 뻔했구나⋯⋯. 자, 이 케이크 받아라. 어제가 어머니 제삿날이어서 우리가 케이크를 만들었는데 그중 한 개를 가져왔어. 그러니까 너도 맛을 보고 어머니를 위해 기도를 드려라."

미르시나는 고맙게 케이크를 받았습니다. 그리고 언니들이 떠난 후 케이크 한 조각을 잘라 옆에 있던 개에게 주었습니다. 그런데 이것을 받아먹은 개는 그만 죽고 말았습니다. 그러자 미르시나는 케이크에 독이 들어 있었으며 언니들이 자기를 독살하려 했다는 것을 깨달았습니다. 그래서 케이크를 먹지 않고 화덕 속에 집어넣고는 태워버렸습니다.

그 후 며칠이 지나지 않아 미르시나의 언니들은 그녀가

죽지 않았다는 것을 알았습니다. 그래서 독이 묻은 반지를 가지고 다시 미르시나에게 갔습니다. 언니들이 문을 두드렸지만 미르시나는 문을 열어주지 않았습니다. 그러자 그들이 말했습니다.

"애, 할 말이 있으니까 문 좀 열어라. 어머니가 남긴 반지를 우리가 가져왔단다. 어머니가 돌아가실 때, 너는 너무 어려서 아무것도 몰랐겠지만, 임종하실 무렵에 우리에게 이렇게 말씀하셨단다. '너희들에게 부탁할 말이 있다. 미르시나가 자라거든 이 반지를 주어라.' 그러니 이제 너도 다 자랐고 우리도 어머님의 부탁을 저버리고 싶지 않으니까 이 반지를 받아 가거라."

미르시나는 창문을 열고 반지를 받았습니다. 그리고 반지를 손가락에 끼자마자 독이 퍼져 죽은 사람처럼 몸이 굳고 말았습니다.

저녁이 되어 열두 형제가 돌아왔습니다. 그들은 미르시나가 죽어 있는 것을 보고는 울음을 터뜨렸고, 그들의 울음소리가 산 계곡 깊숙한 곳까지 울려 퍼졌습니다. 사흘 후에 그들은 미르시나에게 금옷을 입히고 금으로 된 궤짝 속에 넣어 집 안에 보관했습니다.

얼마 후에 한 왕자가 그 집 앞을 지나가게 되었습니다. 왕자는 금으로 된 궤짝을 보자 마음에 들어 하며 열두 형제에게 그 궤짝을 달라고 졸랐습니다. 처음에 그들은 거절했지만 왕자가 여러 번 애원을 하자 왕자에게 주면서 절대로 열어보지 말라고 부탁했습니다. 왕자는 궤짝을 가지고 궁전으로 돌아왔습니다. 그러다가 왕자가 몹시 중한 병에 걸려 거의 죽게 되었습니다. 그때 왕자가 어머니에게 말했습니다.

"어머니, 저는 얼마 후에 죽을지도 모르는데 궤짝 속에 들어 있는 것이 무엇인지 알고 싶어 견딜 수가 없습니다. 그러니 열어보게 이리 가져다주세요. 그리고 다른 사람들은 모두 이 방에서 나가주세요."

사람들이 모두 밖으로 나가자 왕자는 혼자 남아 궤짝을 열어보았습니다. 궤짝 속에는 온통 금으로 장식된 아름다운 미르시나가 천사 같은 모습으로 누워 있었습니다. 그 모습이 너무 예뻐서 왕자는 잠시 얼이 빠진 듯 바라보다가 이윽고 정신을 차린 후 미르시나의 손가락에 끼워진 반지를 발견하고 이렇게 말했습니다.

"혹시 저 반지 위에 이 아름다운 아가씨의 이름이 쓰여 있을지도 모르니까 한번 자세히 보자."

왕자가 반지를 빼내자 미르시나는 살아나 궤짝에서 벌떡 일어나서는 이렇게 말했습니다.

"여기가 어딜까? 누가 나를 이곳에 데려왔지? 어머, 여기는 우리 집이 아니네! 오빠들은 모두 어디들 있어요?"

"지금부터는 내가 아가씨의 오빠예요. 그리고 지금 아가씨가 있는 이곳은 임금님이 사시는 궁전입니다."

왕자가 대답했습니다. 그러고 나서 왕자는 미르시나에게 열두 형제로부터 궤짝을 얻게 된 경위와 미르시나는 그동안 죽어 있었는데 자기가 반지를 빼내자 살아난 것 등을 이야기해주었습니다. 그러자 미르시나는 언니들이 생각나서 이렇게 말했습니다.

"왕자님, 이 반지에는 독약이 묻어 있으니까 바닷속에 던져버리세요. 언니들이 이 반지를 저에게 가져왔는데 제가 끼자 독이 온몸에 퍼져 그만 죽고 말았어요. 그래서 왕자님이 저를 보셨을 때 저는 죽어 있었던 거예요."

그러자 왕자는 미르시나에게 지금까지 일어난 일을 모두 이야기해달라고 말했습니다. 미르시나의 이야기를 들은 왕자는 몹시 화가 나서 소리쳤습니다.

"나쁜 두 언니를 잡아다가 제가 혼을 내드리지요."

"안 돼요, 왕자님. 언니들을 그냥 내버려두세요. 하느님께서 나중에 다 알아서 하실 거예요."

미르시나는 말했습니다. 그래서 왕자는 참기로 했습니다. 그 후 왕자는 병이 낫자, 곧 미르시나와 결혼식을 올리고 그 둘은 행복하게 살고 있었습니다.

한편, 미르시나의 언니들은 미르시나가 여전히 살아 있으며 왕자를 남편으로 맞이했다는 소문을 듣자 그만 질투심에 불타 견딜 수가 없었습니다. 그래서 그녀를 죽일 결심을 하고 궁전으로 찾아갔습니다. 궁전에 도착하자 문지기에게 이렇게 말했습니다.

"왕자비 미르시나는 어디 있나요? 우리는 언니들인데 왕자비를 만나러 왔습니다."

"여쭤보고 올 테니까 잠깐 기다리십시오. 왕자님의 승낙 없이는 왕자비님을 아무도 만날 수 없습니다."

문지기는 안으로 들어가서 왕자에게 말했습니다.

"왕자님, 미르시나 왕자비님의 언니라고 하는 두 여자가 와서 왕자비님을 뵙고 싶다고 하는데 들여보낼까요?"

그러자 왕자는 자신이 거느리고 있는 시종에게 이렇게 말했습니다.

"그 두 여자들은 미르시나 왕자비를 독살하기 위해 온 여자들이니까 빨리 잡아다가 없애버려라."

이 말을 들은 시종들은 미르시나의 두 언니를 잡아다가 죽여버렸습니다. 그 후로 미르시나와 왕자는 나라를 태평하게 다스리며 행복하게 살았으며, 백성들은 미르시나의 아름다움과 착한 마음씨를 입이 마르도록 칭찬했다고 합니다. ⋘

잠자는 공주

옛날 옛적에 한 왕과 왕비가 살았는데 그들에게는 아이가 없었습니다. 왕과 왕비는 밤낮으로 아이를 갖게 해달라고 하느님께 기도드렸습니다. 그러자 하느님께서 그들의 기도를 들어주어 딸 하나를 내려주었습니다.

아이가 태어난 지 사흘째 되는 날 밤에 운명의 여신들이 그 아이에게 운명을 나눠주기 위해 왔습니다.

한 여신이 말했습니다.

"이 애는 세상에서 둘도 볼 수 없는 가장 예쁜 처녀가 될 거야."

두 번째 여신이 말했습니다.

"그래, 하지만 열여덟 살이 되는 날에 물레 방추*에 찔려 죽을 거야."

---

* 실에 꼬임을 주면서 목관(木管) 등에 감는 데 필요한 강철제의 작은 축

그러자 세 번째 여신이 말했습니다.

"아니, 그게 아니고 백 년 동안 잠을 자게 될 거야."

마침 왕은 자지 않고 이 말들을 모두 듣고 있었습니다. 그래서 딸을 그런 불행으로부터 지키기 위해 나라 안의 모든 방추를 없애라고 명령했습니다.

공주는 자라면서 매력과 아름다움이 날로 빛을 발했습니다. 모든 게 순조롭게 풀려나가는 것 같았습니다. 그러나 공주가 열여덟 살이 되던 해, 왕과 왕비가 궁전을 비운 어느 날, 공주는 열쇠 꾸러미를 손에 들고 궁전의 방을 하나하나 열어보며 아버지의 궁전을 감탄하며 구경 다녔습니다. 그러다가 어느 조그만 방에 이르렀습니다. 그 방문을 오래돼서 녹이 슨 열쇠로 열자 그 안에는 백 살은 되었음직한 웬 할머니가 앉아 방추로 실을 잣고 있었습니다.

공주가 말했습니다.

"할머니 안녕하세요? 거기서 무얼 하고 계세요?"

할머니가 대답했습니다.

"실을 잣고 있단다."

"손에 들고 멋있게 돌려대는 그건 뭐예요?"

공주가 이렇게 물으며 자세히 보려고 손으로 방추를 잡으려 했습니다.

공주의 손이 방추에 닿기도 전에 그녀의 눈이 감기면서

방구석에 있던 소파 위에서 잠이 들었습니다. 바로 그 순간에 궁전에 있던 모든 것이 공주와 함께 잠이 들었습니다. 요리사는 요리를 하다가 손에 숟가락을 든 채로 잠들었고, 보초병은 문 앞에 선 채로 잠이 들었습니다. 말들과 개들, 고양이들마저도 모두 잠이 들었고 왕과 왕비도 궁전으로 들어서는 순간에 잠이 들었습니다.

넝쿨과 나무들이 궁전을 겹겹이 둘러싸 밖에서 궁전이 보이지 않게 되어 궁전은 안전하게 보호될 수 있었습니다. 오직 궁전의 가장 높은 부분만 조금 보였습니다.

여러 해가 흐르고 또 흘렀습니다. 몇몇 왕자들이 와서 넝쿨과 나무들이 만든 장벽을 뛰어넘어 궁전으로 들어가려고 해보았지만 성공하지 못했습니다.

백 년이 지났을 때 한 왕자가 사냥을 하다가 이 지방을 지나게 되었습니다. 왕자는 길에서 만난 노인에게 들어 공주에 대한 이야기를 알게 되었습니다. 왕자는 그 이야기를 듣자 넝쿨과 나무의 장벽을 뛰어넘어 궁전으로 들어가 공주를 깨워보고 싶은 욕망에 빠졌습니다. 그래서 다음 날 아침 왕자는 장벽 가까이 다가갔습니다. 넝쿨과 나무들이 저절로 갈라지면서 왕자에게 길을 열어주었습니다. 궁전의 문도 스스로 열려 왕자가 정원으로 들어가게 해주었습니다. 그 안에는 요리를 하다가 손에 숟가락을 든 채로 잠든 요리사와 문 앞에 선 채로 잠이 든 보초병, 정원 여기저기에 쓰러져 잠들어 있는 개와 고양이, 지붕 기와 위에 머리를 처박은 채 잠들어 있는 비둘기들이 보였습니다.

정원을 지나 궁전 안으로 들어가 계단을 올라가자 이쪽 저쪽에 쓰러져 잠들어 있는 사람들이 보였습니다. 큰 방으로 들어가자 그곳에는 왕과 왕비가 잠들어 있었습니다. 남자 시종들과 하녀들도 모두 잠들어 있었습니다.

드디어 왕자는 조그만 방에 이르러 소파 위에 잠들어 있는 공주를 발견했습니다. 왕자는 공주에게 가까이 다가가서 자세히 살펴보았습니다. 그러다가 공주의 아름다움에 이끌려 고개를 숙이고는 그녀의 뺨에 입을 맞췄습니다. 그 순간, 공주가 눈을 뜨면서 이렇게 말했습니다.

"아휴, 누가 곤하게 자고 있는 나를 깨웠어? 더 푹 자고 싶은데 말이야."

왕자가 공주에게 말했습니다.

"백 년을 자고도 더 자고 싶단 말입니까?"

"난 불과 열여덟 살인데 어떻게 백 년을 잔단 말이에요?"

그러자 왕자가 말했습니다.

"열여덟 살이긴 하지만 백 년을 잤단 말입니다!"

공주는 자리에서 일어나 왕자와 함께 아래로 내려와 왕과 왕비를 발견했습니다. 이들도 벌써 잠에서 깨어나 당황해하며 서로를 바라보고 있었습니다. 그러다가 딸을 보고는 매우 기뻐했습니다.

바로 그 순간에 악사들이 연주를 시작했고, 군인들은 축포를 쏘았습니다. 마법에 걸렸던 궁전이 다시 살아났습니다. 곧바로 공주와 왕자의 결혼식이 거행되었습니다. 그 뒤로 그들은 오래오래 행복하게 살았습니다.

잠자는 왕자

안녕하세요? 이야기를 시작할게요.

옛날 옛적에 한 왕이 살았는데 그에게는 아주 예쁜 딸이 있었습니다. 왕은 이 딸을 몹시 사랑했습니다. 딸이 아주 어렸을 때 왕비가 죽었기 때문에 왕이 세상에서 의지할 곳이라고는 딸 외에는 아무도 없었습니다.

그러던 어느 날 전쟁이 일어나서 왕은 전쟁에 참전해야만 했습니다. 왕은 가여운 딸을 어떻게 혼자 남겨두고 떠나야 할지 몰라 애를 태우고 있었는데, 공주는 아버지가 걱정하는 것을 보고 물었습니다.

"아버지, 무슨 일로 그렇게 슬퍼하고 계세요?"

"전쟁에 참가하라는 전갈을 받았는데 너를 혼자 두고 갈 생각하니 가슴이 아파 이렇게 슬퍼하고 있단다."

"아버지, 염려 마시고 무사히만 돌아오세요. 저는 유모와 함께 지내면서 아버지 오시기만 기다리고 있겠어요. 그러나 저에게는 아버지 이외에는 아무도 없으니까 빨리 돌아오시도록 하세요."

그리하여 왕은 전쟁터로 나가고 공주는 수틀에 금수건을 끼워 아버지가 돌아오시면 선물로 드리기 위해 수를 놓기 시작했습니다.

어느 날 공주가 수를 놓고 있는데 금빛 나는 독수리 한 마리가 공주의 방 창문 위를 날아가면서 이렇게 말했습니다.

"수를 놓고 있으니, 수를 놓고 있으니, 공주님은 죽은 사람을 남편으로 맞이하겠군요."

공주는 아무 말도 하지 않고 독수리를 바라보기만 했습니다. 다음 날에도 역시 독수리가 지나가면서 똑같은 말을 했습니다. 그러자 공주가 유모에게 이렇게 말했습니다.

"유모, 내가 이곳에 앉아서 수를 놓고 있는데 독수리 한 마리가 지나가면서 '수를 놓고 있으니, 수를 놓고 있으니, 공주님은 죽은 사람을 남편으로 맞이하겠군요'라고 하더군요!"

"아가씨, 독수리가 다시 그 말을 하면 '나를 그 사람에게 데려다주렴' 하고 말하세요."

유모가 공주에게 일렀습니다.

다음 날도 독수리가 지나가면서 똑같은 말을 공주에게 했습니다. 그 말을 듣고 공주는 유모가 시키는 대로 독수리

에게 "나를 그 사람에게 데려다주렴" 하고 말했습니다. 그러
자 독수리가 날개를 아래로 내리더니 "제 날개 위에 올라오
세요. 그러면 그 사람에게 데려다드리겠어요"라고 말했습니
다. 공주가 독수리의 날개 위에 올라타자, 독수리는 한참을
날아가더니 깊은 우물 속으로 들어가서는 어떤 정원에 공주
를 내려놓고 날아가버렸습니다.

그곳은 아름다운 궁전이었습니다. 정원 구석에서는 개들
이 자고 있었고 다른 구석에서는 고양이들이 잠들어 있었습
니다. 공주는 궁전으로 올라갔습니다. 그리고 그곳에서 시
종들도 잠들어 있는 것을 보았습니다. 공주는 궁전 안을 이
리저리 돌아다니다가 온통 금으로 장식된 방을 발견하고 안
으로 들어갔는데, 그곳에는 죽은 사람처럼 깊게 잠들어 있
는 아주 잘생긴 왕자님이 있었습니다. 왕자가 누워 있는 침
대 옆에는 책상이 하나 있었고, 그 책상 위에는 다음과 같은
말이 쓰여 있는 종이가 한 장 놓여 있었습니다.

이곳에 와서 잠자는 왕자를 발견하고 왕자의 젊음을
불쌍히 여기는 처녀는 석 달 삼 주일 사흘 세 시간 동
안 계속 잠자지 않고 왕자를 보살피다가 왕자가 재채
기를 하면 "왕자님 안녕하세요? 제가 석 달 삼 주일
사흘 세 시간 동안 왕자님을 보살펴드렸어요"라고 말

해야 한다. 그러면 왕자는 깨어나서 그런 힘든 일을 해낸 인내심 많은 처녀를 아내로 맞아들일 것이고, 왕자가 깨어나면 궁전에서 잠자고 있는 모든 사람들도 깨어날 것이다.

종이에 쓰인 내용을 읽은 공주는 이렇게 혼자서 중얼거렸습니다.

"할 수 없지. 이제부터 왕자님을 돌봐드리다가 왕자님이 재채기를 하면, '왕자님, 안녕하세요? 제가 석 달 삼 주일 사흘 세 시간 동안 왕자님을 보살펴드렸어요'라고 말해야지."

밤이 되어 어두워지면 누가 불을 켜는지 알 수 없지만 궁전 안은 온통 밝게 불이 켜졌고, 누가 가져오는지 보이지는 않았지만 식탁에는 맛있는 여러 가지 음식이 놓여 있어서 공주는 이 음식들을 먹었습니다. 공주는 이렇게 지내면서 '왕자님, 안녕하세요? 제가 석 달 삼 주일 사흘 세 시간 동안 왕자님을 보살펴드렸어요'라고 말하기 위해 잠들지 않으려고 애썼습니다.

어느덧 석 달 삼 주일 사흘이 지났습니다. 그때 밖에서 "노예를 사세요!"라는 소리가 들려왔습니다.

공주는 소리쳤습니다.

"잠깐 기다리세요. 말벗으로 삼기 위해 제가 노예 한 명을 사고 싶으니까요."

공주는 노예 중에서 마음에 드는 한 처녀를 골랐습니다. 그리고 장사꾼에게 "그 여자 노예를 밧줄에 묶으세요"라고 말하고는 밧줄 다른 끝에 돈을 싼 손수건을 매달아 내렸습니다. 노예 상인들은 돈을 받고는 떠났습니다.

공주는 이렇게 돈을 지불하고 산 노예 처녀를 궁전으로 데리고 와서 그녀에게 좋은 옷을 입혔습니다. 오랫동안 잠을 자지 않았기 때문에 졸음이 온 공주는 노예 처녀에게 이렇게 말했습니다.

"네 무릎을 베고 누워 잠시 잠을 잘 테니까 30분 후에는 깨워줘! 왜냐하면 왕자님이 재채기를 하면 '안녕하세요, 왕자님? 제가 석 달 삼 주일 사흘 세 시간 동안 왕자님을 보살펴드렸어요'라고 말해야 하니까 말이다."

그러자 노예 처녀가 대답했습니다.

"아가씨, 제 무릎을 베고 누우세요. 30분 후에 꼭 깨워드리겠어요."

공주가 막 잠이 들자 왕자가 재채기를 했습니다. 그러자 노예 처녀가 이렇게 말했습니다.

"안녕하세요, 왕자님? 제가 석 달 삼 주일 사흘 세 시간 동안 왕자님을 보살펴드렸어요."

왕자님은 즉시 잠에서 깨어났고 그녀를 껴안으며 말했습

니다.

"당신은 내 아내가 되어 세상에서 가장 부유한 왕비가 될 것이오."

왕자가 물을 가져와 잠들어 있는 모든 사람들과 동물들에게 뿌리자 그들은 잠에서 깨어났습니다. 그러고는 다시 자기 부인에게로 돌아와 잠들어 있는 한 처녀를 발견하고는 물었습니다.

"아니, 이 처녀는 누구요?"

"뭐라고 말씀드려야 할까요? 얼마 전에 노예 상인이 지나갔어요. 그래서 제가 말벗으로 삼기 위해 산 처녀에요. 이제 그만 깨워야겠어요."

"아니, 그럴 필요 없어요. 자게 내버려두지요. 잠이 깨면 거위를 치게 해야겠군요."

얼마 후에 공주가 잠이 깨어 주위를 둘러보니 왕자도, 자고 있던 시종들도 보이지 않았습니다. 그래서 노예 처녀에게 물었습니다.

"왕자님이 어디 가셨니?"

"뭐라고 말씀드려야 할까요? 저 왕자님이 갑자기 재채기를 하고 깨어나시더니 아가씨와 저를 보셨어요. 그리고 저를 원한다고 말씀하시고 아가씨는 거위를 치게 보내야겠다고 하셨어요."

공주는 아무 말도 하지 않고 거위를 치러 밖으로 나갔습니다.

며칠이 지나 왕자가 여행을 떠나게 되었습니다. 떠나기에 앞서 왕자가 자기 아내에게 물었습니다.

"돌아올 때 무엇을 선물로 사다주기를 원하오?"

그녀가 대답했습니다.

"다이아몬드가 박힌 왕관을 사다주세요."

왕자는 궁전 밖으로 나가 거위를 치고 있는 공주를 만나 이렇게 물었습니다.

"선물로 무엇을 가져다주기를 원하느냐?"

"왕자님, 저에게는 인내의 돌과 목매다는 끈과 도살에 쓰이는 칼을 사다주세요. 왕자님이 제가 부탁한 것을 사오지 않으시면 왕자님이 타신 배가 움직이지도 않을 거예요."

왕자는 여행을 떠났다가 볼 일을 다 마치자 왕비에게 줄 왕관을 산 후 고향으로 돌아오기 위해 배에 올랐습니다. 그러나 왕자가 탄 배는 전혀 움직이지를 않았습니다. 사공들은 닻을 이리도 올려보고 저리도 올려보았지만 무슨 일인지 배가 움직이지를 않았습니다. 그때 한 늙은 사공이 왕자에게 말했습니다.

"왕자님, 혹시 누가 무엇을 사오라고 부탁했는데 잊고 사지 않으신 것이 없으십니까?"

"아, 그리고 보니 거위를 치는 하녀가 인내의 돌과 목매다는 끈과 도살에 쓰이는 칼을 사다달라고 했는데 그만 깜빡 잊었구먼!"

왕자가 대답했습니다.

"부탁받으신 물건들을 제가 사다드리겠습니다. 그런데 왕자님, 그 처녀를 조심하셔야 하겠습니다. 아마 몹시 억울한 일을 당한 모양이니 왕자님께서 그 처녀의 일거일동을 주의해서 살펴보십시오."

늙은 사공은 세 가지 물건을 샀고 왕자가 그 물건들을 받아 들자 배는 날개가 돋친 듯이 달려갔습니다. 궁전에 도착한 왕자는 자기 아내에게 왕관을 주었고, 거위 치는 처녀에게는 부탁받은 물건들을 주었습니다. 저녁이 되자 왕자는 거위 치는 처녀가 잠자는 방으로 가서 귀를 기울였습니다. 그랬더니 이런 소리가 들려왔습니다.

"나는 공주였고 왕의 외동딸이었단다. 우리 아버지는 전쟁에 나가셨고 나는 아버지를 위해 금수건에 수를 놓고 있었는데 독수리 한 마리가 내 방의 창문 위를 지나가면서 '수를 놓고 있으니, 수를 놓고 있으니, 공주님은 죽은 사람을 남편으로 맞이하겠군요'라고 말을 했단다. 그래서 내가 독수리에게 '그럼 그 사람에게 나를 데려다주렴' 하고 말했더니 나를 이 궁전으로 데리고 왔단다. 나는 잠을 자지 않고 석 달 삼

주일 사흘 세 시간 동안 왕자님을 돌보았는데, 그때 노예 상
인이 지나가기에 말벗으로 삼기 위해 노예 처녀를 하나 샀단
다. 그런데 내가 잠깐 잠이 든 새에 왕자님이 재채기를 하자
노예 처녀는 왕자님에게 '안녕하세요 왕자님? 제가 석 달 삼
주일 사흘 세 시간 동안 왕자님을 보살펴드렸어요'라고 얘기
해버렸단다. 이제 나는 내 고통을 하소연할 사람이 이 세상
에는 없기 때문에 너희들의 의견을 들어보기 위해 이렇게 너
희들을 사달라고 했단다. 공주에서 거위치기로 전락했으니!
도살에 쓰이는 칼아, 내가 어떻게 했으면 좋겠니?"

"도살해버려야지!"

"목매다는 끈아, 내가 어떻게 했으면 좋겠니?"

"목매달아 죽어야지!"

"인내의 돌아, 내가 어떻게 했으면 좋겠니?"

"참아야지!"

"어떻게 더 이상 참을 수가 있겠니? 목매다는 끈아, 내가
어떻게 했으면 좋겠니?"

"목매달아 죽어야지!"

왕자는 그동안 방 안에서 일어나는 일을 열쇠 구멍으로
보고 있었습니다. 처녀가 목을 매달기 위해 걸상으로 올라
가는 것을 보자 왕자는 방문을 발로 차고 들어가서 그녀를
껴안으며 이렇게 말했습니다.

"나를 구해준 분이 바로 당신이었군요. 그런데도 아무 말씀하지 않으셨기 때문에 저는 당신을 거위나 치게 했어요. 당신이야말로 왕비이고 제 아내입니다. 당장 그 하녀를 불러다가 당신이 목매달려고 했던 이 끈에 매달아 죽이겠어요."

그러자 공주가 말했습니다.

"우리들의 결혼식이 남을 죽이는 일부터 시작하는 것을 저는 원치 않아요. 다만 그녀가 나를 몹시 못살게 굴었으므로 다시는 보고 싶지 않으니까 멀리 쫓아버리세요. 그리고 왕자님과 저는 저의 아버지에게로 가서 그의 손에 입 맞추고 결혼식을 올리도록 하죠."

왕자와 공주는 공주의 아버지가 사는 궁전으로 갔으며(공주의 아버지는 며칠 전에 전쟁터에서 이미 돌아와 있었습니다) 왕자는 공주와 결혼하고 싶다고 왕에게 말했습니다. 그들의 결혼식은 성대하게 거행되었으며 그 후 아주 행복하게 살았습니다.

금발의 긴 머리 안투사

옛날 옛적에 한 할머니가 혼자 살고 있었습니다. 그 할머니는 콩 요리가 먹고 싶었지만 칠 년 동안 한 번도 제대로 해 먹지 못했습니다. 콩을 구하면 양파가 없고 양파를 구하면 기름이 없었고 기름을 구하면 물이 없었습니다. 그래서 할머니는 자기 신세를 한탄하며 이렇게 말하곤 했습니다.

"아이고 내 팔자야! 콩 요리도 제대로 못 해 먹다니 전생에 내가 무슨 죄를 지었다고……."

그러던 얼마 후에 할머니는 자기가 원하던 재료를 모두 구했습니다. 그래서 날을 잡아 냄비를 들고 가서 시냇물 가운데에 냄비를 달아놓았습니다. 마침 그때 그 나라의 왕자가 말에게 물을 먹이기 위해 시냇물가로 왔습니다. 말은 냄비를 보자 놀라서 물을 먹으려 하지 않았습니다. 화가 난 왕자는 냄비를 발로 차서 엎어버렸습니다. 이를 본 할머니가 왕자에게 저주를 퍼부었습니다.

"아이고 맙소사! 내가 칠 년 동안이나 콩 요리를 먹고 싶어했던 것처럼 너도 그렇게 금발의 긴 머리 안투사를 그리워하게 될 것이다."

이 말을 들은 왕자는 미친 듯이 이 마을 저 마을을 돌아다니면서 금발의 긴 머리 안투사를 찾기 시작했습니다. 왕자는 석 달을 뛰어다녔지만 그녀를 찾을 수가 없었습니다. 어느 날 왕자는 한 마을에 도착하여 이렇게 물어보았습니다.

"혹시 이곳에 금발의 긴 머리 안투사가 살고 있나요?"

"여기에 살고 있지."

마을 사람들이 대답했습니다.

"그녀가 살고 있는 집이 어디에 있습니까? 저를 그곳까지 데려다주시겠어요?"

사람들은 왕자를 그녀의 집까지 안내해주고 돌아갔습니다. 왕자는 집을 자세히 살펴보았지만 전혀 계단이 없었습니다. 그래서 어떻게 올라가야 할지 몰라 망설이다가 집 옆에 나무가 있는 것을 보고 나무 위로 올라갔습니다. 조금 후에 여자 괴물이 와서 그 집으로 가더니 이렇게 소리쳤습니다.

"금발의 긴 머리 안투사야, 네 머리카락을 밑으로 내려주어서 내가 오르내릴 수 있게 해주렴."

그러자 아름다운 소녀가 나오더니 자기 머리카락을 밑으로 내려주어서 여자 괴물이 위로 올라가게 해주었습니다.

잠시 후 그녀의 오빠가 오더니 또 이렇게 소리쳤습니다.

"금발의 긴 머리 안투사야, 네 머리카락을 밑으로 내려주어서 내가 오르내릴 수 있게 해주렴."

그러자 안투사가 창문으로 다시 나타나더니 자기 머리카락을 밑으로 내려주어서 오빠가 위로 올라가게 했습니다. 집에 모인 그들은 먹고 마셨습니다. 그러고 나서 그녀의 어머니와 오빠는 집에서 내려왔습니다. 그들이 멀리 사라지자 왕자는 나무에서 내려와 집으로 가서 이렇게 소리쳤습니다.

"금발의 긴 머리 안투사야, 네 머리카락을 밑으로 내려주어서 내가 오르내릴 수 있게 해주렴."

이 말을 들은 안투사는 머리카락을 던져주었고 왕자는 집으로 올라갔습니다. 안투사를 보자마자 왕자는 아내로 맞고 싶다고 말했습니다. 그러자 그녀가 말했습니다.

"저도 당신을 남편으로 맞고 싶어요. 그렇지만 이제 저의 어머니와 오빠가 돌아와서 당신을 보면 잡아먹으려 할 테니어서 숨어야 해요."

안투사는 왕자를 이불에 꽁꽁 싸서 궤 속에 넣었습니다. 그리고 사람 냄새를 없애기 위해 온 집 안을 깨끗이 청소했습니다.

저녁이 되자 여자 괴물이 돌아와서 소리쳤습니다.

"금발의 긴 머리 안투사야, 네 머리카락을 밑으로 내려주어서 내가 오르내릴 수 있게 해주렴."

안투사는 자기 머리카락을 밑으로 내려주었습니다. 그녀의 어머니는 위로 올라오더니 코를 킁킁거리며 이렇게 말했습니다.

"어디서 사람 냄새가 나는구나."

안투사가 어머니에게 대답했습니다.

"어머니가 잡아먹은 사람에게서 나는 냄새일 거예요."

아침이 되어 여자 괴물이 집을 떠나자 안투사는 궤에서 왕자를 나오게 했습니다. 그러고는 둘이서 같이 도망가기로 합의를 보았습니다. 그런데 그 집 안에 있는 물건들은 모두 말을 할 줄 아는 것들이라 안투사와 왕자는 집을 떠나기 전에 물건들의 입을 꼭꼭 틀어막아 놓았습니다.

그들이 떠나자마자 곧 여자 괴물이 집에 돌아와서 소리쳤습니다.

"금발의 긴 머리 안투사야, 네 머리카락을 밑으로 내려주어서 내가 오르내릴 수 있게 해주렴."

그러나 집 안에선 아무런 대답이 들려오지 않았습니다. 여자 괴물은 다시 소리쳤지만 역시 마찬가지였습니다. 안투사가 집에 없는 것을 깨달은 여자 괴물은 기둥을 타고 기어 올라갔습니다. 그리고 다시 소리쳤습니다.

"금발의 긴 머리 안투사야, 어디 있니?"

집 안의 물건들은 입이 틀어막혀 있어서 대답하지 못했습니다. 다만 공사 때 쓰이는 분쇄기만 구석에 있어서 왕자와 안투사의 눈에 띄지 않아 입을 막아놓지 않았기 때문에 이렇게 대답했습니다.

"어제 왕자가 이곳에 왔었는데 안투사는 그 왕자를 숨겨놓았다가 조금 전에 함께 도망갔어요."

괴물은 그 말을 듣자 미친 듯이 화가 나서 우리에 매어두었던 곰에 올라타 그들의 뒤를 쫓아갔습니다. 한참을 쫓아가서 괴물은 안투사와 왕자를 거의 따라잡았습니다.

안투사는 두 개의 빗과 손수건 한 장을 가지고 있었습니다. 그녀는 괴물이 뒤따라오는 것을 보고는 성성한 빗을 뒤로 던졌습니다. 그러자 그 빗이 곧 빽빽한 가시덩굴 숲으로 변해 여자 괴물이 지날 수가 없게 되었습니다. 여자 괴물은 곰을 이쪽으로 끌고 저쪽으로 몰고 하며 온갖 고생을 한 끝에 그곳을 빠져나올 수 있었습니다. 그리고 다시 달려가서 그들의 뒤를 바짝 쫓았습니다.

괴물이 계속 뒤쫓아오는 것을 본 안투사는 촘촘한 빗을 뒤로 던졌습니다. 그러자 그 빗은 아까보다 훨씬 촘촘한 가시덤불이 되었습니다. 곰이 가시덤불에서 벗어나는 동안 그들은 아주 멀리 도망갔습니다. 그러나 곰은 가시덤불을 빠져나와서 다시 그들을 쫓아왔습니다.

괴물이 계속 뒤쫓아오는 것을 본 안투사는 이번에는 손수건을 뒤로 던졌습니다. 그러자 손수건은 아주 넓은 바다가 되었습니다.

괴물은 울면서 돌아오라고 딸에게 애원했습니다. 그러나 안투사는 남편과 헤어지기를 원하지 않았기 때문에 어머니의 애원을 들은 척도 하지 않았습니다. 괴물은 딸이 돌아오지 않을 것을 알자 이렇게 말했습니다.

"너는 이 어미인 나를 버리고 그 남자를 따라가지만 그 남자가 너에게 무슨 일을 할지 가르쳐주마. 그는 머지않아 너를 나무 위에 앉혀놓고 어머니에게 가서 너의 이야기를 하고 데리러 오겠다고 말하고 혼자 떠날 것이다. 그러나 그의 어머니가 그에게 입을 맞추면 그는 너를 잊어버리고 다른 여자와 결혼을 할 것이다. 그때에 너는 나무에서 내려와 왕자의 잔치에 쓸 빵을 반죽하는 곳으로 가서 빵 반죽을 조금 얻어다가, 그것으로 두 마리의 새를 만들어서 날려 보내라. 그 새들이 그의 창문에 앉아 그가 너를 다시 기억해내도록 잠에서 깨울 것이다."

모든 것이 안투사의 어머니가 말한 대로 되었습니다. 안투사와 왕자가 궁전에 가까이 가자 왕자는 그녀를 나무 위에 올려놓았습니다. 그곳에 앉아 그녀는 기다리고 또 기다렸지만 왕자는 그녀를 데리러오지 않았고, 그녀는 근심에 싸였습니다. 그녀는 집시로 변장하고 빵 굽는 곳으로 갔습니다. 그곳에서는 사람들이 빵을 반죽하고 있었는데 안투사는 그들에게 물었습니다.

"왜 이렇게 많이 빵을 반죽하고 계세요?"

"왕자님이 결혼식을 올리기 때문에 잔치에 쓰일 빵을 만든답니다."

그들이 대답했습니다.

그녀는 반죽 덩어리 이곳저곳에서 조금씩 반죽을 몰래 떼어내어 그것으로 두 마리의 새를 만들었습니다. 그리고 그 새들을 왕자의 방 창문으로 날려 보내고 자신은 다시 나무 위로 돌아갔습니다. 새들은 궁전으로 날아가서 왕자의 방에 있는 창문에 앉았습니다. 한 새가 다른 새에게 이렇게 말했습니다.

"네가 석 달 동안이나 금발의 긴 머리 안투사를 찾아 헤매던 것 생각나니?"

"아니, 전혀 생각나지 않아."

다른 새가 대답했습니다.

"네가 우리 집에 도착해서 나무 위에 올라갔다가 우리 어머니가 떠나가자 '금발의 긴 머리 안투사야, 네 머리카락을 밑으로 내려주어서 내가 오르내릴 수 있게 해주렴' 하고 말했고, 나는 내 머리카락을 밑으로 내려주어서 너를 올라오게 했고, 너를 숨겨주기 위해 이불 속에 너를 싸둔 것 생각나니?"

"아니, 생각나지 않아."

"우리 어머니가 집에서 나가자 너를 이불 속에서 꺼내주고 같이 도망간 것 생각나니? 우리 어머니는 집에 돌아와서 내가 없어진 것을 알고 곰을 타고 우리를 뒤쫓아왔잖아?"

"아니, 생각나지 않아."

"내가 촘촘한 빗을 던지자 빽빽한 가시덩굴 숲이 생겨서 곰이 가시덩굴을 이빨로 끊고 다시 우리 뒤를 쫓아온 것 생각나니?"

"아니, 생각나지 않아."

"내가 촘촘한 빗을 던지자 아까보다 훨씬 촘촘한 가시덤불이 생겨났고, 내 엄마 여자 괴물이 이것도 빠져나와 다시 우리 뒤를 쫓아왔을 때 내가 손수건을 던지자 아주 넓은 바다가 생겨나서 엄마가 더 이상 쫓아올 수 없게 된 것은 생각나니?"

"아니, 생각나지 않아."

"그럼, 나를 나무 위에 올려놓고 너는 나를 태울 마차를 가지러 갔다가 너의 어머니가 입 맞추는 바람에 잠이 들어 나를 잊어버린 것 생각나니?"

"아, 생각난다, 생각이 나!"

왕자는 처음부터 잠이 깨어 있었기 때문에 새들이 하는

이야기를 다 들었습니다. 처음에는 새들이 무슨 이야기를 하는지 잘 몰랐지만 잠시 후에 모든 것이 분명하게 그의 머릿속에 떠올랐습니다. 왕자는 지체하지 않고 나무로 가서 안투사를 궁전으로 데려왔습니다. 그리고 그들은 결혼을 했고 그들의 잔치는 사십 일간 밤낮으로 계속되었습니다. ⫸⫸

트리세브예니*와 시트론나무**세 그루

옛날 옛적에 한 나라에 왕과 왕비가 있었는데 그들은 아이를 낳지 못했습니다. 그래서 그들은 하느님께 아이를 하나 주십사 하고 애원하면서, 아이를 주시면 사흘 동안 백성들에게 올리브기름과 꿀과 버터를 무한정 나누어주겠다고 약속했습니다. 하느님께서는 그들의 소원을 들어주어서 왕비는 드디어 아들을 낳았습니다. 왕은 매우 행복했습니다.

아이는 무럭무럭 자라서 날이 갈수록 귀여워졌습니다. 그러나 부모들은 하느님께 한 약속을 잊어버리고 지키지 않았습니다. 어느 날 저녁 왕비가 자고 있는데 꿈속에서 한 여자가 나타나서 왕비에게 이렇게 말했습니다.

"네 소원대로 나는 너에게 자식을 주었건만 너는 나에게

※ '세 배나 친절한 여자', 즉 '아주 예의가 바른 여자'란 뜻의 이름이다.
※※ 레몬보다 덜 시고 껍질은 더 두꺼운 감귤류 열매를 맺는 나무

한 약속을 지키지 않고 있구나. 그러다간 내가 준 자식을 도로 빼앗아올지도 모른다는 것을 너는 알지 못하느냐?"

왕비는 그만 깜짝 놀라 일어나서 자기 남편에게 이렇게 말했습니다.

"여보, 큰일 날 뻔했어요! 사흘 동안 올리브기름과 꿀과 버터를 백성들에게 나누어주겠다고 하느님께 약속한 것을 우리가 지키지 않았군요!"

왕은 즉시 시종들에게 꿀과 올리브기름과 버터를 궁전 마당에 갖다놓고 백성들에게 나누어주라고 지시하면서, 이 것들을 받아가는 백성들은 왕자를 위해 복을 빌도록 하라고 명령했습니다.

그 후 사흘 동안 모든 백성들은 궁전에 와서 올리브기름 과 꿀과 버터를 받아갔습니다. 사흘째 되는 마지막 날 저녁 에 나이가 아주 지긋한 할머니가 궁전에 와서 왕이 나누어 주는 것을 자기도 받아가겠다고 말했습니다. 그러나 올리브 기름과 꿀은 이미 동이 났기 때문에 할머니는 바닥에 조금 남은 버터를 손가락에 묻혀서 병 속에 담았습니다.

창문에서 이것을 보고 있던 왕자는 큰 소리로 깔깔대며 웃었습니다. 그리고 할머니가 병에 버터를 가득 채우자 왕 자는 돌을 던져 병을 깨뜨려버렸습니다. 그러자 할머니는 눈을 들어 왕자를 쳐다보고는 이렇게 말했습니다.

"아, 왕자님, 왜 저에게 이런 짓을 하시나요? 내 차마 왕자님을 저주할 수는 없고 다만 왕자님은 앞으로 트리세브예니의 손에서 벗어나지 못하시리라는 것만 말씀드리겠어요."

할머니는 이 말을 마치고 사라졌습니다.

그날부터 왕자는 도대체 트리세브예니가 누구인가만 생각하게 되었습니다. 그러다가 드디어 어느 날 어머니에게 말했습니다.

"어머니, 트리세브예니가 누구인지 알아내기 위해 집을 떠나겠어요."

"아니 애야, 집을 떠나다니 그게 무슨 말이냐?"

왕비는 왕자가 가지 못하도록 갖은 수단을 써서 말려보았지만 아무 소용이 없었습니다. 왕자가 가겠다고 계속 고집을 부리자 왕과 왕비는 할 수 없이 허락을 했습니다.

왕자는 옷을 갈아입고 돈과 칼을 몸에 지니고 겉옷까지 걸친 후 궁전을 떠나 트리세브예니가 사는 곳을 아느냐고 사람들에게 물어보며 이곳저곳을 찾아다녔습니다. 그러나 아무도 그녀가 어디 사는지 아는 사람이 없었습니다. 어느 날 왕자는 외딴곳을 지나가다가 엄청나게 큰 문을 발견했습니다. 왕자는 그것이 무엇인지 알아볼 수 있지 않을까 해서 문 안으로 들어갔습니다. 그곳에서 한 식인 여자 괴물이 아몬드나무 위에 앉아 있는 것을 보고는 이렇게 말했습니다.

"아주머니, 안녕하세요?"

"얘야, 참 잘 왔다. 그런데 네가 나에게 '안녕하세요'라고 말하지 않았더라면 나는 너를 잡아먹으려고 했단다."

"저 역시 아주머니께서 '얘야, 참 잘 왔다'라고 말씀하시지 않았더라면 아주머니를 이 칼로 찔렀을 겁니다."

"그런데 이렇게 험한 곳엔 무엇 때문에 왔니? 무얼 찾아서 이런 곳에 왔니?"

여자 괴물이 왕자에게 물었습니다.

"무어라고 말씀드려야 좋을지 모르겠습니다만 어떤 할머니가 저를 저주해서 제가 트리세브예니의 손에서 벗어나지 못할 거라고 했습니다. 그때부터 저는 가만히 앉아 있을 수가 없어서 궁전을 뛰쳐나왔지요. 아주머니께서 혹시 알고 계시면 트리세브예니가 어떤 사람이고 어디에 살고 있는지 말씀해주시겠어요?"

"글쎄, 나는 통 모르겠다. 우리 집에서 오른쪽으로 가는 길을 쭉 따라가면 우리 집 문처럼 큰 문이 또 하나 나타날 테니, 그 안으로 들어가거라. 그곳에는 우리 언니가 살고 있는데 들어가면서 인사를 하고 언니에게 혹시 아느냐고 물어보려무나. 그리고 이 은으로 된 빗을 가지고 가서 언니를 만나면 고맙다는 인사말과 함께 이 빗을 전해주면서 내가 보내서 왔다고 이야기해라."

왕자는 고맙다고 이야기하고 여자 괴물이 가르쳐준 길을 따라갔습니다. 한참을 가다보니 큰 문이 보였습니다. 그 문 안으로 들어가니 그곳에 식인 여자 괴물 하나가 호두나무 위에 앉아 있었습니다. 왕자는 그녀에게 이렇게 말했습니다.

"아주머니, 안녕하세요?"

"얘야, 참 잘 왔다. 그런데 네가 나에게 '안녕하세요'라고 말하지 않았더라면 나는 너를 잡아먹으려고 했단다."

"저 역시 아주머니께서 '얘야, 참 잘 왔다'라고 말씀하시지 않았더라면 아주머니를 이 칼로 찔렀을 겁니다."

"무엇 때문에 이곳에 왔니? 누가 너를 이곳으로 가라고 하던?"

"아주머니 동생이 저를 이곳으로 가라고 했습니다. 그리고 이 빗을 아주머니께 전해드리라고 하더군요. 그런데 혹시 트리세브예니가 어디 살고 있는지 알고 계시면 저에게 말씀해주시겠어요?"

"글쎄, 얘야, 내가 통 모르는 걸 물어보는구나. 여기서 멀지 않은 바위 속에 우리 큰언니가 살고 있는데 그곳에 가보려무나. 산에 연기가 나고 있는 곳으로 가면 낡고 허물어진 문이 있을 테니까 안으로 들어가거라. 그 안에는 우리 언니가 자기 가슴으로 오븐을 닦고 있을 것이다. 그러면 너는 아무 말 하지 말고 네 옷을 조금 찢어서 오븐을 닦아주고 빵을 구워주어라. 빵이 다 익은 후에 오븐에서 꺼내주면 언니가 너에게 '이렇게 좋은 일을 나에게 해주었으니 무엇을 원하니?'라고 물어볼 것이다. 그러면 너는 동생들이 안부 전해달라고 하더라고 말하고 이 쇠로 된 빗을 주면서 '트리세브예니의 집이 어디 있느냐'고 물어보아라."

왕자는 그녀에게 고맙다고 이야기하고 다시 길을 떠났습니다. 한참을 가다보니 연기를 내고 있는 산이 보였습니다. 왕자가 가까이 다가가니 쇠로 된 문이 보였습니다. 그는 안으로 들어갔습니다. 그곳에는 키가 크고 머리를 풀어헤친 아주 험상궂게 생긴 여자 괴물이 오븐을 자기 가슴으로 닦고 있었습니다. 왕자는 그녀를 보자 무서웠지만 아무 말도 하지 않고 재빨리 자기 옷을 한 자락 찢어서 물에 적셔 나무 끝에 끼워 오븐을 닦았습니다. 그러고 나서 빵 반죽을 오븐속에 넣고 구웠습니다. 빵이 다 구워지자 오븐에서 꺼내어 죽 늘어놓았습니다. 그러자 여자 괴물이 왕자에게 이렇게 말했습니다.

"이렇게 좋은 일을 나에게 해주었으니 무엇을 원하니?"

"아주머니 동생들이 저를 이곳에 보냈습니다. 여기 쇠빗도 선물로 가져왔어요. 그런데 아주머니, 트리세브예니의 집이 어디 있는지 아십니까?"

"아이고, 애야, 너같이 젊은 애가 그런 곳에는 왜 가려고 하니? 트리세브예니의 집에는 요정들이 있단다. 그곳은 큰 궁전인데 정원 한가운데에는 시트론나무가 있단다. 그 나무에는 세 개의 시트론이 달려 있는데, 그 열매 속에 요정들의 여왕인 세 자매들이 들어 있단다. 궁전 문은 꼭 잠겨 있지만 내가 준 이 물을 뿌리면 문은 저절로 열릴 것이다. 시트론나무에는 두 마리의 아주 사나운 사자가 묶여 있는데, 너는 네 개의 큰 고깃덩어리를 준비해 가지고 있다가 시트론나무 위로 올라가기 전에 고기 두 덩어리를 힘껏 멀리 던지도록 해라. 사자들이 달려가서 먹는 동안 방해받지 않고 나무 위로 올라가 그 세 개의 시트론 열매를 딸 수 있을 것이다. 열매를 따면 주머니 속에 잘 넣어두고 나무에서 내려오기 전에 다시 남은 두 조각의 고깃덩어리를 힘껏 던져라. 사자들이 또 달려가서 먹는 동안 재빨리 나무에서 내려오면 될 것이다. 그동안 나는 궁전에 있는 요정들이 너를 방해하지 못하도록 하고 있겠다. 그러나 주의할 것은 그 시트론 속에는 소녀들이 한 명씩 들어 있으니까 그것을 쪼갤 때에 반드시 아주 물이 많은 곳에서 하도록 해라. 세상에 나오자마자 곧 물속에 넣어주지 않으면 소녀들은 죽고 말 것이다."

왕자는 식인 여자 괴물이 말한 대로 네 개의 커다란 고깃덩어리를 준비해 가지고 요정들이 사는 궁전으로 갔습니다. 그곳에 도착해서 여자 괴물이 준 물을 뿌리자 문이 저절로 열렸습니다. 왕자가 안으로 들어가자 정원 가운데에 시트론 나무가 있는 것이 보였습니다.

사자들은 왕자를 보자 으르렁대기 시작했습니다. 왕자는 두 개의 고깃덩어리를 양쪽으로 한 개씩 힘껏 던졌습니다. 사자들이 고기를 먹기 위해 달려가자 왕자는 그동안에 나무 위로 기어 올라갔습니다. 그리고 차고 있던 칼로 세 개의 시트론 열매를 잘라내어 주머니 속에 넣었습니다. 그러고 나서 남은 두 개의 고깃덩어리를 사자들에게 던져주고 얼른 나무에서 내려와 궁전을 떠났습니다.

한참을 걸어가다가 왕자는 문득 '이 시트론 열매 속에 과연 무엇이 들어 있을까, 아니면 혹시 그 여자 괴물이 나를 속인 것은 아닐까?' 하는 의심이 들었습니다. 그래서 왕자는 시트론 열매 하나를 쪼개보았습니다. 그러자 그 속에서 아름다운 처녀가 나오더니 "물, 물" 하고 외쳤습니다. 그러나 주변에 물이 없었기 때문에 그 처녀는 그만 말라 죽고 말았습니다. 왕자는 울기 시작했고 울면서 그 처녀를 묻어주었습니다.

그리고 왕자는 다시 길을 떠나 한참을 가다가 물이 조금 고여 있는 도랑이 있는 한 정원에 도착해서는 이렇게 생각했습니다.

'안에 무엇이 들어 있나 보기 위해 또 하나 쪼개볼까?'

왕자는 시트론 열매를 도랑 속에 넣고 칼로 쪼갰습니다. 그러자 안에서 아름다운 처녀가 튀어나와 "물, 물" 하며 외쳤습니다. 그러나 물이 충분하지 않았기 때문에 그녀도 또한 죽고 말았습니다. 왕자는 몹시 슬프게 울며 그녀를 위해 무덤을 만들어주고 자기 궁전을 향해 다시 길을 떠났습니다. 그는 '물이 있는 곳이 아니면 이젠 절대로 열매를 쪼개지 않을 테야'라고 생각했습니다.

한참을 가다가 드디어 왕자는 물이 많은 큰 저수지에 도착했습니다. 그래서 '마지막 시트론 열매를 여기서 쪼개 볼까? 혹시 아무것도 없을지 누가 알겠어?' 이렇게 생각하며 왕자는 큰 열매를 물속에 넣고 쪼갰습니다. 그러자 열매 속에서 앞의 두 처녀보다 더 아름다운 처녀가 튀어나오더니 물속에서 헤엄을 치며 이렇게 소리쳤습니다.

"여기가 어딜까? 언니들은 어디 있지?"

"아가씨 언니들은 다 죽고 아가씨만 혼자 남았습니다. 저는 왕자인데 아가씨와 저는 결혼할 운명이기 때문에 저는 아가씨를 왕자비로 맞아들이고자 합니다."

왕자는 자기 겉옷을 벗어 그녀를 감싸주고는 말 위에 태워 왕궁이 있는 도시 가까이까지 갔습니다. 거기에는 샘이 하나 있었는데 샘가에는 키 큰 삼나무와 큰 기둥들이 있었습니다. 왕자가 그녀를 삼나무 가지 위에 올려주면서 말했습니다.

"아가씨, 조금만 기다려주십시오. 제가 궁전에 가서 왕자
비에게 어울리는 좋은 옷과 마차를 가져와서 아가씨를 데려
갈게요"

왕자는 그녀를 삼나무 가지 위에 올려서 큰 기둥들 사이
에 앉아 있게 한 다음 곧 돌아올 테니 조금도 걱정하지 말고
기다리라고 하고는 궁전을 향해 떠났습니다.

왕자가 죽은 줄만 알고 있었던 왕과 왕비는 그를 보고 몹
시 기뻐했습니다. 왕자는 왕과 왕비에게 트리세브예니를 데
려왔으니까 옷과 마차를 준비해달라고 했습니다.

궁전에서 이런 일이 벌어지고 있는 동안 트리세브예니는
나무 위에 앉아 있었습니다. 그때 마침 한 흑인 처녀가 물을
긷기 위해 동이를 가지고 우물로 왔습니다. 흑인 처녀는 두
레박으로 우물에서 물을 푸려고 하다가 물에 비친 트리세브
예니의 얼굴을 보고 두레박을 던지며 이렇게 말했습니다.

"어머, 내가 이렇게 예쁘게 생겼잖아? 이젠 예쁘게 생긴
것을 알았으니 앞으로 아무 일도 하지 않을 테야."

흑인 처녀는 춤을 추며 우물 주위를 빙빙 돌면서 소리쳤
습니다.

"내가 그렇게 예쁜 줄 예전엔 미처 몰랐어. 내가 그렇게
예쁜 줄 예전엔 미처 몰랐어!"

삼나무 위에 앉아 있던 트리세브예니는 이 광경을 보고 그만 웃음을 터뜨렸습니다. 그러자 흑인 처녀는 위를 쳐다 보고 트리세브예니를 발견했습니다.

"망할 년 같으니라고, 네년이 그 위에 앉아서 나를 조롱거 리로 만들었구나! 이리 당장 내려오지 못하겠니!"

"왕자님이 궁전에 가서 마차를 가져올 때까지 여기서 기 다리라고 했기 때문에 내려갈 수가 없어."

트리세브예니가 대답했습니다.

"그건 네 사정이고, 나는 어떻게 해서든지 네년을 내려오 게 할 테다."

흑인 처녀는 이렇게 말하며 나무 위로 기어 올라가서 트 리세브예니를 잡아채어 우물 속에 빠뜨렸습니다. 그러고는 트리세브예니가 입고 있던 왕자의 겉옷을 자기가 걸쳐 입고 삼나무 위에 앉았습니다.

얼마 있다가 왕과 왕비와 왕자가 도착했습니다. 왕자가 나무 위로 올라가보니 까마귀처럼 검은 여자가 앉아 있었습 니다. 왕자는 놀라서 이렇게 물었습니다.

"아니, 어쩌다 이렇게 되었죠?"

"왕자님이 너무 늦으셔서 저를 여기에 영원히 버려두시 는 건 아닌가 걱정하다보니 이렇게 검어졌어요."

"제가 아가씨를 버리다니요? 그런 생각은 꿈에도 하지 않

있습니다. 그런데 다시 하얘지겠지요?"

"물론이지요. 왕자님이 저를 사랑하고 돌봐주시면 저는 다시 하얘질 거예요."

왕자는 흑인 처녀를 부모에게 보여주는 것이 창피해서 그녀를 안 보이게 큰 천으로 둘러싼 채 마차에 태워 궁전으로 데리고 갔습니다. 그러고는 외딴 방에 그녀를 살게 하면서 식사도 그 방에서 단둘이만 먹고, 그녀가 다시 하얘질 수 있도록 온갖 정성을 다 들여 보살폈습니다. 그러나 그녀는 전혀 하얘지지 않았습니다. 그래서 왕자는 크나큰 근심 걱정에 싸여 이렇게 중얼거리곤 했습니다.

"내가 목숨을 걸고 고생하면서 찾아다닌 것이 그래 겨우 흑인 처녀 때문이었단 말인가? 그녀가 하얘지지 않으면 어떻게 하지?"

그러는 동안에 왕이 죽고 왕자가 왕위를 이어받았습니다.

어느 날 한 소녀가 물을 뜨러 흑인 처녀가 트리세브예니를 빠뜨린 우물로 갔는데, 그녀가 퍼 올린 두레박 속에 금빛 나는 뱀장어 한 마리가 들어 있었습니다. 그녀는 이 금빛 나는 뱀장어를 보자 이렇게 생각 했습니다.

"어머, 참 예쁘기도 하다. 이것을 슬픔에 빠져 있는 임금님께 갖다드려야지. 임금님은 왕비님을 데리고 돌아오신 후부터는 항상 슬픔에 잠겨 계시다던데, 이 뱀장어를 보고 계시면 슬픔이 좀 가라앉을지도 모르니까 말이야."

소녀는 물동이를 우물가에 버려둔 채 두레박 속에 담겨 올라온 뱀장어를 가지고 왕에게 갔습니다. 소녀는 항아리에 뱀장어를 숨기고는 궁전에 도착하자 문지기에게 왕을 뵙고 싶다고 말했습니다. 문지기가 왕에게 한 소녀가 뵙고자 한다고 전하자 왕이 말했습니다.

"들어오라고 해라."

왕 앞에 간 소녀가 말했습니다.

"임금님, 제가 궁전 옆에 있는 우물 속에서 이 뱀장어를 발견했는데 너무 예쁘기에 혹시 임금님께서 좋아하실까 해서 이렇게 가져왔습니다."

뱀장어는 왕을 보자 기뻐 날뛰면서 춤을 추었습니다. 그리고 여러 가지 재주를 부리고는 왕의 손을 핥기 시작했습니다. 왕은 몹시 기뻐하며 주머니에서 금화를 한 줌 꺼내어 소녀에게 주었습니다. 소녀는 돈을 받아 들고 집으로 돌아갔습니다.

왕은 자기 방에 아무도 들어오지 못하게 하고 며칠이고 하루 종일 뱀장어를 쓰다듬고 설탕을 주면서 보냈습니다. 그리고 식사도 자기 방으로 가져오라고 하고는 뱀장어를 보면서 먹었습니다. 왕은 뱀장어를 매우 사랑했습니다.

흑인 처녀는 하루 종일 왕을 보지 못하자 시종을 시켜 왕을 모셔오라고 했습니다. 그리고 왕이 그녀 방에 들어서자 왕의 목에 안기며 자기가 간신히 조금 하얘지고 있었는데 왕이 뱀장어를 사랑하기 때문에 도로 검어졌다고 울면서 하소연했습니다. 왕이 그녀에게 말했습니다.

"나는 당신을 걱정시킬 생각은 조금도 없소. 당신이 하얘지는 날이 오면 내가 당신을 얼마나 사랑하고 있는지 알게 될 거요. 내가 뱀장어를 좋아하다니 그게 무슨 말이오? 그게 사람이란 말이오? 나는 당신이 하얘져서 결혼식을 할 날만 기다리고 있다오."

왕은 흑인 처녀를 달랬지만 그녀는 그 후 매일 "뱀장어를 잡아먹으면 제가 하얘질 것 같아요. 싫으시다면 저를 데려 오셨던 곳으로 데려다주세요"라고 불평을 했습니다.

흑인 처녀가 너무 고집을 부리자 왕은 할 수 없이 슬픈 마음을 누르며 뱀장어를 잡아먹기로 했습니다. 그래서 왕은 뱀장어를 죽여 요리를 해오라고 명령했습니다. 뱀장어 요리를 먹으면서 흑인 처녀는 뼈를 모두 불 속에 던졌고 왕은 정원에 던졌습니다.

뱀장어 요리를 다 먹은 다음 날 왕은 자기 방으로 돌아가서 혼자 울었습니다. 그렇게 왕이 울고 있는데 정원사가 와서 이렇게 말했습니다.

"임금님, 정원에 나오셔서 아주 신기한 것을 구경하십시오. 어제 밤새에 레몬나무가 정원에서 솟아났는데 그 나무에는 레몬이 가득 달려 있고 또 꽃도 피어 있습니다. 이런 일은 생전 처음 보는 것이니 어서 오셔서 보십시오."

왕은 신기한 레몬나무를 보기 위해 정원으로 갔습니다. 나무는 왕이 오자 가지를 왕 쪽으로 쭉 펴더니 꽃잎을 왕에게 떨어뜨렸습니다. 왕은 그 나무가 너무 사랑스러워 의자를 가져오라고 하고는 곁을 떠날 줄을 몰랐습니다.

흑인 처녀는 왕이 찾아오지 않자 시종들에게 임금님이 어디 계시느냐고 물었고, 시종들은 정원에 레몬이 열리고 또 꽃이 핀 레몬나무가 있는데 왕이 그 나무를 좋아하셔서 그곳에 앉아 계신다고 말했습니다. 이 말을 들은 흑인 처녀는 곧바로 정원으로 내려갔습니다. 레몬나무는 흑인 처녀를 보자 가지를 뻗어 가시로 그녀의 얼굴과 손에 상처를 냈습니다. 흑인 처녀는 소리를 지르며 화를 냈습니다.

"당장 레몬나무를 뽑아버리세요. 그러면 제가 하얘질 거예요. 막 하얘지려는 순간에 이놈의 레몬나무가 나타나서 다시 검어지고 말았어요. 싫으시다면 전 고향으로 돌아가서 요정들을 불러다가 이 궁전을 쑥밭으로 만들어버리겠어요."

"레몬나무가 무슨 잘못이 있다고 그러는 거요? 당신이 가까이 가지 않았더라면 아무 일도 없었을 거요."

왕이 이렇게 말했지만 흑인 처녀는 듣지 않았습니다.

"당장 뽑도록 하세요. 그렇지 않으면 좋지 않은 일이 일어날 거예요."

"좋을 대로 하시오. 나는 상관하지 않으리다."

그렇게 말하고 왕이 자리를 뜨자 흑인 처녀는 정원사에게 레몬나무를 뽑아버리고 가지를 토막토막 잘라서 사람들이 집어가 불에 태우도록 길가에 던져놓으라고 말했습니다. 정원사는 흑인 처녀가 시킨 대로 했으며 사람들은 나뭇가지들을 주워갔습니다. 마지막으로 나무 밑동만 남았습니다. 시종들은 그 나무 밑동을 샘 앞에 던져놓았습니다.

한 노인이 물을 길러 샘에 왔다가 나무 밑동을 보고는 이렇게 말했습니다.

"이 나무 밑동을 저에게 주시겠어요? 집에 가져가서 불을 피우게요."

그러자 흑인 처녀가 창문에 몸을 내밀고 이렇게 말했습니다.

"가져가세요. 어서 가져가세요."

노인은 그것을 받아 들고 집으로 돌아갔습니다. 노인이 도끼를 들고 궁전에서 받아온 나무를 막 패려고 하자 나무 속에서 이렇게 말하는 소리가 들려왔습니다.

"위를 치세요,

아래를 치세요,

그러나 가운데는 치지 마세요.

그곳엔 소녀가 들어 있어서

치시면 머리가 아프답니다."

이 소리를 듣고 노인은 너무 놀라서 도끼를 팽개치고 벽에 기대서 떨고 있었습니다. 그때 마침 노인의 아들이 들어와서 아버지에게 인사했습니다.

"아버지, 다녀왔습니다."

그러나 노인은 몸을 떨기만 할 뿐 말을 하지 못했습니다.

"아버지 왜 그러세요? 왜 떨고 계십니까?"

"글쎄 오늘 물을 뜨러 궁전 옆에 있는 샘에 갔다가 샘 옆에 나무 밑동이 하나 있기에 달라고 해서 집에 가져왔는데 그 나무토막이 살아서 말을 하는구나."

"아니 아버지, 나무가 어떻게 말을 합니까? 혹시 정신이 이상해지신 것 아니세요?"

"네가 직접 도끼로 저 나무 밑동을 살짝 쳐봐라. 그러면 알게 될 것이다."

노인의 아들은 도끼를 집어 들고 나무 밑동을 살짝 쳤습니다. 그러자 나무가 이렇게 말했습니다.

"위를 치세요,

   아래를 치세요,

   그러나 가운데는 치지 마세요.

   그곳엔 소녀가 들어 있어서

   치시면 머리가 아프답니다."

   아들이 나무가 말한 대로 위와 아래쪽을 치자 나무토막
안에서 한 예쁜 처녀가 튀어나와 이렇게 말했습니다.

   "두려워하지 마세요. 여러분은 제 덕분에 아주 큰 부자가
되실 테니까요. 우선 제가 벌거벗고 있으니 걸칠 옷을 한 벌
주세요. 그리고 시장에 가서 하얀 손수건 한 장과 금실과
비단실을 사다주시면 제가 수를 놓을 것인데, 그 손수건을
임금님께 갖다드리면 상으로 많은 금화를 주실 거예요."

   아들은 아름다운 하얀 손수건과 금실과 비단실을 처녀에
게 사다주었습니다. 그녀는 손수건 위에 자기가 겪은 일들,
즉 어떻게 해서 뱀장어가 되었고 어떻게 해서 레몬나무가
되었으며 이제는 노인의 집에 머물고 있으니까 왕이 와서
자기를 데리고 가기 바란다는 등등의 이야기를 수로 놓았습
니다. 그러고는 손수건을 곱게 접어 노인의 아들에게 주며
왕의 손에 직접 전해주고 대답을 받아오라고 말했습니다.

   노인의 아들은 수놓은 손수건을 들고 궁전으로 가서 말

했습니다.

"임금님이 어디 계십니까? 임금님을 뵙고 싶은데요."

시종들은 그를 왕에게 데리고 갔습니다. 왕을 만나자 노인의 아들이 말했습니다.

"임금님께 드리려고 손수건을 하나 가져왔습니다."

왕은 손수건을 받아서 펼쳐놓고는 그곳에 수놓인 트리세브예니가 겪은 사연들을 읽었습니다.

"너에게 이 손수건을 준 여인이 지금 어디 있느냐?"

"저희 집에 있습니다."

왕은 노인의 아들에게 금화를 한 줌 주며 이렇게 말했습니다.

"자, 같이 너의 집으로 가자."

왕은 젊은이의 집으로 가서 트리세브예니를 만났습니다. 그들은 반가움과 서러움에 휩싸여 울기도 하고 웃기도 했습니다. 트리세브예니는 왕에게 말했습니다.

"이젠 그만 진정하시고 옷과 마차를 가져오셔서 저를 궁전으로 데려가세요."

"옷과 마차는 보내겠지만 그 흑인 년을 쫓아낼 때까지 이곳에 잠시 머무르고 계시오. 그 후에 내가 와서 당신을 데려가리다."

임금님은 즉시 궁전으로 돌아가서 흑인 처녀가 살고 있

는 방으로 갔습니다. 그리고 그녀의 방에서 이리저리 왔다 갔다 했습니다. 그러자 흑인 처녀가 말했습니다.

"또 역정을 내시고 계시는군요. 이번에는 무슨 일인가요? 제가 조금 하얘지려고 하면 당신이 이런저런 일로 화를 내시기 때문에 저는 날이 갈수록 검어지기만 하잖아요."

"걱정하지 마오. 이제부터는 당신을 편안하게 내버려둘 테니까 말이오. 내가 지금 재판을 하나 해야 하는데 그 죄인에게 무슨 벌을 줄까 생각하기 위해 당신 방에 왔소."

"그 사람이 무슨 죄를 지었는지 저에게 말씀해주세요. 저의 아버지가 요정 나라의 왕이셨기 때문에 당신이 어떤 벌을 그에게 내려야 하는지 제가 말해드릴 수 있으니까요."

"사이 좋은 한 부부가 있었소. 그런데 어떤 사람이 그 둘을 갈라놓았는데 그 사람에게는 어떤 벌을 내리는 것이 좋겠소? 어떤 벌이 그에게 가장 적합하겠소?"

"저의 아버지께서도 언젠가 그런 경우에 재판을 하신 적이 있었지요. 그때 우리는 네 마리의 당나귀를 사용해서 두 마리는 그 사람의 팔에 묶고 두 마리는 다리에 묶어서 당나귀에게 채찍질을 했어요. 당나귀들은 사방으로 달려갔고 결국 그 죄인은 사지가 찢겨 죽었지요."

"자, 이제 네가 그 벌을 받을 준비를 해라."

왕이 말했습니다.

"무슨 말씀이세요? 이제 제게 위협까지 하시는군요. 이렇게 저를 자꾸 검어지게 만드셔서 드디어 제가 슬픔에 못 이겨 죽게 만들고 싶으신가 보군요."

"그런 얘기는 집어치워라. 네 못된 장난도 이제 끝이 났다. 다만 너를 당나귀에게 묶어 죽이는 대신 물에 빠뜨려 죽이겠다."

왕은 흑인 처녀의 방을 나와 시종들에게 그녀를 강에 빠뜨려 죽이라고 명령했습니다.

그리고 왕은 금으로 장식된 멋진 마차를 타고 가난한 노인의 집으로 가서 트리세브예니를 궁전으로 데려왔습니다. 왕이 노인과 아들에게는 많은 금화를 주어 그들은 부자가 되었습니다. 다음 날 왕과 트리세브예니는 결혼식을 올렸고 온 백성이 환호하는 가운데 축제가 벌어졌습니다. ◀◀◀

마술에 걸린 연못

옛날 옛적에 세 아들을 가진 왕이 살고 있었습니다. 이 아들들이 장성하여 결혼할 나이가 되자, 왕은 자신이 가진 세 개의 활과 세 개의 화살을 그들에게 하나씩 나누어주었습니다. 그러고는 궁전에서 가장 높은 곳에 올라가 화살을 쏘아 그 화살이 떨어지는 곳에 살고 있는 처녀와 결혼을 하라고 말했습니다.

첫째 왕자가 궁전에서 가장 높은 곳으로 올라가 화살을 쏘았는데 그의 화살은 멋진 집의 안마당에 떨어졌습니다. 그 집에는 마침 아름다운 처녀가 있었기 때문에 첫째 왕자는 그녀를 아내로 맞아들였습니다. 둘째 왕자도 화살을 쏘았고 그의 화살도 멋진 집에 떨어졌으며 그는 그 집에 살고 있는 아름다운 처녀와 결혼했습니다. 하지만 막내 왕자는 아직 활을 쏘지 않고 있었습니다.

왕은 왕자들에게 화살과 활을 나누어주기 전에 세 개의

궁전을 따로 지어주면서 이렇게 말했습니다.

"얘들아, 너희들은 결혼하여 부인들과 함께 각자 자기의 궁전에서 살도록 해라."

첫째 왕자와 둘째 왕자는 화살을 쏘아 각각 아내를 맞이하여 자기들의 궁전에서 행복하게 지내고 있었고, 이제 막내 왕자만 남았습니다.

막내 왕자는 매일같이 다음 날에 화살을 쏘겠다고 미루기만 했습니다. 이렇게 해서 세월이 자꾸 흘렀습니다. 결혼한 두 왕자는 부모님을 초대하여 식사 대접도 하며 즐겁게 보냈습니다. 어느 날 첫째 왕자 궁전에 모두가 모여 식사를 하던 도중에 왕이 막내아들에게 이렇게 말했습니다.

"얘야, 이제 제발 화살을 쏘아라. 너도 결혼을 해서 내가 너의 아내를 보고 기쁜 마음으로 죽을 수 있게 해다오."

그러자 막내 왕자가 대답했습니다.

"아버지, 저도 아버지를 실망시키고 싶지 않습니다. 내일은 꼭 화살을 쏘아 아내를 맞이하겠습니다."

다음 날이 밝아오자 막내 왕자는 궁전에서 가장 높은 곳으로 올라가 화살을 쏘았습니다. 화살은 멀리 날아가 어느 한 지점에 떨어졌습니다. 왕자는 화살이 떨어진 곳으로 가서 이리저리 살펴보았지만 그곳은 집도 없는 아주 황량하고 쓸쓸하기만 한 곳이었습니다. 그가 화살이 어디 있는지 찾아보는데 뜻밖에도 연못 속에 개구리 한 마리가 입에 화살을 물고 보금자리로 가기 위해 헤엄을 치고 있었습니다.

왕자는 화살을 물고 있는 개구리를 재빨리 붙잡아 자기 궁전으로 데리고 왔습니다. 그는 개구리를 궁전에 있는 방에 넣어두고 아버지에게 무어라고 말해야 될지 몰라 슬픔에 싸여 있었습니다. 왕자는 또한 형수들이 이 소식을 듣고 조롱할 것이 두려워 하인들도 다 내쫓고 사냥에만 몰두했습니다.

어느 날 왕자는 잡은 사냥감을 가지고 궁전으로 돌아왔습니다. 그는 사냥감을 문 뒤에 걸어놓으면서 이렇게 중얼거렸습니다.

"아버지에게 가서 사실을 고백하면서 형님들에게는 이야기하지 말라고 사정해야지. 그래 이것이 내 운명인 것 같으니 받아들이는 수밖에."

그는 아버지에게 가서 자기에게 일어난 일을 낱낱이 고백했습니다. 아버지는 다른 두 아들보다 막내아들을 더욱 사랑했기 때문에 그에게 일어난 불행한 소식을 듣고 몹시 슬퍼했습니다. 그리고 이렇게 말했습니다.

"애야, 네가 결혼하지 않고 미혼으로 남아 있는 것이 하느님의 뜻이었나보구나."

한편, 막내 왕자가 아버지와 함께 있는 동안 그의 궁전에는 이상한 일이 벌어지고 있었습니다. 개구리 껍질을 벗고 비단옷을 입은 한 어여쁜 공주가 나와서는 팔을 걷어붙이고 방 청소를 하고 불을 피운 후에 사냥감을 요리했습니다. 그녀는 식탁을 정돈하고 모든 음식을 차려놓은 후 다시 개구리 껍질 속에 들어가 구석에 앉아 있었습니다.

궁전으로 돌아온 왕자는 깨끗이 정돈된 방과 준비된 음식을 보았습니다.

"와, 누가 이렇게 했을까!"

왕자는 이곳저곳을 살펴보았지만 아무도 보이지 않았습니다. 그는 식탁에 앉아 준비된 음식을 먹었습니다. 식사를 마친 후 왕자는 개구리에게도 맛 좋은 음식을 주고 싶어 개구리를 식탁에 올려놓고 음식을 접시에 담아주고는 밖으로 나갔습니다.

왕자가 다시 돌아왔을 때에 식탁이 깨끗이 정돈되고 접시도 말끔하게 닦여 있었지만 사람의 모습은 보이지 않았습니다. 막내 왕자가 생각했습니다.

'참 이상한 일도 다 있군. 내일 사냥을 나가서 사냥감을 잡아오면 다시 문 위에 걸어놓고 숨어서 살펴봐야지.'

다음 날이 되어 왕자는 사냥을 가서 새를 여러 마리 잡아 가지고 집으로 돌아와서는 문 위에 걸어놓았습니다. 그리고 옷을 갈아입고 계단을 내려가 문을 잠그고는 정원에 있는 조그만 문을 통해 다시 방 안으로 들어갔습니다.

한편 개구리는 왕자가 밖으로 나가서 문을 잠그는 소리를 듣자 껍질에서 나와 아름다운 공주가 되었습니다.

'해님에게 멈추라고 하고,
샛별님에게 빛나라고 하자.'

숨어 있던 왕자는 공주의 모습을 보고 그녀의 아름다움에 그만 넋을 잃었습니다. 공주는 창문으로 가더니 손뼉을 쳤습니다. 그러자 또 한 마리의 작은 개구리가 '푸푸!' 하고 층계를 올라와서는 공주 앞으로 가더니 껍질을 벗어 던지고 처녀가 되었습니다. 그 처녀는 새의 털을 뽑고 불을 피우고 요리를 했습니다. 공주도 그 일을 도왔습니다.

일이 모두 끝나자 작은 개구리 처녀는 다시 껍질로 들어가서는 왔던 길로 되돌아갔습니다. 큰 개구리 처녀도 껍질 속에 들어가서는 구석에 앉았습니다.

왕자는 서둘러 작은 문을 통해 밖으로 나갔다가 금방 돌아온 사람처럼 큰 문을 열쇠로 열고 궁전 안으로 들어왔습니다. 식당으로 가서 식탁에 준비되어 있는 요리를 보고는 맛있게 먹었습니다. 왕자는 식사를 끝내고 식당을 이리저리 걷다가 개구리 옆으로 가서 머리를 쓰다듬으며 이렇게 말했습니다.

"너와 나는 천생연분인가 보구나. 네가 비록 개구리라고 할지라도 내 화살을 입에 물고 있었으니까 나는 다른 여자를 구할 생각하지 않고 평생 독신으로 살려고 한단다. 그런데 네가 말이라도 할 줄 알아서 서로 이야기를 하며 시간을 보내고, 또 누가 와서 집안일을 하고 요리를 하는지 말해주면 더 이상 바랄 것이 없겠구나."

개구리는 왕자를 쳐다보기만 할 뿐 아무 말도 하지 않았습니다.

그런데 비밀이란 이 세상에 존재할 수 없는 법이어서 어느 사이에 왕자가 쏜 화살이 연못 속에 떨어졌으며 왕자가 궁전에 개구리를 모셔놓고 있다는 소문이 사람들 사이에 퍼졌습니다.

어느 날 형수들이 막내 왕자에게 말했습니다.

"부인을 데려오셔서 저희들에게도 보여주세요."

막내 왕자가 말했습니다.

"저는 아직 결혼도 하지 않았는데 어떻게 형수님들에게 아내를 데려와 보여드린단 말입니까?"

왕자는 대답하고는 속이 상해 얼른 자리를 떴습니다. 그리고 집으로 돌아와 또다시 식탁이 준비되어 있는 것을 보고는 음식을 맛있게 먹었습니다.

어느 날 왕자는 다시 숨어 있다가 공주가 작은 개구리를 부르기 위해 손뼉을 치려는 순간 달려 나가 개구리의 껍질을 잡아채어 불 속에 던졌습니다. 개구리 처녀가 쫓아오면서 다급하게 소리쳤습니다.

"제가 불에 타요! 제가 불에 타요!"

그러자 왕자는 개구리 껍질을 불에서 다시 꺼내서는 금대야에 물을 붓고 그 안에 껍질을 던졌습니다. 그리고 공주의 발아래에 엎드려 자기를 불쌍히 여긴다면 제발 껍질 속에 들어가지 말아달라고 애원했습니다.

"저의 두 형수님보다 더욱 아름다운 아가씨를 집에 놔두고도 떳떳한 얼굴로 세상 사람들 앞에 나가지도 못하고, 또 형님들의 조롱도 받아야 하는 제 입장이 딱해 보이지도 않으신가요?"

그러자 그녀가 말했습니다.

"원래 저희 집안은 왕가였어요. 그러나 하느님의 저주를 받아서 저희 왕국은 연못 속으로 가라앉아버렸고 저희들은 개구리 껍질을 쓰고 연못 속에 살게 되었지요. 저희들의 재산과 모든 것이 연못 속에 있습니다. 그런데 한 점쟁이가 말하기를 어떤 사람이 진정으로 저를 사랑하게 되어 저를 만나 함께 지낸 시간을 저주하지 않으면 저는 사람이 될 거라고 했어요. 나는 당신을 시험했어요. 당신은 참 착하신 분이기에 저는 당신을 행복하게 해드릴 거예요. 형수님들이 조롱하더라도 꾹 참으세요."

왕자는 그녀에게 감사의 마음을 표시했고, 그녀는 자기의 껍질이 항상 물기에 젖어 있도록 우물 속에 넣어두라고 말했습니다. 왕자는 그녀가 시킨 대로 껍질을 우물 속에 넣고 그녀에게 말했습니다.

"우리 둘만 있는 동안에는 언제나 이렇게 지냅시다. 그리고 다른 사람에게는 비밀로 합시다."

왕의 생일날이 가까이 왔습니다. 첫째 왕자는 모든 사람들을 자기 궁전으로 초대하여 잔치를 벌이기로 했습니다. 막내 왕자가 첫째 왕자 집에 가자 사람들은 그를 조롱했습니다.

"잔칫날에 막내 왕자님도 부인을 데려오시겠어요? 같이 이야기도 나누고 즐겁게 지내야 하지 않겠어요?"

막내 왕자는 조금 슬픈 얼굴로 집에 돌아왔습니다. 아내가 물었습니다.

"무엇 때문에 슬퍼하시나요?"

"내일이 아버님 생신이라서 큰형님께서 잔치를 벌이기로 했소. 그런데 나를 궁지로 빠뜨리려고 내게 부인과 함께 오라고 하는구려."

"원하신다면 우리 같이 가도록 해요. 그래서 우리가 오히려 그들을 당황하게 만들어요. 당신은 저를 데려왔던 연못으로 가서서 '카이나나, 카이나나' 하고 외치세요. 그러면 '피키키, 피키키' 하는 소리가 들릴 거예요. 그러면 당신 딸 안툴라가 보내서 왔으니 강 구석에 있는 금막대기와 은막대기 하나와 거위 알 하나와 달걀 두 개를 달라고 하세요. 그리고 그것들을 가지고 집으로 돌아오세요."

왕자는 아내가 시킨 대로 연못으로 가서 소리쳤습니다. 그리고 두 개의 막대기와 거위 알 하나와 달걀 두 개를 받아 가지고 집으로 돌아왔습니다. 공주는 남편에게 언제 잔치가 열리냐고 물었습니다. 왕자는 내일이라고 대답했습니다.

다음 날 아침이 되었습니다. 공주가 금막대기를 한 번 두드리자 땅속에서 하녀 세 명이 튀어나왔습니다. 그리고 금막대기를 두 번 두드리자 하녀 한 명이 남자용과 여자용의 아름다운 옷과 다이아몬드 시계 등이 가득 찬 상자를 들고 튀어나왔습니다.

공주는 금옷으로 잘 차려입고 장신구로 치장하고는 왕자에게도 금으로 번쩍이는 옷을 입히고, 금으로 만든 칼과 호화스러운 팔찌를 차게 하고는 그 위에 고급 털옷을 걸치게 했습니다. 그리고 하인들에게 은막대기를 주어 마당으로 나가 땅을 두드리게 하자 온통 금으로 된 멋진 사두마차가 튀어나왔습니다. 마차 앞에서는 새하얀 말 네 마리가 주인을 기다리며 발로 땅을 차고 있었는데 발굽에서는 불꽃이 튀었습니다.

한편, 왕자의 형수들은 언제 개구리가 오려나, 언제 개구리가 오려나 조롱하듯 이야기하고 있었습니다. 그들이 그렇게 '하하하! 호호호!' 하고 비웃고 있을 때 네 마리의 백마가 이끄는 멋진 마차가 문 앞에 도착했습니다. 그들이 누가 그 마차에서 내릴까 궁금해하고 있는데 먼저 금색 옷을 입은 종들이 마차에서 뛰어내리더니 손을 내밀어 한 아름다운 귀부인이 내리는 것을 도왔습니다. 그리고 그 뒤로 막내왕자가 마지막으로 내렸습니다.

왕자의 두 형들은 달려가서 동생의 부인을 맞아 궁전 안으로 인도했습니다. 그녀는 시아버지에게로 가서 그의 손에 입을 맞췄습니다. 시아버지는 그녀를 껴안고 그녀의 볼에 입을 맞췄습니다. 그녀는 거위 알을 시아버지에게 드렸습니다. 그리고 남편의 한 형제의 손에 입을 맞추고 달걀을 선물로 주고 또 다른 형제에게 나머지 달걀을 주었습니다.

그러자 왕자의 형수들이 웃음을 터뜨렸습니다.

"어머나, 닭장을 지어야겠군요! 달걀을 선물로 가져왔으니 말이에요!"

그녀는 아무 말 없이 그저 미소만 지으며 시아버지에게 거위 알을 깨뜨리라고 말했습니다. 시아버지가 거위 알을 깨자 안에서 다이아몬드로 된 왕관이 나왔습니다. 그녀는 홀로 왕관을 손에 들고 가서는 시아버지 머리에 씌워주었습니다. 왕자의 형제들이 달걀을 깨뜨리자 그 속에서 다이아몬드가 줄줄 달린 시계가 나왔습니다.

그때 막내 왕자와 그의 부인이 그날을 자기들의 결혼식 날로 하자고 말했습니다. 즉시 그들의 결혼식이 수많은 악기의 연주와 화려한 행렬 속에 거행되었습니다. 그리고 그들은 행복하게 살았습니다. ⫸⫷

새가 된 열두 형제

옛날 옛적에 한 왕이 아들 열두 명과 딸 한 명, 즉 열세 자녀를 데리고 살고 있었습니다. 그런데 왕비가 죽어 왕은 재혼을 하게 되었습니다. 새 왕비는 아이들을 좋아하지 않았고 게다가 마녀였습니다.

그러던 어느 날 전쟁이 일어났고 왕은 전쟁에 참전하기 위해 왕궁을 떠났습니다. 그러자 아이들을 미워하던 마음씨 나쁜 계모는 공주의 얼굴에 검은 칠을 해서 궁전에서 쫓아냈습니다.

공주는 한없이 걷고 걷다가 맑은 물이 흐르는 강에 도착했습니다. 그녀는 강물에 얼굴의 검은 칠을 씻어냈습니다. 그러자 전보다 더욱 아름다워졌습니다. 그녀는 다시 길을 떠나 밤낮으로 걸었습니다. 어느 날 공주가 양치기 노인 한 명을 만나 그에게 이렇게 말했습니다.

"할아버지, 저는 세상에서 의지할 곳이 없는 고아인데 저를 할아버지 곁에서 살도록 허락해주시겠어요?"

"좋도록 해라. 그 대신 내가 먹는 대로 너도 먹어야 한다."

이렇게 하여 공주는 노인과 함께 노인의 오두막에서 살게 되었습니다.

그러던 중 하루는 노인이 공주에게 말했습니다.

"얘야, 우리 집 근처에 있는 강에서는 참 이상한 일이 일어나고 있단다. 열두 마리의 새가 날아오는데 발이 땅에 닿으면 사람으로 변한단다. 참 신기한 일도 다 있지!"

공주는 이 말을 듣고 깜짝 놀라며 이렇게 혼자 생각했습니다.

"열두 마리 새는 틀림없이 오빠들일 거야. 마녀인 새엄마가 오빠들에게 마술을 걸었을 거야."

그리고 노인에게 말했습니다.

"할아버지, 저도 같이 가서 열두 마리의 새를 보겠어요."

다음 날 저녁 공주는 노인과 함께 강으로 나갔습니다. 해가 지자 열두 마리의 새가 슬피 울며 하늘에서 날아오는 것이 보였습니다. 새들은 발이 땅에 닿자마자 곧바로 사람이 되었는데 과연 그들은 공주의 오빠들이었습니다.

공주는 오빠들을 바로 알아보았습니다. 오빠들도 공주를 즉시 알아보았습니다. 그들은 서로 껴안고 입을 맞추며 눈물을 흘렸습니다. 오빠들은 공주를 자기들이 살고 있는 낡고 큰 집으로 데리고 갔습니다. 그들은 그곳에서 밤을 지냈는데 아침이 되자 오빠들은 새가 되어 하늘로 날아갔습니다.

어느 날 공주는 저녁에 먹을 나물을 캐러 밖으로 나갔습니다. 그녀는 저녁에 나물을 요리해 낡고 큰 집으로 돌아와서 공주와 밤을 지내는 오빠들과 함께 먹을 생각이었습니다. 그런데 그녀가 나물을 뜯고 있는데 이런 소리가 들려왔습니다.

"아! 나를 기억해주는 사람은 이 세상에 단 한 사람도 없는 모양이지!"

공주가 뒤를 돌아보니 바위 위에 노파가 앉아 있었습니다. 공주가 노파 가까이 다가가서 말했습니다.

"할머니, 무얼 원하세요? 나물을 캐러 오셨나요? 제가 할머니 대신 부드러운 나물만 캐드릴 테니까 바구니를 이리 주세요."

노파는 공주의 친절한 마음에 감사하며 그녀에게 말했습니다.

"불쌍하기도 하지! 그동안 얼마나 고생이 많았을까! 그러나 이제부터는 걱정 마세요. 다 방법이 있으니까요."

공주는 이 말을 듣고는 이상하다고 생각했습니다.

"공주님, 이상하게 생각하지 마세요. 저는 공주님의 사정을 다 알고 있으니까요. 새엄마가 공주님의 오빠들에게 마술을 건 것도 저는 알고 있지요. 오빠들이 다시 사람이 되게 하기 위해서는 제가 말하는 대로 하세요. 달밤에 밖으로 나가서서 풀을 뜯어다가 그 풀로 열두 벌의 옷을 만드세요. 단, 주의할 것은 사람들이 말을 걸어도 공주님은 절대 말을 해서는 안 된다는 겁니다. 이렇게 해서 열두 벌의 옷이 완성되면 새가 된 오빠들에게 그 옷을 던지세요. 그러면 오빠들은 사람이 될 겁니다. 꼭 그렇게 하도록 하세요."

공주는 노파가 시키는 대로 했습니다. 밤새도록 풀을 뜯어서 하루 종일 옷을 짰으며 말은 한마디도 하지 않았습니다. 저녁이 되어 사람으로 변한 오빠들이 집으로 돌아와 그녀에게 말을 걸어도 그녀는 입을 열지 않았습니다. 오빠들이 왜 그러느냐고 아무리 물어보아도 그녀는 대답하지 않았습니다. 오빠들은 밤 동안에 집에 머물다가 아침이 되면 더욱 슬프게 울며 하늘로 날아갔습니다.

어느 날이었습니다. 한 왕자가 개를 데리고 사냥을 하러 나왔다가 우연히 낡고 큰 집 앞을 지나가게 되었습니다. 왕자가 데리고 온 개는 집 안으로 들어갔다가 밖으로 나와서는 꼬리를 흔들고 멍멍 짖더니 다시 안으로 들어갔습니다. 이것을 본 왕자는 이상하게 생각하며 개를 따라 안으로 들어갔습니다. 낡은 집 안에는 세상에 보기 드물게 아름다운 한 소녀가 앉아 풀로 뜨개질을 하고 있었습니다. 왕자가 그녀에게 말을 걸었지만 그녀는 대답하지 않았습니다.

왕자는 그녀가 벙어리라고 생각하고 시종들을 불러 그녀를 말에 태워 궁전으로 데리고 가라고 명령했습니다. 이렇게 하여 그들은 공주를 궁전으로 데리고 갔습니다. 다음 날이 되자 왕자는 아버지에게 가서 이렇게 말했습니다.

"아버지, 저에게는 사랑하는 처녀가 있습니다. 그녀는 벙어리이지만 저는 그녀를 사랑하기 때문에 아내로 맞으려고 합니다."

왕이 말했습니다.

"네가 좋아한다면 아내로 맞도록 해라."

궁전 안의 시종들은 왕자가 데려온 소녀를 좋은 방으로 모시고 시중을 들었지만, 그녀는 뜨개질만 할 뿐 도무지 다른 일은 하려고 하지 않았습니다. 드디어 그녀가 열한 벌의 옷을 끝냈을 때 풀도 바닥이 났습니다. 그러자 그녀는 꼭두새벽에 궁전 정원으로 나가 풀을 뜯어다 다시 뜨개질을 시작했습니다.

궁전 안의 사람들은 그녀가 밤중에 풀을 뜯는 것을 보고 임금님에게 가서 이렇게 말했습니다.

"임금님, 왕자님이 아내로 삼으려고 하는 처녀는 아무래도 마녀인 것 같습니다. 우리 모두에게 마술을 걸려고 밤중에 밖으로 나가 풀을 뜯고 있습니다. 그러니 더 큰일이 일어나기 전에 조처를 취하시기 바랍니다."

그러자 왕이 말했습니다.

"내가 숨어 있다가 두 눈으로 직접 보겠다."

왕은 저녁이 되자 숨어서 소녀의 행동을 감시했습니다.
한편, 공주가 마지막 옷을 끝내가고 있는 찰나에 풀도 동이
났습니다. 그녀는 달밤에 다시 정원으로 나가 풀을 뜯었습
니다. 숨어서 보고 있던 왕은 지체하지 않고 시종들을 불러
그녀를 감옥에 넣고는 곧 마녀인 그녀를 처형하리라 마음먹
었습니다. 그러나 그녀는 전혀 개의치 않고 감옥 안에서도
뜨개질만 계속했습니다.

드디어 공주를 산 채로 태우기로 한 날이었습니다. 새가
된 그녀의 오빠들은 이 소식을 듣고 감옥으로 가서 창문 주
위를 돌며 절망적으로 울어댔습니다. 그러는 중에 그녀가
드디어 마지막 옷을 끝냈습니다. 공주는 감옥의 창문을 통
해 그 옷들을 새들에게 던졌습니다. 그러자 새들이 금방 사
람으로 변했습니다.

그제야 입을 열지 않던 공주가 왕을 뵙고 싶다고 말했습
니다. 시종들이 그녀를 왕에게 데리고 가자 이제까지 자기
가 겪은 일을 다 이야기했고, 이를 들은 사람들은 아름다운
공주가 얼마나 고생을 했는지 알고는 모두 눈물을 흘렸습니
다. 그들은 열두 형제들도 궁전에 머물게 하며 공주와 왕자

의 결혼식을 준비했습니다.

왕은 이웃나라의 모든 왕들을 결혼식에 초대했습니다. 그 동안 전쟁에서 돌아와 열세 자식을 모두 잃고 슬퍼하고 있는 공주의 아버지도 초대를 받았습니다. 공주의 아버지는 열세 명의 자녀 모두를 잃은 슬픔에 잠겨 있었습니다. 마녀인 새엄마는 왕이 전쟁에서 돌아오자 왕자들과 공주가 병에 걸려 모두 죽었다고 거짓말했습니다. 자식을 다 잃은 왕은 아들을 결혼시키는 다른 왕에게 이렇게 전갈을 보냈습니다.

죄송하지만 저는 아드님의 결혼식에 참석하지 못하겠습니다. 저는 열세 자식을 모두 잃었기 때문에 아무 데도 가고 싶지 않습니다. 다만 죽는 것만을 바랄 뿐이지요.

그러나 왕자를 결혼시키는 왕은 아이들을 잃은 왕에게 계속 참석해달라고 청했고, 그의 마음 나쁜 부인도 자꾸만 결혼식에 가자고 졸라댔기 때문에 왕은 할 수 없이 결혼식에 참석하기로 했습니다.

결혼식은 더 이상 성대할 수 없을 만큼 호화롭게 거행되었습니다.

공주의 계모는 열두 형제와 공주를 보자 금방 그들이 누구인지 눈치채고 도망가려 했습니다. 그러나 공주는 계모가 도망가지 못하게 막으며 이렇게 말했습니다.

"술잔을 받고 자기가 겪은 일을 이야기하기 전에는 우리들 중에서 그 누구도 절대 떠나서는 안 됩니다."

열두 형제가 먼저 술잔을 받아 들고 자기들이 당한 일을 이야기하기 시작했습니다. 그들의 아버지는 이야기를 듣자 금방 자기 자식들인 것을 알았습니다.

계모가 이야기할 차례가 되었지만 그녀는 입을 열 수가 없었습니다. 그러자 그녀의 남편은 시종들에게 그녀를 붙잡아 궁전에서 쫓아내라고 명령했습니다. 그곳에 모였던 다른 왕들은 나쁜 계모를 산 채로 불태워야 한다고 말했습니다. 그래서 그녀는 불에 태워졌고 그녀의 마술도 사라졌습니다.

그 후 공주는 남편과 오빠들과 함께 평생 행복하게 살았습니다. 🍃

황금 가지

옛날 옛적에 빵 굽는 여자에게 아들이 하나 있었습니다. 빵 굽는 여자는 화덕 하나만 달랑 가진 가난한 과부였기에 매일 산으로 가서 잔가지들을 모아 마을로 내려와서는 아 궁에 불을 때며 어떤 때는 빵을, 또 다른 때는 음식을 해주고 돈을 받아 연명하며 아이를 키웠습니다.

하루는 과부가 산에 가려고 일어서는데 아이가 울며 조 르기 시작했습니다.

"나도 산에 갈 거야! 나도 산에 가고 싶어!"

하지만 엄마는 아이를 산에 데려가고 싶지 않았습니다. 그래서 아이에게 말했습니다.

"안 돼! 데려갈 수 없어! 물도 부족하니 너는 오지 마! 틀 림없이 목이 마를 텐데 그러면 뭘 마실 거야?"

아이가 말했습니다.

"난 목 마르지 않을 거야. 그리고 목이 마르면 내가 스스로 물을 찾아낼 거야. 엄마 일 방해하지 않을 거고, 물은 마을로 돌아와서 마실 거야! 그러니 제발 나도 데려가줘! 데려가보면 알 거야!"

과부는 하는 수 없이 아이를 데리고 산으로 갔습니다. 산에 도착해 아이는 이리저리 뛰어다니며 놀다가 지치자 한구석에 앉아 엄마가 준 올리브 알 두 개와 빵을 먹었습니다.

음식을 먹고 나니 목이 말랐습니다. 하지만 아이는 엄마에게 아무 말도 하지 않았습니다. 그리고 일어나서 어디 물이 없나, 하고 찾기 시작했습니다. 산 건너편 조금 아래쪽에 성 하나가 보였습니다. 성문은 열려 있었고 그 안쪽으로는 나무와 꽃들 사이로 개울이 하나 흐르고 있었습니다. 아이는 매우 기쁜 마음으로 엄마에게 달려가 말했습니다.

"엄마! 저 성안에서 물을 발견했어요. 가서 마실게요!"

엄마는 울면서 아이에게 저 성은 흉가이니 가지 말라고 말했습니다. 누군가가 그 성안으로 들어가면 성문이 저절로 잠기고, 그곳으로 들어간 사람은 행방불명이 되어 돌아오지 못한다는 것이었습니다. 엄마는 아이에게 제발 마을로 돌아가자고 애원했습니다.

"자, 이제 나는 잔가지들을 묶어서 꾸러미로 만든 다음 짊어지고 곧장 집으로 갈 거야! 너도 저 성으로 들어가지 마라! 나는 널 잃고 싶지 않단다!"

아이는 엄마를 따라 집으로 가는 척했습니다. 그러고는 엄마가 잔가지들을 묶는 동안, 엄마를 속이고 성으로 들어가 개울물을 마셨습니다. 목마름이 사라지고 나자 아이는 밖으로 나오려 했습니다. 그러나 성문이 저절로 닫혔습니다. 아이는 울며불며 엄마를 불렀습니다. 엄마는 성문으로 달려가 문을 두드려봤지만 아무 소용이 없었습니다. 엄마는 성 주위를 빙빙 돌며 아이를 불렀습니다.

아이는 성문이 더 이상 열리지 않는 것을 보고는 좀 더 돌아다니며 다른 문을 찾아보기로 마음먹었습니다. 그러다가 엄마에게서부터 멀어져서 엄마 목소리마저 들을 수 없게 되었습니다. 엄마는 겁에 질려 성 밖에서 서성거려봤지만 이미 모든 것은 다 때늦은 일이었습니다. 아이가 사라진 것을 보고 엄마는 슬픈 가슴을 끌어안고 집으로 돌아갔습니다.

자, 아이를 잃은 슬픔 때문에 망연자실하여 황량한 들판의 갈대처럼 슬피 우는 엄마 이야기는 잠깐 접어두고, 아이가 어떻게 되었는지를 살펴보기로 합시다.

아이는 여기저기를 둘러보면서 나갈 곳이 있나 찾기 위해 한없이 걸었습니다. 그러다가 몸도 지치고 날도 어두워져서 더 이상 걸을 힘도, 울 힘도 남아 있지 않게 되자 어느 나무 아래에 쓰러져서 잠이 들었습니다.

동이 틀 무렵 한 괴물이 궁전에서 나와 아이를 발견하고 는 가까이 다가갔습니다. 괴물은 아이를 살펴보다가 아이의 손과 가슴을 만지면서 이렇게 말했습니다.

"조금 말랐군. 좀 더 잘 먹여 살을 찌운 다음에 잡아먹어 야겠어."

괴물은 아이를 쿡쿡 찌르며 말했습니다.

"야, 이제 일어나라! 궁전 안으로 들어가자!"

야나키스(아이의 이름이 야나키스였습니다)가 화를 냈습니다.

"왜 나를 쿡쿡 찌르는 거야? 내가 왜 일어나야 하는데? 난 아직 졸리단 말이야! 나를 자게 내버려둬!"

"빨리 일어나! 중요한 일이 있단 말이야!"

괴물이 말했습니다.

아이는 조금도 당황하지 않고 나무 아래에서 일어나 앉 으며 말했습니다.

"나는 여기서 꼼짝도 안 할 거야! 여기가 좋으니까! 자신 있으면 여기 와서 나를 쫓아내봐!"

괴물이 아이에게 덤벼들어 아이를 꽉 붙잡고는 발목까지 땅에 박아버렸습니다. 야나키스도 괴물을 붙잡고 마구 두들 겨 패며 괴물의 무릎까지 땅에 박아버렸습니다.

괴물이 소리쳤습니다.

"그만해! 내가 졌다. 이제 난 여길 떠날 테니까 여기 있는 모든 건 네 것이다. 자, 이 열쇠 꾸러미를 받아라! 모두 마흔 개의 열쇠다. 이 성안의 서른아홉 개의 다락방은 열어봐도 좋다. 거기서 발견하는 모든 게 다 네 것이다. 다만 마지막 다락방 하나만은 열어보지 말아라! 만약 그 다락방을 열어보면 너는 끝장이다. 그 다락방에 들어간 사람은 모두 돌아오지 못해 다시는 그 사람을 본 사람이 없다. 첫 번째 다락방에는 나막신 한 켤레가 있는데 그걸 신으면 아무도 네 발소리를 들을 수 없게 되고, 거기 있는 모자를 쓰면 아무도 널 볼 수가 없게 된다. 그리고 거기 있는 칼은 절대로 지지 않는 무적의 칼로서 네가 그걸 휘두르면 상대편은 모두 죽음을 피할 수 없을 거다. 그것들을 몸에 지니고 마구간으로 가면 말을 할 줄 아는 말이 있을 거다. 네가 칼을 가지고 있는 걸 보면 말은 자신의 주인임을 알아보고 네가 가고 싶은 곳으로 데려다줄 거다."

이 말을 마친 괴물은 아이 앞에서 홀연히 사라졌습니다. 야나키스는 어리둥절한 채로 홀로 서 있었다. 괴물의 말을 다 알아들을 수 없었습니다. 괴물이 말한 게 도대체 무슨 의미인지 종잡을 수가 없었습니다. 야나키스는 열쇠 꾸러미를 들고 이것이 꿈이 아닌가 하는 생각에 잠겼습니다. 그리고 혼잣말을 했습니다.

"그럼, 가서 다락방들을 열고 안에 무엇이 있는지 보자."

아이는 다락방 하나를 열어보고, 그 다음 다락방을 열어보면서 칼과 모자와 나막신을 발견했습니다. 다락방들에는 과자, 과일, 음식, 금실로 짠 옷, 금화와 다이아몬드 등, 온갖 최상급 보화가 가득 차 있었습니다. 그리고 괴물이 야나키스에게 그의 운명이라고 말해주었던 황금 사과 네 개도 발견했습니다. 이 사과들은 야나키스에게 아무 일도 없을 때는 잎은 싱싱한 푸른빛을, 사과는 선명한 빨간색을 띤 채 신선함을 유지하지만, 만약 아프거나 위험에 처하게 되면 사과는 말라버리고 잎은 떨어지게 되어 있었습니다. 야나키스는 이 사과들을 자기 보따리에 집어넣었습니다.

야나키스는 서른아홉 개의 다락방을 모두 열어보고 드디어 마지막 다락방에 이르렀습니다. 그는 열쇠 꾸러미를 들고 생각에 잠겼습니다.

"열어볼까, 열어보지 말까?"

그의 머릿속에서 두 생각이 싸우고 있었습니다. 하지만 결국에는 이런 생각을 했습니다.

"왜 열면 안 되는 거지? 여태까지 서른아홉 개의 방에서 그토록 많은 보물들을 발견했잖아! 이 다락방에 숨겨놓은 보물을 한번 찾아봐! 괴물이 모든 보물은 다 내 거라고 하면서 이 다락방만은 건드리지도 말라고 했지. 하지만 나는 안에 뭐가 있는지 열어보겠어!"

야나키스는 열쇠를 꺼내서 다락방 문을 열었습니다. 문이 열리자 눈부신 광채가 새어 나왔습니다. 방 안에 갇혀 있던 세상에서 가장 아름다운 처녀가 그를 바라봤습니다. 야나키스가 그 처녀를 만지려 하자 그녀가 손을 내저으며 거부했습니다.

"당신은 아직 나의 남자가 될 자격을 갖추지 못했어요. 나는 이제 황금 가지로 갈 거예요. 당신이 정말로 자격이 있다면 황금 가지가 있는 곳을 알아내서 그쪽으로 와야 해요. 그러면 제가 당신을 받아들이겠어요."

처녀는 이 말을 마치자마자 그의 눈앞에서 연기처럼 사라져버렸습니다. 야나키스는 혼비백산하여 정신을 차릴 수 없었습니다. 그렇게 아름다운 여자를 잃다니! 그는 이렇게 다짐했습니다.

"온 세상을 샅샅이 뒤져서라도 황금 가지가 있는 곳을 알아내겠어! 절대 그녀를 놓치지 않겠어!"

야나키스는 허리에 불패의 칼을 차고 발소리가 안 들리는 나막신을 신고 모자도 챙긴 후 마구간으로 갔습니다. 거기서 말을 발견하고 인사를 한 뒤, 말을 잘 달래기 위해 다락방에서 가져온 아주 맛있는 과자를 주면서 말했습니다.

"안녕? 나는 황금 가지가 있는 곳으로 가려고 하는데 거기가 어딘지 몰라. 나는 네가 모든 걸 알고 있다는 걸 알아."

말이 대답했습니다.

"제가 아는 곳이라면, 당신이 가자고 하는 곳은 어디든지 데려다주겠어요. 하지만 황금 가지가 어디 있는지는 저도 몰라요. 그런 생각은 버리세요. 절대 주인님한테 좋은 일이 안 생길 것 같으니까요. 아마 우리는 그곳을 찾을 수 없을 거예요."

그러나 야나키스는 그 생각을 떨쳐버릴 수가 없어 계속 되풀이해서 말했습니다.

"나는 그곳에 가고 말 거야! 사랑하는 말아, 황금 가지가 있는 곳을 함께 찾아보자꾸나. 내가 간곡히 부탁하니 그곳으로 데려가다오!"

그러자 말이 말했습니다.

"그렇게 고집을 피우시니 갑시다. 하느님께서 도와주시겠죠."

그들은 길을 떠나 한참을 갔습니다. 말은 야나키스를 매우 좋아했습니다. 그리고 괴물이 아닌 인간을 주인으로 섬기게 되어 무척이나 행복했습니다. 말은 야나키스에게 무엇이 옳은 거고, 또 어떤 일을 해야 할지를 말해주었습니다.

어느 날 새벽녘에 이들이 어느 한 지역을 지나고 있었는데 해가 떠오른 것과 함께 하얀 말을 타고 오는 젊은이가 보였습니다. 그때 말이 야나키스에게 말했습니다.

"저기 젊은 기사가 보이시죠? 저 사람은 해님의 아들이에요. 가까이 와서 마주치게 되면 그의 뺨을 한 대 때리세요. 그러고 나서 '안녕하세요'라고 인사하세요."

야나키스는 조금 이상하게 생각되었지만 아무 말도 하지 않았습니다. 왜냐하면 말이 항상 옳은 말만 하는 걸 알았기 때문입니다.

젊은 기사와 마주치게 되자 야나키스는 전광석화와 같이 재빠르게 그의 뺨을 한 대 갈긴 뒤에 그에게 말했습니다.

"형제여, 안녕하세요?"

해님 아들이 대답했습니다.

"형제여, 안녕하세요? 그런데 어딜 가시는 중인지요?"

야나키스가 말했습니다.

"나는 지금 황금 가지를 찾으러 가는데 그게 어디 있는지 몰라요."

해님 아들이 말했습니다.

"형제여, 나도 당신과 함께 가겠어요. 그런데 불행히도 저도 황금 가지가 어디 있는지는 몰라요."

둘은 의형제를 맺었습니다. 해님의 아들은 야나키스를 대장으로 모시고 함께 길을 떠났습니다. 뺨을 먼저 때린 것이 두 사람 사이의 주종 관계를 결정했던 것입니다. 그 후로 둘은 하루 종일 함께 지냈습니다.

그들은 길을 떠나 한참을 갔습니다. 저녁 무렵이 되어 해가 지는 황혼 속으로 은빛 말을 타고 오는 젊은이가 그들이 있는 곳으로 다가오는 것이 보였습니다. 말이 야나키스에게 말했습니다.

"저기 젊은 기사가 보이시죠? 저 사람은 달님의 아들이에요. 가까이 와서 마주치게 되면 그의 뺨을 한 대 때리세요. 그렇지 않으면 주인님이 그의 대장이라는 것을 몰라 보고 결투를 해서 이기는 사람이 대장을 하자고 할 거예요."

야나키스가 그의 뺨을 먼저 한 대 갈긴 뒤에 말했습니다.

"형제여, 안녕하세요?"

달님의 아들도 함께 길을 가기로 했습니다. 이렇게 해서 그들은 셋이 되었습니다.

그들이 바닷가에 다다랐을 때 다른 젊은이 한 명이 왔습니다. 그는 바다의 아들이었습니다. 말이 다시 야나키스에게 똑같은 말을 했습니다. 야나키스가 먼저 그 젊은이의 뺨을 때리고 의형제를 맺었습니다. 바다의 아들 역시 그들과 함께 가기로 했습니다.

이제 일행은 넷이 되었습니다. 야나키스가 이들의 대장이었습니다. 그들은 황금 가지가 있는 곳을 찾기 위해 이 지방 저 지방을 정처 없이 떠돌아다녔습니다. 그러나 그들이 어디를 가서 그 누구에게 묻든 답을 할 수 있는 사람은 아무도 없었습니다.

세월은 한없이 흘러갔고 야나키스는 세 명의 젊은이가 자기와 함께 세상을 돌아다니며 온갖 고생을 하는 것 때문에 마음이 편치 않았습니다.

하루는 한 나라에 도착해서 전령이 다음과 같은 포고문을 발표하는 것을 들었습니다.

"누구든 말을 탄 채로 이 도랑을 건너갔다가 다시 되돌아올 수 있다면 공주님과 결혼시켜줄 것이다."

이 말을 들은 야나키스는 속으로 생각했습니다.

"나의 형제들 가운데 한 명을 이곳 공주와 결혼시키면 좋겠군! 그토록 오랜 세월 나와 함께 고생하지 않았는가."

야나키스는 말을 탄 채로 가면서 말을 쓰다듬으며 부드러운 목소리로 물었습니다.

"나의 사랑스러운 말이여, 어떨 것 같으냐? 네가 저 도랑을 뛰어넘어서 나의 형제 가운데 한 명이 공주를 신부로 맞을 수 있도록 도와줄 수 있을 것 같으냐?"

말이 말했습니다.

"어려운 일이군요. 하지만 제가 저 도랑을 넘어보도록 하겠습니다."

야나키스는 왕에게로 가서 말했습니다.

"제가 저 도랑을 뛰어넘겠습니다. 만약 제가 성공하면 해님의 아들인 내 형제가 공주님과 결혼하도록 허락해주시겠습니까?"

왕은 야나키스의 제안을 받아들였습니다.

야나키스는 도랑으로 가서 말을 탄 채로 건너편으로 갔다가 되돌아왔습니다. 모두가 환호하며 영웅의 업적을 기뻐했습니다. 모두들 거기에 머물면서 결혼식에 참석하여 마음껏 즐겼습니다.

그렇게 몇 달이 흘렀을 때 야나키스가 말했습니다.

"형제여, 나는 이제 떠나겠네. 여기 너에게 사과 한 개를 줄 테니 이 사과가 싱싱한 상태로 있는 동안은 내게 아무 일도 없는 것으로 알게. 하지만 만일 이 사과가 제 빛깔을 잃고 말라비틀어지면서 누렇게 변하면 나에게 위험이 닥쳤다는 걸 나타내는 것일세. 나를 진정으로 사랑한다면, 그때 길을 떠나 동쪽으로 해의 길을 따라와서 내가 죽었든 살았든 나를 찾아주게."

세 명의 젊은이들은 길을 떠나 황금 가지가 있는 곳이 어디인지 물으면서 가고, 또 가고, 또다시 갔습니다. 상당한 세월이 또다시 흘러 이들은 어떤 나라에 도착해서 전령이 다음과 같은 포고문을 발표하는 것을 들었습니다.

"누구든 공주 곁에서 밤을 꼬박 지새우며 공주가 자야 하는 시간인 밤 동안에 어디에 가서 무엇을 하고 오는지를 알아내면 공주님과 결혼시켜줄 것이다."

이 공주는 마법에 걸려 결혼을 하려 들지 않았습니다. 어떤 흑인이 공주에게 마법을 걸어 아예 이 세상의 다른 남자를 쳐다보려고 들지도 않았습니다. 그리고 이 흑인은 밤마다 공주 방으로 가서 그녀를 데리고 갔는데, 그들이 어디로 가는지 밤새도록 무슨 짓을 하는지 아는 이가 아무도 없었습니다. 왕은 공주를 결혼시키고 싶었지만 공주는 조금도 그 말을 들으려 하지 않았습니다. 그리고 오히려 왕에게 누구든 그녀를 뒤따라가 밤마다 어디에 가는지 알아내는 사람과 결혼하겠지만 잠이 들어 그 임무를 성공하지 못하는 경우에는 도전자의 목을 자르겠다는 내기를 걸었습니다.

야나키스 일행이 오기 전까지 서른아홉 명의 왕자들이 도전을 해서 목숨을 잃었는데, 공주는 그들의 머리를 가지고 탑을 하나 쌓고 있었습니다. 이제 공주가 한 사람의 머리 하나를 더 얻어 마흔 개의 사람 머리로 탑을 완성하게 되면 왕은 공주와 약속한 대로 더 이상 공주에게 결혼하라는 말을 할 수가 없게 될 지경이었습니다.

이 말을 들은 야나키스는 생각했습니다.

"나의 형제들 가운데 달님의 아들을 이곳 공주와 결혼시킬 수 있다면 좋겠군."

야나키스는 왕에게로 가서 자기가 공주 옆에서 밤을 지새우면서 공주가 밤새 어디로 가는지 알아내면 달님의 아들과 공주를 결혼하게 해달라고 말했습니다.

왕은 야나키스를 불쌍하게 여겨 그러지 말라고 말렸습니다. 이렇게 잘생기고 훌륭한 젊은이의 목숨을 잃게 만드는 것은 죄를 짓는 것이라고 생각했기 때문입니다. 그러나 야나키스는 물러서지 않았습니다. 그래서 왕은 야나키스가 내기에서 이기면 공주와 달님의 아들을 결혼시키기로 약속했습니다.

야나키스는 말에게 가서 어떻게 하면 잠이 들지 않을 수 있는지 물었습니다. 말은 야나키스에게 아주 많이 조심해야 하는데 특히 그들이 주는 커피를 마시는 척하면서 슬쩍 쏟아버리고는, 잠이 든 척하고 가만히 기다리다가 공주가 일어나서 나가면 그녀를 몰래 뒤쫓아가 그곳에 나중에 증거로 쓸 표시를 가져오라고 일러주었습니다.

"그리고 주인님이 공주 뒤를 쫓아가는 걸 들키지 않도록 발소리가 들리지 않는 나막신을 신고 가세요. 그리고 투명 모자를 쓰고 가서 모습을 감추세요."

"나의 사랑스러운 말이여, 고맙다."

야나키스는 말을 쓰다듬으며 과자를 하나 주고, 말의 갈기에 입을 맞추고는 떠나갔습니다.

밤이 되어 야나키스는 공주의 방으로 갔습니다. 공주의 시녀들이 그에게 커피를 대접했습니다. 야나키스는 미리 스펀지를 넣어둔 목구멍 안으로 커피를 쏟아 부었습니다. 조금 시간이 지나자 몹시 졸려서 더 이상 깨어 있을 수 없다는 듯이 하다가 침대에 누워 자는 척하면서 코를 골기 시작했습니다.

공주가 말했습니다.

"이놈도 자기 운명을 다했군!"

한밤중이 되어 벽난로가 큰 소리를 내며 두 쪽으로 갈라지는 게 보였습니다. 그리고 그 사이로 흑인 한 명이 들어왔습니다.

"안녕, 내 사랑!"

"안녕하세요, 나의 님이여!"

공주가 흑인에게 말했습니다.

둘은 서로 포옹을 하고는 난로 틈 사이로 나갔습니다. 야나키스도 일어나 모자를 눌러 쓰고 나막신을 신고 그들을 뒤따라갔습니다. 공주와 흑인은 마차에 올라탔습니다. 야나키스도 마차 뒤에 올라탔습니다.

마차가 어떤 아름다운 정원에 도착하자 공주와 흑인은 마차에서 내려 잘 차려진 식탁이 있는 곳으로 갔습니다. 그리고 앉아서는 먹기 시작했습니다. 야나키스는 공주 옆에 자리 잡았습니다. 흑인은 공주에게 음식을 떠주었습니다. 야나키스는 뒤에서 공주 접시의 음식을 훔쳐 먹었습니다. 그들이 일어날 때쯤에는 음식이 바닥나 있었습니다.

흑인이 말했습니다.

"내 사랑이여, 오늘 저녁에는 밥맛이 좋은 모양이군. 음식이 모자랄 지경이야."

공주가 말했습니다.

"기뻐서 그래요. 오늘 저녁 아버지와 한 약속이 이루어지거든요. 지금 내 방에 잠들어 있는 놈의 머리로 마흔 개의 머리를 모두 모으게 돼요. 이제 저는 탑을 완성하게 되고, 그렇게 되면 아버지는 약속한 대로 더 이상 내게 결혼하라는 말을 할 수 없게 되지요. 이제 당신은 매일 밤 나의 궁전으로 와서 함께 지낼 수 있게 될 거예요. 그 누구도 우리를 방해할 수 없을 거예요."

흑인이 말했습니다.

"네가 바라기만 하면 낮에도 가끔 들를 수 있지. 이 달걀을 줄게. 나를 원하면 이 달걀을 깨봐. 그러면 내가 당장 달려갈게."

공주는 달걀을 받아 자기 주머니에 넣고는 흑인에게 말했습니다.

"당신을 위해서라면 뭐든지 시키는 대로 하겠어요. 불에 뛰어들라면 기꺼이 뛰어들겠어요."

공주와 흑인이 서로 쓰다듬고 어루만지고 하는 사이에 야나키스는 몸을 숙여 공주의 주머니에서 달걀을 꺼내 자신의 웃옷 주머니에 넣었습니다. 공주와 흑인은 아무 눈치도 채지 못했습니다.

거의 동틀 무렵이 되어 그들은 일어나서는 마차에 올랐습니다. 그들은 궁전으로 돌아와서 벽난로를 통해 방으로 들어갔습니다. 야나키스는 그들보다 먼저 방으로 들어가 투명 모자를 벗고 누워서는 자는 체했습니다. 공주는 침대로 가서 잠이 들었고 야나키스 역시 아침까지 잠을 잤습니다.

아침이 되어 왕이 공주의 방문을 열었을 때 공주는 방금 일어나 앉아 있었습니다. 공주가 말했습니다.

"아버지, 어서 오세요. 그 사람을 깨워서 머리를 자르세요. 그러면 그 머리를 제가 가져가서 탑을 완성할 거예요. 제가 내기에서 이겼어요."

왕은 크게 실망해서 야나키스를 흔들어 깨웠습니다. 야나키스가 눈을 뜨자 그의 앞에 왕이 군인들과 함께 서 있는 게 보였습니다. 그는 일어나면서 말했습니다.

"임금님, 저를 동정 좀 해주세요. 밤새 공주님과 돌아다니느라 너무 피곤해서 늦잠을 자고 말았군요."

공주가 말했습니다.

"무슨 말을 하는 거냐? 너는 나무토막처럼 쓰러져서 밤새 자지 않았느냐? 꿈에서 나와 함께 돌아다닌 거냐?"

그러자 야나키스가 왕에게 벽난로가 갈라진 것이며 흑인이며 마차며 기타 등등을 이야기하기 시작했습니다. 공주는 아니라고 부정했습니다만…… 야나키스는 정원과 식탁에 대해서까지 이야기했습니다. 공주는 두려움에 몸을 떨었습니다. 어떻게 야나키스가 자기가 모르는 새에 이 모든 것을 볼 수 있었단 말인가? 그렇지만 공주는 계속 그런 일이 없었다고 우겼습니다. 그러자 야나키스가 말했습니다.

"그러면 제가 말씀드리는 모든 게 정말이라는 증거를 보여드리겠습니다. 임금님, 이 달걀을 한번 깨보세요. 흑인 한 명이 나타날 겁니다. 임금님 눈으로 직접 보시고 제 말이 정말이라는 걸 확인해보세요."

공주는 달걀 이야기를 듣자 자기 주머니를 뒤져보았지만 달걀을 찾을 수 없었습니다. 그녀의 얼굴이 창백하게 변하더니 그만 기절하고 말았습니다.

왕은 야나키스에게 달걀을 받아서 깨뜨렸습니다. 그러자 곧바로 흑인 한 명이 나타났습니다. 그것을 본 모든 사람들은 크게 놀랐습니다. 흑인은 공주가 기절해 있는 것을 보더니 가까이 달려가 그녀를 안으려 했습니다. 하지만 야나키스가 한발 빨랐습니다. 야나키스는 칼을 뽑아 흑인의 머리를 베어버렸습니다.

공주가 깨어나서 눈을 뜨고는 아버지의 품에 안겼습니다. 마법에서 풀려난 것입니다. 기쁨과 웃음이 궁전에 가득했습니다. 그리고 얼마 안 있다가 공주와 달님의 아들의 결혼식이 성대하게 열렸습니다. 모두들 기뻐하며 음악과 춤, 술을 마음껏 즐겼습니다.

몇 달이 지나 야나키스는 바다의 아들과 함께 떠나기로 했습니다. 야나키스는 칼을 차고 다른 물건들도 모두 챙긴 다음에 말에 올라 왕과 공주와 결혼한 형제, 달님의 아들에게 작별 인사를 했습니다. 그리고 달님의 아들에게도 사과 하나를 주면서 사과가 제 빛깔을 잃고 말라비틀어지면 해님의 아들이 오기를 기다렸다가 그를 찾으러 함께 오라고 말했습니다. 그리고 그의 뺨에 입을 맞춘 뒤 길을 떠났습니다.

이제는 둘만 남은 야나키스와 바다의 아들은 이곳저곳을 돌아다니다가 한 왕국에 도착했습니다. 이 왕국의 공주는 입을 꾹 다물고 말을 하지 않았습니다. 그래서 이 나라의 왕은 다음과 같은 포고령을 내렸습니다.

"누구든 공주가 말을 하도록 하는 사람은 공주와 결혼시켜줄 것이다. 그러나 그렇게 하지 못하면 목을 칠 것이다."

야나키스가 말한테 물었습니다.

"사랑하는 말아, 어떻게 하면 공주가 말을 하도록 만들어 바다의 아들과 결혼시킬 수 있을까? 그렇게 되면 그토록 오랫동안 우리와 함께 고생한 이 동생도 편하게 살 수 있게 될 텐데……"

말이 대답했습니다.

"이 임무가 가장 어려워요. 방법이 딱 하나밖에 없어요. 임금님에게 이중으로 된 거울을 하나 만들어달라고 하세요. 그 거울 속에 바다의 아들을 숨기고 만약에 공주가 말하도록 하는 일에 실패하면 새벽녘에 '거울아, 거울아! 공주님이 말을 안 하니 너라도 내게 위로의 말이라도 해주렴! 이 밤이 나의 마지막이 될 거니까. 그러니 나의 고통을 잊을 수 있게 아무 이야기나 해주렴!'이라고 말하세요. 그때 바다의 아들이 거울 안에서 이야기를 시작하면 공주가 호기심이 동해 어떻게 거울이 말을 할 수 있느냐고 물을지 몰라요."

야나키스는 말이 시키는 대로 했습니다. 왕은 야나키스에게 이중으로 된 거울을 만들어주었습니다. 그 거울 안에 바다의 아들을 숨게 하고는 거울을 공주의 방으로 옮겨놓았습니다. 그리고 날이 저물자 야나키스가 공주의 방으로 갔습니다. 야나키스는 공주에게 말을 걸었습니다. 애원도 해보고 농담도 해봤지만 공주는 입도 벙긋하지 않았습니다. 마치 그 자리에 있지도 않은 것 같았습니다!

새벽이 가까워지자 자기의 모든 노력이 수포로 돌아가는

것을 본 야나키스는 거울을 향해 돌아서서 말을 걸기 시작했습니다.

"거울아, 거울아! 여기 있는 이 사람이 이토록 잔인하고 고집불통이니 나를 불쌍히 여겨다오. 이렇게 꽃다운 젊은 나이에 죽게 되었는데도 내게 한마디도 해주지 않는구나! 영혼이 없는 너라도 내 동무를 해다오."

그러자 바다의 아들이 거울 안에서 일어나서 말을 시작했습니다.

"내가 뭐라고 말해주면 되겠니?"

야나키스가 말했습니다.

"아무 이야기나 하나 해다오! 조금만 더 있으면 날이 밝고 그러면 나를 죽일 거니까."

거울이 이야기를 시작했습니다.

옛날 옛적에 가난한 한 사람이 살았는데 그에게는 아주 귀한 외아들이 하나 있었어요. 그 사람은 아주 가난했고 일도 구할 수도 없었죠. 그래서 부인에게 말했어요.
"내가 아이를 데리고 도시로 가서 커서 배를 주리지 않도록 기술을 배우도록 해볼 거요."
그 사람은 아이를 데리고 길을 나섰지만 돈이 한 푼도 없었어요. 그래서 두 발로 걸어가는 수밖에 없었죠. 그

들은 바다가 보이는 길목에서 몹시 지쳐서 요기 좀 하
며 쉬려고 길가에 앉았지요. 아버지가 하나뿐인 아들
을 낯선 타향 땅에 홀로 놓아두고 와야 한다는 게 너무
가슴이 아파 한숨을 쉬며 말했어요.

"아, 아이고 내 팔자야!"

이 말을 마치자마자 바다에서 산 같은 파도가 일더니
그들이 있는 곳으로 밀려왔어요. 그들은 겁에 질려 도
망가려 했죠. 하지만 미처 정신을 차리기도 전에 파도
가 갈라지면서 그 가운데서 엄청나게 크고 사납게 생
긴 괴물이 나타나서 물었어요.

"왜 나를 불렀지? 네가 원하는 게 뭐야?"

공포에 빠진 가엾은 아버지가 대답했습니다.

"저는 당신을 부른 적이 없어요. 그저 하도 가난한 것
과 내 하나뿐인 자식을 기술을 배우라고 낯선 타향에
내버려두고 와야 하는 내 신세가 한심해서 한숨을 쉬
면서 '아이고 내 팔자야!' 하고 말한 것뿐이에요."

괴물이 말했어요.

"어차피 네가 나를 불러냈으니 내가 너를 도와주지.
네 아이를 데려가 기술을 가르쳐주겠다. 앞으로 이 년
이 지나거든 다시 이곳으로 와 나를 불러내어 아이를
데리고 가거라!"

괴물은 아이를 데리고 순식간에 바다 밑에 있는 자기 궁전으로 돌아갔어요. 궁전에는 허리부터 그 아래로는 대리석으로 변한 다른 아이들이 있었어요. 그 괴물이 오래전에 데려온 아이들이었죠. 괴물은 가난한 사람의 아들에게 다른 아이들을 보살피는 일을 맡기면서 어떤 일을 어떻게 해야 하는지 알려주었어요. 그리고 찬장 하나는 절대로 열어보지 말 것이며, 특히 그 찬장 구석에 있는 책들은 절대로 만지지도 말라고 단단히 일렀지요. 만일 그 책들을 만졌다가 큰일이 날 거라고 겁을 주면서요.

머리가 좋은 아이는 속으로 이렇게 생각했어요.

'볼 수만 있다면 저 책들을 보지 않을 까닭이 없지. 그 안에 어떤 것들이 쓰여 있는지 내 눈으로 확인해봐야지!'

아이는 책들을 읽기 시작했어요. 그 책들은 마법에 관한 것들이었어요. 그래서 괴물 '내 팔자'가 아이가 마법을 배우게 될까 두려워 절대 만질 생각도 말라고 겁을 준 거죠. 하지만 아이는 책을 읽고 괴물 '내 팔자'가 아는 것보다 더 많은 마법을 배웠어요. 심지어 남들의 생각을 읽는 마법까지 익혔죠.

이 년이 지나 아이의 아버지가 바닷가로 와서 괴물 '내 팔자'를 불렀어요. '내 팔자'는 아버지가 있는 곳으로 와서 말했어요.

"가서 네 아이를 보도록 하자!"

그들은 바다 밑으로 내려와서 아이를 불렀어요. 아버지와 아들은 반가운 나머지 서로 부둥켜안고 볼을 비비고 하며 기뻐했어요. 하지만 아이는 다른 사람의 생각을 읽는 마법을 알고 있었기에 '내 팔자'가 무슨 짓을 하려는지 눈치채고는 아버지에게 말했죠.

"아버지, 저 괴물은 저를 아버지에게 돌려줄 생각이 없어요. 여기 저 괴물이 데려와 가두어놓은 아이들과 함께 저를 말로 만들 거예요. 그리고 아버지에게 저를 알아볼 수 있느냐고 물을 거예요. 그러면 아버지가 저를 쉽게 알아볼 수 있도록 말들 가운데 제일 앞으로 나갈게요. 괴물이 어느 말이 네 아들이냐고 물으면 제일 앞에 있는 말을 가리키세요."

얼마 안 있다가 '내 팔자'가 와서는 아버지에게 말했어요.

"자, 이제 돌아가야 할 시간이다."

그러자 아버지가 이렇게 대답했죠.

"가겠어요. 하지만 내 아들을 데리고 가야죠."

"만일 지금 내가 네게 보여줄 다른 많은 아이들 사이에 있는 네 아들을 네가 알아본다면 아이를 내주지!"

'내 팔자'가 이렇게 말하고는 아이를 아주 넓은 밭으로 데려갔어요. 조금 있다가 백 마리도 더 되는 말들이 몰려왔어요. '내 팔자'가 다시 말했어요.

"자, 이 말들은 내가 데려온 말로 만든 애들이지. 어느 말이 네 아들이냐?"

늙은 아버지는 말들한테 다가가서 둘러보았어요. 그러고는 아들을 찾는 척했어요. 마침내 맨 앞의 말을 가리켰어요.

"이 말이 내 아들이군. 틀림없어요!"

아버지가 제대로 맞췄기에 '내 팔자'는 그들을 다시 바다 위로 데려가서 가도록 내버려두는 수밖에 없었지요. 그들이 마을로 돌아가는 길에 떠돌이 양치기 한 명이 앞에 가는 것을 보았어요. 아이가 아버지에게 말했어요.

"아버지, 제가 이제는 마법을 쓸 줄 알아요. 제가 말로 둔갑할 테니 저를 저 떠돌이 양치기한테 10드라크마*를 받고 파세요. 그러면 제가 다시 사람이 돼서 도망칠 거예요. 그렇게 되면 돈은 우리 게 될 거예요."

※ 유로화를 쓰기 이전의 그리스 화폐 단위

아버지와 아들은 그렇게 하기로 하고 아이는 말로 둔
갑했어요. 아버지는 아들이 둔갑한 말의 고삐를 붙잡
고 갔어요. 그러자 떠돌이 양치기가 물었습니다.

"여보게 친구! 이 말을 팔지 않겠나?"

"그러지 뭐! 팔겠네. 내게 10드라크마를 주면 되네."

떠돌이 양치기는 10드라크마를 주고 말을 몰고 갔죠.
아버지는 어떤 일이 벌어지는지 보려고 그 뒤를 몰래
쫓아갔어요.

아이는 떠돌이 양치기가 고삐를 꽉 붙들어 매고 가는
것을 보고 그의 손에 볼을 비비고 또 핥기 시작했어요.
떠돌이 양치기가 말했어요.

"어, 이놈이 벌써 주인인 나를 알아보는군. 그럼 고삐
를 조금 풀어주지."

말은 고삐가 느슨해지자 약간 뒤로 처졌어요. 그러고
는 다시 사람 모습으로 되돌아와서 아버지에게로 가서
말했죠.

"자, 이제 빨리 집으로 가요."

떠돌이 양치기는 한참을 가다가 뒤를 돌아보고 말이 없
어진 걸 알았어요. 아무리 말을 찾아봐도 헛수고였죠.

바로 그 순간에 괴물 '내 팔자'가 다가왔어요. 아이를
찾아서 다시 데려가려고 온 것이지요. 그 아이를 가

도록 내버려둔 게 후회스러웠던 거예요. 떠돌이 양치기가 이렇게 저렇게 생긴 말을 혹시 못 봤느냐고 묻자 '내 팔자'는 아이가 마법을 익힌 것을 알아차렸어요.

'내 팔자'는 당장 매로 변신하여 하늘로 올라가 아이를 찾기 시작했어요. 아이는 '내 팔자'가 오는 걸 봤어요. 아이는 독수리로 둔갑해서 '내 팔자'를 덮쳤어요. '내 팔자'는 더 큰 괴물 새로 둔갑해서 독수리를 잡아먹으려고 덤벼들었지요. 아이는 이번에는 두 개의 낟알로 변신해서 한 알은 정원에 나와 앉아 있던 공주의 발아래로 떨어지고 다른 한 알은 그냥 아래로 떨어졌어요.

'내 팔자'는 곧바로 비둘기로 둔갑해서 공주 발아래로 날아가 낟알을 먹어치웠어요. 그러고는 그가 진짜 아이가 변신한 또 하나의 낟알을 먹기 위해 날아가려고 하는 순간, 아이는 다시 매로 둔갑해서 날카로운 발톱으로 비둘기를 잡아채서는 찢어 죽였어요..

이렇게 괴물 '내 팔자'는 죽었어요. 아이는 이제 자유의 몸이 되었고요. 그리고 다른 아이들도 마법에서 풀려나 행복하게 살게 되었어요.

"자, 제 이야기가 재밌었나요?"

거울이 물었습니다.

"거울아, 고마워. 아주 재밌었어."

야나키스가 대답했습니다.

공주는 처음에 거울이 이야기를 시작하자 거울 가까이 다가와서 거울을 한 번, 야나키스를 한 번 번갈아 쳐다보았습니다. 공주는 어떻게 이런 일이 일어날 수 있는지 도무지 알 길이 없었습니다. 그리고 야나키스를 보며 '볼수록 잘생 겼구나' 하는 생각이 들어 그가 죽어야 한다는 게 가엾게 여겨지기 시작했습니다. 하지만 그를 좋아한다는 걸 내색하고 싶지는 않았습니다.

또 한편으로는 더 이상 호기심을 억누를 길이 없었습니다. 공주는 거울을 보는 척하고 있었지만 실은 거울에 비친 야나키스를 보고 있었습니다. 이야기가 끝나자 공주가 입을 열었습니다.

"어떻게 거울이 말을 할 수가 있죠?"

그러자 야나키스가 일어나 공주에게로 다가가면서 말했습니다.

"제가 공주님을 이겼습니다!"

공주는 이 사실을 인정하려 들지 않았습니다. 말을 하자마자 곧 후회하고는 다시 입을 꼭 다물었습니다. 그러고는 다시 제자리로 가서는 침묵했습니다.

야나키스가 말했습니다.

"제가 공주님을 이겼어요. 내게 말을 걸었지 않습니까! 게다가 제게는 증인도 있어요."

그러고는 거울로 다가가서는 안에 있던 바다의 아들을 나오게 하고는 이렇게 말했습니다.

"이 사람이 거울 안에서 이야기를 해서 공주님을 이겼어요. 그리고 바로 이 사람이 공주님의 남편이 될 겁니다."

공주는 어쩔 수 없이 패배를 인정했습니다. 그들은 함께 방을 나와 왕에게 갔습니다. 야나키스는 두 사람을 결혼시킨 다음 바다의 아들에게 사과 하나를 주었습니다. 그리고 이번에는 혼자서 길을 떠났습니다. 그의 말만이 동행하는 길동무였습니다. 그는 말하고만 대화를 했고, 말은 그에게 무엇을 해야 할지 알려주었습니다.

그들은 길을 걷고 또 걸어 어느 날 아침 세상의 끝에 다다랐습니다. 말은 세상 저 너머에서 무언가가 햇빛에 반짝이는 것을 보았습니다.

"제 생각에 저것이 황금 가지 같아요. 주인님, 저리로 건너갈까요?"

야나키스가 말했습니다.

"가자!"

그들은 이 세상을 떠나 저세상으로 건너갔습니다. 온통

황금 가지로 빛나고 있는 숲을 가는데 한가운데에 황금으로 된 나무들로 꽉 찬 성 하나가 보였습니다. 말 그대로 천국이었습니다. 성문 밖에는 한 노파가 앉아 있었습니다. 노파는 야나키스를 보자 신기하게 생각하고는 말을 걸었습니다.

"어떻게 여기까지 왔지?"

"저는 황금 가지를 찾아서 세상에서 가장 아름다운 미인을 얻으려고 왔지요. 혹시 그녀가 어디 있는지 아시나요?"

노파가 대답했습니다.

"여기 있지. 잠깐 기다리게. 내가 가서 자네가 왔다고 전할 테니까."

노파는 미녀에게로 가서 소식을 전했습니다. 그리고 야나키스를 안으로 안내했습니다. 야나키스는 그녀를 한없이 쳐다봤습니다. 세상에서 가장 아름다운 미녀가 말했습니다.

"여기까지 와서 나를 찾아낼 정도의 남자라면 내 남편이 될 자격이 충분하네요."

그들은 둘이서 행복하게 살았습니다. 세상에서 가장 아름다운 미녀는 야나키스를 사랑해서 다른 여자들과 마찬가지로 헌신적인 아내가 됐습니다. 더 이상 요정 생활을 하지 않고 황금 가지 정원과 황금 성을 사람들이 사는 세상 가까이로 옮겼습니다.

야나키스는 그녀의 사랑에 한없이 행복했습니다. 한시도

그녀 곁을 떠나 살 수 없었습니다. 그녀는 야나키스에게 더이상 성안에 박혀 있지 말고 다시 밖으로 나가 사냥도 하고 세상 사람들도 만나보라고 말했습니다.

그렇지만 야나키스는 그녀를 보지 않으면 잠시도 견딜 수 없었습니다. 그래서 미녀가 말했습니다.

"그거 때문이에요? 제가 제 초상화 하나를 드릴게요. 어디를 가든 그 그림을 가지고 다니세요."

그녀는 야나키스에게 자기 초상화 한 장을 주었습니다. 야나키스는 그 그림을 품에 안고 사냥을 나갔습니다. 그는 산을 오르내리며 사냥을 하다가 지쳤고 또 목도 말랐습니다. 샘 하나를 발견하고는 몸을 숙여 물을 마셨습니다. 그리고 쉬기 위해 앉았습니다. 몸을 숙였을 때 초상화가 떨어졌지만 눈치채지 못했습니다. 잠깐 쉬고는 다시 일어나서 그곳을 떠났습니다. 그리고 자기 부인이 있는 궁전으로 돌아왔습니다.

저녁 무렵 한 왕의 시종들이 말에게 물을 먹이러 샘으로 왔습니다. 그러나 말들이 물을 마시려 들지 않고 놀라서 달아났습니다. 시종들이 궁정으로 돌아오자 왕이 시종들에게 말들이 물을 마셨느냐고 물었습니다. 시종들은 샘에서 일어난 일들을 왕한테 말했습니다. 왕은 혼자 말을 타고 샘으로 갔습니다. 무엇이 있기에 말들이 물을 마시려 들지 않을까를 알아보려고 몸을 굽혀 샘 안을 살펴보다가 초상화를 발견했습니다. 초상화를 보자 왕은 곧바로 누구든 초상화 속의 여자가 누구이고 어디 가면 찾을 수 있는가를 알려주면 왕국의 반을 주겠다는 포고령을 내렸습니다.

세상에서 가장 아름다운 미녀의 시중을 드는 노파가 장을 보러 시내로 왔다가 그 포고령을 듣고 왕에게로 갔습니다. 그리고 이렇게 말했습니다.

"걱정하지 마세요. 제가 그녀를 데려오겠어요. 다만 그녀는 여기로 오려 하지 않을 테니까 저에게 제가 시키는 대로 할 군대를 붙여주세요."

노파는 군대를 데리고 가서 성안에 매복시켰습니다.

다음 날 야나키스는 사냥을 나갔습니다. 그리고 지쳐서 돌아와서는 저녁을 먹고 자려고 누웠습니다. 그의 부인은 그의 옆에서 수를 놓고 있었습니다. 노파가 그녀에게 말했습니다.

"마님, 나리가 잠이 깨지 않도록 아래로 내려와 수를 놓으세요."

그녀가 내려오자 노파는 군인들을 불렀습니다. 군인들은 야나키스에게 말을 하지 못하도록 야나키스의 말을 죽인 다음 세상에서 가장 아름다운 미녀를 붙잡아 밧줄로 묶었습니다. 노파는 위로 올라가 야나키스의 칼을 훔쳐 내서는 야나키스를 찔러 죽였습니다. 그러고는 군인들을 불러 야나키스 시신과 그의 말의 시신을 세 토막을 내서 큰 구덩이를 판 다음 그 안에 묻게 했습니다. 야나키스의 나막신과 모자도 함께 묻었습니다. 그리고 야나키스의 칼은 바다에 던졌습니다. 그러고는 세상에서 가장 아름다운 미녀를 납치해 데려가면서 성문은 밖에서 잠그고 왕에게로 갔습니다. 물론 노파도 함께 갔습니다.

왕은 매우 기뻐했습니다. 노파에게 왕국의 반을 주고 세상에서 가장 아름다운 미녀는 황금으로 된 방에 가두고 하인과 하녀들을 붙여 시중들게 했습니다. 왕은 매일 아침 미녀를 보러 그 방에 들렀습니다. 하지만 미녀는 그를 보려 하지도 않고, 또 그의 말을 들으려 하지도 않고 오직 울기만 했습니다.

한편, 야나키스의 세 의형제는 부인들과 행복하게 살고 있었습니다. 어느 날 아침 해님의 아들이 그의 큰형 야나키스가 어떻게 지내고 있는지 알아보기 위해 그가 준 사과를 보러 갔습니다. 그는 사과가 말라비틀어져 있고 이파리가 누렇게 색이 변해 있는 것을 발견했습니다. 그는 곧바로 부인에게로 달려가 말했습니다.

"내 큰형님인 야나키스에게 큰일이 생겼나봐요. 당장 어떤 일이 있는지 알아보기 위해 떠나야 해요."

해님의 아들이 말을 타고 떠났습니다. 그리고 다른 두 형제들을 불러 함께 물어물어 야나키스를 찾아다녔습니다. 아무도 그가 어디에 있는지 알지 못했습니다. 해님의 아들이 말했습니다.

"잠깐만! 내 아버지께 여쭤봐야겠다."

그들은 해님에게 물어봤습니다. 해님이 말했습니다.

"어디어디로들 가거라! 거기 가면 성이 하나 있을 건데, 그곳을 파보면 그를 찾을 수 있을 거다."

그들은 해님이 말한 곳으로 가서 땅을 파고 야나키스와 그의 말을 찾아내서는 토막들을 다시 맞췄습니다. 하지만 둘을 살릴 생명수가 없었습니다. 그들은 다시 해님에게 물었습니다. 해님이 대답했습니다.

"하루 종일 세상을 굽어보며 다니지만 그런 건 본 적이 없구나. 혹시 밤에 그런 걸 봤는지 달님한테 물어봐라!"

달님의 아들이 달님에게 가서 묻자 달님이 대답했습니다.

"저기 보이는 열렸다 닫혔다 하는 산 뒤에 있는 걸 내가 알고 있지. 비둘기 다리에 양동이를 하나 맨 다음 그 비둘기가 날아가도록 놓아주어라. 그 비둘기가 생명수 물에 잠수해서 양동이에 물을 길러서는 다시 날아올라 산이 닫히기 전에 무사히 빠져나오게 해라."

야나키스의 의형제들이 비둘기 다리에 작은 양동이 하나

를 맨 다음 날려 보내자 비둘기는 산을 무사히 통과했습니다. 비둘기는 이렇게 해서 생명수를 가져왔습니다. 생명수를 가져다가 야나키스와 말의 시신 위에 뿌리자 그들은 다시 살아났습니다. 모두들 서로 껴안고 입을 맞추는 등 매우 기뻐했습니다. 야나키스가 말했습니다.

"형제들이여, 나를 구해줘서 정말 고마워. 이제 나는 내 칼을 되찾아서 내 아내를 납치하고 나를 이런 불행의 구렁텅이에 내몬 모든 놈들을 죽일 거야."

야나키스의 세 의형제는 칼을 찾기 위해 제각기 길을 떠났습니다. 해님의 아들이 해님에게 물었습니다. 해님이 대답했습니다.

"어디 있는지 모르겠구나."

달님의 아들이 묻자 달님이 말했습니다.

"나는 못 봤단다."

바다의 아들이 어머니 바다에게 물었습니다. 바다가 대답했습니다.

"내가 가지고 있단다."

바다의 아들이 어머니의 품으로 뛰어들어 칼을 찾아왔습니다. 그리고 그 칼을 야나키스에게 돌려주었습니다.

야나키스는 또다시 의형제들에게 고마움을 표시했습니다. 그리고 서로 뺨에 입맞춤을 하고 의형제들은 각자 부인이 있는 그들의 궁전으로 떠났습니다.

야나키스는 말에 올라타서는 몸을 숙여 말을 쓰다듬으면서 말했습니다.

"자, 나의 사랑스러운 말이여, 이제 우리의 귀부인을 구하러 떠나자!"

말은 질풍노도같이 달려 단 이 분 만에 왕의 성 밖에 도착했습니다. 군인들은 야나키스를 보는 순간 놀라움에 숨이 막힐 것 같았습니다. 어떻게 다시 살아나서 올 수 있단 말인가? 우리가 저 사람을 죽여 토막내지 않았던가?

그들은 문에서 야나키스를 막아보려 했습니다. 야나키스는 칼을 이리저리 휘둘러 군인을 전부 죽였습니다. 궁전으로 들어가 왕도 죽였습니다. 노파도 찾아내서 토막토막을 내서 죽였습니다. 그리고 자기 부인이 있는 방으로 가서 그녀를 데리고 나와 말에 태우고 그들의 성으로 돌아갔습니다.

세상에서 가장 아름다운 미인은 마법을 알고 있었기 때문에 황금 가지의 성을 다시 이 세상에서 먼 곳인 원래 있던 자리로 갖다놓았습니다. 그리고 야나키스와 서로 사랑하며 행복하게 살았습니다. ≪≪≪

박하 화분

옛날 옛적에 한 부부가 살았는데 그들에게는 자식이 없었습니다. 부인은 매일 하느님께 이렇게 간청했습니다.

"하느님, 박하가 심어진 화분이라도 좋으니 제발 저에게 자식 하나만 주세요."

하느님은 그녀의 소원을 들어주기 위해 박하가 심어진 화분을 하나 주었습니다. 세월이 지남에 따라 박하가 심어진 화분도 점점 커져서 화분은 물동이만 한 크기가 되었고 박하는 포도넝쿨만큼 크게 자랐습니다. 부인은 화분을 창가에 놓았습니다. 그런데 어느 날 왕자가 집 앞을 지나가다가 화분을 보고는 마음에 꼭 들어 문을 두드리고 안으로 들어가서 부인에게 이렇게 말했습니다.

"박하가 심겨진 화분을 저에게 주지 않으시겠어요? 원하시는 만큼의 금화를 대가로 드리겠습니다."

부인은 가난했기 때문에 잠시 생각을 한 후 왕자의 제안을 받아들였습니다. 그리고 왕자에게 금화 십만 개를 요구했습니다. 왕자는 궁전으로 돌아가서 그녀에게 금화 십만 개를 보내고 박하 화분을 받아갔습니다. 왕자는 화분을 자기 방 창문에 놓아두고 아침저녁으로 물을 주었습니다.

왕자는 점심과 저녁을 자기 방에서 먹었는데, 박하 화분을 받아온 날 저녁에도 방에서 하녀들이 가져온 저녁을 먹었습니다. 왕자가 식사를 끝내자 하인들은 남은 음식들을 치우지 않고 언제나처럼 그대로 놓아두었습니다. 저녁 식사 후 왕자는 창가에 앉아 한참 동안 박하를 사랑스러운 눈으로 보다가 침대에 누워 잠이 들었습니다.

잠자는 왕자의 머리맡에는 큰 초가 하나 타고 있었고 발밑에는 등잔불이 타고 있었습니다. 왕자가 잠이 들자 박하에서 세상에서 보기 드문 한 미녀가 나오더니 남은 음식을 깨끗이 먹고 초를 집어 왕자 발밑에 놓고, 등잔불을 들어 왕자의 머리맡으로 옮겨놓았습니다.

아침이 되어 잠을 깬 왕자는 음식이 다 치워져 있고 등잔불이 머리 쪽에, 초가 발 쪽에 있는 것을 보고는 누가 이런 일을 했을까 의아하게 생각했습니다. 두 번째 저녁에도 똑같은 일이 일어났습니다. 세 번째 저녁이 되어 왕자는 누가 그런 일을 하는지 지켜보기 위해 잠을 자지 않고 기다렸습니다. 그리고 소녀가 박하에서 나와 음식을 먹을 때까지 그

대로 두다가 머리 쪽에 있는 초를 잡으려 할 때 그녀의 손을 붙잡고 이렇게 말했습니다.

"아가씨, 왜 모습을 드러내지 않고 숨어만 계시나요?"

그녀가 말했습니다.

"마침내 제 모습을 보시고 말았군요. 하지만 다른 사람들에게는 절대로 저를 보여주지 마세요."

"그렇게 하죠. 다른 사람들에게는 비밀로 하겠습니다."

그날부터 왕자는 더 많은 음식을 방으로 가져오라고 하녀들에게 명령했습니다.

이렇게 몇 달이 지났습니다. 그런데 전쟁이 일어나서 왕자는 아버지와 함께 전쟁에 출전해야만 되었습니다. 전쟁터로 떠나기 전날 왕자는 어머니에게 아침저녁으로 박하에 물을 줄 것과 하녀들로 하여금 매일 방으로 음식을 가져다줄것, 어머니가 열쇠를 가지고 직접 방문을 열고 잠글 것, 그리고 다른 어떤 사람도 방 안으로 들어가게 하지 말 것 등을 간곡하게 부탁했습니다. 또한 처녀에게도 이렇게 말했습니다.

"아가씨, 이제 저는 전쟁에 나갑니다. 식사는 하녀들이 매일 날라다줄 거고, 어머니가 박하에 물을 줄 겁니다. 제가 돌아올 때까지 잠잘 때 자물쇠를 꼭 잠그세요. 그리고 될 수 있는 대로 빨리 돌아올 테니까 너무 걱정하지 마세요."

이렇게 왕자는 떠났습니다. 그 후 끼니때가 되면 왕비는 하녀를 앞세우고 음식을 가지고 왕자의 방으로 가서 몸소 문을 열고 음식을 방 안에 갖다놓았습니다. 그러고 나서 다시 문을 잠갔습니다. 왕비는 또한 아침저녁으로 왕자의 방으로 가서 박하에 물을 주었습니다.

왕자는 원래 총리대신의 딸과 약혼을 한 사이였습니다. 그러나 박하에서 처녀가 나타난 이후로 왕자는 약혼녀를 멀리할 뿐 아니라 전혀 만나러 가지 않았기 때문에 그녀는 무슨 일인가 의아하게 생각하고 있었습니다. 왕과 왕비는 왕자에게 약혼녀와 결혼을 하라고 여러 번 말했지만 왕자는 아직 시기가 아니라며 계속 미루기만 하다가 전쟁에 나갔던 것입니다. 왕자가 전쟁에 나가고 없는 어느 날, 총리대신의 부인은 사돈이 될 왕비에게 말동무가 되어주기 위해 딸을 데리고 궁전으로 갔습니다. 그들은 궁전으로 가서 잠시 앉아 이야기를 나누다가 궁전 안을 산책했습니다. 왕자의 약혼녀는 왕비에게 왕자의 방을 보고 싶다고 말했습니다.

"어머, 어쩌면 좋지. 그 애가 자기 방에 아무도 들이지 말라고 당부했는데……."

왕비가 말했습니다.

"어머니, 저를 위해서 좀 열어주세요."

왕자의 약혼녀가 졸랐습니다.

왕비는 그녀의 청을 차마 거절할 수가 없어서 방문을 열어주었습니다. 총리대신의 딸 혼자만 왕자의 방으로 들어가고 두 어머니는 밖에서 기다렸습니다. 그런데 마침 그 시간에 박하에서 나온 처녀는 창가에 앉아 머리를 빗고 있었습니다. 창밖은 바다였는데 그녀가 빗에 걸려 나온 머리카락을 바다에 던지면 머리카락들은 금물고기로 변했습니다.

총리대신의 딸은 그녀를 보고는 '이것 봐라. 왕자님이 방에 여자를 숨겨놓고 있었는데 그걸 몰랐구나!'라고 생각했습니다. 화가 난 총리대신의 딸은 박하에서 나온 처녀를 창에서 밀어 바다에 빠뜨렸습니다. 마침 그때가 해가 지는 시간이었는데 해는 그녀가 바다로 떨어지는 것을 보고 얼른 햇살로 받아 자신의 어머니에게 데리고 갔습니다.

총리대신의 딸이 왕자의 방에서 나오자 왕비는 방을 열쇠로 다시 잠갔습니다. 저녁에 물을 주러 간 왕비는 박하가 시든 것을 보고 의아하게 생각했습니다. 저녁 끼니때 왕비는 다시 방문을 열고 하녀에게 음식을 들여가게 했습니다. 아침이 되어 왕자의 방에 간 왕비는 박하가 시들어 있고 음식은 그대로 남아 있는 것을 보고는 왜 그렇게 되었는지 도무지 알 수 없어 의아하게 여겼습니다.

그렇게 두세 달이 지나 왕과 왕자가 전쟁터에서 돌아왔습니다. 왕자는 왕비에게서 열쇠를 받아 들고 곧장 자기 방으로 갔습니다. 방에 들어간 왕자는 박하가 시든 것을 보고는 울음을 터뜨리며 어머니를 소리쳐 불렀습니다.

"어머니, 왜 물을 주지 않아 박하를 시들게 하셨나요?"

"얘야, 난 물을 꼬박꼬박 주었단다. 그런데 왜 시들었는지 정말 모르겠구나."

"그러면 낯선 사람이 이 방에 들어온 게 틀림없어요. 누가 들어왔는지 어서 말씀해주세요."

"언젠가 네 장모 될 사람이 네 약혼녀를 데리고 궁전에 놀러 왔단다. 그 애가 네 방을 보고 싶다고 하도 애원을 하기에 거절할 수가 없어서 잠시 구경하도록 했단다."

"그럼 그녀가 박하를 시들게 했군요. 어머니 왜 방문을 열어주셨어요?"

왕자는 슬픔에 못 이겨 중병에 걸렸습니다. 총리대신의 딸은 왕자를 만나고 싶어했지만 왕자는 그녀를 내쫓았습니다.

한편 박하에서 나온 처녀는 매일 저녁이면 이렇게 해님에게 물었습니다.

"왕자님은 어떻게 지내나요? 전쟁에서 돌아오셨나요?"

그러면 해님은 대답했습니다.

"아직 돌아오지 않았단다."

그러던 어느 날 저녁 해님이 이렇게 말했습니다.

"왕자님이 돌아왔는데 몹시 중한 병에 걸렸단다. 왕이 나라 안의 좋은 의사는 모두 불러들였는데 아무도 무슨 병인지 알아내지 못했지. 왕자는 오직 박하만 바라보고 있는데 병이 깊어져 언제 죽을지 모른다는구나."

박하에서 나온 처녀가 말했습니다.

"내일 아침 세상을 밝히려 나가실 때 제발 저도 데리고 가셔서 박하 속으로 돌려보내주세요. 간절히 부탁드려요."

"그렇게 하마."

해님이 말했습니다.

아침이 되자 해님은 그녀를 햇살로 안고는 왕자의 방으로 가서 박하 속에 넣었습니다. 그러자 박하가 다시 푸른빛을 되찾고는 본래의 싱싱한 모습으로 돌아왔습니다. 박하가 다시 푸르름을 되찾은 것을 보자마자 왕자의 병은 씻은 듯이 나았습니다. 그는 방에 있던 모든 사람을 쫓아냈습니다. 그러자 사람들은 왕자가 미쳤다고 생각했습니다.

저녁이 되어 왕자는 하녀에게 음식을 가져오게 하고는 음식을 받자마자 방문을 잠갔습니다. 그러자 박하에서 처녀가 나왔습니다. 왕자는 그녀에게 어떻게 해서 사라졌다가 다시 돌아왔는지 물었습니다. 그녀가 대답했습니다.

"어느 날 제가 창가에 앉아 머리를 빗고 있었는데 문이 열리면서 웬 여자가 들어오더니 저를 바다로 밀어버렸어요. 다행히 그때 서산으로 넘어가던 해님이 저를 햇살로 받아서는 그의 어머니에게 데리고 갔지요. 거기 있는 동안 내내 저는 매일 저녁 해님에게 왕자님의 소식을 물었답니다. 그리고 왕자님이 몹시 아프시다는 이야기를 듣고 해님에게 저를 이곳에 다시 데려다달라고 부탁을 드렸지요. 그래서 해님이 저를 이곳으로 데려다주었어요."

왕자가 그녀에게 말했습니다.

"당신을 바다로 밀어 떨어뜨린 여자는 제 약혼녀인 총리대신의 딸입니다. 그녀가 당신에게 했던 일을 그녀에게 그대로 해서 본때를 보여줍시다."

다음 날 왕자는 총리대신의 딸과 결혼식을 올릴 테니 결혼 준비를 해달라고 어머니에게 말했습니다. 왕과 왕비가 총리대신에게 이 소식을 전하자 그는 매우 기뻐하며 결혼 준비를 했습니다. 저녁에 총리대신의 딸은 인사를 드리기 위해 궁전으로 왔습니다. 왕자는 그녀를 자기 방으로 데려와 창밖 바다로 밀어 빠뜨려 물고기 밥이 되게 했습니다. 그러자 박하에서 처녀가 나왔습니다.

모든 사람들은 박하에서 나온 처녀가 총리대신의 딸인 줄 알고 그녀의 손을 잡고 결혼 축하 인사를 했습니다. 그리고 일요일*에 그들의 결혼식이 성대하게 거행되었습니다. ⫷⫷⫷

---

* 그리스에서는 일요일에 결혼식을 많이 한다.

거북이와 레비타키스

옛날 옛적에 한 홀아비 어부가 자식도 없이 혼자 살고 있었습니다. 하루는 그가 고기를 잡으러 갔는데 물고기는 한 마리도 안 잡히고 거북이 한 마리만 그물에 달랑 걸려 올라왔습니다. 그래서 그는 "오늘은 고기를 잡을 운이 없는 날인 모양이군. 할 수 없이 거북이나 집으로 가지고 가야지"라고 말하며 거북이를 가지고 집으로 돌아왔습니다.

그가 거북이를 데려온 날, 집 안은 이곳저곳 쓰레기가 쌓여 있어서 몹시 더러웠습니다. 그 다음 날 어부가 밖에서 돌아와보니 집 안이 깨끗이 청소되어 있고 유리창도 반짝반짝 닦여져 있었습니다. 어부는 누가 이렇게 했을까 의아하게 생각했습니다.

어느 날 어부는 물고기를 잡아서 집에 가져다놓았습니다. 점심때가 되어 어부가 물고기를 굽기 위해 불을 피우려다 보니 벽에 걸어놓은 물고기가 없어진 것이었습니다.

"아니, 이제까지 고양이가 물고기를 훔쳐간 적이 없더니 오늘은 웬일이지? 어떻게 가져갔을까?"

어부가 이렇게 말하며 물고기가 걸려 있던 곳으로 다가가자 냄비 속에는 끓인 생선이, 한 접시 위에는 튀긴 생선이, 다른 접시 위에는 구운 생선이 놓여 있는 것이 보였습니다. 게다가 집 안을 잘 살펴보니 깨끗이 치워져 있었습니다.

"누가 이런 일을 했을까?"

어부는 의아하게 생각했습니다. 다음 날 어부는 밖으로 나가는 척하고 한구석에 숨었습니다. 그러자 거북이 속에서 한 처녀가 나왔는데 그녀의 아름다움이란 세상의 그 무엇과도 비교할 수가 없었습니다. 어부는 숨었던 곳에서 튀어나와 처녀를 붙잡고 이렇게 말했습니다.

"아가씨가 이제까지 나 몰래 우리 집을 청소하고 음식을 만드셨군요!"

그리고 어부는 거북이 껍질을 부수어버렸습니다. 그래서 처녀가 더 이상 거북이 속으로 숨을 수 없게 되자 어부는 그녀를 아내로 맞이했습니다.

어부가 살고 있던 나라의 왕은 아직 미혼이었는데 수를 가장 잘 놓는 처녀와 결혼을 하고 싶어했습니다. 그래서 나라 안의 모든 처녀들에게 수예감을 나눠주었는데, 사람들은 어부의 아내를 어부의 딸이라 여기고 그녀에게도 수예감을 나눠주었습니다. 왕이 무슨 까닭으로 수를 놓으라고 한 줄도 모르는 그녀는 바다와 물고기와 배가 그려진 아름다운 수를 놓았습니다. 그녀뿐만 아니라 다른 처녀들도 열심히 수를 놓았습니다. 왕은 어느 한 날에 모든 처녀들에게 각자의 작품을 가지고 궁궐로 오라고 명령했습니다. 어부의 아내 역시 궁궐로 갔습니다.

왕은 어부의 아내를 보는 순간 그녀의 아름다움에 홀딱 반했습니다. 더욱이 그녀가 수놓은 작품을 보니 그 누구보다도 뛰어났습니다. 그래서 왕은 그녀를 아내로 삼겠다고 말했습니다. 그러나 그녀는 자기는 이미 어부와 결혼한 몸이라고 대답했습니다.

"그럼 너는 왜 수를 놓았느냐?"

왕이 물었습니다.

"저는 임금님께서 무엇 때문에 처녀들에게 수를 놓으라고 했는지 그 이유를 몰랐습니다. 다만 임금님을 위해 수를 놓았을 뿐입니다."

그녀가 대답했습니다.

"가서 네 남편에게 궁궐로 오라고 해라."

"분부대로 하겠습니다."

그녀는 집으로 돌아와서 남편에게 왕이 만나고자 한다고 전했습니다. 어부는 궁전으로 가서 왕에게 물었습니다.

"임금님, 무슨 일로 저를 부르셨습니까?"

"네가 아내라고 데리고 있는 그 여자는 너에게는 어울리지 않는다. 그러니 생선 요리로 나의 군대를 배부르게 먹이든지 아니면 그 여자를 내게 주든지 하여라."

어부가 대답했습니다.

"잘 알겠습니다. 임금님."

어부는 집으로 돌아가서 부인에게 이렇게 말했습니다.

"여보, 당신이 놓은 수 때문에 우린 큰일이 났소. 임금님이 말하기를 당신이 나에게 어울리지 않는다고 하면서 하루 만에 생선 요리를 장만해서 임금님의 군대 전부를 배부르게 먹이든지 아니면 당신을 내놓든지 둘 중에 하나를 택하라고 하는군."

어부의 아내가 대답했습니다.

"이런 것쯤 아무것도 아니에요, 여보. 당신은 저를 낚았던 곳으로 가서서 저의 어머니를 불러내어 조그만 냄비를 달라고 하세요."

어부는 바다로 나가서 이렇게 소리쳤습니다.

"장모님, 이리 좀 나오세요. 드릴 말씀이 있습니다."

그러자 바다에서 한 여자가 나와 어부에게 물었습니다.

"여보게 사위, 참 잘 왔네. 그래 무슨 일인가?"

"제 아내가 작은 냄비를 장모님에게서 받아오라고 하던

데요."

"잠깐만 기다리게나."

장모는 이렇게 말하고 물속으로 들어가더니 한 사람 분 음식이나 요리하기에 적합한 조그만 냄비를 가지고 나왔습니다. 어부는 이 냄비를 받아 들고 집으로 돌아와서 부인에게 말했습니다.

"아니 여보, 그래 이 냄비로 임금님의 온 군대를 먹일 음식을 만든단 말이오? 나 하나를 위한 음식을 만들기에도 작은 것 같은 이 냄비를 가지고 말이오?"

"여보, 당신은 조금도 걱정하지 마세요. 이 냄비는 임금님이 소유한 군대의 열 배가 넘는 숫자도 다 배부르게 먹일 수가 있어요. 당신은 지금 궁전으로 가셔서 임금님에게 내일 군대를 데리고 요리를 잡수러 오라고 말씀드리세요."

어부는 집을 나와 궁전으로 가서 왕에게 말했습니다.

"임금님, 내일 오셔서 음식을 드시기 바랍니다."

다음 날 왕은 군사들을 데리고 어부의 집으로 갔습니다. 어부의 집에는 세 사람이 음식을 나르고 있었습니다. 왕의 부하들이 어부에게 다가가자 어부가 말했습니다.

"임금님에게 먼저 무슨 음식부터 드실 거냐고 물어봐주십시오."

그들은 왕에게 가서 이 말을 전했고 왕은 먼저 생선 수프를 먹고 싶다고 말했습니다. 어부의 부인은 국자를 냄비 속에 집어넣더니 생선 수프를 푸기 시작했습니다. 냄비 속에서는 끊임없이 수프가 솟아났으며 왕과 군대는 배불리 먹었습니다.

수프를 먹고 난 후에 왕은 끓인 생선을 가져오라고 명령했습니다. 어부의 부인은 다시 냄비 속에 국자를 넣고 끓인 생선을 꺼내기 시작했습니다. 그 후에 왕은 양파를 곁들인 생선, 튀긴 생선, 구운 생선 등 갖가지 요리를 주문했습니다. 이 모든 요리가 냄비 속에서 나왔습니다. 드디어 왕의 군대는 배가 불러 더 이상 먹을 수 없게 되자 자리를 떴습니다. 그리하여 어부는 아내를 뺏기지 않게 되었습니다.

며칠이 지나 왕은 다시 어부를 불러 이렇게 말했습니다.

"그 여자는 네게 어울리지 않아. 그러니 내일 나의 군대를 포도로 배부르게 먹이든지 아니면 그 여자를 내게 넘기든지 하여라(그때가 정월이었습니다)."

"잘 알겠습니다. 임금님."

어부는 이렇게 대답하고는 기운이 빠져 집에 돌아와서는 부인에게 말했습니다.

"여보, 임금님이 무슨 수를 써서라도 당신을 내게서 빼앗아가려 하고 있소. 오늘은 글쎄 나보고 자기의 전 군대에게 포도를 대접하라고 하지 않겠소. 이 겨울에 어디 가서 포도를 구해온단 말이오? 내 참 기가 막혀서……."

"여보, 걱정 마세요. 전 임금님의 아내가 되지 않을 테니까요. 오히려 당신을 임금님으로 만들 거예요. 제 어머니에게 가셔서 포도 한 송이만 달라고 하세요."

어부는 바다로 나가서 소리쳤습니다.

"장모님, 이리 좀 나오세요. 드릴 말씀이 있습니다."

어부의 장모가 나타나서 이렇게 말했습니다.

"아이고, 내 사위, 참 잘 왔네. 그래 무슨 일인가?"

"제 아내가 포도 한 송이만 받아오라고 하던데요."

"잠깐만 기다리게나."

장모는 이렇게 말하고 물속으로 들어가더니 포도 바구니를 들고 나왔습니다. 바구니 속에는 포도가 한 송이 들어 있었습니다. 어부는 바구니를 받아 들고 집으로 돌아와서 자기 부인에게 말했습니다.

"나 혼자 먹기에도 부족한 양 같은데……."

"조금도 염려하지 마세요. 이 바구니는 요술 바구니랍니다. 당신은 이제 임금님에게 가셔서 군대를 데리고 포도를 잡수러 오라고 하세요."

어부는 왕에게 가서 이렇게 말했습니다.

"포도가 다 준비되었으니 군대를 데리고 저의 집으로 와 주시기 바랍니다."

다음 날 왕은 군대를 데리고 어부의 집으로 갔습니다. 왕의 시종들도 포도 접시 나르는 것을 돕기 위해 어부의 집으로 갔습니다. 어부의 아내는 바구니에서 끊임없이 포도를 꺼냈으며 드디어 더 이상 먹을 수 없이 배가 부른 왕과 군대는 어부의 집을 떠났습니다.

어부는 아내에게 가서 이렇게 말했습니다.

"오늘도 당신을 빼앗기지 않았구려. 그러나 꾀 많은 임금님께서 또 무슨 생각을 해낼지 몰라 걱정이오."

"여보, 제가 곁에 있는 한 조금도 걱정하지 마세요."

며칠이 지나자 왕은 또 어부를 불러 이렇게 말했습니다.

"그 여자는 네게 통 어울리지 않아. 그 여자는 나에게 꼭 어울리지. 그러니 너는 가서 키가 두 뼘 되고 수염이 세 뼘 되는 사람을 내게 데려오도록 해라."

"명령대로 하겠습니다, 임금님."

어부는 집으로 돌아와서 부인에게 말했습니다.

"여보, 이번에는 정말 큰일 났소. 임금님께서 키가 두 뼘이고 수염이 세 뼘인 사람을 데려오라고 했소."

"여보, 걱정 마세요. 저에게 꼭 그렇게 생긴 오빠가 있으니까요. 제 어머니에게 가서서 요람에 누운 우리 아기를 흔들어주게 레비타키스 오빠를 보내달라고 하세요."

어부는 바다로 나가서 소리쳤습니다.

"장모님, 이리 좀 나오세요. 드릴 말씀이 있습니다."

장모가 나오자 어부가 말했습니다.

"제 아내가 요람에 누운 우리 아기를 흔들어주게 레비타키스를 데려오라고 하던데요."

"그래, 잠깐만 기다리게나."

장모는 이렇게 말하더니 물속에다 대고 소리쳤습니다.

"얘, 레비타키스야, 네 동생이 아기 좀 봐달라고 널 오라고 한다!"

"알았어요. 지금 닭에게 모이를 주고 있으니 기다리세요."

닭에게 모이를 준 후 레비타키스는 수탉을 타고 물 위로 나왔습니다. 어부가 보니 그의 키는 두 뼘 정도였지만 수염은 세 뼘 정도여서 수염이 땅에 질질 끌리고 있었습니다. 어부가 앞장서고 수탉 위에 앉은 레비타키스가 뒤에 서고 하여 집으로 돌아왔습니다.

"얘, 무엇 때문에 나를 오라고 했니?"

"임금님이 오빠를 보고 싶다고 하니까 오빠 모습을 보여주고 나서 임금님의 눈을 빼버리세요. 그리고 제 남편을 왕의 자리에 앉혀주세요."

"그래, 알았다."

레비타키스는 대답했습니다. 이렇게 하여 다시 어부가 앞장서고 레비타키스는 그 뒤를 따라가고 하여 그들은 왕에게 갔습니다.

"임금님 무엇 때문에 저를 부르셨습니까?"

레비타키스가 물었습니다.

"너를 보고 싶어서 불렀다."

왕이 대답했습니다.

"이젠 저를 보셨나요?"

레비타키스가 다시 물었습니다.

"그래, 이젠 됐다."

왕이 대답했습니다.

그러자 레비타키스는 수탉에게 말했습니다.

"수탉아 날아가서 임금님의 눈을 빼버려라."

수탉은 왕에게 덤벼들어 왕의 눈을 쪼았고 그 상처에서 나온 독 때문에 왕은 그만 죽고 말았습니다.

그러자 레비타키스가 왕의 열두 호위병에게 말했습니다.

"내 동생의 남편을 임금님으로 모시든지 아니면 수탉에게 눈을 쪼여 죽든지 둘 중에 하나를 선택해라."

"그분을 임금님으로 섬기겠습니다."

열두 호위병은 어부를 임금님으로 모시고 어부의 아내를 왕비로 섬겼습니다. 레비타키스는 수탉 위에 올라앉아 궁전 위를 왔다 갔다 했다고 합니다.

금빛과 푸른빛의 독수리

옛날 옛적에 한 노인이 살았는데 그에게는 딸이 셋 있었습니다. 노인은 몹시 가난했기 때문에 나물을 캐어 도시로 나가 팔아 딸들을 먹여 살렸습니다. 어느 날 노인은 나물을 캐던 중에 큰 고사리를 발견하고 기뻐하며 그것을 뽑으려고 했습니다. 그러나 아무리 온 힘을 다해 잡아당겨도 고사리를 뽑을 수 없었습니다. 그가 이렇게 힘을 쓰고 있는데 갑자기 땅속에서 흑인 하나가 튀어나와 난폭하게 소리쳤습니다.

"아니 할아버지, 도대체 어쩌자고 남의 머리를 그렇게 잡아당기는 거요?"

노인은 흑인을 보자 깜짝 놀라 일어섰습니다. 그리고 잠시 후에 정신을 차리고 이렇게 말했습니다.

"나는 당신의 머리를 잡아당긴 적이 없소! 고사리가 있기에 그것을 뽑으려고 했을 뿐이오!"

"그 고사리가 바로 내 머리요. 그런데 노인장, 나물을 캐어서 무얼 하려고 그렇게 애쓰시오?"

"내게는 딸이 셋 있다오. 나물들을 팔아 먹여 살리지요."

그러자 흑인은 금화를 한 주먹 주며 말했습니다.

"집에 돌아가셔서 세 따님 중에 한 명을 제게로 데리고 오
세요. 그러면 제가 할아버지를 부자로 만들어드리지요."

노인은 이상하게 생각했지만 아무 말도 하지 않았습니다.
그리고 도시로 나가 흑인이 준 금화로 여러 가지 물건을 사
가지고 밤늦게 집으로 돌아왔습니다.

노인의 딸들은 아버지가 물건을 많이 사 온 것을 보고 기
뻐서 춤을 추며 어디서 돈이 나서 이것들을 사왔느냐고 물
었습니다. 노인은 우선 음식을 먹고 나중에 이야기해주겠노
라고 대답했습니다.

식사가 끝나자 노인은 흑인을 만난 것부터 흑인이 무슨
요구를 했는지에 이르기까지 낮에 일어난 일들을 자세히 딸
들에게 설명해주었습니다. 그리고 큰딸에게 흑인의 아내가
되겠느냐고 물었습니다. 그러자 큰딸은 울음을 터뜨렸습니
다. 작은딸에게도 물어보았지만 역시 마찬가지였습니다. 그
러나 막내딸은 이렇게 말했습니다.

"아버지와 언니들이 잘살 수만 있다면 제가 갈게요."

다음 날 노인은 막내딸을 데리고 길을 떠났습니다. 막내
딸은 앞으로 다시는 언니들을 보지 못하게 될 것 같아 눈물

을 흘리며 작별 인사를 했습니다. 고사리가 있는 장소에 도착해 노인은 고사리를 잡아당겼습니다. 그러자 "누구십니까?" 하는 소리가 들렸습니다. 노인이 대답했습니다.

"나일세. 약속대로 내 딸을 데려왔네."

그러자 지진이 나고 천둥 치는 소리가 들리더니 땅이 갈라지고 사십 개의 계단이 나타났습니다. 노인과 딸은 계단을 내려갔습니다. 그들이 아래에 도착하자 흑인이 나타나더니 이렇게 말했습니다.

"잘 왔어요. 아가씨, 두려워 마세요. 이곳에서 행복하게 지내게 될 거예요."

흑인은 노인에게 금화 한 자루를 주었고 노인은 왔던 길을 되돌아갔습니다. 노인이 떠나기 전에 막내딸은 아버지에게 언니들을 만날 수 있게 이따금씩 이곳에 보내달라고 했습니다.

막내딸은 그곳에서 행복하게 지냈습니다. 그러나 저녁마다 흑인이 술을 한 잔 주었는데 그녀는 그 술을 마시자마자 잠이 들기 때문에 밤에 무슨 일이 일어나는지 전혀 알지 못했습니다. 어느 날 그녀의 언니들이 놀러 왔다가 어떻게 지내느냐고 물었습니다. 그녀가 말했습니다.

"잘 지내고 있어요. 그렇지만 밤마다 남편이 나한테 술을 주는데 그 술을 마시면 금방 잠이 들어버리기 때문에 남편이 어떻게 생겼는지 몰라요."

그러자 언니들이 그녀에게 말했습니다.

"오늘 저녁에도 술을 주거든 마시지 말고 가슴에 스펀지를 넣어두고 있다가 거기다 슬쩍 술을 쏟아버려라. 그러면 잠을 자지 않을 수 있지 않겠니?"

그녀는 언니들이 시킨 대로 술을 스펀지에 쏟아버리고 잠이 든 척했습니다. 자정이 되자 금빛과 푸른빛의 독수리 한 마리가 방으로 들어오더니 날개를 떼어버리고 멋진 젊은이로 변신해서는 열쇠들을 턱 밑에 걸고 그녀 곁에 누웠습니다.

젊은이가 잠이 들자 그녀는 열쇠를 젊은이의 턱 밑에서 살그머니 빼내어 궁전 안의 방을 차례로 하나하나 열어보았습니다. 방마다 여자들이 빨래를 하고 있거나 다리미질을 하고 있거나 바느질을 하고 있었습니다. 그녀가 무엇 때문에 이런 일들을 하고 있느냐고 묻자 여자들은 한결같이 똑같은 대답을 했습니다.

"금빛과 푸른빛의 독수리가 결혼을 하기 때문이지요."

그녀가 방문을 잠그고 침실로 돌아와 열쇠를 남편의 목에 막 걸어놓으려는 순간, 금빛과 푸른빛의 독수리가 잠에서 깨더니 화난 목소리로 흑인을 불러 말했습니다.

"네가 데려온 이 여자는 나에게 어울리는 여자가 아니다."

그러자 흑인은 한밤중임에도 불구하고 그녀를 밖으로 내쫓았습니다. 마리오(그녀의 이름이 마리오였습니다)는 알 수 없는 곳에 혼자 남게 되자 울기 시작했습니다. 그때 금빛과 푸른빛의 독수리는 그녀를 동정했는지 가까이 다가와서 이렇게 말했습니다.

"아가씨에게 입을 맞추게 해주면 앞으로 어떻게 해야 될지 가르쳐드리지요."

그러고는 그녀에게 꿀 한 컵과 무화과 열매 하나를 주면서 말했습니다.

"제 어머니를 찾아가세요. 어머니는 집 발코니에 앉아 실을 잣고 계실 텐데 그 실에 꿀을 묻혀 실을 달콤하게 만들어놓으세요. 그러면 어머니가 '실을 이렇게 달콤하게 해준 사람에게 은혜를 갚고 싶은데 누가 이렇게 했지?' 하고 말하실 거예요. 그러면 아가씨는 '제가 했어요'라고 대답하세요. 제 어머니가 위로 올라오라고 말하면 '금빛과 푸른빛의 독수리에게 맹세하여 저를 잡아먹지 않겠다고 약속하세요. 그러면 올라가겠어요'라고 하세요."

마리오는 일어나서 눈물을 닦고 한참을 걸어가다가 드디어 한 여자 괴물이 발코니에 앉아 비단실을 잣고 있는 곳에 도착했습니다. 그녀는 얼른 달려가 발코니 아래에 몸을 숨기고 늙은 여자 괴물이 아래로 던지는 실에 금빛과 푸른빛의 독수리가 준 꿀을 발랐습니다. 늙은 여자 괴물은 실을 입에 대어보고 단맛이 나자 이렇게 말했습니다.

"실을 이렇게 달콤하게 해준 사람에게 은혜를 갚고 싶은데 누가 이렇게 했지?"

그러자 마리오는 숨어 있던 곳에서 나와 소리쳤습니다.

"제가 했어요!"

"잡아먹지 않을 테니 위로 올라오렴."

"저를 잡아먹지 않겠다고 먼저 맹세하세요."

그러자 여자 괴물은 맹세했습니다.

"포도밭과, 논과 집에 걸고 맹세하건대 절대로 너를 잡아먹지 않겠다."

"안 돼요. 금빛과 푸른빛의 독수리에 걸고 맹세하셔야 올라가겠어요."

늙은 여자 괴물이 "금빛과 푸른빛의 독수리에 걸고 맹세하건대 너를 잡아먹지 않겠다"라고 말한 뒤에야 그녀는 위로 올라갔습니다.

다음 날이 되자 여자 괴물은 사냥을 하러 가면서 마리오에게 말했습니다.

"저녁에 돌아올 테니까 집 안을 치워놓으면서 동시에 또한 치워놓지 말도록 해라. 내 말대로 해놓지 못했을 때에는 너를 잡아먹겠다."

집 안을 치워놓으면서 동시에 또한 치워놓지 않는 것이 어떻게 하는 것인지 몰라 마리오는 울기 시작했습니다. 정오경에 금빛과 푸른빛의 독수리가 지나가다가 그녀에게 물었습니다.

"마리오 아가씨, 무엇 때문에 울고 계시나요?"

"당신은 왜 이곳에 저를 보내셨나요? 당신의 어머니가 저에게 집 안을 치워놓으면서 동시에 또한 치워놓지 말라고 했어요. 만일 말한 내로 해놓지 않으면 저를 잡아먹겠대요."

"아가씨에게 입을 맞추게 해주시면 제가 방법을 가르쳐 드리지요. 온 집 안을 깨끗이 쓸어놓고 나서 쓰레기를 가운데에 모아놓으세요. 그리고 그 쓰레기를 이곳저곳에 분산시켜놓으면 집 안을 청소했으면서도 안 한 것이 되지요. 어머니가 누가 이것을 가르쳐주었냐고 물으시면 '옛날부터 알고 있어서 그대로 해놓았죠'라고 대답하세요."

저녁에 돌아온 여자 괴물은 집 안을 둘러보면서 청소가 되어 있으면서도 안 되어 있는 것을 발견하고는 이렇게 말했습니다.

"너는 마술을 알고 있거나,
마술사의 딸이거나,
금빛과 푸른빛의 독수리가 가르쳐주었을 거야."

"저는 마술도 모르고요,

　마술사의 딸도 아니고요,

　금빛과 푸른빛의 독수리가 방법을 가르쳐주지도 않았
　어요.

　옛날부터 알고 있어서 그대로 해놓은 거죠."

　그 다음 날 여자 괴물은 그녀에게 전날 잡아온 새를 주면
서 말했습니다.

　"이 새들을 요리해놓으면서도 동시에 해놓지 말도록 해
라. 내가 시킨 대로 하지 못하면 너를 잡아먹겠다."

　요리를 해놓으면서도 동시에 하지 않은 것이 어떻게 하
는 것인지를 몰라 마리오는 다시 울기 시작했습니다. 정오
경에 다시 금빛과 푸른빛의 독수리가 와 그녀가 울고 있는
것을 보고는 물었습니다.

　"마리오 아가씨, 무엇 때문에 울고 계시나요?"

　"당신은 왜 이곳에 저를 보내셨나요? 당신의 어머니가 이
새들을 요리를 하면서도 동시에 하지 말라고 했어요. 그대
로 해놓지 않으면 저를 잡아먹겠대요."

　"아가씨에게 입을 맞추게 해주시면 제가 방법을 가르쳐
드리지요. 우선 새들의 깃털을 깨끗이 뽑고 난 뒤에 그중 반
만 요리하세요. 새고기가 다 익으면 나머지 반을 집어넣으

시면 되지요."

마리오는 독수리가 말한 대로 했습니다. 저녁에 돌아온 여자 괴물은 새가 요리되었으면서도 요리되지 않은 것을 발견하고 이렇게 말했습니다.

"너는 마술을 알고 있거나,
마술사의 딸이거나,
금빛과 푸른빛의 독수리가 가르쳐주었을 거야."
"저는 마술도 모르고요,
마술사의 딸도 아니고요,
금빛과 푸른빛의 독수리가 방법을 가르쳐주지도 않았어요.
옛날부터 알고 있어서 그대로 해놓은 거죠."

그 다음 날 여자 괴물은 속을 아직 안 채운 베개 사십 개를 마리오에게 주면서 그것들을 깨끗이 빨아서 다리미질을 한 후 깃털을 채워넣으라고 말했습니다. 마리오는 다시 울기 시작했고 금빛과 푸른빛의 독수리가 지나가다가 그녀에게 물었습니다.

"마리오 아가씨, 무엇 때문에 울고 계시나요?"

"당신은 왜 이곳에 저를 보내셨나요? 당신의 어머니가 물과 비누도 안 주시고 속에 넣을 깃털도 안 주시면서 속을 아직 안 채운 베개 사십 개를 오늘 저녁까지 만들어놓으라고 했어요."

"아가씨에게 입을 맞추게 해주시면 제가 방법을 가르쳐드리지요. 이 길을 곧장 따라 가시면 우물에 도착하게 될 거예요. 그곳에서 속을 아직 안 채운 베개 사십 개를 빨고, 베개가 다 마르거든 이렇게 소리치세요. '루멜리의 새들아, 금빛과 푸른빛의 독수리가 결혼하려고 하니까 어서들 와서 깃털을 흔들어다오.' 그러면 새들이 몰려와서 깃털을 흔들어줄 테니까 아가씨는 깃털을 모아 베개 속에 넣으면 되지요."

마리오는 독수리가 시킨 대로 우물로 가서 속을 아직 안 채운 베개 사십 개를 빨고 그 베개들이 마르자 루멜리의 새들을 불러 모았습니다. 새들이 깃털을 흔들자 마리오는 떨어진 깃털을 주워 모아 베갯속을 채웠습니다. 저녁이 되어 여자 괴물은 베개가 완성되어 있는 것을 보고 말했습니다.

"너는 마술을 알고 있거나,
　마술사의 딸이거나,
　금빛과 푸른빛의 독수리가 가르쳐주었을 거야."
"저는 마술도 모르고요,
　마술사의 딸도 아니고요,

금빛과 푸른빛의 독수리가 방법을 가르쳐주지도 않았
어요.

옛날부터 알고 있어서 그대로 해놓은 거죠."

그 다음 날 여자 괴물은 마리오에게 말했습니다.

"금빛과 푸른빛의 독수리가 결혼하려고 하니까 우리 언
니 집에 가서 북과 악기들을 가져오너라. 그것들을 가져오
지 못하면 너를 잡아먹겠다."

마리오는 다시 울기 시작했습니다. 금빛과 푸른빛의 독수
리가 지나가다가 그녀에게 방법을 가르쳐주었습니다.

"이 길을 따라가세요. 한참을 가다보면 더러운 물의 샘에
도착하실 거예요. 그러면 그 샘물을 마시고 '어머나, 이렇게
맛있는 물은 평생 처음 마셔보네'라고 말하세요. 그 후에 또
한참 걸어가면 썩은 사과나무 하나를 발견하실 텐데 사과
를 하나 따서 먹고 '어머나, 이렇게 맛있는 사과는 평생 처음
먹어보네'라고 말하세요. 그러고 나서 또 한참 걸어가면 가
시나무들이 빽빽하게 서 있는 것이 보일 거예요. 거기에 대
고 '장미꽃들아, 내가 지나갈 수 있게 길을 내다오'라고 말
하면 가시나무들이 벌어져서 아가씨가 지나갈 수 있는 길을
내줄 거예요. 그러고 나면 마지막으로 어떤 집에 도착할 텐
데 그 집 바깥에서 당나귀가 뼈다귀를 먹고 있고 개가 여물

을 먹고 있는 것이 보일 거예요. 그러면 아가씨는 여물은 당나귀에게 주고 개에게는 뼈다귀를 주세요. 그 후에 몇 년 동안 빗자루질 한번 해본 적 없는 층계가 있을 테니까 아가씨는 앞치마로 층계를 깨끗이 닦고 위로 올라가세요. 위로 올라가서 문에 도착하여 문을 두드리시면 제 이모가 나와서 '무얼 원하니?'라고 물을 거예요. 그러면 '금빛과 푸른빛의 독수리가 결혼하기 때문에 아주머니 동생이 북과 악기를 받아오라고 저를 보냈어요'라고 대답하세요. 그 말을 듣고 이모가 집 안으로 들어갈 텐데 그건 악기를 가지고 나오기 위해서가 아니라 자기 이빨을 갈기 위해서예요. 아가씨는 지체하지 말고 문 뒤에 걸려 있는 북과 악기를 잡아채 가지고 그곳을 떠나세요. 제 이모는 아가씨가 북과 악기를 들고 떠나는 것을 보고 화가 나서 '층계야, 무너져서 그녀를 다치게 하려무나' 하고 소리칠 거예요. 그러면 층계는 '당신은 몇 년이 넘도록 한 번도 우리를 청소해주지 않았고 저 아가씨는 우리를 깨끗이 닦아주었는데 어떻게 저 아가씨에게 해를 끼치겠어요?'라고 대답할 거예요. 또 제 이모가 '개야, 그녀를 물어라. 당나귀야 그녀를 죽여라!'라고 말하면 개와 당나귀는 '당신은 몇 년이 넘도록 우리에게 음식을 바꾸어줬고, 저 아가씨는 우리에게 제대로 된 음식을 주었는데 어떻게 우리가 그녀를 물거나 죽일 수 있겠어요?' 하고 대답할 거예요.

또한 제 이모가 '가시나무야, 독을 뿜어서 그녀를 죽여버려라'라고 소리치면 가시나무는 '당신은 몇 해 동안이나 우리에게 욕만 했고 저 아가씨는 처음으로 우리를 장미꽃이라고 불러주었는데 어떻게 우리가 그녀를 죽일 수 있겠어요?'라고 말할 거예요. 또한 제 이모가 '썩은 사과나무야, 사과를 던져서 그녀를 죽여버려라'라고 소리치면 사과나무는 '당신은 한 번도 내 사과를 먹지 않았고, 저 아가씨는 내 사과를 먹고 이렇게 맛있는 사과는 평생 처음 먹었다고 말했는데 제가 어떻게 그녀를 죽일 수 있겠어요?'라고 대답할 거예요. 제 이모가 또 '더러운 샘아 물을 뿜어 그녀를 죽여버려라!'라고 소리치면 샘은 '당신은 한 번도 저의 물을 마시지 않았고, 저 아가씨는 저의 물을 마시고 이렇게 맛있는 물은 생전 처음 마셨다고 말했는데 제가 어떻게 그녀를 죽일 수 있겠어요?'라고 대답할 거예요. 이렇게 하면 모든 어려움을 물리치고 저의 어머니에게 북과 악기를 가져다드릴 수 있을 겁니다."

독수리는 이 말을 하고 자리를 떴습니다. 마리오가 길을 떠나 한참을 가서 처음에 더러운 샘이 있는 곳에 도착했습니다. 그녀는 몸을 굽혀 샘물을 마시고 "아! 물맛이 참 좋네"라고 말했습니다. 그 다음에는 썩은 사과나무에 도착하여 사과를 따서 먹고는 "아! 사과 맛이 정말 좋은데"라고 말했습니다. 마리오는 그렇게 금빛과 푸른빛의 독수리가 충고한 대로 모든 것을 행하고는 북과 악기를 가져왔습니다. 여자 괴물은 그녀가 북과 악기를 가져온 것을 보자 이를 갈며 그녀에게 말했습니다.

"너는 마술을 알고 있거나,

　마술사의 딸이거나,

　금빛과 푸른빛의 독수리가 가르쳐주었을 거야."

"저는 마술도 모르고요,

　마술사의 딸도 아니고요,

　금빛과 푸른빛의 독수리가 방법을 가르쳐주지도 않았어요.

　옛날부터 알고 있어서 그대로 해놓은 거죠."

　그 다음 날이 금빛과 푸른빛의 독수리가 한 처녀 괴물과 결혼식을 올리는 날이었습니다. 요란스러운 준비 끝에 처녀 괴물이 와서 결혼식이 거행되었습니다. 저녁이 되어 신랑 신부가 잠자리에 들 시간이 되자, 금빛과 푸른빛의 독수리의 어머니 여자 괴물은 신방을 밝히기 위해 마리오의 각 손가락 위에 한 개씩 열 개의 초를 얹어놓고 촛불을 켜면서 촛농이 손에 떨어진다고 해서 조그만 소리라도 내면 당장 일어나서 그녀를 잡아먹겠노라고 말했습니다.

마리오는 방 한구석에 서서 각 손가락 위에 촛불을 얹은 채, 그 촛불로 방을 밝히면서 한마디 소리도 내지 않으려고 애를 쓰고 있었습니다. 하지만 시간이 지나면서 촛농이 흐르기 시작하자 그녀는 아픔에 못 이겨 입술을 깨물었습니다. 그러자 금빛과 푸른빛의 독수리가 처녀 괴물을 깨우고는 이렇게 말했습니다.

"일어나서 저 불쌍한 아가씨를 잠깐 쉬게 해준 다음에 다시 자구려."

처녀 괴물이 잠자리에서 일어나 초를 자기 손 위에 얹었습니다. 그러나 촛농 한 방울이 손 위에 떨어지자 너무 뜨거운 나머지 그만 소리를 지르고 말았습니다. 그러자 금빛과 푸른빛의 독수리의 어머니 여자 괴물이 방 안으로 뛰어들더니 초를 들고 있는 처녀 괴물이 마리오인 줄로 알고 그녀를 잡아먹어버렸습니다. 독수리는 슬프게 우는 척하며 소리쳤습니다.

"어머니, 도대체 무얼 하신 거예요? 제 아내를 잡아먹다니요?"

어머니 괴물은 자기가 저지른 실수가 너무 분한 나머지 화를 내다 그만 죽고 말았습니다. 이렇게 해서 금빛과 푸른빛의 독수리는 마리오를 아내로 맞아 행복하게 살았습니다.

스타크토푸티스*

옛날 옛적에 한 여자가 살고 있었는데 그녀에게는 아들이 하나 있었습니다. 그런데 이 아들은 도무지 밖에 나가려 하지 않고 벽난로 속의 재 옆에만 계속 앉아 있었습니다. 그래서 어머니는 아이를 스타크토푸티스라고 불렀습니다.

어느 날 어머니가 아들에게 말했습니다.

"애, 밖으로도 나가고 그래라. 맨날 집 안에만 처박혀 있으니 그래 이게 무슨 짓이냐?"

"1드라크마만 주세요. 그럼 나갈 테니까요."

스타크토푸티스가 대답했습니다.

어머니가 그에게 1드라크마를 주자 그는 밖으로 나갔습니다. 길을 걸어 가다가 그는 아이들이 개를 죽이려 하는 것을 보았습니다. 그래서 이렇게 말했습니다.

※ '재를 뒤집어쓴 아이'라는 뜻의 이름이다.

"얘들아, 그 개를 나에게 주면 대신 내가 1드라크마를 너희들에게 줄게."

그는 1드라크마를 아이들에게 주고 개를 받아 들고는 집으로 돌아왔습니다.

어느 날 그의 어머니가 다시 이렇게 말했습니다.

"얘야 밖에 나가 바람도 좀 쐬고 오려무나."

스타크토푸티스가 말했습니다.

"1드라크마만 주세요. 그러면 나갈 테니까요."

어머니는 그에게 1드라크마를 주었고, 그는 돈을 받아 밖으로 나갔습니다.

스타크토푸티스는 길을 가다가 아이들이 고양이를 죽이려 하는 것을 보았습니다. 그래서 이렇게 말했습니다.

"얘들아, 그 고양이를 나에게 주면 대신 내가 1드라크마를 너희들에게 줄게."

그는 1드라크마를 아이들에게 주고 고양이를 받았습니다. 그리고 고양이를 데리고 집으로 돌아와서는 다시 벽난로 속에 앉아 있었습니다.

어느 날 어머니는 그에게 또다시 이렇게 말했습니다.

"얘야, 밖으로 좀 나가거라."

스타크토푸티스가 말했습니다.

"1드라크마만 주세요. 그러면 나가겠어요."

어머니는 1드라크마를 주었고 그는 밖으로 나갔습니다.
길을 걸어가다가 그는 아이들이 이번에는 뱀을 죽이려 하고
있는 것을 보았습니다. 그래서 이렇게 말했습니다.

"얘들아, 그 뱀을 나에게 주면 대신 내가 1드라크마를 너
희들에게 줄게."

그는 1드라크마를 아이들에게 주고 뱀을 받았습니다. 그
러고는 뱀을 데리고 집으로 돌아왔습니다.

그는 동물에게 매일 먹이를 주었고 동물들은 무럭무럭
자랐습니다. 어느 날 뱀이 이렇게 말했습니다.

"이제는 저를 제 집에 데려다주세요."

스타크토푸티스는 뱀을 집에 데려다주기로 했습니다. 뱀
이 앞장을 서고 그는 그 뒤를 따라갔습니다. 얼마큼 걸어가
다가 뱀이 뒤를 돌아보더니 이렇게 말했습니다.

"저의 아버지는 뱀 나라의 왕이에요. 우리가 그곳에 도착
하면 뱀들이 당신에게 덤벼들겠지만 조금도 두려워하지 마
세요. 제가 다 쫓아드릴 테니까요. 제 아버지가 사시는 곳에
우리가 도착하면 아버지께서는 당신이 제 목숨을 구해주신
것에 대해 고마워하며 선물을 주겠다고 할 거예요. 그러면
다른 것은 다 마다하시고 아버지 혀 밑에 감춰진 반지를 달
라고 하세요."

그들이 목적지에 도착한 다음 뱀이 휘파람을 불자 사방

에서 뱀들이 모여들기 시작했습니다. 뱀들의 한가운데는 유난히 큰 뱀이 하나 있었는데 이것이 바로 뱀들의 왕이었습니다.

모인 뱀들은 스타크토푸티스를 보자 잡아먹으려고 그에게 덤벼들었습니다. 스타크토푸티스가 구해준 뱀이 소리치자 모든 뱀들은 뒤로 물러났습니다. 그러자 뱀은 아버지에게 가서 이렇게 말했습니다.

"아버지, 이분이 저를 구해주셨어요. 그리고 오늘날까지 저를 돌보아주셨고요. 그러니 이분이 달라고 하는 것은 무엇이든 드리도록 하세요."

그들은 다 같이 뱀의 왕이 사는 곳으로 갔습니다. 뱀의 왕이 스타크토푸티스에게 물었습니다.

"우리 아이를 구해주었는데 그 보답으로 무엇을 주었으면 좋겠소?"

스타크토푸티스는 대답했습니다.

"전 다만 당신의 혀 밑에 있는 반지를 가졌으면 합니다."

그러자 뱀의 왕이 말했습니다.

"참 귀중한 물건을 다 달라고 하는구려. 그렇지만 우리 아이를 구해주었으니 할 수 없지, 주는 수밖에……."

스타크토푸티스는 반지를 받고는 그곳을 떠났습니다. 한참을 걷다보니 배가 고파졌습니다. 그래서 그는 이렇게 말했습니다.

"그놈의 뱀 왕이 이것저것 주겠다고 했는데 다 거절하고 이 반지만 받아왔더니 이제 배가 고파 죽는구나."

그는 너무나 화가 나서 반지를 땅바닥에 확 던졌습니다. 그러자 반지 속에서 흑인이 튀어나오더니 "주인님, 무엇을 원하십니까?" 하고 물었습니다.

"무엇을 원하느냐고? 먹을 것이 있었으면 좋겠다."

그가 대답했습니다.

흑인은 재빨리 상을 차리고 음식과 술과 갖가지 맛있는 것들을 놓았습니다. 스타크토푸티스가 배불리 먹고 나자 흑인은 상을 치우고 반지 속으로 다시 돌아갔습니다.

스타크토푸티스는 반지를 챙겨 마을로 돌아와서는 그 반지 덕에 아주 잘 지내고 있었습니다. 어느 날 스타크토푸티스가 어머니에게 말했습니다.

"어머니, 임금님께 가셔서 제가 공주님을 아내로 맞고 싶다고 말하십시오."

어머니가 말했습니다.

"아이고 애야, 우리같이 천한 사람에게 임금님이 딸을 줄 것 같으냐?"

그가 다시 어머니에게 말했습니다.

"글쎄 아무 말 마시고 일단 가기나 하세요!"

어머니는 어쩔 수 없이 궁궐을 향해 떠났습니다. 궁궐에 도착하여 왕을 만나게 된 어머니가 말했습니다.

"제 아들이 공주님을 아내로 삼고 싶다고 합니다."

그러자 왕이 말했습니다.

"네 아들이 궁궐 옆에 있는 광장에서 나의 전 군대를 배부르게 먹일 수 있다면 내 그를 사위로 삼겠다. 앞으로 사십 일간의 여유를 주겠으니 그동안에 이것을 못 하면 그의 목을 자르겠다고 전하라."

어머니는 집으로 돌아가서 왕이 한 말을 아들에게 그대로 전했습니다. 하루가 지나고 이틀이 지나고 날짜가 계속 지나갔지만 스타크토푸티스는 걱정도 하지 않고 놀고만 있었습니다. 삼십구 일이 지나자 왕은 사람을 보내어 내일이 마지막 날이며 약속한 것 잊은 체해서는 안 된다고 전했습니다. 스타크토푸티스는 다 알고 있으니 왕께서는 걱정할 필요가 없다고 전하라 했습니다.

사십 일째가 되는 날, 스타크토푸티스는 반지를 가지고 군대를 먹이기로 약속한 광장으로 갔습니다. 반지를 땅에 던지자 흑인이 나타나 물었습니다.

"주인님, 무엇을 원하십니까?"

"이 광장을 음식으로 가득 채워주었으면 좋겠다."

흑인이 광장을 음식으로 가득 채우자 군인들이 와서 음

식을 먹기 시작했습니다. 군인 모두가 실컷 먹고도 음식이 산더미처럼 남았습니다.

그러자 왕은 스타크토푸티스의 어머니에게 다시 이렇게 말했습니다.

"네 아들이 사십 일 동안에 너희 집 앞에서 이 궁전까지 길을 만들어놓으면 내 그를 사위로 삼겠다."

사십 일째 되는 날 저녁에 스타크토푸티스는 반지를 던져 흑인에게 왕이 내일 아침 일어나기 전까지 집 앞에서 궁전까지 길을 만들어놓으라고 명령했습니다.

흑인은 눈 깜짝할 새에 길을 만들었습니다.

아침에 왕이 일어나서 창문을 열고 밖을 내다보니 새 길이 아름답게 만들어져 있었습니다. 왕은 다시 스타크토푸티스의 어머니를 불러 이렇게 말했습니다.

"네 아들이 한 가지 일만 더 하면 내 그를 사위로 삼겠다. 다시 사십 일간의 여유를 줄 테니 내 궁전보다 더 멋있는 성을 지으라고 해라. 만일 그동안 짓지 못하면 그의 목을 자를 것이다."

다시 사십 일째 되는 날 저녁에 스타크토푸티스는 반지를 땅에 던져서 흑인이 나오자 왕의 궁전보다 더욱 아름다운 궁전을 지으라고 명령했습니다.

왕이 아침에 일어나서 창문을 열고 밖을 보니 온통 금으로 장식된 찬란한 성이 세워져 있었습니다.

스타크토푸티스의 어머니가 왕에게로 가서 말했습니다.

"임금님께서 명령하신 대로 제 아들이 다 했습니다."

그제야 왕은 어머니에게 결혼 준비를 하라고 했습니다. 그녀는 집에 돌아가 스타크토푸티스에게 왕의 말을 전했습니다. 모든 준비가 끝나자 왕은 스타크토푸티스와 공주를 결혼시키고 새로 지은 성에 살도록 했으며 시종 하나를 두어 그들을 보살피도록 했습니다.

스타크토푸티스는 반지를 잃어버리지 않기 위해 항상 입속에 넣어두었습니다. 그러나 그들을 보살피는 시종은 영악한 악당이었기 때문에 어느 날 공주에게 그녀의 남편이 어떻게 그렇게 위대한 힘을 갖게 되었는가 물어보라고 했습니다. 공주가 물어보자 스타크토푸티스는 반지에 대해 이야기했고, 공주는 시종에게 이 이야기를 했습니다. 그러자 시종이 말했습니다.

"그 반지를 가져다가 저를 보여주지 않으시겠습니까?"

공주는 자기 남편이 잠든 새에 입에서 반지를 교묘히 빼내어 시종에게 가져다주었습니다. 시종은 반지를 손에 쥐자 땅에 던졌습니다. 그러자 반지 속에서 흑인이 나와 이렇게 말했습니다.

"주인님 무엇을 원하십니까?"

"저 위에서 잠자고 있는 사람을 이부자리째 집어다가 멀리 떨어진 길 위에 살짝 놓아두고 그 후에는 이 성을 헐고 바다 한가운데에 다시 지어 이 여자와 나만 살 수 있게 해라."

반지 속의 흑인은 스타크토푸티스를 길바닥에 버리고 성을 헌 후 바다 한가운데에 새로운 성을 만들어서 시종과 스카크토푸티스의 아내인 공주가 같이 살게 했습니다.

아침이 되어 깨어난 스타크토푸티스는 자기가 길에서 자고 있었으며 반지도 없어지고 아내도 없어진 것을 알았습니다. 그는 울면서 왕에게 가서 자기의 사정을 이야기하고는 자신의 옛날 집으로 돌아왔습니다. 그의 고양이가 그를 보고 반가워하며 몸을 비비며 물었습니다.

"주인님 무슨 일이세요?"

"무슨 일이냐고? 글쎄 몹시 불행한 일이 있었단다. 저녁에 내가 잠자고 있는 새에 시종 녀석이 반지를 훔쳐 가지고는 내 아내를 데리고 달아나버렸단다."

그러자 고양이가 말했습니다.

"주인님 걱정 마세요. 제가 반지를 찾아드릴 테니까요. 개를 저와 함께 가게 해주시면 제가 꼭 반지를 가져오겠어요."

그는 개가 고양이와 함께 가도록 했습니다. 고양이와 개는 바다를 건너가다가 성을 발견하고는 성의 지붕으로 올라갔습니다. 그런데 마침 그때 쥐들이 결혼식을 올리고 있던 참이었습니다. 고양이는 쥐들에게 달려들어 신부 쥐를 날쌔게 잡아챘습니다. 쥐들은 놀라서 소리를 질렀습니다.

"제발 그 신부를 돌려주시고 대신 우리들 중에 아무나 잡아가세요."

"지금은 신부를 놓아줄 수 없다. 너희들이 이 성에 살고 있는 주인의 입에서 반지를 빼내오면 신부 쥐를 주겠다."

"신부를 죽이지 말고 기다리세요. 제가 그 반지를 가져올 테니까요."

쥐 한 마리가 이렇게 말했습니다.

그 쥐는 꼬리에 꿀을 묻힌 후 그 위에 후춧가루를 바르고 는 잠자고 있는 시종에게 가서 꼬리를 그의 코에 집어넣었습니다. 시종이 재채기를 하자 그 바람에 반지가 입에서 튀어나왔습니다. 쥐가 반지를 얼른 잡아챈 다음 고양이에게 가져다주었습니다. 그러자 고양이는 신부 쥐를 놓아주었고 쥐들은 결혼식을 올렸습니다.

반지를 찾은 고양이는 지붕 위로 올라가서 개의 등에 올라타고 주인에게 돌아가기 위해 바다로 뛰어들었습니다. 그들이 바다를 거의 다 건너게 되었을 때에 개가 고양이에게 말했습니다.

"나도 그 반지 좀 구경하자."

고양이는 반지를 주려 하지 않았습니다. 그러자 개는 고

양이를 물에 빠뜨리겠다고 위협했습니다. 겁이 난 고양이가
개에게 반지를 주었습니다. 개가 반지를 받으려는 순간 그
만 실수를 해서 반지가 바닷속에 빠지고 말았습니다.

"무슨 짓을 한 거야! 반지가 없으니 이제 어떻게 주인님께
돌아갈 수 있겠니?"

고양이가 개에게 소리쳤습니다.

그들이 육지에 도착하자 스타크토푸티스는 그들에게 반
지에 대해 물었습니다.

"겨우 반지를 찾았었는데 이놈의 망할 개가 잘못해서 물
속에 빠뜨렸어요."

고양이가 대답했습니다. 개는 아무 말도 못하고 잠자코
있었습니다. 스타크토푸티스는 한숨을 크게 내쉬었습니다.

그들이 그렇게 앉아 있는데 저쪽에서 물고기를 끌어올리
는 것이 보였습니다. 생선을 좋아하는 고양이는 어부에게
다가가서 "야옹, 야옹" 하며 울었습니다.

어부들은 고양이를 불쌍하게 생각하고 물고기 몇 마리를
던져주었습니다. 고양이는 물고기를 먹기 시작했는데 그 가
운데 한 마리의 배 속에 반지가 들어 있는 것을 발견했습니
다. 고양이는 기뻐하며 반지를 가지고 스타크토푸티스에게
돌아갔습니다.

반지를 찾은 스타크토푸티스는 왕에게 가서 이렇게 말했

습니다.

"임금님, 못된 시종과 따님을 데려다드릴까요?"

왕이 말했습니다.

"물론이지, 할 수 있으면 어서 찾아오게. 왜 아직도 가만히 앉아 있나?"

그래서 스타크토푸티스가 반지를 땅에 던지자 흑인이 나와서 말했습니다.

"주인님 무엇을 원하십니까?"

"바다 한가운데에 있는 성을 옛날에 있던 자리에 그대로 옮겨놓아라."

반지 속의 흑인은 성을 가져다가 옛날에 있던 바로 그 자리인 왕의 궁전 앞에 옮겨놓았습니다. 왕은 칼을 들고 성으로 올라가서 못된 시종을 죽이고 공주를 다시 스타크토푸티스에게 주었습니다. 스타크토푸티스는 그 후로 성안에서 고양이와 개와 함께 행복한 나날을 보냈습니다. ◀◀◀

게으름뱅이

옛날 옛적에 한 게으름뱅이가 살고 있었습니다. 그런데 그의 게으름의 정도가 얼마나 심했던지 그의 어머니조차 그를 귀찮아하며 하루 종일 야단만 쳤습니다.

"이 배은망덕한 녀석아, 이 게으른 녀석아!"

이렇게 하다보니 '게으름뱅이 야니스'가 그의 이름처럼 되고 말았습니다. 그는 사람들이 자기에게 모두 게으르다고 나무라기만 하니 집에 있어봤자 아무런 좋은 일이 일어날 리 없다고 판단하고 짐을 싸서 떠나기로 결심했습니다.

"어머니 저는 제 운명을 찾아 길을 떠나겠어요."

그는 이곳저곳을 다니다가 피곤해졌습니다. 그래서 잠깐 앉아서 쉬고 있었습니다. 그때 한 사람이 그에게 다가와서 왜 집을 떠나 방황하느냐고 물었습니다. 게으름뱅이는 자기의 사연을 이야기했습니다. 그러자 그가 말했습니다.

"걱정하지 말고 나를 따라오게. 열한 달 동안 자네를 공짜로 먹여주고 재워주겠네. 그러나 열두 번째 달에는 내가 시키는 대로 일을 해야 하네."

게으름뱅이 야니스가 대답했습니다.

"좋습니다. 아주 편한 조건인 것 같으니 아저씨를 따라가겠습니다."

이리하여 게으름뱅이 야니스는 열한 달 동안 일은 조금도 하지 않고 먹고 마시기만 하며 지냈습니다. 마침내 열두 번째 달이 되자 그 사람은 도살장으로 가더니 소 한 마리를 죽이되 가죽은 조금도 흠이 없는 상태로 남겨두라고 명령했습니다. 그러고 나서 소가죽을 가지고 집으로 돌아와서 게으름뱅이에게 말했습니다.

"여보게 야니스, 이 가죽 속으로 들어가게. 그러면 자네를 저 멀리 떨어진 산으로 운반해갈 거네. 산에 도착하면 자네를 거기에 내버려둘 텐데, 그러면 큰 새들이 자네가 황소인 줄 알고 날아와서 산꼭대기로 데려갈 걸세. 자네에게 칼을 한 자루 줄 테니 새들이 산꼭대기 위에 도착한 것 같으면 가죽을 칼로 찢고 밖으로 나오게. 그리고 우리가 아래에는 말하는 대로 해주었으면 하네. 그 꼭대기에는 굉장히 큰 성 하나가 있다네."

게으름뱅이 야니스는 가죽 속으로 들어갔습니다. 사람들은 그를 산 아래로 데리고 가서 그곳에 혼자 남겨두고는 보이지 않는 곳에 숨었습니다. 그러자 큰 새들이 날아와서 게으름뱅이 야니스가 죽은 황소인 줄 알고 발톱으로 가죽을 움켜잡고는 산꼭대기로 올라갔습니다. 게으름뱅이 야니스는 큰 새들이 내려놓아 발이 땅에 닿는 것을 느끼자마자 칼로 가죽을 찢고 밖으로 나와 새들을 쫓아버렸습니다. 아래서 기다리고 있던 사람들이 그 모습을 보고서 그에게 이렇게 소리쳤습니다.

"그 위에 있는 것들을 아래로 던지게."

산꼭대기 위에는 다이아몬드 금화 진주 등 온갖 보물이 쌓여 있었습니다. 그는 보물들을 손에 잡히는 대로 아래로 던졌습니다. 아래에 있던 사람들은 이것을 받아 자루에 넣었습니다. 아래에 있던 사람들은 그들의 자루가 가득 차자 말했습니다.

"자, 이제 그만하게. 우리는 이제 집으로 가서 이 자루를 놓아두고 다시 이곳으로 와서 자네를 데려가겠네."

하지만 이것은 거짓말이었습니다. 그들이 어떻게 게으름뱅이 야니스를 다시 아래로 내려오게 할 수 있겠습니까?

게으름뱅이 야니스는 그들의 말만 믿고 기다리고 또 기다렸습니다. 그러나 그들은 돌아오지 않았습니다. 이렇게 이삼 일이 지나자 게으름뱅이 야니스는 허기에 지쳐 눈 주위가 검어졌습니다.

게으름뱅이 야니스가 절망에 빠져 자기 신세를 한탄하고 있는데 갑자기 그의 눈앞으로 산토끼가 지나갔습니다. 그는 토끼를 잡으려 했지만 토끼는 그의 손을 살짝 피해 달아났습니다. 이리 뛰고 저리 뛰며 토끼를 쫓아갔지만 어느 순간 토끼는 구멍 속으로 쏙 들어가버렸습니다. 토끼를 꼭 잡고야 말겠다는 생각으로 그는 손으로 구멍을 파기 시작했고 구멍은 점점 커져갔습니다. 토끼가 앞서고 게으름뱅이 야니스가 그 뒤를 쫓으며 구멍을 파다보니 어느새 그는 성안에 들어와 있었습니다. 하지만 토끼는 어디로 갔는지 보이지 않았습니다.

성안을 돌아다니던 야니스는 부엌을 발견했습니다. 부엌 화로 위에는 큰 솥이 얹혀 있었는데 그 안에는 음식이 끓고 있었습니다. 먹을 것 이외에는 아무것도 바라지 않은 그는 달려들어 음식을 먹기 시작했습니다. 배가 부르자 그는 벽에 구멍을 하나 발견하고 그 속에 숨었습니다.

그 성에는 괴물이 살고 있었습니다. 끼니때가 되어 부엌으로 온 괴물은 음식이 없어진 것을 발견하고 소리를 지르기 시작했습니다.

"음식을 먹은 사람은 밖으로 나오시오. 두려워할 것 하나도 없소. 해를 끼치지 않고 형제로 삼아 말벗으로 데리고 있고 싶은 것뿐이니 어서 나오시오."

게으름뱅이 야니스는 이 말에 용기를 얻어 숨어 있던 곳에서 나왔습니다. 괴물은 나이가 몹시 많았으며 수염이 길어 무릎까지 닿았습니다. 야니스를 본 괴물은 말벗이 생겼다고 매우 기뻐하며 이렇게 말했습니다.

"이 성안에 있는 모든 것은 다 자네 것이네. 지하실에는 방이 열두 개 있는데 여기 열쇠가 있으니까 받아두었다가 나중에 열어보도록 하게."

하지만 괴물은 게으름뱅이 야니스에게 열한 개의 열쇠만을 주었습니다. 게으름뱅이 야니스는 왜 열한 개의 열쇠만 주는지 알 수 없었습니다. 하지만 열쇠들을 받아서는 열한 개의 방을 차례차례 열어보았습니다. 방마다 다이아몬드와 진주와 금화가 문 앞까지 가득 차 있었습니다. 그는 열한 개의 방을 열어보고 마지막 방으로 갔다가 자기에게 그 방 열쇠가 없다는 걸 깨닫고 괴물에게로 갔습니다.

"저를 믿었기 때문에 보물이 가득 찬 성을 마음대로 쓰라고 해놓고는 왜 마지막 방문의 열쇠는 주지 않았나요?"

괴물이 대답했습니다.

"그 방에서 나는 큰 봉변을 당했네. 자네에게만은 그 일을 당하게 하고 싶지 않아서 열쇠 하나는 주지 않았지."

세월이 흐름에 따라 그들은 더욱 사이가 좋아졌습니다. 어느 날 야니스가 괴물의 머리를 빗겨주고 있는 동안 괴물이 잠이 들었습니다. 마지막 방의 열쇠는 괴물의 수염 끝에 매달려 있었습니다. 게으름뱅이 야니스가 그 열쇠를 풀려고 하자 괴물이 잠에서 깨어 말했습니다.

"지난번에 말한 대로 내가 그 방에서 큰 봉변을 당했기 때문에 자네에게는 열쇠를 주지 않은 거라네. 그런데 자네가 그 방에 그렇게 가고 싶어하니 말해두겠네. 그 방 안에는 아무것도 없다네. 창문이 세 개 있고 방 한가운데에 저수조가 하나 있을 뿐이지. 방 끝에는 세 개의 골방이 있으니 자네는 그 방의 한구석에 몸을 숨기게나. 저녁이 되면 비둘기 나는 소리가 들리면서 세 마리의 비둘기가 한 창문에서 한 마리씩 들어올 걸세. 비둘기들은 방으로 들어와 저수조에 일단 몸을 적시고 각기 세 개의 골방으로 들어가서 처녀들로 변할 걸세. 그녀들은 옷을 한구석에 벗어두고는 다시 저수조 물에 뛰어들 걸세. 이 세 처녀는 요정들이라네. 자네가 그녀들 몰래 한 처녀의 옷을 살짝 숨겨놓을 수 있으면 다행이지만 만약에 그렇지 못하고 그녀들에게 들키면 내가 겪었던 큰 화를 당할 것이네."

게으름뱅이 야니스가 대답했습니다.

"잘 알겠습니다."

그는 열쇠를 받아 들고 마지막 방으로 가서 문을 열고 안으로 들어갔습니다. 그리고 방 한구석의 호젓한 곳에 숨어서 기다렸습니다.

저녁이 되자 비둘기 나는 소리가 들리며 세 마리의 비둘기가 각 창문에서 하나씩 날아 들어왔습니다. 비둘기들은 저수조에 몸을 담그고 나서 각각 자기 골방으로 가더니 그곳에서 아름다운 처녀로 변해 밖으로 나왔습니다. 그녀들은 옷을 벗어 한구석에 던지고 물속으로 들어갔습니다. 그녀들은 웃고 노래를 부르며 야단법석을 떨었습니다. 그 틈에 게으름뱅이 야니스는 숨었던 곳에서 나와 한 처녀의 옷을 살짝 훔쳤습니다. 요정들은 노느라고 정신이 없어서 그를 보지 못했습니다. 야니스는 훔친 옷을 들고 다시 한구석에 잘 숨었습니다.

새벽이 되자 요정들은 물에서 나와 떠날 준비를 했습니다. 옷을 입으려다가 그 가운데 가장 어리고 가장 예쁜 요정이 자기 옷이 없어진 것을 알고 당황하며 옷을 찾기 위해 여기저기 살펴보았습니다. 시간은 흘러 마침내 그녀들이 떠나야 할 때가 되었습니다. 옷을 입은 두 처녀는 비둘기로 변하여 날아갔습니다. 막내 요정만 혼자 방에 남았습니다.

게으름뱅이 야니스는 숨어 있던 곳에서 나와 그녀에게 옷을 보여주었습니다. 그러나 이미 떠날 시간이 지나 막내 요정은 그곳을 떠날 수 없었습니다. 게으름뱅이 야니스는 요정을 데리고 괴물에게 갔는데, 괴물은 요정의 옷을 쇠로 된 상자 속에 넣어두었습니다. 그리고 요정이 옷을 입고 도망가지 못하게 열쇠로 채운 후 열쇠를 자기 수염 끝에 매달았습니다.

괴물과 야니스, 요정은 사이좋게 그리고 재미있게 살았습니다. 그런데 그 나라의 왕이 괴물의 성에 아주 예쁜 한 요정이 살고 있다는 소문을 듣고는 그녀를 보고 싶어했습니다. 어떻게 하면 그녀를 볼 수 있을까 한참을 궁리한 끝에 왕은 나라 안의 모든 여자들을 불러다가 식사를 대접하기로 했습니다. 왕은 연령별로 여자들을 초청했으며, 젊은 여자들을 궁전에 초대한 날이 되자 무리 중에서 요정을 찾아보았습니다. 그러나 그녀의 모습은 보이지 않았습니다. 왕은 그녀에게 사람을 보내 이렇게 물었습니다.

"너는 어찌하여 내가 초대한 잔치에 오지 않았느냐?"

"제 남편이 가지 못하게 해서요. 제 남편이 제 옷을 감춰둬서 저는 밖으로 나가지 못하고 있습니다."

왕은 게으름뱅이 야니스를 불러 부인의 옷을 돌려주지 않으면 죽이겠다고 위협했습니다. 그는 다른 도리가 없어 괴물에게 가서 옷을 찾아 요정에게 돌려주었습니다. 그녀는 옷을 받자마자 서둘러 입고는 다시 비둘기가 되어 날아갔습니다. 그러나 떠나기 전에 성의 발코니에 앉아 이렇게 말했습니다.

"저를 사랑하고 계속 저의 남편이 되고 싶으면 태양이 영원히 지지 않는 평원으로 와서 저를 찾으세요."

그러고는 비둘기로 변한 요정은 사라졌습니다. 게으름뱅이 야니스는 괴물에게 작별 인사를 하고 아내를 찾아 길을 떠났습니다. 한참을 걷다가 그는 싸우고 있는 세 사람을 만났습니다.

"아니 왜들 그러십니까? 무엇 때문에 싸우고 계십니까?"

"우리 아버님께서 세 가지 물건을 남기고 돌아가셨는데 누가 이것들을 가져야 할지 몰라 싸우고 있는 중이라네."

"그게 무슨 물건들인데요?"

"그중 하나가 바로 이 칼이라네. 우리가 무슨 일을 시키든 이 칼은 그것을 해내지."

그들은 칼에게 산으로 가서 30분 내에 산토끼 세 마리를 잡아오라고 명령했습니다. 그러자 칼은 30분 내에 산토끼 세 마리를 잡아왔습니다.

"뭐, 그렇게 신통한 것도 아닌데요. 그리고 다른 물건은 어떤 것인가요?"

게으름뱅이 야니스가 물었습니다.

"다른 것은 또 이 모자일세. 이 모자를 쓰면 보이지 않게 된다네."

"뭐, 그렇게 신통한 것은 아니군요. 그럼 마지막 것은 무엇인가요?"

게으름뱅이 야니스가 말했습니다.

"마지막 것은 조그만 양탄자라네. 그 양탄자 위에 앉으면 어느 곳이나 원하는 곳에 날아갈 수 있다네."

"그렇게 신통한 물건은 아니로군요. 그러나 여러분들이 서로 싸우지 않도록 제가 분배해드리겠어요. 제가 돌멩이 하나를 멀리 던지겠으니 여러분들은 뛰어가서 돌멩이를 주워오세요. 누구든지 먼저 집어 오는 분이 칼을 가지십시오."

싸우던 세 형제가 대답했습니다.

"그것 참 좋은 생각이군."

게으름뱅이 야니스는 돌 하나를 집어 힘껏 던졌습니다. 세 형제는 서로 먼저 주우려고 열심히 뛰어갔습니다. 그동 안에 게으름뱅이 야니스는 재빨리 모자를 뒤집어쓰고 칼을 움켜쥔 다음 양탄자 위에 올라앉아 이렇게 말했습니다.

"양탄자야, 태양이 영원히 지지 않는 평원 '용-기오루메즈 오바시'로 가자!"

얼마 후에 세 형제가 돌아와 게으름뱅이 야니스가 없어진 것을 보고는 서로 껴안고 입을 맞추고 기뻐하며 말했습니다.

"그 사람이 와서 우리 사이에 불화를 일으켰던 물건들을 가져가버렸으니 참으로 다행이로군."

그들이 그러는 동안 게으름뱅이 야니스는 태양이 영원히 지지 않는 평원 '용-기오루메즈 오바시'에 도착했습니다. 그는 이 사람 저 사람에게 물어 아내가 살고 있는 집을 알아냈습니다. 그는 투명 모자를 쓰고 그녀의 집으로 가 그녀가 베틀 앞에 앉아 옷감을 짜고 있는 것을 보았습니다. 머리에 투명 모자를 쓰고 있어 모습이 보이지 않게 된 그는 그녀를 괴롭혔습니다. 머리카락을 잡아당기고 실을 끊어놓고 꼬집자 그녀가 말했습니다.

"누구신지 모습을 나타내세요. 아무 해도 끼치지 않을 테니까요."

그는 모자를 벗고 모습을 드러냈습니다. 그의 아내는 자기 남편을 알아보고 기뻐하며 품에 안겼습니다. 남편이 자기를 찾아 이렇게 먼 곳까지 온 것을 보고 그녀는 남편이 자기를 몹시 사랑하고 있는 것을 깨달았습니다. 이렇게 해서 그들은 결혼식을 올리고 잔치를 벌였고 그 후로 행복하게 살았습니다. ◀◀◀◀

열두 달

옛날 옛적에 한 과부가 살고 있었습니다. 그녀에게는 아이가 다섯이나 있었지만 일거리를 구할 수가 없었기 때문에 그들의 가난함이란 이루 말할 수 없었습니다. 이 과부는 일주일에 한 번씩 이웃에 사는 부잣집에 가서 빵을 반죽해주곤 했는데 부잣집 마님은 그녀의 수고에 대한 대가로 빵 한 조각도 주려 하지 않았습니다. 그래서 불쌍한 과부는 손에 밀가루 반죽을 묻힌 채 집으로 돌아와서 깨끗한 물에 손을 씻고는 그 물을 끓여서 만든 죽을 아이들에게 먹였습니다. 이 죽을 먹고 아이들은 일주일을 보냈고, 다음 주일이 되면 과부는 또 부잣집에 가서 빵을 반죽해주고 씻지 않은 손으로 돌아와서 죽을 만들곤 했습니다.

부잣집 아이들은 온갖 기름진 음식에 부드럽고 맛있는 빵을 먹고 지냈지만 살이 찌기는커녕 매일 말라만 갔습니다. 반면에 가난한 과부의 아이들은 멀건 밀가루 죽만 먹었지만 살이 올라 마치 달덩이 같았습니다. 이것을 본 부잣집 마님은 속이 상해 친구들과 이 문제를 상의했습니다. 그러자 친구들은 그녀에게 이렇게 말했습니다.

"가난한 과부가 손에 네 아이들의 행운을 묻혀 가지고 가서 자기 아이들에게 주니까, 그 여자 아이들은 살이 찌고 네 아이들은 허약해지고 말라만 가는 거야."

부잣집 마님은 이 말을 꼭 믿었습니다. 그래서 빵 반죽을 하는 날이 다시 되었을 때 행운이 자기 집에 남아 있도록 하기 위해 과부에게 손을 깨끗이 씻고 가도록 했습니다. 아이들에게 줄 것을 아무것도 가지고 가지 못하는 과부는 눈에 눈물이 가득한 채 집으로 돌아왔습니다.

과부의 아이들은 어머니의 손에 밀가루 반죽이 묻어 있지 않은 것을 보자 울기 시작했습니다. 한참 후에 과부는 자기가 제일 나이가 많은 어른인 것을 생각하고는 마음을 굳게 먹고 울음을 그친 후 아이들에게 말했습니다.

"애들아, 진정해라. 내가 나가서 빵 한 조각이라도 구해올 테니까. 이젠 그만 울어라."

과부는 이 집 저 집 돌아다니며 사정을 하여 마른 빵 한 조각을 겨우 얻었습니다. 그리고 이 마른 빵에 물을 부어 부드럽게 으깬 다음에 아이들에게 나누어주었습니다. 아이들이 다 먹자 과부는 이부자리를 펴주고 잠을 재웠습니다. 한

밤중이 되자 과부는 자식들이 굶어 죽는 것을 보지 않기 위해 일어나서 밖으로 나갔습니다.

황량한 밤길을 걸어가던 과부는 언덕 위에 반짝이는 불을 보고는 그곳으로 다가갔습니다. 가까이 가니까 그곳에는 천막이 있었는데 천막 가운데는 열두 개의 전등이 달린 큰 등이 걸려 있었고, 등 아래에는 공처럼 생긴 동그란 물건이 매달려 있었습니다. 과부가 천막 안으로 들어갔을 때, 그곳에서는 열두 젊은이가 앉아 어떤 문제에 대해 토론을 하고 있는 중이었습니다.

천막은 둥글었으며 천막 입구의 오른쪽에는 가슴을 내놓은 채 손에는 부드러운 풀잎과 꽃을 들고 있는 세 젊은이가 앉아 있었습니다. 그들 옆에는 팔꿈치까지 소매를 걷어 올리고 웃옷을 입지 않은 채 손에는 밀 이삭을 들고 있는 다른 세 젊은이가 앉아 있었습니다. 그 다음에는 포도 한 송이씩을 들고 있는 다른 세 젊은이가 앉아 있었습니다. 그 다음에는 웅크린 채 목에서부터 정강이 부분까지 내려오는 긴 털 코트를 입고 있는 다른 세 젊은이가 앉아 있었습니다.

과부를 보자 열두 젊은이들이 말했습니다.

"아주머니, 잘 오셨습니다. 이리 앉으시지요."

과부는 그들에게 인사를 하고 자리에 앉았습니다. 그녀가 자리에 앉자 젊은이들은 그녀에게 어떻게 지내느냐고 물었습니다. 불쌍한 과부는 이 젊은이들이 가난한 사람들이 얼마나 굶주리고 있는지를 이해할 것 같아 형편과 고통에 대해 이야기했습니다. 과부가 배가 고프다는 것을 알게 되자 털옷을 입고 있는 젊은이 중의 하나가 일어서더니 그녀에게 음식을 가져다주었고 과부는 그 음식을 먹었습니다. 그때 과부는 그 젊은이가 절름발이임을 알아차렸습니다.

과부가 식사를 마치고 배가 부르다고 하자 젊은이들은 여러 가지 질문을 했으며, 그녀는 자기가 아는 대로 그들에게 대답해주었습니다. 마침내 가슴을 내놓고 있던 세 젊은이가 그녀에게 이렇게 물었습니다.

"아주머니, 일 년 열두 달을 어떻게 지내십니까? 삼월, 사월, 오월을 어떻게 생각하십니까?"

그러자 과부가 대답했습니다.

"우린 이 석 달 동안 참 잘 지낸다네. 산과 들은 푸르러지고 땅에는 온갖 꽃들이 피어나고 공중엔 향기가 가득해지면 사람들은 그 향기를 깊게 들이마시지. 새들은 지저귀기 시작하고 농부들은 논에 새싹이 돋아나는 것을 보고 가슴이 뿌듯해지고, 곡식을 넣을 창고를 준비하기 시작한다네. 이렇게 삼월, 사월, 오월에 대해 우리는 조금도 불평할 것이 없다네. 이런 좋은 시절에 대해 조금이라도 불평을 한다면 벼락 맞아도 당연한 일이지."

그 후에 소매를 팔꿈치까지 걷어 올리고 밀 이삭을 들고 있던 다른 세 젊은이가 과부에게 이렇게 물었습니다.

"그럼 유월, 칠월, 팔월은 어떻게 생각하십니까?"

가난한 과부가 대답했습니다.

"추수하는 유월과 방아를 찧는 칠월, 그리고 팔월에 대해서도 사람들은 아무 불평이 없다네. 찌는 듯한 더위가 계속되면 곡식과 과일이 무르익어 가기 때문이지. 그러면 농부들은 추수를 하게 되고 과수원 사람들은 과일을 따 들이지. 또한 우리 같이 가난한 사람들은 그 기간 동안에는 옷이 많이 필요하지 않으니까 그래서 좋고."

그러자 포도를 들고 있던 다른 세 젊은이가 이렇게 물었습니다.

"구월, 시월, 십일월은 어떻습니까?"

과부가 대답했습니다.

"그 세 달 동안에 사람들은 포도를 따서 술을 담근다네. 그 외에도 이 석 달은 곧 겨울이 올 것을 우리에게 알려주니까 사람들은 따뜻하게 지내는 데 필요한 나무와 석탄과 두꺼운 옷을 장만해놓지."

그러자 털옷을 입은 다른 세 젊은이들이 이렇게 물었습니다.

"그럼 십이월, 일월, 이월은 어떻습니까?"

과부가 대답했습니다.

"이 석 달은 정말 우리를 몹시 사랑하고 우리도 그들을 몹시 좋아한다네. 왜냐고? 그 이유는 다름이 아니라 사람들이란 욕심쟁이라서 조금이라도 더 돈을 벌기 위해 일 년 내내 계속 일을 하고 싶어 하지만 추운 겨울 삼 개월이 오면 밖에 나갈 수 없게 되고, 방 안에서 여름 동안의 피곤을 말끔히 씻을 수 있게 되기 때문이지. 또한 겨울에 내린 눈비가 농작물이 자랄 수 있게 해주기 때문에 사람들은 겨울을 좋아하지. 그러니까 일 년의 모든 달들이 다 착하고 귀중하며 하느님께서 정하신 대로 각자가 맡은 일을 하고 있지. 그런데 우리 인간들은 그렇게 착하지가 않다네."

이 말을 들은 열한 젊은이들이 포도를 들고 있는 한 젊은이에게 눈짓을 하자, 젊은이는 밖으로 나갔습니다. 조금 후에 그는 뚜껑이 덮인 항아리 하나를 들고 들어와서는 그 항아리를 과부에게 주면서 말했습니다.

"아주머니 이 항아리를 가지고 집으로 돌아가세요. 이것을 가지면 아이들을 먹여 살리실 수 있을 거예요."

과부는 항아리를 받아 들고는 기쁜 마음으로 젊은이들에게 말했습니다.

"모두들 오래 살기를 바라네."

"아주머니도 행복하시기를 빕니다."

젊은이들이 과부에게 이렇게 대답했고 과부는 그곳을 떠났습니다.

그녀가 막 동이 트려고 하는 새벽에 집에 도착했을 때, 아이들은 아직 자고 있었습니다. 그녀가 홑이불을 깔고 그 위에 항아리를 엎자 항아리에서는 금화가 쏟아졌습니다. 과부는 기뻐서 어쩔 줄 몰라 했습니다.

날이 완전히 밝자 과부는 빵집으로 가서 빵 대여섯 개와 치즈 1오카*를 사 가지고 돌아왔습니다. 그러고는 아이들을 깨워서 세수를 시키고는 옷을 단정히 입힌 후 기도를 드리고 빵과 치즈를 나눠 먹였습니다. 아이들은 생전 처음으로 포식을 했습니다.

그러고 나서 과부는 밀 1킬로그램을 사서 방앗간으로 가서는 그 밀을 빻아 밀가루로 만든 다음, 그것을 반죽한 다음에 빵집에 가서 빵으로 만들었습니다.

과부가 어깨에 빵을 메고 집으로 돌아가고 있는 것을 우연히 보게 된 부잣집 마님은 필경 무슨 좋은 일이 과부에게 일어났구나, 하고 생각하고는 그녀 뒤를 쫓아갔습니다. 그러고는 과부에게 어떻게 해서 밀가루를 얻어 빵을 만들 수 있게 되었는가를 꼬치꼬치 물었습니다. 착한 과부는 부잣집 마님

※ 터키의 무게 단위로 1.282킬로그램에 대응한다.

에게 사실대로 다 이야기했습니다. 질투심을 느낀 부잣집 마님은 자기도 그 젊은이들에게 가보기로 마음먹었습니다.

밤이 되어 남편과 아이들이 잠들고 나자, 부잣집 마님은 집을 나와 가난한 과부가 가르쳐준 길을 따라가서 열두 달이 살고 있는 천막에 도착했습니다. 그녀가 안으로 들어가서 그들에게 인사를 하자 그 젊은이들이 말했습니다.

"잘 오셨습니다. 어떻게 마님께서 몸소 이런 곳에 오셨는지요?"

그러자 부잣집 마님은 대답했습니다.

"나는 가난한 여자인데 자네들의 도움을 받으러 왔다네."

"아, 그러세요? 혹시 배가 고프시면 음식을 드릴까요?"

"아니, 필요 없네. 저녁을 많이 먹어서 배가 부르니까."

"그럼 잘됐군요. 그런데 어떻게 지내고 계십니까?"

"아이고, 말도 말게나. 죽지 못해 살고 있다네."

부잣집 마님이 이렇게 대답하자 그들은 다시 물었습니다.

"한 해 일 년 열두 달을 어떻게 지내십니까?"

그러자 부잣집 마님이 대답했습니다.

"일 년 열두 달을 어떻게 지내느냐고? 한 달도 편안하게 지나가는 달이 없다네. 팔월이 되어 이제는 좀 더위에 익숙해졌다 하면 글쎄 어느덧 구월, 시월, 십일월이 쏜살같이 다가와서 갑자기 추워지지 않겠나. 그러면 열이 나는 사람, 감기 걸리는 사람이 수두룩하게 생기게 되지. 그러고 나면 이 번에는 십이월, 일월, 이월이 다가오고 그 추위는 이루 말할 수 없으며 깊은 눈에 뒤덮여 전혀 사람들이 나다닐 수 없고……. 게다가 그놈의 절름발이 이월은 왜 그렇게 추운지 (가엾은 이월 달은 이 말을 듣고 있었습니다). 그러다보면 삼월, 사월, 오월이 되는데 그놈의 망할 달들 또한 여름이 다 되어 가는데도 찬바람을 계속 몰고 와서 겨울을 아홉 달로 만들어 버린단 말이네! 오월 초순이 되어도 밖에 나가 커피를 마시며 풀 위를 뒹굴 수도 없고……. 그 다음에는 유월, 칠월, 팔월이 오는데 그때는 또 어찌나 더운지 사람들은 비지땀만 뻘뻘 흘리지. 그러다가 팔월 중순부터 갑자기 서늘한 바람이 불어오고 비가 뚝뚝 떨어지기 시작하면 입고 다니던 하얀 옷이 비에 젖어 엉망이 되어 버린다네. 그러니 무어라고 말을 하겠나? 그 빌어먹을 열두 달 때문에 우린 평생 고통스러운 생활을 하고 있다네."

젊은이들은 아무 말도 하지 않고 팔꿈치까지 소매를 걷어 올리고 밀 이삭을 들고 있는 세 젊은이 중에서 가운데 앉은 젊은이에게 눈짓을 했습니다. 그러자 그 젊은이는 일어서더니 뚜껑이 덮인 항아리 하나를 가지고 나왔습니다. 그는 부잣집 마님에게 이 항아리를 주면서 이렇게 말했습니다.

"아주머니, 이 항아리를 받으시고 집에 돌아가시거든 아

무도 없는 방에 혼자 들어가셔서 열어보세요. 길에서는 절
대로 열어보시면 안 됩니다."

"그래 절대로 열어보지 않을 테니까 안심하게!"

부잣집 마님은 이렇게 말하고는 기뻐서 집으로 돌아왔습
니다. 그녀가 집에 도착했을 때는 아직 동이 트지 않은 시간
이었습니다.

부잣집 마님은 아무도 없는 방에 혼자 들어가서 홑이불
을 깔고 항아리의 뚜껑을 열고는 홑이불 위에 쏟았습니다.
그러자 항아리에서 수많은 뱀들이 나오더니 그녀를 잡아먹
었습니다. 이렇게 해서 부잣집 마님의 아이들은 고아가 되
었습니다.

한편 가난한 과부는 마음이 착했고 남을 헐뜯는 말은 하
지 않는 성품이기에 큰 복을 받아 부자가 되었고, 그녀의 아
이들도 훌륭하게 자라서 모두가 행복하게 살았습니다. 이렇
게 착한 사람들은 반드시 보답을 받는 법이랍니다. ◀◀◀◀

노인과 삼형제

옛날 옛적에 삼형제가 살았습니다. 어느 날 그들은 일을 구하기 위해 타향으로 길을 떠났습니다. 외딴곳에 도착한 그들은 잠시 고픈 배를 채우고 쉬기도 하려고 샘가에 앉았습니다.

삼형제가 싸 가지고 온 음식을 먹고 있는데 저쪽에서 한 노인이 지팡이를 짚고 걸어오고 있는 것이 보였습니다. 노인은 가까이 다가와서 그들에게 인사말을 했습니다.

"젊은이들, 안녕하신가?"

"할아버지도 안녕하세요?"

삼형제가 인사했고 제일 막내는 자기가 먹던 빵을 잘라 노인에게 주면서 말했습니다.

"할아버지, 잠시 앉아서 빵을 드세요."

노인은 빵을 받아 앉아서 먹기 시작했습니다. 그들이 앉아 있는 곳에는 수많은 까마귀가 날아다니고 있었습니다.

빵을 먹던 노인이 맏형에게 물었습니다.

"자네의 소원이 무언가?"

"저는 저기 보이는 까마귀 떼들이 모두 양이 되어 저의 소유가 되었으면 좋겠습니다."

"좋아, 그런데 가난한 사람이 와서 자네에게 우유를 조금 달라고 하면 주겠는가? 만약에 양을 그렇게 많이 갖게 되면 말일세."

"물론이지요. 우유뿐만 아니라 치즈도 주고 달라는 것은 무엇이든지 주지요."

맏형이 대답하자 노인이 지팡이로 땅을 쳤습니다. 그러자 하늘을 날던 까마귀가 모두 양으로 변해 일대가 모두 양으로 덮여 하얗게 되었습니다. 맏형은 일어나서 그 양떼를 모았고 계속 그곳에 남기로 했습니다.

다른 두 형제는 노인과 함께 계속 걸어갔습니다. 한참을 걸어 그들은 계곡에 도착했습니다. 그때 노인이 둘째 아들에게 물었습니다.

"자네의 소원은 무엇인가?"

"할아버지, 저는 여기에 있는 참나무가 전부 올리브나무가 되어 제 소유가 되었으면 좋겠어요."

둘째 아들이 대답했습니다.

"그렇게 기름을 많이 갖게 되면 가난한 사람들에게도 나누어주겠나?"

"물론 나누어주지요."

둘째가 대답하자 노인이 지팡이로 땅을 쳤습니다. 그러자 참나무가 모두 올리브나무로 변했습니다. 둘째 아들은 그곳에 남아 가게를 열었으며 큰 통에 올리브기름을 담아 다른 지방까지 배로 실어 날랐습니다.

막내아들은 노인과 단둘이 길을 떠났습니다. 그들은 사거리에 도착해 쉬기 위해 샘가에 앉았습니다. 노인이 막내아들에게 물었습니다.

"너는 부탁하고 싶은 것이 없느냐?"

"할아버지, 저는 이 샘에서 꿀이 흘렀으면 좋겠어요."

"가난한 사람들이 너에게 꿀을 달라고 하면 그들에게 주겠느냐?"

"주고말고요."

노인이 지팡이로 땅을 치자 샘에서 꿀이 흐르기 시작했습니다. 막내아들은 사거리에 남아 꿀을 팔았으며 가난한 여행자들에게는 공짜로 꿀을 주었습니다.

노인은 자기 일을 보기 위해 그곳을 떠났습니다.

얼마 후에 막내아들은 하인에게 샘을 지키라고 명령하고는 두 형님을 만나기 위해 갔습니다.

둘째 형이 사는 계곡에 도착했을 때 그는 올리브나무 대신에 참나무만 서 있는 것을 보았습니다. 첫째 형이 사는 곳을 가보았더니 그곳에도 역시 양떼는 보이지 않고 까마귀만 날고 있었습니다. 무슨 영문인지 알 수 없어 어쩔 줄 모르고 서 있는데 노인이 다가와서 말했습니다.

"너의 두 형들은 자기들이 말한 것을 지키지 않았단다. 내가 많은 재산을 주었는데도 그들은 가난한 사람들을 조금도 돕지 않았지. 그래서 나는 올리브나무와 양떼를 도로 빼앗아 올 수밖에 없었지. 반면에 너는 마음 착하게 행동했기 때문에 계속 내 축복을 받을 것이다."

노인은 이 말을 마치고는 사라져버렸습니다.

가난하지만 마음씨가 착한 아이

옛날 옛적에 한 가난한 여자가 딸만 넷을 데리고 살고 있었습니다. 그녀는 아이들을 먹여 살리기 위해 열심히 일을 했지만, 그녀가 버는 돈으로는 아이들 끼니나 겨우 연명할 수 있을 정도였지 옷을 사주거나 할 여유는 전혀 없었습니다. 그래서 아이들은 헐벗은 채 맨발로 돌아다녔습니다. 어쩌다 누가 헌 옷이라도 주면 그녀는 큰딸을 위해 고쳐주었고, 큰딸이 자라서 못 입게 되면 그 옷을 줄여 둘째 딸에게 입혔고, 그 다음에는 셋째 딸에게 입혔습니다. 그러다보니 막내딸에게 차례가 돌아가지 않았습니다. 그래서 막내딸은 여름이나 겨울이나 누더기만 걸치고 맨발에 목을 다 드러낸 채 돌아다녔습니다.

추위가 무척 심한 어느 해 겨울이었습니다. 비가 오고 눈이 내리고 살을 에이는 추위가 계속되었습니다. 가엾은 막내딸은 몸을 녹이지 못하고 벌벌 떨고만 있었습니다. 추위에 견디다 못한 막내딸은 엄마에게 이렇게 말했습니다.

"엄마, 전 집을 나가 옷을 만들어줄 다른 엄마라도 찾아나 서야겠어요. 이대로 있다가는 얼어 죽고 말 거예요. 누더기 옷으로는 도저히 못 견디겠어요."

아이는 집을 떠났습니다. 그리고 한참을 가다가 나무 밑에 떨어져 있는 새 한 마리를 보았습니다. 아직 털도 제대로 나지 않은 어린 새는 둥지에서 떨어져 울고 있는 중이었습니다. 새는 힘이 없어서 나무 위에 있는 둥지로 날아가지도 못하고 있었습니다. 그대로 두었다가는 얼어 죽을지도 몰랐습니다. 아이는 어린 새를 불쌍히 여겨 두 손에 올려놓고 몸을 녹여주었습니다. 그러다가 그곳을 지나가는 한 어른에게 부탁해 어린 새를 둥지 속으로 올려주었습니다. 아이는 그렇게 새의 목숨을 살려주었습니다.

그러다 아이는 그곳에서 거미가 빠른 속력으로 집을 짓는 것을 보고는 가던 길을 멈추고 이렇게 말했습니다.

"거미가 짓고 있는 집을 망가뜨리지 않도록 다른 쪽으로 지나가야지. 내가 집을 망쳐놓으면 거미가 몹시 속상할 거야."

그러자 거미가 말했습니다.

"참 고마워요. 저에게 이렇게 좋은 일을 해주셨으니 그 대신 제가 무슨 일을 해드릴까요? 그런데 거의 발가벗고 맨발인 채 어딜 가시는 길인가요?"

"옷감을 구할 수 있을까 해서 이렇게 가는 중이란다. 추워서 견딜 수가 없기 때문에 옷감을 구해 엄마에게 옷을 만들어달라고 하려고."

"그럼 얼른 가세요. 그리고 돌아오시는 길에 꼭 이곳에 들르세요. 제가 할 수 있는 일이 있으면 무엇이든지 도와드리겠어요."

아이는 그곳을 떠나 계속 걸어갔습니다. 한참 후에 찔레꽃나무 숲에 도착했습니다. 아이는 찔레꽃나무 사이를 지나다가 입고 있던 누더기 옷이 가시에 걸려 죽 찢어지는 바람에 벌거숭이가 되어버렸습니다. 그러자 아이는 울기 시작했고 그 울음소리는 너무 애처로워서 듣는 사람의 마음을 몹시 아프게 했습니다. 마침 저 건너 들판에서 풀을 뜯고 있던 양 한 마리가 아이의 울음소리를 듣고 이렇게 물었습니다.

"왜 울고 계시나요? 꼬마 아가씨, 누가 당신을 때리기라도 했나요?"

"글쎄, 내 말 좀 들어보렴. 겨울을 지낼 옷 한 벌이라도 구할 수 있을까 해서 길을 나섰는데 찔레나무 사이를 지나다가 그만 찔레나무 가시에 내 웃옷이 걸려 찢어지고 말았단다. 그래서 이렇게 벌거숭이가 되었으니 어떻게 하면 좋을지 모르겠구나."

양은 찔레나무에게 물어보았습니다.

"너는 왜 꼬마 아가씨에게 그런 짓을 했니? 이제 어떻게 하려고 하니?"

"네가 털을 주면 내가 그 털에 보풀을 일으킬게. 그러면 꼬마 아가씨는 그 털을 집에 가지고 가서 어머니에게 옷을 만들어달라고 하면 되잖아. 게다가 털옷이니 아가씨는 춥지 않게 지낼 거야."

찔레나무가 말했습니다.

양은 찔레나무 주위를 돌기 시작했습니다. 그러자 찔레나무 가시에는 양털이 수북하게 쌓였습니다. 아이가 그 양털을 거둬들였고 충분히 모았다고 생각하자 양에게 말했습니다.

"양아, 참 고맙다! 이제 엄마에게 이것을 가지고 가서 실을 잣고 천을 짜서 크리스마스에 성당에 입고 갈 수 있는 옷을 만들어달라고 해야겠다."

아이는 기뻐하며 뛰어갔습니다. 그러나 엄마가 밖에 나가 일을 하느라고 바빠서 크리스마스까지 이 모든 과정을 거쳐 옷을 만들지 못할지도 모른다는 생각이 들자 걱정이 되었습니다. 그러는 동안 아이는 새의 둥지가 있는 나무 아래에 도착했습니다. 그러자 어미 새가 나타나서 이렇게 말했습니다.

"무어라 감사드려야 할지 모르겠어요. 제 새끼를 구해주신 은혜에 어떻게 보답해드릴까요? 그런데 손에 들고 계신 것이 무엇이죠?"

아이는 양이 준 털이라고 대답했습니다. 그리고 엄마에게 그 털을 가지고 가서 실을 잣고 천을 짜서 크리스마스에 입고 성당에 갈 수 있도록 옷을 만들어달라고 하려고 서둘러 가고 있던 중이라고 했습니다. 그러자 새가 말했습니다.

"저를 주시면 제가 실을 자아드리겠어요."

새는 양털을 물고 하늘 높이 올라가더니 눈 깜짝할 새에 실로 만들어 큰 덩어리로 감아놓았습니다.

아이는 그것을 들고 떠났습니다.

거미가 있는 곳에 도착했을 때, 기다리고 있던 거미가 이렇게 말했습니다.

"그래 무얼 좀 발견했나요?"

그러고는 아이가 손에 들고 있는 실 뭉치를 보고는 그 실을 받아 순식간에 천으로 짰습니다. 아이가 천을 들고 어머니에게 가자 그녀는 그 천을 잘라 아이의 옷을 만들어주었습니다. 크리스마스가 되어 아이는 따뜻하고 아름다운 옷을 입고 성당에 갔고, 모든 이들이 아이의 머리를 쓰다듬어주었습니다. ◀◀◀

오누이

옛날 옛적에 가난한 오누이가 살았습니다. 오빠는 나무를 해서 팔았고 누이동생은 집에 남아 집안일을 하며 먹을 것이 생기면 요리를 하곤 했습니다.

어느 날 오빠가 일을 하러 나갔는데 어떤 사람이 그를 부르더니 이렇게 말했습니다.

"우리 집에 이 고기를 가져다주겠나?"

"그렇게 해드리지요."

오빠는 고기를 배달해주고 수고한 값으로 1드라크마를 받았습니다. 그는 그 돈으로 정어리 세 마리를 사서는 누이동생에게 가지고 갔습니다.

"얘야, 이 정어리 세 마리를 잘 두었다가 저녁에 빵과 함께 먹도록 하자."

"좋을 대로 하세요."

누이동생이 말했습니다.

그로부터 얼마 후에 문 두드리는 소리가 났습니다. 누이 동생이 문을 열자 그곳에는 세 명의 여자가 서 있었습니다.

"아가씨, 먼 길을 걸었더니 다리가 아파서 그러는데 좀 쉬어가도 될까요?"

"어서 들어오세요."

소녀는 세 여인을 집 안으로 맞아들였고 그녀들을 의자로 안내했습니다. 그리고 대접할 것이라고는 정어리 세 마리밖에 없었기 때문에 정어리를 깨끗이 씻은 다음 겨우 식초와 물만 끼얹어 그녀들에게 주었습니다. 원래는 올리브기름도 그 위에 뿌려야 했지만 가난한 그들의 집에는 기름 한 방울 없었기 때문에 그렇게 물과 식초만 정어리 위에 쳤던 것입니다. 그리고 소녀는 손님들에게 이렇게 말했습니다.

"너무 약소해서 죄송하지만 집에는 다른 것이 전혀 없어서요."

"아이고 아가씨, 무슨 말씀을 그렇게 하세요? 오히려 우리가 아가씨에게 어떻게 감사 드려야 할지 모르겠군요."

세 여자는 동시에 대답했습니다. 그러다가 그 가운데 한 여자가 이렇게 말했습니다.

"우리 이 아가씨의 운명을 바꿔놓으면 어떨까? 나는 아가씨가 머리를 빗을 때마다 머리에서 작은 진주들이 떨어지게 하겠어."

두 번째 여자가 말했습니다.

"나는 그녀가 세수를 하면 대야에 물고기가 가득 차게 하겠어."

세 번째 여자가 말했습니다.

"나는 그녀가 수건으로 얼굴을 닦으면 수건에 장미꽃이 가득 차게 하겠어."

그 뒤 세 여인은 다시 여행을 떠났고 소녀만 혼자 집에 남았습니다.

'그분들이 말한 것이 정말인지 아닌지 시험해보아야지. 정말이 아니더라도 손해 볼 건 없지 뭐.'

그녀는 빗을 들어 머리를 빗기 시작했습니다. 그러자 정말 머리에서 작은 진주가 떨어졌습니다. 이번에는 세수를 하자 대야에 큼직하고 먹음직스러운 숭어가 가득 찼습니다. 수건을 들어 얼굴을 닦자 수건에서 장미꽃들이 떨어졌습니다.

그녀는 진주를 긁어모으고 장미꽃들을 주워놓고 물고기들을 깨끗이 씻어 내장을 빼고 구워놓았습니다.

저녁이 되어 집으로 돌아온 소녀의 오빠는 정어리 대신에 자기들 형편으로는 구할 수 없는 맛있게 생긴 생선이 상위에 놓인 것을 보고는 피가 머리끝으로 치솟는 분노를 느꼈습니다.

"얘야, 나는 이제까지 너를 믿고 좋아해왔는데 이제부터는 너를 좋아할 수 없을 것 같구나. 도대체 이 생선들을 어디서 났니?"

"오빠, 저는 이제까지 나쁜 일을 한 적 없었고 이번에도 나쁜 일을 하지 않았어요. 사실은……."

그녀는 낮에 있었던 일을 자세히 설명하고 장미꽃과 진주도 보여주었습니다. 그러자 오빠는 기뻐서 어쩔 줄 몰라 했습니다.

"오늘부터 우리는 부자가 됐구나!"

다음 날이 되자 오빠는 진주들을 손수건에 싸 가지고 팔기 위해 도시로 갔습니다. 그러나 사람들은 옷을 남루하게 입은 그가 이 진주의 임자일 리 없고 틀림없이 어디서 훔쳤을 거라고 생각하며 그를 왕에게 데리고 갔습니다.

오빠가 왕에게 말했습니다.

"임금님, 저는 이 진주들은 훔친 것이 아닙니다. 저에게 누이동생이 하나 있는데 그 애가 머리를 빗으면 작은 진주들이 떨어지고 세수를 하면 대야에 생선이 가득 차고 얼굴을 수건으로 닦으면 수건에서 장미꽃이 떨어진답니다."

"정말이냐? 네 누이가 정말로 그런 일을 할 수 있단 말이더냐?"

"정말입니다, 임금님."

"좋다. 그렇다면 네 누이를 이곳으로 데려오너라. 네가 말한 것이 사실이라면 나는 그녀를 왕비로 삼을 것이고, 거짓말이라면 네 목을 자르겠다."

"그럼 제 동생을 데려오겠습니다."

그는 고향으로 돌아가서 누이동생을 데리고 왕에게 가기 위해 돛단배를 탔습니다. 그러나 바다에 풍랑이 일어서 누이동생은 뱃멀미를 했습니다. 그의 누이동생 옆에는 집시 여자 한 명이 앉아 있었는데 누이동생은 뱃멀미를 가라앉히기 위해 집시 여자의 무릎을 베고 누웠습니다. 그러자 집시는 어디를 가는 중이냐고 물었고 소녀는 임금님의 아내가 되기 위해 도시로 가는 중이라고 말했습니다.

이 말을 들은 집시 여자는 가방에서 핀을 하나 꺼내어 자기 무릎에 누워 있는 소녀의 머리에 살짝 꽂아놓았습니다. 그러자 소녀는 새가 되어 날아갔습니다. 집시 여자는 소녀의 옷을 자기가 입고 소녀의 오빠가 알아보지 못하도록 얼굴을 천으로 가렸습니다.

드디어 그들은 수도에 도착했습니다. 오빠는 그녀를 데리고 왕에게 갔습니다. 왕은 그녀가 검고 못생긴 것을 보자 깜짝 놀랐습니다. 그러자 집시 여자가 말했습니다.

"임금님, 바다 여행을 하느라고 검어지고 미워졌답니다."

왕은 더 이상 묻지 않고 시종들에게 대야와 빗과 수건을 가져오라고 소리쳤습니다. 그녀가 세수를 하자 대야 속의 물은 검정색이 되었습니다. 수건에 얼굴을 닦자 그녀 얼굴에서 묻어나는 더러움 때문에 수건 또한 검은색이 되었습니다. 그녀가 머리를 빗자 이가 우수수 떨어졌습니다.

왕은 화가 머리끝까지 치솟았습니다.

"이 거짓말쟁이를 당장 데려다가 감옥에 처넣어라. 그리고 이가 많은 저 누이년은 칠면조나 치도록 시켜라."

오빠는 집시 여자가 자기 누이가 아니라며 사람들이 자기 동생을 바꾸어놓았다고 소리쳤지만 아무 소용이 없었습니다. 시종들은 그를 끌고 가서 감옥에 집어넣었고 집시 여자는 칠면조를 돌보게 했습니다.

다음 날 왕은 바람을 쐬기 위해 정원으로 내려갔습니다. 그러자 아름다운 새 한 마리가 날아오더니 왕 옆에 있는 나뭇가지 위에 앉았습니다. 그러고는 이렇게 노래하기 시작했습니다.

"제가 바로 그 새랍니다.
머리를 빗으면 진주가 떨어지고,
세수를 하면 대야에 생선이 가득 차고,
얼굴을 닦으면 장미꽃이 떨어지던
그 새가 바로 저랍니다."

이 노랫소리를 들은 왕은 이상한 생각이 들었습니다. 그래서 정원사를 불러 이렇게 명령했습니다.

"새장을 만들어서 이상한 노래를 부르는 저 새를 넣어두도록 하자."

다음 날이 되자 새장이 완성되었고 정원사와 왕은 새를 잡았습니다. 왕은 새를 손에 올려놓고 쓰다듬어주었습니다. 왕이 새의 머리를 만져주는데 핀이 왕의 손에 걸렸습니다. 그래서 왕은 새의 머리에서 핀을 잡아 빼었습니다. 그러자 세상에서 보기 드문 아름다운 소녀가 나타났습니다.

"제가 바로 임금님의 아내가 될 사람입니다. 지난번에 궁전에 왔던 여자는 나를 망쳐놓으려 한 집시 여자입니다."

그녀가 빗으로 머리를 빗자 진주들이 사방으로 떨어졌고, 세수를 하자 대야에는 생선이 가득 찼고, 수건에 얼굴을 닦자 장미꽃이 떨어졌습니다.

왕은 제일 좋은 옷을 가져오라고 하여 그녀에게 입게 했고 금으로 된 옥좌에 그녀를 앉게 하고는 금으로 된 사과를 주어 가지고 놀게 했습니다. 그리고 그녀의 오빠를 감옥에서 풀어주고 집시 여자는 토막을 내어 죽였습니다. ◀◀◀◀

왕의 대자代子와 수염이 없는 사람

옛날 옛적에 한 나라에 왕이 살았는데 그는 먼 곳을 여행하고자 했습니다. 그 당시는 지금처럼 큰 배가 없었고 돛단배로 여행을 하던 시절이었습니다. 왕이 돛단배에 들어가자 사공들은 닻을 들어 올렸고 그들은 바다로 나갔습니다.

항해를 하던 중에 그들의 배는 바다 한가운데에서 길을 잃고 원래 목적지를 벗어나서 아주 낯선 고장에 도착했습니다. 그곳은 도시도 마을도 없는 사람이 살지 않는 황량한 곳이었습니다. 그렇게 왕과 그의 시종, 둘만이 악천후 속에서 밤을 지내게 됐습니다. 이곳저곳을 두리번거리다가 그들은 저 먼 곳에 불이 반짝이는 것을 보았습니다. 왕이 시종에게 말했습니다.

"저 불이 반짝이는 곳으로 가보기로 하자. 거기 가면 무슨 방법이 생기겠지."

그들이 불빛이 있는 곳으로 가자 양치기의 오두막집이

나타났습니다.

"안녕하십니까?"

왕이 말했습니다.

"안녕하십니까? 어서 안으로 들어오십시오."

양치기는 금방 손님이 귀한 신분인 것을 깨닫고 양을 잡아 구워서 손님에게 식사 대접을 했습니다. 바로 그날 밤 우연히도 양치기의 부인이 아들을 낳았습니다. 왕이 양치기에게 말했습니다.

"나는 아무개 나라에서 온 왕일세. 오늘 저녁 태어난 아이를 내가 세례 주고 떠났으면 하는데 어떤가?"

"좋으실 대로 하십시오."

양치기가 대답했습니다.

왕은 그 집에 사흘을 머무르며, 그동안 아이에게 세례를 주었습니다.

왕은 떠나는 날 양치기에게 자기 반지와 편지 한 장을 주면서 아이가 자라서 성인이 되면 대부인 자기를 찾아오게 하라고 말했습니다. 왕이 준 편지에는 아이가 자기를 찾아오는 길에서 절름발이나 장님이나 수염이 없는 사람을 만나면 절대로 그들을 데리고 오지 말라고 쓰여 있었습니다.

아이가 열여섯 살이 되었을 때 양치기 아버지가 아이에게 말했습니다.

"애야, 이 반지와 편지를 가지고 너의 대부이신 아무개 나라 임금님을 찾아가거라."

아이는 반지와 편지를 받아 들고 대부를 찾아 떠났습니다. 길을 가다가 아이는 절름발이 한 명을 만났습니다.

"애야, 너 어디 가는 길이냐?"

절름발이가 아이에게 물었습니다.

"저의 대부이신 임금님을 찾아가는 길입니다."

아이가 대답했습니다.

"너는 참 복도 많구나. 나도 데려가지 않겠니? 혹시 임금님께서 나 또한 가까이 두시겠다고 할지도 모르니 말이다."

"좋아요, 아저씨. 같이 가시죠."

아이는 절름발이를 데리고 갔습니다. 절름발이는 다리를 절었기 때문에 얼마 못 가서 멈춰서 쉬다가 다시 길을 가고 또 얼마 못 가서 멈춰서 쉬다가 길을 가기를 반복했습니다. 그래서 아이는 절름발이에게 말했습니다.

"아저씨, 저 먼저 가겠으니 아저씨는 나중에 오십시오."

아이가 혼자 걸어간 지 얼마 지나지 않아 장님 한 명을 만났습니다.

"애야, 너 어디 가는 길이냐?"

"저의 대부이신 임금님을 찾아가는 길입니다."

"하느님께서 네게 축복을 내리시기를⋯⋯ 그런데 나도

데려가지 않겠니?"

"좋아요, 아저씨. 같이 가시죠."

아이는 마음이 착했기 때문에 남에게 거절을 하지 못하는 성격이었습니다. 그들이 계속 길을 가는 도중에 장님이 몹시 많이 지쳤습니다. 그래서 아이가 장님에게 말했습니다.

"아저씨, 저 먼저 가겠으니 아저씨는 나중에 오세요."

아이는 계속해서 걸어갔습니다. 잠시 후에 수염 없는 사람을 만났습니다. 그가 아이에게 물었습니다.

"어디 가는 길이냐?"

"나의 대부이신 임금님께서 이 반지와 편지를 나에게 남기셨기 때문에 그분을 찾으러 가는 길이에요."

"나도 데려가지 않겠니? 그리고 내가 너의 친척이라고 임금님께 말씀드려봐. 그러면 임금님께서 나에게도 일자리를 주실지 모르잖니?"

"그럼 같이 가요."

그들은 한참을 걸었으며 목이 말랐지만 물을 발견할 수 없었습니다. 그렇게 계속 걸어가다가 마침내 우물 하나를 발견했습니다. 그러나 우물이 몹시 깊어서 도저히 물을 뜰 수가 없었습니다. 그러자 수염 없는 사람이 아이에게 말했습니다.

"내가 내려갔으면 좋겠지만 네가 더 가벼우니까 내려가

거라. 내가 위에서 줄로 너를 꼭 매줄 테니까 걱정할 것 하나
도 없어."

수염 없는 사람은 아이를 줄로 동여매었고 아이는 우물
속으로 들어갔습니다. 아이가 물을 퍼 올렸고 수염 없는 사
람도 물을 마셨습니다.

"자 이젠 줄을 당겨서 나를 우물 밖으로 끌어내줘야죠."

아이가 소리쳤습니다.

"너를 끌어올려달라고? 너를 내려가게 하느라고 내가 얼
마나 고생을 했는데 이제는 끌어올려달라고?"

수염 없는 사람이 말했습니다.

아이가 울면서 사정을 했지만 소용이 없었습니다. 그러다
가 수염 없는 사람이 아이에게 말했습니다.

"만일 내게 네가 가지고 있는 임금님의 반지와 편지를 주
고 임금님에게 내가 그의 대자이고 너는 나의 종이라고 말
한다면 목숨을 살려주마."

아이는 목숨을 구하기 위해 그의 제안을 받아들였습니다.

"말로만 해서는 안 돼. 절대로 진실을 밝히지 않겠다고 맹
세를 해야 해."

그래서 아이는 이렇게 맹세를 했습니다.

"죽는 한이 있더라도 절대로 비밀을 누설하지 않을게요."

그러자 수염 없는 사람이 줄을 끌어당겨 아이를 밖으로

꺼내주었습니다. 그들은 길을 계속 갔고 드디어 궁전에 도착했습니다. 궁전 문을 두드리자 시종이 나왔습니다.

"누구십니까?"

"저는 임금님의 대자입니다. 그리고 여기 임금님께서 주신 반지와 편지도 가져왔습니다."

수염이 안 난 젊은이가 말했습니다.

"아, 그러십니까? 임금님의 대자시라면 안으로 들어오십시오."

왕이 자신의 대자가 왔다는 소식을 듣자 몹시 기뻐했습니다. 그러나 사람들이 아이와 수염 없는 사람을 데리고 와서 청년이 자기의 대자라고 했을 때 왕은 너무 놀라서 어찌할 바를 몰랐습니다. 왜냐하면 왕의 눈에 아이는 천사 같았고 수염 없는 사람은 악마같이 보였기 때문입니다. 그러나 왕은 다른 도리가 없어서 수염 없는 사람을 궁전에서 살게하고 아이에게는 소를 돌보는 일을 시키기로 했습니다.

왕에게는 늙은 하녀가 있었는데 세월이 지날수록 그녀는 아이를 점점 동정하게 되었습니다.

어느 날이었습니다. 하루는 아이가 궁전 안에 있는데 암제비가 둥지에 늦게 돌아온 수제비에게 놀고 돌아다니다가 아기 제비들에게 제때 먹이를 갖고 들어오지 않았다고 야단치는 것을 보았습니다.

아이는 그들의 말을 알아듣고 웃었습니다. 그러자 수염 없는 사람이 왕에게 이렇게 말했습니다.

"저것 좀 보세요. 제가 수염이 없다고 저놈이 저를 비웃는군요."

"너는 왜 그런 짓을 하느냐?"

왕이 아이에게 물었습니다.

"임금님 사실은 그게 아닙니다. 제가 웃은 것은 암제비가 새끼들에게 줄 먹이를 늦게 갖고 왔다고 수제비를 야단치는 소리를 들었기 때문입니다."

아이가 말했습니다.

"저놈이 동물들과 새끼들이 말하는 것까지 알아듣는군요. 임금님, 그렇다면 저놈을 인도에 보내서 피피리스 씨의 새를 가져오게 하면 어떨까요?"

수염 없는 사람이 말했습니다.

"가서 피피리스 씨의 새를 가져오든지 목이 잘리든지 둘 중에 하나를 선택해라."

왕이 아이에게 말했습니다.

"새를 가지러 가겠습니다."

아이가 대답했습니다.

왕의 늙은 하녀는 아이가 근심에 싸여 돌아오는 것을 보고 무엇 때문이냐고 물었습니다. 아이는 여차여차해서 왕이

자기에게 인도에 가서 피피리스 씨의 새를 가져오라고 했다
고 말했습니다. 그러자 늙은 하녀가 말했습니다.

"그건 너를 죽이기 위해 보내는 것과 다름없단다. 이제까
지 수많은 사람들이 그곳에 갔지만 모두 실패하고 죽고 말았
단다. 그러나 나에게 날 수 있는 암말이 있으니 그걸 타고 가
거라. 인도에 가까워지면 큰 불기둥이 보일 거다. 불기둥이
올라오는 게 보이면 그곳에 멈춰라. 그리고 거기에서 사흘 동
안 꼼짝 말고 머물러라. 그 불기둥은 사흘마다 아침이면 타오
르기를 멈추는데 그 순간에 쏜살같이 말을 타고 달려가서 새
를 잡아채 가지고 오너라. 그 새는 금빛 나는 나무 위에 앉아
있는데 새를 손에 쥐자마자 재빨리 되돌아나오너라."

모든 것이 하녀가 말한 그대로였습니다. 아이는 들은 대
로 실행했으며 불이 멈춘 날 아침에 새를 채 가지고 달아났
습니다. 그의 뒤로 대포알이 빗발치듯 날아왔지만 한 발도
그를 맞추지 못했습니다. 이렇게 해서 아이는 피피리스 씨
의 새를 가져왔습니다.

아이가 그 어려운 임무를 성공적으로 이루어낸 것을 보
자 수염 없는 사람은 심사가 뒤틀렸습니다. 그는 아이가 살
아오리라고는 생각지도 않았기 때문입니다.

얼마의 세월이 지나자 수염 없는 사람이 왕에게 말했습
니다.

"대부님, 아이를 보내 크산토말루사*를 데려오게 하면 어떨까요?"

"그런 일을 아이에게 시켜서는 안 된다. 이제까지 수많은 사람이 그곳에 갔지만 아무도 살아 돌아오지 못했잖니. 크산토말루사는 죽은 사람들의 머리로 성을 짓고 몸으로는 성벽을 쌓았다고들 얘기하더구나."

"아니에요. 아이는 틀림없이 그녀를 데려올 거예요."

왕은 할 수 없이 아이를 불러 이렇게 말했습니다.

"가서 크산토말루사를 데려오너라."

늙은 하녀는 아이가 다시 시름에 빠져 있는 것을 보았습니다. 그래서 늙은 하녀가 이렇게 물었습니다.

"애야, 무슨 일로 그렇게 걱정을 하고 있니?"

"저에게 크산토말루사를 데려오라고 했어요."

아이가 대답했습니다.

"무어라 말을 해야 좋을지 모르겠구나. 너에게 이번에 시킨 일은 몹시 힘든 일이란다. 그러나 내 말을 잘 들어라. 임금님에게 꿀 사십 통, 수수 사십 통, 금화 한 자루를 달라고 해라. 그리고 어디를 가든지 네가 착한 일을 하면 하느님의 도움으로 이번 임무를 해낼 수 있을 것이다."

━━━━━━━━

* '금발의 여인'이라는 뜻의 이름

그녀는 이렇게 말하며 아이에게 갈 길까지 가르쳐주었습니다. 아이는 곧바로 왕에게 가서 말했습니다.

"임금님, 저에게 꿀 사십 통, 수수 사십 통, 금화 한 자루만 주십시오. 그러면 크산토말루사를 데리러 가겠습니다."

"좋아, 원하는 걸 모두 가져가거라."

왕이 말했습니다.

아이는 그것을 받아 들고 말을 타고 떠났습니다. 저녁이 될 무렵에 아이는 큰 우물에 도착했습니다. 말이 아이에게 말했습니다.

"여기서 주무시고 계세요. 저는 잠깐 가서 풀을 뜯고 오겠어요."

아이가 잠들어 있는데 그의 말이 다가와서 이렇게 말했습니다.

"일어나서 저 불쌍한 생명들을 구해주세요."

아이가 일어나서 위를 보니 뱀 한 마리가 둥지에 있는 독수리 새끼들을 잡아먹으려 하고 있었습니다. 아이는 나무 위로 올라가서 뱀을 칼로 쳐서 죽였습니다. 바로 그때 어미 독수리가 둥지로 돌아왔습니다.

"해마다 내 새끼들을 잡아먹은 것이 바로 너였구나?"

독수리는 이렇게 말하며 아이의 눈을 빼버리려고 덤벼들었습니다. 그러자 새끼 독수리들이 소리쳤습니다.

"아니에요, 엄마. 이 사람이 우리를 구해주었어요. 우리를 잡아먹으려 하던 저 뱀을 보세요. 이 사람이 저 뱀을 죽인 거예요."

그러자 독수리가 말했습니다.

"이렇게 좋은 일을 해주었으니 내가 그 보답으로 네게 무엇을 주길 바라니?"

"나는 사람이고 당신은 새인데 내게 무엇을 해줄 수 있겠어요?"

"이 깃털을 받아라. 그리고 내가 필요할 때에는 태우도록 해라. 내가 금방 네게로 달려가겠다."

아이는 독수리의 깃털을 받아서 주머니에 넣었습니다. 그러고는 그는 말을 타고 한없이 길을 계속 갔습니다. 그러다가 길을 잃고 숲 속으로 들어갔습니다. 숲에는 개미들이 수없이 있었습니다.

"제 위에서 아래로 내려오세요. 그리고 개미를 밟지 않도록 조심하면서 저를 다른 곳으로 인도해 가세요."

그의 말이 이렇게 말했습니다.

아이는 말에서 내려 자기 말을 조심스럽게 개미가 없는 곳으로 인도해 갔습니다. 그들이 숲에서 다 빠져나오자 개미 왕이 아이에게 물었습니다.

"어느 길로 해서 왔느냐? 혹시 내 군대를 밟지 않았느냐?"

"아니요, 밟지 않았어요."

아이가 대답했습니다. 그러자 개미 왕은 큰 소리로 자기 군대를 불러 괜찮으냐고 물었습니다.

"저희는 모두 안전하게 있습니다."

개미들이 대답했습니다.

"혹시 배가 고프신가요?"

아이가 개미 왕에게 물었습니다.

"우린 지금 모두 배가 고파 죽을 지경이라네. 이 숲 속에 들어왔는데 먹을 것을 전혀 찾아내지 못했지."

개미가 대답했습니다.

아이는 수수 사십 통을 개미들에게 던져주었습니다. 개미들은 덤벼들어 굶주린 배를 채웠습니다. 그러자 개미 왕이 아이에게 말했습니다.

"우리에게 이렇게 좋은 일을 해주었는데 그 대신 우리가 무얼 해주기를 원하나?"

"무얼 원하느냐고요? 개미가 무슨 일을 할 수 있겠어요?"

아이가 말했습니다.

"이 날개를 받아두었다가 내가 필요하면 이것을 태우게 나. 그러면 즉시 달려가겠네."

"고맙습니다."

아이는 개미가 주는 날개를 받아서 독수리가 준 깃털과

함께 넣었습니다. 그곳을 떠나자 아이와 말은 바다 쪽으로
가 해변을 따라 걸었습니다. 한참을 가다가 커다란 물고기
한 마리가 물이 얕은 곳에서 펄떡거리고 있는 것을 보았습
니다. 물고기는 깊은 바닷속으로 들어가려고 애를 썼지만
힘이 모자라 가지 못하고 죽어가고 있던 참이었습니다. 아
이는 물고기를 조심스럽게 잡아 바닷속으로 던져주었습니
다. 고기는 물속에 들어가자 정신이 들었습니다.

"이렇게 살려주셨으니 무엇으로 보답할 수 있을까?"

물고기가 말했습니다.

"나는 사람이고 당신은 물고기인데 당신이 내게 해줄 일
이 무엇이 있겠어요?"

"이 비늘을 받아라. 내가 필요하면 이 비늘을 태워라. 그
러면 당장 달려가겠다."

아이는 비늘도 받아서 다른 것들과 함께 넣었습니다.

그리고 한참을 걸어서 드디어 시냇가에 도착했습니다. 때
마침 시냇물 속에는 벌집 하나가 둥둥 떠내려가고 있었습니
다. 아이는 자기의 칼을 물위에 놓아 다리를 만들어 벌들이
그 위를 지나서 밖으로 나오게 해주었습니다. 벌들이 안전
한 곳으로 나오자 아이는 갖고 있던 꿀 사십 통을 벌들에게
주었습니다. 벌들은 꿀을 먹고 정신을 차리고 생기도 되찾
았습니다. 그러자 여왕벌이 아이에게 물었습니다.

"우리에게 이렇게 좋은 일을 해주었으니 그 보답으로 무엇을 네게 해주었으면 좋겠니?"

"저는 사람이고 당신들은 벌인데 제게 무엇을 해줄 수 있겠어요?"

아이가 대답했습니다.

"이 침을 받아두어라. 그리고 내가 필요할 때면 그것을 태워라. 그러면 즉시 달려가겠다."

아이는 벌의 침을 받아서 다른 것들과 함께 넣었습니다. 그러고는 길을 계속해서 가다가 한 할머니를 만났습니다.

아이가 할머니에게 물었습니다.

"할머니, 여기가 크산토말루사가 사는 곳인가요?"

"그래, 이곳이 그녀가 사는 곳이란다. 그러나 너같이 젊은 애가 그런 걸 물어서는 못 써. 젊음이 아깝지도 않니?"

아이는 할머니의 말에 귀도 기울이지 않고 곧장 궁전으로 들어가서 크산토말루사의 아버지인 왕을 만났습니다.

"참 잘 왔다. 그런데 이곳에는 무엇 때문에 왔느냐?"

왕이 물었습니다.

"임금님의 따님을 신부로 얻으려고 왔습니다."

"좋아. 어차피 이제 공주를 시집보낼 때가 됐으니……. 그러나 조건이 있는데 네가 이것을 할 수 있으면 공주를 얻게 될 것이다."

"임금님, 그것이 무엇인지 말씀해주십시오."

"내가 바다 한가운데에 공주의 반지를 던지겠다. 만약 네가 사흘 안에 그 반지를 찾아오면 너에게 공주를 주겠다."

아이는 말을 데리고 바다로 갔습니다. 그리고 생각에 잠겨 앉아 있었습니다.

"주인님, 무슨 걱정이 있어서 그렇게 생각하고 계신가요?"

말이 물었습니다.

"임금님이 나에게 공주의 반지를 바다 한가운데에서 찾아오라고 했단다."

"지난번에 물고기를 구해주고 받은 비늘이 있잖아요. 그 비늘을 태워 물고기를 불러서 상의해보세요."

아이는 비늘을 태웠습니다. 그러자 조금 후에 물고기가 나타났습니다.

"무얼 원하느냐?"

물고기가 물었습니다.

"이번에는 당신이 나를 구해주어야겠습니다. 임금님께서 공주님의 반지를 바다 한가운데에 던지시고는 나보고 사흘 안에 찾아오라고 했어요. 그리고 그 시간 안에 못 찾아오면 제 목을 자르겠다고 했어요."

아이가 말했습니다.

"조금도 걱정 마라. 세 시간 안에 반지를 찾아올 테니까 너는 해변에 앉아 담배나 피우면서 기다리고 있어라."

물고기 왕은 즉시 물고기를 집합시켰습니다. 그리고 이렇게 명령했습니다.

"모두 즉시 반지를 찾아오도록 해라."

물고기들은 뿔뿔이 흩어져 반지를 찾아보았지만 발견할 수가 없었습니다. 그러자 한 늙은 물고기가 말했습니다.

"어저께 제가 뭔가 조그마한 것을 하나 삼켰는데요."

"그럼 빨리 해변으로 가서 그것을 토해내라."

물고기의 왕이 말했습니다. 늙은 물고기는 해변으로 가서 삼킨 반지를 토해냈습니다.

"자, 반지를 받으세요."

아이는 반지를 들고 크산토말루사의 아버지인 왕에게 갔습니다.

"좋아. 그렇지만 한 가지 조건이 더 있으니까 그것을 해내야 공주를 네게 주겠다."

왕이 말했습니다.

"그것이 무엇인지 말씀해주십시오."

"내가 여러 가지 곡식 낱알을 1킬로그램씩 가져와서 마구 섞어놓을 테니까 밤사이에 네가 그것을 종류에 따라 갈라놓을 수 있다면 공주를 얻게 될 것이다."

이 말에 아이는 걱정이 되어 시름에 잠겼습니다. 그러자 말이 다시 이렇게 말했습니다.

"개미 왕이 준 날개가 있잖아요. 그 날개를 태워보세요."

아이가 날개를 태웠더니 조금 후에 개미가 나타났습니다.

"무얼 원하느냐?"

개미가 물었습니다.

"임금님이 나보고 여러 가지 곡식 낱알을 1킬로그램씩 가져와서 마구 섞어놓을 테니 밤사이에 그것들을 다시 분류해놓으라고 했어요. 그걸 못할 시에는 제 목을 치시겠대요."

"그런 거라면 걱정할 것 하나도 없네. 나의 군대를 당장 불러다가 세 시간 안에 다 분류해놓겠네."

개미 왕이 말했습니다. 개미 왕이 소리를 치자 개미들이 순식간에 모여들었고 두 시간도 안 되어 곡식들을 모두 말끔하게 분류해놓았습니다.

아침이 되어 왕이 곡간에 가보았더니 밀은 여기에, 보리는 저기에, 옥수수는 그 옆에, 수수도 저만치에, 모든 곡식이 따로따로 잘 분류되어 있었습니다.

"이번 일도 해냈구나. 그러나 아직 마지막으로 한 가지 일이 더 있다. 만약 네가 불사의 물을 떠온다면 공주를 너에게 주겠다."

아이는 이번에는 독수리의 털을 태웠습니다. 그러자 독수리가 나타났습니다.

"무얼 원하느냐?"

"임금님이 저에게 불사의 물을 떠오라고 했어요."

아이가 말했습니다.

"아, 그런 일이라면 조금도 걱정할 것 없네. 금으로 된 컵을 하나 만들어서 저절로 열리고 닫히는 저 산으로 가거라. 나도 뒤따라가겠다."

아이는 금컵을 하나 만들어서 산으로 갔습니다. 뒤쫓아온 독수리는 금컵을 두 발로 꼭 잡고 산속으로 날아갔습니다. 그러고는 불멸의 샘에 컵을 담아 물을 뜨고는 밖으로 날아와서 아이에게 주었습니다.

다음 날 아이는 불사의 물이 든 컵을 왕에게 가지고 갔습니다.

"좋아, 그러나 이것이 진짜 불사의 물인지 시험해보아야겠다."

왕은 망나니와 흑인 시종 하나를 불렀습니다. 그리고 망나니에게 이렇게 말했습니다.

"이 흑인의 목을 치거라!"

망나니는 칼을 들어 흑인 시종의 목을 쳤습니다. 그리고 나서 떨어진 목을 제자리에 붙여놓고 불사의 물을 뿌리자 흑인 시종은 다시 살아났습니다.

"좋다. 이제 너에게 공주를 주겠다. 그런데 공주는 똑같은 모양의 붉은 옷을 입은 사십 명의 처녀 속에 있으니까 그녀를 찾아내면 갖도록 하여라."

아이는 집으로 돌아가서 또 시름에 빠진 채 깊은 생각에 잠겼습니다. 그러다 여왕벌에게서 받은 침 생각이 났습니다. 침을 태우자 여왕벌이 나타났습니다.

"무얼 원하느냐?"

여왕벌이 물었습니다.

"임금님이 사십 명의 붉은 옷을 입은 처녀 가운데서 공주를 찾아내라고 했어요. 이제까지 한 고생이 수포로 돌아가고 크산토말루사 대신에 집시 처녀를 고를 수도 있잖아요."

"걱정하지 마라. 지금 내가 처녀들이 옷을 갈아입는 곳에 가서 공주가 누구인지 알아두겠다. 그들이 일렬로 줄을 서면 내가 공주 머리 위에 살짝 앉아 있을 테니까 그녀를 고르면 될 거다."

벌은 이 말을 마치고 궁전으로 날아갔습니다. 그리고 공주인 크산토말루사가 옷을 갈아입고 있는 방으로 들어갔습니다. 공주가 벌을 쫓았지만 벌은 날아가지 않고 계속 그녀 주의를 맴돌았습니다.

공주가 왕비를 바라보며 말했습니다.

"어머니, 벌까지도 이러는 것을 보니까 우리가 헤어질 시간이 되었나봐요."

드디어 사십 명의 처녀들이 줄을 지어 그 방으로 들어왔습니다. 아이는 벌이 날아가서 맨 앞에 서 있는 처녀 머리에 앉은 것을 보았습니다.

"자, 이젠 공주를 찾아보아라."

왕이 말했습니다.

아이는 공주가 누구인지 모르는 척하며 처녀들을 하나하나 살펴보았습니다.

"모든 것을 운명에 맡기고 여기 있는 첫 번째 아가씨를 고르겠습니다."

그러고는 아이는 첫 번째 아가씨를 골랐습니다.

아이가 공주를 골라내는 것을 보고 왕의 가슴은 철렁 내려앉았습니다. 그러나 곧 체념하고 이렇게 말했습니다.

"젊은이, 공주는 자네에게 시집갈 운명인가 보네."

아이는 공주를 데리고 자기가 사는 궁전으로 돌아왔습니다. 그리고 수염 없는 사람에게 공주를 데리고 갔습니다. 수염 없는 사람은 크산토말루사를 보자 대부인 왕에게 데리고 가서 이렇게 말했습니다.

"크산토말루사도 이곳에 왔으니 아이보고 사과나무 꼭대기에 올라가서 빨간 사과를 따오라고 하죠."

"그것만은 정말 시킬 수 없다. 지금까지 아무도 그 사과를 딸 수 없었단다. 얼마나 높은 곳에 매달려 있는지 보이지도 않지 않느냐? 저절로 떨어지기만을 기다리고 있는 중이란다."

왕이 말했습니다.

"대부님, 아니에요. 아이는 그것을 해낼 수 있을 거예요."

왕이 자리를 뜨자 수염이 없는 사람은 아이에게 사과나무에 올라가라고 했습니다. 아이가 꼭대기에 있는 사과를 따려는 순간 그만 가지가 부러져서 아이는 사과를 쥔 채 땅으로 떨어졌습니다. 아이가 죽자 수염 없는 사람은 구덩이를 파고 아이를 묻었습니다. 그러고 나서 사과를 들고 크산토말루사에게 갔습니다. 그를 보자 크산토말루사가 물었습니다.

"당신은 누구신가요?"

"나는 아가씨를 데려온 아이의 주인이오. 내가 아가씨의 남편이지요."

그녀는 이 말을 듣자 외쳤습니다.

"당장 여기서 물러가세요."

공주가 지르는 소리에 놀라 왕이 뛰어왔습니다.

"무슨 일로 소리를 지르느냐?"

"이 수염 없는 사람을 데려가세요. 저 사람은 보기도 싫어요. 그리고 저를 이곳에 데리고 온 제 남편을 불러주세요."

"아이는 어디 있느냐?"

왕이 수염 없는 사람에게 물었습니다.

"사과나무에서 떨어져 죽어버렸어요. 그래서 제가 구덩이를 파고 묻어주었죠."

수염 없는 사람이 대답했습니다.

"얼른 가서 그분을 꺼내 데려오세요. 그분의 몸에서 조그만 부분이라도 떨어져 나가는 것이 없도록 조심하시고요."

크산토말루사가 말했습니다.

수염 없는 사람은 사람들을 시켜 죽은 아이를 들고 오게 했습니다. 공주가 컵에서 불사의 물을 따라 죽은 아이의 몸 위에 뿌렸더니 다시 살아났습니다.

"여보게 수염 없는 사람, 내가 죽었다 살아났으니까 맹세한 것을 지킬 필요가 없다고 생각하오. 이제 진실을 다 말하겠어요."

아이는 차근차근 처음부터 이야기하기 시작했습니다. 이야기를 듣고 난 왕은 수염 없는 사람을 말 꼬리에 매달라고 명령했습니다. 그리고 말에게 채찍질을 해서 수염 없는 사람의 사지를 산산조각내어 죽였습니다. 그러고 나서 왕은 아이를 크산토말루사와 결혼시켰고 후에는 아이에게 왕위를 물려주었습니다.

두 이웃 사람

옛날 옛적에 이웃지간인 두 사람이 있었는데, 그들은 자기 마을에서는 일을 구할 수가 없어 타향에서 일을 하기로 하고 함께 길을 떠나갔습니다. 한 사람은 단돈 한 푼을 받든 열 푼을 받든 가리지 않고 일을 맡아했는데, 다른 사람은 돈을 많이 받지 않으면 절대 일을 하지 않았습니다. 그는 일주일에 하루만 일을 하고 다른 날들은 먹고 마시면서 세월을 보냈습니다. 한편 첫 번째 사람은 매일 일을 했는데, 어느 날은 많이 받고 어느 날은 적게 받기도 했지만 열심히 저축을 한 끝에 3천 드라크마를 모았습니다.

이 년이 지난 어느 날 두 사람은 만나게 됐습니다. 그리고 첫 번째 사람이 다른 사람에게 말했습니다.

"여보게, 이제 우리 고향으로 돌아가면 어떻겠나? 이만큼 타향살이를 했으면 충분하다고 생각하네. 나는 말이지 마누라와 자식들이 보고 싶어 죽을 지경이라네."

"고향으로 돌아간다고? 하지만 어떻게 간단 말인가? 나는 한 푼도 가진 것이 없는데 말일세!"

다른 사람이 대답했습니다.

"내게 일을 해서 저축해놓은 돈이 있네. 자네가 원한다면 1천 드라크마를 빌려줄 테니까 고향에 돌아가거든 일을 해서 갚도록 하게."

그들은 첫 번째 사람이 두 번째 사람에게 1천 드라크마를 빌려주기로 합의를 보고 고향으로 돌아가기 위해 길을 떠났습니다. 그런데 게으른 사람은 1천 드라크마를 손에 쥐자 마음속에 악마가 들어서 그 돈을 갚지 않기로 마음먹었습니다. 그래서 착한 사람에게 이렇게 말했습니다.

"나는 하느님께서 악을 원하신다고 생각한다네."

첫 번째 사람이 말했습니다.

"아니, 나는 그렇게 생각하지 않네. 하느님은 악이 아니라 정의를 원하시는 분이야."

두 번째 사람이 고집을 피웠습니다.

"하느님은 악을 원하신다니까."

착한 사람이 말했습니다.

"나는 '좋은 일을 하면은 복을 받는다'는 말을 믿어."

그러자 두 번째 사람이 말했습니다.

"그럼, 우리 내기를 해볼까. 길에서 만나는 세 사람에게 물어보아서 그들이 하느님은 악을 원하는 분이라고 대답하면 자네는 나한테 꾸어준 1천 드라크마를 받지 못할 거고, 그들이 하느님은 정의를 원하신다고 대답하면 내가 1천 드라크마를 자네에게 당장 돌려주겠네."

마음 좋은 사람이 대답했습니다.

"그렇게 하세."

그들은 한참을 걸어가다가 바위 위에 앉아 있는 양치기 목동을 만났습니다. 그런데 그 목동은 악마가 변신한 놈이었습니다. 그들은 가까이 가서 목동에게 물었습니다.

"여보쇼, 하느님은 정의로운 분인가요, 아니면 악한 분인가요?"

양치기가 대답했습니다.

"정의로운 분은 아니죠. 우리가 이렇게 말하고 있는 동안에도 당신들 중 하나가 내 양을 훔칠지도 모르니까 말이오. 요즘 세상이 그렇지 않습니까?"

"내 말이 맞지?"

게으른 사람이 말했습니다.

그들은 다시 걸어가다가 봉헌물이 가득 든 자루를 메고 가는 신부를 만났습니다. 그런데 그 신부 역시 악마가 변신한 놈이었습니다. 그들이 이 신부에게 물었습니다.

"신부님, 하느님은 정의로운 분인가요, 아니면 악한 분인가요?"

"정의로운 분은 아니지. 왜냐하면 우리가 이렇게 말하는 동안에도 너희들 중 하나가 내 자루를 훔칠지도 모르지 않나? 요즘 세상이 그렇지."

그러자 게으른 사람이 의기양양하여 말했습니다.

"잘 들었지?"

그들은 계속 걸어가다가 숲 속에서 한 젊은이가 나무를 패고 있는 것을 보고 그에게도 똑같은 질문을 했습니다. 그 젊은이도 똑같은 대답을 했습니다.

"요즘 세상이 다 그렇지요. 남의 것을 빼앗아 먹고 마시고 하는 것을 하느님은 원하십니다. 그리고 그것이 옳은 일이지요."

이렇게 되자 마음 좋은 사람은 1천 드라크마를 잃고 말았습니다.

"할 수 없지. 다들 그렇게 얘기하니 1천 드라크마를 잃은들 어떡하겠나? 그게 옳은 거니까……."

"자, 이젠 그만하고 배가 고프니 음식이나 먹기로 하세."

게으른 사람이 말했습니다.

그들은 자리에 앉아 음식을 펼쳐놓았습니다. 그런데 음식을 보자 게으른 사람의 머릿속으로 다시 악마가 들어가 착한 사람이 가지고 있는 나머지 2천 드라크마도 빼앗고 싶은 욕심이 생겼습니다. 그래서 갑자기 착한 사람에게 달려들어 막대기로 그의 눈을 빼버리고는 가까이 있는 벼랑 아래로 그를 던져버렸습니다. 벼랑에 떨어진 착한 사람은 고통에 찬 신음 소리를 내며 중얼거렸습니다.

"하느님 맙소사! 내가 잘못해서 이 지경이 되었군. 어쩌자고 그 사람을 데려왔던고! 혼자 고향으로 돌아갈 것을 무엇 때문에 그에게 돈까지 빌려줬을까!"

그는 벼랑 아래에서 이곳저곳을 손으로 더듬다가 배나무 하나가 있는 것을 발견하고는 실의에 빠져 그 나무 밑동에 기댔습니다. 밤이 되자 그는 맹수를 피하기 위해 그 배나무 위로 기어 올라갔습니다. 잠시 후에 이상한 소리와 쿵쿵거리는 소리가 들렸습니다. 그것은 악마의 군대가 내는 소리였습니다. 악마들은 그가 있는 곳에 가까이 왔으며 대장 악마가 한 악마에게 물었습니다.

"너는 오늘 무슨 일을 했느냐?"

"저는 오늘 화롯가에서 수를 놓고 있는 공주에게 갔었는데 이리저리 공주를 괴롭혀서 바늘로 눈을 찌르게 만들었지요. 그래서 궁전 안에 온통 소동이 일어났습니다."

"그것 참 잘했구나. 저 배나무 아래에 있는 웅덩이에서 물을 떠다가 공주의 눈을 씻어주면 공주는 다시 볼 수 있게 될텐데 그것을 아무도 알지 못하겠지?"

배나무 위에 있던 사람은 이 말을 다 들었습니다. 조금 있다가 대장 악마가 다른 악마에게 물었습니다.

"너는 오늘 무슨 일을 했느냐?"

"대장님, 저는 대장님도 아시다시피 사십 년간을 같은 일을 하고 있습니다. 수도사들이 수도원을 짓고 있는 곳으로 가서 그들이 지어놓은 것을 부수고 왔지요. 저는 그들이 결코 수도원을 짓지 못하게 할 것입니다."

"그 바보 같은 수도사들이 눈 주위가 검은 흰 양을 각 모서리에서 한 마리씩 죽이고 건물을 짓기 시작하면 네가 그들을 방해할 수 없게 될 텐데 그걸 모르는구나."

대장 악마는 또 다른 악마에게 물었습니다.

"너는 오늘 무슨 일을 했느냐?"

"저는 오늘 두 사람이 같이 길을 걷고 있는 것을 보고 그 두 사람 중의 한 사람이 다른 사람의 눈을 빼고 돈도 빼앗은 후에 벼랑으로 던져버리게 했습니다."

"그 사람이 웅덩이에 있는 물로 눈에 씻으면 다시 볼 수 있게 될 텐데 그걸 모르는구나."

대장 악마가 말했습니다. 배나무 위에 앉아 있던 사람은 이 모든 말을 다 들었습니다.

날이 밝자 악마들은 그곳을 떠났습니다. 그는 배나무에서 내려와 이곳저곳을 더듬어 물이 고여 있는 웅덩이를 찾아내서 눈을 씻자 세상을 다시 볼 수 있게 되었습니다. 그 후 그는 채소밭으로 가서 큰 호박 하나를 잘라 속을 파내고 그 안에 웅덩이에 고여 있는 물을 담았습니다. 그리고 갖은 고생 끝에 벼랑을 기어 올라가 고향을 향해 길을 떠났습니다.

그는 수도사들이 수도원을 짓고 있는 장소를 지나갔습니다. 수도사들은 그를 반갑게 맞아들이며 식사를 대접했습니다. 그가 수도사들에게 물었습니다.

"신부님들은 어떻게 지내시나요?"

"말도 말게. 사십 년 동안이나 수도원을 짓고 있는데 낮에 우리가 지어놓은 것이 이상하게도 밤만 되면 도로 무너져버린다네. 어떻게 된 영문인지 통 알 수가 없다네."

"저에게 눈 주위가 검은 흰 양 네 마리를 가져오십시오. 그러면 다시는 수도원이 무너지지 않도록 해드리겠습니다."

아침이 되자 수도사들이 눈 주위가 검은 흰 양들을 가져왔습니다. 그는 수도원의 네 귀퉁이에서 각각 한 마리씩의 양을 죽였습니다. 그러고 나서 수도원을 지으라고 말했습니다. 낮 동안 수도사들은 열심히 수도원을 지었습니다. 그런데 밤이 되어도 이번에는 정말 무너지지 않았습니다.

"우리에게 이렇게 좋은 일을 해주었으니 그 보답으로 무엇을 우리가 주면 좋겠나?"

수도사들이 물었습니다.

"다른 것은 필요 없고 그저 옷이나 한 벌 주셨으면 좋겠습니다."

그는 수도사들이 준 옷을 입고 눈을 낫게 하는 물이 담긴 호박을 안고 궁전으로 향했습니다. 그는 사람들이 많이 모여 있는 궁전 앞에 도착하자 큰 소리를 쳤습니다.

"명의가 왔어요, 명의가 왔습니다!"

사람들은 그를 비웃기 시작했고 아이들은 그의 뒤를 쫓아다니며 큰 소리로 웃었습니다. 아이들의 시끄러운 웃음소리를 들은 왕은 화를 내며 시종을 보내어 궁전 안에 있는 사람들은 모두 울고 있는 이때에 백성들은 무엇 때문에 웃고 있는지 알아오라고 했습니다. 시종은 밖으로 나가 무슨 일이 났는지를 알아본 후에 왕에게 가서 보고를 했습니다. 그러자 왕은 명의를 불러오라고 했습니다.

궁전 안으로 불려간 착한 사람은 공주를 만나자 이렇게 말했습니다.

"임금님, 공주님을 제가 치료해드리겠습니다. 다만 다른 의사들은 밖으로 내보내시면 좋겠습니다."

그는 솜에다 가지고 온 물을 조금 묻혀 공주의 눈을 닦아주었습니다. 그러자 공주의 눈이 치유가 되어 다시 세상을 볼 수 있게 되었습니다.

왕은 너무 기뻐 어쩔 줄 몰라 하며 물었습니다.

"너에게 무엇을 주었으면 좋겠느냐?"

"저는 아무것도 필요 없습니다, 임금님."

"그럼 공주를 아내로 삼아라. 네가 공주의 병을 고쳤으니 공주를 너에게 주는 것이 옳다고 생각한다."

"저는 이미 결혼한 몸이며 자식까지 있습니다."

"그러면 네 고향 고을의 군수로 너를 임명하겠다. 그러니 네가 나를 대신하여 마을을 다스리도록 해라."

왕은 금화 두 자루를 주고 그에게 군수 관복을 내려 입게 했습니다. 그는 화려한 행렬을 거느리고 고향으로 돌아갔습니다. 고향에 도착한 그는 새 군수가 취임사를 말하고자 하니 고을 안의 모든 사람들은 성당으로 모이라는 포고를 내렸습니다. 군수의 명령이었으므로 모든 사람들은 성당으로 갔습니다. 그가 관복을 입고 있었으므로 고향 사람 중 그 누구도 그를 알아보지 못했습니다.

예배가 끝나자 그는 성당 문을 활짝 열고 양쪽에 각각 금화가 가득 든 자루를 하나씩 놓고는 온 사람들에게 금화를 한 주먹씩 나누어주었습니다. 자기 눈을 뺀 사람의 차례가 되자 군수가 그에게 말했습니다.

"자네는 좀 남게. 할 얘기가 있으니까."

그는 자기 눈을 뺀 사람의 부인도 붙들어두었습니다. 모든 마을 사람들이 집으로 돌아가자 군수가 나쁜 사람의 부인에게 말했습니다.

"당신 남편이 나를 이렇게 부자로 만들어주었으므로 당신에게는 특별히 두 주먹의 금화를 주겠소. 당신 남편 덕택에 나는 많은 재산을 갖게 되었다오."

그러자 마음 나쁜 사람이 말했습니다.

"제가 언제 그런 일을 했습니까? 저는 군수님을 알지도 못하는데요."

"나는 네가 누군지 알고 있다. 너는 나의 눈을 빼고 나를 벼랑 아래로 던졌던 놈이다. 그러나 나는 벼랑에서 배나무 한 그루를 발견했고 이곳저곳을 손으로 더듬다가 네가 보는 이 재산을 전부 발견하게 된 거다."

마음 나쁜 사람은 그만 넋을 잃고 말았습니다. 다음 날 나쁜 사람이 친구를 찾아가 말했습니다.

"여보게, 나와 함께 그곳으로 가서 내 눈을 빼내고 나를 벼랑 아래로 밀어 떨어뜨리게. 그러면 금화 세 개를 자네에게 주겠네."

"그렇게 하세."

그들은 나쁜 사람이 마음씨 고운 사람의 눈을 찔렀던 장소로 갔습니다. 그곳에서 마음씨 고운 사람이 나쁜 사람의 두 눈을 빼버리고 그를 벼랑 아래로 떨어뜨렸습니다. 나쁜 사람은 벼랑 아래에서 이곳저곳을 손으로 더듬다가 배나무 하나가 있는 것을 발견하고는 그 나무 위로 기어 올라가서는 보물을 찾게 되기를 기대하며 기다렸습니다.

저녁이 되자 악마들이 모여들었습니다. 악마 대장은 화가 머리끝까지 나서 공주를 장님으로 만든 악마와 수도원을 헐곤 했던 악마를 불러내서는 이렇게 말했습니다.

"누가 너희들보고 아무 문제없이 수도원을 짓기 위해 양을 잡으라는 것을 수도사들에게 가르쳐주라고 했고, 누가 너희들보고 저 웅덩이의 물을 떠 가지고 가서 공주의 눈을 씻어 눈을 다시 뜨게 하라고 했단 말이냐?"

그러고는 악마 대장은 두 악마를 몽둥이로 패고 발을 차기 시작했습니다. 악마들은 고통을 못 이겨 소리를 질렀고 마침내는 그만 뒤로 벌렁 자빠지고 말았습니다. 그렇게 자빠진 악마들은 배나무 위에 앉아 있는 사람을 보았습니다.

"우리가 비밀을 얘기한 것이 아니에요. 바로 저놈이 그랬어요."

그들이 배나무 위에 앉아 있는 마음 나쁜 사람을 가리키자 악마들이 한꺼번에 달려들어 그를 배나무에서 끌어내려서는 갈기갈기 찢어 죽였습니다. 이것이 마음 나쁜 사람의 최후였습니다. ◀◀◀

널빤지

옛날 옛적에 두 형제가 살았는데 동생은 몹시 가난했고 형은 매우 부자였습니다. 가난한 동생은 형에게 여러 번 가서 도움을 요청했지만 형은 도와주기는커녕 더 우는 소리만 했습니다.

"요즈음은 참 살기가 힘들어. 금년에는 올리브 농사고 뭐고 다 흉작이었단 말이다."

그래서 동생은 더 이상 형에게 찾아가지 않았습니다. 그러던 어느 해 겨울 무척 날씨가 추웠습니다. 가난한 동생은 먹을 것도, 땔감도 없었습니다. 그가 부인에게 말했습니다.

"이젠 할 수 없소. 앉아 있으면 우리 모두가 굶어 죽을 테니 내가 나가서 일감을 구해보리다."

그는 어깨에 자루를 하나 메고 집을 나섰습니다. 한없이 걸어가다가 어느 틈에 밤이 되었을 때 그는 깊은 산속에 있었습니다. 그는 어디서 밤을 지낼까 궁리하다가 맹수들에게 잡혀 먹히지 않기 위해 높은 나무 위에 올라갔습니다.

사방이 완전히 어두워지자 온 산이 울리는 큰 소리가 나고 땅이 요란하게 흔들렸습니다. 나무 위에 있던 가난한 동생은 너무나 무서워서 벌벌 떨었습니다. 시간이 흐르면 흐를수록 소리가 점점 가까워졌고 그는 나무 위에서 무서움에 점점 더 떨었습니다. 드디어 검은 물체 하나가 다가오는 것이 그의 눈에 보였습니다. 그 검은 물체는 그가 앉아 있는 바로 그 나무 아래까지 왔습니다. 그 나무의 뿌리 부분에 넓은 널빤지 하나가 있었는데 검은 물체는 그것을 향해 큰 소리를 질렀습니다.

"열려라, 널빤지야!"

그러자 신기하게도 널빤지가 열렸습니다. 그는 그 널빤지 너머에 무엇이 있나 보기 위해 몸을 숙였습니다. 열린 널빤지 사이로 괴물 여러 명이 내려가고 있는 것이 보였습니다. 그는 수를 세어 널빤지 아래로 내려간 괴물이 모두 사십 명인 것을 알아냈습니다. 사십 명이 다 내려가자 다시 큰 소리가 들렸습니다.

"닫혀라, 널빤지야!"

그러자 즉시 널빤지가 닫혔고 주위는 다시 조용해졌습니다. 나무 위에 있던 가난한 동생은 마음을 가다듬어 제정신으로 돌아왔습니다. 그러고는 나무 위에 웅크리고 앉아 뜬

눈으로 밤을 지냈습니다. 날이 밝아올 무렵, 어제 저녁과 똑같은 큰 소리가 들렸습니다.

"열려라, 널빤지야!"

그러자 아래에서부터 괴물들이 나오기 시작했습니다. 그는 하나, 둘, 셋…… 다시 괴물들 숫자를 세어보았습니다. 사십 명의 괴물이 모두 밖으로 나오자 다시 큰 소리가 들렸습니다.

"닫혀라, 널빤지야!"

널빤지가 닫히자 괴물들은 그곳을 떠났습니다. 그들의 걸음에 다시 온 산이 울렸고 땅이 흔들렸습니다. 그러다가 소리가 멀어지더니 이윽고 아무 소리도 들리지 않게 되었습니다. 가난한 동생이 안도의 한숨을 내쉬며 나무에서 내려왔습니다. 그는 주위를 한 바퀴 휙 돌아보고는 널빤지를 이쪽저쪽 살펴보고 그곳에 아무도 없다는 것을 확인했습니다.

"나도 한번 소리를 질러 명령을 해봐야지. 어차피 나는 아무것도 없는 사람이니까, 이러나저러나 마찬가진 걸 뭐!"

그가 소리를 크게 질렀습니다.

"열려라, 널빤지야!"

그러자 곧 널빤지가 열렸습니다. 열린 널빤지 아래로 대리석 계단이 보였습니다. 그는 계단을 내려가서 어떤 큰 정원에 도착했습니다. 정원 주변으로는 괴물 한 명당 하나씩 모두 사십 개의 방이 있었습니다. 각 방에는 양탄자가 깔려 있었고 침대와 책상이 놓여 있었습니다.

가난한 동생은 놀라서 눈을 비비며 그 방을 모두 들어가 봤습니다. 사십 개의 방 이외에 정원 맨 끝 쪽에는 세 개의 방이 더 있었는데 그 방들의 열쇠는 한 나무 가지에 매달려 있었습니다. 그는 열쇠를 열고 첫째 방으로 들어갔습니다.

첫째 방에는 문까지 금화가 가득 차 있었습니다. 그는 어깨에 메고 있던 자루를 풀어 중간까지 금화로 채웠습니다. 그리고 두 번째 방문을 열었습니다. 그곳에는 달걀만 한 다이아몬드가 가득 차 있었습니다. 그는 다시 자루 속에 다이아몬드를 집어넣었습니다. 세 번째 방에는 커다란 콩만 한 진주들이 있었습니다. 그는 다시 자루 속에 진주를 집어넣었습니다. 그리고 자루를 끈으로 단단히 동여맨 후에 어깨에 메고는 계단 쪽으로 향했습니다.

땅 위로 나온 그는 소리쳤습니다.

"닫혀라, 널빤지야!"

그러자 곧바로 널빤지가 닫혔습니다. 그는 자루를 어깨에 메고 얼른 그곳을 떠났습니다. 한참을 걸어 그는 고향에 도착했습니다. 그는 아무도 자기를 보지 못하도록 숲 속에 숨어 있다가 밤이 되어 사람들이 모두 잠들어 고요해졌을 때 집으로 가서 조용히 문을 두드렸습니다. 아내가 문을 열자 그는 얼른 안으로 들어가서 문을 다시 꼭 잠갔습니다.

다음 날부터 동생 가족은 필요한 것들을 무엇이든 다 사들였습니다. 빵도 사고, 음식이며 옷, 아이들 신발을 샀습니다. 그 이후로 그들의 사업은 날이 갈수록 번창했습니다. 집도 장만했고 농장도 샀으며 포도밭과 논도 샀습니다. 종들과 요리사까지 고용했습니다.

그의 부자 형은 의문을 품기 시작했습니다.

"그 녀석이 어디서 그렇게 많은 돈을 구했을까! 가난뱅이가 이틀 동안 집을 비우더니 갑자기 부자가 됐단 말이야."

형은 혼자서는 도저히 의문을 풀 수가 없어서 동생에게로 갔습니다.

"그동안 잘 있었느냐? 그래 요즘 재미가 어떠냐? 네가 먹을 것도 없이 고생을 하던 시절에 나는 얼마나 가슴이 아팠는지 모른단다! 그런데 어떻게 이렇게 많은 돈을 벌게 되어 잘살게 되었는지 가르쳐줄 수 없겠니?"

"그저 하느님이 우리 가족을 불쌍히 여기셔서 도와주신 거죠!"

동생이 사실을 가르쳐주지 않고 모호하게 대답했습니다. 그러나 부자 형은 이렇게 저렇게 끈질기게 물어본 끝에 드디어 동생의 비밀을 알아내는 데 성공했습니다.

다음 날 부자 형은 새벽 일찍 일어나서 세 개의 자루를 어깨에 메고 길을 떠났습니다. 그는 먼 길을 걸어가서 드디어 동생이 말한 널빤지가 있는 나무에 도착했습니다. 그는 나무 위로 올라갔습니다. 밤이 깊어지자 산이 울리는 소리가 들려왔습니다.

괴물들이 나무 아래에 도착해서 큰 소리를 질렀습니다.

"열려라, 널빤지야!"

널빤지가 곧바로 열렸습니다. 부자 형은 아래로 내려가는 사십 명의 괴물의 숫자를 셌습니다. '하나, 둘 셋…… 마흔!' 끝으로 한 목소리가 들렸습니다.

"닫혀라, 널빤지야!"

널빤지가 곧바로 닫혔습니다. 부자 형은 나무 위에 쭈그리고 앉아 밤을 지냈습니다.

새벽이 되자 온 땅이 다시 울리기 시작했습니다. 부자 형은 깜짝 놀라 잠에서 깨었습니다.

"열려라 널빤지야!"

아래로부터 이렇게 말하는 큰 소리가 들렸습니다. 널빤지가 곧바로 열리더니 괴물들 사십 명이 한 명씩, 한 명씩 나왔습니다. 괴물들이 멀리 사라지고 그들의 발자국 소리가 들리지 않게 되자 부자 형은 나무에서 내려왔습니다.

"열려라, 널빤지야!"

그가 외치자 널빤지가 곧바로 열렸습니다. 그는 안으로

들어갔습니다.

"닫혀라, 널빤지야!"

그가 말하자 닫혔습니다.

"음, 아주 좋아!"

부자 형이 말했습니다. 그는 세 개의 자루를 어깨에 메고 계단을 내려가 세 개의 방이 있는 곳으로 곧장 갔습니다. 그는 정원도 보지 않았고 사십 개의 방도 보지 않았습니다. 그는 자루 하나에 금화를 가득 담고는 계단 가까이에 옮겨놓았습니다. 또 한 자루에는 다이아몬드를 담고 세 번째 자루에는 진주를 담아서는 그 자루들도 계단 가까이에 운반해놓았습니다.

모든 준비를 마치고 밖으로 나가려고 했을 때 널빤지를 열기 위해 무어라고 말해야 하는지 그는 통 기억해낼 수가 없었습니다. 그래서 소리를 지르기 시작했습니다.

"열려라, 문아!"

널빤지가 열리지 않았습니다.

"열려라, 대문아!"

그래도 널빤지는 열리지 않았습니다.

"제발 좀 열려다오!"

그는 이것저것 생각나는 대로 문장을 둘러대봤지만 널빤지는 꼼짝도 하지 않았습니다. 시간이 점점 흘러가는데도 널빤지는 열리지 않았습니다. 부자 형은 울기 시작했습니다. 그가 소리를 지르고 애원했지만 아무 소용이 없었습니다. 드디어 밤이 되어 발자국 소리가 들리기 시작했습니다. 부자 형은 자기 머리를 뜯을 정도로 초조해졌습니다. 시간이 흐를수록 발자국 소리는 점점 가까워졌습니다. 널빤지까지 도착한 괴물들이 위에서 거친 목소리로 말했습니다.

"열려라, 널빤지야!"

"맞아, 이거였어! 그런데 그걸 그만 잊어버리고 말았어!"

부자는 이렇게 중얼거리고 가슴을 쳤습니다. 그 순간 널빤지가 열렸습니다. 부자 형은 얼른 뛰어가서 빗자루 뒤에 숨었습니다. 빗자루는 키가 커서 사람의 두 배는 족히 되었습니다.

제일 먼저 들어온 괴물은 사람 냄새를 맡고 소리를 지르기 시작했습니다.

"아이쿠, 사람 고기 냄새가 난다, 사람 살 냄새가 난다!"

뒤를 따라 들어온 괴물들도 똑같이 소리를 질렀습니다.

"사람 고기 냄새가 나는군!"

사십 명의 괴물들은 안으로 들어오자 사방을 샅샅이 뒤지기 시작했습니다.

"여보게들, 내가 이놈을 빗자루 뒤에서 찾아냈네."

한 괴물이 소리쳤습니다.

다른 괴물들도 모두 달려들어 부자 형을 몽둥이로 패기 시작했습니다.

"지난번에도 와서 보물을 훔쳐간 놈이 바로 너지?"

괴물들은 이렇게 말하며 사정없이 때리기 시작했습니다.

"아니에요, 저는 전에 온 적이 없어요. 제 동생 녀석이 와서 당신들 것을 훔쳐갔어요. 저는 이번 처음 이곳에 왔어요."

부자 형은 이렇게 말하면 목숨을 구할 줄 알았습니다. 그러나 괴물들은 이렇게 말했습니다.

"걱정 마, 네 동생은 나중에 혼내주더라도 먼저 너부터 처치해야겠다."

괴물들은 그를 토막을 내어 죽였습니다.

"이놈은 처치했는데 이제 동생 놈은 어떻게 찾아내지?"

괴물들은 궁리를 하고 또 했습니다.

"응, 좋은 방법이 있다. 마흔 개의 독을 사서 네 개의 독에는 꿀을 채우고 나머지 서른여섯 개 독에는 우리 일행 서른여섯 명이 한 독에 한 명씩 들어가기로 하자. 남은 네 명은 그 독들을 스무 마리의 당나귀에 나눠 싣고 마을을 돌아다니면서 '좋은 꿀 있습니다, 좋은 꿀이오!' 하고 외치면서 '모두 한꺼번에 팝니다'라고 말하면 그 꿀을 모두 사는 사람이 바로 그 녀석의 동생일 거다. 왜냐하면 다른 사람들은 그 많은 꿀을 한꺼번에 살 만한 돈이 없을 테니까 말이다. 독을 집

안으로 운반해놓고 저녁이 되면 우리 네 명이 그 집으로 살짝 들어가서 독을 발로 차면 모두 나와서 그놈을 혼내주기로 하자."

제일 큰괴물이 말했습니다.

"참 좋은 생각입니다."

다른 괴물들이 말했습니다. 이렇게 하여 그들은 네 개의 독에는 꿀을 가득 채우고 나머지 서른여섯 개에는 각각 괴물이 한 명씩 안으로 들어갔습니다. 남은 괴물 네 명은 스무 마리의 당나귀에 독을 싣고 마을로 가서 외치기 시작했습니다.

"좋은 꿀이오, 맛 좋은 꿀입니다!"

사람들이 밖으로 나왔습니다.

"여보쇼, 꿀 한 통만 주쇼."

한 사람이 말했습니다.

"한 통씩은 안 됩니다. 사십 통 한꺼번에만 팝니다."

모였던 사람들은 뿔뿔이 흩어졌습니다. 드디어 괴물들이 동생의 집에 도착했습니다. 집 안에서 주인이 나와 말했습니다.

"제가 그 꿀을 다 사지요. 얼마나 드리면 되겠습니까?"

가격 흥정이 끝나자 집주인은 돈을 지불했고, 네 명의 괴물들은 그 집의 하인들과 함께 스무 개의 독을 마당으로 옮겨놓았습니다. 일이 끝나자 손님에게 융숭한 대접을 잘하는 주인이 괴물들에게 말했습니다.

"집 안으로 들어오셔서 술이나 한잔 드시지요."

그들이 안으로 들어오자 집주인은 손님들에게 술을 대접했습니다. 한편 마당에 있던 하인 한 명이 독 옆을 지나가다가 우연히 독을 발로 찼습니다. 그러자 독 안에서 이렇게 말하는 소리가 들려왔습니다.

"이제 나갈 시간이 됐나?"

"아니 아직 안 됐어. 참고 좀 더 기다려!"

하인이 대답했습니다. 하인은 즉시 주인에게 가서 독에서 말하는 소리가 났다고 말했습니다.

"술을 가져오너라! 술과 가장 좋은 안주를 가져오너라!"

주인이 명령했습니다.

괴물 네 명은 계속해서 술을 마셨습니다. 주인은 그 옆에서 자꾸 부추겼습니다.

"조금 더 드시죠, 조금만 더 드시죠."

괴물들은 완전히 취해 고주망태가 되어 이곳저곳에 쓰러져 잠이 들었습니다. 그동안에 집주인은 하인들에게 큰 가마솥에 참기름을 붓고 불을 지피게 했습니다. 불을 한참 때자 기름이 부글부글 끓기 시작했습니다.

"너희들은 각자 손에 냄비 하나씩을 들도록 해라."

주인이 하인들에게 명령했습니다.

하인들은 끓는 기름을 가득 채운 냄비를 조심스럽게 들고 가서는 독 뚜껑을 살그머니 열고는 모두가 한꺼번에 기름을 부었습니다. 독 속에 있던 괴물들은 온몸에 화상을 입고는 죽었습니다. 이렇게 괴물 서른여섯 명을 죽인 뒤 하인들은 집으로 들어와서 두목을 비롯한 나머지 네 명의 괴물도 처치했습니다.

하인들은 날이 저물기를 기다려 괴물들의 시체를 산에 갖다 버렸습니다. 이리하여 널빤지 아래에 있던 괴물들의 재산은 모두 가난했던 동생의 차지가 되었고, 그는 필요할 때마다 그곳에 가서 돈과 보물을 가져왔습니다. 그리고 자기 가족들과 함께 행복하게 살았습니다. ≪≪≪

만족을 모르는 수전노

옛날 옛적에 한 부유한 수전노가 있었는데, 그는 어찌나 인색했던지 누구에게 물 한 방울 주지 않는 사람이었습니다. 어느 날 그가 금화를 세면서 앉아 있는데 악마가 나타나더니 그에게 이렇게 말했습니다.

"그렇게 많은 재산을 갖고도 아직 부족하단 말이냐? 무얼 더 원하느냐? 내가 줄 테니 말만 하려무나."

갑자기 질문을 당한 수전노는 무엇을 요구해야 될지 알 수가 없었습니다. 그래서 잠시 고민을 하다가 이렇게 대답했습니다.

"제가 만지는 것은 무엇이나 황금으로 변했으면 좋겠습니다."

이 말을 들은 악마는 몹시 기뻐하며 수전노에게 말했습니다.

"네 소원을 들어주마. 이제부터 네가 만지는 것은 모두 황금이 될 거다!"

그 후에 악마는 사라졌습니다.

수전노는 이게 꿈인지 생시인지 알 수가 없어서 눈을 비비고 또 비벼댔습니다. 잠시 후에 그는 목이 말라 물동이가 놓인 곳으로 가서 물동이를 들어 컵에 물을 따르려고 했습니다. 그런데 그의 손이 닿자마자 컵도 물동이도 모두 번쩍번쩍 빛나는 황금으로 변했습니다. 그리고 물까지도 그의 입에 닿자 황금으로 변해버렸습니다.

자기가 바라던 대로 이루어진 것을 알고는 수전노는 갈증도 잊고 덩실덩실 춤을 추며 방 안에 있는 모든 물건들을 손으로 만지기 시작했습니다. 그리고 자기 주위에 황금이 쌓여가는 것을 보며 기뻐 날뛰었습니다.

그러나 며칠이 지나 손대는 모든 것이 황금으로 변해 아무것도 먹을 수도 없고 제대로 누울 수도 없어서 배고픔과 갈증과 피곤함으로 말미암아 거의 죽을 지경에 이르게 되자, 그는 그제야 재물이란 아무 소용이 없다는 것을 깨닫게 되었습니다. 절망에 빠진 그는 혼자 앉아 자기 운명을 한탄하며 울고 또 울었습니다.

이 수전노에게는 외동딸이 하나 있었습니다. 어느 날 아버지가 근심에 싸여 있는 것을 본 외동딸이 아버지에게 다가가서 입을 맞추고 아버지를 안으려고 했습니다. 그러나 그녀의 손이 아버지의 이마에 닿는 순간 황금으로 변하고 말았습니다.

이를 본 수전노는 회개를 하며 하느님께 자기의 탐욕을 용서해달라고 빌며, 재산을 모두 잃고 불쌍한 거지가 되어도 좋으니 악마의 장난에서 벗어나게 해달라고 애원했습니다. 그리고 황금으로 변한 딸이 다시 본 상태로 돌아오고, 자기 자신은 한 조각의 빵과 물 한 모금이라도 먹고 굶주림과 갈증에서 벗어날 수만 있다면 다른 것은 아무래도 상관없다고 통곡했습니다.

하느님께서는 그가 울며 진정으로 회개하는 것을 보고 그를 용서하며 전 재산과 황금을 모조리 거둬가셨습니다. 그리하여 그는 가난하지만 행복한 사람이 되었습니다. ⫸⫷

금물고기

옛날 옛적에 한 가난한 어부가 살고 있었습니다. 어느 날 저녁 그는 밤새도록 고기잡이를 했지만 한 마리도 잡을 수가 없었습니다. 동이 틀 시간이 되자 그는 마지막으로 낚시를 물속에 던지면서 이렇게 속으로 말했습니다.

"하느님, 이 무슨 불행인가요! 오늘 빈손으로 집에 돌아가면 저의 아이들은 굶어 죽고 말 거예요."

그때 마침 낚싯대에 고기가 물린 게 느껴져 얼른 낚싯대를 끌어당겼습니다. 그러자 금빛 나는 조그만 물고기가 끌려 올라왔습니다. 그가 낚싯바늘에서 그 물고기를 빼려고 하자 어디선가 "그 금물고기를 바닷속에 놓아주어라. 그러면 너에게 좋은 일이 일어날 것이다"라는 소리가 들려왔습니다.

"에잇. 놓아주기로 하지. 어차피 물고기 한 마리로는 아무것도 할 수 없으니까?"

그는 이렇게 생각하며 물고기를 바닷속에 놓아주었습니다. 그러자 아까와 같은 목소리가 그에게 이렇게 말하는 것이 들렸습니다.

"너는 내가 네게 무슨 좋은 일을 해주기를 바라느냐?"

"집에 돌아가면 빵과 음식이 준비되어 있었으면 좋겠습니다."

그런데 정말로 그가 집으로 돌아갔을 때 음식이 마련되어 있었습니다. 그는 그날 있었던 일을 아내에게 이야기했습니다. 그러자 그의 아내는 이렇게 말했습니다.

"아니 그래, 좀 더 좋은 것을 요구하지 않고 겨우 빵과 음식을 달라고 했어요?"

그러자 어부가 말했습니다.

"그래, 알았소. 그러면 다음에 또 그 물고기를 잡으면 무엇을 부탁하면 좋겠소?"

아내는 대궐 같은 집을 부탁하라고 했습니다.

다음 날 어부는 다시 바다로 가서 낚시를 던졌는데 또 금물고기를 낚았습니다. 낚싯바늘에서 고기를 빼내려고 하자 "그 금물고기를 바닷속에 놓아주어라. 그러면 너에게 좋은 일이 일어날 것이다"라는 소리가 또 들려왔습니다.

어부가 고기를 놓아주자 "너는 내가 네게 무슨 좋은 일을 해주기를 바라느냐"라는 소리가 들려서 어부는 대궐 같은 집을 부탁했습니다.

어부가 집에 돌아와보니 자기의 집이 으리으리한 대궐로 변해 있었습니다. 어부의 아내는 그를 보자 이렇게 말했습니다.

"여보, 다시 그 고기를 잡으면 당신은 왕으로 나는 왕비로 만들어달라고 하세요."

다음 날 어부는 또 바다에 나갔는데 그날도 전날과 똑같은 일이 일어났습니다. 어부는 자기 아내가 이야기한 대로 부탁했습니다. 그러나 어부가 집에 돌아와보니 대궐 같은 집은 간 곳이 없고 옛날처럼 초라한 초가집만 남아 있었고 아이들은 배가 고파 울고 있었습니다. ◀◀◀

가난한 사람과 금화

한 자식이 많은 가난한 사람이 먹고살기 위해 아내와 함께 하루 종일 열심히 일했습니다. 저녁이 되면 비록 몸은 피곤했지만 그들은 보잘것없는 음식이나마 즐거운 마음으로 먹었고, 식사가 끝나면 아버지가 뜯는 리라 소리에 맞춰 아이들이 춤을 추는 등, 더할 나위 없이 행복한 나날을 보내고 있었습니다.

그들 이웃에는 부자가 한 명 살고 있었습니다. 이 부자는 가난한 사람의 집에서 매일 저녁마다 웃음소리가 들려오는 것을 보고는 몹시 이상하게 여겼습니다.

'어째서 나는 저 가난한 사람처럼 낮에는 열심히 일하고 밤에는 즐겁게 놀면서 만족스럽고 평안하게 생활을 할 수가 없는 걸까?'

그리고 곧이어 이런 생각을 했습니다.

'어디, 저 가난한 사람에게 많은 돈을 주어보자. 그가 과연

어떻게 하는지 보고 싶군.'

그래서 부자는 가난한 사람을 찾아가 이렇게 말했습니다.

"여보게, 자네가 정직한 사람처럼 보여 내가 자네에게 1천 드라크마를 주려고 하네. 그러니까 그 돈으로 원하는 가게를 열어서 돈을 벌게 되면 나한테 그 1천 드라크마를 돌려주고, 그렇지 못하면 돌려주지 않아도 되네."

그날부터 가난한 사람은 하루 종일 그 많은 돈으로 무엇을 할까 고민하기 시작했습니다. 상점을 하나 열까, 아니면 이자 놀이를 할까, 아니면 밭을 살까? 가난한 사람은 이 궁리 저 궁리를 하며 하루를 보냈습니다. 저녁이 되어도 그는 궁리를 하느라 리라를 뜯지 않고 아이들이 조금만 떠들거나 웃어도 야단을 쳤습니다. 밤새도록 생각을 하느라 그는 한숨도 못 잤습니다. 다음 날이 되어도 그는 일하러 나가지 않고 온종일 생각만 했습니다. 그의 부인은 무슨 일이냐고 물으면서 그의 기분을 맞추려고 했지만 그는 가만히 내버려두라면서 화만 냈습니다.

하루가 지나고 이틀이 지나고 사흘이 지나도, 이제 가난한 사람의 집에서는 웃음소리도 아이들의 춤추는 소리도 들려오지 않았습니다. 나흘째 되는 날 아침, 가난한 사람은 부자를 찾아와 이렇게 말했습니다.

"자네가 준 돈이 여기 있네. 나는 돈도 필요 없고 돈이 불러 오는 걱정도 필요 없다네."

그날부터 가난한 사람은 행복을 되찾아 낮에는 열심히 일하고 저녁이면 옛날처럼 리라를 뜯고 그 음악 소리에 맞춰 아이들은 춤을 추었습니다. ❰❰❰❰

달걀

옛날 옛적에 한 선장이 있었습니다. 배가 항구에 도착하자, 선장은 식사를 하기 위해 근처에 있는 한 음식점에 가서 주인에게 물었습니다.

"주인장, 먹을 음식이 남아 있습니까?"

"죄송하지만, 다 팔고 남은 게 없는데요. 다만 달걀프라이가 서너 개 있는데, 좋으시다면 그거라도 담아드릴 테니 드시겠습니까?"

선장은 달걀이라도 먹겠다고 말하면서 자리에 앉았습니다. 그런데 선장이 막 달걀을 먹고 있는데 선원 한 명이 헐레벌떡 달려오더니, 바람이 심하게 불기 때문에 닻을 올리고 떠나야 하겠다고 말했습니다.

선장은 먹던 음식을 두고 배로 달려갔습니다. 선장이 배 안으로 들어가자 선원들이 닻을 들어 올렸고 배는 심한 풍랑 속에서 항해를 떠났습니다. 그러나 잠시 후에 하늘이 도왔는지 성 니콜라오스 성인*이 도왔는지, 어쨌든 풍랑은 멈추고 배는 안전하게 항해를 계속할 수 있게 되었습니다.

그로부터 오륙 년이 지나 선장은 옛날 그 항구에 다시 오게 되었습니다. 배가 항구에 도착하자 선장은 옛날에 지불하지 못했던 달걀 값을 지불하려고 그 음식점으로 갔습니다. 음식점 주인은 엄청나게 많은 액수의 돈을 선장에게 요구했습니다.

"그 네 개의 달걀을 닭에게 품게 했으면, 네 마리의 닭을, 즉 두 마리의 암탉과 두 마리의 수탉을 얻을 수 있었을 거고, 그리고 그 암탉들이 다시 알을 까서……."

음식점 주인은 이런 식으로 계산을 해서 선장이 배를 팔아도 갚을 수 없는 액수의 돈을 지불하라고 요구하며 선장을 재판에 걸었습니다.

선장은 네 개의 달걀 때문에 배를 잃게 될 상황에 처하게 되자 거의 미칠 지경이 되어 정신 없이 이곳저곳을 돌아다니다가 노인들만 모여 있는 다른 음식점으로 들어갔습니다. 그곳에는 마침 한 엉터리 변호사가 있었습니다. 그는 선장이 걱정에 잠겨 있는 것을 보고는 가까이 다가가 그의 딱한

※ 성 니콜라오스 성인은 그리스 정교에서 항해하는 사람과 길을 가는 나그네를 보호하는 성인으로 추앙 받고 있다.

사정 이야기를 다 듣고 이렇게 말했습니다.

"선장, 걱정 마시고 내게 술 한 잔만 사주쇼. 그러면 내일 재판에서 이기게 해드리죠."

선장이 즉석에서 술을 주문하자 당장 술 한 잔이 변호사 앞에 놓였습니다. 변호사는 술잔을 단숨에 쭉 비우고 나더니, 그 자리에서 선장에게 보고서 한 장을 써주면서 법원에 제출하라고 말했습니다. 그 보고서에는 선장이 이번 재판을 변호사인 그에게 위임한다는 내용이 쓰여 있었습니다.

다음 날이 밝았습니다. 재판이 있는 사람들은 아침부터 법정에 모여들었습니다. 아홉 시가 지나고, 열 시가 지나고 열한 시가 지나 정오가 다 되어가는데도, 선장의 변호사는 나타나지 않았습니다.

그러다가 12시 15분 전이 되어서야 변호사가 태평스럽게 휘파람을 불며 나타났습니다. 그를 보자 판사가 이렇게 말했습니다.

"여보쇼, 사람을 이렇게 기다리게 하는 법이 어디 있소? 당신을 기다리다가 우리 모두가 배가 고파 죽을 지경이오!"

"여러분, 죄송합니다. 사실은 제가 어제 땅콩을 여덟 근이나 사서 제 마누라에게 보냈습니다. 그랬더니 제 마누라는 그 땅콩을 한꺼번에 모두 볶았습니다. 그래서 어제 저녁 내내 그 땅콩을 먹었고 또 오늘 아침에도 먹었지만, 아직도 많이 남아서 남은 땅콩들을 밭에다 뿌리고 오느라고 이렇게 늦었습니다."

그러자 음식점 주인이 말꼬투리를 잡으며 물었습니다.

"아니, 삶은 땅콩에서 싹이 난단 말씀이십니까?"

그러자 엉터리 변호사가 이렇게 대꾸했습니다.

"그럼 프라이한 달걀에서 닭이 나온단 말씀입니까?"

변호사는 지체하지 않고 재판을 끝맺으며 이렇게 판결을 내렸습니다.

"선장님, 달걀 네 개를 잡수셨지요? 달걀 값으로 4드라크마를 지불하시고, 또 빵 두 덩어리 값으로 2드라크마, 둘을 합쳐서 도합 6드라크마를 음식점 주인에게 지불하십시오."

판사도 변호사의 의견에 동의했습니다. 그리하여 선장은 배를 잃지 않게 되었습니다. ⫷⫷⫷

맷돌

옛날 옛적에 두 형제가 살고 있었는데 형은 부자였고 동생은 가난했습니다. 그래서 형은 동생을 양치기로 데리고 있었습니다. 성 대토요일* 아침이 되자, 부자 형은 자기가 갖고 있는 양들 가운데 다음 날인 부활절에 잡을 양들을 골라냈습니다. 시장으로 가서 양을 팔 시간이 되자 동생은 자기도 부활절에 부인과 아이들, 온 가족이 먹을 수 있게 양 한 마리만 달라고 형에게 부탁했습니다. 그러나 욕심쟁이인 형은 이렇게 잔소리만 늘어놓았습니다.

"이 은혜도 모르는 녀석아, 그래 내가 너를 양치기로 쓰며 밥을 먹게 해주고 있는데 게다가 양까지 달란 말이냐?"

가난한 동생은 더 이상 부탁하지 않기로 했습니다. 그들은 시장에 가서 양을 팔기 시작했는데 한 마리가 끝까지 영

※ 부활절 하루 전 날

팔리지 않았습니다. 그래서 동생은 형에게 말했습니다.

"이 안 팔리는 양을 제가 가져가도 될까요?"

그러자 형이 대답했습니다.

"그래, 가지고 지옥으로나 꺼져버려라!"

형의 말에 너무나도 기분이 상한 동생은 집으로도 어디로도 가지 않고 곧바로 지옥으로 가려고 산에 올라갔습니다. 그는 미친 사람처럼 산을 뛰어 헤맸습니다. 그러는 동안 어느덧 밤이 되었습니다. 피곤을 느낀 그는 쉬기 위해 앉았습니다.

그곳에 앉아 생각에 잠겨 있는데 저쪽에 불이 반짝이는 것이 보였습니다. 그게 무엇일까 알아보기 위해 일어나서 불빛을 향해 가기 시작했습니다. 그가 가까이 다가가 보니까 그곳에는 큰 식탁이 놓여 있었고, 식탁 주변에는 온갖 '유혹'과 '악마'의 화신인 도깨비들이 둘러앉아 음식을 먹고 술을 마시고 있었습니다.

그들 가운데 한 명이 동생을 보고는 이렇게 말했습니다.

"여보게, 어서 오게나!"

그러자 다른 도깨비들도 이렇게 말했습니다.

"어서 오게나! 도대체 이곳에는 어떻게 오게 되었나? 우린 이곳에 여러 해 동안 있었지만 여태까지 한 사람도 우리를 찾아온 적이 없었다네. 그런데 자네는 어떻게 이곳에 오게 되었나?"

다른 도깨비들도 모두 같은 질문을 했으며 동생은 이렇게 대답했습니다.

"뭐 특별한 일이 있어서 이곳에 온 것은 아닙니다. 다만 제 형님이 이 양을 주면서 지옥으로나 꺼져버리라고 하기에 양을 걸머지고 정처 없이 길을 걷다보니 여러분을 만나게 된 것이지요."

'유혹'과 '악마'의 화신인 도깨비들이 그에게 음식을 좀 먹겠느냐고 물었지만 그는 싫다고 했습니다. 그러자 도깨비들이 물었습니다.

"자네가 양을 선물로 우리에게 가져왔으니 그 대가로 우리가 무엇을 자네에게 선물했으면 좋겠나?"

"아무거든 상관없으니 주고 싶으신 걸 주세요."

그가 이렇게 대답하자 도깨비들은 커피를 가는 맷돌을 하나 주면서 맷돌을 돌리면 금화든, 은화든, 음식이든, 뭐든지 원하는 게 쏟아져 나온다고 말했습니다. 그러면서 다른 사람이 아무리 달라고 해도 절대로 주어서는 안 된다고 주의를 주었습니다. 그는 맷돌을 받아 들고 성 대토요일 깊은 밤에 집으로 왔습니다.

날이 밝아 부활절 아침이 되었습니다. 동생의 아이들은 먹을 음식도 없고 입을 옷도 없는 자신들의 신세가 서러워서 슬피 울었습니다. 동생은 도깨비에게 받은 맷돌을 꺼내서는 조금 돌렸습니다. 그러자 빵과 먹을 음식, 금화와 입을 옷 등, 그들이 원하는 것들이 마구 쏟아져 나왔습니다. 아이들은 기뻐하며 음식을 먹고 옷을 갈아입은 후 성당으로 갔습니다.

형은 전혀 몰라볼 정도로 모습이 확 달라진 동생의 아내와 아이들을 보자 틀림없이 무슨 좋은 일이 일어났다는 것을 눈치챘습니다. 그래서 동생의 아이들 하나하나에게 이것저것 물어봐 끝내 동생이 원하는 것은 무엇이나 쏟아내는 맷돌을 가지고 있다는 것을 알아냈습니다. 형이 동생에게 직접 물어봤지만 그는 딱 잡아뗐습니다. 그러자 형이 이렇게 말했습니다.

"그러지 말고 사실대로 말해라. 아이들이 벌써 나한테 다 얘기했는데 뭘 그러냐?"

동생은 할 수 없이 형에게 사실대로 모든 이야기를 했습니다. 그러자 형은 돈을 많이 줄 뿐 아니라 평생 그 은혜를 잊지 않겠으니 제발 맷돌을 자기에게 달라고 애걸복걸했습니다. 동생은 그 제안을 받아들이기로 하고, 우선 집으로 가서 맷돌을 돌려 금화를 한 상자 가득히 채워놓은 후 형에게 맷돌을 주었습니다.

형은 맷돌을 갖게 된 것에 만족하지 많고 온 세상 사람들에게 자랑하고 싶은 생각에 고향을 떠나 수도인 콘스탄티누폴리스*로 갔습니다.

배를 타고 여행을 하는 도중에 사람들이 소금을 찾았습니다. 형은 맷돌을 돌려 소금을 만들기 시작했습니다. 그러자 맷돌이 더 이상 말을 듣지 않고 스스로 계속 돌면서 소금을 만들어내기 시작하더니 배를 가득 채웠고, 배는 무게를 견디지 못하여 가라앉았습니다. 배와 함께 배를 타고 있던 사람들 모두가 물에 빠져 죽고 말았습니다.

도깨비들이 다시 이 맷돌을 되찾아 갔습니다만 가난한 동생은 금화를 많이 가지고 있었기에 행복하게 살았습니다.

⋘⋘

---

* 지금의 이스탄불. 기원후 330년에 동로마 제국의 콘스탄티노스 황제는 이곳에 도시를 건설하고 자신의 이름을 따서 콘스탄티누폴리스라 이름 지었다. 그리스 사람들은 아직도 이 도시를 콘스탄티누폴리스라고 부른다.

해와 달

옛날 옛적에 할아버지와 할머니가 살고 있었습니다. 하루는 할아버지가 밭을 매러 가는데 길에서 해와 달이 싸우고 있는 것을 보았습니다. 해와 달은 할아버지를 보자 이렇게 말했습니다.

"할아버지 참 잘 오셨어요. 해와 달 중에서 누가 더 나은지 말씀해주세요. 우리 둘 중에서 누가 더 잘났으며 누가 이세상을 지배해야 된다고 생각하세요?"

그러자 할아버지가 말했습니다.

"낮에는 해가 세상을 다스리고 밤에는 달이 다스리지."

이 말을 들은 해와 달은 몹시 만족해하며 이렇게 훌륭한 판결을 내려준 것에 대한 대가로 무엇을 드렸으면 좋겠느냐고 할아버지에게 물어보았습니다. 할아버지가 대답했습니다.

"나는 아무거나 좋으니 너희가 주고 싶은 걸 주려무나."

그러자 해와 달은 서로 의논을 하더니 할아버지에게 암

닭 한 마리를 주면서 이렇게 말했습니다.

"길을 반쯤 가시다가 이 암탉에게 '금화를 한 줌 낳아주렴' 하고 말하시면 금화를 낳을 거예요. 그리고 언제든지 그렇게 말하시면 금화를 낳을 거예요."

할아버지는 기쁜 마음으로 암탉을 받아 들고 집을 향해 가다가 집에 반쯤 왔을 때 닭한테 "금화를 한 줌 낳아주렴" 하고 말했더니 닭이 정말 금화를 낳았습니다.

할아버지는 기뻐하며 집으로 돌아와서 늘그막에 얻게 된 행운에 대해 할머니에게 이야기했습니다. 그 후에 할아버지는 닭에게 은으로 된 닭장을 만들어주기 위해 기술자를 데리러 떠나면서 할머니에게 목수가 오거든 절대로 귀중한 닭의 비밀에 대해 말하지 말라고 당부했습니다.

얼마 후에 목수가 와서 닭장을 만들기 시작했습니다. 할머니는 본래 자랑하기 좋아하는 사람이었기 때문에 비밀을 가슴속에 담아놓지 못하고 목수에게 자기의 닭이 금화를 낳아준다고 이야기해버렸습니다. 그러고는 목수 옆에 앉아 닭에게 "금화를 한 줌 낳아주렴" 하고 말했습니다. 그러자 닭은 금화를 낳았습니다.

이것을 본 영악한 목수는 다른 곳에서 금화를 낳는 닭과 비슷하게 생긴 닭 한 마리를 구해와서는 닭장에 둥우리를 집어넣을 때 아무도 눈치채지 못하게 비슷한 닭을 닭장 속에 살짝 넣고는 금화를 낳는 진짜 닭을 훔쳐 달아나버렸습니다.

목수가 자기들을 속인 것을 알지 못하는 할아버지와 할머니는 닭장 속에 든 닭이 금화를 낳는 닭인 줄 알고 매일 모이를 주며 정성 들여 키웠습니다.

며칠 후에 할아버지는 돈이 필요했습니다. 그래서 닭에게 가서 "금화를 한 줌 낳아주렴" 하고 말했습니다. 그러나 닭은 금화를 낳는 대신에 할아버지 손에 똥을 쌌습니다. 할아버지는 구역질을 하며 손을 씻고는 목수에게 달려가서 닭을 돌려달라고 애원했습니다.

"여보게, 일이 이렇게 되어 자네도 비밀을 알게 되었으니 내 자네를 탓하지는 않겠네. 그러나 닭을 나에게 돌려주면 닭이 낳는 금화의 절반은 자네에게 주겠네."

목수는 마음씨 나쁜 사람이었습니다. 그래서 불쌍한 할아버지를 내쫓으며 이렇게 말했습니다.

"전 할아버지를 뵌 적도 없고 또 알지도 못합니다. 저에게 하시는 말씀이 무슨 말씀인지 통 모르겠으니까 다시는 우리 집에 오지도 마세요!"

가엾은 할아버지는 슬픔에 싸여 집으로 돌아와서는 목수가 얼마나 나쁜 사람인지 생각했습니다. 그러다가 호미를 들고 밭을 매러 갔습니다. 밭으로 가는 길에 해와 달이 또 다시 싸우고 있는 것을 보았는데, 그들은 할아버지에게 또 누가 더 잘났고 누가 이 세상을 다스릴 권한이 있는가를 물어보았습니다. 그러자 할아버지는 이렇게 대답했습니다.

"낮에는 해가 세상을 다스리고 밤에는 달이 다스리지."

해와 달은 이 대답에 몹시 만족해하며 할아버지에게 무엇을 갖고 싶으냐고 물었습니다.

"나는 아무거나 좋으니 너희가 주고 싶은 걸 주려무나."

할아버지가 대답했습니다. 그러자 해와 달은 서로 의논을 하더니 식탁보 하나를 주면서 할아버지에게 말했습니다.

"길을 반쯤 가시다가 이 식탁보를 펴시면 잡수시고 싶으신 음식은 무엇이나 놓여 있을 거예요. 그리고 앞으로는 배가 고프실 때마다 언제든지 이 식탁보를 펴시면 원하시는 것은 무슨 음식이나 드실 수 있을 겁니다. 그렇지만 할아버지, 이 식탁보를 남에게 뺏기지 않도록 이번에는 꼭 조심하세요."

"그래, 알았다. 나도 이제는 세상이 어떤지 알았으니까 아무도 믿지 않을 거다."

할아버지는 식탁보를 받아 들고 그곳을 떠났습니다. 집까지 가는 길의 반을 걸었을 때 할아버지는 식탁보를 폈습니다. 그러자 식탁보 속에는 할아버지가 먹고 싶은 음식이 가득 들어 있었습니다. 할아버지는 자리에 앉아 음식을 맛있게 먹었습니다.

　배가 부르도록 잘 먹은 할아버지는 기쁜 마음으로 집에 돌아와서 자기가 얻은 행운에 대해 할머니에게 이야기했습니다. 그 후로 할아버지와 할머니는 배가 고프면 식탁보를 펴고 먹고 싶은 음식을 먹었습니다. 날마다 이렇게 지내게 된 할아버지와 할머니는 더 이상 일할 필요도 없고 돈을 쓸 일도 없었기 때문에 매우 행복해 했습니다. 먹고 싶은 것은 무엇이나 얻을 수 있었고 부족한 것이 조금도 없었습니다. 어느 날 할아버지가 할머니에게 말했습니다.

　"여보, 우리 임금님과 임금님이 군대를 초청해서 이 식탁보에서 나오는 음식을 대접해드립시다. 임금님은 좋아하시며 식탁보를 굉장히 훌륭하다 해주실 거요."

　"영감, 참 좋은 생각을 했구려. 그렇게 하면 임금님은 틀림없이 우리가 아주 훌륭한 사람들이라고 여기실 거예요."

　할아버지는 궁전으로 가서 왕에게 군대를 데리고 자기 집에 오셔서 음식을 드시라고 이야기했습니다. 왕은 이 말을 듣고는 약간 놀랐지만 할아버지를 실망시키지 않기 위해 군대를 데리고 할아버지 집으로 갔습니다.

　왕이 집에 도착하자 할아버지는 식탁보를 펼쳐 왕에게 먹고 싶은 것은 무엇이든 맘껏 잡수시라고 말했습니다(왕과 그의 군대는 멀찌감치 떨어진 곳에서 식탁보에서 온갖 좋은 음식과 오래된 포도주가 튀어나오는 걸 보고 있었습니다). 왕과 군대는 배불리 먹었습니다. 식사를 마치고 왕은 할아버지에게 어디서 이런 식탁보를 구했느냐고 물었습니다. 사실을 이야기하고 싶지 않은 할아버지는 어느 날 밭을 매다가 밭에서 주웠다고 둘러댔습니다. 그러자 왕이 말했습니다.

"이런 식탁보는 당신 같은 노인네에게는 필요 없는 것이오. 이것은 나처럼 군대를 많이 가진 사람에게나 필요한 것이오. 당신들은 자식도 없고 개도 기르지 않는 아무 쓸모없는 늙은이인데 이런 것이 무슨 필요가 있단 말이오?"

이 말을 마친 왕은 할아버지와 할머니가 울며불며 통사정을 하는데도 들은 체하지 않고 식탁보를 빼앗아 들고 궁전으로 돌아갔습니다. 가엾은 할아버지는 울고 또 울었습니다. 그러나 밭을 가는 재주를 가진 할아버지는 체념한 채 호미를 들고 밭으로 갔습니다.

할아버지가 걸어가는데 해와 달이 누가 더 잘났나를 결정하지 못하고 또 싸우고 있었습니다. 그들은 할아버지를 보자 둘 중에 누가 더 잘났느냐고 물었고, 할아버지는 또다시 이렇게 대답했습니다.

"낮에는 해가 세상을 다스리고 밤에는 달이 다스리지."

해와 달은 이 대답에 몹시 만족해하며 할아버지에게 무엇을 갖고 싶으냐고 물었습니다.

"나는 아무거나 좋으니 너희가 주고 싶은 걸 주려무나."

할아버지가 대답했습니다. 그러자 해와 달은 서로 상의한 뒤 튼튼하게 생긴 몽둥이 하나를 주면서 할아버지에게 이렇게 말했습니다.

"할아버지 이 몽둥이에게 행여나 '몽둥아, 때리지 마라'라고 말하지 마세요. 왜냐하면 그렇게 말하시면 큰일이 날 거예요."

할아버지는 몽둥이를 받아 들고 그곳을 떠났습니다. 길을 절반쯤 왔을 때 몽둥이에게 무슨 힘이 있나 궁금해진 할아버지는 "몽둥아, 때리지 마라"라고 말했습니다. 그러자 몽둥이는 사정없이 할아버지를 때리기 시작했습니다. 깜짝 놀란 할아버지는 몽둥이에게 그만하라고 애걸했습니다. 그제야 몽둥이는 때리는 것을 멈췄습니다.

집에 돌아간 할아버지는 어떻게 하면 몽둥이의 힘을 빌려 빼앗긴 닭과 식탁보를 찾아올 수 있을까 생각했습니다. 한참을 생각한 할아버지는 몽둥이를 들고 닭을 훔쳐간 목수를 찾아가서 이렇게 말했습니다.

"여보게, 내 닭을 돌려주게나."

"저는 할아버지를 알지도 못하고 본 적도 없습니다."

목수가 대답했습니다. 그러자 할아버지는 몽둥이에게 말했습니다.

"몽둥아, 저 사람을 때리지 마라."

몽둥이는 사정없이 목수를 때리기 시작했으며 맞아 죽을까봐 두려워진 목수는 할아버지에게 닭을 돌려주었습니다. 닭을 받아 든 할아버지는 집으로 돌아가서 은으로 된 닭장 속에 그 닭을 넣었습니다.

"임금님, 제 식탁보를 그렇게 오랫동안 부당하게 가지고 계셨으니까 이제는 저에게 돌려주셔야 할 때가 되지 않았습니까?"

왕이 대답했습니다.

"썩 물러가지 못하겠느냐! 당장 물러가지 않으면 군사들을 불러다가 너를 잡아 죽이겠다."

할아버지는 몽둥이에게 말했습니다.

"몽둥아 임금님을 때리지 마라."

그러자 몽둥이는 사정없이 왕을 때리기 시작했고 조금만 더 계속하면 왕을 죽일 기세였습니다. 그때야 왕은 겁이 나서 식탁보를 할아버지에게 돌려주었습니다. 식탁보를 받아 든 할아버지는 집으로 돌아와서 식탁보를 펴고 할머니와 맛있는 음식을 먹고 향기로운 술을 마셨습니다.

그 후로는 아무도 할아버지와 할머니를 못살게 굴지 않았고 그들은 행복하게 살았습니다. ◀◀◀

포대 만드는 사람

옛날 옛적에 포대를 만드는 한 사람이 살고 있었습니다. 그는 포대를 만들면서 언제나 이렇게 노래를 부르곤 했습니다.

"나 혼자서 그것을 막았지."

아침저녁으로 그는 이 노래만 불렀습니다. 어느 날 왕이 그의 가게 앞을 지나가다가 그가 이렇게 노래를 부르는 소리를 들었습니다.

"나 혼자서 그것을 막았지."

저녁에 왕이 그곳을 다시 지나갔는데 그는 또 같은 노래를 부르고 있었습니다.

"나 혼자서 그것을 막았지."

왕은 그의 가게 안으로 들어갔습니다. 포대 만드는 사람은 왕을 보자 하던 일을 멈추고 일어나서 모자를 벗더니 두 손을 십자가 모양으로 앞가슴에 얹었습니다. 그러자 왕이 말했습니다.

"여보게, 자네에게 내 한 가지 묻겠는데 바른대로 이야기해주게."

"네, 임금님! 제가 아는 것이라면 무엇이든 진실을 말씀드리겠습니다."

포대 만드는 사람이 대답했습니다.

"내가 아침저녁으로 자네 가게 앞을 지나가는데 항상 '나 혼자서 그것을 막았지'라는 노랫소리가 들리더군. 도대체 무엇 때문에 그 노래를 그렇게 좋아하게 되어 다른 노래는 통 부르지 않는지 그 이유를 말해주게나."

"아! 임금님, 무어라 말씀드려야 할까요? 저는 다만 저의 가난함을 노래하고 있을 뿐이랍니다. 저는 몹시 가난한 사람입니다. 그래서 하루는 하느님께 기도를 드리면서 저의 운명이 어떻기에 이렇게 발전이 없고 찢어지게 가난한 생활을 하고 있는지 가르쳐달라고 청했답니다. 그렇게 기도를 드린 날 저녁, 잠을 자다가 꿈을 꾸었습니다. 꿈속에서 저는 샘이 수천 개 모여 있는 곳에 갔었습니다. 그 샘들은 크기도 각각 달랐고 솟아오르는 물의 양도 각각 달랐습니다. 어떤 샘에서는 강물처럼 많은 물이 솟아나오고 있었고, 어떤 샘에서는 그저 한 방울 두 방울 흘러나오고도 있었습니다. 그곳에 있는 한 사람에게 이 샘들이 무엇이냐고 물어보자 그는 그것들이 인간 각자의 운명을 상징한다고 대답했습니다.

그래서 저는 그러면 저의 운명이 어느 것이냐고 물었더니 그 사람이 어떤 샘을 가리켰습니다. 그런데 그가 가리킨 샘에서는 물이 한 방울 한 방울씩 겨우 솟아나오고 있어서 저는 구멍이 막혀서 그렇다고 생각하고 막대기를 집어 구멍을 크게 만들기 위해 막 휘저었습니다. 그랬더니 그만 더 악화되어 그나마 흐르던 물마저 나오지 않았습니다. 저는 꿈속에서 '아, 나 혼자 그것을 막았지!'라고 말하고, 이런 마음으로 잠을 깬 후부터는 밤낮으로 그 노래를 부르며 제 신세를 한탄하고 있는 것입니다."

왕은 아무 말도 하지 않고 자리를 떴습니다. 다음 날 저녁 왕은 시종을 시켜 포대 만드는 사람에게 떡 한 덩어리를 쟁반에 받쳐 보냈습니다.

"임금님께서 당신에게 안부와 함께 이 떡을 보내셨습니다."

시종은 이 말을 마치고 떠나갔습니다.

포대 만드는 사람은 떡을 손에 들고 '오늘 저녁에 이 떡을 먹은들 무슨 소용이 있겠어? 우리 식구가 모두 다섯인데 이 것 가지고는 배도 부르지 않을 거야. 그러니까 음식점 주인에게 이 떡을 가지고 가서 오래된 빵 조각과 먹다 남은 음식과 바꿔달라고 해야지. 그러면 이틀은 견딜 수 있겠지. 떡 한 덩이를 가지고 무얼 하겠어?'라고 생각했습니다.

그는 생각한 대로 행동에 옮겼습니다. 떡을 들고 음식점 주인에게 가서 말했습니다.

"여보게, 이 떡을 자네에게 줄 테니까 대신 굳은 빵 몇 개 하고 먹다 남은 음식을 내게 좀 주지 않겠나? 자식들에게 가져다주게 말일세."

음식점 주인은 떡을 받았고 그 대신 굳은 빵과 남은 음식을 싸주었습니다. 포대 만드는 사람은 음식과 빵을 받아 들고 집으로 돌아가 이삼 일 동안 잘 먹었습니다.

음식점 주인은 집으로 가기 전에 떡을 한 조각 맛보기 위해 떡의 가운데를 잘랐습니다. 그런데 그 떡 속에는 온통 금화가 가득 차 있었습니다. 그는 기뻐서 어쩔 줄 모르며 집으로 갔습니다.

다음 날이 되자 왕은 포대 만드는 사람의 가게 앞을 다시 지나갔는데 안에서 여전히 '나 혼자서 그것을 막았지' 하는 노랫소리가 들려왔습니다. 저녁에 왕은 금화를 집어넣은 거위 요리를 포대 만드는 사람에게 보냈습니다.

포대 만드는 사람은 다시 거위를 가지고 음식점 주인에게 갔습니다. 음식점 주인은 그를 보자 반색을 했고, 포대 만드는 사람은 이렇게 말했습니다.

"이 거위를 오늘 저녁에 먹은들 무얼 하겠나? 내일은 또 먹을 것이 없을 것이니 말일세. 그러니 이 거위를 받고 대신 자식들에게 가져다줄 빵 몇 조각과 음식을 주도록 하게나."

음식점 주인은 가게에 남아 있는 빵을 전부 큰 부대에 넣고 남아 있는 음식을 쟁반에 담아 하인을 시켜 포대 만드는 사람 집에 운반해주었습니다.

포대 만드는 사람이 떠나자 음식점 주인은 거위를 잘랐습니다. 그러자 그 속에서 또 금화가 쏟아져 나왔습니다. 음식점 주인은 너무 기뻐 어쩔 줄 몰라 했습니다.

날이 밝자 왕은 다시 포대 만드는 사람 가게 앞을 지나갔는데 여전히 똑같은 노랫소리가 들려왔습니다. 왜 똑같은 노래를 부를까 의아하게 생각한 왕은 그의 가게 안으로 들어갔습니다.

"도대체 어떻게 된 거냐?"

"어떻게 되다니요? 입에 풀칠이라도 하기 위해 일을 하고 있습니다."

포대 만드는 사람이 대답했습니다.

"떡과 거위는 어떻더냐? 그래 맛이 있더냐?"

왕이 묻자 포대 만드는 사람이 대답했습니다.

"아이고, 임금님 말씀도 마십시오! 저의 집 식구가 다섯이나 되는데 한두 명이 먹을 정도의 떡과 거위를 어디에다 쓰겠습니까? 한 끼 먹고 나면 다음 날 또 먹을 것이 없을 것이기에 음식점 주인에게 가지고 가서 빵과 남은 음식과 바꾸어와서 며칠을 먹었습니다."

이 말을 들은 왕은 속으로 이렇게 생각했습니다.

'정말로 너는 들어오는 복도 걷어차는구나!'

왕은 아무 말도 하지 않고 궁전으로 돌아갔습니다.

포대 만드는 사람이 집으로 돌아가기 위해서는 다리를 건너야만 했습니다. 왕은 금화를 포대 하나에 가득 채운 후 그것을 두 시종에게 주면서 이렇게 말했습니다.

"너희들은 포대 만드는 사람을 멀리서 감시하도록 해라. 그러다가 그가 가게 문을 닫고 집으로 돌아가는 시간이 되면 앞질러 가서 다리 한가운데에 이 금화가 담긴 자루를 놓아두고 다리 밑에 숨어서 그가 자루를 집어가나 보도록 해라. 그리고 행여 다른 사람이 금화가 담긴 자루를 집어가지 않도록 각별히 조심하기를 바란다."

두 시종은 금화를 받아 들고 날이 어두워지자 포대 만드는 사람에게 갔습니다. 그리고 그가 가게 문을 내리고 열쇠를 채우자 앞질러 다리로 가서 다리 가운데에 금화가 담긴 자루를 놓아두고 시종들은 다리 밑에 숨었습니다. 포대 만드는 사람은 다리에 도착할 때가 되자 큰 소리로 이렇게 외쳤습니다.

"지난 수년 동안은 눈을 뜬 채 이 다리를 건넜으니 오늘 한 번만은 눈을 감고 건너봐야겠군. 그러다가 떨어져 죽으면 이 한 많고 서러운 인생과 작별을 하는 거지."

왕의 시종들이 이 말을 들었습니다. 포대 만드는 사람은 눈을 꼭 감고 다리를 건느느라 금화가 담긴 자루는 보지도 못했습니다.

포대 만드는 사람이 멀리 사라지자 왕의 시종들은 숨은 곳에서 나와 금화 자루를 다시 집어 들고는 왕에게 돌아갔습니다. 왕은 금화 자루를 보자 그들에게 물었습니다.

"아니, 왜 금화가 든 자루를 도로 가지고 돌아왔느냐?"

"다리 위에 놓고 올 수가 없어서 가지고 돌아왔습니다. 글쎄, 포대 만드는 사람이 다리에 가까이 오더니 '지난 수년 동안은 눈을 뜬 채 이 다리를 건넜으니 오늘 한 번만은 눈을 감고 건너봐야겠군'이라고 말하면서 눈을 감고 다리를 건너는 바람에 이 자루를 보지 못하고 건넜답니다. 그리고 발을 헛디딜 뻔하기도 했답니다."

"아이고, 저 못난 사람을 어쩌면 좋은가! 정말로 들어오는 복도 제대로 못 받고 발로 걷어차는구먼!"

다음 날이 되자 왕은 포대 만드는 사람을 불러 이렇게 말했습니다.

"아니, 너는 어째서 그렇게도 생각이 없느냐! 잘난 척하고 떡과 거위를 팔아먹었으니 너는 그 속에 무엇이 들어 있는지 몰랐을 것이다. 내가 너를 부자로 만들어주려고 그 속을 금화로 가득 채워놓았었다. 그리고 이 바보 같은 녀석아, 어제는 또 왜 눈을 감고 다리를 건너서 내가 너를 위해 놓아 둔 금화가 든 돈 자루도 못 보고 지나갔단 말이냐?"

"임금님, 제 잘못이 아닙니다. 제 운명이 그런 것을 어찌 합니까?"

그 다음에 왕은 사람을 시켜 음식점 주인을 불러오게 해 서 이렇게 말했습니다.

"나쁜 놈 같으니라고! 너는 어째서 이 사람에게 그렇게 못 되게 굴었느냐? 떡과 거위에 금화가 든 것을 알았으면 적어 도 그중 반은 포대 만드는 사람에게 돌려주지 않고 더러운 음식과 마른 빵만 주어 보냈느냐? 당장 돌아가서 한 푼도 빠 짐없이 금화를 전부 이리 가지고 오너라. 그 금화는 내가 저 사람에게 보낸 것이다."

음식점 주인은 집으로 가서 금화를 가지고 왔습니다. 왕 은 그 금화를 포대 만드는 사람에게 주면서 말했습니다.

"너 스스로가 네 운명의 샘을 막았고 나는 너 몰래 막힌 샘을 뚫어주려고 했다. 그러나 너의 어리석음 때문에 그마 저 할 수가 없었다. 자, 이제 이 금화를 받아 가지고 편안하 게 살면서 그 노래만은 더 이상 부르지 않도록 해라."

포대 만드는 사람은 왕에게서 금화를 받아 그 돈을 밑천 으로 후에 장사꾼이 되었습니다. ≪≪≪

양귀비

옛날 옛적에 한 노파가 딸과 함께 살고 있었는데 노파는 딸을 나물 캐러 보내곤 했습니다. 들에는 온통 꽃이 만발해 있고, 나무에는 파란 잎들이 무성하게 돋아나 있는 오월 어느 날, 들로 나간 노파의 딸은 나물은 캐지 않고 양귀비꽃을 모으기 시작했습니다. 그러고는 가지고 있던 실과 바늘로 자기의 치마 위에 양귀비꽃 수를 놓았습니다.

그녀가 이렇게 머리에서 발끝까지 양귀비꽃으로 장식하고 있는데 마침 세 명의 운명의 여신들이 그곳을 지나가다가 그녀의 모습을 보고 너무 우스워 큰 소리로 웃었습니다. 생전 웃어본 적이 없는 막내 운명의 여신까지도 웃었습니다. 그러자 운명의 여신들이 제각기 말했습니다. 첫째 운명의 여신이 말했습니다.

"네가 우리 막냇동생을 웃게 했으니 그 보답으로 네가 달고 있는 양귀비꽃들이 다이아몬드와 진주가 되게 하겠다."

둘째 운명의 여신이 말했습니다.

"너는 세상에서 가장 아름다운 처녀가 될 거고, 네가 말할 때마다 입에서 장미꽃이 떨어질 게다."

그러자 셋째 운명의 여신도 이렇게 말했습니다.

"네가 나를 웃게 했으니, 이제 곧 임금님이 이곳을 지나갈 텐데 임금님이 너를 보고 넋을 잃고는 너를 아내로 맞이하게 될 게다."

노파의 딸은 운명의 여신들의 말대로 딴사람이 되었습니다. 조금 후에 왕이 그곳을 지나가다가 그녀를 보고 아름다움에 넋을 잃고는 이렇게 물었습니다.

"당신은 사람입니까, 아니면 귀신입니까?"

그녀는 대답했습니다.

"저는 사람입니다."

그러자 왕은 그녀에게 말했습니다.

"저에게로 가까이 오십시오."

그러고는 그녀를 자기 말 위에 태우고 어머니에게로 데리고 갔습니다.

왕의 어머니는 그녀를 보자 왕에게 이렇게 말했습니다.

"아니 얘야, 저 처녀가 누구냐? 저렇게 예쁜 것을 보니 귀신임에 틀림없구나!"

"어머니, 아니에요. 그녀는 사람이니까 염려하지 마세요."

이렇게 하여 왕은 그녀를 아내로 맞아 행복한 나날을 보냈습니다.

어느 날 그녀는 방에서 왕의 머리를 빗겨주다가 웃었습니다. 왕이 물었습니다.

"무엇 때문에 웃는 거요?"

"글쎄요, 무어라 말씀드릴까요! 당신의 수염이 우리 궁전에서 쓰는 빗자루같이 보여서 웃었답니다."

그러자 왕이 화가 나서 소리쳤습니다.

"아니, 당신이 나를 모욕해도 분수가 있지. 그래 나를 기껏 그런 것에 비교한단 말이오?"

왕은 열두 대신들을 불러 회의를 소집했습니다. 대신들은 회의 끝에 왕비를 사형시켜야 한다는 판결을 내렸습니다.

한편 운명의 여신들은 그녀에게 어떤 일이 일어났는지를 알았습니다. 그래서 세 개의 소형 구축함을 만든 후 세 명의 젊은이로 변장하여 왕이 사는 곳으로 갔습니다. 그리고 그곳에 도착하자 예포를 쏘기 시작했습니다.

"세 대의 왕실 배가 왔다! 세 대의 왕실 배가 왔다!"

사람들은 이렇게 소리를 치며 배를 구경하러 달려 나왔습니다. 왕도 예복을 입고 외국에서 온 사람들을 맞이하러 나갔습니다. 그러자 외국인들이 왕에게 말했습니다.

"잃어버린 저희들의 여동생이 임금님의 궁전 안에 있다

는 소식을 듣고 저희가 왔습니다."

"예, 맞습니다."

겁에 질려 왕이 대답했습니다.

왕은 세 명의 젊은이를 궁전으로 모시고 가서는 식사를 대접했습니다. 식사가 끝나자 젊은이들이 말했습니다.

"저희들의 여동생을 보고 싶은데요."

그들은 왕비의 방으로 갔습니다. 왕비를 보자 운명의 여신들이 말했습니다.

"아니, 도대체 너는 왜 그런 불경스러운 말을 했니? 우리가 너를 왕비로 만들어주었는데, 무엇이 모자라 임금님을 모욕하는 말을 했단 말이냐? 임금님은 너를 죽이기로 결정했다. 그러나 네가 우리 막냇동생을 웃게 만들었으니까 너를 도와주마. 다이아몬드와 진주로 된 이 빗자루를 받아 문뒤에 걸어놓아라. 임금님이 방에 들어와서 이것이 무엇이냐고 물으면 '임금님, 제가 비유로 말씀드렸던 빗자루가 바로 이것입니다'라고 말해라. 그러면 왕은 네가 부잣집 딸인 줄로 생각할 것이다. 그리고 앞으로는 더욱 조심해야 한다. 네가 우리 막냇동생을 웃게 했기 때문에 이번만은 너를 구해주지만 다음번에는 그러지 않을 테니까 말이다."

손님들은 작별 인사를 하고 소형 구축함에 올라타더니 떠나갔습니다.

왕은 궁전으로 돌아와 왕비의 방으로 갔습니다. 그리고 문을 닫으려는 순간 다이아몬드와 진주로 된 아름다운 빗자루가 문 뒤에 걸려 있는 것을 보았습니다. 그것을 본 왕의 눈이 반짝 빛났습니다. 왕이 왕비에게 물었습니다.

"이게 도대체 무엇이요?"

"이것이 바로 제가 임금님의 수염과 비슷하다고 말한 빗자루입니다."

이 말을 들은 왕은 속으로 생각했습니다.

'하마터면 내가 죄도 없는 왕비를 죽일 뻔했구나. 왕비는 나를 모욕하기 위해 그 말을 한 것이 아니라 나를 칭찬해주기 위해 했는데 나는 그 말을 다르게 해석했었구나.'

그 뒤로 왕은 더욱더 왕비를 사랑하면서 행복하게 살았습니다.

세상에서 가장 빠른 것

옛날 옛적에 두 형제가 공동으로 밭을 소유하고 있었습니다. 그런데 그들 중 형은 머리가 좋았고 동생은 사람은 머리가 나빴습니다. 하루는 머리가 좋은 형이 머리가 나쁜 동생에게 말했습니다.

"이봐, 우리 밭을 서로 나누어 가지면 어떨까?"

"좋아, 나누어 갖도록 하지."

머리가 나쁜 동생이 대답했습니다.

이리하여 머리가 좋은 형은 어느 날 밭으로 가서 자기 맘대로 분배를 하고는 좋은 부분을 자기 것으로 골랐습니다. 밭은 전부가 좋은 것이 아니어서 일부는 아주 땅이 기름졌지만 일부는 아무 짝에도 쓸모없는 것이었습니다. 머리가 좋은 형은 기름진 땅을 자기 것으로 하고 나쁜 땅은 동생에게 넘겨주었습니다.

머리 나쁜 동생 역시 좋은 밭을 갖고 싶었지만 어찌할 수가 없게 되자 왕에게 가서 하소연을 했습니다. 왕은 즉시 군인을 보내 두 사람을 서로 화해시키려 했지만 그들은 들은 척도 하지 않았습니다. 형제는 둘 다 좋은 밭을 갖기를 원했던 것입니다. 왕은 밭을 다른 방법으로 나누어 두 사람이 좋은 밭과 나쁜 밭을 골고루 가지라고 말했습니다. 그러나 그들은 여전히 좋은 밭만 갖겠다고 고집을 피웠습니다.

둘이 양보를 하지 않자 왕은 수수께끼를 하나 내어 그것을 맞히는 사람이 좋은 밭을 갖게 하는 게 좋겠다고 생각하고 이렇게 말했습니다.

"너희들은 싸우지 말고 내 말을 잘 들어라. 내가 수수께끼를 하나 낼 테니까 너희 둘 중에 이것을 맞히는 자가 좋은 밭을 갖도록 해라."

그러자 둘이 다 "좋습니다"라고 대답했습니다. 머리가 좋은 형의 얼굴에는 온통 기쁨이 넘쳐흘렀습니다. 왜냐하면 그는 자기는 머리가 좋고 동생은 머리가 나쁘니까 틀림없이 자기가 이길 거라고 생각했기 때문입니다.

드디어 왕이 그들에게 말했습니다.

"세상에서 가장 빠른 것이 무엇인가 알아맞혀라. 여드레 동안의 여유를 줄 테니까 곰곰이 생각해서 답하도록 하여라."

형제는 각각 집으로 돌아갔습니다. 머리 좋은 형은 가장 빠른 것이 이것일까 저것일까 생각하기 시작했습니다. 그러나 머리 나쁜 동생은 도저히 생각할 능력이 없어서 걱정만 하면서 밤이나 낮이나 한숨을 내쉬었습니다.

머리 나쁜 동생에게는 세상에서 보기 드물게 아름다운 딸이 하나 있었는데, 딸은 아버지가 걱정하는 것을 보고 물었습니다.

"아버지, 무슨 일로 그렇게 한숨만 쉬고 계세요?"

아버지는 딸에게 왕이 수수께끼를 내셨는데 그것을 알아맞히는 사람이 좋은 밭을 갖게 된다고 이야기했습니다.

"그게 무슨 수수께끼인데요?"

"세상에서 가장 빠른 것이 무엇인가 알아맞히는 거란다."

"아버지, 염려 마세요. 제가 그날 답을 가르쳐드릴 테니까 그대로 얘기하시면 아버지가 이기실 거예요."

머리 나쁜 동생은 그 말에 용기를 얻었습니다.

드디어 왕에게 가야 할 날이 되자 딸이 아버지에게 말했습니다.

"아버지, 세상에서 가장 빠른 것은 사람의 생각이라고 말씀하세요."

형제가 궁전에 도착하자 왕이 물었습니다. 머리 좋은 형은 세상에서 가장 빠른 것은 새라고 대답했습니다.

"틀렸다."

"그럼, 말입니다."

"그것도 아니다. 자, 이번에는 네가 말해보려무나."

그러자 머리 나쁜 동생이 대답했습니다.

"존경하옵는 임금님, 세상에서 가장 빠른 것은 사람의 생각입니다. 왜냐하면 우리의 몸은 이곳에 있어도 우리의 생각은 다른 나라에 가 있을 수도 있기 때문입니다."

"네 말이 맞다. 네가 그걸 맞혔구나! 하지만 내가 또 하나의 수수께끼를 낼 터이니 맞혀봐라. 세상에서 가장 무거운 것이 무엇인가 여드레 동안에 생각해봐라."

머리 좋은 형은 다시 '이번에는 내가 꼭 맞히고 말아야지'라고 속으로 생각하면서 집으로 돌아가서는 곰곰이 생각하기 시작했습니다.

머리 나쁜 동생은 '딸이 또 답을 가르쳐주겠지' 하고 생각하며 집으로 돌아가서 그녀에게 임금님이 세상에서 가장 무거운 것이 무엇인가를 맞히라고 했다고 이야기했습니다. 딸은 아버지에게 궁전을 가는 날 아침에 말해주겠다고 대답했습니다. 그녀는 영리했기 때문에 미리 아버지에게 답을 알려줄 경우에 삼촌이 아버지에게서 답을 알아내려고 할 것임을 뻔히 알았던 것입니다.

왕이 정한 여드레가 지나 형제가 궁전으로 가는 날이 되었습니다. 딸은 아버지에게 세상에서 가장 무거운 것은 불이라고 하면서 왕이 그 이유를 물으면 아무도 불을 들 수 없기 때문이라고 대답하라고 했습니다.

두 형제는 집을 떠나 궁전으로 갔습니다. 왕이 수수께끼의 답을 묻자 머리 좋은 형은 세상에서 가장 무거운 것은 돌이라고 대답했습니다. 그러자 왕이 말했습니다.

"틀렸다."

"쇠입니다."

"그것도 아니다."

그러자 머리 나쁜 동생이 대답했습니다.

"세상에서 가장 무거운 것은 불입니다."

"어째서 그렇다고 생각하느냐?"

왕이 물었습니다.

"왜냐하면 불은 저희 인간들이 들 수가 없기 때문입니다."

그러자 왕이 말했습니다.

"네 말이 맞았다. 그러나 한 가지 문제를 더 낼 터이니 여드레 후에 다시 오도록 하여라. 그때 가서 내가 판가름해주겠노라. 이 세상에서 가장 필요한 것이 무엇인가를 생각해보도록 해라."

형제는 집으로 돌아왔습니다. 머리 좋은 형은 생각에 생각을 거듭하다가 드디어 해답을 찾았습니다.

"그렇지! 돈이 세상에서 가장 필요한 거지!"

머리 나쁜 동생은 왕이 한 말을 딸에게 전했습니다. 그러자 그녀는 "아버지, 제가 말씀해드릴게요"라고 말했습니다.

다시 왕에게 가야 할 날이 되자 딸이 아버지에게 말했습니다.

"아버지, 이 세상에서 가장 필요한 것은 땅이라고 말하세요. 왕이 그 이유를 물으면 땅이 없으면 우리가 살 곳이 없기 때문이라고 말씀하세요."

두 형제는 궁전으로 갔습니다. 머리 좋은 형은 세상에서 가장 필요한 것은 돈이라고 말했습니다.

"틀렸다."

왕이 말했습니다.

"음식입니다."

"그것도 아니다."

그러자 이번에는 머리 나쁜 동생이 세상에서 가장 필요한 것은 땅이라고 대답했습니다.

그러자 왕이 말했습니다.

"맞았다. 이제 좋은 밭은 네 것이 되었다."

이렇게 되자 머리 좋은 형은 더 이상 아무 말도 할 수가 없었습니다.

형제가 궁전을 떠나려 하자 왕은 머리 나쁜 동생을 조용히 불러 호젓한 방으로 데려가서 말했습니다.

"누가 너에게 해답을 가르쳐주었는지 나한테 얘기하도록

하여라."

"제가 혼자 생각해낸 것입니다."

"거짓말 하지 말고 누가 너에게 그런 지혜를 주었는지 말하도록 해라. 밭은 이제 네 것이 되었으니 두려워할 것 없지 않느냐?"

그래서 머리 나쁜 동생은 왕에게 자기에게 딸 하나가 있는데 그 딸이 해답을 가르쳐주었다고 말했습니다.

"네 딸을 내가 좀 만나보게 내일 궁전으로 데려오너라."

왕이 말했습니다.

다음 날 머리 나쁜 동생은 딸을 데리고 궁전으로 갔습니다. 왕은 그녀를 보자마자 그만 그녀의 아름다움에 넋을 잃었습니다. 그래서 그 자리에서 바로 청혼을 했습니다.

"임금님, 그건 안 될 말씀이십니다. 저는 한낱 가난한 집 딸인데 제가 어떻게 임금님의 아내가 될 수 있겠습니까? 그런 일은 절대 있을 수가 없습니다."

딸이 단호한 어조로 말했습니다.

"내가 원하는데 무슨 문제가 있단 말이냐? 단 한 가지 조건이 있는데 너는 앞으로 절대로 내가 하는 일에 간섭하지 않겠다는 서약서를 쓰고 서명을 하도록 해라. 만약 간섭을 하는 날에는 원하는 것은 무엇이든 꼭 하나만 골라 가지고 궁전을 떠나도록 해야 한다."

왕과 그녀는 합의를 보고 서약서를 만든 다음 그녀가 서명을 했습니다. 그들의 결혼식이 거행되었고, 그 후로 그들은 행복하게 살았습니다. 그녀는 왕이 하는 일에 결코 간섭하지 않았으며 왕은 매우 만족한 나날을 보냈습니다.

이렇게 몇 년의 세월이 흘렀습니다. 어느 날 왕비는 창가에 앉아 있다가 한 사람이 짐을 가득 실은 당나귀를 몰고 오는 것을 보았습니다. 그런데 그 당나귀는 걷다가 갑자기 쓰러져 숨을 거두고 말았습니다. 당나귀 주인은 사방으로 뛰어다니며 도움을 청했습니다. 그러는 동안에 또 한 사람이 당나귀를 몰고 그 옆을 지나가다가 넘어져 있는 당나귀 위에 얹혀 있는 안장이 새것인 것을 보고는 자기 당나귀의 헌 안장을 벗겨내고 새 안장으로 바꿨습니다. 그러자 두 당나귀 몰이꾼들은 서로가 새 안장이 자기 것이라고 주장하며 다투기 시작했습니다.

이 광경을 처음부터 지켜보고 있던 왕비가 소리쳤습니다.

"새 안장은 죽은 당나귀 주인 거니까 그 사람이 새 안장을 갖도록 해라."

왕비가 이렇게 명령하자 그들은 명령대로 따랐습니다.

왕은 왕비가 안장에 관한 재판을 했다는 소식을 듣고 화가 나서 왕비에게 가서 이렇게 말했습니다.

"당신은 우리 둘 사이의 계약을 지키지 않았으니 준비를 하고 떠나도록 하시오."

그러나 영리한 왕비는 왕에게 이렇게 말했습니다.

"떠나긴 하겠어요. 그러나 저녁 식사는 함께했으면 좋겠어요."

"좋을 대로 하구려."

왕이 대답했습니다.

저녁 식사를 하는 동안 왕비는 왕의 술잔에 수면제를 넣었고 왕은 그 술을 마시자마자 곧 잠이 들었습니다. 그러자 왕비는 곧바로 왕실 마차를 준비하라고 명령했습니다. 마차가 준비되자 그녀는 잠들어 있는 왕을 태우고는 아버지 집으로 마차를 몰고 갔습니다. 그녀의 아버지는 그녀를 보자 놀라움에 떨면서 물었습니다.

"얘야, 무슨 일이냐?"

그녀는 왕이 주무시고 계시니 조용히 하라고 일렀습니다. 그들은 왕을 침대에 옮겨 뉘었습니다.

아침이 되어 잠이 깬 왕이 사방을 둘러보았으나 자기가 어디에 있는지 알 수가 없었습니다. 그래서 손뼉을 치자 왕비가 나타나서 이렇게 말했습니다.

"임금님, 무엇을 원하십니까?"

"내가 지금 어디 있는지 말해주기를 바라오."

"임금님께서는 지금 저의 아버지 집에 계십니다."

"누가 당신보고 나를 이리 데려오라 했소?"

그녀는 결혼 전에 작성했던 계약서를 내보였습니다. 그 계약서에는 그녀가 원하는 것은 무엇이나 궁전에서 가지고 떠날 수 있다고 쓰여 있었던 것입니다.

"저는 당신의 재산도, 당신의 권력도, 그 무엇도 원하지 않습니다. 제가 원하는 것은 오직 임금님 당신이기에 모시고 온 것입니다."

그러자 왕은 웃으며 말했습니다.

"정말로 당신은 나보다 훨씬 머리가 좋구려. 앞으로는 당신에게 나라 안의 모든 재판을 관할할 권한을 주겠소."

그들은 궁전으로 돌아가서 행복하게 살았습니다. ≪≪≪

폴리로비타스

옛날 옛적에 폴리로비타스라는 사람이 살았는데 그는 몹시 게으른 사람이었습니다. 어느 날 그는 길을 가다가 콩 한 알이 땅에 떨어져 있는 것을 발견했습니다. 그래서 허리를 굽혀 콩을 집어 들고는 잃어버리지 않기 위해 콧속에 집어넣었습니다.

그는 저녁에 잠자리에 들자 낮에 주운 콩에 대해 상상의 나래를 펼치기 시작했습니다. 이 콩을 심으면 콩나무가 자랄 것이고 그 콩나무에는 오십 개의 콩이 열리겠지. 다음 해에 오십 개의 콩을 다시 심으면 오십 개의 콩나무가 자랄 것이고 그 콩나무에서 수천 개의 콩이 열릴 것이다. 수천 개의 콩은 다시 수천 개의 콩나무가 될 것이고 거기에서 나오는 콩은 여러 말이 될 것이다. 또다시 이 콩들을 심으면 여러 가마의 콩이 나오겠지…….

한참을 계산하던 그는 이렇게 중얼거렸습니다.

"가만있자, 그 많은 콩을 어디다 쌓아놓지? 임금님께 가서 창고를 몇 개 지어달라고 해야겠다."

그는 궁전으로 가서 왕에게 자기 콩을 쌓아둘 창고를 지어달라고 부탁했습니다. 콩을 쌓아놓을 창고가 그렇게 많이 필요하다는 이야기를 들은 왕은 속으로 생각했습니다.

'아니, 이 사람이 나보다 훨씬 부자인 모양이지! 이 사람을 붙잡아놓고 식사를 대접하고 궁전에 머물게 하면서 두고 보았다가 사람이 괜찮은 것 같으면 내 딸도 주어야지.'

왕은 그를 저녁까지 붙잡아두고 저녁 식사도 함께하고 또 잘 시간이 되자 그를 시험해보기 위해 시종들에게 짚으로 된 침구를 깔아주라고 명령했습니다. 그리고 시종들에게 이렇게 일렀습니다.

"그가 정말로 부유한 사람이라면 짚단 위에서 편안하게 잘 수가 없을 것이다. 그러니 너희들은 밖에서 지키고 있다가 그가 잘 자나 감시를 하도록 해라."

시종들은 왕이 말한 대로 거친 짚단으로 잠자리를 준비했고 폴리로비타스는 자려고 짚단 침대 위에 누웠습니다.

그가 막 자리에 눕자 갑자기 재채기가 나오면서 그 바람에 콩이 코로부터 빠져나와 어딘가로 굴러떨어졌습니다. 그는 짚단을 헤치며 콩을 찾기 시작했지만 떨어진 콩을 짚 속에서 찾는 것은 여간 어려운 일이 아니었습니다. 그는 갖은 애를 쓰며 콩을 찾았지만 콩은 여간해서 찾을 수 없었습니다. 밤새 콩 찾기를 계속하다가 드디어 그가 콩을 발견했을 때는 아침이 거의 밝아오고 있을 때였습니다. 콩을 찾은 폴리로비타스는 콩을 다시 콧속에 넣고 잠을 자기 시작했습니다.

아침이 되자 왕은 시종들에게 물었습니다.

"어젯밤 손님이 어떻게 지내더냐?"

"그분은 밤새도록 뜬눈으로 새웠습니다."

시종들이 대답했습니다.

"좋은 가문에서 태어난 사람임에 틀림없군."

왕이 말했습니다.

다음 날 저녁이 되자 왕은 시종들에게 명령했습니다.

"오늘 저녁에는 그 손님에게 궁전에서 가장 좋은 침구를 드리도록 해라. 그리고 너희들은 그가 자는지 안 자는지 지켜보도록 해라."

시종들은 궁전에서 가장 좋은 비단 이부자리를 깔았습니다. 폴리로비타스는 잘 시간이 되자 방으로 가서 누웠습니다.

막 잠이 들려고 하는데 또 재채기가 나왔습니다. 그리고 그의 코에서 콩이 다시 굴러떨어졌습니다. 이번에 그는 아주 쉽게 콩을 찾았으며 다시 이 콩을 콧속에 넣고 금방 잠이 들었습니다. 그는 피곤했기 때문에 아침이 될 때까지 한 번도 깨지 않고 아주 푹 잤습니다.

아침이 되자 시종들은 왕에게 가서 손님이 간밤에는 한 번도 깨지 않고 잘 잤다고 보고했습니다. 그러자 왕은 '그 사람이 정말로 좋은 가문 태생인 게 틀림없군' 하고 생각했습니다. 그리고 그날로 폴리로비타스에게 청혼을 했습니다.

"내 딸을 아내로 삼으면 어떻겠나?"

폴리로비타스는 왕의 청혼을 받아들였고, 공주와 그의 결혼식이 거행되었습니다. 결혼을 한 후에도 폴리로비타스는 한동안 궁전에 머물렀습니다. 그러던 어느 날 왕은 그에게 왜 공주를 데리고 고향에 돌아가 부모님께 소개시키지 않느냐고 물었습니다.

폴리로비타스는 이 말을 듣고 '임금님께 뭐라고 말하지?' 하고 걱정했지만 곧 며칠 있다가 가겠노라고 대답했습니다.

또 상당한 시간이 흐른 뒤에 왕은 폴리로비타스에게 언제 떠날 거냐고 다시 물었습니다. 폴리로비타스는 하는 수 없이 지금 곧 떠나겠노라고 대답하고는 준비하기 시작했습니다. 준비가 끝난 후 폴리로비타스와 공주는 말 위에 올라타고 그들 뒤로는 왕의 열두 호위병이 그들을 호위하며 따라갔습니다. 폴리로비타스는 아무런 목적지도 없이 일행을 이리 끌고 가고 저리 끌고 가며 며칠간을 고생시켰습니다. 일행은 그에게 때때로 '아직도 멀었느냐'고 물었고, 그는 그 때마다 '거의 가까워간다'고 대답했습니다. 그러나 사실 집도 없는 그는 그들을 어디로 데리고 가야 할지도 몰라 갈팡질팡하고 있었습니다.

드디어 폴리로비타스는 말에서 내린 다음 일행들에게 말했습니다.

"내가 곧 뒤따라갈 테니까 먼저들 가시오."

그러고는 소변을 보러 가는 척했습니다.

일행이 계속 길을 가고 있는 동안 그는 오솔길을 따라 올라가다가 우물을 발견했습니다. 그는 우물 속에 빠져 죽을 결심을 하고 우물로 다가갔습니다. 그리고 우물 위로 몸을 숙이면서 한숨을 내쉬며 이렇게 중얼거렸습니다.

"아이고, 내 팔자야! 어쩌다 이런 신세가 되었을까!"

그러자 우물 속에서 한 흑인이 튀어나와서 이렇게 물었습니다.

"왜 저를 부르셨습니까? 그리고 무슨 일로 그렇게 한숨을 쉬고 계십니까?"

폴리로비타스는 대답했습니다.

"나는 자네를 부른 적이 없네. 그리고 만사가 다 귀찮으니까 나를 그냥 내버려두게. 나는 우물 속에 뛰어들어 죽으려고 생각하고 있던 참이라네."

"저를 불러서 제가 나오지 않았습니까?

흑인이 말했습니다.

"자네를 부른 적이 없다니까!"

폴리로비타스는 말했습니다.

"조금 전에 뭐라고 혼잣말을 하셨지요?"

"아이고, 내 팔자야! 어쩌다 이런 신세가 되었을까!"

"제 이름이 바로 '아이고'예요."

흑인이 말했습니다.

"여보게, 만사가 다 귀찮으니까 나를 그냥 내버려두게. 나는 우물 속에 뛰어들어 죽으려고 생각하고 있던 참이라 '아이고, 내 팔자야! 어쩌다 이런 신세가 되었을까!' 하고 말한 것뿐이네."

그러자 흑인 물었습니다.

"왜 우물 속에 뛰어들려고 하시죠?"

폴리로비타스는 자기가 이제까지 겪은 일들, 즉 어떻게 해서 공주와 결혼하게 되었으며 그 후 왕과 왕비가 집도 없는 자기에게 공주를 집으로 데리고 가서 부모에게 인사시키라고 강요해서 이렇게 길을 떠나왔으나, 어디로 가야 할지 몰라 며칠간을 헤맨 끝에 절망적이 되어 죽기로 결심했다는 이야기를 했습니다.

그러자 흑인이 말했습니다.

"이렇게 젊은 나이에 죽는다는 것은 아까운 일입니다. 내 말을 듣고 그대로 하신다면 잘 해결될 수 있을 겁니다. 나는 여종과 남종을 많이 거느리고 있고 또 좋은 가구도 있으며 임금님의 궁전보다 더 아름다운 성을 갖고 있습니다. 그 성의 열쇠를 주겠습니다. 원하신다면 열쇠로 궁전 문을 열고 들어가 누구의 방해도 받지 않고 부인과 함께 아무 부족한 것 없이 십이 년 동안 잘 사실 수 있습니다. 이렇게 해서 십이 년이 지나면 어느 날 저녁 내가 당신에게 가서 열두 가지 질문을 할 텐데, 그 질문들에 대해 다 옳은 대답을 한다면 성과 그 안의 모든 것이 당신의 것이 될 것입니다. 그러나 당신이 알아맞히지 못하면 당신의 목숨도 빼앗겠습니다. 이런 조건에 동의하신다면 열쇠를 드리지요."

폴리로비타스가 대답했습니다.

"그걸 말이라고 하는 거냐? 난 네가 내일 저녁 내 목숨을 빼앗아간다 해도 상관없다. 지금 이 궁지에서 벗어날 수만 있다면 당장 죽어도 한이 없을 거다."

흑인이 그에게 열쇠를 넘겨주자 그는 열쇠를 주머니에 넣고는 뛰어가서 말 위에 올라 공주와 호위병들에게 갔습니다. 폴리로비타스는 십이 년이면 그동안 무슨 수가 나겠지 하는 생각으로 지금 당장 궁지를 모면하게 된 것이 몹시 기뻤습니다.

흑인이 미리 가르쳐준 장소로 가자 곧 그들 앞에 성이 나타났습니다. 폴리로비타스 일행은 한 줄로 서서 성문을 통과해 성으로 들어갔습니다. 그런데 성은 정말 찬란하기 이를 데 없었습니다. 모든 것이 어찌나 으리으리한지 공주와 호위병들은 그만 넋을 잃고 말았습니다. 폴리로비타스는 기쁨에 들떠 성을 들락날락하면서 이렇게 중얼거렸습니다.

"흑인이 온다고 한 십이 년까지는 아직 시간이 있으니까 그동안 하느님이 도와주실 거야. 이번에 위기를 모면한 것처럼 그때도 다시 모면하게 되겠지."

호위병들은 그 성에서 며칠 지내다가 떠났습니다. 그리고 왕에게 돌아가서 왕의 사위가 얼마나 부자이며 얼마나 좋은 성을 가지고 있는가를 낱낱이 보고했습니다. 왕과 왕비는 딸이 시집을 잘 갔다는 이야기를 듣고 몹시 기뻐했습니다.

세월은 흐르고 폴리로비타스와 공주는 행복하게 살고 있었습니다. 그러나 십일 년이 지나고 흑인이 오기까지 일 년이 남게 되었을 때 폴리로비타스는 걱정으로 점점 말라갔습니다. 그는 속으로 이렇게 생각했습니다.

'십일 년이 지나고 이젠 일 년밖에 남지 않았구나. 일 년이란 아무것도 아니어서 금방 지나버리고 말 거야.'

이런 걱정에 그는 온종일 한숨을 쉬었고, 먹지도 않고 웃지도 않았으며 심지어는 말조차 하려 하지 않았습니다.

공주는 남편이 이렇게 걱정하는 것을 보자 견디다 못해 무슨 일이 있느냐고 물었습니다. 그러나 그는 아무것도 아니라고만 대답했습니다. 공주가 자꾸 "걱정이 있으시면 저에게 말해보세요. 저를 믿지 않으시나요?"라고 말했지만, 그는 여전히 아무 일도 아니라고 대답했습니다. 날이 갈수록 폴리로비타스의 한숨은 늘었고 몸은 말라만 갔습니다. 더욱이 이제 그는 먹는 것도 말하는 것도 자는 것도 귀찮아했습니다.

드디어 시간이 흘러 마지막 밤이 되었습니다. 공주와 폴리로비타스가 식탁에 앉아서 식사를 하는데 문을 두드리는 소리가 났습니다. 하인이 가서 문을 열고 보니 아주 거지 같은 노인이 하나 밖에 서 있었습니다. 하인이 주인에게 가서 거지 노인이 밖에 있다고 말하자 폴리로비타스와 공주는 그를 안으로 데려와 같이 식사를 하게 하라고 말했습니다. 하인은 노인을 안으로 데려왔지만 그 노인은 식탁에 앉는 것을 한사코 거부했습니다.

"저는 거지인데 어떻게 당신들과 함께 식탁에 앉을 수 있겠습니까?"

그러나 폴리로비타스는 노인의 손을 잡아 식탁에 앉혔습니다. 그리고 잘 시간이 되었을 때 하인에게 노인에게 최고의 잠자리를 준비해주라고 말했습니다. 그러나 노인은 "저는 그런 잠자리에서 자지 못합니다. 마당에 나가서 짚단 위에서 자겠습니다. 이제까지 쭉 그렇게 자왔기 때문에 그게 더 좋습니다"라고 말하며 거절을 했습니다.

그들은 하는 수 없이 마당에 있는 문 옆에 짚단을 깔고 노인을 눕게 했습니다. 그러자 노인은 밤중에 무슨 소리가 나더라도 말하지도 말고 놀라지도 말라고 했습니다.

자정이 되자 문 쪽에서 "야니(폴리로비타스의 이름이 야니였습니다), 야니!"라고 부르는 소리가 들렸습니다.

"왜 그러시죠?"

노인이 말했습니다.

"하나인 것이 무엇이죠?"

목소리가 물었습니다.

"하나인 것은 하느님이지."

노인이 대답했습니다.

"어이쿠, 누가 당신에게 그걸 가르쳐주었죠? 그럼 두 개인 것은 무엇이죠?"

"소뿔이 두 개이고, 하나인 것은 하느님이지."

"세 개인 것은 무엇이죠?"

"세 개인 것은 세 발 화로고, 소뿔은 두 개이고, 하나인 것은 하느님이지."

"야니, 어떻게 그런 것까지 아시죠? 내가 미치겠구먼. 그럼 네 개인 것이 무엇이죠?"

"소젖이 네 개이고, 화로 발은 세 개이고, 소뿔은 두 개이고, 하느님은 하나지."

"다섯 개인 것은 무엇이죠?"

"손가락이 다섯 개이고, 소젖이 네 개이고, 화로 발은 세 개이고, 소뿔은 두 개이고, 하느님은 하나지."

"여섯 개인 것은 무엇이죠?"

"플레이아데스 별자리의 별이 여섯 개이고, 손가락은 다섯 개이고, 소젖은 네 개이고, 화로 발은 세 개이고, 소뿔은 두 개이고, 하느님은 하나지."

"당할 수가 없군요. 일곱 개인 것은 무엇이죠?"

"일곱 처녀가 추는 춤이고, 플레이아데스 별자리의 별이 여섯 개이고, 손가락은 다섯 개이고, 소젖은 네 개이고, 화로 발은 세 개이고, 소뿔은 두 개이고, 하느님은 하나지."

"여덟 개인 것은 무엇이죠?"

"문어발이 여덟 개이고, 일곱 처녀가 춤을 추고, 플레이아데스 별자리의 별이 여섯 개이고, 손가락은 다섯 개이고, 소젖은 네 개이고, 화로 발은 세 개이고, 소뿔은 두 개이고, 하느님은 하나지."

"아홉 개인 것은 무엇이죠?"

"어린아이는 아홉 달 만에 태어나고, 문어발은 여덟 개이고, 일곱 처녀가 춤을 추고, 플레이아데스 별자리의 별이 여섯 개이고, 손가락은 다섯 개이고, 소젖은 네 개이고, 화로 발은 세 개이고, 소뿔은 두 개이고, 하느님은 하나지."

"나는 망했군. 누가 당신에게 이런 지혜를 주었지요? 열 개인 것은 무엇이죠?"

"돼지 젖은 열 개이고, 어린아이는 아홉 달 만에 태어나고, 문어발은 여덟 개이고, 일곱 처녀가 춤을 추고, 플레이아데스 별자리의 별이 여섯 개이고, 손가락은 다섯 개이고, 소젖은 네 개이고, 화로 발은 세 개이고, 소뿔은 두 개이고, 하느님은 하나지."

"열한 개인 것은 무엇이죠?"

"말은 열한 달 만에 태어나고, 돼지 젖은 열 개이고, 어린아이는 아홉 달 만에 태어나고, 문어발을 여덟 개이고, 일곱 처녀가 춤을 추고, 플레이아데스 별자리의 별이 여섯 개이고, 손가락은 다섯 개이고, 소젖은 네 개이고, 화로 발은 세 개이고, 소뿔은 두 개이고, 하느님은 하나지."

"열두 개인 것은 무엇이죠?"

"일 년은 열두 달, 말은 열한 달 만에 태어나고, 돼지 젖은 열 개이고, 어린아이는 아홉 달 만에 태어나고, 문어발은 여덟 개이고, 일곱 처녀가 춤을 추고, 플레이아데스 별자리의 별이 여섯 개이고, 손가락은 다섯 개이고, 소젖은 네 개이고, 화로 발은 세 개이고, 소뿔은 두 개이고, 하느님은 하나지."

"아이쿠! 야니, 내가 졌소. 이제 나는 어떻게 하면 좋을까요?"

목소리가 말했습니다.

"위로 한 번 올라갔다 아래로 내려갔다가 반은 금이고 반은 은인 바위가 되려무나."

노인이 이렇게 말하자 목소리의 주인공은 위로 올라갔다 아래로 내려가니 반은 금이고 반은 은인 바위가 되었습니다. 그러자 노인은 사라지고, 아침이 되었을 때 아무도 노인을 보지 못했습니다. 사실, 그 노인은 예수 그리스도였습니다. 이제 성과 모든 재산은 폴리로비타스의 소유가 되었으며, 그는 걱정 근심 없이 공주와 함께 행복하게 살았습니다. ◀◀◀

지구의 배꼽

옛날 옛적에 한 나이 든 왕이 살았는데 그에게는 아들 셋과 딸 셋이 있었습니다. 왕은 죽을 날이 가까워오자 자식들을 불러놓고 아들들에게 이렇게 말했습니다.

"얘들아, 내 말을 잘 들어라. 누가 너희 누이들을 아내로 달라고 하면 그 사람이 절름발이든 소경이든 상관하지 말고 제일 먼저 구혼한 사람에게 주어라. 이것은 내가 너희들에게 하는 마지막 부탁이니 꼭 지켜주기 바란다."

"아버님, 잘 알겠습니다."

아들들은 이렇게 대답했습니다.

왕은 곧 숨을 거두었습니다. 왕이 죽고 나서 얼마 지나지 않아 한 절름발이가 제일 큰 왕자에게 가서 큰 공주를 아내로 맞고 싶다고 했습니다. 이 말을 들은 첫째 왕자는 화가 나서 이렇게 소리쳤습니다.

"아니, 절름발이인 주제에 뻔뻔스럽게 큰 공주를 달라고 해? 남은 한쪽 다리마저 분질러놓기 전에 어서 썩 꺼지지 못하겠느냐!"

절름발이는 그곳을 떠나 둘째 왕자에게 갔는데, 둘째 왕자에게서는 이보다 더 심한 말만 들었습니다. 그 후에 그는 셋째 왕자가 사는 궁전으로 갔습니다. 셋째 왕자는 절름발이가 큰누이를 달라고 하는 말에 이렇게 대답했습니다.

"좋소, 아버지께서도 우리에게 그렇게 부탁을 했으니 내 당신께 우리 큰누이를 드리리다."

막내 왕자는 큰 공주를 절름발이게 주었으며 절름발이는 공주와 결혼식을 올린 후 그녀와 함께 떠났습니다.

그 후 얼마가 지나지 않아 눈 하나가 없는 사람이 첫째 왕자에게 가서 둘째 공주와 결혼하고 싶다고 말했습니다. 첫째 왕자는 이 말을 듣고 화가 나서 소리쳤습니다.

"외눈박이인 주제에 공주와 결혼하고 싶다고? 남은 한 눈마저 빼어버리기 전에 어서 썩 꺼지지 못하겠느냐!"

외눈박이는 둘째 왕자에게 갔으나 그곳에서도 다시 쫓겨났습니다. 그는 이번에는 셋째 왕자에게 갔는데 셋째 왕자는 그에게 둘째 공주를 주었습니다.

그러고 나서 얼마 후에 형편없는 누더기를 걸친 거지가 첫째 왕자에게 와서 막내 공주를 달라고 했습니다. 첫째 왕자는 이 말을 듣자 몹시 화가 나서 이렇게 소리쳤습니다.

"이젠 진짜 별꼴을 다 보는군! 거지까지 와서 공주를 달라고 하니 세상이 어떻게 된 건지 모르겠다! 이 거지 녀석아, 썩 꺼지지 못하겠느냐!"

거지는 둘째 왕자에게 갔으나 더 심한 욕설만 듣고 셋째 왕자에게 갔습니다. 셋째 왕자는 기꺼이 막내 공주를 주었고 거지는 막내 공주를 데리고 떠났습니다.

세월이 흘러 셋째 왕자는 세상에서 가장 아름다운 공주와 결혼하고 싶었습니다. 그래서 그는 궁전 문을 닫아걸고 말에 올라타 아름다운 공주를 찾아 길을 떠났습니다. 많은 왕자들이 세상에서 가장 아름다운 공주와 결혼하고 싶어했지만 성공하지 못했습니다. 이 아름다운 공주는 청혼자들의 머리를 잘라 죽인 뒤 그들의 머리들을 쌓아 성을 만들고 있었습니다. 성이 완성되기 위해서는 마침내 머리 하나 자리만 남겨두고 있었습니다.

왕자는 아름다운 공주가 사는 나라에 도착하자 그녀의 아버지인 왕에게 가서 공주를 아내로 삼고 싶다고 말했습니다. 그러자 임금님은 이렇게 말했습니다.

"좋아, 공주를 자네에게 주겠네. 그러나 조건이 하나 있네. 사십 일 동안 자네를 지하에 있는 방에 가두어놓을 테니까 그동안에 지구의 배꼽에는 무엇이 있는지 자네 머리로 생각해내도록 하게. 사십 일 후에 그것을 알아맞히지 못하면 내 딸이 자네의 머리를 잘라 성을 짓는 데 사용할 걸세. 내 딸이 사람 머리로 성을 짓고 있는데 지금 꼭 하나가 부족하거든. 그러니 그 마지막 하나가 자네 머리가 될지도 모르겠네."

"그럴지도 모르지요."

왕자가 대답했습니다.

사람들은 왕자를 지하에 있는 방에 가둬놓고 음식과 물을 가져다주었습니다.

왕자는 하루 종일 지구의 배꼽에 어떤 것들이 있는지 알아내려고 계속 생각했습니다. 그러다가 너무 생각을 많이 하다보니 머리가 어지러워졌습니다. 그래서 산책을 하기로 했습니다. 산책을 하는 도중에 조그만 창문을 하나 발견했습니다. 왕자가 그 창문을 열자, 창문 밖에는 또 하나의 세상이 있었습니다. 왕자는 창문 밖으로 계단이 있는 것을 보고는 사십 계단을 내려갔습니다. 그곳에는 조그만 오솔길이 있었습니다. 왕자는 오솔길을 따라 걷기 시작했고 갇혀 있던 감옥으로부터 점점 멀어졌습니다.

왕자가 계속 걸어 점심 무렵이 되었을 때 성 하나가 나타났습니다. 성문 옆에는 샘이 하나 있었는데 샘 옆에는 나무 한 그루가 있었습니다. 왕자는 샘에서 물을 마시고는 쉬기 위해 나무 그늘 밑에 누웠습니다. 왕자가 누워서 생각을 하

고 있는데 흑인 여자 한 명이 물을 뜨기 위해 성으로부터 내
려오더니 왕자를 발견하고는 인사를 건넸습니다.

"안녕하세요?"

"안녕하세요?"

왕자도 대답했습니다.

"새 한 마리 날아오지 않는 이곳에 어떻게 오셨지요?"

흑인 여자가 물었습니다.

"운명이 저를 이곳에 데려왔지요."

흑인 여자는 동이에 물을 가득 채우고는 성으로 돌아가
서 성주 부인에게 아주 잘생긴 젊은이가 샘에 있는 나무 아
래에서 쉬고 있다고 말했습니다.

성주 부인은 흑인 여자에게 그 젊은이를 모셔오라고 했
습니다. 흑인 여자는 샘으로 가서 왕자를 성으로 데리고 왔
습니다. 성주 부인은 왕자를 보자 달려와서 왕자의 두 뺨에
입을 맞췄습니다. 그녀는 바로 왕자의 큰누이였던 것입니
다. 왕자의 누이들과 결혼한 절름발이, 외눈박이, 거지는 모
두 형제들로서 괴물들이었습니다.

왕자의 큰누이는 왕자에게 어떻게 해서 이곳에 오게 되
었느냐고 물었습니다. 왕자는 세상에서 가장 아름다운 공주
를 얻으려고 길을 떠났는데, 왕이 사십 일 안에 지구의 배꼽
에 어떤 것들이 있는지를 알아내라고 자기를 지하에 있는

방에 가두었고, 그 지하 방에서 우연히 창문을 발견하고 창문에 연결된 계단을 따라 내려와 길을 오다보니 여기까지 오게 되었다고 대답했습니다. 그러자 누이가 말했습니다.

"그런 곳에는 아예 오지 말았어야 했는데…… 다행히도 운명이 너를 도와서 이곳으로 오게 했구나. 내 남편이나 그의 형제들이 혹시 지구의 배꼽에 어떤 것들이 있는지 알지도 모르겠다."

그러고 나서 그녀는 남편인 괴물이 밖에서 돌아와 감정을 주체하지 못하고 동생을 잡아먹을까봐 동생을 숨겼습니다. 얼마 후에 괴물이 돌아와서는 이렇게 말했습니다.

"이 성 구석 어디선가 사람 냄새가 나는군."

"그럴 리가 없어요. 당신이 밖에서 돌아왔기 때문에 냄새가 난다고 하는 걸 거예요."

왕자의 큰누이가 둘러댔습니다.

괴물이 저녁을 잘 먹고 나서 배가 불러 기분 좋아지자 왕자의 큰누이가 물었습니다.

"만약에 저의 남자 형제가 이곳에 온다면 어떻게 하시겠어요?"

"당신의 첫째나 둘째 남자 형제가 온다면 갈기갈기 찢어 죽이겠소."

"그럼 제일 막내가 온다면요?"

"그 막내 왕자는 나에게 참 잘해줬지. 막내가 온다면 내가 몸소 그를 반갑게 맞아들이고 성을 하나 지어주어서 그곳에 살게 하겠소."

"바로 그 동생이 왔어요."

왕자의 큰누이가 말했습니다.

"그가 왔다고? 그런데 왜 진작 나에게 말하지 않았소?"

괴물이 말했습니다.

"당신이 그 동생에게 무슨 짓을 하지나 않을까 두려워서 얘기 못했어요."

왕자의 큰누이가 말했습니다.

"내가 무슨 나쁜 짓을 그에게 하겠소? 어서 데려오구려."

괴물이 말했습니다.

큰누이는 왕자를 데리고 왔습니다. 괴물은 왕자를 보자 자리에서 벌떡 일어서더니 그를 끌어안고 두 뺨에 입을 맞추고 나서 좋은 자리에 앉히고 어떻게 해서 이곳까지 오게 되었느냐고 물었습니다. 왕자는 자기가 겪은 일을 다 이야기했습니다.

"이렇게 해서 매부에게까지 오게 되었으니, 지구의 배꼽에 어떤 것들이 있는지 알면 가르쳐주십시오. 제 목숨이 걸린 문제입니다."

그러자 괴물이 말했습니다.

"나는 지구의 배꼽에 어떤 것들이 있는지 모른다. 그러나 이곳에 며칠 머물다가 네 둘째 누이와 결혼한 내 동생에게 가보도록 해라. 걔는 혹시 알지도 모르니 말이다."

왕자는 큰누이 집에 며칠 머물다가 괴물이 가르쳐주는 길을 따라 둘째 누이가 사는 곳으로 갔습니다.

둘째 누이는 왕자를 보자 반가워 어쩔 줄 몰라 했습니다. 왕자는 자기가 겪은 일을 다 이야기했고 둘째 누이 역시 왕자를 숨겼습니다. 둘째 누이의 남편 괴물이 돌아와서 저녁 식사를 하고 기분이 좋아지자, 그녀는 남편에게 자기 남자 형제들이 이곳에 오면 어떻게 하겠느냐고 물었습니다. 괴물은 첫째와 둘째 왕자가 오면 죽여버리겠지만 막내 왕자가 오면 머리에 왕관을 씌워주겠노라고 대답했습니다.

둘째 누이는 왕자를 데려왔고 괴물은 그를 끌어안고 두 뺨에 입을 맞춘 후 어떻게 해서 이곳까지 오게 되었느냐고 물었습니다. 왕자가 자기가 안고 있는 고민을 이야기하자 괴물은 왕자를 막내 공주와 결혼한 동생에게 보냈습니다.

왕자는 셋째 누이네 집으로 갔습니다. 왕자를 보자 셋째 누이는 몹시 반가워하며 끌어안고 입을 맞췄습니다. 그리고 자기 남편 괴물이 왕자를 잡아먹지 않도록 숨겼습니다. 괴물이 집에 돌아와서 저녁 식사를 하고 기분이 좋아지자 셋째 누이는 왕자를 괴물에게 데리고 왔습니다. 왕자를 보자 괴물은 기뻐서 펄쩍 뛰며 입을 맞추고 자리에 앉힌 후 물었습니다.

"아니, 어떻게 사람이 오지 않는 이곳에 오게 되었나?"

왕자가 자기 걱정을 이야기하자 괴물이 말했습니다.

"지구의 배꼽에 어떤 것들이 있는지 나도 모르지만 한번 알아보자. 나를 따라와봐라."

왕자는 괴물을 따라 성의 가장 높은 곳으로 올라갔습니다. 그곳에서 괴물이 휘파람을 불자 산에서 요란한 소리가 나더니 갖가지 동물들이 튀어나와 성으로 모였습니다.

"주인님, 무슨 일로 부르셨습니까?"

"너희들 중에 지구의 배꼽에 무엇이 있는지 말해줄 수 있는 자는 없는가?"

모여든 동물 중에 그 누구도 지구의 배꼽에 가보지 못했기 때문에 아무도 대답하지 못했습니다.

괴물은 동물들을 야단쳐 쫓아버렸습니다. 그러고 나서 아까와는 다른 소리로 휘파람을 불자 크고 작은 온갖 새들이 모여들었고 심지어는 파리 모기까지도 모여들었습니다. 괴물은 그들에게도 또 같은 질문을 던졌지만 아무도 대답하지 못했습니다.

그들이 모여서 심각하게 고민하고 있는데 저 멀리서 태양처럼 빛나는 독수리 한 마리가 날아오는 게 보였습니다.

독수리가 가까이 오자 그의 목과 날개와 다리와 온몸에 온통 다이아몬드, 금, 은, 진주가 달려 있는 것이 보였습니다. 괴물은 독수리에게 말했습니다.

"너는 왜 이렇게 늦었느냐?"

독수리가 대답했습니다.

"제 온몸에 부스럼이 났었어요. 그런데 옛날 저의 할아버지께서 부스럼이 나면 지구의 배꼽에 있는 세 개의 샘에서 나오는 물에 씻으면 낳는다고 했거든요. 그래서 그곳에 갔습니다. 그곳에는 세 개의 샘이 있었는데 한 샘에는 금이 흐르고 다른 샘에서는 은이 흐르고 마지막 샘에서는 다이아몬드가 흐르고 있었어요. 각 샘 옆에는 나무가 한 그루씩 있었는데 그 나무에는 진주가 달려 있었어요. 제가 각 샘에 한 번씩 들어가 몸을 씻자 부스럼이 나았고, 제 몸에 이렇게 금과 은과 다이아몬드가 붙었어요. 그러고 나서 나무 위에 앉았더니 진주까지 몸에 붙었지요. 바로 그때에 휘파람 소리를 들었지만 보시다시피 각종 보석이 매달려 있어서 무거운데다가 또 저는 늙어서 이렇게 늦었으니 불쌍히 여기시어 용서해주세요. 그리고 몸에 붙은 보석들도 좀 떼어주세요."

괴물은 독수리의 온몸에 붙은 보석들을 떼어낸 뒤에 물었습니다.

"지구의 배꼽에는 그것 외에 또 무엇이 있더냐?"

"여러 가지 보석이 줄줄이 달린 나무들이 많이 있었어요."
독수리가 대답했습니다.

괴물은 새들에게 돌아가도 좋다고 허락했습니다. 그리고
독수리에게서 떼어낸 보석들을 손수건에 싸서 왕자에게 주
면서 이렇게 말했습니다.

"자네도 독수리가 한 말을 다 들었으니 지구의 배꼽에 어
떤 것들이 있는지 이제 알았을 걸세. 그러니 이 보석들을 가
지고 임금님께 증거로 보이도록 하게."

왕자는 막냇누이와 매부의 집에 한동안 머물다가 인사를
하고 떠나서는 가는 길에 둘째 누이와 큰누이 집에도 다시
들려 인사를 나누고, 계속해서 걸어가 창문이 있는 곳에 도
착하여 드디어 자기가 갇혀 있던 지하 감옥으로 들어갔습니
다. 왕자가 소리를 질러 사람들을 부르자 사람들은 그를 꺼
내주고는 왕에게로 데리고 갔습니다. 왕이 왕자에게 물었습
니다.

"그래, 그동안 지구의 배꼽에 어떤 것들이 있는지 알아냈
는가?"

"예, 알아냈으니 공주님도 함께 와서 제 말을 듣도록 해주
십시오."

왕이 공주를 데려오라고 명령하자 공주가 왔습니다. 왕자
는 공주를 보고는 그 아름다움에 그만 넋을 잃었습니다.

공주가 왕자에게 물었습니다.

"지구의 배꼽에 어떤 것들이 있는지 알아내셨나요?"

"물론 알아냈지요. 지구의 배꼽에는 세 개의 샘이 있는데, 각 샘 옆에는 나무가 한 그루씩 있고 그 나무들에는 진주가 매달려 있습니다. 한 샘에서는 금이 흘러나오고, 다른 샘에서는 은이 흘러나오고, 또 다른 샘에서는 다이아몬드가 흘러나온답니다. 앞치마를 펴시면 제가 가져온 증거물들을 드리지요."

공주가 앞치마를 펴자 왕자는 독수리가 가져온 물건들을 쏟아놓았습니다. 이것을 본 공주의 눈이 반짝였습니다. 왕자가 그녀에게 말했습니다.

"금과 은 그리고 다이아몬드는 샘에서 나온 것이고 진주는 나무에서 나온 것들입니다."

그러자 공주는 아버지에게 말했습니다.

"아버지, 저는 이분을 그렇게 오랫동안 찾았고 이분은 저를 찾았는데 여태 몰랐군요. 공연히 아까운 젊은이들만 이제까지 죽인 것 같아요. 이분을 남편으로 맞이하고 싶어요."

임금님은 공주의 청을 들어주었고 그들은 결혼식을 올렸습니다. 그리고 그들의 결혼 축하 잔치가 사십 일이나 계속되었습니다. ◀◀◀

재치가 넘치는 말들

옛날 옛적에 한 왕자가 살고 있었는데, 이 왕자는 재치가 넘치는 말을 할 줄 아는 처녀와 결혼하고 싶어했습니다. 매일 높은 지위를 가진 집안 처녀들을 중매하는 중매쟁이들이 찾아왔지만, 왕자는 그 처녀들 중 재치 있게 말하는 재주가 있는 이가 없었기 때문에 청혼을 거절했습니다. 이런 일이 계속되자 실망한 왕자는 답답한 가슴을 달래보려고 총을 집어 들고 사냥을 갔습니다.

왕자는 생각에 잠겨 아침부터 저녁까지 여기저기를 돌아다녔습니다. 왕자가 골몰히 생각한 것은 사냥에 대한 것이 아니라, 어떻게 하면 이상형의 여자를 찾을 수 있는가에 대한 것이었습니다.

해가 질 무렵이 되어 언덕길을 올라가고 있는데 한 노인이 앞장을 서고 그 뒤로 그 노인의 딸로 보이는 처녀가 언덕을 오르는 것이 보였습니다. 그 두 사람이 앞에서 가고 왕자가 뒤에서 쫓아가는 형세로 그들은 천천히 걷고 있었습니다. 왕자는 딸이 노인에게 하는 말을 들었습니다.

"아버지, 좀 더 빨리 가게 발을 어깨에 둘러메세요."

"뭐라고? 얘야, 어떻게 내 발을 어깨에 둘러메라는 말이냐?"

"아이, 아버지도…… 제 말은 발이 아니라 신발을 벗어 어깨에 메란 말이에요. 그러면 아버지 발이 자유로워져서 빨리 갈 수 있잖아요."

뒤쫓아 가던 왕자는 이런 딸의 말을 듣고는 기뻤습니다.

조금 있다가 딸이 다시 아버지에게 말했습니다.

"아버지, 벌써 밤이 되었으니 우리가 더 빨리 도착할 수 있게 제가 아버지를 도울 수 있도록 저를 도와주세요."

"아이고 이 녀석아, 이 늙은 내가 어떻게 너를 돕는단 말이냐?"

"아이 참, 아버지, 제 말은 그런 뜻이 아니라 저한테 말을 좀 걸란 말이에요. 그러면 시간이 빨리 지나가잖아요."

왕자는 이 말을 듣고 또다시 기뻐하며, 벌써 날이 어두웠으니 그날 저녁은 이들이 어디에 살든 그 집에 가서 신세를 져야겠다는 생각했습니다.

시간이 얼마 지나지 않아 산속에 조그만 오두막집이 보이고 아버지와 딸은 그 집으로 들어갔습니다. 왕자는 그들이 먼저 집으로 들어갈 때까지 기다린 뒤, 말없이 불쑥 집으로 들어갔습니다.

왕자가 말했습니다.

"안녕하세요! 아무 소리도 없고 침묵하는군요."

딸이 대답했습니다.

"우리에게도 있었지만 없어졌고요, 다시 구할 거예요. 어서 들어와 앉으시지요."

(왕자는 짖을 개도 없느냐고 물은 거고, 딸은 개가 있었지만 잃었고 또다시 개를 구할 거라고 대답한 것입니다.)

"네, 앉지요. 괜찮으시다면 저는 여기에서 하루를 묵을 겁니다. 사냥하다가 날이 저물었거든요."

"예, 그렇게 하세요."

집 안 한구석에서는 처녀의 어머니인 노파가 옷감을 짜고 있었고, 그녀 주위에는 어린아이들이 발가벗은 채 신발도 없이 뛰놀고 있었습니다.

왕자가 말했습니다.

"아! 유약도 안 바른 토기들이 있네!"

그 집 딸이 곧바로 맞장구를 쳤습니다.

"여기 고령토가 있고요, 저기 유약이 있죠."

(왕자가 벌거벗고 신발도 없이 뛰어 노는 아이들을 유약도 안 바른 토기로 비유하자, 딸이 자기의 어머니가 아이들의 옷을 짜고 있다

고 대답한 것입니다.)

모두가 먹을 정도로 음식이 충분하지 않을 것을 본 아버지가 닭 한 마리를 잡으라고 해 딸은 닭을 잡아 구워왔습니다. 모두가 식탁 앞에 앉았습니다. 딸이 일어나서 닭을 잘라서 아버지에게는 대가리를, 어머니에게 다리를, 왕자에게는 날갯죽지를, 아이들에게는 가슴살을 나누어주었습니다.

노인은 딸이 이렇게 닭고기를 나누자 고개를 돌려 부인을 쳐다보았습니다. 손님 앞에서 불평할 수가 없었기 때문이지요. 잠자리에 들기 전에 노인이 딸에게 말했습니다.

"애야, 왜 그런 식으로 무례하게 닭고기를 나누어주었느냐? 손님이 시장한 채로 잠을 자게 되었잖니?"

"아이, 아버지도 그걸 모르시겠어요? 아버지께서도 이해할 수 있게 제가 말씀드리지요. 아버지에게 닭의 머리를 드린 것은 아버지는 집안의 머리이기 때문이고, 어머니께 다리를 드린 건 어머니가 집안 살림을 이끌고 나가기 때문이며, 손님에게 날개를 준 것은 내일이면 날개를 펴고 떠날 것이기 때문이고, 아이들에게 가슴살을 준 것은 아이들이야말로 이 집안의 살을 이루고 있기 때문이죠. 자, 이제 알아들으셨나요, 아버지?"

바로 옆방에 머물고 있던 왕자는 아버지와 딸이 주고받는 이야기들을 모두 엿듣고는 속으로 매우 기뻐하며, 이렇게 재치 있게 이야기하는 여자와 결혼하겠다는 마음을 더욱 굳혔습니다.

날이 밝자 왕자는 인사를 하고 떠났습니다. 궁전으로 돌아가자마자 왕자는 시종을 불러 서른한 덩이의 빵과 커다란 치즈 한 덩어리, 구운 닭 한 마리, 포도주 한 통을 주고는, 그 음식들을 자기가 전날 밤에 묵었던 산속 오두막집으로 가지고 가서, 열여덟 살쯤 먹은 처녀에게 주고 오라고 명령했습니다.

시종은 음식이 들어 있는 바구니를 짊어지고 왕자의 명령에 따라 산으로 갔습니다. 왕자는 시종이 길을 떠나기 전에 처녀를 만나거든 다음과 같은 말을 전하라는 명령도 했습니다.

"저의 주인님의 안부 말씀을 전합니다. 그리고 '한 달은 서른한 날을 가지고 있고, 달은 보름달이요, 새벽의 닭 울음소리는 속이 지나치게 꽉 채워진 구이고, 숫염소 가죽은 팽팽하게 당겨진 힘줄이다'라는 말을 전하랍니다."

시종이 산을 향해 길을 가던 중에 친구들을 만났습니다.

"여보게, 미하일, 잘 있었나? 그 짐을 짊어지고 어디를 가는 건가? 그리고 바구니 안에는 뭐가 들어 있나?"

"나는 지금 저 산 위에 있는 오두막집으로 가는 중이네. 왕자님이 보내셨거든."

"냄새가 구수한데, 바구니 안에 있는 게 뭔가?"

"뭐냐고? 한 가난한 가족에게 가져다주라고 왕자님이 주신 빵과 치즈, 포도주와 구운 닭고기지!"

"이 바보 같은 친구야, 잠깐 쉬면서 그 음식을 조금만 먹자고. 왕자님이 어떻게 알겠나?"

"그럼, 잠깐만 앉아 쉬어볼까?"

그들은 산기슭 풀밭에 앉아서 음식을 먹기 시작했습니다. 먹을수록 식욕이 돋아 빵 열세 덩이와 치즈 반 덩어리, 닭고기 전부, 포도주 반 통을 먹어치웠습니다. 잘 먹고 마음껏 마시고 난 뒤, 시종은 남은 음식을 싸 들고 일어나서는 산 위의 오두막집을 향해 길을 재촉했습니다.

산 위에 도착하여 처녀를 만나서는 바구니를 건네주고는 왕자가 전하라는 말도 잊지 않고 전했습니다.

그 말을 다 들은 처녀가 시종에게 말했습니다.

"주인님께 안부 전하세요. 그리고 이 말도 전해주시고요. '날들은 열여드레뿐이 안 남았고, 달은 반달이며, 닭 울음소리는커녕 닭 그림자도 볼 수 없고, 염소 가죽은 꿀렁꿀렁하다. 하지만 메추리를 봐서 돼지는 때리지 마세요'라고요."

(빵 덩이는 열여덟 개고, 치즈는 반 토막 났고, 구운 닭고기는 보지도 못했으며, 포도주는 겨우 반 정도만 남았지만 나를 봐서 음식을 제대로 전하지 않은 시종을 때리지는 말아달라는 말입니다.)

시종은 일어나서 다시 궁으로 가서는 왕자에게 처녀가
한 말을 전했습니다. 그런데 처녀의 마지막 말은 미처 기억
하지 못하고 전하지 않았습니다.

그러자 왕자는 처녀의 말을 모두 알아듣고는 다른 시종
한 명을 불러 심부름한 종을 때리게 했습니다. 매를 한두 대
를 맞고 나자 그제야 시종은 소리쳤습니다.

"왕자님, 잠깐만요. 처녀가 전하란 말 중에 제가 깜박 잊
고 말씀 안 드린 게 있어요."

"그래? 그럼 빨리 말해봐라, 이놈아!"

"주인님 '하지만 메추리를 봐서 돼지는 때리지 마세요'라
는 말도 했어요."

그러자 왕자가 말했습니다.

"아이고, 이 바보 같은 놈아! 왜 진작 그 말을 하지 않았느
냐? 그랬더라면 맞지 않았을 거 아니냐?"

왕자는 그 처녀를 부인으로 맞아 행복하게 살았습니다.

수수께끼

옛날 옛적에 시집을 가려 하지 않는 딸을 가진 왕이 살았습니다. 왕은 공주를 좋은 곳으로 시집보내고 싶은 욕심에 수수께끼 하나를 생각해냈습니다. 흰 닭이 낳은 달걀과 검은 닭이 낳은 달걀 두 개를 가지고 와서는 어느 것이 흰 닭이 낳은 달걀이고 어느 것이 검은 닭이 낳은 달걀인지를 맞추는 사람에게 공주를 주겠지만, 만약에 못 맞추면 머리를 자르겠다고 포고를 했습니다.

온 세상이 이 포고를 들었습니다. 세계 곳곳에서 온 수많은 왕자들이 이 수수께끼에 도전했지만 아무도 제대로 맞추지 못하고 머리를 잘려 목숨을 잃었습니다.

한 양치기 소년이 이 이야기를 듣고는 어머니에게 말했습니다.

"어머니, 나도 궁전으로 가서 흰 닭이 낳은 달걀과 검은 닭이 낳은 달걀을 구별해보려 해요."

"아이고 애야, 어딜 간다고 그러니? 그동안 그렇게 똑똑한 왕자들이 수수께끼를 풀어보려 했지만 모두 실패하고 목숨을 잃었단다. 양들한테 풀이나 먹이는 양치기 주제에 그 수수께끼를 풀어보겠다고?"

"어머니, 어쨌든 저는 가서 제 행운을 시험해보겠어요."

가엾은 어머니는 아들이 이미 그 일을 하겠다고 굳게 마음을 먹은 것을 보고는 한 입만 먹으면 뱀이라도 죽일 만한 독약을 넣은 피자 한 판을 만들었습니다. 그 피자를 아들 보따리에 넣어주면서 어머니가 말했습니다.

"네 개 오모르풀라도 데려가거라. 그리고 배가 고파도 이 피자를 절대로 네가 먹지 말아라. 먼저 한 조각을 떼어 오모르풀라한테 던져주어 먹게 한 다음에 네가 먹도록 해라."

양치기 소년은 수도를 향해 길을 떠났습니다. 길을 가다가 배가 고파진 소년은 길 한 모퉁이에 자리 잡고 앉아 피자를 꺼냈습니다. 그러고는 피자 한 조각을 떼어내서 오모르풀라에게 던져주었습니다. 오모르풀라는 피자 조각을 먹자마자 발을 쭉 뻗고는 죽어버렸습니다. 양치기 소년은 피자를 던져버리고 자기가 사랑하던 개를 내려다보았습니다. 그가 그 자리를 막 떠나려 할 때 까마귀 세 마리가 날아와서는 개고기를 파먹기 시작했습니다. 그런데 개고기를 먹은 까마귀들이 독에 중독되어 그 자리에서 바로 죽어버렸습니다.

이 광경을 본 소년은 자리를 빨리 벗어나 길을 재촉했습니다. 길을 가다보니 참을 수 없을 정도로 배가 고팠습니다. 하지만 그의 보따리 안에는 먹을 것이 하나도 없었습니다. 너무 배가 고파 더 이상 한 발자국도 발을 뗄 수 없는 지경이 되었을 때 소년은 폐허가 된 조그만 교회를 발견했습니다. 소년은 그곳으로 가서 이것저것을 살펴보았습니다. 그곳에는 종이조각, 깨진 등잔들, 성화 따위가 어지러이 흩어져 있었지만, 먹을 것은 하나도 없었습니다. 다른 쪽 구석을 보니 거기에는 새끼를 밴 암소 한 마리가 죽어 있었습니다.

"자, 이제 어쩌지? 배가 너무 고파……."

이렇게 말한 양치기 소년은 깨진 교회의 창문에서 유리조각을 떼어서는 암소 배를 가르고 송치*를 끄집어내서는 조각조각 각을 뜨기 시작했습니다. 하지만 어떻게 날고기를 먹을 수 있겠습니까?

양치기 소년은 교회 성가책을 찢어 불을 붙이려 했습니다. 하지만 성냥도 없이 어떻게 불을 붙어야 하는지 난감했습니다. 돌을 주워 서로 부딪혀 불꽃이 튀게 하여 종이에 불을 붙인 다음 그 불에 고기를 구웠습니다. 물론 종이에 붙인 불의 화력이 약해 익은 부분 고기와 날고기를 함께 먹을 수

---

* 아직 어미 배 속에 있는 태어나기 직전의 송아지

밖에 없었습니다. 어찌 됐든 고기를 좀 먹어 시장기가 가시자 소년은 이렇게 중얼거렸습니다.

"자, 이제 목이 마른데 어떻게 하지? 어디 물을 구할 곳이 좀 없을까?"

여기저기를 찾아보았지만 물은 어디에도 없었습니다. 눈을 들어 위를 보니 등잔 기름 밑에 물이 담겨 있었습니다. 소년은 등잔을 들어 기름을 쏟아내고는 그 아래 있는 물을 마셨습니다.

이렇게 궁색하게 먹고 마시고 나서 소년은 수도를 향해 다시 길을 떠났습니다.

왕의 궁전에 도착하자 병정들이 그를 보았습니다.

"여기서 무얼 하고 있는 거냐?"

"나는 왕의 수수께끼를 풀어보려고 해요."

양치기 소년이 말했습니다.

"얘야, 어서 딴 데나 가봐라. 너 같은 놈이 어떻게 수수께끼를 풀겠단 거냐?"

하지만 소년은 요지부동이었습니다.

"그게 당신들하고 무슨 상관이에요? 나는 수수께끼를 풀겠어요."

왕이 밖에서 나는 소란스러운 소리를 듣고 양치기 소년을 들여보내라고 명령했습니다.

왕은 소년을 보자마자 머리를 절레절레 흔들면서 웃었습니다.

"여태까지 수많은 자들이 왔었다. 이 불쌍한 놈아, 네가 감히 수수께끼를 풀어보겠다고 여기까지 왔단 말이냐? 얘들아, 그 달걀들을 가져오너라!"

시종들이 달걀을 가져왔습니다.

"자, 이제 맞혀보아라! 어느 게 흰 닭이 낳은 달걀이고 어느 게 검은 닭이 낳은 달걀이냐?"

"위대하신 임금님, 어느 게 흰 닭이 낳은 달걀이고 어느 게 검은 닭이 낳은 달걀인지 말씀드리지요. 하지만 제가 먼저 수수께끼를 낼 테니 그 수수께끼를 맞히시면 그때 임금님이 내신 수수께끼의 대답을 말씀드리지요."

왕이 다시 웃었습니다. 양치기 소년이 그런 소리를 하는 게 웃기는 짓거리 같았기 때문입니다.

"네 따위가 그런 수수께끼를 낼 수 있단 말이냐?"

"어찌 되었든 간에 임금님께서 제 수수께끼를 푸시면 저도 대답을 하겠습니다만 못 푸시면 제가 임금님의 수수께끼를 푼 겁니다."

"그래, 이제 네 수수께끼를 말해보아라!"

왕이 말했습니다.

"피자가 오모르풀라를 먹고,

죽은 오모르풀라가 검둥이 셋을 먹었습니다.

나는 태어난 동시에 태어나지 않은 것을

글자로 구워서 먹었고요.

땅에도 하늘에도 있지 않은 물을 마셨지요."

이 수수께끼를 들은 왕은 당황했습니다.

"그게 뭐지? 누가 네게 그런 수수께끼를 말해주었느냐?"

왕이 양치기 소년에게 물었습니다.

"아무도 가르쳐주지 않았어요. 제가 제 머리로 만들어낸 거예요."

소년이 대답했습니다.

왕이 모든 신하와 자문들을 불러 이 수수께끼를 풀어보라고 했지만 아무도 답을 내지 못했습니다. 왕은 양치기 소년이 그렇게 똑똑한 것을 보고 딸을 주기로 결심했습니다. 그리고 그 수수께끼의 답을 말해달라고 부탁했습니다.

"저는요 아주 가난한 양치기 소년이었습니다. 그리고 우리 어머니는 제가 이곳에 오는 것을 반대했어요. 하지만 제가 고집을 피우자 제게 피자 하나를 만들어주었어요. 제가 그 피자 한 조각을 제 개 오모르풀라에게 주었는데 개는 그걸 먹자마자 죽었어요. 그 개를 까마귀들이 먹고는 그들 역시 죽었지요. 마침내 저는 배가 너무 고파서 한 발자국도 걸을 수 없는 지경에 이르렀지요. 먹을 것을 구하기 위해 이곳저곳을 헤매다가 폐허가 된 교회가 하나 있길래 그리로 갔더니, 암소 한 마리가 죽어 있었어요. 그 암소 배 속에서 송치를 끄집어내 먹었어요. 하지만 그 송치 고기를 먹기 위해 성가책 종이를 찢어 불을 붙여야만 했지요. 그리고 제가 마신 물은 땅에도 하늘에도 있지 않았어요. 교회의 천장에 매달려 있던 등잔 속에 있던 물이었거든요."

이렇게 하여 양치기 소년이 공주와 결혼하게 되어 큰 잔치가 벌어졌습니다. 그리고 모두들 기뻐하며 즐겁게 잔치를 치렀습니다. 시골에서 겨우 빵과 양파나 먹던 양치기 소년의 어머니도 궁전으로 와서 닭고기를 먹었습니다. ◀◀◀

치르초니스

옛날 옛적에 열두 형제가 살았는데 그 가운데 막내의 이름이 치르초니스였습니다. 어느 날 이 형제들은 일을 구하기 위해 장에 가서 서성거리고 있는데 한 사람이 다가오더니 이렇게 말했습니다.

"내가 돈을 지불할 테니 우리 밭에 와서 추수를 해주지 않겠소?"

"해드리고말고요."

형제들은 대답했습니다.

그 사람은 열두 형제들을 데리고 밭으로 갔고 형제들은 추수를 했습니다. 열두 형제를 데리고 간 사람은 사실 괴물이었는데, 그에게는 열두 명의 딸이 있었습니다. 괴물은 자기의 딸들도 밭으로 데려와서 젊은이들과 함께 추수를 하도록 했습니다.

정오가 지나자 괴물은 편지 한 장을 쓰더니 치르초니스에게 주면서 자기 부인에게 전해달라고 했습니다. 치르초니스는 편지를 받아 들고 길을 떠났습니다. 길을 가던 치르초니스는 갑자기 의심스러운 생각이 들어 편지를 뜯어보았습니다. 편지에는 치르초니스를 죽여 쌀과 포도와 땅콩을 채워 오븐에 잘 구웠다가 저녁에 밭으로 가져오라고 쓰여 있었습니다. 치르초니스는 편지를 찢어버린 다음, 가장 좋은 양을 죽여 양념을 해서 잘 구워놓았다가 저녁에 밭으로 가져오라는 내용의 편지를 새로 썼습니다. 그리고 편지 겉봉을 잘 봉한 뒤에 괴물의 부인에게 가서 전하고 돌아왔습니다.

괴물은 치르초니스가 살아 돌아온 것을 보자 놀라서 물었습니다.

"편지를 전해주었나?"

"전해주었지요."

치르초니스가 대답했습니다.

저녁이 되자 괴물의 부인은 큰 쟁반에 맛있게 요리된 양을 가지고 왔습니다. 그녀가 밭에서 일하고 있는 일행에게 다가오자 그들은 인사를 했습니다. 괴물은 그녀가 양을 요리해서 가져온 것을 보자 이렇게 물었습니다.

"아니, 이게 웬 양이오? 내가 양 요리를 해오라고 썼단 말이오?"

"편지에는 양이라고 쓰여 있던데요."

괴물의 부인이 대답했습니다.

"치르초니스를 잡으라고 했지 양을 잡으라고 쓰지 않았
단 말이오."

"전 모르겠어요. 편지에 양을 잡으라고 쓰여 있어서 그렇
게 했을 뿐이에요."

괴물의 부인이 대답했습니다.

"그만두기로 합시다."

그들은 둘러앉아 양을 맛있게 먹었습니다. 그리고 한참
후에 모두 밭에 누웠습니다. 괴물은 젊은이들에게 검은 천
을 덮어주고 딸들에게는 하얀 천을 덮어주면서 밤중에 살짝
일어나서 젊은이들을 잡아먹으리라 생각했습니다.

치르초니스는 영리한 아이였기 때문에 잠을 자지 않고
있었습니다. 그리고 다른 사람들이 다 잠들었을 때 일어나
서 괴물의 딸들이 덮고 있는 하얀 천을 벗겨내고 그녀들에
게 검은 천을 씌워놓았습니다. 그러고 나서 형제들을 깨우
고 형제들이 누워 있던 자리에 하얀 천을 덮어놓고는 그곳
에 마치 사람들이 누워 있는 것처럼 꾸몄습니다.

이 모든 일을 끝낸 다음에 치르초니스는 형제들에게 강
을 건너가서 그곳에서 자라고 하면서 자기는 가까이에 숨어
서 괴물이 무슨 짓을 하는지 보겠노라고 말했습니다.

잠시 후에 괴물은 잠에서 깨어나서 검은 천을 덮고 있는

374

것이 자신의 딸인 줄 전혀 모르고 젊은이들이라고 생각하고
는 잡아먹었습니다. 그러고 나서 혼자 중얼거렸습니다.

"치르초니스 녀석의 고기 맛이 참 좋기도 하군!"

숨어 있던 치르초니스는 이렇게 대답했습니다.

"당신 딸들의 고기 맛이 참 좋았을걸요!"

그러자 괴물은 자기 실수를 깨닫고 외쳤습니다.

"아니, 이게 무슨 짓이냐?"

"무슨 큰일이 났다고 그러세요? 추수한 것은 그대로 있잖
아요!"

치르초니스가 대답했습니다. 약이 오른 괴물은 치르초니
스를 잡아먹으려고 뛰어왔습니다. 그러나 치르초니스는 이
렇게 위협했습니다.

"저를 잡아먹는다면 당신의 배를 뚫고 나오겠어요."

괴물은 치르초니스가 자기 배를 뚫고 나온다는 말에 겁
이 나서 그를 잡아먹는 것을 포기했습니다. 그래서 치르초
니스는 여유 있게 강을 건너서 형제들에게 가서는 괴물이
잘못 알고 딸들을 잡아먹었다고 말했습니다.

그 후에 치르초니스는 왕에게 가서 이렇게 말했습니다.

"임금님, 저는 공주님과 결혼하고 싶어서 찾아왔습니다."

"만일 네가 괴물이 깔고 자는 양탄자를 가져오면 네게 내
딸을 주겠다."

임금님이 말했습니다.

치르초니스는 괴물이 사는 궁전으로 가서 괴물이 깔고 자는 양탄자를 살그머니 끌어내어 가지고 도망쳤습니다. 그러자 괴물은 곧 잠이 깨어 그를 뒤쫓았습니다. 괴물이 바짝 쫓아오자 치르초니스는 말했습니다.

"저를 잡아먹는다면 당신의 배를 뚫고 나오겠어요."

이 말을 듣자 괴물은 다시 두려워서 더 이상 뒤쫓아오지 못했습니다. 치르초니스는 그 틈에 강을 건넜습니다. 괴물은 강을 건너갈 권한이 없었기 때문에 치르초니스에게 애걸하기 시작했습니다.

"무슨 원수가 졌다고 나에게 이런 짓을 하는 거냐? 지난번에는 내 딸들을 잡아먹게 만들더니 이번에는 내 양탄자를 훔쳐가는구나!"

"무슨 큰일이 났다고 그러세요? 추수한 것은 그대로 있잖아요!"

치르초니스가 대답했습니다.

강 건너 땅은 자기 권한이 미치는 곳이 아니기 때문에 강을 건너지 못하는 괴물은 불평을 하면서 자기 궁전으로 돌아갔습니다.

치르초니스는 왕에게 양탄자를 가져다주면서 공주를 달라고 했습니다. 그러나 왕은 이렇게 말했습니다.

"가서 밤에도 태양처럼 빛나는 괴물의 컵을 가져오너라. 그러면 공주를 주겠다."

치르초니스는 다시 괴물의 궁전으로 가서 숨어 있다가 괴물이 잠들자 컵을 집어 들고 달아났습니다. 괴물은 잠이 깨자 사방이 어두운 것을 보고 누군가 컵을 훔쳐간 것을 깨달았습니다. 그래서 바로 치르초니스를 잡아먹으려고 뒤를 따라왔습니다.

"저를 잡아먹는다면 당신의 배를 뚫고 나오겠어요."

치르초니스가 말했습니다.

괴물이 무서워서 망설이고 있는 새에 치르초니스는 강을 건넜고 괴물은 또다시 애걸하기 시작했습니다.

"도대체 나와 무슨 원수가 졌다고 이렇게 못살게 구는 거냐? 처음에는 내 딸들을 잡아먹게 만들고 다음에는 내 양탄자를 훔쳐가더니 이번에는 컵까지 가져가는구나!"

"무슨 큰일이 났다고 그러세요? 추수한 것은 그대로 있잖아요!"

치르초니스는 이렇게 대답하고 왕에게 가서 컵을 주고 공주를 달라고 했습니다. 그러나 왕은 다시 이렇게 말했습니다.

"가서 괴물이 덮고 자는 담요를 가져오너라. 그러면 공주를 너에게 주겠다."

치르초니스는 궁전을 떠났습니다. 그리고 시장에 가서 솜을 열 뭉치 사서 그것을 괴물의 궁전 가까운 곳에 가지고 가서 쥐들이 사는 구멍 앞마다 50그램씩 나누어놓았습니다. 암쥐들은 이 솜을 둥지로 삼아 새끼를 까고는 치르초니스에게 와서 말했습니다.

"저희에게 이렇게 좋은 일을 해주셨는데 그 보답으로 무엇을 해드릴까요?"

치르초니스는 쥐들에게 솜을 조금씩 물고 가서 괴물의 담요에 매달린 종에 채워넣어 소리가 나지 않도록 하여 담요를 훔칠 수 있게 해달라고 말했습니다. 쥐들은 솜을 물고 가서 종에 채워넣었습니다. 그러나 한 절름발이 암쥐가 자기가 맡은 종을 꽉 채우지 못해 치르초니스가 담요를 들어올렸을 때 종이 울려서 하마터면 괴물이 깨어날 뻔했습니다. 그러자 다른 암쥐들이 얼른 달려들어 그 종을 솜으로 채워넣었습니다. 치르초니스는 담요를 들고 도망갔습니다.

잠시 후에 깨어난 괴물은 담요가 없어진 것을 보고 치르초니스 뒤를 쫓아왔습니다. 그러나 치르초니스는 이미 강을 건넌 후였기 때문에 괴물은 애걸을 했습니다.

"도대체 내가 네게 무슨 나쁜 짓을 했다고 나를 이렇게 괴롭히는 거냐? 내 딸들을 잡아먹게 만들고, 양탄자와 컵을 훔쳐가더니 이제는 내 담요까지 가져가는구나."

"무슨 큰일이 났다고 그러세요? 추수한 것은 그대로 있잖아요!"

치르초니스가 말했습니다.

그러고는 왕에게 담요를 가져다주면서 공주를 달라고 했습니다. 하지만 왕은 이렇게 말했습니다.

"이번에는 괴물을 잡아오너라. 그러면 공주를 주겠다."

"괴물을 데려오기는 하겠습니다만, 그 괴물이 궁전에 있는 사람들을 모두 차례차례 잡아먹을 텐데요."

"그런 것은 상관하지 말고 데려오기나 해라."

왕이 말했습니다.

"좋습니다. 그러나 무슨 일이 일어나도 저는 상관하지 않겠습니다."

치르초니스는 이렇게 말하고는 궁전을 떠났습니다.

그러고는 낡은 옷으로 갈아입고 얼굴에 칠을 하여 노인처럼 분장을 했습니다. 그리고 도끼를 들고 괴물의 궁전으로 가서 아주 굵고 튼튼하게 생긴 나무를 골라 그 나무를 도끼로 찍으면서 소리쳤습니다.

"치르초니스 녀석 드디어 천벌을 받았지!"

괴물은 나무 찍는 소리와 치르초니스가 천벌을 받았지 하는 소리를 듣자 달려와서 물었습니다.

"할아버지, 무슨 일을 하고 있는 겁니까?"

"치르초니스 녀석 드디어 천벌을 받았다네. 그래서 오늘 죽고 말았는데 아무도 관을 만들 사람이 없다고 늙은 나를 보냈다네. 그러나 늙은 내가 나무를 잘라 관을 만들 힘이 어디 있겠나? 그 녀석은 우리를 꽤나 못살게 굴었다네. 그래서 다시 관에서 살아 나오지 못하도록 아주 튼튼한 나무를 잘라 속을 파고 두꺼운 널빤지로 위를 막은 후 못질을 해야 할 걸세. 그 녀석은 괴물만큼이나 튼튼한 녀석이었다네. 한번은 괴물이 그를 잡아먹는데 배를 뚫고 나오는 바람에 불사신인 괴물이 그만 죽고 말았다고 하더군."

노인이 대답했습니다.

"걱정 마세요. 제가 치르초니스 녀석의 관을 만들어드릴 테니까요. 그 녀석이 저에게 못된 짓을 하도 많이 해서 저도 원한이 많답니다. 제 딸들을 잡아먹게 만들었고, 제 양탄자와 컵과 담요를 훔쳐갔거든요. 그 녀석을 잡아먹을 수도 있었지만 제 배를 뚫고 나오겠다고 위협을 해서 그만 포기하고 말았죠."

"충분이 그럴 놈이지."

노인이 말했습니다.

괴물은 자기의 성으로 가서 커다란 도끼와 톱과 굵은 못을 가져와서 굵은 나무 하나를 잘라낸 다음 그 나무 안을 파내고, 또 다른 나무 하나를 잘라 두꺼운 널빤지를 만들었습니다. 그러자 노인으로 변장한 치르초니스가 말했습니다.

"자, 이제는 나무통 속에 들어가보게. 못을 박아볼 테니까 자네가 안으로 들어가 발길질을 해서 뚜껑이 열리나 시험해보기로 하세. 치르초니스는 꼭 자네만큼 힘이 센 녀석이니 자네가 열지 못한다면 그 녀석도 못 열 테니까 말일세."

괴물은 이 말을 그대로 믿고 관 속에 들어갔습니다. 치르초니스가 못을 박고는 말했습니다.

"자, 이젠 발로 차서 시험해보세."

괴물은 관 뚜껑을 발로 찼지만 닫힌 뚜껑은 열리지도 부서지지도 않았습니다.

"튼튼하게 됐군."

치르초니스가 말했습니다.

"못을 빼줄 테니까 잠시 기다리게."

그러나 그는 못을 빼기는커녕 더 많은 못을 박았습니다. 그러고는 이렇게 말했습니다.

"내가 치르초니스인데 그걸 몰랐지? 이제는 너를 산 채로 임금님에게 데리고 가서 공주님을 달라고 해야지."

"아이고 치르초니스, 왜 이렇게 나를 못살게 구느냐! 내 딸을 잡아먹게 만들고, 양탄자와 컵과 담요를 훔쳐가더니, 이제는 나를 관 속에 집어넣는 데 성공했구나."

"이렇게 해서 추수해드린 값을 지불받았으니 더 이상 괴롭히지 않겠어요."

치르초니스는 괴물이 있는 관을 짊어지고 임금님에게 가서 말했습니다.

"임금님, 이 관 속에 괴물이 들어 있습니다. 산 채로 이 속에 넣었으니까 관 뚜껑을 열지 않도록 조심하십시오. 만약에 뚜껑을 여시면 임금님과 시종을 다 잡아먹어버릴 것입니다. 괴물이 저만은 잡아먹지 않을 텐데 그 이유는 제가 그의 배를 뚫고 나올 수 있기 때문입니다."

이렇게 하여 치르초니스는 공주를 얻었습니다. 그는 공주를 천장 속에 숨겨놓았습니다.

한편, 임금님은 치르초니스의 충고를 무시하고 관의 못을 빼버리고 말았습니다. 그러자 괴물이 튀어나와 궁전 안에 있는 모든 사람들을 차례차례 잡아먹었습니다. 그동안에 치르초니스는 산보를 하고 있었습니다.

"이젠 너를 잡아먹어야겠다."

괴물이 말했습니다.

"마음대로 하렴. 그러나 나를 잡아먹으면 너의 배를 뚫고 나올 테니까 그런 줄 알아라."

치르초니스가 말했습니다. 괴물은 이 말에 겁이 나서 그를 잡아먹지 않고 궁전을 떠났습니다. 그렇게 치르초니스는 공주를 아내로 맞아들였고 임금님이 되었습니다. ◀◀◀◀

쌍둥이 형제

옛날 옛적에 한 어부가 살았는데 그에게는 자식이 없었습니다. 어느 날 한 노파가 지나가다가 어부의 아내를 보고 이렇게 말했습니다.

"재물은 많은지 몰라도 자식 복은 없는 모양이군요!"

"하느님께서 안 주시는 걸 어떡해요!"

어부의 아내가 말했습니다.

"원인은 당신 남편에게 있어요. 그가 금물고기를 잡았더라면 아이를 얻을 수 있었을 거예요. 그러니 저녁에 당신 남편이 집에 돌아오면 아이를 낳고 싶으면 금물고기를 잡으러 가라고 말하세요. 그리고 금물고기를 잡아오면 여섯 토막으로 내어 한 토막은 당신이 먹고 또 한 토막은 남편에게 먹이도록 하세요. 그렇게 하면 당신은 쌍둥이를 낳을 거예요. 개에게도 한 토막을 먹이면 개 역시 쌍둥이 강아지 둘을 낳을 거고, 암말에게도 한 토막을 주면 쌍둥이 망아지를 낳을 거예요. 그리고 끝으로 남은 두 토막을 정원 양쪽에 하나씩 심으면 그곳에서 각각 삼나무가 한 그루씩 자랄 거예요."

어부의 아내는 어부가 집에 돌아오자 노파가 한 이야기를 모두 했습니다. 다음 날이 되어 어부는 바다로 나가 금물고기를 잡아서 노파가 시킨 대로 했습니다.

세월이 흘러 어부의 부인은 너무 똑같이 닮아 도저히 구별할 수 없는 쌍둥이 형제를 낳았습니다. 개도 꼭 닮은 강아지 두 마리를 낳았고, 암말도 꼭 닮은 두 마리의 망아지를 낳았으며, 정원에도 똑같은 삼나무 두 그루가 자랐습니다.

아이들은 자라나 명성을 얻기 위해 집을 떠나고자 했습니다. 그러나 아버지는 늘그막에 겨우 얻은 아들들이 떠나는 것을 원치 않았기 때문에 한 아들이 먼저 갔다 돌아오면 남은 아들이 가라고 말했습니다. 그래서 큰아들이 먼저 말한 마리와 개 한 마리를 데리고 길을 떠났습니다. 떠나면서 남은 형제에게 이렇게 말했습니다.

"두 그루의 삼나무가 푸르게 서 있는 동안에는 나에게 아무 일이 없는 것으로 알아라. 그러나 삼나무 한 그루가 시들면 얼른 집을 떠나 나를 찾아와야 한다."

큰아들은 집을 떠나 아주 먼 곳으로 갔습니다. 그리고 저녁이 되어 한 노파가 사는 집에 묵었습니다. 노파의 집으로부터 아주 가까운 곳에는 매우 멋진 집이 하나 있었는데, 그는 이 집을 보고 노파에게 물었습니다.

"할머니, 저 집은 누구의 집인가요?"

그러자 노파가 대답했습니다.

"세상에서 가장 아름다운 아가씨가 사는 집이라네."

"잘됐군요. 저는 그 여자와 결혼하고 싶어서 여기에 왔으니까요."

"아이고 젊은이, 제발 그만두게. 수많은 젊은이들이 그녀를 얻으려고 왔지만 한 사람도 성공하지 못했다네. 그래서 그녀는 그 젊은이들의 머리들을 잘라 쌓아놓고는 그 위를 쇠로 된 말뚝으로 박아놓았다네."

"저는 머리가 잘리는 한이 있더라도 그녀를 아내로 맞고 싶다고 가서 말하겠어요."

그는 기타를 잘 쳤습니다. 그래서 저녁이 되자 기타를 연주했습니다. 그러자 세상에서 가장 아름다운 아가씨가 그 소리를 들었습니다. 다음 날 아침이 되자 세상에서 가장 아름다운 아가씨가 노파에게 말했습니다.

"할머니, 집에 누가 있는데 그렇게 기타를 잘 치나요?"

"청년 하나가 우리 집에 왔는데 그가 연주를 했지요."

"그 사람을 만나고 싶으니까 저에게 오라고 전해주세요."

큰아들은 세상에서 가장 아름다운 아가씨에게로 갔습니다. 그녀는 어디에서 왔느냐고 물으면서 그의 기타 소리가 무척 마음에 들어서 남편으로 맞고 싶다고 말했습니다.

"저도 그것 때문에 이곳에 왔습니다."

"그럼 저의 아버지에게 가서 저를 아내로 맞고 싶다고 말하세요. 그리고 저의 아버지가 당신에게 한 이야기를 모두 저에게 말해주세요."

큰아들은 세상에서 가장 아름다운 아가씨의 아버지인 왕에게 갔습니다. 그리고 딸을 아내로 맞고 싶다고 말했습니다. 그러자 왕이 말했습니다.

"내가 시키는 대로 할 능력이 있다면 자네에게 딸을 주겠지만 그렇지 못하면 목을 자르겠다. 들판에 가면 두 사람이 팔을 벌려도 안을 수 없을 만큼 굵은 나무토막이 있다. 그 나무토막을 한칼에 자를 수 있다면 내 딸을 자네에게 주겠다. 그러나 그러지 못할 경우에는 목이 날아갈 줄 알아라."

그는 슬픔에 싸여 노파에게로 갔습니다. 그렇게 굵은 나무토막을 한칼에 자를 수 없을 것이 분명하기에 내일이면 자기 목이 날아갈 것이 뻔하기 때문이었습니다.

저녁이 되어도 그는 굵은 나무토막을 어떻게 자를까를 곰곰이 생각하느라고 매일 치던 기타도 치지 않았습니다. 기타 소리가 들리지 않자 세상에서 가장 아름다운 아가씨가 그를 불러 물었습니다.

"오늘은 왜 기타를 치지 않고 생각에만 잠겨 있어요?"

그는 그녀의 아버지가 한 말을 전부 이야기했습니다.

"그것 때문에 걱정하고 있었어요? 어서 기타를 가져와서 흥겹게 놀아요. 내일 아침에 제가 방법을 가르쳐드릴게요."

그는 밤새도록 기타를 치며 세상에서 가장 아름다운 아가씨와 흥겹게 놀았습니다. 아침이 밝아오자 세상에서 가장 아름다운 아가씨는 자기 머리카락 하나를 그에게 주면서 그 머리카락을 칼에 동여매고 나무토막을 자르라고 일렀습니다. 그는 공주가 시킨 대로 칼에 그녀의 머리카락을 동여맨 뒤 벌판으로 나가 단칼에 나무토막을 베어버렸습니다. 그러자 공주의 아버지가 말했습니다.

"아직 한 가지 더 해야 할 일이 있다. 그 일을 해내면 내 딸을 자네에게 주겠다. 물이 가득 찬 통 두 개를 손에 든 채 말을 타지 않고 세 시간을 달려갔다 와야 한다. 그동안에 물을 단 한 방울도 흘리지 않으면 내 딸을 아내로 주겠다. 그러나 그러지 못할 경우에는 자네의 목을 자르겠다."

그는 다시 몹시 근심스러운 얼굴로 노파에게 돌아가서는 걱정에 잠겨 기타를 치지 않았습니다. 그러자 세상에서 가장 아름다운 아가씨가 다시 그를 불러 물었습니다.

"왜 기타를 치지 않으세요?"

그는 그녀의 아버지가 한 이야기를 했습니다.

"걱정하지 마시고 기타나 연주하세요. 아침이 되면 제가 방법을 가르쳐드릴게요."

아침이 되자 세상에서 가장 아름다운 아가씨는 그에게 자기가 끼고 있던 반지를 주면서 그 반지를 물속에 넣으면 물이 얼어붙어서 쏟아지지 않을 거라고 말했습니다. 그는 세상에서 가장 아름다운 아가씨가 시키는 대로 해서 물을 한 방울도 쏟지 않은 채 먼 거리를 달려갔다 돌아왔습니다. 그러자 공주의 아버지가 말했습니다.

"아직 한 가지를 더 해야 한다. 이번이 마지막이 될 것이다. 나에게 흑인이 한 명 있는데 말을 타고 그와 격투를 해서 자네가 이기면 내 딸을 갖게 해주겠다."

이 말을 듣고 그는 기뻐서 노파에게로 갔습니다. 그리고 흥겹게 기타를 치고 놀았습니다. 저녁이 되자 세상에서 가장 아름다운 아가씨가 그를 불러 말했습니다.

"오늘 저녁에는 기분이 몹시 좋으신 모양이군요. 저의 아버지께서 무슨 말씀을 했기에 그렇게 기분이 좋으세요?"

"내일 흑인과 격투를 하라고 했죠. 그런데 격투라면 저도 이길 수 있을 거 아닙니까? 그도 사람이고 나도 사람이니까요. 저도 결투라면 자신 있는 편이거든요."

그러자 세상에서 가장 아름다운 아가씨가 말했습니다.

"어머, 이번에는 정말 큰일났군요. 흑인은 다름 아닌 바로 저예요. 사람들이 제게 술을 먹이면 저는 흑인이 돼요. 그러니 내일 아침 시장에서 물소 가죽 열두 장을 사다가 당신의 말에게 씌우세요. 또 이 손수건을 받아두셨다가 격투하는 도중에 제가 당신 위로 덮치면 그 손수건을 저에게 보이세요. 그러면 제가 잠시 정신을 다시 차리고 당신을 죽이지 않을 거예요. 그리고 제가 타고 있는 말의 두 눈썹 사이를 겨냥하여 쳐서 죽이도록 하세요. 제 말을 죽이면 당신은 저를 이기게 될 거예요."

그는 다음 날 시장으로 가서 물소 가죽 열두 장을 사다가 자기 말에게 씌웠습니다. 그리고 흑인과 격투를 했습니다. 흑인은 그의 말에 씌운 물소 가죽을 한 장 한 장 찢어 드디어는 마지막 한 장마저 찢은 뒤 그를 죽이려고 했습니다. 그는 마지막 힘을 내어 흑인이 타고 있는 말의 양미간 사이를 칼로 찔렀습니다.[*] 말이 쓰러져 죽자 흑인은 격투에서 패배하고 그가 승리하게 되었습니다. 그러자 세상에서 가장 아름다운 아가씨의 아버지가 말했습니다.

"이제 흑인을 물리쳤으니 너를 내 사위로 삼겠다."

"제게 아직 남은 일이 있습니다. 사십 일 후에 그 일을 끝내고 다시 돌아와서 그녀를 아내로 맞아들이겠습니다."

---

[*] 이 부분에서 위에서 세상에서 가장 아름다운 아가씨가 언급한 손수건 이야기가 나오지 않고 큰아들이 곧바로 흑인의 말을 찌르는 장면으로 넘어간다. 이런 일관성의 결여는 구전 문학에서는 흔히 있는 일이다.

그는 이렇게 대답하고 다른 고장을 향해 떠났습니다. 새로운 곳에 도착한 그는 이번에도 또 어떤 노파의 집에 머물게 되었습니다. 저녁이 되어 음식을 먹고 난 후 그는 노파에게 물을 달라고 했습니다. 그러자 노파가 대답했습니다.

"젊은이, 미안하지만 물이 없다네. 무시무시한 괴물이 우리 샘물을 지키고 있는데, 우리는 일 년에 한 번 젊은 처녀 한 명을 그 괴물에게 바치고서야 겨우 물을 얻어오고 있다네. 그런데 이번에는 공주님을 바칠 차례가 되어 내일 공주님을 괴물에게 데리고 가게 되어 있지."

다음 날 아침이 되어 사람들은 공주를 괴물이 사는 곳으로 데리고 가서 금사슬로 묶은 뒤 모두 자리를 피했습니다. 모든 사람들이 떠나자 그는 공주에게 다가가서 울고 있는 그녀에게 물었습니다.

"아가씨, 무엇 때문에 울고 계시나요?"

그러자 공주는 조금 있으면 괴물이 나타나서 자기를 잡아먹을 것이기 때문에 울고 있다고 대답했습니다. 그는 공주에게 자기가 구해주겠노라고 말했습니다. 그리고 괴물이 나타나자 그는 개에게 괴물을 죽이라고 명령했습니다. 그러자 개는 괴물에게 달려들어 목을 물어뜯어 죽여버렸습니다.

이렇게 해서 공주는 구원되었습니다. 이 소식을 들은 왕은 이 용감한 젊은이에게 딸을 주기로 결심했습니다. 그래서 그들의 결혼식이 거행되었습니다.

결혼 후 일주일가량 집에 머물러 있던 그는 답답함을 느끼고 사냥을 하러 떠나고 싶었습니다. 왕은 그를 붙잡아두려고 했지만 막을 수 없는 것을 알자, 그러면 하인이라도 데리고 가라고 말했습니다. 그러나 그는 말과 개만을 데리고 갔습니다.

한참을 가다 그가 목이 마를 때쯤 멀리에 오두막이 있는 것이 보였습니다. 그래서 마실 물을 얻기 위해 오두막으로 갔습니다. 그곳에는 한 노파가 앉아 있었습니다. 그가 노파에게 물을 좀 달라고 부탁하자 그녀는 먼저 막대기로 그의 개를 치게 해주면 주겠노라고 대답했습니다. 그가 허락하자 노파는 개를 막대기로 쳤습니다. 그러자 개가 돌로 변했습니다. 노파는 그도 막대기로 쳐서 돌로 만들고, 그의 말도 돌로 변하게 했습니다.

그가 돌로 변하자 집에 있던 삼나무가 말라 시들어갔습니다. 이를 본 동생은 그를 찾아 길을 떠났습니다. 동생은 형이 괴물을 죽인 곳을 지나 우연히 형이 두 번째 묵었던 노파 집에 머물게 되었습니다.

동생을 본 노파는 반색을 하며 이렇게 말했습니다.

"젊은이, 참 미안했어요. 왕의 따님과 가진 결혼식에 참석해서 축하하지 못한 것 용서해주기를 바라요."

두 형제가 너무 닮았기 때문에 노파는 동생을 형으로 생각했던 것입니다.

"괜찮습니다, 할머니."

동생은 왕이 사는 궁전으로 갔습니다. 그를 본 왕은 그가 자기 사위인 줄 알고 이렇게 말했습니다.

"어쩐 일인가? 오랫동안 돌아오지 않아서 우리는 자네에게 무슨 일이 생긴 모양이라고 걱정하고 있었다네."

동생은 이 핑계 저 핑계를 대어 늦은 이유를 설명한 후 다음 날 아침이 되어 사냥을 하러 나갔습니다. 그리고 우연히도 그의 형이 갔던 길을 따라가게 되었습니다. 동생은 멀리서 형과 형의 말과 개가 돌로 변해 있는 것을 보았습니다. 그는 오두막으로 가서 노파에게 형을 다시 사람으로 만들어달라고 부탁했습니다. 그러자 노파가 말했습니다.

"막대기로 개를 한 번 치게 해주면 너의 형을 원상태로 만들어주겠네."

동생은 개에게 말했습니다.

"저 노파를 삼켜버려라!"

그러자 노파가 애걸을 했습니다.

"형을 사람으로 다시 만들어주겠으니 제발 개가 나를 잡아먹지 않도록 해주게."

"형을 다시 사람으로 만드는 방법을 내게 말하라! 그러면 개가 당신을 잡아먹지 않도록 해주마."

하지만 노파는 동생에게 형을 사람으로 만드는 방법을 가르쳐주지 않으려고 했습니다. 그래서 동생이 개에게 노파를 삼켜버리라고 명령하자 개는 노파의 허리까지 삼켜버렸습니다. 그제야 노파가 말했습니다.

"나에게는 두 개의 막대기가 있다네. 하나는 푸른빛이고 또 하나는 붉은빛이지. 푸른빛 막대기는 모든 것을 돌로 변하게 하고, 붉은빛 막대기는 모든 것을 원상태로 돌려놓는다네."

동생은 붉은빛 막대기로 형과 말과 개를 쳐서 다시 본래의 모습으로 되돌려놓았습니다. 그러고 나서 개에게 노파를 삼켜버리라고 명령했습니다.

형을 구한 동생은 세상에서 가장 아름다운 아가씨에게로 갔습니다. 그곳의 모든 사람은 그가 공주를 격투에서 이긴 형인 줄 알고 반갑게 맞아들여 그는 공주와 결혼식을 올렸습니다. 그리고 형은 괴물로부터 구한 공주인 자신의 아내에게로 돌아갔습니다. 쌍둥이 형제는 고향에 있는 부모에게도 연락을 해 형제가 사는 곳으로 모셔와 모두가 행복하게 살았습니다. 《

피리와 모자

옛날 옛적에 한 가난한 노인이 있었는데 그는 매일 나무를 패주고 1드라크마를 받아 어렵게 살고 있었습니다. 어느 날 노인은 산에서 집으로 돌아오던 길에 뱀 한 마리가 염소를 통째로 삼키려 하다가 염소 뿔이 입에 걸려 삼키지도 빼내지도 못하고 괴로워하고 있는 것을 보았습니다. 뱀은 노인을 보자 이렇게 말했습니다.

"할아버지, 염소 뿔을 잘라서 저를 구해주시면 세상에서 가장 좋은 것을 드리겠어요."

염소도 또한 노인에게 이렇게 말했습니다.

"저를 뱀의 입에서 꺼내주시면 할아버지께서 상상도 하실 수 없는 것을 드리겠어요."

염소를 구하는 것은 불가능하다고 생각한 노인은 뱀이라도 구해주어야겠다고 마음먹었습니다. 그래서 가지고 있던 도끼로 염소의 뿔을 깨끗이 잘랐으며 뱀은 염소를 삼킬 수가 있었습니다. 그러자 뱀이 말했습니다.

"할아버지 저를 따라오세요. 우리 집에 도착하면 저의 아버지가 금화가 가득 든 포대를 할아버지께 드리려고 할 텐데 그것을 받지 마세요. 그 대신 벽에 매달려 있는 주머니를 달라고 하세요. 그 주머니 속에는 피리와 모자가 들어 있는데 아버지는 그걸 주려고 하지 않을 거예요. 그러면 자리를 걷어차고 나가려고 하세요. 그렇게 하시면 주머니를 얻으실 수 있을 거예요."

"그래, 네 말대로 할 테니 염려 말아라."

노인이 말했습니다.

그들은 동굴로 들어갔습니다. 그곳에 있던 큰 뱀이 말했습니다.

"얘야, 어디 갔다가 이렇게 늦었니?"

아들 뱀이 말했습니다.

"아버지, 말도 마세요. 오늘 이 할아버지가 안 계셨더라면 전 죽었을 거예요. 이 할아버지가 제 목숨을 구해주셨어요."

그러고는 그날 일어난 일을 처음부터 끝까지 다 이야기했습니다. 그러자 아버지 뱀이 노인에게 물었습니다.

"제 아들을 구해주신 데에 대한 보답으로 무엇을 원하십니까?"

노인은 대답했습니다.

"나는 품삯으로 하루에 1드라크마를 받고 장작을 패는 일꾼이오. 나에게 당신이 돈을 주어 부자가 되면 사람들은 내가 누구를 죽이고 돈을 빼앗거나 훔쳤을 것이라고 말을 할 거요. 차라리 저 벽에 걸린 주머니나 주시면 아이들에게 장난감으로 가져다주겠소."

아버지 뱀은 낯빛이 변하면서 이렇게 말했습니다.

"저런 낡은 주머니를 무엇에 쓰시렵니까? 금화가 가득 든 포대나 받아 가시지요."

노인은 아버지 뱀의 제안을 받아들이지 않고 일어나서 나가려고 했습니다. 그러자 아들 뱀도 노인의 뒤를 쫓아가며 이렇게 말했습니다.

"아버지 저도 따라가겠어요. 제 목숨은 이 할아버지 거니까요."

아버지 뱀은 더 이상 어떻게 할 수 없는 것을 알고 노인에게 주머니를 내주었습니다. 노인은 주머니를 받아 들고 인사를 한 후 동굴을 나왔습니다. 아들 뱀도 동굴 밖까지 따라 나와서는 말했습니다.

"주머니를 잘 보세요. 이 주머니는 속에 동전을 넣으면 금화로 변하는 요술을 부려요. 그런 식으로 원하는 만큼 금화를 만드실 수 있을 거예요."

아들 뱀이 1드라크마짜리 동전 두 개를 주머니 속에 넣자 그 동전들은 금화로 변했습니다. 아들 뱀이 다시 말했습니다.

"이 금화 두 개를 잔돈으로 바꿔서 이 주머니 속에 다시 넣으세요. 그러면 넣는 잔돈 모두가 금화가 될 거예요. 이렇게 해서 할아버지 손을 거치면 모든 동전이 금화로 변하는 거지요."

아들 뱀이 이번에는 옆에 놓여 있던 피리를 잡더니 이렇게 말했습니다.

"이 피리를 보시죠. 이 피리를 부시면 사십 명의 장정이 나타나서 '주인님, 부르셨습니까?'라고 말할 거예요. 그들이 할아버지가 바라시는 것은 무엇이나 다 해줄 거예요."

아들 뱀이 이번에는 옆에 놓여 있던 모자를 집어 들더니 이렇게 말했습니다.

"또 이 모자를 쓰면 아무도 할아버지를 볼 수 없어요."

노인은 고맙다고 이야기하고 떠났습니다. 집으로 돌아와서 노인이 동전을 주머니 속에 넣자 동전은 금화로 변했습니다. 그가 금화를 다시 동전으로 바꾸어 주머니 속에 넣자 그것들이 또 금화로 바뀌었습니다. 노인은 이렇게 하여 조금씩 부자가 되어갔으며 집도 장만하고 물건들도 사들여서 아주 행복한 나날을 보냈습니다.

세월이 흘러 죽을 때가 가까워진 것을 깨달은 노인은 부인을 불러 주머니와 피리와 모자가 가진 비밀을 이야기하면서 아들에게는 절대로 얘기하지 말 것과 꼭 필요한 때가 되면 아들에게 그것들을 물려주라고 당부했습니다. 이 말을 마친 후 노인은 죽었습니다.

노인의 아들은 상인이 되기를 원했습니다. 그래서 노인의 부인은 아들에게 10만 드라크마를 주었습니다. 아들은 장사할 물건을 구입하기 위해 도시로 갔습니다. 도시에 도착한 아들은 사람들이 공주를 한 번 보는 데 2만 5천 드라크마를 지불한다는 소문을 들었습니다. 그는 즉시 2만 5천 드라크마를 주고 공주를 보았습니다. 그리고 또 한 번 2만 5천 드라크마를 다시 지불하고 공주를 또 보았습니다. 이렇게 네 번을 반복하자 수중에 돈은 한 푼도 남지 않아 고향으로 돌아갈 수밖에 없었습니다. 집으로 돌아와 그는 어머니에게 이렇게 말했습니다.

"어머니, 제가 도시에서 25만 드라크마어치의 물건을 샀는데 선금으로 10만 드라크마를 주고 왔습니다. 이번에 나머지 15만 드라크마를 주시면 물건을 가져오겠습니다."

어머니는 아들이 한 말을 믿고 30만 드라크마를 또 주었습니다. 아들은 다시 도시로 가서 이 돈도 다 쓰고 말았습니다. 그러고는 집에 돌아와서 어머니에게 진실을 고백했습니다.

어머니는 장롱에서 주머니와 피리와 모자를 꺼내어 아들

에게 주면서 물건들의 사용법을 가르쳐주고 아버지의 유언을 이야기해주었습니다. 그러고는 절대로 그 물건들을 잃어버리지 않도록 조심하라고 당부했습니다. 아들은 "어머니, 걱정 마십시오"라고 말하며 또 길을 떠났습니다.

도시에 도착하자 아들은 피리를 불었습니다. 그러자 마흔 명의 장정이 그의 앞에 나타나더니 "주인님, 부르셨습니까?" 하고 말했습니다.

아들이 말했습니다.

"공주가 살고 있는 궁전으로 나를 데려가다오."

그들은 순식간에 아들을 궁전으로 데리고 갔습니다.

공주는 그를 보자 깜짝 놀랐습니다. 그러나 얼른 놀란 표정을 감추고 그에게 말했습니다.

"어서 오세요. 제가 당신의 아내가 되는 것이 신께서 정하신 운명이라는 것을 방금 깨달았어요. 신께서 하신 일이 아니라면 당신께서 어떻게 이곳에 오실 수 있겠어요?"

공주는 상을 차리고 음식과 술을 대접했습니다. 그는 신나게 먹고 마셔대더니 크게 취하고 말았습니다. 그리하여 그는 공주에게 주머니와 피리와 모자를 보여주며 어떻게 사용하는지도 가르쳐주었습니다.

그가 잠에 곯아떨어지자 공주는 피리를 불었고, 그러자 정장들이 곧 나타났습니다. 공주는 이렇게 명령했습니다.

"이 사람을 당장 외딴곳으로 데리고 가세요."

장정들은 그를 둘러메고는 도시에서 멀리 떨어진 외딴 곳으로 데리고 갔습니다. 아침이 되어 그가 술에서 깨어나 보니 생판 모르는 장소에 와 있었습니다. 정신이 들어 이곳 저곳을 미친 듯이 헤매고 다니던 그는 계절이 겨울인 일월 인데도 까만 열매가 매달린 무화과나무 한 그루를 발견했습니다. 그는 나무 위에 올라가서 무화과로 굶주린 배를 채웠습니다.

그는 나무에서 내려와 잠깐 잠을 자고 일어났습니다. 그런데 머리가 몹시 가려웠습니다. 가려운 머리를 긁으려고 만져보니 머리에 크고 굵은 뿔이 먹은 무화과 숫자만큼 촘촘하게 나 있었습니다. 그는 악마에게 저주를 퍼부으면서 그곳을 떠나 길을 걸어갔습니다.

다음 날 그는 하얀 열매가 매달린 무화과나무 한 그루를 발견했습니다. 화가 난 그가 이렇게 소리쳤습니다.

"뿔이 또 나려면 나라지. 난 상관하지 않고 먹을 테다."

그는 나무 위로 올라가서 무화과를 따 먹었습니다. 나무에서 내려오자 머리가 또 몹시 가려워지기 시작했습니다. 그래서 머리를 긁자 뿔이 하나하나 떨어졌습니다. 그는 오던 길을 되돌아가서 까만 무화과를 따서 한 바구니를 채우고 또 돌아와서 하얀 무화과도 한 바구니 채워 도시로 갔습니다. 도시에서 그는 무화과를 팔기 시작했습니다.

"무화과 사려! 무화과 사려!"

그러자 궁전 문이 열리고 시종들이 나왔습니다. 시종들은 까만 무화과를 보고는 왕에게 가서 한 가난한 농부가 까만 무화과를 팔고 있다고 이야기했습니다. 일월에 어떻게 무화과 열매가 있을 수 있는지 왕은 이상하게 생각했습니다. 그러자 그는 이집트에서 생산된 무화과라고 설명하고는 왕에게 까만 무화과 한 개를 보여드렸습니다. 무화과가 몹시 마음에 든 왕은 한 바구니 몽땅 사라고 명령했습니다. 한 바구니 모두에 100드라크마로 흥정이 이루어졌습니다. 아들은 100드라크마를 받고 바구니를 넘긴 뒤 고향으로 돌아왔습니다.

어머니는 거지꼴이 다 되어 돌아온 아들을 보자 이렇게 물었습니다.

"아이고, 애야! 어째서 이런 꼴이 되었니?"

"어머니, 더 이상 묻지 마세요. 며칠 후면 모든 것이 밝혀질 거예요."

하얀 무화과는 이미 말라 있었습니다. 그는 마른 무화과를 상자에 넣고 도시를 향해 떠났습니다. 한편 왕과 함께 한 상에서 식사하던 사람들은 어른 아이 할 것 없이 모두 하나 혹은 두 개씩을 까만 무화과를 먹었습니다. 왕은 두 개를 먹고 공주는 세 개를 먹었습니다. 다음 날, 궁전 안의 사람들

머리에는 모두 뿔이 둘이나 셋 혹은 네 개씩 달려 있었습니다. 왕은 궁전 문을 닫아걸고 아무도 밖으로 나가지 못하게 하라고 명령했습니다. 의사를 불러서 뿔을 잘랐지만 며칠이 지나면 뿔은 또 자랐습니다. 아무리 해도 소용이 없는 것을 안 왕은 포고를 내려서 왕의 병을 고칠 수 있는 사람은 궁전으로 와달라고 방방곡곡에 알렸습니다. 노인의 아들은 궁전으로 가서 이렇게 말했습니다.

"제가 임금님의 병을 고치겠습니다. 못 고치면 저를 죽여도 좋습니다."

시종들은 이 말을 왕에게 전했고 왕은 그를 안으로 불러들였습니다. 그는 왕에게 이렇게 말했습니다.

"임금님, 제가 임금님의 병을 고치지 못하면 제 목을 치셔도 좋습니다."

그는 왕에게 하얀 무화과로 만든 두 개의 알약을 주었습니다. 그러나 왕은 자신이 먹지 않고 이 알약 한 알을 시종에게 먼저 먹게 했습니다. 다음 날이 되자 시종의 머리에서 두 자짜리 뿔이 떨어져나갔습니다. 그 시종은 무화과를 하나만 먹어서 뿔이 하나만 나 있었습니다.

이를 본 왕도 알약을 먹었고 그의 뿔도 떨어졌습니다.

한편 공주의 이야기를 하자면 이렇습니다. 사람들은 그 명의에게 공주님을 보여주었습니다. 그러자 명의는 공주에게 엉터리 약을 한두 알 먹였습니다. 하지만 뿔은 빠지지 않았습니다. 의사는 왕에게 이렇게 말했습니다.

"임금님, 이 병은 시간이 좀 걸립니다."

그러고는 공주를 공중에 매단 다음, 뿔을 긁기도 하고, 뿔에 연기를 피워보기도 하고, 물약을 붓기도 하는 등 온갖 소란을 피웠습니다. 그러다가 어느 날 그는 공주에게 말했습니다.

"주머니와 피리와 모자는 어디 있죠? 그것들을 돌려주지 않으면 뿔을 없애주지 않겠습니다."

그러자 공주가 말했습니다.

"어머, 당신이셨군요?"

공주는 모든 이야기를 아버지에게 했고, 왕은 사람들을 보내 시골에 있는 그의 어머니를 데려오게 하고는 공주를 노인의 아들과 결혼시켰습니다. 그리고 그들은 나라를 다스리며 행복하게 살았습니다. ◀◀◀

어부의 아들

옛날 옛적에 한 어부가 살고 있었습니다. 그는 쉰 살이 되었지만 불행하게도 자식이 없어서 하루 종일 혼자 바다에 나가 고기를 잡느라고 허리가 부러질 지경이었습니다. 그래서 어부는 항상 이렇게 말하곤 했습니다.

"아, 나에게도 아들이 있었더라면 이렇게까지는 고생스럽지 않을 텐데!"

어느 날 어부는 고기를 잡으러 나갔다가 너무 피곤한 나머지 현기증을 일으키고 쓰러져버렸습니다.

"아이고, 하느님! 제게 아들이 하나 있었더라면 얼마나 좋을까요?"

그러자 인어가 바닷속에서 나오더니 물었습니다.

"무슨 일 때문에 그렇게 한숨을 쉬고 계세요?"

"글쎄, 내 말 좀 들어보오. 이 나이가 되도록 자식이 없어서 내가 이렇게 하루 종일 일을 하느라 죽을 지경이요."

어부가 말했습니다.

"제가 아들을 하나 드릴 테니까 그 애가 열두 살이 되면 저에게 데려오시겠어요?"

"그렇게 해주면 바랄 것이 없겠소."

어부는 기쁨에 넘쳐 기꺼이 이렇게 말했습니다. 아이가 열두 살이 될 때쯤이면 인어는 이 약속을 잊어버릴 것이라고 생각했기 때문입니다.

"이 사과를 잡수세요. 그러면 당신의 아내가 내년에 아들을 낳을 거예요."

인어가 다시 말했습니다. 어부는 즐거워하며 사과를 받아먹었습니다.

다음 해가 되자 인어가 말한 대로 어부의 아내는 아들을 낳았습니다. 그 아이는 자라면서 더욱 더 예뻐졌습니다. 그러나 어부는 아들을 얻은 것이 기쁜 나머지 인어와 한 약속은 완전히 잊어버리고 말았습니다.

어느 날 어부가 아이를 배에 태우고 고기잡이를 나갔는데 갑자기 인어가 나타나더니 아이를 채 가지고 자기 집으로 데려가버렸습니다. 가엾은 어부는 졸지에 아이를 잃어버리고 다시 혼자가 되었습니다.

인어는 아이가 열일곱 살이 될 때까지 자기 곁에 데리고 있었습니다. 아이가 열일곱이 되던 날, 인어는 아이를 바닷가로 데리고 나와서는 비늘 하나를 주고는 이렇게 말했습니다.

"자, 이제는 너 가고 싶은 곳으로 마음대로 가거라."

아이는 옛날 자기 부모님 집으로 돌아갔습니다.

부모들은 아들을 보자 몹시 반가워했습니다.

어느 날 지루함을 느끼던 아들이 말했습니다.

"산책 좀 하다 오겠습니다."

아들은 집을 나서서 산으로 갔습니다. 협곡에 들어섰을 때 그는 작은 동물 한 마리가 죽어 넘어져 있고, 그 주위에 돼지 한 마리와 독수리 한 마리와 수많은 날개 달린 개미가 모여서 서로 다투고 있는 것을 보았습니다. 그들은 아들을 보자 반가워하며 이렇게 말했습니다.

"젊은 양반, 참 잘 왔소. 우린 지금 이 죽은 동물을 분배하려고 하는데 서로 의견이 맞지 않아 싸움만 하고 있으니까 젊은이가 좀 나눠주구려."

"제가 어떻게 여러분께 나눠드립니까?"

"그러지 말고 나눠주구려. 젊은이가 나눠주면 우린 불평하지 않을 테니까……."

아들은 그들 말대로 분배를 하기 시작했습니다. 뼈는 돼지에게 주고, 살은 독수리에게 주었으며, 배와 내장은 개미들에게 주었습니다. 그러자 그들이 아들에게 말했습니다.

"젊은이가 우리에게 이렇게 좋은 일을 해주었으니 그 대가로 우리는 무엇을 주지?"

돼지는 자기의 털 하나를 주었고, 독수리도 깃털 하나를 주었습니다.

"나에게서는 이 날개를 받아 가게."

개미가 말했습니다.

"이걸로 뭘 하지요? 이 날개 때문에 무슨 좋은 일이 생길까요?"

개미가 말했습니다.

"받아두게. 언젠가는 큰 도움이 될 것일세. 내가 작다고 자네는 나를 무시하지만, 두고 보게. 내 자네에게 신붓감을 구해줄 테니……."

어부의 아들은 개미의 날개도 받아 들었습니다. 그러자 그들이 말했습니다.

"우리가 필요하면 언제라도 우리가 준 것을 불에 태우게나. 그러면 우리가 나타나겠네."

"잘 알겠습니다."

어부의 아들은 이렇게 대답하고 그들이 준 것을 옷 속 깊이 감추고 집으로 돌아왔습니다.

그가 집에 돌아오자 아버지가 그에게 말했습니다.

"얘야, 우리는 이제 늙었다. 그래서 우리를 돌봐줄 사람이 필요한데, 너도 이젠 다 자랐고…… 그러니 네가 결혼을 했으면 한다."

그러나 어부의 아들은 동네의 어떤 처녀도 마음에 차지 않았습니다.

상당 세월이 흘러 궁전에서 사람들이 나와서 다음과 같은 포고문을 외치고 다녔습니다.

"공주님과 결혼하기를 원하는 사람은 궁전으로 가십시오. 공주님이 세 가지 문제를 낼 것인데, 그것을 알아맞히면 공주님과 결혼을 할 것이고 그렇지 못하면 목이 잘릴 것입니다."

수많은 젊은이들이 궁전으로 가서 수수께끼에 도전했지만 아무도 문제를 맞히지 못하고 목이 잘렸습니다. 어부의 아들도 이 소식을 듣자 "나도 가야지" 하고 말했습니다. 그의 아버지와 어머니는 울며 말했습니다.

"우리가 너를 얼마나 고생 끝에 얻었는데, 그래 너는 죽으러 가겠단 말이냐?"

"다른 방법이 없습니다. 저는 꼭 가겠습니다. 아버지, 저를 위해 축복이나 내려주세요."

아버지와 어머니는 아들을 축복해주었고 아들은 궁전으로 가기 위해 길을 떠났습니다.

여러 날이 걸려 그는 궁전에 도착해 공주를 만났는데 그 아름다움이 너무 찬란해서 감히 눈을 뜨고 볼 수가 없을 정도였습니다. 공주는 거울을 하나 들고서 이렇게 말했습니다.

"아무 곳이나 원하는 곳에 숨으세요. 당신이 어디에 숨어 있었는지 제가 알아내겠어요. 모레 아침 아홉 시까지 알아 내지 못하면 저를 아내로 맞이하셔도 좋아요."

"좋아요, 그렇게 하기로 합시다."

어부의 아들은 바다로 나가서 비늘을 태웠습니다. 그러자 인어가 나타나서 물었습니다.

"무엇 때문에 나를 불렀니?"

"모레 아침 아홉 시까지 누구의 눈에도 띄지 않게 저를 숨 겨주셔야겠습니다."

인어는 그를 자기 보금자리로 데리고 가서 숨겨주고 그 앞에 수많은 물고기를 모아서 전혀 밖에서 보이지 않게 했 습니다.

다음 날 아침이 되자 공주는 일어나서 세수를 하고 거울 을 집어 들여다보았습니다. 산속을 보았으나 아들을 발견하 지 못했으며, 지구의 구석구석을 다 뒤져보아도 그를 발견 할 수 없었습니다. 별들이 있는 곳을 보아도 그의 모습은 간 곳이 없었습니다. 그래서 바닷속을 보니 바다 한가운데에 물고기가 수없이 모여 있는 것이 보였습니다.

"저 속에 틀림없이 그 사람이 숨어 있을 거야."

공주는 이렇게 생각하고 그쪽을 자세히 들여다보았습니

다. 너무 열심히 보는 바람에 피곤함을 느꼈지만 공주는 해
가 질 때까지 자리를 뜨지 않기로 마음먹었습니다.

저녁이 되자 모여 있던 물고기들은 보금자리로 돌아가기
시작했으며 그때까지도 눈을 떼지 않고 있던 공주는 어부의
아들이 인어의 보금자리에 앉아 있는 것을 보았습니다.

"어디 있는지 알아냈다! 하마터면 못 찾을 뻔했잖아!"

공주는 이렇게 말하고 안심이 되어 잠이 들었습니다. 다
음 날 아침이 되어 어부의 아들은 공주에게 갔습니다. 그러
자 공주가 물었습니다.

"그동안 어디에 숨어 계셨나요?"

"제가 그걸 말씀드릴 수는 없고 공주님께서 맞히셔야죠."

"당신은 바닷속에 있는 인어의 보금자리 속에 앉아 있었
지요."

공주가 말했습니다. 어부의 아들은 공주가 알아맞힌 것이
몹시 속이 상해서 이렇게 말했습니다.

"좋습니다. 내일도 제가 숨을 테니까 어디에 숨었는지 알
아맞혀보십시오."

다음 날이 되자 어부의 아들은 독수리의 깃털을 태웠습
니다. 그러자 독수리가 나타나서 물었습니다.

"무엇 때문에 나를 불렀나?"

"누구의 눈에도 띄지 않게 저를 숨겨주셔야겠습니다."

그러자 독수리 떼가 수없이 날아와서 그를 순식간에 아프리카로 데리고 갔습니다. 그들이 그를 어느 산속에 숨기고는 그를 겹겹이 둘러싸니 겉에서 보기에 마치 성처럼 되었습니다.

아침이 되어 공주는 일어나서 세수를 하고 거울을 들여다보았습니다.

"자, 이젠 슬슬 찾아보기로 할까? 지난번엔 그 사람을 찾는데 몹시 힘이 들었는데 오늘은 어떤가 봐야지."

공주는 바닷속을 이곳저곳 보았지만 그의 모습을 찾을 수 없었습니다. 하늘에서 찾아보았지만 마찬가지였고 별에도 없었습니다. 공주가 산속을 들여다보니 저 멀리에 독수리 떼가 모여 앉아 있는 것이 보였습니다.

"저기에 그 사람이 있을 거야."

공주는 이렇게 생각하고는 그곳으로부터 잠시도 눈을 떼지 않았습니다. 날이 어두워지자 독수리들은 한 마리 두 마리 떠나기 시작했고 드디어 그의 붉은 모자가 살짝 보였습니다.

"흥, 내가 못 찾을 줄 알았지? 두고 봐라. 나를 이렇게 괴롭혔으니까 그 대신 토막을 내어 죽여버릴 거야."

이렇게 말하며 공주는 잠자리에 들었습니다.

다음 날 아침 그는 공주에게 갔습니다.

"어디에 숨어 계셨어요? 제가 찾는데 몹시 힘이 들게 만드시더군요."

공주가 말했습니다.

"제가 어디 있었는지 맞혀보세요."

어부의 아들이 말했습니다.

"당신은 아프리카에 있었고 독수리 떼가 당신을 보금자리에 숨겨주었죠."

"좋습니다. 한 번 더 숨을 테니까 이번에도 찾아내면 제 목을 드리죠."

"좋아요. 그럼 숨어보세요. 그렇지만 이번에는 가만 두지 않을 거예요. 당신을 토막내서 죽여버리겠어요."

공주는 이렇게 말했지만 사실 입으로만 그렇게 말했을 뿐 마음속으로는 어부의 아들을 사랑하기 시작했습니다.

"도대체 어떤 사람이기에 물고기와도 친하고 새와도 친할까?"

공주는 혼자 남게 되자 이렇게 중얼거렸습니다.

다음 날이 되어 어부의 아들이 돼지 털을 태우자 돼지가 나타났습니다.

"무엇 때문에 나를 불렀나?"

"누구의 눈에도 띄지 않게 저를 숨겨주셔야겠습니다."

그러자 수많은 돼지들이 모여들더니 큰 구덩이를 파고

어부의 아들을 그 속에 집어넣었습니다. 그리고 돼지들은 구덩이 위에 앉아 전혀 그의 모습이 밖에서 보이지 않게 했습니다.

아침이 되자 공주는 자리에서 일어나서 거울을 들여다보았습니다. 산을 보았지만 그는 그곳에 없었습니다. 별을 보았지만 마찬가지였고 바닷속을 보았지만 그의 모습을 찾을 수 없었습니다.

"이제 어디서 그 사람을 찾지?"

공주가 이렇게 말하며 찾는 일을 중단하려는 순간 저쪽에 돼지 떼가 모여 있는 것이 보였습니다. 공주는 더욱 자세히 들여다보았습니다. 그때 날은 어두워지고 있었고 돼지들은 구덩이로부터 떠나가고 있었습니다. 돼지들이 자기들의 집으로 돌아가자 구덩이에 묻힌 그의 빨간 모자 끝이 살짝 보였습니다.

"찾았다! 거기 있는 것을 내가 그렇게 몰랐구나!"

공주는 안심하고 잠자리에 들었습니다.

아침이 되자 어부의 아들은 이번만은 공주가 알아내지 못했으리라고 생각하면서 활짝 웃는 얼굴로 공주 앞에 나타났습니다.

"어디에 계셨나요?"

공주가 물었습니다.

"공주님께서 맞혀보십시오."

그가 말했습니다.

"당신은 구덩이 속에 있었고 그 위로 돼지들이 당신을 덮고 있었지요."

"좋습니다. 한 번만 더 숨어보겠습니다. 이번에도 찾아내시면 그땐 정말 제 목을 드리겠습니다."

"좋아요. 그렇게 하기로 하죠."

다음 날 어부의 아들이 개미의 날개를 태우자 곧 개미가 나타났습니다.

"무엇 때문에 나를 불렀나?"

"저를 숨겨주셨으면 합니다."

"삼키지 않도록 주의하면서 이 날개를 입에 넣고 있도록 하게. 이것을 입속에 넣으면 자네도 개미로 변할 테니까 담을 기어 올라가서 공주 뒤쪽에 숨어 있게나."

어부의 아들이 그 날개를 입속에 넣자 개미로 변했습니다. 그는 담을 기어 올라가서 공주의 뒤쪽에 숨었습니다.

다음 날 아침이 되자 공주는 거울을 들여다보았습니다. 이곳저곳을 보았으나 그를 찾을 수 없었습니다. 바닷속을 보았지만 그는 없었고 별을 보았지만 역시 마찬가지였고 산속에도 그의 모습은 보이지 않았습니다. 공주는 아침부터 저녁까지 움직이지도 않고 거울만 들여다보았지만 그를 찾을 수 없게 되자 화가 나서 미칠 지경이었습니다.

"도대체 이 사람이 어디에 숨어 있지?"

공주는 해가 완전히 질 때까지도 찾을 수 없게 되자 너무나 화가 나서 거울을 땅바닥에 던져 산산조각을 내고 말았습니다.

"도대체 어디 계신가요? 이제 제가 졌으니 저를 아내로 삼으세요!"

그러자 어부의 아들은 입에서 개미의 날개를 빼내고 다시 사람이 되어 공주를 꼭 껴안았습니다.

"여기 있었습니다."

그가 말했습니다. 그리고 공주를 아내로 맞아 젊은이들이 공주 때문에 헛되이 죽어가는 것을 막았습니다.

왕의 사과나무

실패에 감긴
빨간 실타래야!
뱅뱅 돌아라!
이야기가 술술 풀리게……

안녕하세요? 이야기를 시작할게요.

옛날 옛적에 한 나라에 왕이 살았는데, 그의 정원에는 아주 빨간 사과를 맺는 사과나무 한 그루가 있었습니다. 하지만 누군가가 사과를 훔쳐가기 때문에 왕은 사과를 먹어보지도 못했습니다. 그해에도 사과를 딸 때가 되자 모두들 걱정에 빠졌습니다.

첫째 왕자가 사과 도둑을 잡기 위해 정원을 지키기로 했습니다. 한밤중이 되어 괴물 하나가 거친 숨소리를 내며 다가왔습니다. 첫째 왕자는 겁이 나서 횃불을 끄고는 숨어버렸습니다.

다음 날 아침 아버지가 물었습니다.

"어찌 되었느냐?"

첫째 왕자가 대답했습니다.

"아이고, 말도 마세요. 엊저녁 괴물 하나가 와서는 사과를 다 먹어치웠어요."

둘째 해에는 둘째 왕자가 정원을 지켰지만 그 역시 똑같은 일을 당했습니다.

셋째 해에는 막내인 셋째 왕자가 정원을 지키기로 했습니다. 아직 수탉도 울지 않는 이슥한 밤에 괴물이 나타났습니다. 셋째 왕자는 횃불을 끄고 손에 활을 꼭 움켜쥐었습니다. 그러고는 괴물이 사과나무 가까이 오자 활을 쏘았습니다. 괴물은 피를 흘리며 도망갔습니다.

이렇게 사과나무를 지켜낸 셋째 왕자는 아침이 되자 형들을 찾아가서 간밤에 있었던 일을 모두 이야기했습니다.

세 형제는 괴물이 흘린 피를 따라가서 괴물을 뒤쫓기 시작했습니다. 한 샘에 이르자 샘 안에서 으르렁거리는 괴물의 소리가 들렸습니다. 그때 가장 어린 왕자가 형들에게 말했습니다.

"내가 몸에 밧줄을 맬 테니 나를 저 아래로 내려주세요.

그리고 나중에 밧줄을 당기면 끌어올려주시고요."

"그러지."

형들이 대답했습니다.

형들은 막내 왕자의 몸에 밧줄을 묶고는 샘으로 내려주 었습니다. 막내 왕자는 아래로 내려가서 부상당한 괴물이 신음 소리를 내고 있는 것을 보고는 활을 쏘아 죽였습니다. 그러고는 주변을 살펴보다가 얼음처럼 차가워진 채 괴물 옆 에 떨고 있는 한 소녀를 발견했습니다. 그녀가 막내 왕자를 보자 소리쳤습니다.

"저를 괴물의 손아귀에서부터 구해주세요!"

막내 왕자가 말했습니다.

"걱정하지 마세요."

그러고는 그녀의 몸에 밧줄을 묶은 다음 그 밧줄을 당기 자 위에서 형들이 그녀를 끌어올렸습니다.

형들은 그녀를 통해 괴물이 죽은 것을 알고는 막내 동생 을 샘에서 꺼내주지 말고 자신들이 괴물을 죽인 것으로 하 자고 음모를 꾸몄습니다. 그래서 막내 왕자를 샘 아래 내버 려둔 채 아버지 왕에게로 갔습니다.

형들이 아버지에게 말했습니다.

"우리가 괴물을 죽였어요. 그리고 이 소녀를 데려왔지요."

아버지가 물었습니다.

"막내는 어디에 있느냐?"

"모르겠습니다."

형들이 대답했습니다.

왕은 소녀를 보고는 시종들에게 그녀를 왕궁에 머물게 하고 잘 보살피라고 명령했습니다. 소녀는 웃지도 않고 말도 하지 않았습니다. 그리고 고개를 숙인 채 가만히 앉아만 있었습니다.

한편 막내 왕자는 자신이 샘 아래에 버림받은 채 남게 된 것을 깨닫고는 무엇을 할지 생각하기 시작했습니다. 소녀는 그의 형들이 그를 버릴 것을 미리 알고 있었기에 세 벌의 옷이 들어 있는 호두 세 개를 그에게 주면서 말했습니다.

"이곳에 혼자 남게 되면 흰 양과 검은 양, 두 마리 양이 나와 빙빙 도는 걸 보게 될 거예요. 그러면 흰 양을 잡도록 하세요. 그러면 당신은 운이 트여 별일 없을 거예요. 만일 검은 양을 잡게 되면, 하느님 맙소사! 좋지 않은 일을 당하고 말 거고요."

막내 왕자가 홀로 남게 된 지 얼마 지나지 않아 두 마리 양이 나타났습니다. 막내 왕자가 달려가서 흰 양을 잡으려 했지만 그만 놓치고 검은 양을 잡고 말았습니다. 검은 양에 손이 닿자마자 막내 왕자는 저승으로 떨어졌습니다.

어쩔 수 없게 된 막내 왕자는 길이 안내하는 대로 한없이 걸어가다가 한 노파를 만났습니다.

"할머니, 물 좀 마시게 조금 주실래요?"

막내 왕자가 말했습니다.

"아이고 애야, 우리도 물이 없단다. 무서운 괴물이 우리들 가운데 한 명을 먹이로 바쳐야 물을 조금 준단다. 내일은 공주님을 바칠 차례란다."

할머니가 이렇게 말했습니다. 이 말을 들은 막내 왕자가 물었습니다.

"그 괴물은 어디에 있어요?"

"저기, 저쪽에 있다."

할머니가 한쪽 방향을 가리키며 말했습니다.

막내 왕자는 그쪽을 향해 갔습니다. 그곳에는 괴물의 먹이로 바쳐진 공주가 있었습니다.

"조용히 하세요! 제가 구해드리겠습니다. 지금 제가 눈을 좀 부칠 테니 괴물이 오거든 깨워주세요!"

막내 왕자가 말했습니다.

얼마 안 있어 괴물이 씩씩대며 다가왔습니다.

"와, 올해는 한 명이 아니라 두 명을 먹이로 바쳤구나!"

괴물이 가까이 다가왔을 때 막내 왕자가 활을 쏘았습니다. 괴물을 땅에 쓰러졌습니다. 막내 왕자는 죽은 괴물에게 다가가 칼을 뽑아서는 괴물의 혀를 일곱 조각을 내서 그의 보따리에 집어넣었습니다. 막내 왕자는 그 길로 그냥 그곳을 떠났습니다. 공주는 막내 왕자 몰래 왕자에게 조그만 표식을 만들어놓았습니다. 막내 왕자는 다시 할머니에게로 갔습니다. 얼마 안 있어 괴물의 피가 섞인 물이 흘러 내려가기 시작했습니다. 마을 사람들은 이 물을 마시러 모여들었습니다. 왕도 자기의 딸이 살아 있는 것을 보고 달려왔습니다.

공주가 소리쳤습니다.

"그 물을 마시지 마세요! 괴물의 피가 섞여 있어요. 웬 젊은이 한 명이 괴물을 죽였어요."

이 말을 들은 왕은 포고령을 내렸습니다.

"괴물을 죽인 사람은 내게로 오라! 짐이 그를 나의 사위로 삼겠다!"

며칠이 지나 양치기 한 명이 그의 큰 지팡이를 가지고 나타나서 자기가 괴물을 죽였다고 말했습니다. 왕은 그를 사위로 선포하고 기쁨에 넘쳐 남녀노소 가릴 것 없이 모든 백성이 한 명도 빠짐없이 이 결혼 잔치에 와서 마음껏 먹고 마시며 즐기라고 명령했습니다. 심지어 집에서 기르는 고양이까지도 데려오라고 명령했습니다. 그리고 그의 시종들에게 누구든 빵이나 고기를 훔치는 자가 있으면 체포해서 자기에게 데려오라고 특별히 지시했습니다.

한 할머니가 잔칫상에서 음식을 먹으면서 빵 한 덩어리

를 주머니에 넣다가 들켰습니다. 시종들은 그 할머니를 잡아서 왕 앞으로 끌고 갔습니다. 왕이 물었습니다.

"너는 어찌하여 빵을 훔쳐 네 주머니에 넣었느냐?"

"네, 지고하신 임금님, 제 말을 들어보세요. 저희 집에 젊은이 한 명이 머물고 있는데 도무지 이 잔치에 오려 하질 않아요. 그래서 제가 빵을 조금 가져가서 그에게 주려고 했던 거예요."

"너는 어서 가서 그 젊은이를 데려오너라!"

할머니가 집으로 돌아가서 그 젊은이를 데려왔습니다.

마침 그때 양치기가 큰 지팡이를 들고 사람들이 먹고 마시고 있는 곳으로 다가와서는 "어험!" 하는 소리를 내자 모두들 일어나 줄행랑을 쳤습니다.

"왜들 도망치는 겁니까?"

젊은이가 물었습니다.

"자네도 잠자코 빨리 도망치게. 저 양치기가 괴물을 죽인 사람이라네."

"내가 보기에 저 사람은 괴물을 죽일 만한 위인이 못 되는데요. 만약 정말 그가 괴물을 죽였다면 내가 할머니 집에 놓아둔 보따리를 가져와 내게 줄 수 있을 거예요. 그가 그걸 내게 가져오면 나도 그가 괴물을 죽였다는 걸 믿겠어요."

양치기는 할머니 집으로 가서 보따리를 가져오려 했지만

무거워서 들 수조차 없었습니다.

한편 공주는 새로 나타난 젊은이한테서 자기가 남겨놓은 표식을 발견하고는 소리쳤습니다.

"이 사람이 괴물을 죽인 젊은이예요!"

그러자 사람들은 자신들을 속였던 양치기를 잡아 조각을 내어 죽였습니다.

막내 왕자는 자기 보따리를 가져와 괴물 혀 일곱 덩어리를 하나하나 보여주었습니다. 사람들은 기쁨에 넘쳐 다시 잔치를 벌였습니다. 왕은 막내 왕자를 사위 삼고 싶어했지만 막내 왕자의 마음은 자기가 구해준 처녀에게 가 있었기 때문에 그 결혼을 원하지 않았습니다.

어느 날 시름에 잠겨 있던 막내 왕자는 자신의 활을 챙겨 들고 정원으로 나갔다가 큰 나무 한 그루에 뱀 한 마리가 기어오르는 것을 보았습니다. 그 나무 위쪽에는 독수리의 둥지가 있었습니다. 막내 왕자는 독수리 새끼들이 찌르찌르하는 소리를 들었습니다. 위를 올려다보니 뱀이 독수리 새끼들을 막 잡아먹으려 하고 있었습니다. 막내 왕자는 활을 당겨 뱀을 쏘았습니다. 화살을 맞은 뱀은 나무에서 떨어져 죽고 말았습니다. 그 후 막내 왕자는 나무 밑에서 잠이 들었습니다.

잠시 후에 어미 독수리와 아비 독수리가 둥지로 날아왔

습니다. 그리고 막내 왕자를 보자 소리쳤습니다.

"네가 바로 매년 우리 새끼들을 잡아먹었던 놈이로구나!"

그러고는 막내 왕자의 눈을 빼 먹기 위해 공격했습니다.

"찌르찌르, 그분이 우리를 구해주었어요!"

새끼 독수리들이 일제히 소리쳤습니다. 그러자 어미 독수리와 아비 독수리는 날개를 활짝 펴서 그늘을 만들어 막내 왕자가 시원하게 잘 수 있도록 해주었습니다. 막내 왕자가 잠에서 깨어났습니다.

"자, 왕자님, 당신께서 우리 새끼들 목숨을 살려주었으니 우리가 무엇을 해드렸으면 좋겠습니까? 우리는 지난 몇 해 동안 새끼를 키우지 못했는데 당신께서 우리의 적을 죽여주셨습니다."

"나는 아무것도 바라지 않아요. 다만 나를 저 위 세상(이승)으로 데려다 주면 좋겠어요."

"물론 해드려야죠. 그런데 먹이가 있었으면 좋겠군요."

"어떤 먹이를 원하시죠?"

"양과 사십 마리와 물 사십 부대를 원해요."

"좋아요."

막내 왕자가 대답했습니다.

막내 왕자는 왕을 찾아가 부탁했습니다.

"제게 양과 사십 마리와 물 사십 부대를 주십시오."

임금님이 대답했습니다.

"당장 주도록 하지."

막내 왕자가 양 사십 마리와 물 사십 부대를 독수리들에게 가져다주자 독수리들은 그를 위 세상으로 올려다주었습니다. 위로 날아 올라가는 동안 막내 왕자는 독수리들이 "크라!" 하고 울면 고기를 주고, "나" 하고 울면 물을 주었습니다. 위 세상에 가까운 곳에 이르렀을 때 고기가 모두 떨어졌습니다. "크라!" 하고 독수리들이 울었습니다. 위 세상으로 가고픈 생각뿐이었던 막내 왕자는 자신의 넓적다리 살을 베어내어 독수리들에게 주었습니다. 그러나 독수리들은 이것이 막내 왕자의 넓적다리 고기인 것을 눈치채고 먹지 않았습니다. 그리고 왕자를 위 세상으로 데려다주었습니다.

"자, 이제 걸어서 가십시오. 나중에 볼 수 있겠지요."

독수리들이 말했습니다.

걸음 떼어놓는 순간 막내 왕자는 잘라낸 넓적다리 때문에 다리를 절었습니다. 독수리들은 넓적다리 고기를 제자리에 붙여주었습니다. 그러자 왕자는 제대로 걷기 시작했습니다. 막내 왕자는 도시로 가서 한 재봉사에게 가서 말했습니다.

"내가 입에 풀칠이라도 할 수 있게 나를 당신의 도제로 써주세요."

재봉사는 그를 자기 가게에서 일하게 했습니다.

막내 왕자의 아버지인 왕은 샘 아래에서 데려온 소녀에게 결혼을 하라고 고집을 피웠습니다. 소녀는 여러 가지 핑계를 대는 가운데 이런 말을 했습니다.

"해님과 달님, 그리고 별님들이 빛나는 밤하늘이 그려진 옷을 주시면 결혼할게요."

"좋아!"

왕이 이렇게 대답하고는 재봉사에게 명령했습니다.

"내일 오후 다섯 시까지 해님과 달님, 그리고 별님들이 빛나는 밤하늘이 그려진 옷을 지어 가지고 와라. 그렇지 않을 경우 네 머리를 자를 거다!"

이 말을 들은 재봉사는 기절할 것 같았습니다. 가게로 돌아와서는 죽을 듯이 쓰러져버렸습니다. 이를 어쩐담? 어쩌란 말이야? 어떻게 그런 옷을 만들어?

"스승님, 무슨 걱정이 있어 그리도 깊은 시름에 빠져 있으세요?"

그의 도제가 물었습니다.

"이건 네가 상관할 일이 아니야!"

재봉사가 말했습니다.

"그러지 말고 제게 말해보세요. 혹시 제가 해결할 수 있을지도 모르잖아요?"

도제가 말했습니다.

"아이고, 나는 이제 망했단다. 임금님이 내게 별님들이 빛나는 밤하늘이 그려진 옷을 지어오라는구나!"

재봉사가 말했습니다.

"걱정하지 마세요. 오늘 밤 안으로 제가 끝낼게요. 제게 초록빛 실과 라키*한 말, 그리고 두세 되의 호두를 마련해 주십시오."

막내 왕자는 밤새도록 아무 일도 않고 호두를 까서 라키와 함께 마셔대기만 했습니다. 새벽녘이 되어 재봉사가 작업실을 들여다보았지만 아무것도 보이지 않았습니다.

"아이고, 저놈이 나를 위해 한 짓거리를 봐라! 저놈을 믿었던 내가 바보지!"

재봉사가 한탄을 했습니다.

아침이 되자 재봉사가 작업실 문을 두드렸습니다.

"일어나게! 아직도 자고 있는 거냐? 이제 옷을 가지고 임금님께 갈 시간이 다 되었다. 그런데 너는 아무런 기색이 없구나!"

재봉사가 말했습니다.

"아이고, 스승님, 제가 눈 붙일 틈도 안 주시는군요. 저는 밤새 일을 하다가 조금 전에야 겨우 눈을 붙였단 말입니다."

※※※※※※※※

*그리스와 터키 지방에서 즐겨 마시는 도수가 높은 증류주

도제가 말했습니다.

재봉사가 작업실의 문을 열자 샘 아래에서 소녀가 막내 왕자에게 주었던 호두에서 나온 옷 한 벌이 보였습니다. 재봉사가 그 옷을 가지고 왕에게 가자, 왕은 곧바로 그 옷을 소녀에게 가져다주었습니다.

"좋아요! 이번에는 물고기가 가득한 바다가 그려진 옷을 한 벌 지어다주세요."

소녀가 왕에게 말했습니다.

왕이 다시 재봉사를 불러 이 말을 전하고, 재봉사는 도제에게 이 말을 전했습니다. 도제는 이번에도 호두와 라키를 가져다달라고 말했습니다. 그러고는 아침까지 호두를 까서 먹으며 라키를 마셨습니다. 아침이 되자 도제는 또다시 호두에서 나온 옷을 재봉사에게 주었고, 그 옷은 소녀에게까지 전달됐습니다.

"좋아요! 이번에는 꽃이 만발한 꽃밭이 그려진 옷을 한 벌 지어다주세요."

소녀가 말했습니다.

다음 날 아침 재봉사는 왕에게 그런 옷을 가져다주었습니다.

"좋아요! 이 옷을 만든 재봉사를 이리로 데려오세요."

소녀가 왕에게 말했습니다.

재봉사가 도착하자 소녀가 그에게 물었습니다.

"당신 혼자서 이 옷 세 벌을 만들었나요? 아니면 누군가가 도와주었나요?"

겁이 잔뜩 난 재봉사는 자기의 도제가 만든 것이라고 사실대로 이야기했습니다. 그러자 왕은 그 도제를 불러오라고 명령했습니다. 그리고 그 도제가 오자 그가 자기의 막내아들인 것을 보고는 그를 꼭 껴안고 한참을 있었습니다. 그러고는 이윽고 이렇게 말했습니다.

"아들아, 이 여인이 너의 천생연분 배필이로구나!"

그 즉시 잔치가 벌어져 며칠이고 계속되었습니다. 왕은 왕좌에서 내려와 그 자리를 막내아들에게 물려주고는 왕으로 선포했습니다.

모든 것이 밝혀지자 그의 형들은 창피해서 쥐구멍을 찾는 상황에 빠졌습니다. ◀◀◀

까마귀 일곱 마리

  옛날 옛적에 한 사람이 살았는데 그에게는 아들이 일곱
이나 있었지만 딸은 없었습니다. 그래서 그는 하느님께 딸
을 하나 주십사 하고 간청했습니다. 하느님은 그의 소원을
들어주시기로 하고 딸을 하나 보내주셨습니다. 그런데 그
딸아이는 몸이 몹시 약했습니다. 그녀를 건강하게 만들기
위해서는 어떤 샘의 물을 떠다가 목욕을 시켜야 한다고 해
서 아버지는 아들들에게 물을 떠오라고 했습니다. 그러나
그들은 가는 도중 물을 담을 물동이를 깨버리고는 두려워서
집으로 돌아오지 않았습니다.

  아버지는 아들들이 물을 떠오기를 기다렸지만 영 돌아오
지 않았습니다. 아버지는 너무 화가 나서 이렇게 말했습니다.

  "빌어먹을 녀석들, 까마귀나 되라지!"

  이 말이 채 끝나기도 전에 일곱 마리의 까마귀가 집 위로
날아갔습니다. 아버지는 아들들을 저주한 것을 후회했지만

이미 때는 늦었습니다. 뒤늦게 저주를 철회할 방법이 없었습니다. 이렇게 하여 그에게는 딸 하나만 남게 되었습니다.

딸은 커가는 동안 자기에게 오빠들이 있었다는 것을 몰랐습니다. 그러다 다 자란 어느 날 이웃집 여자가 이렇게 말하는 소리를 들었습니다.

"이제 저 애에게는 아무 일이 없어야 할 텐데. 그러나저러나 저 애 때문에 오빠들이 희생되었으니 참 안됐어."

그녀는 이 말을 듣자 너무 놀라 어머니에게 갔습니다.

"엄마, 저에게도 오빠가 있었나요?"

어머니는 더 이상 진실을 숨길 수 없는 것을 알고 그녀에게 그녀가 어렸을 때 일어난 일을 말해주었습니다.

그런 일이 있은 지 며칠 후 소녀가 사라졌습니다. 오빠들을 찾으러 떠난 것입니다. '오빠들은 불행하게 지내는데 나만 편안하게 살 수는 없어'라고 생각했기 때문입니다.

그녀는 어머니가 끼고 있던 반지 하나를 끼고 오빠들을 찾아 지구 끝까지 한없이 걸어갔습니다. 거기서 그녀는 해님을 만났습니다. 그러나 너무 뜨거워 견딜 수가 없어 그곳을 떠나 달님이 사는 곳에 갔습니다. 그러나 달님은 집에 돌아오자마자 '사람 냄새가 난다'고 말했습니다. 그녀는 할 수 없이 달이 사는 곳을 나와 별이 사는 곳으로 갔습니다.

별들은 그녀를 반갑게 맞아들였고, 무엇 때문에 왔느냐고 친절하게 물었습니다.

"저는 어렸을 때 잃은 오빠들을 찾으러 왔어요."

소녀는 자기의 사정을 별들에게 이야기했으며 그들은 모두 그녀를 동정했습니다. 그 가운데에서도 샛별이 특히 그녀를 동정하여 박쥐의 다리를 그녀에게 주면서 말했습니다.

"이 박쥐의 다리를 잘 간직해두어라. 네 오빠들이 살고 있는 성문을 열기 위해서는 이것이 꼭 필요하니까."

소녀는 박쥐의 다리를 받아 손수건에 잘 싼 후 별들의 나라를 떠났습니다. 그녀는 한참을 걸어 드디어 성에 도착했습니다. 성문은 굳게 닫혀 있었는데 그녀가 박쥐의 다리를 성문 위에 대자 문이 열렸습니다. 그러자 키가 몹시 작은 사람이 그녀 앞에 나타나 물었습니다.

"아가씨, 무얼 원하십니까?"

"까마귀로 변한 저의 일곱 오빠들을 찾으러 왔어요."

"일곱 까마귀는 지금 집에 없습니다만 들어와서 기다리십시오."

잠시 후에 키가 작은 사람은 상을 차리고 일곱 접시에 음식을 담아놓고 일곱 개의 잔에 술을 따라놓았습니다.

소녀는 배가 고팠기 때문에 각 접시에서 한 입씩 음식을 떼어 먹었으며 각 잔에서 술을 한 모금씩 마셨습니다. 그리고 막내 오빠의 술잔 속에 자기가 끼고 있던 반지를 집어넣었습니다.

점심때가 되자 일곱 까마귀는 집에 돌아아 식사를 하기
위해 식탁에 앉았습니다. 자기 음식을 맛보려 하던 첫째가
이렇게 말했습니다.

"누가 내 접시의 음식에 손댄 것 같아."

"내 것도 그래."

둘째가 말했습니다.

"내 것도 그래."

셋째와 넷째, 다섯째와 여섯째, 일곱째도 똑같이 말했습
니다.

이번에는 술을 마시려다 막내가 자기 술잔 속에 어머니
의 반지가 들어 있는 것을 보았습니다.

"우리들의 누이동생이 이곳에 와 있나봐!"

"누이동생이 이곳에 와 있다면 우리는 이제 살았구나!"

그때 소녀가 오빠들 앞에 모습을 나타내자 오빠들은 곧
바로 사람으로 변했습니다. 그래서 그들은 함께 부모님께
돌아갔습니다. 부모님들은 잃었던 아들들이 돌아오자 몹시
반가워했습니다. 그 후 그들은 모두 오래오래 행복하게 살
았습니다. ❦

시미그달레니오스* 씨

옛날 옛적에 한 왕이 살았는데 그에게는 딸이 하나 있었습니다. 많은 젊은이들이 공주에게 청혼을 했지만 그녀는 자기 마음에 드는 젊은이가 없었기 때문에 모든 청혼을 거절했습니다. 그녀는 결국 자기 스스로 남자 한 명을 만들기로 마음먹었습니다.

그래서 그녀는 3킬로그램의 아몬드 열매를 가루로 만들어 3킬로그램의 설탕과 3킬로그램의 굵은 밀가루에 섞은 후에 남자 모양을 빚은 뒤에 그 조각상을 집안의 성상을 모셔놓는 곳 앞에 가져다 놓았습니다. 그리고 정성을 다해 기도를 드리기 시작했습니다. 그녀는 그렇게 사십 일 동안 밤낮으로 하느님께 기도를 드렸습니다. 사십 일이 지나자 하

※ '시미그달레니오스'는 스파게티나 푸딩을 만들 때 쓰는 '굵고 거친 밀가루'를 가리키는 말이다. 따라서 '시미그달레니오스'는 '굵고 거친 밀가루로 만든 사람'을 뜻한다.

느님은 그 남자 형상에 생명을 불어넣어주셨고 사람들은 그를 시미그달레니오스 씨라고 불렀습니다.

시미그달레니오스 씨는 무척 잘생겼기 때문에 삽시간에 그의 이름이 사방에 널리 퍼졌습니다. 아주 먼 곳에 사는 한 여왕이 시미그달레니오스 씨에 대한 소문을 듣고 그를 자기 곁에 두고 싶어했습니다. 그래서 여왕은 창살까지 금으로 된 금우리를 만들어서 시미그달레니오스 씨가 사는 지방으로 갔습니다. 그곳에 도착하자 여왕이 선원들에게 말했습니다.

"어서 가서 잘생긴 남자를 보거든 그를 붙잡아 와서 저 금우리 속에 가둬라."

사람들은 금으로 된 우리가 부둣가에 도착했다는 소식을 듣고는 그걸 보기 위해 몰려들었는데 그중에 시미그달레니오스 씨도 끼어 있었습니다. 선원들은 그를 보자 단번에 자기들이 찾는 사람임을 알고 붙잡아서 금우리 속에 가뒀습니다.

저녁이 되어 공주는 시미그달레니오스 씨가 오기를 기다렸지만 아무리 기다려도 그는 돌아오지 않았습니다. 그래서 이곳저곳 수소문한 끝에 한 여왕이 그를 데리고 떠났다는 사실을 알아냈습니다. 그러자 공주는 쇠로 된 신발 세 켤레를 만든 후, 그를 찾으러 길을 떠났습니다. 그녀는 걷고 또 걸어서 달님의 어머니가 사는 곳에 도착했습니다.

"아주머니, 안녕하세요?"

"아이고, 아가씨 같은 사람이 이곳엔 무슨 일로 왔을까?"

"운명이 저를 이곳에 데려왔답니다. 혹시 시미그달레니오스 씨를 보지 못했나요?"

"그런 이름조차 난생 처음 들어본다. 우리 애가 저녁에 돌아오는데 그 애는 세상을 많이 돌아다니니까 혹시 그를 보았을지도 모르니 기다려보려무나."

저녁이 되어 달님이 돌아오자 달의 어머니가 달님에게 말했습니다.

"얘야, 이 처녀가 혹시 시미그달레니오스 씨를 보지 않았느냐고 물어보는구나."

"아가씨, 그런 사람은 보지 못했습니다. 그런 이름은 생전 처음 들어보는군요. 해님에게로 가보세요. 해님은 나보다도 더 많이 세상을 돌아다니니까 혹시 그를 보았을지도 모르겠네요."

공주는 그날 저녁 달님의 집에 머물렀습니다. 아침이 되자 그들은 공주에게 아몬드 열매 하나를 주며 말했습니다.

"필요한 일이 생기면 이것을 깨물어보세요."

공주는 아몬드 열매를 받아 들고 그곳을 떠났습니다. 공주는 이곳저곳을 한없이 걸었습니다. 공주가 해님의 어머니가 사는 곳에 도착했을 때에는 신고 있던 쇠 신발이 다 닳아 떨어져버렸습니다.

"안녕하세요, 아주머니?"

"아이고, 아가씨 같은 사람이 이곳엔 무슨 일로 왔을까?"

"운명이 저를 이곳에 데려왔답니다. 혹시 시미그달레니오스 씨를 보지 못했나요?"

"그런 사람은 보지 못했다. 우리 애가 저녁에 돌아오는데 그 애는 세상을 많이 돌아다니니까 혹시 그런 사람을 보았을지도 모르니 기다려보려무나."

저녁이 되어 해님이 돌아오자 공주는 무릎을 꿇고 해님에게 물었습니다.

"해님, 세상을 돌아다니다가 혹시 시미그달레니오스 씨를 보지 못했나요?"

"시미그달레니오스 씨라고요? 그런 사람은 보지 못했는데요. 별님들에게로 가보세요. 별님들은 수가 많으니까 그들 중의 하나가 그를 보았을지도 모르지요."

공주는 그날 저녁 해님의 집에 머물렀습니다. 아침이 되자 그들은 공주에게 호두 하나를 주며 말했습니다.

"필요한 일이 생기면 이것을 깨물어보세요."

그들은 공주에게 별님들이 사는 곳으로 가는 길을 가르쳐주었고, 공주는 다시 길을 떠났습니다. 그리고 이곳저곳을 한없이 걸었습니다. 공주가 별님들의 어머니가 사는 곳에 도착했을 때에는 두 번째 쇠 신발도 다 닳아 떨어져버렸습니다.

"아주머니 안녕하세요?"

"아이고, 아가씨 같은 사람이 이곳엔 무슨 일로 왔을까?"

"운명이 저를 이곳에 데려왔답니다. 혹시 시미그달레니오스 씨를 보지 못했나요?"

"그런 사람은 보지 못했다. 저녁에 우리 애들이 돌아올 때까지 기다려봐라. 혹시 애들 중 하나가 그를 보았을지도 모르니까 말이다."

저녁이 되어 별님들이 돌아오자 공주는 물었습니다.

"혹시 시미그달레니오스 씨를 보지 못했나요?"

"아니요, 그런 사람은 보지 못했는데요."

별님들이 대답했습니다. 그러자 작은 별 하나가 앞으로 나서더니 이렇게 말했습니다.

"제가 그 사람을 보았어요."

"어디서 보셨지요?"

"하얀 집 속에 있었어요. 다른 사람들이 그를 데려가지 못하도록 여왕이 그곳에 가둬놓고 있답니다."

공주는 그날 저녁 그곳에서 잤습니다. 아침이 되자 그들은 공주에게 개암* 하나를 주면서 이렇게 말했습니다.

"필요한 일이 생기면 이것을 깨물어보세요."

공주는 별님들이 가르쳐준 길을 따라 걷다가 드디어 시

미그달레니오스 씨가 있는 곳에 도착했습니다. 공주는 거지로 변장하고 궁전으로 가서는 그곳에서 시미그달레니오스 씨를 보았지만 아무 말도 하지 않았습니다.

궁전에는 거위들이 많이 있었습니다. 공주는 하녀들에게 가서 말했습니다.

"거위들이 사는 곳에서 제가 좀 머무를 수 없을까요?"

하녀들은 여왕에게 가서 말했습니다.

"여왕님, 어떤 여자 거지가 거위 집에서 자고 싶다고 하는데 어떻게 할까요?"

"그렇게 해주도록 해라."

하녀들은 공주를 거위 집에서 자도록 했습니다. 아침에 일어난 공주는 아몬드 열매를 깨물었습니다. 그러자 안에서 금실이 감긴 황금 얼레와 황금 수틀과 황금 실을 뽑아내는 실감개가 나왔습니다. 이를 본 하녀들은 급히 가서 여왕에게 자기들이 본 것을 이야기했습니다. 그들의 이야기를 들은 여왕이 말했습니다.

"너희들은 가서 그 금실이 감긴 황금 얼레와 황금 수틀과 황금 실을 뽑아내는 실감개를 나에게 주지 않겠느냐고 물어라. 그리고 그 대가로 무얼 원하는지 알아보아라."

※ 도토리 비슷한 열매

하녀들이 거위 집으로 돌아가 공주에게 말했습니다.

"여왕님께서 금실이 감긴 황금 얼레와 황금 수틀과 황금 실을 뽑아내는 실감개를 갖고 싶다고 하시는데, 당신은 그 대가로 무얼 원하시죠?"

"하룻밤만 시미그달레니오스 씨를 보게 해주면 금실이 감긴 황금 얼레와 황금 수틀과 황금 실을 뽑아내는 실감개를 드리지요."

하녀들은 여왕에게 가서 공주가 한 이야기를 전했습니다.

"그럼 하룻밤만 그녀에게 시미그달레니오스 씨를 보여주도록 하여라. 그렇다고 무슨 일이 일어나겠느냐?"

여왕이 말했습니다.

저녁이 되어 식사를 마친 후 여왕은 수면제가 든 술 한 잔을 시미그달레니오스 씨에게 주었습니다. 그는 술을 마시자 곧 잠이 들었고 하녀들은 잠든 그를 여자 거지에게 데려다주고 금실이 감긴 황금 얼레와 황금 수틀과 황금 실을 뽑아내는 실감개를 받아 갔습니다.

하녀들이 자리를 뜨자 공주는 시미그달레니오스 씨에게 말하기 시작했습니다.

"왜 깨어나지 않으시나요? 제가 아몬드 열매 가루와 굵은 밀가루를 설탕과 섞어 당신을 만들었잖아요? 그리고 당신을 찾아 돌아다니느라고 세 켤레의 쇠 신발을 다 닳아 없앴는데 제게 말 한마디 없으시군요. 사랑하는 이여, 당신은 제가 불쌍하지도 않으신가요?"

공주는 밤새도록 이렇게 말했지만 시미그달레니오스 씨는 깨어나지 않았습니다. 아침이 되자 하녀들이 와서 시미그달레니오스 씨를 데리고 갔으며 여왕은 그에게 잠 깨는 술을 주어 깨어나게 했습니다.

하녀들이 떠나자 공주는 호두를 깨물었습니다. 그러자 안에서 황금으로 된 새들이 들어 있는 황금 둥지가 나왔습니다. 하녀들은 황금으로 된 새들이 들어 있는 황금 둥지를 보자 뛰어가서 여왕님에게 알렸습니다.

"가서 황금으로 된 새들이 들어 있는 황금 둥지를 내게 달라고 해라. 그녀에게 그것이 무슨 소용이 있겠느냐! 그녀가 만약 다시 한 번 시미그달레니오스 씨를 보고 싶다고 하면 그렇게 하라고 해라. 어제도 그를 그녀에게 보냈지만 아무 일도 일어나지 않았다. 그러니 이번이라고 무슨 일이 일어나겠느냐?"

하녀들은 거위 집으로 돌아가 공주에게 말했습니다.

"여왕님께서 황금으로 된 새들이 들어 있는 황금 둥지를 갖고 싶다고 하시는데, 당신은 그 대가로 무얼 원하시죠?"

"오늘 밤 시미그달레니오스 씨를 보게 해주면 되겠어요."

"그렇게 해드리죠."

하녀들이 말했습니다.

여왕은 다시 시미그달레니오스 씨에게 수면제를 먹였고, 그가 잠이 들자 하녀들은 그를 여자 거지에게 데려다주고 황금으로 된 새들이 들어 있는 황금 둥지를 받아 갔습니다.

하녀들이 떠나자 공주는 첫째 날 밤에 했던 이야기를 다시 했습니다. 그러나 시미그달레니오스 씨는 깨어날 줄을 몰랐습니다. 아침이 되자 다시 하녀들이 와서 시미그달레니오스 씨를 데리고 갔습니다.

여자 거지는 이번에는 개암을 쪼갰습니다. 그러자 황금 카네이션들이 활짝 핀 황금 카네이션나무 한 그루가 안에서 나왔습니다. 하녀들은 황금 카네이션들이 활짝 핀 황금 카네이션나무를 보자 뛰어가서 여왕에게 보고했습니다.

"너희들은 가서 황금 카네이션들이 활짝 핀 황금 카네이션나무를 달라고 해라. 그녀에게 그 나무가 무슨 필요가 있겠느냐! 그녀가 다시 한 번 시미그달레니오스 씨를 원하면 그렇게 해주겠다고 말해라."

여왕이 말했습니다.

하녀들은 거위 집으로 돌아와 여자 거지에게 여왕의 말을 전했습니다. 그런데 여자 거지가 머무는 곳 옆에 한 재봉사가 있었는데 그 재봉사는 지난 이틀 동안 여자 거지가 밤새도록 하는 말을 들었습니다. 그래서 시미그달레니오스 씨를 찾아가 이렇게 말했습니다.

"죄송하지만 여쭤볼 것이 있습니다."

"그래, 무슨 일이냐?"

시미그달레니오스 씨가 말했습니다.

"저녁에 어디서 주무십니까?"

"그건 왜 묻느냐? 집에서 자지 어디서 자겠느냐?"

"저는 거위 집에 있는 여자 거지 때문에 지난 이틀 동안 한숨도 못 잤습니다. 그녀는 밤새도록 '시미그달레니오스 씨, 왜 일어나지 않으시나요? 저는 당신을 찾아다니느라고 세 켤레의 쇠 신발을 다 닳아 없앴는데, 당신은 제게 말 한마디 없으시군요'라고 말했답니다."

시미그달레니오스 씨는 무슨 이야기인지 눈치챘으나 아무 내색도 하지 않았습니다. 그리고 마구간으로 가서 떠날 수 있게 자기 말을 잘 준비하고는 금화 한 포대를 말 위에 얹어놓았습니다.

저녁에 여왕이 다시 그에게 술을 주었지만 그는 술을 마시는 척하며 버리고는 곧 잠이 든 체했습니다. 그러자 하녀들은 그를 여자 거지에게 데려갔으며 그 대가로 황금 카네이션들이 활짝 핀 황금 카네이션나무를 받아 갔습니다.

하녀들이 떠나고 공주가 다시 자기가 고생한 것들을 이야기하기 시작하자 시미그달레니오스 씨가 벌떡 일어나 그녀를 얼싸안고 준비해놓은 말에 올라타서는 함께 도망갔습니다.

아침이 되어 시미그달레니오스 씨를 데리러 간 하녀들은 그가 없어진 것을 발견했습니다. 하녀들은 눈물을 흘리며 여왕에게 가서 이 사실을 알렸습니다. 여왕도 눈물을 흘렸지만 이제는 어찌할 도리가 없었습니다. 그때 여왕이 이렇게 말했습니다.

"나도 혼자서 남자를 만들겠다!"

그러고는 여왕은 당장 하녀들을 시켜서 아몬드 열매를 가루로 만들게 하고는 그 가루를 굵은 밀가루와 설탕과 섞어 반죽해 사람 형상을 만들고 기도를 드리기 시작했습니다. 그러나 그녀는 기도하는 동안에 진정한 기도 대신 신성 모독을 하는 욕을 해댔습니다. 사십 일이 지나자 그녀가 만든 사람 조각상에는 곰팡이가 슬었습니다. 그래서 그 사람 조각상을 갖다 버렸습니다.

한편 공주는 시미그달레니오스 씨와 함께 자기 왕궁으로 돌아가 행복하게 살았습니다. ◀◀◀

뱀

양모 내복을 입어라.

내가 처음부터 이야기해줄 테니 일어나라!

옛날 옛적에 한 왕에게 딸이 셋 있었습니다. 하루는 왕이 여행을 가게 되어 큰딸을 불러 물었습니다.

"애야, 내가 내일 여행을 떠나니 돌아올 때 무얼 사 가지고 오길 바라느냐? 말해보아라!"

큰딸이 대답했습니다.

"아버님, 별이 반짝이는 하늘을 수놓은 옷 한 벌만 사다 주세요."

왕은 둘째 딸을 불러 물었습니다.

"애야, 내가 여행에서 돌아올 때 무얼 사 가지고 오길 바라느냐?"

둘째 딸이 대답했습니다.

"목욕할 때 쓰게 은으로 만든 비눗갑을 사다주세요."

왕은 막내인 셋째 딸을 불러 물었습니다.

"애야, 내가 여행에서 돌아올 때 무얼 사 가지고 오길 바라느냐?"

셋째 딸이 대답했습니다.

"아버님, 저는 아무것도 바라지 않아요."

"그건 말이 안 되지. 내가 너를 위해 무언가를 꼭 가져와야지."

"그럼요, 아버님, 장미꽃 한 송이만 가져다주세요. 만약 그걸 잊으시면 배가 바위처럼 단단히 굳어서 꼼짝도 안 할 거예요."

왕은 여행을 떠났습니다. 볼일을 다 마치고 딸들의 선물을 사야 한다는 것을 기억해냈습니다. 첫 번째 가게로 들어가서 큰딸에게 줄 옷을 샀습니다. 두 번째 가게로 들어가서 둘째 딸에게 줄 은비눗갑을 샀습니다. 하지만 장미꽃을 꺾을 정원을 찾을 수 없어 돌아가기 위해 그냥 배에 탔습니다.

배가 돛을 올리고 조금 항해를 했을 때, 배가 앞으로도 뒤로도 움직이지 않고 요지부동이었습니다. 그러자 선장이 갑판으로 나와 소리쳤습니다.

"누군가 부탁받은 걸 잊어먹어서 그러니 다시 항구로 돌아가야겠습니다."

그러고는 배를 항구로 돌렸습니다. 왕은 육지에 상륙하자마자 아주 아름다운 정원 하나를 발견하고는 그 안으로 들어갔습니다. 정원에는 아무도 없었습니다. 그때 왕은 단 한 송이 꽃만 피어 있는 장미를 발견했습니다. 꽃을 꺾어서 막 떠나려는 순간, 미처 정원을 빠져나가기도 전에 이렇게 말하는 소리가 들렸습니다.

"왜 장미꽃을 꺾었나요?"

살펴보니 뱀 한 마리가 그의 발밑에 나타났습니다.

왕은 겁에 질려 거의 기절할 뻔했습니다.

"무서워할 거 없어요. 저도 임금님과 마찬가지로 사람이에요."

왕이 정신을 차리고 뱀한테 말했습니다.

"내게 딸이 셋 있는데 그 딸들이 선물들을 원했단다. 그런데 막내딸이 장미꽃을 갖다달라고 했지."

그러자 뱀이 말했습니다.

"돌아가셔서 사흘 안에 그 따님을 제게 데려오세요. 이 반지를 가지고 가서 막내딸의 베개 밑에 넣어놓으면 이리로 오게 될 거예요. 만약 제가 말한 대로 하지 않으면 큰 불행을 당하실 거예요."

왕은 놀란 가슴을 안고 자기 나라에 돌아왔습니다. 왕비는 왕을 보고 기뻐했습니다. 큰딸이 왕에게 다가가서 말했습니다.

"아버님, 제가 말씀드렸던 옷은 가져오셨나요?"

"그럼, 물론이지, 내 딸아!"

왕은 둘째 딸도 불러 비눗갑을 주었습니다. 그러고는 셋째 딸을 가만히 불러 말했습니다.

"내 딸아, 너는 도대체 왜 이런 선물을 갖다달라고 한 거냐? 자, 여기 장미꽃이 있으니 가져가라! 하지만 사흘 안에 이 장미꽃을 꺾은 정원으로 너를 데리고 돌아가야 한단다."

삼 일째 되는 날, 왕은 반지를 셋째 딸의 베개 밑에 넣어두었습니다. 왕이 베개에 머리를 누이자마자 왕과 셋째 딸은 아름다운 정원에 와 있었습니다. 왕과 셋째 딸은 성안으로 올라가 그 안에서 온갖 훌륭한 물건들을 보았습니다.

조금 있다가 뱀도 도착했습니다. 공주는 그 뱀을 보자 기절하고 말았습니다. 그녀의 아버지는 그녀에게 무서워하지 말라고 달랬습니다.

공주가 정신을 차리자 뱀이 그녀에게 말했습니다.

"좀 익숙해지면 나하고 얼마나 잘 지낼 수 있는지 보게 될 거예요."

얼마 안 있어 아버지는 떠나고 공주와 뱀만 남았습니다. 시간이 지날수록 공주는 야위어갔습니다.

뱀이 그것을 눈치채고 그녀에게 물었습니다.

"무슨 일이에요. 왜 이렇게 마른 거예요?"

공주가 대답했습니다.

"부모님과 언니들이 보고 싶어요."

그러자 뱀은 그녀에게 반지 하나를 주면서 잘 때 그 반지를 베개 밑에 넣어두면 집으로 가게 될 것이라고 일러주었습니다. 다만 사흘째 되는 날에 반지를 다시 빼서 되돌아오는 것만 잊지 말라고 당부했습니다. 하지만 자기 나라로 돌아간 공주는 이 부탁을 잊었습니다.

셋째 공주는 사흘이 지나서야 뱀을 생각해냈습니다. 베개 밑에서 반지를 꺼내서 다시 뱀의 성으로 돌아왔습니다. 그렇지만 아무리 찾아봐도 뱀이 보이지 않았습니다. 공주가 정원으로 내려가자 뱀이 웅덩이에서 몸부림치고 있는 게 보였습니다. 공주는 뱀이 불쌍해서 눈물을 흘렸습니다. 공주의 눈물 세 방울이 뱀의 몸 위로 떨어졌습니다. 그 순간 뱀의 껍질을 벗고 아주 멋진 젊은이가 나와 말했습니다.

"나는 당신을 아내로 맞아 왕비가 되도록 하겠어요. 나는 이 나라의 왕자였는데 나쁜 저주에 걸려 뱀이 된 거예요. 그리고 순결한 처녀의 눈물 세 방울이 제 몸에 떨어지지 않으면 그 저주를 벗어날 수 없었어요."

왕자와 공주는 성으로 올라가 행복하게 살았습니다.

게

옛날 옛적에 왕과 왕비가 있었는데 그들의 이웃에는 한 신부님과 그의 아내 *가 살고 있었습니다. 그런데 왕과 신부는 어찌나 사이가 좋은지 만날 때마다 "우리 서로 사돈이 됩시다"라고 말하곤 했으며, 왕비와 신부의 아내도 역시 마찬가지였습니다.

그들이 바라던 대로 왕비는 딸을 낳았는데, 그 딸이 어찌나 예쁘던지 태양도 그녀 앞에서는 빛을 잃을 정도였습니다. 신부의 아내도 자식을 얻었는데…… 그 자식이라는 것이 낳고 보니 '게'였습니다.

공주는 황금 옷과 비단옷 속에 싸여 자랐으며 날이 갈수록 예뻐지기만 했습니다. 신부의 자식인 게도 부모들이 그

---

*동방 정교회에서는 결혼한 사람도 신부가 될 수 있다. 그러나 이미 신부가 된 사람은 결혼할 수 없다.

를 넣어놓은 통 속에서 날이 갈수록 자랐습니다.

공주가 열여덟 살이 되자 왕은 신부와 한 맹세를 잊고 공주를 다른 나라 왕자와 결혼시키려고 했습니다. 그러자 게가 어머니를 불렀습니다.

"어머니, 왕비님께 가서서 약속하신 대로 공주를 제게 달라고 하세요."

신부의 아내는 궁전으로 가서 왕비에게 말했습니다.

"왕비님, 이제 아이들이 자랐으니 결혼을 시켜야 할 것 같습니다. 제 자식인 게가 제게 말하기를 왕비님께서 아이들이 태어나기 전에 한 약속을 잊지 마시라고 전해달라고 하더군요."

왕도 마침 그 자리에 있었는데 이 말을 듣고 곤란한 상황을 모면하기 위해, 만일 신부의 아이인 게가 햇빛이 들어오는 것을 막고 있는 궁전 앞의 산을 하룻밤 새에 치워버린다면 공주를 주겠노라고 말했습니다.

"잘 알겠습니다, 임금님."

신부의 아내는 이렇게 말하고 집으로 돌아가서 게에게 왕의 말을 전했습니다.

이 말을 들은 게는 사색이 되어 음식도 먹지 않고 밤새도록 말 한마디 하지 않았습니다. 그런데 밤이 되자 수많은 괴물들이 모여들더니 궁전 앞에 있는 산을 파내서 평지로 만들어버렸습니다.

아침에 깨어난 왕은 궁전에 햇빛이 가득한 것을 보고는 "오늘은 내가 늦게 일어나서 해가 중천에 있는 모양이지"라고 중얼거렸습니다. 그러나 자리에서 일어나 밖을 보니…… 궁전 앞에 있던 산이 사라지고 그 자리에 들판이 생긴 것이었습니다. 왕은 깜짝 놀랐지만 이제 와서는 어찌할 도리가 없어 약속한 대로 공주를 게에게 시집보낼 수밖에 없었습니다.

이렇게 해서 결혼 준비가 진행되었고, 왕은 마차와 황금으로 된 통을 신랑의 집으로 보냈습니다. 사람들은 게를 황금으로 된 통 속에 넣었고 신부의 아내는 마차에 올라 게가 든 통을 무릎 위에 올려놓았습니다. 마차는 궁전을 향해 떠났습니다. 그들이 궁전에 도착하자 결혼식이 거행되었고 왕비는 공주가 다른 나라의 왕자가 아니라 게와 결혼하게 된 것을 속상해하며 마냥 울기만 했습니다.

밤이 되어 공주가 게와 단둘이 남게 되자 게의 껍질 속에서 이 세상의 어떤 왕자보다도 더 잘생긴 젊은이가 나오더니 공주에게 걱정하지 말라고 하면서, 다만 삼 주 동안만 비밀을 지키면 자기를 구할 수 있지만 그렇지 않고 비밀을 누설하면 자기를 영원히 잃게 될 것이라고 말했습니다. 이렇게 하여 그는 낮에는 게로 밤에는 멋진 젊은이로 지냈습니다. 공주는 자기의 행운에 기뻐하며 행복감에 넘쳐 있었지만, 사실을 알지 못하는 왕비는 날이 갈수록 애를 태우며 수척해졌습니다.

토요일이 되자, 공주가 남편에게 말했습니다.

"일요일인 내일은 성당에 가야 할 텐데 어떻게 하죠?"

그러자 남편이 대답했습니다.

"아침에 당신은 당신 어머니와 함께 성당에 가세요. 나도 뒤따라가겠지만 나를 보더라도 아무 말 하지 않도록 주의하세요. 그렇지 않으면 나를 잃게 될 것이니까 말이에요."

아침이 되자 공주는 어머니와 함께 성당에 갔습니다. 곧 뒤를 따라 그녀의 남편도 성당에 갔습니다. 공주의 어머니는 잘생긴 젊은이를 보자 눈물을 흘리며 말했습니다.

"너도 저런 젊은이와 결혼했어야 하는 거야! 너한테 청혼하기 위해 온 왕자처럼 보이는데 이제 네가 결혼했다는 것을 알게 되면 떠나가겠지……"

공주는 침묵했습니다. 어머니가 불쌍하기는 했지만 아무 말도 하지 않았습니다.

똑같은 일이 두 번째 일요일에도 일어났고 세 번째 일요일에도 마찬가지였습니다. 그러나 세 번째 일요일 날에는 왕비가 너무 슬프게 울었기 때문에 공주는 어머니가 기절할까봐 두려워 비밀을 털어놓고 말았습니다. 그 후에 공주가 궁전으로 돌아갔더니 게도, 잘생긴 젊은이도 보이지 않았습니다.

공주는 땅을 치며 후회의 눈물을 흘리다가 아버지에게 가서 자기에게 일어난 불행한 사건을 이야기하고 남편을 찾아 나서겠다며 금화 한 자루와 쇠로 된 신발 세 켤레를 달라고 했습니다. 왕은 내키지는 않았지만 어쩔 수 없이 그녀의 청을 들어주었습니다. 공주는 남장을 하고 길을 떠났습니다.

공주는 두 해 동안이나 이곳저곳을 돌아다니며 물었지만 아무도 그녀의 남편에 대해 아는 사람이 없었습니다. 두 해가 지나 두 번째 쇠 신발이 다 닳아버리자, 공주는 어떤 한 삼거리에 정착하여 여관을 열고는 지나가는 나그네들을 재워주며 숙박료 대신 그들이 겪은 일들을 이야기하도록 했습니다.

세 번째 해가 끝나갈 무렵 두 거지가 여관에 와서 묵게 되었습니다. 그 둘 가운데 한 사람은 절름발이었고 다른 한 사람은 소경이었습니다. 공주는 그들을 여관으로 맞아들이고 음식을 대접한 후에 그들이 세상을 살아오면서 보고 들은 것들을 이야기하게 했습니다.

절름발이가 이야기를 시작했습니다.

"이곳에 오는 도중에 저희들은 배가 무척 고팠습니다. 그래서 무얼 좀 먹을까 하고 강 근처에 앉았습니다. 제 배낭 속에 마른 빵 세 조각이 있었는데 그 빵 조각을 물에 불려 부드럽게 만들기 위해 강가로 갔습니다. 그런데 그 강의 물살이 거세어서 전 손에 들고 있던 빵 조각을 놓치고 말았습니다. 저는 절면서 빵을 잡으려고 뛰었습니다. 온 힘을 다해 뛰었지만, 물은 저보다 더 빠른 속력으로 흘러 내려갔습니다. 그러다가 물이 밑으로 빠지는 한 구멍에 도착하게 되었는데, 그 구멍에는 아래로 내려가는 계단이 있었습니다. 저는 계단을 내려가다가 도중에 큰 문을 발견했습니다. 문 뒤쪽에는 궁전이 하나 있었습니다. 궁전 안으로 들어갔는데 거기서 부엌의 오븐 속에 김이 모락모락 나는 빵이 가득 들어 있는 것이 보였습니다. 제가 달려가 뚜껑을 열고 빵을 꺼내려 하자, 뚜껑이 저의 손을 한 대 치면서 '주인님이 먼저 드시고 난 후에 너도 먹으렴' 하고 말하는 것이었습니다. 한구석에 큰 냄비에 음식이 가득 차 있는 것을 보고 제가 국자를 집어 음식을 뜨려 하자, 국자 역시 갑자기 제 손을 치면서 '주인님이 먼저 드시고 난 후에 너도 먹으렴' 하고 말하는 것이었습니다. 그때 갑자기 날개 치는 소리가 들려오기에 저는 얼른 숨었습니다. 잠시 후에 비둘기 세 마리가 방으로 들어오더니 수정으로 된 대야에 몸을 담그고 수영을 하고 나서는 천사같이 아름다운 젊은이들로 변했습니다. 그들이 음식을 먹기 위해 식탁에 앉자 아무도 나르는 사람이 없는데도 음식들은 저절로 식탁으로 옮겨졌습니다. 그러자 세 젊은이

중 한 사람이 술잔을 들더니 '비밀을 지키지 못한 미녀를 위해 이 술을 드노라, 문들아 울어라, 창문들아 울어라'라고 말했습니다. 그리고 그가 눈물을 흘리자 그를 따라 문들과 창문들도 흐느껴 울었습니다. 두 번째 젊은이도 똑같이 했습니다. 마지막으로 세 번째 젊은이는 '단 하루 내 비밀을 지키지 못하고 나를 영원히 잃게 된 미녀를 위해 이 잔을 드노라…… 문들아 울어라, 창문들아 울어라'라고 말하면서 그 누구보다도 슬프게 울었습니다. 그러자 물건들도 그를 따라 울었습니다. 식사가 끝나자 젊은이들은 다시 비둘기가 되어 날아갔습니다. 저는 얼른 그릇 하나에 음식을 가득 채우고 빵 두 조각을 들고 성 밖으로 나와 강 위로 올라왔습니다. 제가 늦게 왔기 때문에 장님은 혼자 울고 있었습니다. 우리는 제가 가져온 빵과 음식을 같이 먹고 나서 잠을 자기 위해 이곳에 왔습니다."

그러자 공주는 절름발이에게 말했습니다.

"저를 그곳까지 데려다주실 수 있겠어요?"

"물론이죠."

절름발이가 대답했습니다.

다음 날 공주는 절름발이와 함께 그곳으로 가서 궁전 안으로 들어갔습니다. 공주가 오븐 앞을 지나가자, 오븐이 "주인아씨님, 어서 오세요"라고 말했습니다. 공주가 냄비 앞을 지나가자 냄비도 역시 "주인아씨님, 어서 오세요"라고 말했습니다. 비둘기 날개 소리가 들리자 문이 "주인아씨님, 제 뒤에 숨으세요"라고 말했습니다. 공주가 숨자 조금 후에 비둘기 세 마리가 들어오더니 수정으로 된 대야에 몸을 담그고 잘생긴 젊은이들로 변했습니다. 공주는 세 번째 젊은이가 자기 남편임을 금방 알아보았지만 꾹 참고 아무 말도 하지 않았습니다.

젊은이들은 음식을 먹기 시작했습니다. 술을 마시는 시간이 되자 첫 번째 젊은이가 "비밀을 지키지 못한 미녀를 위해 이 잔을 드노라. 문들아 울어라, 창문들아 울어라"라고 말했습니다. 그러자 문과 창문들이 그와 함께 울기 시작했습니다. 두 번째 젊은이 역시 마찬가지였습니다. 공주의 남편 차례가 되자 그는 언제나처럼 똑같이 말했습니다. 그러나 이번에는 문과 창문들이 울기는커녕 웃기만 했습니다. 공주의 남편이 "이놈들아, 내가 너희들보고 울라고 하지 않았느냐"라고 말했지만 집 안의 모든 물건들은 계속 웃기만 했습니다. 공주의 남편이 화가 나서 문을 부수려고 갔다가 문 뒤에 숨어 있는 자기 부인을 보았습니다.

"아, 당신이 이곳에 왔기 때문에 문과 창문들이 울지 않고 웃었군요."

그러나 공주는 번개처럼 달려가 남편의 날개를 채 가지

고 불 속에 던져 태워버렸습니다. 그러자 그녀의 남편이 말했습니다.

"당신이 나를 구해주었구려!"

그리고 거기에 있던 모든 사람들이 함께 궁전으로 돌아갔습니다. 그들을 본 왕과 왕비는 이루 말할 수 없이 기뻐했고 그들은 두 번째 결혼식을 올렸습니다. 그들의 결혼 잔치는 사십 일 밤낮으로 진행되었는데 온 백성들이 먹고 마시며 즐겼습니다. 《《《

불운한 공주

옛날 옛적에 한 여왕이 세 공주와 함께 살고 있었는데 이 상하게도 이 세 공주에게는 구혼자가 단 한 명도 나타나지 않았습니다. 다른 처녀들은 다 결혼을 하는데 공주들만은 결혼을 하지 못한 채 노처녀가 되어가게 되자, 여왕의 근심 은 이만저만한 것이 아니었습니다.

그러던 어느 날 한 여자 거지가 궁전을 지나면서 구걸을 했습니다. 여자 거지는 여왕이 근심하고 있는 것을 보자 무 슨 일 때문이냐고 물었습니다. 여왕이 자기의 걱정을 이야 기하자 여자 거지가 말했습니다.

"여왕님, 제 말을 잘 들으세요. 공주님들이 잠을 잘 때에 숨어 있다가 어떻게 자는지 잘 보고 제게 얘기해주세요."

여왕은 여자 거지가 시키는 대로 했습니다. 저녁이 되어 여왕이 공주들의 방에 숨어 있다가 잠자는 모습을 보니 첫 째 딸은 두 손을 머리 위에 얹고, 둘째는 가슴 위에 두 손을

었고, 막내는 무릎 사이에 두 손을 넣고 자는 것이었습니다.

다음 날 여자 거지가 다시 묻자 여왕은 간밤에 자기가 본 대로 이야기했습니다.

여자 거지가 말했습니다.

"여왕님, 잠을 잘 때 무릎 사이에 두 손을 넣고 자는 막내 공주님의 운명이 좋지 않은 것입니다. 다른 두 공주님이 결혼을 못 하시는 것도 다 막내 공주 때문입니다."

여자 거지가 떠나자 여왕은 생각에 잠겼습니다. 그러자 막내 공주가 말했습니다.

"어머니, 걱정 마세요. 저 때문에 두 언니가 시집가지 못한다는 말을 저도 다 들었어요. 제 몫의 재산을 금화로 만들어 제 치맛단 속에 넣고 꿰매주시면 저는 멀리 떠나겠어요."

여왕은 떠날 필요 없다고 말렸지만 막내 공주는 고집을 부렸습니다. 막내 공주는 수녀 옷으로 갈아입고 여왕에게 작별 인사를 한 뒤 궁전을 떠났습니다. 그녀가 궁전 문을 나서자 두 언니에게 구혼을 하기 위해 두 젊은이가 궁전으로 들어왔습니다.

팔자가 사나운 막내 공주는 걷고 또 걸어서 저녁때쯤에 한 마을에 도착했습니다. 그곳에서 그녀는 한 상인의 집 문을 두드리고 하룻밤만 재워달라고 사정했습니다. 상인은 그녀에게 집 안으로 들어와 쉬라고 했는데, 그녀는 헛간에서 자겠다고 말했습니다.

밤이 깊어지자 막내 공주의 운명의 여신이 와서 헛간에 있는 옷감들을 갈기갈기 찢어서 사방에 늘어놓았습니다. 막내 공주는 제발 멈추라고 애걸을 했지만 운명의 여신은 들은 체도 하지 않으며 오히려 가만히 있지 않으면 그녀도 찢어버리겠다고 위협했습니다.

날이 밝자 상인은 밤새 수녀가 어떻게 지냈는지 보기 위해 헛간으로 왔다가 자기 옷감들이 갈기갈기 찢어져 있는 것을 보자 이렇게 외쳤습니다.

"아니, 수녀님, 도대체 이게 무슨 짓입니까? 저를 망쳐놓아도 분수가 있지, 저는 이제 어떻게 하라는 말입니까?"

공주는 치맛단을 뜯고는 금화를 꺼내어 상인에게 주었습니다.

"이만하면 충분하겠죠?"

"충분한 것 같습니다만……."

막내 공주는 작별 인사를 하고 그곳을 떠나 다시 무작정 걸었습니다. 한참을 걸어 밤이 되자 유리 장사를 하는 상인 집에서 머물게 되었습니다.

여기서도 역시 똑같은 일이 일어났습니다. 막내 공주는 헛간에 머물고 싶다고 말했고 밤이 깊어 다시 운명의 여신이 와서 헛간에 있는 물건을 남김없이 부숴버렸습니다.

다음 날 유리 장사 상인은 수녀가 어떻게 지냈는지 보기 위해 헛간으로 왔다가 자기 상품이 다 깨진 것을 보고 화가 나서 소리를 질렀지만, 막내 공주가 금화를 손에 쥐어주자 입을 다물고 그녀를 떠나도록 내버려두었습니다.

불운한 막내 공주는 다시 한없이 걸어 드디어 한 왕궁에 도착했습니다. 그녀는 왕비를 만나 일자리를 달라고 부탁했습니다. 왕비는 영리한 사람이었는데 처녀가 비록 수녀 옷은 입었지만 귀한 집안 출신이라는 것을 알아차리고, 그녀에게 진주로 수를 놓을 줄 아느냐고 물었습니다. 그녀가 할 줄 안다고 대답하자 왕비는 그녀를 자기 곁에 두기로 했습니다. 그러나 막내 공주가 수를 놓으려고 앉기만 하면 벽에 붙어 있는 액자와 그 안의 인물들이 내려와 진주 알을 집어가거나 괴롭히며 잠시도 그녀를 쉬게 내버려두지 않았습니다.

왕비는 이 모든 것을 보고 막내 공주를 불쌍하게 여겼습니다. 하녀들이 밤중에 접시가 부서진다고 불평하며 모든 것이 막내 공주의 짓이라고 말할 때마다 왕비는 이렇게 대답했습니다.

"너희들은 입 다물고 있어라. 그녀는 실은 공주인데 다만 운이 나빠서 이렇게 지내고 있는 거란다."

그러던 어느 날 왕비가 막내 공주에게 말했습니다.

"내 말을 잘 들어라. 네 운명의 여신이 너를 못살게 구는 한 너는 이대로는 도저히 살 수 없을 거다. 그러니 어떻게 해서든지 운명의 여신이 너의 운명을 바꿔놓게 하는 방법을 찾아내야 한다."

불운한 공주가 말했습니다.

"하지만 어떻게 해야 제 운명을 바꿀 수 있는지 전 알지 못하는데 무얼 할 수 있겠어요?"

"내가 말하는 대로 하도록 해라. 저기 저 멀리 있는 산이 보이지? 저 산 위에 이 세상의 모든 운명의 여신들이 모여 있다고 한다. 그곳에 그들의 궁전이 있다니까 너는 산꼭대기로 가서 네 운명의 여신을 만나 내가 주는 빵을 그녀에게 주면서 '운명의 여신님, 제발 제 운명을 바꿔주세요'라고 말해라. 무슨 일이 있더라도 그녀가 그 빵을 손에 받아 쥐기 전까지 그곳을 떠나서는 안 된다."

막내 공주는 왕비가 말한 대로 했습니다. 그녀는 빵을 받아 들고 오솔길을 걸어 드디어 산꼭대기에 도착했습니다. 그녀가 정원의 문을 두드리자 한 아름다운 처녀가 나오더니 "내가 운명을 정해준 아가씨가 아니잖아!" 하고는 안으로 들어가버렸습니다.

잠시 후에 먼젓번처럼 아름답고 멋진 다른 처녀가 나오더니 "내가 알지 못하는 아가씬데……"라고 말하고는 안으로 들어가버렸습니다. 그 뒤를 이어 다른 여자들이 계속해서 나왔지만 아무도 막내 공주를 알지 못했습니다. 드디어 마지막으로 머리를 풀어헤치고 험상궂은 모습을 한 여자가 문 앞에 나타나더니 막내 공주를 보고 소리쳤습니다.

"아니, 여긴 무엇 때문에 왔니? 당장 없어지지 않으면 죽여버릴 테다!"

불운한 막내 공주가 자기 운명의 여신에게 빵을 주며 말했습니다.

"제 운명을 결정한 운명의 여신님, 제발 제 운명을 바꿔주세요."

"꺼지지 못해! 네 엄마에게 가서 너를 다시 낳아 젖을 먹여 달라고 한 뒤에나 내게 다시 운명을 바꿔달라고 부탁하려무나."

다른 운명의 여신들이 막내 공주 편을 들며 말했습니다.

"공주로 태어났으면서도 모진 고생을 하는 저 처녀의 운명을 바꿔주구려."

"안 된다니까, 꺼지라고 해!"

운명의 여신은 갑자기 막내 공주의 빵을 뺏더니 그녀의 머리 위로 던졌습니다. 빵은 막내 공주의 머리를 때리고 땅으로 떨어졌습니다. 막내 공주는 빵을 주워 들고 다시 운명의 여신에게 말했습니다.

"여신님, 제발 이 빵을 받으시고 제 운명을 바꿔주세요."

운명의 여신은 들은 척도 하지 않고 막내 공주를 내쫓고 돌을 던졌습니다. 그러나 다른 운명의 여신들이 옆에서 거들어주고, 또 막내 공주가 계속해서 부탁하자 마음 나쁜 운명의 여신도 할 수 없이 "빵을 이리 줘!" 하고는 빵을 채갔습니다. 막내 공주는 그 운명의 여신이 다시 빵을 내던질까봐 조바심을 냈지만 다행히 운명의 여신은 빵을 손에 쥔 채 이렇게 말했습니다.

"이 비단실 뭉치를 받아라. 다만 주의할 것은 이 실 뭉치를 절대 팔아서는 안 되고 이것과 꼭 같은 무게가 나가는 것과 바꾸어야 한다. 자, 이젠 떠나거라."

막내 공주는 비단실 뭉치를 받아 들고 여왕이 있는 곳으로 돌아왔습니다. 이제는 아무것도 그녀를 더 이상 괴롭히지 않았습니다.

그런데 이웃나라의 왕이 결혼을 하려고 하는데 신부가 입을 옷에 어울리는 비단실을 구할 수가 없었습니다. 궁전 시종들은 이리저리 알아본 끝에 이웃나라의 한 공주가 비단실 한 뭉치를 가지고 있다는 소문을 들었습니다. 그래서 그들은 그녀에게 찾아가서 자기 나라 왕의 신부가 입을 옷과 그녀의 비단실이 어울리는지 보기 위해 비단실을 들고 같이 궁전으로 가자고 말했습니다.

궁전에 도착한 후 그들은 안으로 들어가서 막내 공주의

비단실 뭉치를 옷 옆에 나란히 놓아보고 그 두 개의 색깔이 너무 똑같은 것을 알았습니다. 그래서 그들은 얼마를 주면 그 비단실을 팔겠느냐고 물었습니다. 막내 공주는 실과 무게가 같은 것과만 교환하지 다른 것은 절대로 받지 않겠다고 대답했습니다. 그리하여 사람들은 저울의 한쪽에 비단실 뭉치를 올려놓고 다른 쪽에는 금화를 놓았습니다. 그러나 저울은 꼼짝하지도 않았습니다. 사람들은 계속해서 금화를 얹어놓았지만 저울은 여전히 움직이지 않았습니다.

마지막으로 왕자가 저울 위로 올라가자 저울 양쪽이 수평을 이루었습니다. 그러자 왕자가 말했습니다.

"아가씨가 갖고 있는 비단실의 무게가 내 몸무게와 꼭 같으니까 아가씨가 나와 결혼하고 실을 내놓으면 되겠군."

모든 것이 왕자의 말대로 이루어졌습니다. 왕자는 막내 공주와 결혼식을 올렸고 큰 잔치가 벌어졌습니다. ◀◀◀

수도사

실패에 감긴 파란 실타래.
물레를 돌려라, 힘차게
우리와 상관없이
자기 혼자 맘껏 돌아가게……

안녕하세요? 이야기가 시작됩니다.
어서들 오세요.
그리고 너무 늦지들 마세요.

옛날 옛적에 한 왕과 왕비가 살았는데 그들에게는 아들
이 셋 있었습니다. 큰아들과 둘째 아들은 무기를 좋아했고
훌륭한 사냥꾼들이었기 때문에 왕은 이 두 아들을 특히 사
랑해서 자기가 죽고 나면 왕국을 이 두 아들에게 남겨주려
고 했습니다. 한편 막내아들은 무기에는 전혀 관심이 없었

고 하루 종일 책 속에만 박혀 있었기 때문에 왕은 그를 사랑하지 않고 오히려 수도사라고 놀렸습니다. 이와 반대로 왕비는 위의 두 아들을 별로 좋아하지 않고 막내아들을 사랑해서 그가 필요한 책과 공책을 마련해주는 것은 물론 원하는 선생님이 있으면 서슴지 않고 불러주었습니다.

그러던 차에 왕의 두 눈이 아프기 시작했습니다. 수많은 의사들이 왕을 진찰했지만 아무도 고칠 수가 없어 결국 장님이 되었습니다. 그러자 한 의사가 누가 아주 먼 곳에 있는 왕국의 흙을 가져오면 왕의 눈이 나을 수 있을 것이라고 말했습니다.

이 말을 듣자 첫째와 둘째 왕자는 그 흙을 구하러 떠나기로 마음먹고 왕에게 허락을 구했습니다. 왕은 비록 의사가 한 말을 전부 믿지는 않았지만 그래도 눈을 뜨고 싶었기 때문에 두 아들의 청을 허락했습니다. 그리고 12인 위원회에게 그들의 여행 준비를 도와주라고 명령하고 두 아들에게 여행에 필요한 금화를 주었습니다. 그들이 가야 할 곳은 넉 달이나 걸리는 먼 곳이었기 때문입니다. 모든 준비가 끝나자 두 왕자는 출발했습니다.

수도사라는 별명을 가진 막내 왕자는 이 소식을 듣자 왕비에게 자기도 모험을 떠날 수 있도록 아버지의 허락을 얻어달라고 졸랐습니다. 왕비는 그곳이 아주 먼 곳이니까 왕이 혹시 허락을 한다고 해도 두 형들을 쫓아가는 것은 불가능할 테니 제발 그런 생각은 버리라고 막내 왕자를 말렸습니다. 그러나 막내아들 수도사는 계속 가겠다고 고집을 부리면서 두 형님들은 중간에 포기를 할 거고, 책을 많이 읽어 지리를 잘 알고 있는 자기가 오히려 왕의 눈을 낫게 할 흙을 가져올 자신이 있다고 말했습니다.

왕비는 하는 수 없이 왕에게 가서 막내 왕자가 한 말들을 전했습니다. 왕은 처음에는 화를 내며 수도사가 가는 것을 허락하지 않고 왕비에게 이렇게 말했습니다.

"세상에 참 별꼴을 다 보는구려. 그래 수도사가 내 눈을 낫게 할 약을 구하러 간단 말이오? 두 형들이 갔는데 무엇이 부족해서 그 녀석까지 가겠다고 한단 말이오?"

그러나 왕비가 하도 애원을 하자 왕은 허락을 하면서 이렇게 말했습니다.

"그럼 가라고 합시다. 단, 늙은 말 한 마리와 시종 하나만 데리고 떠나라고 하시오."

왕비는 막내아들 수도사에게 왕이 한 말을 전했습니다. 그러자 그는 당장 준비를 시작해서는 아침이 되자마자 길을 떠났습니다. 그는 지나는 곳마다 사람들에게 형제들이 그곳을 지나갔느냐고 물었습니다. 나흘이 지나 막내 왕자는 형들이 있는 곳에 도착했습니다. 형들은 막내 왕자를 보자 처음에는 샐쭉해지면서 무엇 때문에 왔느냐고 물었습니다.

"형님들과 똑같은 일 때문에 왔습니다."

수도사가 대답했습니다.

"네가 무얼 안다고 따라나섰느냐? 아버지도 참 딱하시지. 병이 낫기 위해 너한테까지 의지해야 하는 신세가 되셨으니 말이다."

첫째 왕자가 말했습니다.

"저도 최선을 다해보겠어요."

막내 왕자가 말했습니다.

그러자 둘째 왕자가 첫째 왕자에게 말했습니다.

"형은 막내가 아무것도 모른다고 생각하지만, 막내는 책을 많이 읽었으니까 우리가 찾아가는 왕국이 어디에 있고 얼마나 먼 곳에 있는지도 알고 우리에게 길도 가르쳐줄 거야."

"네 말이 맞는 것 같구나. 그럼 데리고 가기로 하자."

첫째가 말했습니다. 그들은 다 함께 길을 떠났습니다.

두 달이 지난 후에 그들은 세 갈래 길이 있는 장소에 도착했습니다. 그들은 어느 길을 골라 가야 할지 몰라 그곳에 멈추고 고민했습니다. 그러자 수도사가 나서며 이렇게 말했습니다.

"형님들, 이 세 길 모두 다 우리가 가고자 하는 왕국으로 결국은 연결되어 있습니다. 그러나 너무나 험하기 때문에 아직까지 아무도 이 길들을 통과하지 못했습니다. 오른쪽에 있는 이 길은 바람이 몹시 심하게 불어 이십 일 동안 행인을 공중에 띄운다고 합니다. 그동안에 말에서 떨어지지 않으면 목숨을 구하고 그렇지 못하면 죽게 되지요. 가운데 길은 연기와 불길이 심하게 나오는데 안전한 곳으로 도착하기까지 이십 일간을 불 속에서 견디어야 한다고 합니다. 왼쪽에 있는 이 길은 사람들이 가기만 하고 돌아오지 않는 길이라고 합니다. 지도를 보면 다른 길이 나와 있지 않은데 혹시 다른 길이 있다 해도 학자들이 알지 못하고 있는 거겠죠. 이제 형님들이 먼저 길을 고르십시오. 그리고 남은 길은 제가 가기로 하겠습니다."

두 형들은 한참을 생각한 후에 첫째 왕자가 오른쪽 길을, 둘째 왕자가 가운데 길을 택했습니다. 그래서 수도사에게는 왼쪽 길이 남았습니다.

각자가 길을 고르고 나자 수도사가 말했습니다.

"이제 우리는 각자가 어떤 길을 가는지 서로 알고 있지만 돌아오는 길에는 누가 돌아왔는지 누가 돌아오지 않았는지 알지 못할 것입니다. 그러니 이 삼거리에 표적을 하나씩 남겨놓기로 하면 어떨까요?"

"그것 참 좋은 생각이구나. 이 돌 아래에 각자 반지를 하나씩 놓도록 하자."

그들은 반지를 돌 아래에 놓은 후 각자 자기의 길을 따라 갔습니다. 두 형들은 군인들을 반씩 나눠 데려갔고 수도사는 혼자서 갔습니다.

첫째 왕자는 꼬박 열흘 동안 도시도 마을도 없어 인적이 없는 들판을 걸었습니다. 그러다가 바람이 부는 곳에 도착했을 때 거센 바람이 자신과 부하들을 점점 공중으로 띄워 올리자 그만 무서워져서 포기하고 오던 길로 돌아갔습니다. 그리고 반지를 놓은 장소에 가서 자기 반지를 꺼내고는 근처에 있는 도시로 갔습니다. 그는 거기서 여관을 구하고 다른 동생들이 돌아올 때까지 기다리기로 했습니다.

둘째 왕자도 열흘 동안 걸었습니다. 그러나 불길과 용암이 흐르는 곳에 도착하여 얼굴이 화끈화끈해지자 그만 무서워져서 돌아오고 말았습니다. 그도 돌 있는 곳으로 갔는데 반지가 둘만 있는 것을 보고는, 첫째 왕자가 이미 돌아왔고 막내만이 남아 있는 것을 알았습니다. 그는 자기 반지를 꺼내 도시로 가서 큰형을 만났습니다.

저녁이 되자 두 형제는 앞으로 어떻게 할까 의논하기 시작했습니다. 막내를 기다리지 않고 약도 없이 궁전으로 돌아가자니 아버지를 대할 면목이 없고, 또 나중에 막내가 혹시라도 약을 구해와 아버지의 눈이 낫게 되면 자기들의 체면이 말이 아닌 데다가 막내만 영웅이 될 것이기에 여러 모로 생각한 끝에 그곳에 남아 기다려보기로 했습니다.

두 형제 이야기는 이제 그만하고 수도사에게로 돌아가보기로 합시다.

한편 수도사는 형님들과 헤어진 후 열흘 동안 혼자서 새도 날지 않고 사람 하나 다니지 않는 진흙탕 속 길을 밤낮으로 걸었습니다. 진흙길이 끝나자 그는 말에서 내려 말에게 풀을 먹게 하고 잠시 눈을 붙였습니다. 한숨 자고 나서 그는 어떻게 하면 왕국까지 가는 길에 있는 괴물들과 큰 맹수를 속일 수 있을까 궁리하기 시작했습니다. 그가 읽은 책에 의하면 이 길을 지나는 사람은 누구나 괴물에게나 혹은 괴물들의 할아버지인 큰 맹수에게 잡아먹히고 만다고 쓰여 있었기 때문입니다.

거기에는 괴물 백이십 명이 있었는데 그들은 세 개의 궁전에 나누어 살고 있었습니다. 궁전과 궁전의 사이는 하룻길이었고, 각 궁전에는 사십 명의 괴물들이 제각기 어머니 한 명씩을 모시고 있었습니다. 그들의 어머니들은 서로 자매들이었기 때문에 괴물들은 모두 서로 사촌 간이었습니다. 이 세 자매는 그 길의 맨 끝에 살고 있는 큰 맹수가 낳았는데, 이 큰 맹수는 낳는 아이마다 모두 잡아먹었습니다. 괴물들의 어머니들은 다행히도 아버지인 큰 맹수로부터 멀리 피했기 때문에 살아남을 수 있었던 것입니다.

한참을 생각한 끝에 수도사는 드디어 좋은 꾀를 생각해 냈습니다. 그는 책에서 읽어 첫 번째 궁전에 있는 괴물들이 오래전에 막내를 잃어버렸다는 사실을 알고 있었습니다. 그래서 그는 괴물들의 어머니에게 자기가 잃어버린 막내아들이라고 말하기로 결심했습니다. 어머니 괴물이 왜 그렇게 몸이 작으냐고 물으면 사람들이 자기를 잡아다가 너무 고된 일만 시켰기 때문에 키가 자라지 못하고 오히려 줄어들었다고 이야기하리라 생각했습니다.

이런 궁리를 하고 수도사는 말에 올라타서 길을 계속 갔습니다. 다음 날, 그는 첫 번째 궁전 가까이에 도착해서 괴물들이 집을 비우는 시간인 정오(괴물들은 아침에 집을 떠났다가 저녁에 돌아왔습니다)에 혼자 있는 어머니 괴물을 만나러 궁전으로 갔습니다. 궁전 앞에 도착하자 그는 말을 한구석에 매놓고 궁전 안으로 들어갔습니다.

어머니 괴물은 그를 보자 사나워져서 잡아먹으려 했습니다. 그러나 수도사가 자기는 당신이 잃어버린 막내아들이라고 말하자, 어머니 괴물이 무슨 이유로 몸이 그렇게 작으냐고 물었습니다. 수도사는 사람들이 자기를 고생시켜서 키가 크지 않고 오히려 줄어들었다고 대답했습니다.

어머니 괴물은 이 말을 사실로 믿고 그를 껴안으며 입을 맞췄습니다. 그리고 그에게 식사까지 차려주었습니다. 저녁이 되자 어머니 괴물은 아들 괴물들이 그를 잡아먹지 않도록 그를 숨겨주었습니다. 오래 지나지 않아 서른아홉 명의 괴물들이 집으로 돌아왔습니다. 그리고 잔치를 시작하려고 큰 방에 모였습니다. 그때 어머니 괴물이 그들에게 잃어버린 막내가 돌아왔다는 기쁜 소식을 전했습니다. 이 소식을 들은 괴물들은 모두 일어서서 어서 동생을 보여달라고 말했습니다. 어머니 괴물이 말했습니다.

"데려올 테니 모두들 앉아 있어라. 그리고 동생을 못살게 굴어서는 안 된다."

"네, 그렇게 하겠어요."

괴물들이 대답했습니다. 어머니 괴물은 숨겨놓았던 수도사를 데려왔습니다.

"아니, 이 얘는 우리 동생이 아니에요. 우리 막내는 이렇게 작지가 않았는데 이 얘는 사람 같아요!"

수도사를 본 괴물들은 말했습니다.

"아니란다. 바로 그 애란다. 다만 그 못된 사람들이 이 아이를 잡아다가 너무 일을 많이 시켰기 때문에 이렇게 작아진 거란다."

괴물들도 어머니의 말을 믿었습니다. 그리고 모두들 기

뻐하며 수도사에게 입을 맞췄습니다. 어떤 괴물은 수도사를 손바닥 위에 올려놓고 공중으로 높이 들어올리기도 했고, 또 어떤 괴물은 수도사를 자기 호주머니에 넣어보기도 했습니다. 다른 괴물들은 수도사에게 어쩌다가 사람들에게 붙잡혀갔으며 또 무슨 방법을 써서 도망쳤느냐고 물었습니다.

수도사는 사흘 동안 그곳에 머물면서 부족한 것 없이 지냈습니다. 나흘째 되는 날, 그는 어머니 괴물에게 이제 사촌 형제들을 만나러 가고 싶으니 그들이 자기를 잡아먹지 않도록 편지를 한 장 써달라고 부탁했습니다.

어머니 괴물이 편지를 써주자 수도사는 때맞춰 떠나 이모 괴물과 사촌 괴물들을 만나러 갔습니다. 이모 괴물과 그집 식구들 모두 그를 반갑게 맞이해주었습니다. 그곳에서도 하루를 보낸 수도사는 다시 이모 괴물로부터 편지 한 장을 받아들고 또 다른 이모 괴물에게 갔습니다. 그곳에서 그는 다른 괴물 사촌형제들을 만났고 며칠 동안 머물렀습니다.

어느 날 수도사는 아무것도 모르는 체하면서 궁전 너머 저쪽에는 무엇이 있느냐고 사촌형제 괴물들에게 물었습니다. 사촌형제 괴물들은 그곳에는 높은 산이 하나 있고, 산 옆에는 큰 바다가 있다고 말했습니다. 또한 산과 바다를 연결하는 길은 단 하나뿐인데 바로 그 길 위에 굉장히 크고 사나운 맹수 괴물이 있는데, 그가 자신들의 할아버지라고 알려주었습니다. 그런데 그 맹수인 할아버지가 얼마나 큰지 머리가 하늘에 닿고 배가 거의 땅에 닿으며 길을 꽉 막고 서면 아무도 지나갈 수 없다고 했습니다. 또한 이 괴물은 배가 고프면 산꼭대기를 먹고 목이 마르면 바닷물을 마시기 때문에 괴물 형제들도 자기들의 할아버지를 두려워한다고 말했습니다.

그러자 수도사가 말했습니다.

"그 맹수가 우리들의 할아버지라면 제가 가서 만나보겠어요. 그리고 가능하다면 그를 죽이겠어요."

"가서는 안 된다. 우리는 네가 가는 것을 절대 허락하지 않겠다."

괴물들이 말했습니다.

"저는 가겠어요. 그 맹수를 죽여서 형님들이 두려워하지 않고 그곳을 마음대로 지나다니도록 해드릴게요."

수도사는 아주 힘들게 괴물들의 허락을 받아내고는 다음 날 말을 타고 떠났습니다. 그는 큰 쇠꼬챙이 하나와 활을 가지고 갔습니다. 그는 온종일 말을 타고 달려 저녁때가 되어서야 맹수 괴물이 사는 곳에 도착했습니다. 그리고 날이 어두워지기를 기다렸다가 살금살금 맹수 괴물이 누워 있는 곳으로 가까이 가서 쇠꼬챙이로 배를 찔렀습니다. 그와 동시에 그는 활을 쏘아 맹수 괴물의 배에 화살을 꽂았습니다. 그리고 말에 채찍질을 힘껏 하고 달아나기 시작했습니다.

배를 공격당한 것을 깨달은 맹수 괴물은 자기 배를 찌른 범인을 찾아서 잡아먹기 위해 고개를 이리저리 돌렸습니다. 그러나 맹수 괴물이 고개를 돌리는 새에 수도사는 자리를 뜨고 숨어버렸기 때문에 아무도 발견할 수 없었습니다.

맹수 괴물의 배에서는 피가 강물처럼 흘러나와 바닷물마저 피로 빨갛게 물들었습니다. 맹수 괴물은 화가 나서 산을 송두리째 뽑아버리려고 했지만 피를 너무 많이 흘려 현기증을 느끼고 쓰러졌습니다. 맹수 괴물이 땅에 쓰러지자 마치 천둥 번개 치는 것 같은 요란한 소리가 났고, 맹수 괴물이 지르는 소리에 온 산이 요동쳤으며, 맹수 괴물이 흘린 피 때문에 바닷물은 끓는 듯했고 물결의 높이도 한층 높아졌습니다.

아침이 밝아오자, 수도사는 계속 전진하여 이십 일 후에는 드디어 왕의 눈을 낫게 한다는 흙이 있는 나라에 도착했습니다. 그러나 그가 도착했을 때 그곳 사람들은 모두 잠이 들어 있었습니다. 그곳 그 사람들은 여섯 달은 잠을 자고 여섯 달은 깨어 있기 때문입니다. 수도사는 책에서 읽어 이런 사실을 알고 있었습니다. 그러나 그들이 지금 얼마 동안 잠든 상태에 있는지는 알지 못했습니다. 다만 가게 문들이 활짝 열린 채로 잠들어 있는 것을 보고 그들이 낮에 잠들기 시작했다는 것만은 알 수 있었습니다. 어떤 사람은 저울을 들고, 어떤 사람은 짐을 진 채로 길에 서서, 또 어떤 사람은 손에 빵을 든 채로 잠들어 있었습니다.

수도사는 이리저리 돌아다니다가 넓은 길을 만나자 그 길을 따라 가서 마침내 궁전에 도착했습니다. 궁전 문은 활짝 열려 있었는데 여덟 명의 군인들이 네 명은 이쪽에 네 명은 저쪽에 서서 총을 든 채로 잠들어 있었습니다. 수도사는 궁전 안으로 들어가서는 잠든 사람들 사이를 지나 안마당에 도착했습니다. 안마당은 넓었고 나무가 무성했으며 그 건너편에는 아름다운 궁전이 있어 마치 천국 같았습니다.

궁전 앞에 커다란 삼나무가 한 그루 서 있고 그 주위에는 쇠창살이 둘러져 있었는데, 쇠창살 안에 있는 흙이 바로 눈을 낫게 하는 흙이었습니다. 수도사는 말에서 내려 쇠창살에 말을 매어놓은 뒤, 자루를 들고 쇠창살 안으로 들어갔습니다. 그리고 칼로 땅을 파서 자루 속에 흙을 넣었습니다.

일을 마친 후 수도사는 궁전 안으로 들어가서는 예복을 입고 왕관을 쓴 채로 옥좌 위에 앉아 잠들어 있는 왕을 보았습니다. 왕 옆에는 한 장교가 손에 파리채를 들고 서 있었습니다. 수도사는 그들을 찬찬히 살펴본 뒤 가까이 다가가서 왕의 시계와 장교의 파리채를 챙겨넣었습니다.

그러고 나서 그는 옆방으로 가서 옥좌에 앉아 있는 왕비를 보았습니다. 왕비 옆에는 한 여자가 파리채를 들고 서 있었습니다. 수도사는 왕비의 시계와 그 파리채도 챙겨넣었습니다.

그가 다음 방의 문을 여니 그곳에는 왕비와 닮은 공주인 것으로 보이는 한 소녀가 잠든 채 앉아 있었습니다. 그는 그녀의 시계와 파리채도 챙겨넣었습니다. 그 방을 나와서 또 다른 방으로 가니 먼젓번 소녀와 닮은 소녀가 잠들어 있었습니다. 그는 그녀의 시계와 파리채도 챙겨넣었습니다. 그 다음 방으로 가니 왕비와 닮은 또 다른 소녀 한 명이 있었습니다. 그런데 이 소녀가 얼마나 아름다웠는지 수도사는 그녀를 본 순간 그만 온몸이 얼어붙는 것 같은 느낌을 받았습니다. 온 방 안이 그녀의 아름다움 때문에 환하게 빛나고 있었습니다.

수도사는 아름다운 소녀를 아내로 삼고 싶었습니다. 수도사는 깊이 잠들어 있는 그녀에게 다가가서 그녀의 시계와 파리채와 수가 놓인 손수건을 집어 들었습니다. 그러고 나서 자기의 이름이 새겨진 반지를 소녀에게 끼워주고 소녀의 반지를 빼어 자기 손에 낀 후에 그녀의 두 뺨에 온 마음을 다 바쳐 정성스럽게 입을 맞췄습니다. 그러자 그녀의 뺨에서 장미꽃 두 송이가 떨어졌습니다. 그는 장미꽃들을 집어 들었습니다.

이렇게 수도사는 자기 혼자서 약혼식을 끝냈습니다. 그리고 소녀가 잠에서 깨어 반지를 보면 자기를 찾아올 것이라고 믿었습니다.

궁전 안을 모두 돌아본 후에 수도사는 밖으로 나와 말에 올라타고 길을 떠났습니다. 그리고 며칠 후에 맹수 괴물을 죽인 곳을 지나 괴물들의 궁전으로 다시 돌아왔습니다. 괴물들은 그를 보자 반가워하며 그동안 무엇을 했느냐고 물었습니다. 그가 맹수 괴물을 죽였다고 말하자 괴물들은 놀라며 그의 용감함에 감탄을 했습니다.

그는 그곳에서 하루를 머물고 다음 날이 되자 다른 괴물들이 사는 곳으로 갔습니다. 그곳에서도 그는 먼저와 같은 말을 하고는 다시 길을 떠나 자기를 형제로 삼은 괴물들이 있는 궁전으로 갔습니다. 그는 사흘 동안 그들과 함께 머물면서 어떻게 하면 괴물들이 알지 못하는 새에 살짝 도망갈 수 있을까를 곰곰이 궁리했습니다.

괴물들이 집을 비우는 시간인 정오쯤에 수도사는 혼자 남아 있던 어머니 괴물에게 집 안에만 있으니까 답답하니 바깥바람을 쐬고 오겠다고 말했습니다. 어머니 괴물은 그에게 나가도 좋다고 허락했습니다. 그는 말에 올라타고는 쏜살같이 달려 괴물들이 사는 곳으로부터 멀리멀리 달아났습니다. 그리고 이윽고 진흙이 있는 곳에 도착하자 천천히 가기 시작했습니다.

그러는 사이에 날이 어두워졌는데 수도사는 그만 한 번 들어가면 빠져나올 수 없는 수렁 속에 빠지고 말았습니다. 그가 수렁 밖으로 나오려고 몸부림을 치고 있는데 갑자기 가슴 속에 넣어두었던 장미 꽃 한 송이가 떨어지더니 그 즉시 진흙 구렁텅이는 사라지고 마른 땅으로 변했습니다. 그는 다시 말에게 채찍질을 하고 달리기 시작했습니다.

저녁이 되어 집으로 돌아온 괴물들은 어머니에게 막내가 나가더니 돌아오지 않는다는 말을 듣고는 그가 사람이었다는 것을 깨닫고 뒤를 쫓기 시작했습니다. 괴물들은 진흙이 있는 곳에 도착하기 전에 수도사를 잡기를 원했는데, 그들 역시 진흙탕은 건널 수 없기 때문이었습니다.

괴물들은 밤새도록 그를 추적하다 새벽이 되어 그의 뒤를 바짝 쫓을 수 있었습니다. 괴물들에게 잡힐 위기에 처한 수도사는 '남은 장미꽃도 던져보아야지! 혹시 살 수 있을지도 모르니까'라고 생각하면서 장미꽃을 던졌습니다. 그러자 질퍽질퍽한 진흙탕이 생겨났습니다. 이렇게 해서 그는 목숨을 구할 수 있었습니다.

그는 말을 달리고 달려서 드디어 형들과 함께 반지를 넣어둔 곳에 도착했습니다. 돌을 들어본 그는 자기 반지만 남아 있는 것을 보고 두 형들이 흙을 구하지 못하고 돌아온 것을 알았습니다. 수도사는 돌 밑에 있는 자기 반지를 다시 끼고 가까운 곳에 있는 도시로 가서 밤을 보냈습니다.

아침이 되자 그는 여관 주인에게 두 달 전에 이곳을 지나가는 두 젊은이를 보지 못했는지 물었습니다. 여관 주인이 대답했습니다.

"물론 보았지요. 그 두 사람은 저의 여관에 머물렀었습니다. 그들은 왕자처럼 보였는데 각자가 오십 명의 군인들을 거느리고 있었습니다. 그들은 너무 오래 이곳에 머물러 돈이 떨어지게 되자 군인들을 내쫓더니 나중에는 말과 갖고 있던 소지품들을 팔고는, 지금은 밥벌이를 하기 위해 한 사람은 빵집에 다른 한 사람은 식당에서 일하고 있답니다."

이 말을 들은 수도사는 조용히 일어나 빵집으로 가서 한 형을 만났고, 그 다음에는 식당으로 가서 다른 형을 만나 이렇게 말했습니다.

"형님들, 고향으로 돌아가려고 하니 좋은 말 두 필을 구해 보세요."

형들이 대답했습니다.

"우리들이 좋은 말 두 필이 있는 장소를 알긴 하지만 그 말들은 아주 비싸단다."

수도사가 말했습니다.

"괜찮습니다. 그렇게 좋은 말이면 사도록 하세요."

두 형들은 자기들이 전에 타던 말을 산 사람에게 가서 홍정을 하고는 말을 데려왔습니다. 수도사가 말 값을 치르고 형제들은 준비를 마친 후 다 같이 길을 떠났습니다.

길에서 두 형들은 수도사에게 어디서 흙을 구했느냐고 물었습니다. 그러나 수도사는 형들을 믿지 않았기 때문에 가짜 흙을 형들에게 주고는 진짜 흙이 담겨 있는 자루는 항상 몸에 지니고 다녔습니다.

그들은 두 달 동안 달려서는 드디어 고향에서 멀지 않은 곳에 도착했습니다. 그때 형들은 음모를 꾸며 수도사를 죽이기로 했습니다. 그들은 그곳에서 아주 가까운 데에 마른 우물이 하나 있는 것을 알았습니다. 그래서 두 사람 가운데 한 명이 먼저 가서 음식을 만들 불을 피우는 척하며 수도사의 양탄자를 우물 위에 펴놓아 수도사가 앉으면 그 우물 안으로 떨어지게 하자고 모의를 했습니다.

그들이 미리 계획했던 대로 한 사람이 먼저 가서 준비를 해놓았습니다. 나중에 도착한 수도사가 말에서 내려 자기 양탄자가 펼쳐 있는 곳으로 가서 앉자마자 그는 그만 우물 속으로 떨어지고 말았습니다.

동생을 우물 속에 빠뜨린 두 형은 말을 타고 고향으로 돌아갔습니다. 그들이 왕에게 흙을 구해왔다며 주자 왕은 기뻐하며 가져온 흙을 눈에 발랐습니다. 그러나 왕의 눈은 낫지 않았습니다. 왕은 의사들을 거짓말쟁이라고 비난했습니다.

두 형은 흙이 효험이 없는 것을 보고는 수도사가 자기들을 속였다는 사실을 깨달았습니다. 그러나 진실을 이야기해도 자기들에게 이로울 것이 없었으므로 입을 다물기로 했습니다. 왕비는 두 형에게 막냇동생이 어떻게 되었느냐고 물었지만 그들은 어디 있는지 알지 못한다고 대답했습니다.

한편, 우물 속으로 떨어진 수도사는 이틀 동안 하루 종일 소리를 질렀지만 아무도 그 소리를 듣지 못했습니다. 그는 아무것도 먹지 못했고, 우물에 떨어질 때 입은 상처로 얼굴은 엉망이 되어 있었습니다. 그런데 셋째 날 우연히 한 목동이 양떼를 데리고 우물 옆을 지나가게 되었습니다. 목동은 우물에서 들리는 소리에 놀라 그 안을 들여다보고 사람이 있는 것을 발견했습니다. 그는 허리띠를 풀어 아래로 던졌고 수도사는 그것을 잡고 위로 올라올 수 있었습니다.

위로 올라온 수도사는 목동에게 목숨을 구해준 은혜에 보답하는 선물을 주고 걸어서 밤중에 고향에 도착했습니다. 그는 몰래 궁전 안으로 숨어 들어가 왕비에게로 곧장 갔습니다. 왕비는 그를 보자 반가워하며 그에게 입을 맞추며 무슨 일이 있어 늦었느냐고 물었습니다. 그는 왕비에게 여행하는 동안 겪은 일을 다 이야기했지만, 어떻게 해서 흙을 가져오게 되었는가는 말하지 않았습니다. 왜냐하면 왕비 역시 여자이므로 혹시라도 다른 사람들에게 이야기할 가능성이 있다고 생각했기 때문입니다. 다만 수도사는 왕비에게 흙을 조금만 가지고 가서 왕의 눈에 발라보라고 간청했습니다.

왕비는 흙을 가지고 왕에게 갔습니다. 처음에 왕은 수도사나 그가 가져온 흙에 대해 한마디도 듣고 싶어하지 않았습니다. 그러나 왕비가 너무나 애원하는 바람에 왕은 마지못해 흙을 눈에 발랐습니다. 그러자 당장 병이 나아 왕은 세상을 보게 되었습니다.

그제야 왕은 수도사가 자기를 위해 좋은 일을 해주었다는 것을 믿게 되었습니다. 그러나 수도사의 두 형들은 왕의 눈이 나은 것을 보고는 왕에게 가서 수도사가 자기들의 진짜 흙을 훔쳐가고 가짜 흙을 자신들 주머니에 넣어놓은 것이라고 거짓 주장을 했습니다. 이 말을 정말이라고 믿은 왕은 화가 나서 수도사의 코빼기도 보려 들지 않았습니다.

수도사는 이 모든 것을 참고 견디면서 언젠가는 진실이 밝혀지리라 믿고 기다렸습니다.

이제 수도사와 다른 사람들은 잠시 놓아두고, 여섯 달 동안 잠자는 왕국으로 가보기로 합시다.

여섯 달이 지나자 그 고장 사람들은 잠에서 깨어 평소대로 일을 시작 했습니다. 그러나 잠이 깬 왕과 왕비와 공주들은 자기들의 시계와 파리채가 없어진 것을 알고는 누가 와서 그걸 가져갔을까 의아하게 생각했습니다. 왜냐하면 그곳 사람들은 외지인도 그곳에 오면 잠이 들 거라고 믿었기 때문입니다.

그 나라 사람 모두가 누가 그런 짓을 했을까 하고 궁금해했습니다. 그 가운데에서도 막내 공주는 자기 손가락에 다른 사람의 반지가 끼워져 있는 것을 보고 더욱 더 애를 태우며 그 사람을 찾고자 했습니다. 막내 공주는 삼나무 아래 흙이 파헤쳐진 것을 보고 이것이 아버지의 눈병을 고치기 위해 흙을 구하러 온 한 왕자가 한 일임을 알아챘습니다. 그래서 막내 공주는 아버지에게 그 왕자를 찾으러 가도록 허락해달라고 청했습니다.

그녀의 두 언니들도 그녀 편을 들며 같이 가겠다고 하자 왕은 할 수 없이 허락해주었습니다. 그리고 왕은 공주들을 돌볼 믿을 만한 두 사람과 공주를 보호할 군사 몇 명을 딸려 보내기로 했습니다. 그 이튿날 세 공주는 남장을 하고 길을 떠났습니다. 그들은 불도 타오르지 않고, 바람도 불지 않고, 괴물들도 없고 고통도 없는 길을 택해 떠났습니다.

그들은 여러 왕국을 돌아다니며 어떤 왕이 여섯 달 전쯤까지 장님이었지 물었지만 아무것도 알아낼 수 없었습니다. 그러다가 드디어 수도사가 사는 왕국에 도착하게 되었습니다. 그곳에서도 공주 일행은 똑같은 질문을 했고, 그곳 왕이 소경이 되었다가 왕의 아들들이 먼 곳에 있는 왕국에서 흙을 가져다가 왕의 눈을 낫게 했다는 것을 알아냈습니다.

그들은 그 궁전으로 가서 왕과 이야기하고 싶다고 말했습니다. 왕은 그녀들을 융숭하게 대접하고는 무엇을 바라느냐고 물었습니다. 그러자 막내 공주가 말을 시작했습니다.

"왕께서 눈병으로 고생하시다가 어떤 약을 써서 나으셨다는 소문을 들었습니다. 다름이 아니오라 저희 아버님께서도 역시 눈병이 나셨기 때문에 어디 가면 그 약을 구해올 수 있을까 물어보기 위해 저희들이 이곳에 온 것입니다."

그러자 왕이 말했습니다.

"그 약이라는 것은 다름 아니라 특별한 흙인데 내 자식들이 그것을 가져왔습니다. 그러나 그 흙이 어디 있는지 나는 모르니 그 애들을 불러 물어보기로 합시다."

왕은 즉시 두 왕자를 불러오라고 명령했습니다. 그들이 오자 왕은 어디에서 흙을 구해왔는지 물었습니다. 두 왕자는 삼거리까지는 어떤 길로 지나갔으며 무엇을 보았는지 자세히 이야기했지만, 그 다음부터는 그저 불이 타오르는 길과 바람이 부는 길을 지나 계속 걸어가서 흙을 가지고 돌아왔다고만 했습니다.

그러자 막내 공주가 말했습니다.

"저희는 그런 말만 가지고는 잘 알아들을 수 없습니다. 아마 두 분 왕자님은 직접 가시지 않으셨거나 아니면 사실을 이야기하고 싶지 않으신 모양입니다."

그제야 왕은 수도사를 기억해내고 그를 불러오라고 명령했습니다. 왕은 수도사에게 직접 흙을 어디서 가져왔냐고 물었습니다. 수도사는 방 안으로 들어오자마자 세 공주를 알아보고, 어떻게 해서 흙을 구해오게 되었는가와 두 형들이 자기를 우물 속에 빠뜨렸지만 목동의 도움으로 목숨을 구한 것 등을 자세히 이야기했습니다. 마지막으로 수도사는 시계와 파리채를 보여주면서 손님들에게 말했습니다.

"이 시계와 파리채는 당신들 아버님 것이고, 이것들은 어머님 것입니다. 그리고 당신들 세 분은 남자가 아니라 여자들입니다. 이 시계와 파리채는 당신 것이니 큰 공주님께 드리겠어요. 그리고 이것들은 둘째 공주님 것이니 둘째 공주님께 드리지요. 끝으로 이것들은 막내 공주님 것이니 되돌려 드릴게요. 그리고 막내 공주님이 끼고 있는 반지는 제 것이고, 지금 제가 끼고 있는 반지는 막내 공주님 겁니다. 그리고 이 손수건도 막내 공주님 것이지요."

그러자 막내 공주가 왕에게 말했습니다.

"바로 이분이 흙이 있는 나라까지 갔다 오신 분입니다. 저는 바로 그 나라 왕의 딸이며 제 옆에 있는 두 사람은 제 언니들입니다. 저는 지금까지 제 손가락에 반지를 끼워놓은 분을 찾기 위해 이곳저곳을 돌아다녔습니다. 이제 임금님의 아드님이 그분인 것을 알았으니 그를 제 남편으로 삼았으면 합니다. 그러니 임금님께서는 제발 이분과 저의 결혼을 허락해주셨으면 합니다."

그러자 왕이 수도사에게 공주를 아내로 맞고 싶으냐고 물었습니다. 수도사는 그러기를 원한다고 대답했습니다. 왕이 당장 잔치를 준비하라고 명령하자 큰 잔치가 벌어졌습니다. 그때부터 왕은 수도사를 자기 눈동자처럼 귀여워했습니다. 왕은 또한 수도사에게 못된 짓만 하고 거짓말만 한 두 왕자들을 감옥에 집어넣고 처형하리라 마음먹었습니다. 그러나 수도사는 두 형님들을 용서해달라고 애원했습니다. 왕은 그의 간청을 들어주어 두 왕자를 감옥에서 풀어주라고 명령했습니다.

그 후에 왕은 수도사에게 왕위를 넘겨주라는 유언을 했습니다. 그리하여 수도사의 왕위 즉위식이 한 달 동안이나 축제처럼 계속되었다 합니다. ◀◀◀◀

성당과 꾀꼬리

옛날 옛적에 마음씨 고운 한 부자가 자신의 영혼의 구원을 위해 성당을 세우기로 했습니다. 그래서 그는 아주 크고 아름다운 성당을 지었습니다. 성당이 완성되자, 성당을 구경 간 사람들은 모두 그 아름다움과 웅장함에 경탄을 아끼지 않았습니다. 한 사람이 부자에게 가서 이렇게 말했습니다.

"당신이 지은 성당은 정말 아름답습니다. 그러나 꾀꼬리를 한 마리 구해다가 찬양대를 돕도록 했으면 더 좋았을 그랬습니다. 그렇게 되면 이 세상에 둘도 없는 성당이 될 것입니다."

이 말을 들은 부자는 꾀꼬리를 갖고 싶었습니다. 그래서 꾀꼬리를 가져오는 사람에게는 원하는 만큼의 돈을 지불하겠다고 말했습니다. 많은 사람들이 꾀꼬리를 찾으러 가고 싶었지만 아무도 꾀꼬리가 어디 있는지 알지 못했습니다. 그런데 부자가 사는 동네에는 아들 셋을 가진 가난한 한 아버지가 살고 있었습니다. 아버지가 아들들에게 말했습니다.

"얘들아 너희들도 꾀꼬리를 찾으러 가거라. 집에서부터 삼거리가 있는 곳까지는 다 같이 가다가 삼거리에 도착하면 흩어져서 각자가 다른 길을 선택해라. 그리고 가는 곳마다 꾀꼬리라는 새에 대해 물어보고 누군가 아는 사람이 나타날 때까지 계속 걸어가거라. 그렇게 해서 새를 구하게 되면 가져와서 돈을 타자꾸나."

"좋은 생각이십니다, 아버지."

아들들이 대답했습니다.

다음 날이 되자, 세 아들은 준비를 마치고 길을 떠났습니다. 그들은 삼거리에 도착하자 몹시 피곤했기 때문에 잠깐 앉아 휴식을 취했습니다. 그때 큰아들이 말했습니다.

"얘들아, 나는 더 이상 가지 않겠다. 무엇 때문에 이 고생을 해야 한단 말이냐? 나는 빵집으로 가서 일을 구해 빵이나 실컷 먹고 있겠다."

그러자 둘째도 말했습니다.

"나도 가지 않겠어. 음식점에 취직해서 먹고 마시기나 하겠어."

막내는 이렇게 말했습니다.

"형님들, 아버님께서 말씀하신 것이니 저는 끝까지 새를 찾아보겠습니다. 묻고 또 물으면서 가다보면 언젠가는 찾게 되겠죠. 그럼 안녕히들 계세요!"

막내아들은 형님들과 헤어져 걷고 또 걸었습니다. 해가 질 무렵에 그는 바위와 절벽이 많은 곳에 도착했습니다. 그 근처에 동굴이 있는 것을 발견하고 이렇게 생각했습니다.

'이 동굴에 들어가서 밤을 보내고 아침에 다시 길을 떠나야지.'

그런데 동굴 속에는 긴 눈썹이 눈을 완전히 가려 앞을 보지 못하는 괴물이 있었습니다. 막내아들은 괴물을 보자 무서워서 달아나려고 했습니다. 그러나 괴물이 앞을 보지 못하는 것을 깨닫고 동굴 속에 남아 있기로 했습니다. 밖은 이미 어두워졌고 동굴을 나간다 해도 갈 곳이 없었기 때문이었습니다. 그래서 그는 이렇게 생각했습니다.

'움직이지 않고 쪼그리고 한구석에 앉아 있으면 괴물은 내가 여기 있는지 알지 못할 거야. 그리고 아침이 되면 살짝 빠져나가야지.'

그런데 그가 막 한구석에 앉으려는데 동굴이 떠나갈 듯한 큰 으르렁 소리가 들렸습니다. 그래서 막내아들은 얼른 일어나 괴물에게로 다가가서 이렇게 말했습니다.

"아버지, 왜 그러세요?"

"너는 도대체 누구이고 또 어떻게 이곳에 와 있느냐?"

괴물이 물었습니다.

"아버지가 지금 막 저를 낳으셨어요! 아버지 배에서 나온 공기와 함께 제가 세상에 태어났지요."

막내아들이 대답했습니다. 그러자 괴물은 그의 말을 정말로 믿고 매우 기뻐했습니다.

"얘야, 나는 불행하게도 앞을 보지 못하니까 이리 가까이 오너라. 너 좀 만져보자꾸나."

막내아들이 괴물에게 다가가자 괴물은 막내아들을 만지고 귀여워하며 자기 곁에 있게 했습니다. 그리고 동굴 속에 있는 방들의 열쇠도 내주었습니다. 그래서 막내아들은 이 열쇠를 가지고 괴물의 궁전 이곳저곳을 자기 마음대로 돌아다녔습니다.

이제 막내아들은 괴물의 모든 재산을 자기 손에 쥐게 되었습니다. 게다가 괴물은 막내아들을 자기 친자식인 줄 알았기 때문에 그를 몹시 사랑했습니다. 막내아들 또한 괴물을 극진하게 돌보았습니다. 그는 괴물의 길게 자란 눈썹을 잘라주고 그 눈을 씻어주었습니다. 이렇게 해서 괴물은 오랫동안 보지 못하던 해를 볼 수 있게 되었습니다.

막내아들은 괴물을 친아버지처럼 모셨습니다. 그러나 마음속으로는 자기의 친아버지와 그의 부탁 또한 잊지 않고 있었습니다. 어느 날 막내아들이 괴물에게 물었습니다.

"아버지 혹시 아름답게 지저귀는 꾀꼬리라는 새에 대해

들어보신 적이 있나요? 어디 있는지 알면 가서 잡아왔으면 좋겠어요. 이곳에 놓고 지저귀는 것을 보면 심심하지 않을 거예요."

괴물이 말했습니다.

"내 목에 걸려 있는 이 금열쇠를 받아라. 그리고 맨 꼭대기에 있는 방을 열고 들어가면 날개가 달린 흰말이 있을 테니 그 말에게 가고 싶은 곳을 이야기해라. 어디든지 데려다 줄 거다."

막내아들은 열쇠를 받아 들고 꼭대기 방으로 올라가서 흰말을 찾아냈습니다. 그가 흰말에게 꾀꼬리가 있는 곳으로 가고 싶다고 하자 흰말은 그에게 이렇게 말했습니다.

"제 등에 올라타세요. 그러면 제가 그곳에 데려다드리겠어요. 해 뒤에 있는 저기 저 산이 보이죠? 바로 저곳이 우리가 가려는 곳이에요. 다만 주의해야 할 것은 저 산이 열리는 시간에 그곳을 재빨리 통과해서 바위가 다시 닫히기 전에 빠져나가야 합니다. 그러나 염려 마세요. 제가 다 알아서 할 테니까요."

그들은 길을 떠났습니다. 말은 산이 열리는 시간을 기다렸다가 산을 건넜습니다. 산 건너편에는 온통 금으로 된 궁전 하나가 있었습니다. 막내아들은 궁전 문 앞에 도착하자 말에서 내려 정원 안으로 들어갔습니다. 정원에는 온갖 꽃들이 피어 향기를 뿜고 있었고 온갖 새들이 아름답게 노래를 부르고 있었습니다. 막내아들은 이 성의 주인인 괴물이 깨어나서 자기를 잡아먹기 전에 꾀꼬리라는 새를 찾아 바삐 떠나려고 이곳저곳 돌아다니며 찾아보았습니다.

그러다가 황금으로 된 잎이 달린 레몬나무 아래에 한 소녀가 누워 있고, 꾀꼬리 한 마리가 그녀의 앞치마 위에 앉아 소녀를 잠재우려고 자장가를 부르고 있는 것을 보았습니다. 막내아들은 소리 없이 살금살금 다가가서 소녀의 앞치마를 풀어 그 앞치마 속에 새를 잡아넣은 채 밖으로 나와 말 위에 올라탔습니다. 말은 쏜살같이 달려 산에 도착했습니다. 그들 뒤로는 괴물과 소녀(소녀는 괴물의 딸이었습니다)와 요정과 다른 괴상한 것들이 바람처럼 달려와 그의 뒤를 바짝 쫓아왔습니다.

그는 괴물과 괴상한 것들이 자기 뒤를 쫓아오는 것을 보고는, 두려움에 벌벌 떨면서 하느님과 성 요르고스 성인에게 구해달라고 기도를 드렸습니다. 하느님과 그의 아버지의 기도[*]가 그를 도와 그들이 산에 도착했을 때에는 마침 산이 열려 있어서 그곳을 무사히 지날 수 있었습니다. 그의 뒤를 쫓아오던 귀신들과 괴물들도 산을 지나기 위해 산이 열리는

---

[*] 여기에 갑작스레 수도사의 '아버지의 기도'가 언급되는 것은 엉뚱하다.

속으로 들어갔습니다. 그러나 산이 닫히면서 그들은 그 안에 갇히고 말았습니다.

막내아들은 말에게 형님들과 헤어진 삼거리까지 데려다 달라고 말했습니다. 삼거리에 도착해 그는 말에서 내려 말을 쓰다듬어주고 감사를 한 후에 말을 괴물에게 돌려보냈습니다. 그는 그곳에 앉아 잠시 쉬면서 빵으로 배를 채우고 또 꾀꼬리가 죽지 않도록 꾀꼬리에게도 물을 주었습니다.

그러다가 저쪽에서 음식을 먹고 있는 자기를 부러운 눈으로 쳐다보고 있는 더러운 누더기를 걸친 거지 두 명을 보았습니다. 그는 그 거지들이 불쌍한 생각이 들어 음식을 나눠주기 위해 그들을 불렀습니다. 거지들이 가까이 왔을 때 그는 그들이 형들인 것을 알았습니다. 그의 형들은 일을 구하지 못하고 배를 주리며 구걸이나 하고 다녔던 것입니다.

그는 형들에게 먹을 것을 주고 돈도 주었습니다. 그리고 세 형제는 아버지가 계신 집으로 가기 위해 함께 길을 떠났습니다.

막내아들은 형들에게 지나간 일에 대해 걱정하지 말라고 말하며 자기에게는 지금도 네 식구가 살기에 충분한 돈이 있을뿐더러 꾀꼬리를 성당에 가져다주면 또 많은 돈을 상금으로 받을 것이니 모두 행복하게 지낼 수 있을 거라고 말했습니다. 그러나 두 형은 막내가 꾀꼬리를 갖고 있는 것을 알자, 질투심을 느껴 막내를 죽이고 자기들이 새를 차지하기로 음모를 꾸몄습니다.

그들이 가던 길에 우물이 하나 있었습니다. 우물에 도착하자 큰아들이 이렇게 말했습니다.

"우리 여기서 물을 좀 마실까?"

"그런데 어떻게 물을 마시지?"

둘째 아들이 말했습니다.

"줄을 타고 한 사람씩 내려가서 물을 마시기로 하자."

"그게 좋겠군."

둘째가 말했습니다.

우선 첫째가 제일 먼저 물을 마시기로 했습니다. 둘째와 막내는 첫째를 줄에 매어 우물로 내려보냈습니다. 그가 물을 마시자 그들은 첫째를 위로 끌어올렸습니다. 둘째도 이와 같은 방법으로 물을 마셨습니다. 막내아들의 차례가 되자 첫째와 둘째 아들은 그를 우물로 내려보냈습니다만 그를 위로 끌어올려주지 않고 오히려 우물 위에 널빤지를 올려 막아놓고는 꾀꼬리를 가지고 달아났습니다.

그러나 하느님은 무심하지 않았습니다! 잠시 후에 목동이 양들의 목을 축여주기 위해 우물로 왔던 것입니다. 목동은 우물에서 무슨 소리가 나는 것을 듣고 우물 속을 들여다보았습니다. 그리고 사람이 그 속에 있는 것을 발견하고는 줄을 던져 위로 끌어올렸습니다.

한편 두 형은 고향에 도착하자 부자에게 꾀꼬리를 가져다주고 많은 돈을 받았습니다. 그리고 이 돈으로 흥청거리며 방탕한 생활을 했습니다. '거짓말쟁이와 도둑은 첫 번째 해는 잘 지낸다'라는 속담처럼 말이지요.

막내아들은 우물에서 나오자 목동에게 감사한 후 고향으로 돌아갔습니다. 그는 아버지에게 형들이 한 짓을 고해바치면서 새를 찾은 것은 바로 자기라고 말했습니다. 두 형은 그가 거짓말을 한다며 펄펄 뛰었습니다. 그러나 막내아들은 괴물 소녀가 입고 있던 앞치마를 가지고 있었습니다. 그래서 앞치마를 꺼내어 새 앞에 펼쳐놓았습니다. 그때까지 전혀 입을 열지 않던 꾀꼬리는 앞치마를 보자 그 위로 날아가 앉아서는 예전 습관대로 노래를 부르기 시작했습니다.

이로써 모든 사람들은 두 형이 거짓말을 했고, 꾀꼬리를 찾아낸 사람은 바로 막내아들이라는 것을 알게 되었습니다. 사람들은 형들에게 준 돈을 빼앗아 막내에게 주고는 두 형을 감옥에 집어넣었습니다. 그러나 막내는 두 형이 처벌 받는 것을 원치 않았습니다. 게다가 아버지를 보아서 그들을 용서해주었습니다. 형들도 그제야 자기들의 잘못을 뉘우쳤고, 그 후로 그들은 모두 행복하게 살았습니다. 🌾

어미 새와 새끼 새

　옛날 옛적에 한 노인이 살았는데, 그에게는 두 아들이 있었습니다. 아들들이 장성하자 노인은 그들을 결혼시키고 살림을 내보내면서 가지고 있던 재산을 다 나누어주고 자기 몫으로는 밭 한 마지기만 남겨놓았습니다.

　노인은 일할 수 있는 동안 온 힘을 다해 열심히 일했습니다. 여름이 되면 밭을 갈았고, 겨울이 되면 씨를 뿌려 밭에서 나오는 곡식으로 일 년 양식을 농사지었습니다. 그러나 나이가 들어 더 이상 일을 못 하게 되자 노인은 이웃사람을 불러 이렇게 말했습니다.

　"내가 가지고 있는 밭을 자네에게 줄 터이니, 씨를 뿌리고 거두어들이는 수확의 반을 나에게 주겠는가?"

　"그렇게 하지요."

　이웃사람은 이렇게 대답하고 노인의 밭을 가졌습니다.

　이웃사람에게는 당나귀와 염소와 돼지 한 마리가 있었습

니다. 노인에게서 밭을 받은 후 이웃 사람은 그 밭에 자기 가축들을 묶어놓고 풀을 뜯게 했습니다.

그런데 어느 날 노인의 아들들이 밭을 지나가다가 아버지 밭에 이웃집 당나귀와 염소와 돼지가 있는 것을 보았습니다. 그것을 보고 아들들은 이렇게 이야기했습니다.

"아하, 아버지께서 밭을 우리에게는 안 주시고 엉뚱한 사람에게 주셨구나!"

저녁이 되자 그들은 노인에게 가서 밭을 자기들에게 달라고 졸랐습니다. 그러자 노인이 말했습니다.

"좋다, 너희들에게 밭을 주겠다. 그러나 먼저 검은 새 한 마리를 둥지째 가져오너라. 그러면 밭을 주겠다."

두 아들들은 검은 새를 찾으러 나섰습니다. 그들은 한참을 헤맨 끝에 검은 새와 둥지를 발견하고는 노인에게 가져왔습니다. 그러자 노인이 말했습니다.

"가서 새장을 하나 만들어오너라."

두 아들은 새장을 만들어 노인에게 가지고 왔습니다.

노인은 새장 속에 새끼들만 넣고 어미 새는 날려 보낸 후 새장을 창가에 걸었습니다. 어미 새는 새끼 새들을 불쌍하게 여기고 아침저녁으로 먹이를 날라다 주었습니다. 새끼 새들은 어미 새가 날라다 주는 음식을 먹고 자랐습니다. 그러자 노인은 이번에는 어미 새를 붙잡아 새장 속에 넣고는 새끼 새들을 날려 보냈습니다. 새끼 새들은 새장 밖으로 나가자 뒤도 돌아보지 않고 훨훨 날아갔습니다.

어느 새끼 새가 어미에게 먹이를 날라다 줄까요?

하루가 지나고 이틀이 지나고 사흘이 지났지만, 새끼 새들은 어미 새에게 먹이를 가져다주지 않았습니다. 그렇게 어미 새는 끝내 굶어 죽었습니다.

그날 저녁이 되자 두 아들들이 노인에게 왔습니다.

"아버지, 아버지께서 명령하신 대로 저희가 다 했으니, 이제는 밭을 주세요."

그러자 노인이 말했습니다.

"너희들은 가서 검은 새에게 무슨 일이 일어났는지 보아라. 너희들도 나에게 똑같이 행동할 것이다. 어서 떠나거라. 밭은 절대로 너희들에게 줄 수 없다."

세상에 알려지지 않을 비밀은 없다

옛날 옛적에 한 왕이 살았는데 그 왕의 머리에는 뿔이 하나 달려 있었습니다. 왕은 다른 사람들에게 이 뿔이 보이지 않도록 교묘하게 숨길 수 있었지만 이발사에게만은 감출 수가 없었습니다. 그래서 왕은 이발을 할 때마다 만약 이 사실을 누구에겐가 누설하면 당장 목을 베겠노라고 이발사를 위협했습니다. 이렇게 해서 이발사 이외에는 왕의 비밀을 아는 사람은 아무도 없었습니다.

세월이 지남에 따라 이발사는 점점 이 비밀을 가슴에 혼자 지닐 수 없게 되었으며, 누구에겐가 말하지 않으면 몸살이 날 지경이 되었습니다. 그러나 말하면 당장 목숨이 날아갈 것이기 때문에 혼자 애를 태우다가 어느 날은 우물에 가서 큰 소리로 "임금님의 머리에는 뿔이 달려 있다네" 하고 외쳤습니다.

얼마 후에 우물물이 말라버렸고 그곳에서 대나무 하나가

솟아났습니다. 대나무는 쑥쑥 자랐고 어느 날 그곳을 지나던 목동이 대나무를 보고는 꺾어 피리를 만들었습니다. 목동은 피리를 불었습니다. 그러자 피리에서 '필리리아 필리리, 임금님의 머리에는 뿔이 달려 있다네'라는 소리가 흘러나왔습니다.

이 소리를 한 사람이 듣고, 두 사람이 듣고 하여, 마침내온 백성이 이 사실을 알아버렸습니다. 그리고 이 소문은 왕의 귀에까지 들어갔습니다.

왕은 이발사를 불러 물었습니다.

"너는 어디다 대고 이 말을 했느냐?"

그러자 이발사는 맹세코 자기는 아무에게도 그 말을 하지 않았으며, 다만 참을 수가 없어서 어느 날 우물로 가서 우물 속을 향해 말했다고 했습니다.

왕은 목동을 불러서 물어보았습니다. 그러자 목동은 우물에서 솟아난 대나무로 피리를 만들었는데 그 피리에서 '임금님의 머리에는 뿔이 달려 있다네' 하는 소리가 났다고 말했습니다.

이렇게 하여 세상에는 알려지지 않을 비밀은 없다는 사실이 밝혀졌습니다. ◀◀◀

훌륭한 세 가지 충고

옛날 옛적에 야니스라고 불리는 한 가난한 사람이 부인과 열 살 먹은 아들과 함께 살고 있었습니다. 그는 매일 아침부터 저녁까지 허리가 부러지도록 일을 했지만 식구들이 겨우 입에 풀칠 할 정도의 돈밖에 벌지 못했습니다. 그래서 그는 어느 날 자기 아내에게 말했습니다.

"여보, 도저히 이렇게는 살 수가 없을 것 같소. 당신도 알다시피, 나는 아침부터 저녁까지 개처럼 일을 해도 남는 것이 하나도 없소. 차라리 고향을 떠나 도시에 나가서 좋은 일자리를 구한 후 집으로 돈을 보내겠으니, 당신은 아이를 잘 키우면서 기다리구려."

"당신 뜻대로 하세요. 다만 저희들을 잊지 마시고, 버시는 대로 돈을 부쳐주면 저축을 해놓겠어요."

이렇게 해서 야니스는 고향을 떠나 콘스탄티누폴리스로 갔습니다. 하지만 워낙 배운 기술이 없는 그는 좋은 일자리를 구하지 못하고 어떤 부잣집에서 종살이를 하게 되었습니다. 그런데 야니스가 종으로 일하는 집주인은 몇 년 동안 야니스에게 일전 한 푼 주지 않았습니다. 다만 주인마님이 때때로 야니스에게 몇 드라크마씩 주었을 뿐이었으며, 야니스는 이 돈을 고향에 있는 아내에게 보냈습니다.

그러는 동안 십 년이란 세월이 흘렀습니다. 타향 생활이 지겨워진 야니스는 그리운 처자식이 있는 고향에 돌아가고자 했습니다. 그는 자기 물건을 다 챙긴 후에 주인에게 그동안 밀린 월급을 지불해달라고 부탁했습니다. 그러자 주인은 달랑 3드라크마를 내주면서 이렇게 말했습니다.

"여보게, 이 3드라크마를 받게. 자네가 십 년 동안 나를 위해 해준 일은 3드라크마의 가치밖에 없었다네. 잘 가게나."

3드라크마를 받은 야니스는 너무 적은 액수에 기가 막히고 억울해서 한숨이 나왔지만 아무 말도 하지 않고 주인에게 인사를 한 후 고향을 향해 떠났습니다. 하지만 그가 채 몇 발자국 가기도 전에 주인이 그를 불러서는 말했습니다.

"여보게, 1드라크마를 나에게 주면 내가 자네에게 충고를 해주겠네."

"주인님, 그렇지만……."

주인이 소리쳤습니다.

"잔말 말고 1드라크마를 달라니까."

야니스는 할 수 없이 1드라크마를 주었습니다. 그러자 주인이 말했습니다.

"자네와 상관이 없는 일이면 절대로 묻지 말게."

"잘 알겠습니다."

야니스는 이렇게 대답하고 길을 떠나려 했습니다. 그러나 그가 대문을 나서기도 전에 주인이 다시 그를 불렀습니다.

"이리 좀 와보게! 또 1드라크마를 주게. 그러면 자네에게 다른 충고 하나를 더 해주겠네."

야니스는 주인에게 또 1드라크마를 주었습니다. 그러자 주인이 말했습니다.

"절대로 가는 길에서 옆으로 벗어나면 안 되네."

야니스는 다시 길을 떠나면서 '1드라크마 가지고 어떻게 하란 말이냐? 십 년씩이나 타향에서 일을 한 후에 1드라크마를 가지고 무슨 낯으로 집에 돌아가나' 하고 생각했습니다.

야니스가 주인집에서 채 얼마 멀어지기도 전에 주인이 세 번째로 그를 다시 불렀습니다.

"마지막 남은 1드라크마를 나에게 주게. 그러면 자네에게 또 다른 충고 하나를 더 해주겠네."

주인은 마지막 1드라크마마저 받아넣고는 이러게 말했습니다.

"오늘 저녁에 아무리 화가 나더라도 내일 아침까지 꾹 참고 견디게."

이렇게 하여 야니스는 돈 한 푼도 없이 처절한 심정으로
고향을 향해 갔습니다. 그는 길을 가다가 나무 위에서 한 흑
인이 나뭇잎에 금화를 붙이고 있는 것을 보고 이상하게 생
각했지만, 주인의 첫 번째 충고를 기억하고는 아무 말도 하
지 않고 곧장 걸어갔습니다. 그러자 흑인이 소리를 질렀습
니다.

"잠깐 거기 멈추게!"

야니스는 겁이 나서 멈췄습니다. 그때 흑인이 이렇게 말
했습니다.

"나는 지금까지 백 년 동안이나 이 나무 위에 앉아 자네
가 방금 본 일을 하고 있었네. 그동안 수많은 사람들이 이곳
을 지나가다가 모두들 멈춰 서서 나에게 무엇 때문에 금화
를 나뭇잎에 붙이느냐고 물었다네. 그래서 나는 그들 모두
를 잡아먹었지. 그런데 자네만은 묻지 않고 곧장 길을 걸어
갔네. 정말 잘했네. 그 보답으로 이 금화를 전부 받게."

야니스는 금화를 받아 주머니에 넣고는 기쁜 마음이 되
어 계속 걸어갔습니다. 그는 길에서 내내 이렇게 생각했습
니다.

'정말이지 주인님의 첫 번째 충고는 1드라크마 이상의 가
치가 있었어! 암, 그렇고말고!'

사흘 후에 야니스는 짐을 실은 서른 마리 가량의 노새를 몰고 있는 노새꾼들을 만났습니다. 노새꾼들도 그와 같은 방향으로 길을 가고 있었습니다. 야니스는 피곤했기 때문에 잠시 노새 위에 앉아 가게 해달라고 그들에게 부탁했습니다. 그렇게 그들은 모두 함께 길을 갔습니다.

　잠시 후에 그들은 한 주막에 도착했습니다. 노새꾼들은 술을 마시기 위해 안으로 들어가면서 야니스에게도 안으로 들어오라고 말했습니다. 그러나 야니스는 길에서 절대 벗어나지 말라는 주인의 두 번째 충고를 기억하고는 안으로 들어가지 않았습니다.

　그는 밖에 앉아서 노새를 돌보았습니다. 그런데 노새꾼들이 주막에서 술을 마시고 있을 때 갑자기 지진이 일어나더니 주막이 무너져서 안에 있던 모든 사람들이 깔려 죽고 말았습니다. 야니스는 지진 때문에 무척 겁이 났지만 아무런 해도 당하지 않았습니다. 그는 성호를 그으며 이렇게 생각했습니다.

　'주인님의 두 번째 충고도 1드라크마 이상의 가치가 충분히 있었어.'

　그는 짐을 싣고 있는 노새들을 이끌고 집으로 향했습니다. 며칠 후에 고향에 도착한 그는 노새들을 데리고 집으로 곧장 갔습니다. 그가 문을 두드리자 그의 아내가 나와서 문을 열어주었지만, 그의 아내는 그를 알아보지 못했습니다. 야니스는 자기가 누구인지 알리지 않고 다만 마당에서 노새와 함께 하룻밤만 지내게 해달라고 부탁했습니다. 그러자 그의 아내가 말했습니다.

"당신께서 집 안에서 주무시고 싶다고 말했더라면 저는 당신을 받아들이지 않았을 거예요. 그러나 마당에서라면 노새와 함께 하루 저녁을 지내실 수 있게 해드리죠. 저기 멍석도 있으니까 원하시면 깔고 주무세요."

잠시 후 야니스가 노새들을 살펴보고 있는데, 한 남자가 그의 앞을 지나 집 안으로 들어갔습니다.

"마누라가 새로 결혼을 한 모양이로군. 그리고 나를 영 잊어버린 모양이지!"

야니스는 너무 화가 나서 총을 들고 들어가 아내와 그 남자를 죽이려고 했습니다. 그러나 '오늘 저녁의 화를 내일 아침까지 참으라'는 주인의 세 번째 충고를 생각해내고는 총을 내려놓고 잠을 청했습니다. 그러나 그는 밤새도록 한숨도 잘 수가 없었습니다.

아침이 되자 야니스는 노새들에게 먹이를 주러 갔습니다. 집안 식구들도 이미 일어나 있었습니다. 그때 야니스는 어제 저녁에 집으로 들어갔던 남자가 아내에게 이렇게 말하는 소리를 들었습니다.

"어머니, 다녀오겠습니다. 점심때는 콩을 보낼 테니까 맛
있게 요리해놓으세요."

그제서야 야니스는 하마터면 아들을 죽일 뻔한 것을 깨
닫고, 두 손으로 자기 머리를 치면서 집 안으로 달려가 아내
와 아들에게 자기가 누구임을 밝혔습니다. 그들은 서로 얼
싸안고 기뻐하며 입을 맞췄습니다. 그리고 그들은 노새 위
에 실린 물건들과 그가 가져온 금화로 남은 여생을 행복하
게 살았습니다. ⫷⫸

사십 켤레의 가죽 나막신*을 망가뜨린 악마

옛날 옛적에 한 도둑놈이 길을 가다가 악마 하나를 만났습니다. 악마가 도둑에게 물었습니다.

"어디 가는가?"

"일을 찾으러 가는 중이네. 나는 가난뱅이거든."

"우리 둘이 친구할까? 그러면 내가 너를 부자로 만들어주겠네. 네가 잘할 수 있는 일이 무언가?"

악마가 물었습니다.

"내 일은 훔치는 거라네."

도둑놈이 말했습니다.

"자넨 정말 최고의 일을 하고 있는 걸세. 나는 악마인데 이제 내가 자네를 도와주겠네. 앞으로는 아무도 자네를 붙잡을 수 없을 거야."

---

* 나무로 만든 나막신에 가죽을 입힌 그리스 전통 신발

도둑놈은 사십 년 동안 도둑질을 했고, 사십 년이 지난 어느 날 붙잡혔습니다. 사람들은 그를 감옥에 가두고는 교수형에 처하기로 했습니다. 형 집행 일이 되어 사람들은 그를 목매달기 위해 교수대에 올려놓고 목에 올가미를 걸었습니다. 그때 악마가 와서 그의 등에 올라타서는 그를 짓누르며 말했습니다.

"친구여, 두려워 말게. 옆을 보게나. 뭐가 보이나?"

"낡은 가죽 나막신을 가득 실은 당나귀가 보이네."

"내가 더 이상 저 가죽 나막신 사십 켤레를 다 들고 다닐 수가 없다네. 사십 년 동안 자네를 쫓느라고 저 신발들이 다 닳아 망가졌다네. 이제야 자네를 교수형에 처할 수 있게 되었구먼!"

그러고는 단번에 밧줄을 잡아당겼습니다. 도둑놈은 그 자리에서 밧줄에 대롱대롱 매달린 채 죽었습니다. ◀◀◀◀

세상에서 가장 뼈 있는 이야기

우화

아이와 물고기

옛날 옛적에 가난한 할아버지와 할머니 부부가 살았는데 그들에게는 자식이 하나 있었습니다. 그들은 몹시 가난했습니다. 어부였던 할아버지는 물고기를 잡아서 식구들을 먹여 살렸고 또 아들을 공부시켰습니다.

어느 날 할아버지가 병이 들어 그만 죽고 말았습니다. 그러자 아이가 공부를 그만두고 어머니에게 말했습니다.

"어머니, 저도 이제부터 아버지의 기술을 배우겠어요."

"애야, 넌 공부를 계속해야 한다. 나는 네가 어부가 되는 걸 원하지 않는단다."

"아니에요, 어머니. 저는 꼭 아버지의 기술을 배우겠으니 아버지가 쓰시던 낚시 도구나 챙겨주세요."

아이의 어머니는 할 수 없이 낚시 도구들을 찾아주었습니다. 아이는 그것을 받자마자 바다로 나갔습니다, 바다에 도착해 아이는 낚싯대를 꺼내 낚싯바늘에 미끼를 끼운 다음 바다에 던졌습니다. 잠시 후에 고기 한 마리가 미끼를 물었습니다. 아이가 낚싯대를 잡아채자 고기가 걸려 나왔습니다. 그러자 물고기가 이렇게 말했습니다.

"잘 생각해보세요. 저는 이렇게 몸이 조그맣고 온통 뼈뿐인데 잡아먹어봤자 간에 기별이나 가겠어요? 그러니 지금 저를 놓아주셨다가 제가 큰 물고기로 자라면 와서 잡아가세요."

"이렇게 넓은 바다에서 너를 어떻게 찾을 수 있겠니?"

"제 이름을 부르세요."

"네 이름이 뭔데?"

"제 이름은 '생각'이라고 해요."

아이는 물고기를 바닷속에 놓아주었습니다. 그리고 다시 낚싯바늘에 미끼를 끼워 바닷속에 던졌습니다.

조금 후에 아이는 다시 먼젓번 그 물고기를 잡았습니다. 물고기가 이렇게 말했습니다.

"잘 생각해보세요. 저는 이렇게 조그맣고 온통 뼈뿐인데 저를 잡아먹어봤자 간에 기별이나 가겠어요? 그러니 지금 놓아주셨다가 제가 큰 물고기로 자라면 와서 잡아가세요."

"안 돼, 너는 놓아줄 수 없다. 왜냐하면 조금 전에도 너 만한 물고기를 잡았다가 놓아주었기 때문이란다."

"저를 놓아주셨다가 제가 큰 물고기로 자라면 와서 잡아가세요."

"이 넓은 바다에서 너를 어떻게 찾아낼 수 있단 말이냐?"

"제 이름을 부르세요."

"네 이름이 뭔데?"

"제 이름은 '지혜'라고 해요. 제 이름을 부르시면 금방 나타나겠습니다."

아이는 물고기를 놓아주었습니다. 아이가 자리를 약간 옮겨 다시 낚싯대를 던졌더니 또다시 아까 그 물고기가 잡혔습니다. 그래서 아이는 이렇게 말했습니다.

"잘 잡혔다 이놈아! 이제 이놈은 집으로 가져가서 어머니에게 튀겨달라고 해야지."

그러자 그 물고기가 아이에게 말했습니다.

"이렇게 작은 나를 어머니에게 가져가시겠어요? 저를 지금 놓아주셨다가 여드레 후에 오셔서 잡아가세요."

"그러면 너를 어디서 다시 찾아낼 수 있단 말이냐?"

"제 이름을 부르세요. 저는 '꼬챙이'라고 부른답니다."

아이는 이번에도 또 물고기를 놓아주었습니다. 그러는 사이에 날이 저물었고 아이는 낚싯대를 걷어들고 즐거워하며 집으로 돌아갔습니다.

"어머니, 다녀왔습니다."

"어서 오너라. 그런데 물고기는 어디 있니?"

"제가 오늘 물고기 세 마리를 잡았는데 그것들이 지금은 조그마해서 먹을 게 없으니 일단 놓아주고 다 자란 다음에 자기들을 잡으라고 했어요. 그래서 여드레 후에 다시 잡으러 가기로 했지요."

여드레가 지나자 아이는 바다로 나가 큰 소리로 "생각아, 생각아!" 하고 외쳤습니다. 그러자 바닷속 깊은 곳에서 이렇게 말하는 소리가 들려왔습니다.

"너한테 '생각'이라는 게 있었더라면 나를 절대 놓아주지 않았을 거야!"

아이는 다시 "지혜야, 지혜야!" 하고 외쳤습니다. 그러자 물고기가 이렇게 말하는 소리가 들려왔습니다.

"너한테 '지혜'가 있었더라면 나를 절대 놓아주지 않았을 거야."

아이는 마지막 이름을 불렀습니다.

"꼬챙이야, 꼬챙이야!"

그러자 물고기가 대답했습니다.

"꼬챙이는 네 코에나 꽂아라!"

그제야 아이는 물고기가 자기를 속였다는 것을 깨닫고 그 후로는 정신을 차려 똑똑해졌습니다.

참새와 제비와 개미

제비 한 마리가 지붕 위 해가 잘 드는 곳에 집을 지었습니다. 제비의 집 맞은편 처마 밑에는 참새가 둥지를 짓고 살고 있었습니다.

어느 날 찬바람이 불고 비가 오기 시작했습니다. 제비는 먹이를 구하러 나갔지만 아무것도 잡지 못했습니다. 그래서 담벼락 아래에 살고 있는 개미에게 가서 먹을 것을 조금만 달라고 애걸하면서 날씨가 좋아지면 두 배로 갚겠다고 약속했습니다. 욕심쟁이인 개미는 '두 배로 갚겠다'는 말을 듣자 제비에게 음식을 꾸어주기로 마음먹었습니다.

처마 밑에 살고 있는 참새는 이 광경을 보고 아무 말도 하지 않았습니다. 여름이 되자 제비는 새끼를 깠고 개미는 제비들이 불어나는 것을 보고 빚 갚을 빚쟁이들의 숫자가 늘어난다고 좋아했습니다. 그리고 이제나저제나 제비들이 빚을 갚기를 기다렸습니다. 하지만 제비는 새끼들이 다 자라자 어느 날 이른 새벽 짐을 싸 강남으로 멀리 날아가버렸습니다.

그날 아침 개미가 집에서 나와 위를 쳐다보니 빚쟁이인 제비들이 한 마리도 보이지 않았습니다. '어디로들 갔을까? 빚은 도대체 언제 갚을 건가?' 하고 궁금하게 생각하고 있는데, 위에서 부인 참새가 남편 참새에게 이렇게 말하는 소리가 들렸습니다.

"여보, 소식 들었어요?"

"무슨 소식?"

"양지 바른 곳에 살던 우리 이웃들이 꼭두새벽에 사라져버렸는데 어디 갔는지 아세요?"

"멀리, 아주 멀리 자기들이 왔던 곳으로 다시 돌아갔겠지. 동이 트기 전에 준비하는 소리를 내가 들었어."

이 말을 들은 개미는 참새에게 소리쳤습니다.

"아니, 이웃끼리 어쩜 그럴 수가 있어요? 그들이 떠나는 것을 뻔히 알면서도 나한테 그래 말 한마디도 안 해준단 말이요? 아이고, 난 망했구나! 그놈들한테 양식을 꿔주었는데 두 배는커녕 원금도 못 받았으니, 이 일을 어쩌나!"

"당해도 싸죠."

남편 참새가 말했습니다.

"당신 같은 욕심쟁이들은 그렇게 당하게 마련이죠. 내가 요전에 밀 대여섯 알만 꾸어 달라고 그렇게 사정을 했건만 매몰차게 거절했잖소? 그런데 떠돌이 뜨내기인 제비가 두 배로 갚겠다고 하자 그가 누구인지도 잘 모르면서 당장 꾸어주었죠. 당신에게 충고를 하나 하죠. 고향 사람들하고만 거래를 하고 떠돌이와는 거래하지 마쇼."

그때 이후로 이런 그리스 속담이 생겼습니다.

'동네 이웃인 참새와 잘 지내야지 뜨내기 제비와 잘 지내 봤자 아무 소용없다.'

종달새와 그의 집

어느 날 겨울이 되어 비가 내리기 시작하자 종달새와 그의 아내는 백리향 관목 숲 밑에 있는 둥지로 기어들어 갔습니다. 그러나 빗물이 둥지 속까지 스며들어 그들의 온몸은 비로 흠뻑 젖었으며 게다가 추위까지 덮쳐 종달새 부부는 오들오들 떨었습니다. 견디다 못한 아내 종달새가 남편 종달새에게 이렇게 말했습니다.

"여보, 우리가 살고 있는 이곳은 정말 집도 아니에요. 이 집에서 어떻게 한겨울을 나지요?"

"여보, 조금도 염려하지 마오. 겨울도 언젠가는 끝이 나지 않소? 두고 보오. 겨울이 지나고 나면 내가 지하실도 있는 이층집을 멋지게 지을 테니 말이오."

겨울이 지나고 여름이 왔습니다. 그리고 여름도 훌쩍 지나 이제는 곧 끝나가려 하고 있었습니다. 그러나 남편 종달새는 놀기만 하고 집 지을 생각은 통 하지 않았습니다.

아내 종달새는 남편에게 이렇게 말했습니다.

"여름도 벌써 끝나가고 있는데 지난겨울에 얘기한 이층과 지하실은 언제 지으려고 하시는 거예요?"

"당신은 참 걱정도 팔자요. 도대체 이층과 지하실은 지어서 무얼 한단 말이오. 잘 보냈든 못 보냈든 작년 겨울을 나지 않았소. 금년도 그렇게 보내면 되지, 이제부터 그래 나보고 집을 지으란 말이오? 백리향 관목 숲 밑에서 다시 겨울을 나도록 합시다."

늑대와 여우

옛날 옛적에 늑대가 여우와 함께 농사를 짓기로 하고 둘이서 같이 씨를 뿌렸습니다. 유월이 되어 밀을 추수할 시기가 되었습니다. 하지만 여우는 무더운 날에 이글거리는 뙤약볕 밑에서 일할 생각이 조금도 없었습니다. 그래서 늑대에게 말했습니다.

"니콜로, 농사일은 네가 잘하니까 추수는 네가 해. 나는 저기로 가서 바위가 굴러내려와 우리를 깔아뭉개지 않도록 잡고 있을게."

"그래 그렇게 하려무나."

늑대 니콜로는 여우에게 이렇게 대답했습니다.

여우는 바위 그늘에 편안하게 앉아 바위가 떨어지지 않도록 붙잡고 있고, 어수룩한 늑대는 추수를 했습니다. 타작이 끝나자 둘은 밀 나락과 밀짚을 구분해서 따로따로 쌓아놓았습니다. 그때 여우가 늑대에게 말했습니다.

"니콜로, 네가 밀짚을 많이 갖고 나는 밀을 조금 가질까 아니면 내가 밀짚을 **많이** 가질까?"

그러자 늑대는 여우의 맨 마지막 말만 듣고는 화를 내며 소리쳤습니다.

"내가 밀짚을 **많이** 가질래!"

그렇게 꾀 많은 여우는 밀을 차지했고 어수룩한 늑대는 밀짚을 갖게 되었습니다. 여우는 헤어지면서 늑대에게 이렇게 말했습니다.

"자, 봤지? 내가 네게 먼저 선택하라고 했더니 넌 밀짚을 많이 갖겠다고 했으니 불만 없지? 그럼 그 밀짚을 잘 먹고 내년에 다시 보자."

"그래, 너도 잘 가."

늑대와 여우와 당나귀

옛날 옛적에 살이 통통하게 오른 당나귀가 들판에서 풀을 뜯고 있었습니다. 여우가 이 당나귀를 보고는 잡아먹고 싶어서 견딜 수가 없었습니다. 그래서 늑대에게 가서 이렇게 말했습니다.

"늑대야, 저기 아주 먹음직스러운 당나귀가 한 마리 있단다."

늑대도 가서 당나귀를 보았습니다. 늑대 역시 그 당나귀를 보자 입에서 침이 저절로 고였습니다.

"늑대야, 어떻게 해야 저 당나귀를 잡아먹을 수 있을까?"

여우가 말했습니다.

"글쎄, 머리는 네가 좋잖아."

"음, 배를 사서 그 배에다 올리브를 잔뜩 싣는 거야. 그리고 당나귀를 선원으로 고용해서 같이 배에 타는 거지. 배가 바다 한가운데로 나아가면 그때 그놈을 잡아먹자. 그러니까 너는 빨리 가서 배를 사뇌. 그동안 나는 당나귀를 잘 구슬려 볼게."

늑대는 달려가서 배를 사고는 그 배에 올리브를 실어놓았습니다. 여우는 당나귀를 데리고 바닷가에 내려가서 배를 탔습니다. 그들이 바다 한가운데 도착했을 때 여우가 말했습니다.

"자, 이제 우리는 여행길에 올랐으니 살아서 돌아가게 될지 죽어서 돌아가게 될지 아무도 모릅니다. 그러니 만일을 위해 다 같이 고백성사를 하도록 합시다."

그렇게 해서 늑대가 신부가 되어 첫 번째로 여우의 고해를 듣게 되었습니다.

"여우님은 무슨 죄를 지셨지요?"

"암탉을 몇 마리 훔친 적이 있고, 또 꿀을 좀 훔쳐 먹었고, 토끼를 잡아먹었지요. 고것들을 잡으면 우선 숨통을 콱 막아 죽이고는 맛있게 먹었지요."

"땅 위의 버러지 같은 것들을 잡아먹었으니 당연한 일을 했군요. 자, 여우님, 이제는 제 고해를 들어주세요."

"늑대님은 무슨 죄를 범했는지 말해주실까요?"

"양 몇 마리와 염소 몇 마리 그리고 암소 몇 마리를 잡아먹었지요."

"아, 별것 아니군요. 땅 위의 버러지 같은 것들을 잡아먹은 정도인데요."

그 후에 늑대가 당나귀에게 말했습니다.

"이번에는 당나귀님께서 무슨 죄를 지셨는지 말씀해주실
까요?"

"제가 하루는 상추를 가득 싣고 가는 중이었습니다. 그런
데 그만 상추가 너무 먹고 싶은 나머지 한 잎을 조금 뜯어 먹
었어요."

당나귀의 말을 들은 늑대와 여우는 합창을 하듯 큰 소리
로 말했습니다.

"아이고, 당나귀 씨! 기름도 식초도 치지 않고 상추를 먹
었으니(그리스에서는 상추 샐러드에 올리브기름과 식초를 쳐서 먹
습니다), 이 여행에서 우린 모두 꼼짝없이 물에 빠져 죽겠군
요. 당나귀 씨의 죄가 너무 크기 때문에 우리가 당신을 잡아
먹을 수밖에 다른 도리가 없네요."

"제발 살려주세요!"

"안 돼요! 딴 방법이 없어요. 우린 당신을 잡아먹어야만
해요."

"정 그러시다면 할 수 없지요. 그렇지만 한 가지 소원이
있어요. 우리 아버지가 돌아가시면서 나에게 유언을 남겨주
셨는데, 그 유언이 제 발굽에 박혀 있는 편자에 쓰여 있으니
까 늑대님께서 먼저 그 유언이 무엇인지 읽어주시면 저를

잡아먹도록 해드리겠어요."

당나귀가 이렇게 말하면서 뒷발을 쳐들자 늑대는 유언의 내용을 읽기 위하여 가까이 다가갔습니다. 그러자 당나귀는 때를 놓치지 않고 늑대의 얼굴을 뒷발로 힘껏 차서 늑대를 바다에 빠뜨렸습니다. 이를 보고 있던 여우는 당나귀의 발길을 피하기 위해 바닷속으로 첨벙 뛰어들었다가 결국 물에 빠져 죽고 말았습니다.

이렇게 해서 올리브를 실은 배는 모두 당나귀 차지가 되었습니다.

사람과 뱀과 여우

　옛날 옛적에 한 가난한 사람이 밭에서 돌아오다가 두 어린아이들이 길에서 새끼 뱀 한 마리를 죽이려고 하는 것을 보았습니다. 그는 아이들에게 동전 한 닢을 주고 뱀을 사서는 집으로 데려와서는 부인에게 말했습니다.

　"여보, 오늘 내가 참 좋은 일을 하나 했소. 어린애들이 이 뱀을 죽이려고 하는 것을 내가 구해주었소. 당신 머릿수건을 담아두는 상자에 이 뱀을 넣어놓기로 합시다."

　그는 상자 속에 뱀을 집어넣고는 매일 아침 일어나서 먹이를 주었습니다. 세월이 흐름에 따라 새끼 뱀은 점점 자라서 이제는 상자 속에 간신히 들어 있었습니다.

　그러던 어느 날 아침 그가 뱀에게 먹이를 주려고 하자, 뱀은 상자에서 튀어나와 그의 목을 감더니 조르기 시작했습니다. 그는 흐느껴 울면서 이렇게 말했습니다.

　"도대체 이게 무슨 짓이냐? 나는 너를 구해주었는데 그래

네가 은혜를 원수로 갚는구나!"

그때 마침 그에게 묘안이 하나 떠올랐습니다.

"좋아, 그럼 우리 제삼자의 재판을 받기로 하자. 그리고 그 재판관이 어떤 결정을 하든 그대로 따르기로 하자."

뱀은 이 제안을 받아들였고, 그래서 사람과 뱀은 재판관을 찾아 길을 떠났습니다. 그들은 한참을 걸어가다가 양떼를 만났습니다.

"너희들이 재판을 좀 해주어야겠다."

사람이 말했습니다.

"무슨 재판인데요?"

양들이 물었습니다.

"이 뱀 좀 봐. 이 뱀이 아직 매우 어렸을 때 어떤 어린아이들이 죽이려고 하는 것을 내가 구해 가지고 집에 데려와서 먹이를 주고 키웠단다. 그런데 이제 와서 이 뱀이 나를 죽이려고 하는구나!"

"뱀이 당신을 죽이려 하는 것은 당연하지요."

양들은 말했습니다.

"당신네 사람들은 우리가 새끼를 낳으면 새끼를 죽이고, 또 우리 젖을 빼앗아 먹고 양털을 가져갈 뿐만 아니라, 심지어 우리까지도 잡아먹지 않나요?"

그러자 사람은 말했습니다.

"다른 곳에 가서 재판을 받도록 하자."

그들은 다시 걸어가다가 이번에는 소 떼를 만났습니다.

"너희들이 재판을 좀 해주어야겠다."

사람이 말했습니다.

"무슨 재판인데요?"

소들이 물었습니다.

사람은 양들에게 했던 말을 다시 반복했습니다. 그러자 소들은 이렇게 말했습니다.

"뱀이 당신을 죽이려고 하는 것은 당연하지요. 당신네 사람들은 우리를 쟁기질하는 데 실컷 부려먹고 또 나중에는 우리를 잡아먹잖아요."

"이놈들도 똑같은 말을 하는군. 한 번만 더 다른 곳으로 가 재판을 받아보기로 하자."

사람은 이렇게 말했고 그들은 다시 걸어가다가 여우 한 마리를 만났습니다. 사람은 여우에게 이렇게 말했습니다.

"여보게 여우, 재판을 해주어야겠소."

"무슨 재판인데요?"

여우가 물었습니다.

사람은 다시 지금까지 일어난 일을 모두 여우에게 이야기해주었습니다. 그 사람은 이야기하는 동안 눈짓과 손짓으로 여우에게 자기를 뱀으로부터 구해주면 선물로 암탉을 몇 마리 주겠다는 신호를 보냈습니다. 꾀 많은 여우는 금방 그런 눈치를 채고는 사람에게 이렇게 말했습니다.

"당신은 이 큰 뱀이 당신 손에 있는 상자 속에 들어 있었다고 주장하는데, 전 도무지 이해할 수가 없습니다. 이렇게 큰 뱀이 어떻게 그렇게 작은 상자 속에 들어갑니까?"

이 말을 하고 난 후 여우는 뱀에게 이렇게 말했습니다.

"사람 목에서 내려와서 상자 속에 한번 들어가보렴. 그러면 내가 판결을 내려줄 테니까."

그러자 뱀은 사람 목을 풀어주고 상자 속에 들어갔습니다. 그러나 뱀의 머리는 아직도 상자 밖에 나와 있었습니다.

여우가 다시 말했습니다.

"머리도 안으로 집어넣어야 해!"

뱀은 몸을 움츠리고는 머리도 상자 속에 넣었습니다. 때를 놓치지 않고 사람은 재빨리 뚜껑을 덮고, 돌을 집어서 뱀을 돌로 쳐서 죽여버렸습니다.

"이제 내가 당신을 구해주었으니 약속한 물건을 내게 가져오시죠."

여우가 이렇게 말하자 사람은 대답했습니다.

"걱정하지 말게. 나한테 좋은 일을 해주었으니까 그 대가로 암탉 한 마리와 병아리 몇 마리를 가져다주겠네."

사람은 집으로 가서 아내에게 이렇게 말했습니다.

"여보, 여우가 나를 구해주었으니 암탉 한 마리와 병아리들을 가져다주어야만 해요."

"알겠어요. 당신은 우선 좀 쉬세요. 제가 알아서 자루에다다 넣어드릴 테니까요."

그의 부인은 자루 하나를 찾아서 그 속에 암캐와 새끼 강아지들을 넣었습니다. 그러고는 그 자루를 남편에게 주자, 남편은 자루 속에 암탉과 병아리들이 들어 있는 것으로 알고는 받아 들고 길을 떠났습니다.

여우가 있는 곳에 이르자 사람은 큰 소리로 외쳤습니다.

"여보게 여우, 약속한 암탉과 병아리들을 가져왔네."

"자루를 풀어주시면 제가 한 마리씩 잡아먹지요."

여우가 말했습니다.

사람이 자루 끈을 풀자 안에서 개가 튀어나와서 여우의 꼬리를 물더니 이빨로 끊어버렸습니다. 꼬리가 끊긴 여우는 허겁지겁 달아났습니다. 한참을 도망치다 뒤를 돌아보고는 아무도 뒤쫓아오지 않음을 안 여우는 높은 다리 위에 올라가서 자기 신세를 한탄하며 울었습니다.

"아이고, 내 팔자야! 아버지도 재판관이 아니었고, 할아버지도 재판관이 아니었건만 내가 무얼 안다고 재판을 하려했을까……."

수녀로 가장한 여우

옛날 옛적에 여우 한 마리가 살고 있었는데, 어느 날 그만 먹을 것이 떨어지고 말았습니다. 그래서 수녀 복장을 하고 수도원을 찾아 길을 떠났습니다. 가는 도중에 수탉을 만났는데, 그 수탉이 여우에게 물었습니다.

"여우님, 어디 가세요?"

"저는 지금 수도원으로 가는 길이에요. 앞으로 절대로 고기나 기름을 먹지 않으려 해요. 마른 빵에 양파만 먹고 살겠어요."

여우가 대답했습니다.

그러자 수탉이 말했습니다.

"저도 같이 갈까요?"

"그럼요. 같이 가시지요. 제 등에 업히시겠어요?"

이렇게 해서 수탉도 동행하게 되었습니다. 한참을 걸어가다가 그들은 비둘기 떼를 만났습니다. 비둘기들은 여우를 보자 하늘로 도망치려 했습니다. 그러자 여우가 말했습니다.

"여러분, 도망가지 마세요. 이제 저는 옛날과 다르답니다.
저는 지금 수도원으로 가는 길이에요. 앞으로 절대로 고기나
기름을 먹지 않으려 해요. 마른 빵에 양파만 먹고 살겠어요."

"저도 같이 갈까요?"

대장 수비둘기가 말했습니다.

"보시다시피 수탉님도 저와 동행하고 계시니까 당신도
원하시면 같이 가시지요. 제 등에 업히시겠어요?"

이렇게 해서 대장 수비둘기도 동행하게 되었습니다. 한참
을 걸어가다가 그들은 꿩 떼를 만났습니다. 꿩들은 여우를
보자 하늘로 도망을 가려 했습니다. 그러자 여우가 말했습
니다.

"여러분, 도망가지 마세요. 이제 저는 옛날과 다르답니다.
저는 지금 수도원으로 가는 길이에요. 앞으로 절대로 고기나
기름을 먹지 않으려 해요. 마른 빵에 양파만 먹고 살겠어요."

"저도 같이 갈까요?"

가장 큰 수꿩이 말했습니다.

"보시다시피 다른 분들도 동행하고 있으니까 당신도 원
하시면 같이 가시지요. 제 등에 업히시겠어요?"

그들은 한참을 걸어가서 한 동굴에 도착했습니다. 동굴
앞에서 여우가 말했습니다.

"이제 우리는 산을 넘고 바다를 건너야 합니다. 우리가 과연 살아서 수도원에 무사히 도착할 수 있을지는 하느님만이 아십니다. 그러니 동굴 속에 들어가서 고백성사를 하도록 합시다. 수탉님께서 먼저 고백성사를 하셔야 하겠습니다."

수탉과 여우는 동굴 속에 들어갔으며 수탉은 여우에게 말했습니다.

"여우님, 저는 잘못한 일이 없는데요."

"잘못한 일이 없다고?"

여우가 말했습니다.

"너는 새벽마다 소리 높여 울어서 사람들의 단잠을 깨워 놓잖아. 또 때로는 너무 일찍 울어서 그 소리를 듣고 일어난 농부들이 밭에 나가다가 도적을 만나곤 하잖아!"

이 말을 마친 여우는 수탉을 잡아먹었습니다. 그러고는 수비둘기를 불렀습니다.

"비둘기님, 들어오셔서 고백성사를 하세요!"

그러자 비둘기가 말했습니다.

"여우님, 저는 잘못한 일이 없는데요."

"잘못한 일이 없다고?"

여우가 말했습니다.

"사람들이 힘들여 씨를 뿌려놓으면 너는 가서 흙을 헤치고 씨를 먹어버리잖아!"

이 말을 마친 여우는 비둘기를 잡아먹었습니다. 그러고는 수꿩을 불렀습니다.

"꿩님, 들어오셔서 고백성사를 하세요!"

그러자 꿩이 말했습니다.

"여우님 저는 잘못한 일이 없는데요."

"잘못한 일이 없다고? 왕의 왕관을 훔쳐서 머리에 쓰고 있으면서도 그래 잘못한 일이 없단 말이냐?"

"여우님, 전 정말 잘못한 일이 없어요. 원하시면 증인을 불러올 수도 있어요."

"좋아, 가서 불러와."

이렇게 해서 꿩은 동굴에서 나와 멀리 떨어져 있는 나뭇가지 위에 앉았습니다. 그때 한 사냥꾼이 마침 그 나무 아래를 지나가다가 꿩을 보고는 총을 쏘려고 했습니다. 그러자 꿩이 말했습니다.

"저를 총으로 쏘지 않으신다면 저보다 훨씬 좋은 것을 얻게 해드리겠습니다. 여우 한 마리가 숨어 있는 곳을 알고 있으니 저를 따라오세요."

이리하여 꿩은 사냥꾼을 여우가 있는 곳으로 안내했습니다. 동굴에 도착하자 꿩은 입구에 서서 소리쳤습니다.

"여우님, 증인을 불러왔으니까 밖으로 나와주세요."

"아이 얼마나 잘나신 분들이기에 동굴 속에 안 들어오시겠다는 거야?"

"글쎄 안으로는 안 들어가겠다고 하니까 여우님이 밖으로 나오세요."

꿩이 여우에게 말했습니다.

사냥꾼은 그동안 총구를 동굴 입구 쪽에 겨냥하고 있다가 여우가 나오자 총을 한 방 쏘았고 여우는 그만 땅에 쓰러졌습니다.

숨이 넘어가면서 여우는 꿩에게 말했습니다.

"저 증인하고 너도 잘 지내봐!"

고양이와 사자와 사람

옛날 옛적에 고양이가 산으로 산책을 갔습니다. 그러다가 갑자기 사자와 마주쳤습니다. 고양이는 사자를 보자 한쪽 구석에 움츠리고 앉아 사자가 어떻게 할 것인가 눈치만 보고 있었습니다. 그러자 사자는 고양이에게 다가가서는 냄새를 맡고 이렇게 말했습니다.

"너도 우리와 같은 종자인 모양인데 몹시 작구나."

고양이가 대답했습니다.

"당신도 저처럼 사람들 옆에 살았더라면 역시 작았을 거예요."

"어째서 그랬을 거란 말이냐? 도대체 사람이란 것이 무엇이냐? 그렇게 크고 사납단 말이냐? 사람이 어디 있는지 나도 한번 좀 보고 싶구나."

그러자 고양이가 말했습니다.

"저를 따라오세요. 제가 사람을 보여드리겠어요."

사자는 고양이 말대로 순순히 뒤를 따라갔습니다. 그들은 숲 속을 걷다가 나무를 패고 있는 한 사람을 보았습니다. 고양이가 사자에게 말했습니다.

"저것이 바로 사람입니다."

그들은 가까이 다가갔으며 사자는 사람에게 인사를 하고는 이렇게 말했습니다.

"당신이 사람이신가요?"

"그래 내가 사람이다."

"저는 당신께서 무척 힘이 세다는 소문을 듣고 씨름을 한 번 같이 해보았으면 해서 찾아왔습니다."

"원한다면 한판 하지. 그러나 먼저 이 반쯤 갈라진 나무를 쪼개는 데 도움이 필요하니까 네가 나를 도와주었으면 좋겠구나. 씨름은 그 다음에 하자꾸나."

"도와드리고말고요."

"그럼 갈라진 이 나무 틈새에 손을 집어넣어라. 내가 나무를 쪼갤 수 있게 말이다."

사자는 사람이 시키는 대로 두 손을 집어넣었습니다. 사람은 재빨리 양손으로 벌리고 있던 나무를 놓았고 사자의 손은 나무 사이에 끼고 말았습니다. 그러고 나서 사람은 몽둥이를 들고 사자를 사정없이 두들겨 패기 시작했습니다.

한참을 얻어맞은 사자가 죽은 듯이 축 늘어지자 그제야

사람은 나무를 벌려 사자의 손을 빼주었습니다. 사자는 송 장처럼 땅 위에 쓰러졌습니다. 그러자 사람은 나뭇짐을 등에 메고 도끼를 손에 쥐더니 집을 향해 돌아갔습니다.

사람이 그곳을 떠나자 숨어 있던 고양이가 튀어나와서 사자에게 다가가 괜찮으냐고 물었습니다.

"사람이 어떻습디까?"

"말도 마라. 만약 내가 너의 위치에 있었더라면 너보다 훨씬 작아졌을 게 틀림없다."

사자가 씁쓸하게 대답했습니다.

늙은 나무꾼과 사자

옛날 옛적에 자식이 많은 가난한 노인이 있었습니다. 노인은 매일같이 당나귀를 데리고 숲으로 가서 도끼로 나무를 베었습니다. 그런데 어느 날 사자가 나타나서 그에게 이렇게 말했습니다.

"할아버지, 힘드실 텐데 앉아서 쉬고 계세요. 대신 제가 나무를 베어드리겠으니 그것을 팔아서 아이들에게 먹을 것을 사다주세요."

이렇게 해서 노인은 앉아서 쉬고 사자가 대신 도끼질을 했습니다. 그러고 나서 노인은 사자가 베어놓은 나무들을 당나귀에 싣고 숲을 떠났습니다.

며칠 후에 노인은 나무를 하러 다시 숲으로 갔는데 사자가 또 나타나서 이렇게 말했습니다.

"할아버지, 이제부터 매일 오셔서 나무를 받아가세요."

그래서 노인은 매일같이 산으로 왔으며 사자는 노인을

위해 매일 나무를 했습니다.

몹시 더운 어느 날이었습니다. 나무를 하던 사자는 피곤해지자 노인에게 말했습니다.

"할아버지, 시원한 올리브나무 그늘 밑에 앉으세요. 저도 곧 가서 할아버지 무릎을 베고 누워 좀 쉬려고 하니까요."

노인은 올리브나무 그늘 밑에 앉았고 사자는 노인의 무릎 위에 머리를 올려놓고 누워서 이렇게 물었습니다.

"할아버지, 제가 잘생겼지요?"

"그럼, 잘생겼지."

"제가 남자답지요?"

"그렇고말고."

"그리고 제가 젊지요?"

"물론이지."

"제가 얼마나 멋쟁이인지 보셨죠? 저는 훌륭한 점은 모두 다 가지고 있으니까요!"

"그래, 너는 모든 것이 다 좋은데 나쁜 점이 딱 한 가지 있단다. 입 냄새가 심해!"

사자는 벌떡 일어나더니 나무를 당나귀 등에 얹고는 노인에게 말했습니다.

"할아버지, 도끼로 제 등을 힘껏 치세요."

"그런 일을 어떻게 나보고 하란 말이냐? 네가 이제까지

546

나에게 무척 잘해주었는데 어떻게 내가 네 등에 도끼질을 할 수 있겠니?"

"아니에요. 꼭 하셔야 돼요."

사자가 고집을 부리자 노인은 도끼를 들어 사자의 등에 손가락 두 개만 한 깊이의 상처를 냈습니다.

그 후에도 노인은 매일 숲으로 갔으며 사자는 상처를 입었음에도 불구하고 나무를 베어 노인에게 주었습니다. 한동안 세월이 흐른 뒤에 사자가 노인에게 말했습니다.

"할아버지, 제 등의 상처가 어떤가 보아주세요."

"아주 깨끗이 아물었구나!"

노인이 대답했습니다.

"네, 제 등의 상처는 아물었어요. 그러나 제 입에서 냄새가 난다는 할아버지의 말씀은 제 가슴속에 아직도 남아 있어요. 이제 다시는 제 앞에 나타나지 마세요. 내가 할아버지를 잡아먹을 테니까요."

사자가 말했습니다.

예부터 이런 말이 있습니다.

'칼로 입은 상처는 쉽게 아물지만 말로 입은 상처는 영원히 남는다.'

암여우는 열 살, 새끼 여우는 열한 살

어느 날 암여우가 집에서 나와 양지 바른 곳에 앉아 있었습니다. 여우가 사는 곳은 산 아래였는데 그날은 찬바람이 불고 눈발이 휘날리는 궂은날이었습니다. 얼마 후에 새끼 여우들도 나와 엄마 여우 곁에 앉았습니다. 그런데 정오가 되어가는데도 엄마 여우는 그곳에 앉아서 움직일 줄 몰랐습니다. 그러자 새끼 여우 한 마리가 엄마에게 물었습니다.

"엄마, 지금 우리가 여기서 무얼 하고 있는 거예요?"

"몸을 덥히고 있는 중이란다."

"그러면 불이 어디 있어요?"

"불이 보이지 않니? 저기 저 맞은편 산 위에 있잖아."

새끼 여우는 아무 말도 하지 않았습니다. 그리고 잠시 후에 큰 소리를 질렀습니다.

"엄마, 엄마! 물 좀 가져오세요!"

"애야, 도대체 무슨 일이냐? 물은 왜 가져오라고 그러니?"

"물, 물 달라니까요! 데었단 말이에요!"

"무엇에 데었니, 그래?"

"엄마가 보여준 저 산 위에서 불타는 것에서 불씨 하나가 날아와 제 귀를 태웠단 말이에요."

"아이고, 장하기도 하지!"

암여우가 말했습니다.

"너는 아주 영리해서 이제부터는 혼자 살아갈 수 있겠구나."

예부터 이런 말이 있습니다.

'암여우가 열 살이면 새끼 여우는 열한 살이다.'

양치기와 뱀

　어느 날 양치기가 자기 양들의 젖을 짜고 있다가 뱀 한 마리가 구멍에서 나와 양들 사이를 돌아다니고 있는 것을 보았습니다. 그래서 그 양치기는 나무통에 우유를 조금 담아서 뱀에게 주자 뱀은 우유를 마셨습니다.

　다음 날에도 역시 그는 나무통에 우유를 조금 담고서는 뱀이 사는 곳의 구멍 앞에 놓고서는 말했습니다.

　"뱀아, 이리 나와서 맛있는 우유를 마셔라."

　그러자 뱀이 나와서 우유를 먹었습니다. 얼마 후 양치기가 나무통을 가지러 갔을 때 금화 한 닢이 나무통 옆에 놓여 있었고, 이를 얻은 양치기는 기뻐서 어쩔 줄 몰라 했습니다.

　점심때가 되자 양치기는 다시 뱀 구멍에 우유를 놓아주었고, 뱀은 구멍에서 나와 우유를 먹고서는 또 금화 한 닢을 남겨놓았습니다.

　저녁이 되어 양치기가 또 우유를 준비해놓고 뱀을 부르

자 뱀은 나와서 우유를 먹었습니다. 이렇게 해서 양치기와 뱀은 친구가 되었고, 양치기는 하루에 세 번씩 뱀에게 우유를 주었고, 뱀은 그에게 하루에 세 개의 금화를 남겨놓았습니다. 이렇게 하여 양치기는 큰 부자가 되었습니다.

어느 날 양치기는 예루살렘으로 성지순례를 가기로 했습니다. 양치기는 부인에게 아침, 점심, 저녁으로 하루에 세 번씩 뱀한테 우유를 주라고 부탁하고는 예루살렘으로 성지순례를 떠났습니다. 양치기의 부인은 남편 말대로 하루에 세 번씩 뱀에게 우유를 주었습니다.

그들에게 다섯 살 먹은 아이가 하나 있었는데, 어느 날 이 아이가 양 사이를 돌아다니며 놀고 있었습니다. 뱀도 또한 양 사이를 돌아다니고 있었는데, 아이가 미처 뱀을 보지 못하고 그만 꼬리를 꽉 밟고 말았습니다. 아이가 신고 있던 신발에 쇠로 된 징이 박혀 있었기 때문에 뱀의 꼬리가 잘라져 나갔습니다. 뱀은 고통을 못 이겨 아이를 물었고 아이는 온몸에 독이 퍼져 죽고 말았습니다. 아이가 죽자 사람들은 아이를 묻었습니다.

점심때가 되어 양치기의 부인은 뱀의 구멍 앞에 우유를 갖다놓았으나 뱀은 나타나지 않았습니다. 저녁에도 또 우유를 가져갔으나 낮에 갖다놓은 우유를 뱀이 먹지 않은 것을 보고는 더 이상 우유를 갖다놓지 않기로 했습니다. 뱀도 그 후로는 양의 우리에 나타나지 않았습니다.

6개월이 지나 양치기가 성지순례에서 돌아왔습니다. 그는 아이가 보이지 않자 이렇게 물었습니다.

"여보, 우리 아이는 어디 있소?"

"뱀한테 물려서 죽었어요."

부인이 대답했습니다.

양치기는 아무 말도 하지 않고 나무통에 우유를 담아 가지고 뱀이 살고 있는 구멍 앞에 놓고는 이렇게 말했습니다.

"뱀아, 이리 나와서 맛있는 우유를 먹어라."

그러자 뱀이 구멍 안에서 대답했습니다.

"아, 양치기님! 당신께서는 죽은 아이를 생각하고 계시고 나는 내 꼬리가 끊긴 것을 보고 있는 한 우리 둘 사이에 무슨 우정이 존재할 수 있겠습니까?"

이렇게 하여 양치기와 뱀의 우정은 깨어지고 말았습니다.

구덩이에 빠진 여우

어느 날 여우가 먹을 것을 찾아서 산속을 헤맸습니다. 해가 졌지만 여전히 아무것도 못 찾고 배를 주리고 있었습니다. 그때 마침 나무 위에서는 새들이 하늘을 날며 즐겁게 노래를 부르고 있었습니다.

여우는 새들의 노랫소리를 듣자 자기의 처량한 신세에 화가 나서 견딜 수 없었습니다. 그래서 걸음을 멈추고 서서 새들을 바라보고 또 바라보았는데, 그러는 여우의 입에는 군침이 가득 고였습니다. 그리고 어떻게 하면 저 가운데 한 마리를 잡아먹을 수 있을까 생각하고 또 궁리했지만 도무지 묘안이 떠오르지 않았습니다. 그래서 이렇게 혼잣말로 투덜거렸습니다.

"하느님은 정말 너무 불공평하셔! 나를 이렇게 땅 위로만 걸어 다니게 만드셔서 먹을 것도 발견할 수 없게 했으니 말이야. 나를 날아다니는 새로 만드셨더라면 내가 이 고생을 할 것 같아? 이쪽에 앉아 있는 이 새와 저쪽에 앉아 있는 저 새, 그리고 이따금씩 나를 깜짝깜짝 놀라게 만드는 까마귀 녀석들을 내가 가만 내버려두었을 것 같아?"

여우는 이렇게 중얼거리며 새들만 보고 걷다가 그만 구 덩이 속에 빠지고 말았습니다.

그러자 여우는 말했습니다.

"구덩이 속에 물이 없었기에 다행이지. 하마터면 죽을 뻔 했잖아. 하느님께서 나를 하늘을 나는 새로 만드시지 않고 이렇게 땅에 사는 동물로 만드신 건 정말 싫어."

할머니의 고양이

옛날 옛적에 한 할머니가 고양이 한 마리를 키우고 있었습니다. 그런데 그 고양이는 버르장머리가 없어 할머니가 요구르트를 만들어놓으면 몰래 훔쳐 먹곤 했습니다.

어느 날 할머니는 요구르트를 만들어놓고 문 뒤에 숨었습니다. 그러자 고양이가 와서는 요구르트를 먹는 것이었습니다. 이렇게 고양이가 항상 요구르트를 훔쳐 먹는 것을 알게 된 할머니는 화가 나서 부지깽이로 고양이를 때리고는 집 문을 열고 크게 소리쳤습니다.

"못된 것 같으니라고. 이 집에서 썩 나가거라!"

그래서 고양이는 집을 떠나 숲으로 가서는 훌쩍훌쩍 울기 시작했습니다. 한 여우가 이 울음 소리를 듣고 고양이에게 다가와서 물었습니다.

"무엇 때문에 그렇게 울고 있니?"

고양이가 자기가 당한 일을 자세히 이야기하자 여우가

말했습니다.

"이제부터 우리 둘이 친구가 되자. 내가 위험에 빠지면 나를 적으로부터 구해줄래?"

고양이가 대답했습니다.

"그럼, 그러고말고."

여우는 고양이를 자기가 사는 동굴로 데리고 갔습니다. 그러고는 땅콩을 주우러 밖으로 나갔습니다. 땅콩을 주워 가지고 동굴로 돌아오는데 여우의 적인 곰이 여우 앞에 갑자기 나타나서 이렇게 말했습니다.

"오늘은 너를 잡아먹어야겠다!"

그러자 여우가 소리쳤습니다.

"고양아, 나 좀 살려줘. 곰이 나를 잡아먹으려고 해!"

그 소리를 들은 고양이는 사납게 울어댔고 고양이의 울음소리는 온 동굴에 울려 퍼졌습니다. 이 사나운 소리를 들은 곰은 "아이쿠! 내가 오히려 잡아먹히겠군" 하면서 쏜살같이 달아났습니다.

곰은 달아나다가 멧돼지를 만나서 그에게 이렇게 말했습니다.

"여우에게 친구가 하나 있는데 오늘 하마터면 내가 그놈한테 잡아먹힐 뻔했어."

그러자 멧돼지가 곰에게 말했습니다.

"내가 가서 녀석에게 본때를 보여줄 테니까 너는 구경만 하고 있어."

여우는 다시 밤을 주우러 나갔다가 돌아오는 길에 멧돼지를 만났습니다.

"오늘은 너를 잡아먹겠다."

멧돼지가 이렇게 말하자 여우는 무서워 벌벌 떨면서 소리쳤습니다.

"고양아, 살려줘! 멧돼지가 나를 잡아먹으려고 해!"

이 소리를 들은 고양이는 다시 사납게 울어댔고 고양이 울음소리는 동굴 속에서 쩡쩡 울려 퍼졌습니다. 이 울음 소리를 들은 멧돼지는 깜짝 놀라 줄행랑을 쳤습니다. 그러고는 곰을 다시 만나 이렇게 말했습니다.

"네 말이 맞았어! 정말 무서워서 혼이 났어."

이 말을 들은 늑대가 이렇게 말했습니다.

"내가 가서 녀석에게 본때를 보여 줄 테니까 너희들은 구경만 하고 있어!"

여우는 다시 모과 열매를 주우러 나갔다가 돌아오는 길에 늑대를 만났습니다.

"오늘은 너를 잡아먹어야겠다."

늑대가 여우에게 말했습니다. 여우는 벌벌 떨면서 소리쳤습니다.

"고양아, 나 좀 살려줘! 늑대가 나를 잡아먹으려 해!"

그래서 고양이는 온 힘을 다해 사납게 울어댔고 그 울음
소리에 온 동굴이 떠나갈 듯했습니다. 늑대도 놀라서 도망
을 갔고 곰과 멧돼지를 만나 이렇게 말했습니다.

"너희들 말이 맞았어! 내가 이렇게 도망치지 않았다면 뼈
다귀도 못 추렸을 거야."

곰, 멧돼지, 늑대가 모여 앉아서 어떻게 하면 그 무서운 놈
의 실제 모습을 볼 수 있을까 곰곰이 궁리했습니다. 그러다
가 죽은 친구들의 영혼을 위로하는 잔치를 벌여, 잔치에 여
우와 그 친구를 초대하기로 했습니다. 그러면 그 무서운 놈
을 볼 수 있을 것이라고 생각한 것입니다. 늑대는 양떼를 습
격하여 양을 한 마리 잡았고, 곰은 땔감을 구해왔고, 멧돼지
는 방앗간에 다녀왔습니다.

양이 알맞게 구워졌을 때 늑대가 가서 여우와 그 친구를
불러왔습니다. 오는 길에 고양이는 기회가 나는 대로 공중
에 나는 새를 잡아먹었습니다. 이 광경을 본 늑대는 앞장서
달려가서 곰과 멧돼지에게 이렇게 말했습니다.

"그들이 지금 오고 있는 중이야. 그런데 그 괴물은 공중에
나는 새도 잡더라고!"

이 말을 마친 늑대는 빵 한 조각과 고기 한 덩어리를 움켜
쥐고는 도망가버렸습니다. 멧돼지도 잿속으로 숨었고, 곰은

나무 위로 올라가버렸습니다.

여우와 고양이가 도착했을 때에 식탁에는 아무도 없었습니다. 고양이는 재가 있는 쪽으로 다가갔다가 잿가루가 코에 들어가 재채기를 했습니다. 그러자 멧돼지는 놀라서 도망을 갔습니다. 그 바람에 고양이도 놀라서 나무 위로 올라가자 이번에는 곰이 놀라서 나무에서 떨어져 죽고 말았습니다.

이렇게 하여 여우와 고양이만 남게 되자 그 둘은 통쾌하게 웃으며 양을 맛있게 먹었습니다. ᕗᕁᕁ

쥐와 의형제를 맺은 고양이

어느 날 고양이 한 마리가 쥐를 찾아가서 서로 의형제를 맺으면 앞으로 다시는 쥐를 잡아먹지 않겠다고 말했습니다. 쥐는 고양이의 말을 다른 쥐들에게 전했고, 다른 쥐들도 이 제안을 받아들여서 쥐들과 고양이는 의형제가 되었습니다.

하루는 쥐들이 축제를 벌이고 있었는데 고양이는 그 쥐들에게 춤으로 자기를 기쁘게 해달라고 말했습니다. 그래서 쥐들은 손을 잡고 한 줄로 서서 춤을 시작했습니다. 이렇게 쥐들이 한 줄로 서 춤을 추고 있는 것을 본 고양이는 피가 끓어오르고 흥분이 되어서 의형제고 뭐고 다 잊어버리고 바야흐로 쥐를 위에서 덮치려 했습니다.

고양이와 의형제를 맺은 쥐는 고양이의 이러한 상태를 보고 그의 의중을 금방 눈치챘습니다. 마침 꼬리가 잘린 쥐가 맨 앞에서 춤을 인도하고 있었습니다. 그래서 고양이와 의형제를 맺은 쥐는 큰 소리로 이렇게 노래를 불렀습니다.

"맨 앞에 선 꼬리가 잘린 쥐님은
구멍 쪽으로 춤을 인도하세요.
나와 의형제 맺은 고양이가
우리를 노려보고 있지요."

그러고 나서 쥐들은 모두 구멍 속으로 뛰어 들어가서는
다시는 모습을 드러내지 않았습니다.

올빼미와 자고새

어느 날 모든 새들이 모여 학교를 세워 아이 새들이 글을 배울 수 있게 하자는 데 합의를 보았습니다. 그들은 가르칠 선생님까지 찾아내어 임명했습니다. 학교가 문을 열자 부모들은 아이들을 데리고 가서 등록을 했습니다.

수업이 시작된 지 며칠이 지났습니다. 아이들 중 몇몇은 전혀 공부를 따라가지 못했습니다. 선생님은 그 아이들에게 점심을 굶기는 벌을 주었습니다. 집에 못 가고 벌을 받는 아이들 중에는 올빼미의 아이도 끼어 있었습니다.

올빼미는 점심때가 되어 다른 아이들은 다 집으로 돌아왔는데 자기 아이는 돌아오지 않자 아이에게 줄 빵을 조금 싸 가지고 학교로 향했습니다. 학교로 가는 중에 올빼미는 자고새를 만났습니다. 올빼미를 보자 자고새가 말했습니다.

"어머 마침 참 잘 만났네요. 제가 몹시 바빠서 부탁드리는데 학교에 가는 길이라면 우리 집 아이에게 이 음식을 가져다 주실래요?"

"그렇게 하죠. 그런데 댁의 아이가 어떻게 생겼는지 전 모르는데요?"

올빼미가 말했습니다.

"아! 그거라면 아주 쉬운 일이죠. 학교에서 가장 잘생긴 아이를 찾으시면 그게 바로 제 아이니까요!"

자고새가 말했습니다.

올빼미는 학교로 갔습니다. 그리고 선생님께 사정사정을 해서 자기 아이에게 음식을 전해주었습니다. 그러고 나서 올빼미는 아이들을 하나하나 자세히 들여다보았지만 자고새의 아이를 찾을 수가 없었습니다. 그래서 집으로 돌아가는 길에 자고새를 만나 음식을 되돌려주며 말했습니다.

"죄송해요, 정말 어쩔 수 없었어요. 무려 한 시간이나 걸려 아이들을 찬찬히 관찰했지만 누가 당신의 아이인지 전혀 알아낼 수가 없었어요. 왜냐하면 우리 집 아이보다 더 잘생긴 아이는 그 학교에 없었거든요."

새들의 왕

옛날 옛적에 온갖 새들이 한데 모여 왕을 뽑기로 했습니다. 그러나 이 새는 이렇게 말하고 저 새는 저렇게 말해서 도무지 의견이 일치되지 않았습니다. 그때 굴뚝새 한 마리가 굴뚝에서 나오며 이렇게 말했습니다.

"저는 여러분들이 이야기한 새들 가운데 그 누구도 왕이 되기에 적합하다고 생각하지 않습니다."

"그럼 당신은 어떤 새가 자격이 된다고 생각하시나요?"

다른 새들이 물었습니다.

"저를 왕으로 뽑아주십시오! 제가 모든 새들 중에서 가장 훌륭하니까요."

"그럼 당신은 다른 지방 새들이 우리를 공격해오면 우리를 구해줄 능력이 있나요?"

새들이 굴뚝새에게 물었습니다.

"할 수 있냐고요? 능력이 없다면 제가 여러분께 왕으로 뽑아달라고 부탁도 안 했을 겁니다."

그 말을 들은 새들은 만장일치로 굴뚝새를 임금으로 뽑았고, 굴뚝새는 그렇게 왕의 자리에 올랐습니다.

며칠 지나 하늘에 큰 새가 한 마리 나타났습니다. 겁이 난 새들은 구원을 요청하러 왕에게 갔습니다. 그때 굴뚝새는 마침 들장미나무 속에 있었는데 새들이 그에게 말했습니다.

"제발 빨리 오셔서 우리를 살려주세요!"

"무슨 일이냐?"

굴뚝새가 물었습니다.

"큰 새 한 마리가 하늘에 나타났는데 우리가 다 잡아먹히게 생겼습니다."

"그 새가 얼마나 크냐?"

"아주 굉장히 크답니다."

"이보다 더 크냐?"

굴뚝새는 자기의 한쪽 날개를 펴 보이며 물었습니다.

"그 정도는 어림도 없어요. 훨씬 더 클걸요."

"그럼 이 정도냐?"

굴뚝새는 두 날개를 쫙 폈습니다.

"그것보다도 훨씬 더 커요. 저것 보세요! 다가오고 있잖아요. 자세히 보세요."

굴뚝새는 큰 새를 보자 굴뚝 속으로 재빨리 숨으면서 이렇게 말했습니다.

　"아무 곳에나 알아서 어서들 숨어요! 내가 무슨 힘이 있어 여러분들을 도와준단 말이오!"

종달새와 까치

　어느 날 까치는 동네 어귀에 있는 나무 위에 앉아서 비둘기들이 둥지에서 떼를 지어 내려와 옥수수 낱알을 쪼아 먹고 있는 것을 보았습니다. 그 다음 날에도 까치는 비둘기들이 옥수수 알을 먹는 것을 보고 비둘기들이 어떻게 살아가는지를 알게 됐습니다.

　그 후 어느 날 까치는 나무 위에 앉아 비둘기들이 둥지에서 마당으로 내려와 먹이를 먹는 것을 보며, 끝내 자신의 불행한 처지를 비관하며 한숨을 크게 내쉬었습니다. 다른 나무 위에 앉아 있던 종달새가 까치의 한숨 소리를 듣고 무슨 일이냐고 물었습니다.

　까치가 종달새에게 말했습니다.

　"비둘기들이 저렇게 편하게 사는 것을 보고 속이 상해서 그래요. 도대체 말이 돼요? 나보다 잘난 것도 없는 저것들은 매일 먹이를 저렇게 쉽게 구하는데, 나는 하루 종일 고생을 해도 먹이 하나 제때 못 구하고 이렇게 밤낮 굶어야만 하나요?"

그러자 종달새가 말했습니다.

"그런 것 때문에 그렇게 앉아서 속앓이를 하세요? 당신도 비둘기처럼 사는 것은 쉬운 일이에요."

"어떻게 하면 그렇게 되죠?"

까치가 물었습니다.

"어떻게 하면 되냐고요? 제가 방법을 말씀해드리지요. 비둘기들을 보시죠. 그들은 모두 새하얗죠? 그러니 당신도 가서 온몸을 하얗게 칠하고 비둘기들 사이에 살짝 끼어들어요. 그럼 아무도 당신이 까치인지 알아보지 못할 거예요. 그러면 비둘기들처럼 편하게 살게 될 거예요."

"참 좋은 생각이네요! 옛말에 좋은 이웃은 큰 축복이라더니, 전 당신 같은 훌륭한 이웃을 만나서 참 운이 좋네요. 이제 저는 가서 당신이 말한 대로 한번 해보겠어요."

까치는 당장 나무에서부터 강가로 직행했습니다. 그곳에는 물방앗간이 있었습니다. 까치는 물속에 첨벙 잠기어 온몸을 적셨습니다. 그리고 열린 방앗간 창문으로 안을 들여다보았더니, 안에는 다행히 아무도 없었습니다. 까치는 창문으로 들어가 밀가루 통 속에서 이리저리 굴러 비둘기보다 더 하얀색이 되었습니다. 그리고 다시 창문을 통해 방앗간을 빠져나와 비둘기들이 사는 집으로 날아갔습니다. 이렇게 하여 까치는 비둘기들과 섞여 주인이 주는 음식을 먹으며 행복한 나날을 보내고 있었습니다.

그러던 어느 날 집주인이 손님들을 초대하여 식사를 대접하기로 했습니다. 그는 부인에게 비둘기를 대여섯 마리 잡아 요리를 하라고 말했습니다. 부인은 가장 큰 비둘기들을 몇 마리 골랐는데 그 속에 까치도 끼어 있었습니다. 그녀는 딸에게 비둘기를 죽인 후 털을 뽑으라고 주었습니다.

까치 차례가 되자 까치는 딸을 깜짝 놀라게 하려고 "꿱" 하고 큰 소리를 질렀습니다. 딸은 빤히 쳐다보다가 울음소리를 통해 이 새가 비둘기가 아니라 까치인 것을 알아차렸습니다. 그런 사실에 몹시 화가 난 딸은 까치의 한쪽 날개를 부러뜨리고는 담 밖 밭으로 내팽개쳤습니다.

까치는 한참 동안 정신을 잃고 쓰러져 있다가 깨어나서 몸을 일으키고는 이렇게 중얼거렸습니다.

"하느님이 나를 구해주셨구나. 저런 식의 편한 생활이라면 차라리 안 하는 게 낫지!"

바로 그때 종달새가 나무 위에 앉아 있다가 까치가 무슨 소리를 하는 것을 듣고 이렇게 말했습니다.

"무슨 새로운 소식이 있나요? 굉장히 잘 지내고 계시나 봐요. 우리 같은 것들은 여전히 고생이나 하고 있답니다."

그러자 까치는 소리쳤습니다.

"썩 꺼지지 못해! 못된 것 같으니라고. 네 말을 듣고 그대로 했다가 내가 이 꼴을 당했단 말이다. 내가 지금 날 수만 있다면 너를 가만두지 않았을 거야!"

이 말을 들은 종달새는 얼른 자리를 떴습니다. 그때부터 까치는 종달새를 미워해서 보기만 하면 소리를 지르며 모든 새들을 불러 모았습니다. 종달새도 이런 걸 알기에 까치만 보면 바람처럼 사라져버리지요.

사자와 늑대와 여우

옛날 옛적에 모든 동물들이 한자리에 모여 왕을 뽑기 위한 회의를 했습니다. 모든 동물들은 사자가 가장 용감하니 왕은 사자가 되어야 한다는 데 합의를 보고 사자의 머리에 왕관을 씌워주었습니다. 그렇게 하여 사자가 왕이 되었습니다.

몇 년 후 사자가 병이 들어 자리에 눕고 말았습니다. 동물들은 모두 왕에게 문병을 갔습니다. 어느 날 하얀 늑대 한 마리가 사자 왕의 문병을 가는 길에서 만난 여우에게 이렇게 말했습니다.

"우리 같이 가서 왕의 병세가 어떤지 보지 않을래?"

"가고 싶으면 너나 가렴. 왕이 얼마나 잘났기에 내가 가서 그 발아래에 엎드려야 하니? 왕더러 와서 내 발밑에 엎드리라고 해라."

여우가 대답했습니다.

늑대는 이 말을 듣고 아무 말도 하지 않았습니다. 그러나 마음속으로는 왕에게 가서 "여우가 이렇게 저렇게 말하더군요." 하고 고자질을 해서 자기가 왕의 편이라는 것을 보일 기회라고 생각했기 때문에 기뻐하면서 길을 계속 갔습니다.

여우는 늑대가 사자에게 무슨 말을 하는지 보기 위해 살금살금 뒤를 따라갔습니다. 늑대는 사자가 사는 집에 도착하자 안으로 들어가서 사자 가까이에 앉았습니다. 여우는 그들이 하는 말을 엿듣기 위해 커튼 뒤에 숨었습니다.

잠시 후에 사자가 늑대에게 말했습니다.

"여우는 많이 건방져져서 '임금님께서 편찮으시니 가서 문병 가야겠다'라고 말하지도 않는구나."

늑대가 대답했습니다.

"임금님, 만수무강하시기 바랍니다. 글쎄 제가 이곳으로 오는 길에 여우를 만나 임금님께 같이 문병을 가자고 했더니 '난 안 갈 거야. 왕이 나보다 잘난 게 뭐야?'라고 하더군요."

그러자 사자가 말했습니다.

"저런 고얀 놈 같으니라고! 여우 녀석, 내 손에 걸리기만 해봐라. 당장 갈빗대를 분질러놓겠다!"

바로 그 순간에 여우가 안으로 들어오더니 왕에게 절을 했습니다.

사자가 여우에게 말했습니다.

"너는 그동안 어디 있었기에 나를 찾아오지도 않은 거냐?"

"아이쿠, 임금님, 말씀도 마세요."

여우가 대답했습니다.

"저는 임금님께서 편찮으시다는 소문을 듣고 사방으로 돌아다니며 어디에 가면 좋은 의사를 구할 수 있을까 묻고 다녔답니다. 사람들이 바그다드에 가면 아주 유명한 의사가 있다고 해서 저는 왕의 병을 낫게 할 그 의사를 데려오려고 바그다드까지 갔었답니다. 그런데 의사가 '내가 왕이 무슨 병인지 아니까 내가 직접 거기까지 갈 필요는 없어. 네게 치료법을 말할 테니 가는 대로 그대로 하도록 해라. 하얀 늑대 한 마리를 두 쪽 낸 뒤 그 가죽을 벗겨 왕이 두르시게 하도록 해라. 내가 하라는 대로 하지 않으면 왕은 죽을 거야'라고 하더군요. 저는 조금도 지체 않고 하루 만에 바그다드에서 이렇게 단숨에 돌아왔답니다."

그때까지 그곳에 있던 늑대를 보며 사자는 시종들에게 당장 늑대를 죽여 껍질을 벗기라고 명령했습니다. 늑대의 껍질을 몸에 두르자 그의 병이 나았습니다. 그러자 사자가 말했습니다.

"못된 늑대 놈 같으니라고! 여우가 나를 위해 그렇게 애를 썼는데 그놈은 감히 여우를 모함하다니!"

게와 뱀

옛날 옛적에 뱀 한 마리가 해변으로 내려갔다가 게를 만났습니다.

뱀은 게에게 이렇게 말했습니다.

"안녕? 내가 너 같은 바다 동물과 의형제를 맺어 때때로 바닷가에 와서 해산물을 맛보고, 또 너는 원할 때마다 우리 집에 와서 부드러운 풀잎을 먹어보았으면 하는데 어떻게 생각해? 우리 의형제 맺지 않을래?"

그러자 게는 곰곰이 생각한 후에 대답했습니다.

"그렇게 하지, 뭐."

둘은 의형제가 된 표시로 악수를 하고 자리에 앉아 음식을 먹기로 했습니다. 게는 뱀에게 여러 종류의 해산물과 새우와 해초들을 대접했습니다.

식사를 끝마친 후 기분이 좋아진 뱀은 "친구야, 좋았어, 아주 좋았어"라고 반복하며 게를 껴안았습니다.

게는 약간 겸연쩍어서 이렇게 말했습니다.

"그런데 너는 나를 너무 꼭 껴안는 것 같아."

"네가 너무 좋아서 그래."

뱀이 말했습니다.

조금 후에 뱀은 또다시 "친구야, 너무 좋구나" 하면서 게를 더 꽉 조였습니다.

"그렇지만 너무 죄는 것 아니냐? 숨이 답답해 죽겠어."

그러나 딴마음이 있는 뱀은 말했습니다.

"네가 너무 좋아서 그래. 참을 수가 없어."

"글쎄, 나도 네가 좋기는 해, 하지만……."

게는 이렇게 말하면서 무언가 낌새가 이상하다는 것을 눈치챘습니다. 뱀이 점점 조여오면서 전혀 놓아줄 생각이 없음이 분명했기 때문입니다.

조금 후에 뱀이 다시 거세게 조여오자 게는 절망적인 마음이 되어 집게로 뱀의 목을 꽉 물었습니다. 그러자 뱀은 게를 놓더니 게의 둥지에 축 늘어져버렸습니다. 그 모습을 보고 게가 뱀에게 말했습니다.

"그래, 그렇게 길게 뻗어 있어야지. 돌돌 말면서 나를 목 졸라 죽이려고 해서는 안 되지."

여우와 학

하루는 학이 여우를 식사에 초대했습니다. 학은 목이 긴 병에 우유를 담아 가지고 와서 식탁으로 쓰는 돌 위에 놓고서는 병 속에 부리를 집어넣어 혼자만 우유를 맛있게 마셨습니다. 여우는 학이 숨을 쉬기 위해 부리를 병에서 빼낼 때, 그 부리에서 떨어진 우유 몇 방울을 핥아먹었습니다. 우유를 다 마시고 나자 학이 여우에게 말했습니다.

"형제여, 우유를 그만큼 마셨으니 배가 부르지 않니?"

"그럼, 배가 몹시 부르다마다. 이번에는 내가 널 초대할 테니 내일 우리 집으로 와!"

그들은 약속을 하고 헤어졌습니다.

다음 날 새벽녘에 산등성이에서 둘은 다시 만났습니다. 여우 역시 우유 한 병을 준비해왔습니다. 여우가 우유병을 크고 넙적한 접시 위에 올려놓고는 깨뜨리자 우유가 접시 위에 고였습니다. 여우는 우유를 맛있게 핥아먹기 시작했습니다. 학은 부리로 접시 위를 쪼아봤지만 우유를 한 방울도 먹지 못했습니다.

한참 후에 여우가 학에게 이렇게 물었습니다.

"형제여, 우유를 그만큼 마셨으니 배가 부르지 않니?"

학이 약이 올라 소리쳤습니다.

"손님을 초대해놓고 어떻게 이렇게 할 수가 있냐?"

그러자 여우가 말했습니다.

"대접한 대로 대접을 받는 법이야."

황소와 당나귀

어느 날 황소와 당나귀가 마구간에서 이야기를 하고 있었습니다. 그들은 서로 어떻게 하루를 지내는지 물었습니다.

"여보게 황소, 그래 어떻게 지내나?"

"말도 말게, 나는 이놈의 인생 이제는 지긋지긋하다네. 하루 종일 농사일을 하면서 막대기로 얻어맞기만 하니 말일세."

"참 딱하기도 하지. 어떻게 하면 피할 수 있는지 자네에게 가르쳐줄까?"

"그래, 제발! 어떻게 하면 이 고생을 면하게 될지 가르쳐주게. 평생 은혜는 잊지 않겠네."

"아픈 척하게……."

황소는 당나귀 말대로 아픈 척 꾀병을 부렸습니다. 저녁에 주인이 여물을 주어도 먹지 않았고 물을 주어도 마시지 않았습니다.

"아이고, 우리 황소가 병이 났네. 어떡하지? 내일은 당나귀에게 밭을 갈게 해야겠군."

주인은 이렇게 말하며 다음 날이 되자 당나귀를 데리고 가서 밭갈이를 시켰습니다. 당나귀는 하루 종일 막대기로 얻어맞으며 숨도 쉴 새 없이 일을 했습니다. 저녁 늦게 당나귀는 파김치가 되어 다리를 절룩거리면서 집으로 돌아왔습니다. 그러자 황소가 물었습니다.

"여보게 당나귀, 오늘 어떻게 지냈나?"

"아주 잘 지냈다네. 그런데 주인님이 무어라 말씀했는지 아나?"

"무어라고 하시던가?"

"자네가 아파서 쓸모없게 되었으니 잡아먹어야겠다고 말씀하시더군!"

이 말을 들은 황소는 당장 병이 나은 듯 여물을 먹고 물을 마셨으며 다음 날에는 일하러 나갔습니다.

이렇게 해서 당나귀는 다시 쟁기질에서 해방되었습니다.

쥐와 그의 딸

옛날 옛적에 쥐가 한 마리 살고 있었는데 그에게는 몹시 예쁜 딸이 하나 있었습니다. 딸이 시집갈 때가 되었으나 쥐는 딸을 다른 쥐에게 주고 싶지 않았습니다. 그래서 곰곰이 생각을 하고 있던 중에 찬란하게 빛나고 있는 해님을 보았습니다. '내 딸에게 꼭 맞는 신랑감이다!'라고 생각한 쥐는 지체하지 않고 딸을 데리고 해님이 사는 궁전으로 갔습니다.

"해님, 제 딸을 아내로 삼지 않으시렵니까? 이렇게 예쁘게 생겼기 때문에 다른 이에게는 주고 싶지 않고, 오직 잘생기시고 힘센 당신에게만 주고 싶은데요."

그러자 해님이 이렇게 말했습니다.

"나는 네가 생각하는 것처럼 이 세상에서 가장 힘이 센 이가 아니란다. 저기 보이는 저 구름이 나를 가리면 빛을 잃고 아무것도 할 수 없어. 그러니 저 구름에게로 가봐."

불쌍한 쥐는 해님의 궁전을 떠나 구름에게로 갔습니다.

그러나 구름이 하는 이야기도 해님이 하던 이야기와 다를 바가 없었습니다.

"북풍을 아시지요? 북풍이 한번 불어오면 우리 구름들은 흩어져서 산산조각이 나고 말지요. 그러니 북풍에게로 가보시지요."

쥐는 딸을 데리고 북풍에게로 가서 자기가 온 목적을 말했습니다. 그러자 북풍이 대답했습니다.

"제가 능력만 있다면 당신의 아름다운 딸을 아내로 맞이했을 것입니다. 그러나 저는 당신이 생각하는 것처럼 그렇게 강하지가 못합니다. 저 돌로 쌓은 성이 보이시지요? 사십 년 동안이나 제가 거센 바람을 불어보았지만 저 성을 쓰러뜨리지 못했답니다."

그래서 쥐는 성으로 가서 성에게 이제까지 이야기를 다 했습니다. 그러자 성이 말했습니다.

"쥐 선생님, 제 벽에서 나는 소리가 들리시나요? 누가 이 소리를 내고 있다고 생각하시나요? 용감하고 무서운 쥐들이 나를 갉아먹어서 나는 이제 무너지기 일보 직전에 있답니다. 이 세상에서 쥐보다 더 용감하고 힘센 것은 없답니다."

이 말을 듣고 난 쥐는 딸을 튼튼하고 잘생긴 젊은 쥐에게 시집을 보냈습니다.

동물 합창단

옛날 옛적에 한 농부에게 당나귀 한 마리가 있었습니다.
그러나 당나귀가 너무 늙어 쓸모없게 되자 농부는 당나귀를
집에서 멀리 떨어진 곳으로 데리고 가서 굶어 죽으라고 나
무에 묶어놓았습니다. 그때 마침 그곳을 한 사냥꾼과 개가
지나치게 되었습니다. 사냥꾼 역시 개가 너무 늙어 토끼를
잡지 못하게 되었기에 개를 그곳에 버리고 갔습니다.

개는 묶여 있는 당나귀를 보자 이렇게 물었습니다.

"당나귀님, 이곳에서 무얼 하고 계시나요?"

당나귀가 대답했습니다.

"주인님이 이제는 내가 너무 늙어 일을 못하니 굶어 죽으
라고 이곳에 묶어놓았어요."

"저 역시 토끼들을 잡지 못한다고 주인님에게 쫓겨났답
니다."

"그럼 우리 둘이서 동물 합창단을 만들어보지 않겠어요?"

당나귀가 말했습니다.

"한번 해봅시다."

그러자 당나귀는 매여 있던 밧줄을 끊고 개와 함께 길을 떠났습니다. 잠시 후에 그들은 어떤 집 발코니 구석에서 손수건으로 눈물을 닦으며 울고 있는 고양이를 만났습니다. 당나귀가 고양이에게 말했습니다.

"고양이님은 왜 울고 있지요?"

"왜 울고 있느냐고요? 제가 늙어서 쥐를 잡지 못한다고 안주인님이 저를 쫓아냈답니다."

"저희는 지금 동물 합창단을 만들려고 하는데 고양이님도 우리와 함께 가지 않겠어요?"

"물론이죠, 같이 갈게요."

어느 정도 길을 가다가 개가 당나귀에게 말했습니다.

"당나귀님, 저는 다리가 아파 더 이상 걸을 수가 없군요."

당나귀가 개에게 말했습니다.

"제 등 위로 올라오세요."

개가 당나귀 등 위로 올라가자 고양이도 당나귀 등 위로 올라갔습니다. 이렇게 하여 당나귀는 개와 고양이를 등에 태우고 걸어갔습니다.

한참을 걷다가 그들은 한 별장에 도착했습니다. 별장의 기둥 위에서는 수탉이 서글피 울고 있었습니다. 당나귀가 수탉에게 물었습니다.

"수탉님은 왜 울고 계시나요?"

"손님이 왔는데 주인님이 저를 잡아서 요리를 하려고 한답니다."

"우리는 동물 합창단을 만들려고 하는데 수탉님도 같이 가시겠어요?"

수탉도 날아올라 당나귀 등에 올라탔습니다. 그들은 계속 걸어가다가 숲에 이르렀는데, 그때는 이미 날이 어두워진 뒤였습니다. 동물들은 고양이에게 말했습니다.

"고양이님이 나무 위로 올라가서서 어디 불빛이 비치는 곳이 있나 살펴보세요."

고양이가 나무 꼭대기로 올라가서 보니 숲 속 한가운데에 불이 반짝이는 것이 보였습니다. 동물들은 불빛이 보이는 곳으로 갔습니다. 거기에는 오두막집이 한 채 있었는데, 마침 그날 이곳에 도둑 떼가 모여 있었습니다.

도둑들이 불에 음식이 든 냄비를 막 내려놓으려는 순간 당나귀는 창문에 얼굴을 집어넣고 "워우! 워우!" 하고 소리 지르기 시작했고, 개는 "멍멍!", 고양이는 "야옹! 야옹!", 수탉은 "꼬꼬댁 꼭꼭!" 하며 제각기 소리를 질렀습니다. 도둑들은 이것이 귀신들의 소리라 생각하고 혼비백산하여 도망갔습니다.

당나귀와 그의 일행은 집 안으로 들어가 도둑들이 준비한 음식을 맛있게 먹으며 잔치를 벌였습니다. 식사를 마치자 당나귀는 밖으로 나갔고, 개는 문간에 엎드렸고, 고양이는 벽난로 속에 누웠고, 수탉은 오두막집 앞에 있는 나뭇가지 위로 올라갔습니다.

밤이 깊어 동물 합창단이 잠이 들었을 때, 도망갔던 도둑들의 대장이 부하들에게 말했습니다.

"누가 가서 오두막집이 어떻게 되었는지 보고 오겠느냐?"

"제가 가겠습니다."

한 도둑이 대답했습니다.

"어서 갔다오너라."

도둑은 오두막집으로 가서 안으로 들어갔습니다. 문가에 있던 개는 도둑이 들어가도록 내버려두었습니다. 도둑은 고양이의 빛나는 두 눈을 보고는 "아직도 벽난로에 불씨가 살아 있군" 하고 말하면서 벽난로로 다가갔습니다. 그러자 고양이가 재빨리 그의 얼굴을 할퀴었습니다. 놀란 도둑이 밖으로 나오려 하자 이번에는 문간에 있던 개가 도둑의 다리를 물고 늘어졌습니다. 도둑이 간신히 밖으로 빠져나오자 이번에는 당나귀가 그에게 발길질을 했습니다. 수탉은 나뭇가지 위에서 "꼬끼댁, 저놈 잡아라, 저놈 잡아라" 하고 외쳤습니다.

도둑은 너무 놀라 뒤도 돌아보지 않고 도망쳤습니다. 그가 돌아오자 도둑 일행은 그에게 오두막집이 어떻게 되었느냐고 물었습니다.

"말도 마십시오. 벽난로에 갔더니 한 마녀가 눈을 할퀴고, 밖으로 나오려 했더니 또 다른 마녀가 다리를 잡아채고, 밖으로 나왔더니 키 큰 마녀가 몽둥이로 쳐서 쓰러뜨리더니, 또 한 마녀가 '저놈 잡아라, 저놈 잡아라' 하고 찢어지는 소리를 내더군요."

그 후로 도둑들은 오두막집에 얼씬도 하지 않았습니다. 그래서 당나귀와 개와 고양이와 수탉은 그곳에서 '잘 먹고, 마음껏 마시고, 우리한테는 아무것도 주지 않았습니다.'

세상에서 가장 엉뚱한 이야기

해학

수염 없는 사람과 괴물

옛날 옛적에 한 양치기가 살았는데 그는 양과 염소를 많이 가지고 있어서 거기서 나오는 젖으로 상당량의 치즈를 만들었습니다. 그런데 그가 치즈를 만들어놓기만 하면 몹쓸 괴물이 와서 치즈를 모두 먹어버리곤 했습니다.

어느 날 양치기는 자기 목장에서 수염 없는 사람이 술에 취해 있는 것을 발견했습니다. 그래서 그는 술 취한 사람을 깨워 함께 음식을 먹으면서 자기의 고충을 털어놓았습니다. 수염 없는 사람은 괴물이 와서 치즈를 다 먹어버린다는 말을 듣고는 이렇게 말했습니다.

"내가 그 괴물을 죽여주면 그 보답으로 나에게 무얼 주겠소?"

그러자 양치기가 대답했습니다.

"이래저래 나는 수입도 없고 손해만 보고 있는 참이오. 그러니 괴물을 죽이면 내가 갖고 있는 양의 반을 당신에게 주리다. 내일 아침이 괴물이 오는 날이니 조심하쇼."

"그까짓 것 걱정하지 마쇼."

수염 없는 사람이 말했습니다.

아침이 되어 수염 없는 사람이 잠에서 깨어나자 양치기가 말했습니다.

"자, 준비 되셨소? 이제 곧 그 괴물이 올 거요!"

수염 없는 사람은 어젯밤 일을 하나도 기억하지 못했습니다. 양치기가 여차여차해서 당신이 괴물을 죽여주겠다고 약속을 했다고 말하자, 그는 그제야 이런저런 궁리를 해봤지만 어떻게 괴물을 없애야 할지 통 방법이 떠오르지 않았습니다. 그렇다고 자기가 한 말을 거두어들일 생각은 없었습니다. 그래도 괴물과 싸우는 일은 겁나는 일이었지요. 그는 이렇게 저렇게 한참을 생각하다가 목동에게 말했습니다.

"생치즈 스물다섯 개를 동그랗게 만들어 목장 안과 길 위에 뿌려두세요."

양치기는 수염 없는 사람이 시키는 대로 했습니다. 그리고 두 사람은 앉아서 기다렸습니다. 잠시 후에 쿵 하고 땅이 울리는 소리가 났습니다. 양치기가 수염 없는 사람에게 말했습니다.

"바짝 정신을 차리시오! 지금 괴물이 오고 있소. 저 쿵 하는 소리가 바로 그의 발자국 소리라오."

괴물이 그들 가까이 다가오자 수염 없는 사람은 괴물 앞으로 나서며 온 힘을 다해 큰 소리로 외쳤습니다.

"멈춰라! 그리고 썩 이곳을 떠나지 못하겠느냐? 만약 떠나지 않으면 너를 이 돌처럼 녹여버리겠다."

그리고 그는 땅에서 생치즈 덩어리를 집어 들고 손으로 비벼 짓이긴 후에 입에 넣고 먹었습니다. 괴물은 그가 돌을 녹여 먹어 치우는 것을 보고 겁이 났습니다. 그리고 자기도 한번 돌을 먹어보려 했지만 실패하고 말았습니다.

"한 번만 더 해보시지요."

괴물이 수염 없는 사람에게 말했습니다.

"한 번 더 할 테니 잘 보아라."

수염 없는 사람은 이렇게 말하고 다시 치즈 덩어리 하나를 집어 들어 손으로 비벼 짓이긴 후에 먹었습니다.

"아이고, 하느님 맙소사! 제발 부탁이니 제 목숨만 살려주십시오. 저희는 모두 사십 형제인데 당신을 저희 궁전으로 모시고 대장님으로 섬기겠습니다."

괴물이 애원했습니다.

"그러면 이리 와서 나를 업어라."

수염 없는 사람이 이렇게 말하자 괴물은 그를 목에 태우고 자기 궁전으로 데리고 갔습니다.

괴물 형제들은 집으로 들어오면서 사람 냄새를 맡고는

야단법석을 떨었습니다.

"와, 사람 냄새가 진동하는군! 그놈을 먹게 치우게 빨리
어서 가져와라!"

"아이쿠, 큰일 날 소리들을 하는군! 그분이 들으면 우리
모두를 가루로 만들어버릴 거야. 키가 작다고 무시하면 안
돼. 글쎄 돌을 먹는 분이라니까. 목장에 갔다가 내가 아주 혼
이 났어."

괴물은 수염 없는 사람이 낮에 한 일을 형제들에게 모두
이야기했습니다. 이 말을 듣자 괴물들은 그에게 절을 하면
서 대장님이라고 불렀습니다.

저녁이 되어 모두들 식탁에 앉았습니다. 수염 없는 사람
이 곁눈질로 보니 괴물들은 고기의 뼈를 추려내지도 않고
통째로 삼키고 있었습니다. 그래서 그는 고기를 먹으면서
뼈는 살짝 추려내어 남들이 보지 않게 속옷 속으로 집어넣
었습니다. 술을 마시는 시간이 되었습니다. 그가 또한 곁눈
질로 보니 괴물들은 양동이를 컵으로 사용하고 있었습니다.

'아이쿠, 저것의 반만 마셔도 나는 죽겠구나!'

이렇게 생각한 그는 괴물들에게 말했습니다.

"너희들을 위해 그러니 나에게는 제발 작은 잔에 술을 따
라주기 바란다. 나는 술버릇이 무척 나빠서 저 양동이를 몇
번 들이키면 집이고 사람이고 남아나는 것이 하나도 없을

테니 말이다."

"네, 대장님, 제발 원하시는 만큼만 마시세요."

아침이 밝자 그들은 공을 던지기 위해 밖으로 나갔습니다. 괴물들은 40킬로그램이나 되는 무거운 공을 가지고 있었는데, 아침마다 들판으로 나가 누가 제일 멀리 던지나 겨뤄보곤 했습니다. 먼저 한 괴물이 공을 던졌고 공은 1킬로미터를 날아갔습니다. 그 다음 다른 괴물이 공을 던졌는데 이번에는 공이 2킬로미터를 날아갔습니다. 이렇게 괴물들이 차례차례 공을 던졌는데 어떤 괴물은 멀리 던졌고 어떤 괴물은 가깝게 던졌습니다. 수염 없는 사람의 차례가 되자 괴물들은 말했습니다.

"대장님, 이제 대장님 차례입니다."

공이 너무 무거워서 들 수도 없기에 수염 없는 사람은 몸을 살짝 굽히고 공 위에 손을 놓고는 몸을 앞뒤로 흔들다가 갑자기 소리를 질렀습니다.

"이즈미르*, 비켜서라!

콘스탄티누폴리스여, 비켜서라!

※ 터키 지중해 해안에 있는 도시 이름. 1923년까지는 이곳에 많은 그리스인들이 살았었다.

수염 없는 사람이 공을 던지노라!"

괴물들은 이즈미르와 콘스탄티누폴리스라는 지명을 듣자 이렇게 애걸을 했습니다.

"대장님, 이즈미르와 콘스탄티누폴리스에는 우리 여동생들이 살고 있으니 제발 공을 던지지 마십시오. 대장님이 공을 던지시면 그 애들이 맞아 죽고 맙니다. 제발 멈추세요!"

다음 날 괴물들은 물을 떠오기 위해 우물로 가려고 하고 있었습니다. 그러자 수염 없는 사람이 말했습니다.

"내가 가서 물을 떠올 테니 밧줄과 통을 가져오너라."

"아닙니다, 대장님. 그러실 필요 없습니다. 저희들이 떠오지요."

"아니다. 내가 가서 떠오겠다. 그렇지 않아도 심심하던 참이었다."

그리하여 괴물들은 통과 밧줄을 가져왔습니다. 그러나 그는 밧줄 하나도 제대로 들 수가 없었습니다. 그가 한 괴물에게 말했습니다.

"저 통을 들고 우물로 가서 물을 가득 채워놓아라. 나는 빈 통 같은 것은 들고 가고 싶지도 않다."

괴물은 통을 지고 우물로 가서 물을 가득 채워놓았습니다. 조금 후에 수염 없는 사람은 우물로 갔으며 온 힘을 다해 간신히 밧줄로 우물을 칭칭 동여매놓고 앉아서 기다렸습니다. 그렇게 기다리고 있으면 괴물들이 자기를 찾아올 것이 뻔히 알았기 때문입니다.

저녁이 되어 대장에게 무슨 일이 일어났는지 알아보기 위해 괴물들이 오고 있었습니다. 그들의 발소리를 듣고는 수염 없는 사람은 소리를 지르기 시작했습니다.

"영차, 영차, 영—차."

그러고는 밧줄을 잡아당기는 시늉을 했습니다.

"아이쿠 대장님, 지금 무얼 하고 계십니까? 그렇게 해서 우물이 망가지면 저희는 물을 못 먹게 되는데요."

수염 없는 사람이 말했습니다.

"잘 보아라. 우물을 궁전 가까이로 옮겨 내 새끼손가락으로도 절대 들고 싶지 않은 저 통을 들고 매일같이 이곳에 오는 수고를 덜려고 하는 중이다."

"아닙니다, 대장님. 제가 통을 지고 갈 테니까 우물을 그냥 놓아두십시오."

"그러면 내가 통 위에 앉을 터이니 어서 통을 지고 가라."

괴물은 통 위에 수염 없는 사람을 앉히고는 통과 밧줄을 지고 궁전으로 돌아갔습니다.

다음 날 그들은 나무를 하러 갔습니다. 괴물들은 수염 없는 사람의 도끼와 밧줄을 운반해주고 그를 관목숲 속에 남겨놓은 채 뿔뿔이 흩어졌습니다. 그는 또다시 밧줄로 나무 몇 그루를 동여매놓고 앉아서 기다렸습니다. 그리고 괴물들이 자기를 찾아오는 소리를 듣자 이렇게 외치기 시작했습니다.

"영차, 영—차."

"아이쿠 대장님, 숲이 다 망가지겠어요."

"너희들처럼 일일이 나무를 운반하지 않고 한꺼번에 가져가려고 한다."

"그러실 필요 없습니다, 저희들이 옮기겠어요."

괴물들은 그를 나무 위에 앉히고 궁전으로 모시고 갔습니다.

이렇게 며칠이 지나자 수염 없는 사람은 지겨워지기도 했고, 또 괴물들이 눈치채지 않을까 두렵기도 해서 이렇게 말했습니다.

"너희들 중의 누구 하나가 나를 업어 집까지 데려가주기를 바란다. 다음에 오고 싶으면 그때 다시 찾아오겠다."

"대장님, 좋으실 대로 하십시오."

괴물들도 그가 떠났으면 하고 바랐기 때문에 그에게 선선히 대답했습니다.

괴물 하나가 그를 어깨 위에 올려놓고 길을 떠났습니다. 그들이 마을에 가까이 가자 수염 없는 사람은 마을 사람들이 자기를 보고 아는 체를 하면 모든 것이 탄로 나서 괴물이 자기를 잡아먹을까 두려워서 괴물에게 말했습니다.

"내가 사는 집을 보여줄 테니까 이제 나를 땅에 내려놓고 내 뒤를 몰래 따라오너라."

집에 도착하자 수염 없는 사람은 콩을 가는 맷돌을 다락에서 꺼내어 '드르르 드르르' 돌리면서 괴물에게 말했습니다.

"이 소리가 들리느냐? 내가 이빨 가는 소리니까 너도 조심 하여라."

그러고는 맷돌을 더욱 빨리 돌리면서 말을 이었습니다.

"그리고 혹시 너희들 중에 누가 양치기를 또 못살게 굴면 너희들 모두를 잡아먹을 테니 그런 줄 알아라!"

괴물은 그만 놀라서 누가 뒤를 쫓아오지 않나 계속 돌아보면서 도망가버렸습니다.

그 후로 다시는 괴물들이 양치기를 괴롭히는 일이 없었습니다. 수염 없는 사람은 양치기에게 가서 약속했던 양들을 받아왔습니다. 그리고 그는 행복한 나날을 보냈습니다.

일리아스

옛날 옛적에 일리아스란 사람이 살았습니다. 하루는 그가 방앗간으로 가서 밀을 갈아서 노새의 등에 싣고 집으로 향했습니다.

그는 어느 정도 길을 가다가 노새의 등에서 짐을 풀어 내려놓은 다음에 노새가 풀을 뜯게 내버려두고는 잠깐 눈을 붙였습니다. 그때 어떤 사람이 당나귀 등에 콩을 싣고 그곳을 지나다가 일리아스가 깊이 잠에 빠져 있는 것을 보고는 콩을 싣고 있는 당나귀를 놓아두고 그 대신 일리아스의 노새 등에 밀을 실었습니다. 그러고는 일리아스가 쓰고 있던 밀짚모자를 벗겨서 자신이 쓰고, 일이아스에게는 자신의 낡은 벙거지를 씌어놓았습니다. 한술 더 떠 일리아스의 구두를 벗겨내 신은 뒤 일리아스에게는 자신의 술이 달린 터키식 신발을 신겨놓았습니다.

이렇게 해놓고 그는 밀을 실은 일리아스의 노새를 데리

고 자리를 떠버렸습니다.

한참이 지나 일리아스가 잠에서 깨어났습니다. 그가 주변을 살펴보니 웬 당나귀 한 마리가 있었습니다. 당나귀 등에 있는 짐을 풀어보니 콩이 가득 들어 있었습니다. 손을 들어 쓰고 있던 모자를 벗어보니 낡은 벙거지였습니다. 발을 보니 술이 달린 터키식 신발을 신고 있었습니다.

"어, 이것 봐라! 나는 일리아스가 아니잖아! 나는 노새에 밀을 싣고 가고 있었고, 밀짚모자에다가 구두를 신고 있었거든!"

그는 집으로 가서 자기 아내에게 소리쳤습니다.

"일리아스 부인, 일리아스 부인, 일리아스 씨는 어디에 있어요?"

"방앗간에 갔어요."

"어떤 짐승하고 갔지요?"

"노새를 데리고 갔어요."

"어떤 짐을 싣고 떠났나요?"

"밀이요."

때는 마침 어두운 밤이었기 때문에 모습이 잘 보이지 않았지만, 그의 부인은 목소리를 듣고 말하고 있는 사람이 자기 남편임을 알았습니다.

"아니 이 바보 같은 양반아, 무슨 일이 있었던 거예요? 빨리 들어오세요!"

"아니에요, 나는 일리아스가 아니에요. 일리아스는 술이
달린 터키식 신발을 신고 있지도 않았고, 당나귀를 가지고
있지도 않았어요."

그의 부인이 한숨을 쉬며 문을 열고 밖으로 나와 그를 집
안으로 데리고 들어갔습니다. ✺✺

미그달리아*와 진지라스**

옛날 옛적에 한 가난한 사람이 옷감 짜는 집을 지나다가 발목에 빨간 실이 매어져 있는 검은 암탉을 보았습니다. 그리고 집으로 돌아가는데 이웃집 여자가 누군가가 자기의 검은 암탉을 훔쳐갔는데 하느님의 도움으로 찾기를 바란다고 푸념을 늘어놓는 소리를 들었었습니다. 가난한 사람은 이웃집 여자를 소리쳐 불러 말했습니다.

"내게 1드라크마를 주면 암탉이 어디 있는지 가르쳐주지요."

이웃집 여자가 그러겠다고 말하자 그는 책을 꺼내 점을 치는 시늉을 한 뒤 그녀에게 말했습니다.

"아, 암탉을 찾았어요. 그 닭은 저기 옷감 짜는 집에 있네

※ 그리스어로 '아몬드나무'를 가리키는 낱말. 여기서는 여자 이름으로 쓰였다.
※※ 그리스어로 '베짱이'를 가리키는 낱말. 여기서는 남자 이름으로 쓰였다.

요. 어서 가보세요."

그 여자는 옷감 짜는 집으로 가서 암탉은 찾은 뒤 그에게 1드라크마를 주었습니다.

그러자 가난한 사람의 부인이 그에게 말했습니다.

"이거 참 괜찮은 일인데요. 당신이 점쟁이 행세를 하면 좋을 것 같아요."

그래서 가난한 사람은 점쟁이 행세를 하기로 마음먹고 사람들에게 점괘를 풀어 이야기하기 시작했습니다.

큰 사거리에 앉아 엉터리 점쟁이 노릇을 하고 있는데, 왕의 시종들이 그곳을 지나가다가 왕비님이 아들을 낳을지 아니면 딸을 낳을지를 그에게 물었습니다. 그는 무어라 대답할지 막막해서 책을 하나 꺼내 들고 점괘를 읽는 척하면서 계속 다음과 같이 중얼거렸습니다.

"아들, 딸, 아들, 딸, 아들, 딸……."

시종들은 그 소리를 계속 듣고 있기가 지겨워서 자리를 떴습니다.

우연히도 왕비가 아이를 낳고 보니 아들 하나와 딸 하나, 쌍둥이였습니다. 그때 시종들은 사거리의 점쟁이가 정확하게 이 일을 예측해서 맞혔음을 기억해내고는 임금님께 그 사실을 말씀드렸습니다.

그 즈음 어떤 도둑들이 왕의 보물 상자를 훔친 사건이 있었는데 범인들을 잡지 못하고 있었습니다. 그래서 용한 점쟁이가 있다는 말을 들은 왕은 기뻐하며 그를 데려오도록 했습니다. 그냥 데려오는 것이 아니라 군인들의 호위와 군악대의 음악 연주까지 동원해 온갖 예의와 격식을 차려 거의 모셔오다시피 했습니다. 엉터리 점쟁이는 두려웠지만 다른 뾰족한 수가 없어 궁전으로 끌려왔습니다.

하루가 지나고 이틀이 지나고 사흘이 지났지만 엉터리 점쟁이는 도둑을 잡을 방법을 생각해내지 못했습니다. 어느 날 저녁 점쟁이는 아몬드 한 접시를 달라고 해서 그것을 깨서 먹기 시작했습니다.

왕의 보물을 훔쳐간 도둑은 삼인조였는데, 그 가운데 한 명이 문밖에서 점쟁이의 동태를 살피며 그가 정말로 맞는 점을 치는지 지켜보고 있었습니다. 그때 아몬드를 배불리 먹은 점쟁이는 졸음이 오자 이렇게 혼잣말을 말했습니다.

"첫째 놈이 왔구면(첫 번째 졸음이 왔구나)!"

밖에서 살펴보던 도둑이 이 말을 듣고 겁에 질려버렸습니다. 그리고 달려가서 나머지 두 도둑에게 말했습니다.

"여보게들, 큰일 났네. 그 점쟁이가 우리를 정확하게 알아냈네. 내가 밖에서 그놈 동정을 살펴보고 있는데 '첫째 놈이 왔구면' 이러는 게 아닌가?"

나머지 두 도둑은 이 말을 믿을 수 없었습니다. 이번에는

두 번째 도둑이 문밖에서 점쟁이가 하는 짓을 살펴보기로
했습니다. 마침 그때 점쟁이는 잠에서 깨어나서 다시 아몬
드를 까먹었습니다. 그러고 나니 또다시 졸리기 시작했습니
다. 그래서 이렇게 중얼거렸습니다.

"두 번째 놈이 왔구먼!"

이 말을 들은 둘째 도둑은 달려가서 다른 도둑들에게 말
했습니다.

"내가 온 걸 눈치챘더라고…… 내가 다가가니 '두 번째 놈
이 왔구먼' 하고 말하는 거야."

셋째 도둑이 점쟁이를 살피러 갔습니다.

점쟁이는 다시 깨어나서 아몬드를 까먹고 또 잠이 오자
중얼거렸습니다.

"삐딱한 놈이 또 왔구먼(세 번째 졸음이 왔구먼)!"

세 번째 도둑도 달려가 이 사실을 전했습니다.

"그 악마 같은 점쟁이가 우리 존재를 확실히 알고 있어!"

세 도둑은 모두 점쟁이에게로 달려가 문을 부수듯 들어
가서는 그에게 빌었습니다.

"우리는 당신이 아주 훌륭한 점쟁이인 걸 잘 알고 있을 뿐
아니라, 우리 세 명의 정체를 알아낸 것도 알고 있습니다. 제
발 임금님께 우리에 대해 말하지 말아주십시오. 우리가 그
보물 상자를 어디에 감췄는지를 말씀드리겠습니다."

그러고는 점쟁이를 보물 상자를 숨겨놓은 곳으로 안내했습니다.

그 후 며칠이 더 흐른 후 왕이 점쟁이에게 물었습니다.

"여보게, 점쟁이! 혹시 알아낸 게 있는가?"

점쟁이가 대답했습니다.

"뭔가 짚이는 게 있기는 하옵니다만…… 제게 일꾼 하나만 붙여주십시오."

왕은 그에게 시종 한 명을 붙여주었습니다. 점쟁이는 궁전 정원의 한구석으로 가서는 시종에게 그곳을 파라고 말했습니다. 거기에는 금화가 가득한 보물 상자가 온전한 상태로 있었습니다. 왕은 기뻐하며 점쟁이에게 온갖 선물을 주었습니다. 그리고 저녁 만찬을 같이 한 뒤에 그를 정원으로 데리고 나가 이렇게 말했습니다.

"너야말로 진정한 점쟁이인 듯하니 내가 묻겠다. 내가 이 손 안에 무얼 가지고 있는지 맞혀보아라!"

그러자 마누라는 '미그달리아(아몬드나무)'라고 불리고 자신은 '진지라스(베짱이)'라고 불리던 불쌍한 엉터리 점쟁이는 겁에 질려 절망에 빠져 한탄하며 다음과 같이 넋두리를 내뱉었습니다.

"이게 네 팔자지! 진지라스야, 미그달리아가 너를 임금님의 손아귀에 떨어뜨렸구나!"

왕은 점쟁이가 자신이 아몬드나무에서 베짱이를 잡은 것을 맞추자 한편으로는 깜짝 놀랐고, 또 한편으로는 진정한 예언자를 갖게 된 것이 너무 기뻐 점쟁이에게 많은 금화를 주고는 고향집으로 돌아가게 해주었습니다. 그 이후로 엉터리 점쟁이는 오래오래 잘 살았습니다.

야니라는 이름을 가진
사십 명의 사람들

옛날 옛적에 야니라는 이름을 가진 사십 명의 사람들이 나무를 베러 숲으로 갔습니다. 그들은 각자 도끼를 하나씩 가지고 떠났는데 그들이 숲 가까이 갔을 때는 이미 날이 저물었습니다. 그래서 그들은 이렇게 말했습니다.

"지금 자고 아침 일찍 일어나서 나무를 베도록 하지."

그들이 누워 자려고 하는데 모두들 가운데에만 눕고 싶어 하고 가장자리에 눕겠다는 사람은 아무도 없었습니다. 그들은 자리 때문에 싸우기 시작했습니다. 그들이 싸우는 소리를 듣고 양치기 한 사람이 무슨 일이 일어났는지 보기 위해 달려왔습니다. 그들은 양치기를 보자 이렇게 물었습니다.

"당신은 혹시 우리 모두를 가운데 눕게 하는 방법을 알고 있소?"

양치기가 말했습니다.

"알긴 합니다만 그렇게 해드리면 저에게 그 보답으로 무엇을 주시겠습니까?"

"우리가 가지고 있는 도끼를 전부 드리지요."

그들은 이구동성으로 일제히 똑같은 대답을 했습니다.

양치기는 한쪽 끝에 코트를 가져다 놓고 다른 한쪽 끝에는 통나무 하나를 집어다 놓고는 도끼를 전부 집어 들고 떠났습니다. 사십 명의 야니라는 이름을 가진 사람들은 코트와 통나무 사이에 일렬로 누웠습니다.

새벽이 되어 그들은 일어나서 나무를 베기 위해 숲 속으로 들어갔습니다. 주위를 둘러보다가 높이 솟아 있는 삼나무 한 그루를 보고는 그들 중 한 명이 외쳤습니다.

"자, 우리 저 나무를 베도록 하지."

일행 중의 한 명이 말했습니다.

"그런데 무엇으로 나무를 자르지? 도끼가 없잖아!"

다른 사람들이 말했습니다.

"나에게 좋은 생각이 있어. 내가 먼저 나무 꼭대기에 올라가 매달릴 테니까 다른 한 사람이 나무 위로 올라와 내 다리에 매달리고, 또 한 사람이 올라와 두 번째 사람 다리에 매달리고 이렇게 우리가 모두 차례차례 앞사람 다리에 매달려 있으면 나무가 어떻게 되겠어? 무게 때문에 쓰러지고 말겠지. 그러면 집으로 가지고 가서 잘게 패는 거야!"

사십 명의 야니들은 그가 말한 대로 했습니다. 한 사람씩 차례로 나무 위로 올라가서 앞사람 다리에 매달렸습니다. 맨 아래에 있던 사람의 이름이 마스트로야니 판텔리스였습니다. 삼나무 꼭대기에 매달려 있던 사람은 무게 때문에 팔이 몹시 아팠습니다. 그래서 맨 아래에 있는 사람에게 이렇게 소리쳤습니다.

"여보게, 마스트로야니 판델리스! 내가 손에다 침 좀 바르고 다시 붙잡을 테니까 잠깐만 나를 대신해서 자네가 붙잡고 있게나."

그러고는 잠시 손을 놓았습니다. 그러자 매달려 있던 사람들이 모두 도랑에 굴러떨어져 죽었습니다. 다만 제일 아래에 있던 두 사람만 죽음을 면했고, 맨 꼭대기에 있던 사람도 다른 사람들 위에 떨어져서 목숨을 건졌습니다. 남은 세 사람은 일어나서 그곳을 떠났습니다.

한참을 가다가 그들은 산비둘기 한 마리가 나무 위에 앉아 있는 것을 보았습니다. 그러자 한 사람이 다른 두 사람에게 말했습니다.

"자네는 불을 피울 성냥을 구해오고 또 자네는 산비둘기에 뿌릴 소금을 구해오게. 나는 그동안 나무 위로 올라가 새를 잡아오겠네."

두 사람은 성냥과 소금을 구하러 마을로 갔고 나머지 한 사람은 새를 잡으러 나무 위로 올라갔습니다.

산비둘기는 사람이 다가오자 다른 나무로 날아갔습니다. 그러자 그는 이렇게 말했습니다.

"네가 날아가면 나는 못 날아갈 줄 아느냐?"

그러고는 나무에서 뛰어내리다가 아래로 떨어져 죽었습니다. 그런데 우연히 새의 깃털 하나가 날아와 그의 입에 꽂혔습니다.

다른 두 사람이 돌아와 자기들의 친구가 입에 깃털이 꽂힌 채 죽어 있는 것을 보고는 고개를 끄덕이며 이렇게 말했습니다.

"사냥감을 굽지도 않고 날것으로 먹었으니까 죽었지."

이제는 둘만이 남았습니다. 한 사람이 말했습니다.

"이 소금을 어떻게 하지?"

"밭에 뿌리도록 하지 뭐."

다른 사람이 말했습니다.

그들은 당장 그곳에서 밭을 일구고 그 밭에 고랑을 파서 소금을 뿌렸습니다. 매일같이 그들은 밭으로 가서 소금에서 싹이 나왔나 보았지만 아무것도 돋아나지 않았습니다. 그래서 그들은 소금을 먹는 범인을 잡기 위해 총을 어깨에 메고 밭으로 갔습니다. 그들이 밭에 도착했을 때 메뚜기 한 마리가 있는 것을 보았습니다. 한 사람이 다른 사람에게 낮은 목소리로 말했습니다.

"저것이 우리가 뿌린 소금을 먹는 범인인가 보네!"

바로 그 순간 메뚜기는 팔짝 뛰더니 다른 사람 이마 위에 앉았습니다.

"움직이지 말고 가만히 있게. 우리 소금을 먹은 새를 잡아야 하니까."

그는 방아쇠를 당겨 메뚜기를 죽였습니다. 그렇게 해서 그는 자기 친구 또한 죽였습니다. 이제 그는 혼자가 되었습니다. 마을로 돌아오는 길에 그는 다리를 지나게 되었습니다. 다리 아래로는 강물이 흐르고 있었습니다. 그는 다리 끝으로 가서 다리 아래의 아치를 보다가 미끄러져 강물에 떨어졌습니다. 그래서 마지막 남은 사람까지 죽었습니다. ᙓ

양치기와 세 가지 질병

옛날 옛적에 마을 밖에 양 우리를 가지고 있는 양치기가 있었습니다. 그는 양 우리 가까운 곳에 작은 집을 짓고 살고 있었습니다. 어느 날 저녁 그가 막 자려고 자리를 펴는데 누군가 밖에서 문을 쾅쾅 두드렸습니다.

"누구세요?"

"문 열어라!"

양치기가 문을 열자 검은 옷을 입은 여자가 서 있었습니다. 양치기가 물었습니다.

"누구시죠? 그리고 무슨 일로 오셨는지요?"

검은 옷의 여자가 말했습니다.

"나는 홍역이다. 너한테 제일 좋은 양 한 마리를 달라고 왔다. 만약 주지 않으면 나는 네 목숨을 빼앗을 거다. 자, 내너를 살려줄 테니 양을 내놓아라!"

양치기가 그녀에게 말했습니다.

"어렸을 때 우리 어머니가 내게 해준 말을 잘 기억하고 있는데, 나는 홍역을 앓고 다 나아서 다시는 홍역에 걸릴 염려가 없단다. 혹시 다시 걸리더라도 아주 약하게 앓을 거라고 그러셨다. 그러니 귀찮게 하지 말고 어서 우리 집에서 나가거라! 너하고는 볼일이 전혀 없다."

머쓱해진 홍역은 하는 수 없이 그냥 떠났습니다.

양치기가 다시 잠을 자려고 눈을 막 붙이려는 순간 또다시 문을 쾅쾅 두드리는 소리가 났습니다.

"어이구, 빌어먹을! 또 누구야?"

양치기가 이렇게 중얼거리며 문을 열자 또다시 검은 옷을 입은 여자가 서 있었습니다.

"이런 늦은 시간에 무엇 때문에 오셨습니까?"

양치기가 물었습니다.

"나는 디프테리아다. 너한테 제일 좋은 양 한 마리를 달라고 왔다. 만약 그렇게 하지 않으면 내가 네 목숨을 빼앗을 거다. 자, 내 너를 살려줄 테니 양을 내놓아라!"

양치기는 기억을 되살려서 그녀에게 말했습니다.

"어렸을 때 우리 어머니가 내게 해준 말을 잘 기억하고 있는데, 나는 디프테리아를 앓았다가 다 나아서 다시는 그런 병에 걸릴 염려가 없단다. 너하고는 볼일이 없으니 빨리 여길 떠나라."

디프테리아는 한숨을 내쉬며 물러갔습니다.

양치기가 잠자리에 들어 막 잠이 들려고 하는데 또다시 문을 쾅쾅 두드리는 소리가 났습니다.

"정말 못살겠네. 오늘 저녁은 정말 날 가만 놔두질 않는군."

양치기가 문을 열자 또다시 검은 옷을 입은 여자가 서 있었습니다.

"무엇 때문에 오셨습니까?

양치기가 물었습니다.

"나는 페스트인데 네 목숨을 가져가려고 왔다. 하지만 네가 내게 제일 좋은 양 한 마리를 주면 네 목숨을 살려주지."

양치기가 아무리 기억을 샅샅이 뒤져봐도 페스트에 걸렸다가 나았다는 이야기는 들은 적이 없었습니다. 그래서 이렇게 말했습니다.

"할 수 없지. 내가 양을 주지."

양치기는 그 여자를 데리고 양 우리로 가서 제일 좋은 양을 건넸습니다.

"어서 가져가라."

"아니, 네가 우리 집까지 양을 옮겨줘야 해."

페스트가 말했습니다.

"집이 어딘가?"

"나를 따라오면 돼."

페스트가 앞장을 서고 양치기가 양을 등에 짊어지고 뒤
따랐습니다. 그들은 중간에 황량한 벌판을 지나기도 하면서
계속 산으로 올라갔습니다. 양치기는 황무지를 지날 때 겁
이 몹시 났지만 아무 말도 하지 못했습니다. 한참을 가니 저
멀리에 불빛이 환한 궁전 하나가 보였습니다.

"저기가 내 집이다."

페스트가 말했습니다.

그들은 궁전 안으로 들어갔습니다. 양치기는 궁전 여기저
기를 둘러보았습니다. 궁전 천장에는 수많은 등잔불들이 걸
려 있어 마치 밤하늘의 별처럼 반짝이고 있었습니다.

어떤 등잔에는 기름이 찰찰 넘칠 정도로 많은가 하면, 어
떤 등잔에는 반쯤까지만 기름이 차 있었습니다. 그리고 어
떤 것들은 기름이 거의 다 되어 꺼질 듯 깜박거리고 있었습
니다.

양치기가 호기심을 참지 못하고 페스트에게 물었습니다.

"이 등잔불들은 무엇인가?"

"이것들은 사람들의 수명이지. 각자의 등잔불이 타는 동
안만 생명이 붙어 있다가 등잔불이 꺼지면 죽게 되지."

페스트가 대답했습니다.

"그럼 여기에 내 등잔불도 있나?"

"물론 있지!"

양치기가 잘 살펴보니 기름이 가득 차서 흘러넘칠 듯한 등잔 하나가 있었습니다. 바로 옆에는 기름이 거의 다 없어져 불꽃이 수면에 닿을 듯해서 찌지직 찌지직 하는 소리를 내며 꺼져가는 등잔 하나가 있었습니다.

"아이고 가엾어라! 이 등잔은 누구 것인가?"

양치기가 물었습니다.

"이건 네 형 거란다."

"가엾은 내 형이 더 살 수 있게 저 기름이 넘칠 듯한 내 등잔에서 형 등잔으로 기름을 조금 옮겨주면 안 될까?"

"절대로 안 되지! 한 번 등잔에 기름을 부으면 거기서 한 방울도 덜어낼 수도, 더 넣을 수도 없다."

페스트가 말했습니다.

"정말로 한 방울도 더 넣지도, 뺄 수도 없단 말이냐?"

양치기가 물었습니다.

"절대 안 되지."

"그러면 당신하고는 더 이상 볼 일이 없으니 잘 있게나."

양치기는 이렇게 말하고는 양을 다시 등에 짊어진 채 페스트가 다시 쫓아와 시비를 걸까 두려워 전속력으로 뛰어서 왔던 길을 되돌아 내려왔습니다.

다음 날 동이 틀 무렵 마을에 도착한 양치기는 죽은 사람을 애도하는 교회 종소리를 들었습니다.

"누가 죽었나요?"

양치기가 물었습니다.

"당신 형이 죽었어요."

사람들이 대답했습니다.

그때 양치기는 자기가 본 것이 모두 진실임을 깨달았습니다. ✺ ✺

수다쟁이 할머니

옛날 옛적에 할아버지와 할머니가 살았습니다. 그들은 모두 마음이 고운 사람들이었지만, 할머니는 세상에서 둘째가라면 서러울 정도의 수다쟁이였습니다. 게다가 할머니는 약간 머리가 나쁜 사람이었기 때문에 할아버지가 하는 말은 무엇이든지 그리고 집에서 일어난 일은 무엇이든지 이웃에게 전해 온 동네가 알게 만들었습니다.

어느 날 할아버지가 나무를 하러 숲으로 갔습니다. 할아버지가 나무를 베고 있는데, 갑자기 밟고 있는 땅이 꺼지면서 할아버지의 두 발이 땅속에 깊이 박혔습니다.

할아버지는 깜짝 놀라 구덩이에서 빠져나오려고 안간힘을 썼습니다. 그런데 발밑에 딱딱한 물건이 있는 것을 느끼고는 몸을 굽혀 그것이 무엇인가 보았더니 거기에는 금화가 가득 든 나무 상자가 있었습니다.

"나는 참 재수가 좋구나. 그런데 이걸 마누라가 알게 되면 어떻게 하지? 그러면 온 세상 사람들이 다 알게 될 텐데 말이야."

할아버지는 땅으로 튀어나온 나무뿌리에 앉아 생각했습니다. 한참을 궁리한 끝에 할아버지는 드디어 방법을 찾아냈습니다.

할아버지는 자리에서 일어나 금화가 들어 있는 나무 상자를 제자리에 다시 놓고, 흙으로 잘 덮은 후 마을로 돌아왔습니다. 그리고 토끼 한 마리와 커다란 물고기 한 마리를 사서는 숲으로 다시 갔습니다. 할아버지는 물고기를 나무 위에 매달아놓은 뒤에, 강으로 가서 자기가 던져놓은 그물 속에 토끼를 집어넣고는 그물을 갈대 사이에 놓아두었습니다.

이렇게 모든 준비를 끝낸 후 할아버지는 집으로 돌아와서 할머니에게 작은 목소리로 이렇게 말했습니다.

"여보, 오늘 참 재수가 좋았소."

"무슨 일인데요? 저도 알고 싶으니 어서 말해보세요."

"그렇지만 동네 사람들에게 말해서는 절대 안 되오!"

"걱정 마세요. 하느님께 맹세코 아무에게도 얘기하지 않을 테니까 말해보세요."

"당신이 맹세를 하니까 내 말하리다. 사실은 말이오, 오늘 숲에서 나무를 하다가 금화가 가득 들은 나무 상자 하나를 발견했소."

"그러면 어째서 집으로 가져오지 않으셨어요?"

"우리 둘이 함께 가서 꺼내오는 것이 좋을 것이라고 생각했기 때문이오."

할머니는 재빨리 나갈 채비를 하고는 머리에 수건을 쓰고 할아버지를 따라 숲으로 갔습니다. 길을 가면서 할아버지가 할머니에게 이렇게 말했습니다.

"여보, 오늘 내가 무슨 얘기를 들은 줄 알아요? 요즘에는 물고기가 숲에서 자라고 동물들이 물에서 산다고 합디다."

"무슨 그런 말을 해요? 당신은 그 말을 믿는 거예요?"

"당신은 믿지 않는단 말이오? 그러면 가서 한번 보구려. 아마 당신도 믿게 될 거요."

할아버지는 이렇게 말하고 자기가 생선을 걸어놓은 나무로 할머니를 데려갔습니다.

"참 이상하네요! 어떻게 생선이 나무에서 자랐을까요?"

할머니가 이렇게 소리쳤지만 할아버지는 시치미를 떼고 믿을 수 없다는 표정으로 멍하니 쳐다보기만 했습니다.

"당신은 어째서 멍청하게 쳐다보기만 하는 거예요? 얼른 가서 나무 위에서 생선을 떼어오세요. 저녁에 맛있는 요리를 해드릴 테니까요."

할아버지는 나무 위에 올라가서 생선을 떼어냈습니다. 그러고 나서 그들은 길을 계속 가서 강가에 도착했습니다.

"내가 쳐놓은 그물 속에서 무엇이 움직이는 게 보이는 데……."

할아버지는 이렇게 말하며 갈대 쪽으로 달려갔습니다.

"여보 빨리 와서 보구려! 토끼가 그물 속에 있소."

"사람들이 말하는 것이 정말이었군요. 어서 토끼를 꺼내세요. 맛있는 요리를 해드릴 테니까요."

할머니가 말했습니다.

할아버지는 토끼를 집어넣고는 보물이 숨겨져 있는 곳으로 갔습니다. 할아버지와 할머니는 나무 상자를 파내어 몰래 집으로 운반했습니다.

그 후로 할머니와 할아버지는 부자가 되어 행복한 나날을 보내었습니다. 하지만 세월이 흐르자 비밀을 감추지 못하는 할머니는 이웃 여자들을 초대하여 매일같이 돈을 물 쓰듯 했습니다. 걱정이 된 할아버지는 할머니를 야단쳤습니다. 그러자 할머니가 말했습니다.

"왜 저를 야단치세요? 금화에 대해서는 저도 당신과 똑같은 권리를 갖고 있다고 생각해요."

이 말을 듣자 할아버지는 그만 화를 참을 수가 없었습니다. 할머니가 그런 식으로 계속 돈을 낭비하면, 얼마 못 가 옛날처럼 다시 가난뱅이가 될 것이 틀림없다는 생각이 든 할아버지는 금화가 든 상자를 숨겼습니다.

할머니는 나무 상자가 없어진 것을 알자, 재판관에게 가서 하소연을 했습니다.

"재판관님, 금화가 든 나무 상자를 발견한 후부터 남편은 딴사람이 되었습니다. 일하기 싫어하고 술만 마십니다. 그에게서 금화를 빼앗아 제가 재산 관리를 하게 해주십시오."

재판관은 법원 관리를 시켜 할아버지를 불러오게 하고는 마을의 원로들에게 배심원으로 재판에 참석해달라고 부탁했습니다. 법원 관리는 할아버지에게 가서 금화가 든 상자를 가지고 법원에 출두하라고 말했습니다.

"무슨 상자 말이오? 별 얘기를 다 듣겠소."

할아버지가 대답했습니다.

"모르는 체하지 마시오! 당신 부인이 법원에 와서 재판관에게 당신이 금화가 든 상자를 발견한 후부터는 딴사람이 되었다고 고발했소."

할아버지는 할 수 없이 법원 관리를 따라 법원으로 갔습니다. 법원에는 마을의 원로들이 모두 모여 있었습니다.

"영감님들, 저를 불쌍히 여기십시오! 무슨 보물 때문에 저를 이곳에 불렀는지 저는 통 이해할 수가 없습니다. 제 마누라가 꿈을 꾸었든지, 아니면 늘 하는 쓸데없는 얘기를 여러분께 했을 것입니다."

"여보 무슨 얘기를 하는 거예요? 저는 그때 일을 아직도 똑똑히 기억하고 있어요. 차례대로 말씀드리겠어요. 저희들은 숲 속으로 갔습니다. 그리고 나무에 매달려 있는 물고기한 마리를 보았습니다……."

"나무에 물고기가 매달려 있었다고요?"

재판관이 말했습니다.

"그렇다니까요, 재판관님. 그 후에 우리는 강으로 가서 그물 속에 있는 토끼를 보았습니다……."

마을의 원로들은 그만 웃음을 터뜨렸습니다.

"할머니, 됐습니다. 이제 집으로 돌아가세요. 그리고 다시는 쓸데없는 얘기를 하지 마십시오."

재판관이 말했습니다.

이리하여 할아버지는 보물을 지킬 수 있게 되었고, 그 후로는 아무도 할머니의 말을 믿지 않았습니다. ❧

부드러운 빵 혹은 마른 빵

옛날 옛적에 이루 말할 수 없이 게으른 사람이 있었습니다. 그는 얼마나 게을렀는지 일하는 것을 죽는 것보다 더 싫어했습니다. 그래서 그는 누가 음식을 주면 먹고, 아무도 음식을 주지 않으면 차라리 굶어 죽는 것을 선택할 사람이었습니다.

어느 날 해가 저무는 시간이었습니다. 그는 그때까지 하루 종일 아무것도 얻어먹지 못하고 배를 주리고 있었습니다. 이대로 가다가는 너무 배가 고파 다음 날에는 할 수 없이 일을 해야만 할까봐 두려운 나머지, 그는 죽은 척하기로 했습니다. 그는 속으로 이렇게 중얼거렸습니다.

"일을 하는 것보다 차라리 땅에 묻히는 것이 낫지."

동네 사람들은 그가 바짝 마른 채 요 위에 누워 있는 것을 보고는 죽은 줄 알고 신부님을 불러 장례식을 치렀습니다.

사람들이 게으름뱅이의 관을 메고 걸어가는데 한 여자가

죽은 사람을 보고 그를 불쌍히 여겨 이렇게 말했습니다.

"참 불쌍하기도 하지! 틀림없이 배가 고파 죽었을 거야! 이럴 줄 알았으면, 어제 빵이라도 보내줄걸!"

관 속에 누워 있던 게으름뱅이는 자기를 동정하는 여자의 말을 듣자 눈을 번쩍 뜨고 물었습니다.

"부드러운 빵이요, 아니면 마른 빵이요?"

"마른 빵이었죠."

여자가 대답했습니다.

"에이, 그렇다면 신부님 장례 의식을 계속하세요."

게으름뱅이는 이렇게 말하고 눈을 꽉 감았습니다. 그는 마른 빵을 물에 적셔 먹는 수고를 하느니 차라리 산 채로 묻히는 것을 택했던 것입니다. 🌾

약간 모자란 사람과 똑똑한 사람

옛날 옛적에 두 형제가 살았는데 한 사람은 약간 모자랐고 다른 한 사람은 아주 똑똑했습니다. 그들의 아버지는 어느 날 소가 가득 차고 넘치는 외양간을 하나 남기고 돌아가셨습니다.

똑똑한 사람이 약간 모자란 사람에게 말했습니다.

"자, 이제 우리 유산을 나누자꾸나."

약간 모자란 사람이 말했습니다.

"나는 저기에 새로운 외양간을 만들 거야. 그리고 저녁때가 되어 소 떼들이 돌아올 때 내가 새로 지은 외양간으로 들어오는 소는 내가 차지할 테니 나머지는 형이 가져."

똑똑한 사람은 속으로 쾌재를 불렀지만 내색은 하지 않았습니다. 그리고 약간 모자란 사람은 서둘러 예전 외양간 옆에 새 외양간을 지었습니다.

저녁이 되어 소들이 들판에서 돌아오기 시작했습니다. 모든 소들이 습관대로 원래 있던 외양간으로 들어갔습니다. 오직 한 마리 소만이 제일 늦게 천천히 와서는 약간 모자란 사람이 지은 새 외양간으로 들어갔습니다. 똑똑한 사람이 모자란 사람에게 다른 소도 몇 마리 가져가라고 말했습니다.

"아니야, 이게 다 내 운이지. 다른 소는 필요 없어."

약간 모자란 사람은 이렇게 말하고 자러 갔습니다.

다음 날 약간 모자란 사람은 꼭두새벽부터 도살할 목적으로 자신의 소를 들판으로 몰고 갔습니다. 들판에 이르러 그는 도끼로 내리쳐서 소를 도살했습니다. 그러고는 곧바로 가죽을 벗기고 각을 뜨기 시작했습니다. 나무 위에서 이를 보고 있던 까마귀들이 신선한 고기 냄새를 맡고는 식욕이 동해 울어대기 시작했습니다.

"깍깍!"

약간 모자란 사람은 까마귀들이 고기를 달라고 하는 걸로 생각하고는 고기를 토막내서 까마귀들에게 던져주며 말했습니다.

"얼마나 줄까? 한 근? 아니면 두 근? 자, 여기 한 근이다. 원하는 대로 주마."

"깍깍!"

까마귀들이 울어댔습니다.

"넌 얼마나 줄까? 두 근? 자, 여기 두 근이다."

약간 모자란 사람은 이런 식으로 까마귀들에게 고기를 모두 다 주어버렸습니다.

"깍깍!"

까마귀들이 울어댔습니다.

"토요일? 토요일이라고? 그래 토요일로 하지, 뭐."

약간 모자란 사람은 이렇게 말하고 집으로 돌아왔습니다.

"네 소는 어디 있니?"

똑똑한 사람이 약간 모자란 사람에게 물었습니다.

"검은 옷을 입은 작자들한테 팔았어."

약간 모자란 사람이 대답했습니다.

토요일이 되자 약간 모자란 사람은 돈을 받으러 나무 밑으로 갔습니다. 나무 위에 있는 까마귀들을 보고 약간 모자란 사람이 말했습니다.

"시커먼 친구들, 오늘이 토요일이네. 내 돈은 어디 있나?"

"깍깍!"

까마귀들이 울어댔습니다.

"뭐라고? 다음 토요일? 에이, 그래 다음 토요일까지 미뤄주지 뭐."

다음 주 토요일이 오자 약간 모자란 사람은 나무 밑에 갔습니다. 하지만 결과는 마찬가지였습니다. 그 다음 주, 그리고 그 다음다음 주, 이렇게 계속 찾아갔지만 변하는 건 하나도 없었습니다.

"또 다음 주 토요일이라고? 너희들 거기 가만히 앉아들 있어라! 내가 너희들 집을 허물어버릴 거다. 빚을 갚지 않으면 어떤 일을 당하는지, 내 똑똑히 알게 해줄 테다."

그 다음 날 약간 모자란 사람은 도끼를 들고 가서 나무를 찍어대기 시작했습니다. 한 번, 두 번, 세 번! 이렇게 찍어 대자 나무에서부터 '와르르르르' 하고 한 움큼의 금화가 쏟아져 나왔습니다. 고목이었던 나무속의 빈 곳에 도둑들이 금화를 넣은 항아리를 숨겨놓았던 것입니다. 그래서 약간 모자란 사람이 나무를 찍어대자 쏟아져 나온 것이었습니다.

"야! 금화네! 이제 당신들 돈을 내가 찾았으니 걱정들 마시오. 내가 다 가져가지는 않겠소."

약간 모자란 사람은 금화 열 닢만 꺼내서는 형제에게 갔습니다.

"이게 뭐야?"

"검은 옷 입은 놈들이 고기 값으로 내게 준 돈이야. 그놈들이 빚을 안 갚으려 하기에 내가 그놈들 집을 부숴버리려고 도끼질을 했더니 그 집에서 이 금화들이 쏟아져 나오더라고."

똑똑한 사람은 금방 무슨 일이 일어났는지 눈치챘습니다.

'음, 엉뚱하게도 이 모자란 작자가 큰 행운을 잡았군.'

똑똑한 사람은 이렇게 속으로 생각하고는 약간 모자란 사람에게 말했습니다.

"그들의 집을 내게 보여주겠니?"

"그러지 뭐, 가자!"

둘은 일어나서 출발했습니다. 똑똑한 사람은 나무의 다른 쪽에 구멍 하나를 더 뚫고는 그 안으로 들어가 상당량의 금화를 꺼내고는 약간 모자란 사람이 혹시 다른 사람들에게 이 비밀을 이야기해서 귀찮은 일이 생길까봐 그를 데리고 그곳에서 멀리 벗어났습니다.

한참 길을 가다가 날이 저물 무렵 한 마을에 도착했습니다. 그 마을에는 똑똑한 사람이 잘 알고 지내는 신부님 한 분이 있었습니다. 갈 곳이 마땅치 않아 형제는 그 신부 집으로 가서 머물기로 했습니다. 가는 길에 똑똑한 사람이 약간 모자란 사람에게 말했습니다.

"지금 우리가 낯선 사람 집으로 갈 텐데 바보 같은 짓을 하지 않도록 조심해라! 뭐든지 두리뭉실하게 이야기하도록 해라!"

"알았어!"

"그리고 제발 사람답게 음식을 먹도록 해라! 내가 네 발등을 밟으면 성호를 긋고 더 이상 먹지 말도록 해라!"

아직 저녁 차릴 시간이 되기 전에 그들은 신부님을 만났습니다. 신부님 앞에서 약간 모자란 사람이 먼저 두리뭉실한 말을 하기 시작했습니다.

"타작 마당, 반쯤 빈 구멍, 방앗간, 빵 굽는 그릇, 빵."

"네 동생이 뭐라고 하는 거냐?"

신부님 부인이 똑똑한 사람에게 물었습니다.

똑똑한 사람은 변명을 궁리해내느라고 현기증이 날 지경이었습니다.

"우리 마을에서 밀을 타작했고요. 그걸 방앗간으로 가져가서 주인에게 우리가 곧 찾으러 올 테니 빵으로 구워달라고 했어요. 지금 그걸 기억해내고는 저렇게 중얼거리는 겁니다."

"정말 살림꾼이네요."

옆에서 듣고 있던 신부님 부인이 진심으로 말했습니다.

저녁 먹을 시간이 되어 모두들 식탁에 앉았습니다. 막 한 술 두 술을 뜨기 시작할 때 고양이 한 마리가 식탁 밑을 지나가다가 약간 모자란 사람의 발을 밟았습니다. 약간 모자란 사람은 형이 발을 밟은 것으로 생각하고는 성호를 긋고 식탁에서 물러났습니다.

"이봐, 더 먹어! 이리 가까이 와서 먹으라니까. 아직 식사를 시작도 안 했잖아!"

신부님과 신부님 부인, 그리고 그의 형까지 모두 그에게 계속 좀 먹으라고 말했습니다. 하지만 그는 "아뇨, 싫어요!" 하고는 식탁에서 물러났습니다.

다른 사람들이 모두 식사를 끝낸 뒤 자려고 누웠습니다. 한밤중이 되자 약간 모자란 사람은 배가 너무 고파 꾸르륵 소리가 날 지경이라 잠자리에서 일어났습니다. 깜깜한 어둠 속을 손으로 더듬으면서 찬장 쪽으로 갔다가 완두콩 요리가 들어 있는 냄비를 발견하고는 한 숟갈 떠서 급히 삼켰습니다. 약간 모자란 사람은 배가 탱탱해질 때까지 요리를 먹어 치웠습니다.

약간 모자란 사람은 여기에 만족하지 않고 형에게도 완두콩 요리를 먹여야겠다고 생각했습니다. 그러나 워낙 어두웠기 때문에 형 머리를 찾는다는 게 신부님 부인의 머리를 찾게 되었습니다. 약간 모자란 사람은 완두콩 요리 한 숟갈을 떠서는 신부님 부인의 입에 처넣었습니다. 가엾은 신부님 부인은 완두콩 한 숟갈을 받아먹고는 "푸우, 하아!" 하고 큰 숨을 내쉬었습니다.

"형, '후후' 불 거 없어. 완두콩이 어차피 차가우니까!"

신부님 부인 또 "푸우, 하아!" 하고 큰 숨을 내쉬자 약간 모자란 사람은 화가 났습니다. 그래서 완두콩 요리 냄비를 들어 올려서는 신부님 부인 머리에 부어버렸습니다. 다행히 신부님 부인은 깊이 잠이 들어 있었기 때문에 깨어나지는 않았습니다.

똑똑한 사람이 이런 소란 피우는 소리를 듣고는 깨어나서 물었습니다.

"야, 이 모자란 놈아! 너 지금 뭐하는 거냐?"

"어? 형 어디 있는 거야? 아이고 완두콩이 아깝네!"

"야, 이 모자란 놈아! 이게 알려졌다가는 망신을 당할 게 뻔하니 빨리 도망치는 게 상수다. 어서 가자!"

두 형제는 몰래 일어나서 계단을 조심스레 내려갔습니다. 똑똑한 사람이 앞장을 서고 약간 모자란 사람이 뒤에서 따라갔습니다.

똑똑한 사람이 약간 모자란 사람에게 문을 잘 닫으라고 이렇게 말했습니다.

"문을 꽉 잡아당겨!"

약간 모자란 사람이 이 말을 곧이곧대로 알아듣고는 문짝을 꽉 잡고 놓지 않기 위해, 떼어서 등에 짊어지고 쫓아갔습니다. 똑똑한 사람은 뒤도 안 돌아보고 도망치느라 이 모습을 보지 못했습니다. 한참을 가다가 약간 모자란 사람이 지쳐서 형에게 소리쳤습니다.

"어이, 형! 형도 한 귀퉁이라도 좀 들어!"

똑똑한 사람이 뒤를 돌아봤습니다.

"아니, 이 모자란 놈아, 너 무슨 짓을 한 거니? 나 참, 기가 막혀서, 하하하!"

"뭘 했냐고? 형이 말한 대로 문을 꼭 잡고 왔지!"

"그걸 가지고 뭘 하려고, 이 모자란 놈아! 당장 던져버려!"

"뭐라고? 던져버리라고? 기꺼이 그러지! 하지만 여기까지 이 문짝을 가져오느라 힘들었으니 버리지 않을 거야. 그러니 형도 한 귀퉁이라도 좀 들어! 이 문짝이 부서지는 건 싫거든!"

동생이 화를 내는 것을 본 똑똑한 사람은 내키지는 않았지만 문짝의 한 귀퉁이를 들고는 걸었습니다. 둘은 한참을 가서 날이 저물 무렵 커다란 플라타너스나무 아래에 도착했습니다.

"야, 이 모자란 놈아, 오늘 밤은 이 나무에 올라가서 밤을 지내자꾸나."

"형, 허리띠 좀 줘봐!"

"뭐하려고?"

똑똑한 사람이 물었습니다.

"문짝을 나무 위로 올리려고……"

약간 모자란 사람은 한번 하고 싶은 일이 있으면 절대로 그 고집을 꺾지 않는다는 걸 잘 아는 똑똑한 사람은 허리띠를 풀어서는 동생에게 주었습니다. 약간 모자란 사람은 자기의 허리띠도 풀어서 문짝에 붙들어 매고는 문짝을 나무 위로 끌어올렸습니다.

한밤중이 되어 대상 한 무리가 낙타를 이끌고 이 플라타너스나무 아래로 와서는 야영을 하였습니다.

"나 쉬 마려워."

약간 모자란 사람이 말했습니다.

"안 돼! 저 사람들이 우리를 죽이려 들 거야."

"아냐, 난 쉬할래! 저놈들이 무슨 짓을 하든 난 상관없어."

쉬, 주르르르…….

대상들은 나무에서 투명한 액체가 흘러내리자 두 손으로 받아 손과 얼굴을 씻었습니다.

"하늘에서 성수가 내리는구나, 성수가……."

"이번엔 문짝을 던질 거야!"

약간 모자란 사람이 말했습니다.

"뭐하는 짓이야, 이 모자란 놈아, 안 돼!

"상관없어, 문짝을 던질 거야!"

약간 모자란 사람은 이렇게 말하고는 문짝을 던졌습니다.

'쿵! 쾅!' 하는 요란한 소리를 내며 문짝이 나무 아래로 떨어졌습니다.

"낡은 하늘이 무너지는구나! 낡은 하늘이 무너지는구나!"

대상들은 소리를 지르며 낙타와 귀한 물건들을 모두 놓고 줄행랑을 쳤습니다. 두 형제는 나무에서 내려왔습니다.

"자, 이제 이 물건들을 나누자꾸나!"

"형이 다 가져! 나는 이 향료 한 부대만 가질게."

약간 모자란 사람은 이렇게 말한 뒤 형을 뒤에 남겨두고 향료 부대를 짊어진 채 길을 떠났습니다. 그러다가 산꼭대기에 올라가 향료를 피웠습니다. 주님의 천사가 하늘에서 내려왔습니다.

"하느님께서 나를 보내셨다. 네가 이토록 믿음이 깊으니 무엇을 해주길 바라느냐?"

"하늘로 가서 피리 하나만 가져다주세요. 그리고 내가 그 피리를 불면 세상 모든 게 춤을 추도록 해주세요."

천사는 재빨리 하늘로 가서 갈대 하나를 꺾어서 약간 모자란 사람이 바라는 대로 피리를 만들어서는 그에게 가져다 주었습니다.

"잠깐만요, 내가 피리를 시험해보게 해주세요."

약간 모자란 사람이 이렇게 말하고는 피리를 불기 시작했습니다.

'피리리 피리리 피리리.'

약간 모자란 사람이 피리를 불자 천사가 자기 의지와 상관없이 춤을 추기 시작했습니다.

"좋군요. 이제 천사님께서는 당신이 왔던 곳으로 돌아가세요."

약간 모자란 사람은 길을 더 가다가 한 마을에서 양들에게 풀을 먹이러 들판으로 가는 양치기를 만났습니다. 약간 모자란 사람은 피리를 불기 시작했습니다. 그러자 양떼들이 춤을 추기 시작했습니다. 그 바람에 양들은 가엾게도 풀을 뜯을 수가 없었습니다. 이렇게 일주일이 지났습니다. 양들이 굶주림 때문에 바짝 야위어갔습니다.

"어이구 저 작자가 무슨 짓을 하기에 양들이 이렇게 미친 듯이 춤만 추고 먹질 않는 거야?"

마을 사람들이 약간 모자란 사람에게 가서 불평을 늘어놓았습니다. 약간 모자란 사람이 피리를 꺼내 불기 시작했습니다. 마을 사람들이 역시 가엾게도 춤을 추기 시작했습니다.

"멈춰요! 피리를 불지 말아요. 우리의 이 미친 춤을 멈출 수 있게 해줘요!"

하지만 약간 모자란 사람은 계속 피리를 불어댔습니다.

"아이고 하느님을 두고 비니까 제발 멈추세요. 우리가 당신 일 년치 수입을 줄 테니 멈추기만 해주세요!"

약간 모자란 사람이 이 말을 듣고 마을 사람들이 불쌍해져서 피리 불기를 멈췄습니다. 마을 사람들은 그에게 일 년치 수입을 주고는 양떼를 데리고 도망쳤습니다.

약간 모자란 사람은 길을 가다가 독을 파는 사람 두 명을 만났습니다.

"내가 물 마시는 데 쓰게 독 하나만 주세요."

"돈을 줘야 독을 주지."

그들이 대꾸했습니다.

약간 모자란 사람이 피리를 꺼내 불기 시작했습니다. 독을 파는 사람들은 일어나서 춤을 추기 시작했습니다. 독들도 춤을 추기 시작했고 그들이 갖고 있던 연장들도 춤을 추기 시작해서 독들을 다 깨뜨려 산산조각냈습니다.

독 파는 사람들은 마을 재판소로 가서 자신들이 당한 억울한 일들에 대해 이야기하고 약간 모자란 사람을 고소했습니다. 약간 모자란 사람은 얼굴에 미소를 지으며 재판소로 갔습니다. 그 재판소의 판사는 재판을 받는 사람이 옳은지 아닌지를 알 수 있는 모자 하나를 가지고 있었습니다.

"나는 혐의자가 유죄인지 아닌지를 단번에 알 수 있지. 내가 이 모자를 쓰기만 하면 돼! 만약 모자가 무죄라면 너는 무죄고, 유죄라면 유죄인 거지."

판사가 모자를 쓰자 약간 모자란 사람이 피리를 꺼내 불기 시작했습니다.

'피리리 피리리 피리리.'

재판소에 있던 모든 사람들이 춤을 추기 시작했습니다. 판사도 모자를 쓴 채 뛰고 주저앉고 하며 춤을 추었습니다.

결국 판사가 견디지 못하고 울먹이며 부탁했습니다.

"형제여, 제발 부탁이니 우리를 불쌍하게 여기고 그만 피리를 멈추게나!"

하지만 약간 모자란 사람은 아무 말도 못 들은 척, 계속 피리를 불었습니다.

"자, 이제 재판의 결과가 무엇인지 봅시다."

약간 모자란 사람이 말했습니다.

"됐네, 이 사람아. 이제 더 이상 춤을 추기 힘겨우니 피리 불기를 멈춰주게나."

약간 모자란 사람은 홀연히 일어나 재판소를 떠나서 형을 찾아가 잘 살았습니다.

시골 사람이 당한 일

옛날 옛적에 한 시골 사람이 당나귀를 타고 염소를 팔기 위해 도시로 가고 있었습니다. 그는 당나귀를 타고 그 뒤에 염소를 끈으로 매서 끌고 가고 있었습니다. 염소 목에는 방울이 하나 달려 있었습니다. 세 명의 도둑이 멀리서 그를 보고 있다가 그중 한 명이 이렇게 말했습니다.

"내가 저 사람이 눈치채지 못하게 염소를 훔치겠네."

그러자 두 번째 도둑이 말했습니다.

"나는 당나귀를 뺏겠네."

세 번째 도둑이 말했습니다.

"나는 그의 옷을 벗겨서 뺏겠네."

그러고 나서 첫 번째 도둑은 살그머니 다가가서 염소 목에 있던 방울을 당나귀 꼬리에 매달고는 염소를 훔쳐 도망갔습니다.

조금 후에 두 번째 도둑이 시골 사람에게 다가가서 이렇게 말했습니다.

"아니 여보쇼, 이게 도대체 어찌 된 일이오? 당나귀 꼬리에 방울을 매단 사람은 생전 처음 보는구려."

"정말 어찌 된 일이지? 염소 목에다 방울을 매달았는데. 그나저나 염소가 어디 갔지? 누가 훔쳐갔구나!"

"염소를 데리고 있었다고요? 그러고 보니 조금 전에 내가 저 아래서 여차여차하게 생긴 염소를 데리고 가는 사람을 보았는데요."

두 번째 도둑이 말했습니다.

"그게 바로 내 염소라고…… 당장 가서 그놈을 붙잡을 테니까 그동안 이 당나귀나 좀 봐주시겠소."

시골 사람이 그렇게 말하고 등을 돌리자마자 두 번째 도둑은 당나귀를 데리고 어디론가 사라졌습니다. 시골 사람이 염소를 찾지 못하고 돌아와서 보니 이번에는 당나귀마저 없어졌습니다. 그는 몹시 낙담하여 가던 길을 계속 갔습니다.

얼마 가지 않아 시골 사람은 세 번째 도둑이 한 샘물 옆에서 슬피 울고 있는 것을 보았습니다.

"무슨 일이 있는 거요?"

시골 사람이 물었습니다.

"우물 속에 제 돈주머니가 떨어졌는데 저는 다리가 아파 들어갈 수가 없어서 이렇게 울고 있습니다."

그러자 시골 사람이 물었습니다.

"돈주머니를 꺼내주면 보답으로 내게 무엇을 줄 거요?"

"그 속에 있는 돈의 반을 드리지요."

"그럼 나를 밧줄에 매달아 아래로 내려주시오! 내가 당신 돈주머니를 찾아볼 테니…… 그리고 내 옷을 잘 지키고 있으시오!"

그는 옷을 벗고 우물 밑으로 내려가 돈주머니를 찾기 시작했습니다. 그러자 세 번째 도둑은 그의 옷을 들고 사라졌습니다.

잠시 후에 시골 사람은 세 사람이 공모하여 자기를 속였다는 사실을 깨달았지만 우물 속에서 밖으로 나갈 수가 없었습니다. 때마침 그때 어느 부잣집 하인이 물을 길러 우물로 왔다가 그를 보고 이렇게 물었습니다.

"그 속에서 무얼 하십니까?"

"저승에서 금방 오늘 길이네."

"저희 집 도련님이 일주일 전에 돌아가셔서 마님이 매일 울고 계시는데 혹시 우리 도련님을 그곳에서 보셨나요?"

"물론 보았지."

"무어라고 말씀하시던가요?"

"당신네 도련님은 잘 있네. 그리고 집안 식구들에게 안부 전해달라고 부탁하면서 나보고 옷을 한 벌 얻어 입으라고 그러더군."

하인이 달려가서 마님에게 그 이야기를 했더니 마님은 기뻐하면서 옷을 내주고는 저승에서 온 사람에게 물어볼 것이 있으니 그를 데려오라고 시켰습니다.

시골 사람은 우물에서 나와 옷을 입고 마님에게 가서 저승에 있는 그녀의 아들에 대해 이야기하면서 그녀의 아들이 좋은 옷을 한 벌 원하더라고 덧붙였습니다. 마님은 그에게 좋은 옷을 주었고, 시골 사람은 다시 저승을 향해 떠났습니다.

잠시 후에 그녀의 남편이 집에 돌아오자 마님이 남편에게 말했습니다.

"여보, 어떤 사람이 죽은 우리 아이의 안부를 전해주기 위해 왔는데 좋은 옷을 한 벌 달라고 해서 내가 주었어요."

남편은 몹시 화를 내며 즉시 말 위에 올라타더니 그 나쁜 놈이 어느 쪽으로 가더냐고 아내에게 물었습니다. 그리고 그를 붙잡기 위해 전속력으로 말을 달렸습니다.

한편 부잣집 마님을 멋지게 속인 시골 사람은 길을 가다가 머리에 버짐이 난 양치기를 만났습니다.

"아니, 당신 머리에 버짐이 났네! 불쌍하기도 하지. 임금님이 버짐이 난 사람들의 머리통을 잘라 모아서는 그걸로 궁전을 짓는다는 소식도 못 들었소?"

가엾은 양치기는 이 말을 믿고 큰 걱정에 빠졌습니다. 시골 사람은 다시 말했습니다.

"내 말을 잘 들으시오. 당신이 불쌍하게 보이기 때문에 어떻게 하면 살아날 수 있는가를 가르쳐주겠소. 당신이 입고 있는 옷을 벗어주면 내가 그 옷을 입고 양을 치고 있을 테니까, 당신은 내 옷을 입고 나무에 올라가서 이 미친 폭풍이 지나갈 때까지 기다리시오."

시골 사람과 양치기는 서로 옷을 바꿔 입었습니다. 그리고 양치기는 나무 위로 올라갔습니다. 시골 사람을 잡으러 쫓아오던 속은 마님의 남편은 잠시 후에 그곳에 도착했습니다. 그는 나무 위에 앉아 있는 사람을 보고 소리쳤습니다.

"이놈, 썩 아래로 내려오지 못하겠느냐!"

양치기는 위에서 소리쳤습니다.

"저는 버짐이 없어요! 저는 버짐이 없어요!"

"아래로 내려오라니까. 네가 버짐이 났는지 안 났는지를 지금 묻고 있는 것이 아니다."

그러나 양치기는 같은 말만 되풀이했습니다. 속은 마님의 남편은 화가 나서 이렇게 소리쳤습니다.

"이놈, 네놈이 내려오나 안 내려오나 어디 두고 보자!"

그러고는 신발을 벗고 나무 위로 올라갔습니다.

그러자 양치기의 옷을 입고 양을 모는 척하던 시골 사람은 재빨리 나무 아래로 다가가서 속은 마님의 남편 신발을 집어 들고는 말에 올라타고 도망가버렸습니다.

"아이쿠, 저 나쁜 놈이 나까지 속였구나!"

말까지 빼앗긴 속은 마님의 남편은 나무에서 내려와 터덜터덜 맨발로 집으로 돌아갔습니다. 그리고 자기 아내에게 말했습니다.

"여보, 당신은 우리 죽은 아들 녀석에게 옷을 주었고 나는 신발과 말을 보냈다오."

이렇게 하여 당나귀를 가졌던 시골 사람은 말을 소유하게 되었습니다. ❧

암탉 예순아홉 마리와 수탉 한 마리

옛날 옛적에 한 부부가 암탉 예순아홉 마리와 수탉 한 마리를 키우고 있었습니다. 하루 저녁은 부부가 이야기를 하다가 남편이 이렇게 말했습니다.

"여보, 암탉 몇 마리를 팔아 돈을 마련합시다."

다음 날, 상인 한 명이 집 앞을 지나가자 아내는 암탉 예순아홉 마리는 물론 수탉까지 그에게 주었습니다. 상인이 그 여자에게 말했습니다.

"아, 마침 돈을 안 가지고 왔네요. 수탉을 담보로 놓아두고 갈 테니 기다리세요."

그녀는 이 제안을 받아들였습니다. 이렇게 상인은 그 여자를 속였습니다.

"그리고 암탉들을 싣고 가게 당나귀도 좀 빌려주시겠어요? 당나귀 없이 이 많은 닭을 어떻게 집으로 가져가겠어요?"

"당나귀도 데려가세요."

여자가 말했습니다.

그러자 상인은 그녀에게 길에서 암탉들을 감시하게 개도 좀 데려가게 해달라고 부탁했습니다.

"그러세요."

여자가 말했습니다.

상인이 마지막으로 혹시 길에서 강도를 만날지 모르니 벽에 걸려 있는 총도 빌려달라고 그녀에게 말했습니다.

"그것도 가져가세요."

여자가 말했습니다.

이렇게 하여 여자는 모든 것을 상인에게 다 주었습니다.

저녁이 되어 남편이 돌아와 둘이 마주앉아 이야기를 시작했습니다. 여자는 남편에게 암탉과 수탉을 모두 팔았다고 했습니다.

"여보, 나는 암탉 몇 마리만 팔자고 한 거야."

남편이 말했습니다.

"에게게! 나는 암탉과 수탉을 모두 줘버렸는데. 그리고 암탉들을 싣고 가라고 당나귀도 주고, 그 암탉들을 지키라고 개도 주고, 길에서 강도로부터 닭들을 지키라고 총도 줬어요."

남편은 화가 몹시 났지만 아무 말도 하지 않았습니다.

다음 날 아침, 남편은 일어나서 그 역시 한 여자를 속여먹으려는 마음을 먹고 다른 마을로 갔습니다.

길을 가다가 한 샘가에 이르러 물을 긷는 소녀 한 명을 만났습니다.

"어디서 오시는 길이세요?"

소녀가 그에게 물었습니다.

"저승에서 오는 중이지."

그가 소녀에게 대답했습니다.

"혹시 우리 마님의 아들 타키스를 보셨나요?"

"그럼! 우리는 함께 살았었어. 잘 지내고 있는데 다만 돈도, 신발도, 옷도 없어 고생하고 있지."

소녀는 단숨에 달려가 자기 마님한테 말했습니다. 마님은 어떤 사람이 저승에서 아들의 소식을 가지고 왔다는 말에 그를 집 안으로 불러들여 융숭하게 대접하고, 아들 타키스를 위해 돈과 옷과 신발, 그리고 다른 필요한 물건들을 챙겨 주었습니다.

그가 집에서 떠난 지 얼마 안 돼서 장교인 남편이 집에 오자 마님은 저승에 있는 아들에게 옷과 신발과 돈 조금을 보냈다고 말했습니다.

그 남편은 어떤 사기꾼이 아내를 속인 것을 알고는 그를 잡기 위해 재빨리 말에 올라 뒤쫓기 시작했습니다. 그 남편은 방앗간 가까이에서 사기꾼을 따라잡았습니다. 사기꾼은 장교가 자기를 잡으려고 뒤쫓고 있다는 것을 눈치채고 방앗간으로 들어가서 방앗간 주인에게 그를 잡으러 장교가 오니 빨리 숨어야 한다고 말했습니다. 방앗간 주인은 혼비백산하여 플라타너스나무 위로 올라가 숨었습니다. 그리고 사기꾼은 밀가루를 뒤집어쓰고는 방앗간 주인인 척했습니다.

방앗간에 도착한 장교는 말에서 내려 방앗간 주인을 불러서 말을 잡고 있으라고 명령한 다음, 사기꾼을 잡기 위해 플라타너스나무 위로 오르기 시작했습니다. 나무에 올라가기 위해 그는 승마 장화를 벗었습니다. 그러자 사기꾼은 승마 장화를 자기가 신고 말 위에 올라 도망쳤습니다.

장교는 속은 것을 알고 풀이 죽어 집으로 돌아와서는 아내에게 이렇게 말했습니다.

"응, 당신은 타키스에게 돈과 옷, 신발을 주었지만 나는 타키스가 걷지 말고 말을 타고 다니라고 승마 장화하고 말을 줬어." ❧

재수 좋은 삼형제

옛날 옛적에 한 가난한 사람이 살았는데, 그에게는 세 아들이 있었습니다. 그는 얼마나 가난했던지 갖고 있는 재산이라고는 낫 하나와 수탉 한 마리, 고양이 한 마리가 전부였습니다.

다 자라 성인이 된 큰아들은 낫을 들고 고향을 떠났습니다. 그가 한 마을을 지나가게 되었는데, 그 마을에서는 사람들이 가위로 밀과 보리를 베어내고 있었습니다. 그 모습을 본 큰아들은 자기가 가지고 있던 낫으로 재빨리 한 시간 만에 밭 하나의 추수를 끝내버렸습니다. 그러자 마을 사람들은 깜짝 놀라면서 그의 발아래 엎드려 제발 낫을 팔라고 애걸했습니다. 그들은 큰아들에게 1천 드라크마를 주었습니다. 그는 그렇게 부자가 되어 고향으로 돌아왔습니다.

어느 날 온 식구가 벽난로 주위에 앉아 있는데, 둘째 아들이 말했습니다.

"저도 제 몫을 받아 타향으로 가보겠습니다."

둘째 아들은 자기 몫인 수탉을 가지고 떠났습니다. 그는 한참을 걸어가다가 한밤중에 산기슭에 앉아 있는 사람을 만났습니다. 그래서 무엇 때문에 이런 시간에 산속에 혼자 앉아 있느냐고 물었습니다. 그 사람은 날이 밝으면 마을 사람을 깨워야 하기 때문에 해가 뜨기를 기다리고 있는 중이라고 대답했습니다. 그러자 둘째 아들이 말했습니다.

"밤중에 산속에 앉아 있지 않고도 아침이 오는 것을 알 수 있게 해주면 저에게 무엇을 주겠습니까?"

"아주 많은 돈을 드리지요."

두 사람은 함께 마을로 갔습니다. 둘째 아들은 수탉에게 옥수수 몇 알을 던져주고는 잠자리에 들었습니다. 새벽이 되자 수탉이 울었습니다. 그러자 둘째 아들은 잠시 후에 날이 밝아오니 모두들 일어나라고 큰 소리로 외쳤습니다.

아침이 되자 마을 사람들이 몰려들었습니다. 둘째 아들은 자기가 사는 고장에서는 수탉이 울면 사람들이 잠에서 깨어난다고 말했습니다. 이 말을 들은 마을 사람들은 수탉을 팔라고 애원하면서 2천 드라크마를 그에게 주었습니다. 둘째 아들은 마을 사람들에게 수탉을 주고 2천 드라크마를 받아 들고는 부자가 되어 고향으로 돌아왔습니다.

두 형이 부자가 되어 돌아온 것을 본 막내아들은 아버지의 재산 중에서 자기 몫인 고양이를 데리고 타향을 향해 떠났습니다. 막내아들이 한 수도원을 지나가게 되었는데, 그 수도원에는 고양이가 없었기 때문에 쥐들이 들끓었습니다. 그래서 수도원에 손님이 오면, 수도사들은 손님에게 음식을 대접하면서 몽둥이도 쥐어주며 식사를 하는 동안 몰려드는 쥐를 쫓게 했습니다.

막내아들이 수도원에 들어가자 수도사들은 음식을 대접하면서 몽둥이를 하나 주었습니다. 음식을 본 쥐들은 막내아들 주위를 삥 둘러싸면서 빼앗아 먹으려고 했습니다. 그러자 막내아들은 자루 속에 넣어두었던 고양이를 꺼냈습니다. 고양이가 쥐들을 사냥하기 시작하자, 쥐들은 감히 쥐구멍 속에서 나오지 못했습니다. 어쩌다 쥐가 한 마리 구멍에서 나오면 고양이는 발톱으로 쥐를 잡아채어 먹어버렸습니다. 이것을 본 수도사들은 3천 드라크마를 줄 테니 제발 고양이를 팔라고 애원했습니다.

막내아들은 고양이를 주고 돈을 받아 길을 떠났습니다. 그가 얼마큼 갔을 때, 한 수도사가 이렇게 외치는 소리가 들렸습니다.

"쥐가 다 없어지면 고양이는 무엇을 먹지요?"

"빵을 먹지요."

그러나 수도사는 알아듣지 못하고 다시 물었습니다.

"쥐가 다 없어지면 고양이는 무엇을 먹지요?"

그러자 막내아들은 화를 내며 이렇게 말했습니다.

"수도사를 잡아먹지요."

이 말을 들은 수도사들은 두려움에 빠졌습니다. 수도사들은 겁에 빠진 나머지 수도원에 불을 질러 고양이를 태워 죽이기로 결정했습니다. 그래서 그들은 수도원에 불을 질렀습니다. 수도원은 깨끗이 불타버렸습니다. 그러나 고양이는 얼른 빠져나와 죽지 않고 살아남았습니다. 이것을 본 수도사들은 두려움에 싸여 그곳에서 도망쳤습니다.

여러 날이 지나 수도사들은 고양이가 아직도 그곳에 있나 살펴보기 위해 한 사람을 보냈습니다. 그가 도착했을 때, 고양이는 마침 성당 입구 양지 바른 곳에 앉아 혀로 다리를 핥고 있었습니다. 고양이를 본 수도사는 깜짝 놀라서, 오던 길을 되돌아가 기다리고 있는 다른 수도사들에게 이렇게 말했습니다.

"고양이를 보았는데, 고양이는 성호를 그으며 수도사들을 내쫓은 것을 용서해달라고 하느님께 빌고 있었습니다. 그리고 '내가 이곳에 살거나 수도사들이 이곳에 살 것이다'라고 말하고 있었습니다."

이 말을 들은 수도사들은 다시는 수도원에 발을 들여놓지 않았고, 수도원은 고양이 차지가 되었습니다.

신부의 아내와 땔감

옛날 옛적에 한 신부가 열심히 나무를 베어 땔감을 마련해놓으면, 이웃들이 와서 "사모님, 땔감 좀 주세요"라고 부탁했습니다. 그러면 신부의 아내는 그들에게 땔감을 듬뿍 안겨 보냈습니다. 그래서 신부는 아내에게 말했습니다.

"여보, 제발 나무를 남들에게 주지 마오. 나무를 베어 지고 오는 일이 얼마나 힘든지 알기나 하오?"

"무얼 그까짓 걸 가지고 그러세요. 땔감 같은 것 때문에 인색하게 굴 수는 없지요."

신부의 아내는 이렇게 대답하고는 했습니다. 그리고 계속해서 부탁하는 사람에게 나무를 주었습니다.

그리하여 나무가 동이 나자 신부는 자기 아내에게 말했습니다.

"이번에는 당신이 가서 나무를 베어오구려."

"좋아요. 그것도 못할 줄 알아요?"

신부의 아내는 산으로 갔습니다. 그리고 나무를 베어 집으로 운반해오느라고 초주검이 되었습니다.

이웃사람들이 와서 "사모님, 땔감 좀 주세요" 하고 부탁했습니다. 그러자 신부의 아내는 "안 되겠어요. 드릴 수가 없어요"라고 대답했습니다.

신부의 아내에게 남편이 나무를 하는 것은 별거 아니지만 자신이 나무를 하는 것은 힘든 일이었습니다. ❧

세상에서 가장 재미있고 오래된 이야기
그리스 민담

초판 1쇄 인쇄 2015년 4월 13일 초판 1쇄 발행 2015년 4월 27일

엮은이 요르고스 A. 메가스 옮긴이 유재원·마은영
펴낸이 연준혁

출판6분사분사장 이진영
편집장 정낙정
편집 박지수 최아영 이경희 조현주
디자인 윤정아 제작 이재승

펴낸곳 (주)위즈덤하우스 출판등록 2000년 5월 23일 제13-1071호
주소 경기도 고양시 일산동구 정발산로 43-20 센트럴프라자 6층
전화 031)936-4000 팩스 031)903-3893 홈페이지 www.wisdomhouse.co.kr
종이 화인페이퍼 인쇄·제본 현문 특수가공 이지앤비_특허 제10-1081185호

값 16,000원 ISBN 978-89-5913-908-8 03890

국립중앙도서관 출판시도서목록(CIP)

그리스 민담 : 세상에서 가장 재미있고 오래된 이야기 / 엮은
이: 요르고스 A. 메가스 ; 옮긴이: 유재원·마은영. -- 고
양 : 위즈덤하우스, 2015
    p. ; cm

원제표: Ελληνικά παραμύθια
원저자명: Γεώργιος Α. Μέγας
그리스어 원작을 한국어로 번역
ISBN 978-89-5913-908-8 03890 : ₩16000

설화(이야기)[說話]
우화(이야기)[寓話]
그리스(국명)[Greece]

388.121-KDC6
398.20938-DDC23   CIP2015010660